Panini BOOKS

MAX GLADSTONE

DREI VIERTEL TOT

Ein Roman der Kunstwirker-Chronik

Ins Deutsche übertragen
von Helga Parmiter

PANINI BOOKS

Bibliografische Information der Deutschen Nationalbibliothek
Die Deutsche Nationalbibliothek verzeichnet diese Publikation in der Deutschen Nationalbibliografie; detaillierte bibliografische Daten sind im Internet über hiip://dnb.d-nb.de abrufbar.

FSC www.fsc.org
MIX
Papier aus verantwortungsvollen Quellen
FSC® C014496

Titel der Englischen Originalausgabe: »Three Parts Dead«
by Max Gladstone, published 2012 in the United States
by Tom Doherty Associates LLC, New York, USA

Deutsche Ausgabe 2021 Panini Verlags GmbH,
Schloßstraße 76, 70176 Stuttgart.

Geschäftsführer: Hermann Paul
Head of Editorial: Jo Löffler
Head of Marketing: Holger Wiest (E-Mail: marketing@panini.de)
Presse & PR: Steffen Volkmer

Übersetzung: Helga Parmiter
Lektorat: Katherina Altreuther
Umschlaggestaltung: tab indivisuell, Stuttgart
Cover-Illustration: Chris McGrath
Artwork: Shutterstock
Satz und E-Book: Greiner & Reichel, Köln
Druck: GGP Media GmbH, Pößneck
Gedruckt in Deutschland

YDMAXG001

1. Auflage, Oktober 2021,
ISBN 978-3-8332-4100-0

Auch als E-Book erhältlich:
ISBN 978-3-7367-9852-6

Findet uns im Netz:
www.paninicomics.de

PaniniComicsDE

PROLOG

Gott antwortete an diesem Abend nicht.

»Ehre sei deiner Flamme, du nie verlöschende, stets in Wandlung begriffene Majestät«, skandierte Abelard, der vor dem glitzernden Altar aus Messing und Chrom kniete.

Er hasste diesen Teil nach dem Ruf, wenn er auf die Antwort wartete – wenn er wartete und versuchte, sich einzureden, dass alles in Ordnung sei. Gäbe es ein echtes Problem, würden Warnflaggen von der Decke herabfallen, Alarm ertönen und die hohen Tiere des Purpurordens aufgebracht und beflissentlich durch die Seitentüren hereinstürmen.

Wenn es ein echtes Problem gäbe, wäre der einfache Technikernovize Abelard, der so jung war, dass er die Innenseite seiner Tonsur noch rasieren musste, damit nicht allein.

Doch dies war Abelards fünfte Wiederholung des Gebets innerhalb der letzten Stunde. Fünf Mal hatte er sein Haupt vor dem prächtigen Herzfeuer des Herrn gebeugt, das ewig in seinem Metallkäfig knisterte. Fünf Mal hatte er die Worte gesagt und vor Hingabe strotzend seine Seele geöffnet. Er fühlte die flackernde Wärme in seinem Herzen, fühlte die göttliche Wärme, die von dem Altar ausging und die die gewaltige, schreckliche Stadt Alt Coulumb über die Mauern des Heiligtums hinaus mit Energie versorgte. Aber die numinose Gegenwart des Herrn der Flamme …

Nun, sie war nicht vorhanden.

Es war schmerzhafte halb drei Uhr morgens, weshalb Abelard der Diensthabende war und nicht irgendein Bischof oder älterer Priester. Lord Kos der Ewigbrennende musste natürlich jeden Augenblick eines jeden Tags gepriesen werden, aber einige Zeiträume der schwärmerischen Anbetung waren anderen vorbehalten. Abelard war müde, und obwohl er es nicht zugeben wollte, begann er, sich Sorgen zu machen.

Er erhob sich, wandte sich vom Altar ab und holte eine Zigarette aus einer Innentasche seines Gewands.

Er genoss die erste beißende Inhalation des Rauchs und ging zum Fenster an der Rückwand des Allerheiligsten, das sechs Meter hoch und zwölf Meter breit war. Jenseits der Scheibe breitete sich Alt Coulumb in Spinnweben aus gesponnenen Stahl- und Granitblöcken aus. Eine Hochbahn wand sich zwischen den spitzen Metalltürmen des Geschäftsviertels im Norden hindurch und zog ihren Abdampf vor dem schieferschwarzen Himmel hinter sich her. Im Osten, unsichtbar jenseits der Kuppeln und Paläste des Vergnügungsviertels, wogte der Ozean gegen die Frachtdocks und markierte mit seinem unaufhörlichen Wellenschlag den Stadtrand. Die Stadt einer Nation – die Stadt, die eine Nation *war*.

Gewöhnliche Allerheiligste hatten keine Fenster, jedoch war Kos der Ewigbrennende keine gewöhnliche Gottheit. Die meisten Götter zogen es vor, der Erde ihre Privatsphäre zu lassen und ihr Volk aus der fernen Gelassenheit des Himmels zu beobachten. Kos hatte die Götterkriege zum Teil deswegen überlebt, weil es ihm nicht lag, sich von der Welt abzuschotten. Von hier unten, so behauptete er, habe man einen besseren Blick auf die Menschheit als von hoch oben.

Was Götter für Nähe hielten, war für den Menschen jedoch oftmals fern, und auch wenn Lord Kos an der Nähe seines Allerheiligsten zu seinem Volk Gefallen fand, war dessen Abgelegenheit für Abelard tröstlich. Von diesem Fenster aus konnte er die Schönheit der Architektur von Alt Coulumb betrachten, während die unendliche Zahl der kleinen Abscheulichkeiten seiner Bewohner, ihre Morde und Treuebrüche, ihre Laster und Süchte so winzig waren, dass sie beinahe unsichtbar wurden.

Er stieß eine Rauchfahne aus und sagte zu der Stadt: »Na schön. Jetzt wollen wir mal sehen, ob wir dich nicht anheizen können.«

Er drehte sich um.

Im Nachhinein schien ihm alles ein wenig aus dem Ruder gelaufen zu sein.

Zuerst wurden mehrere Türen gleichzeitig aufgestoßen und eine Reihe bärtiger Männer in purpurroten Gewändern stürmten herein. Ihre zerzausten Haare und trüben Augen deuteten darauf hin, dass sie vor Kurzem aus dem Schlaf gerissen worden waren. Alle schrien und eine beunruhigende Mehrzahl von ihnen starrte Abelard verärgert an.

Dann ging der Alarm los. Und zwar überall.

Für Menschen, die noch nie ein Allerheiligstes gehütet haben, ist es schwierig zu verstehen, wie viele Dinge innerhalb eines einzigen Heiligtums schiefgehen können: Gottschaffende Vereinigungen könnten sich voneinander trennen oder sich falsch ausrichten, Gnadenaustauscher überhitzen, Gebetsmühlen sich von ihren Gebetsachsen freidrehen. Jedes potenzielle Problem erforderte einen einzigartigen Alarm, um den Technikern zu helfen, das zu finden und zu beheben, was auch immer gefunden und schnellstmöglich behoben werden muss. Jahrzehnte zuvor war irgendein geistreicher Priester auf die Idee gekommen, jedem Alarm die Stimme eines anderen Loblieds zu verleihen: die scharfzüngige »Litanei der verbrannten Toten« für einen Dampfdurchbruch, das »Lied der glorreichen Bewegung« für zusätzliche Reibung an der Hydraulik und so weiter.

Die Musik von hundert Chören brach aus allen Ecken des Heiligtums hervor und wuchs in einer einzigen Kakofonie zusammen.

Einer der älteren Purpurpriester näherte sich dem armen Abelard, dessen Zigarettenkippe noch immer zwischen seinen Lippen schwelte.

Dann sah Abelard das, was ihm als Erstes hätte auffallen müssen.

Das Feuer. Die ewige Flamme auf dem Altar des Trutzigen, gefangen in seinem Thron.

Sie war weg.

I

Als die Verborgenen Schulen Tara Abernathy hinauswarfen, fiel sie tausend Meter tief durch Wolkenfetzen und erwachte gebrochen und blutend, aber lebendig neben der Weltspalte.

Durch die Gnade des Schicksals (oder etwas anderem) landete sie nur fünf Kilometer von dem entfernt, was als Oase im Ödland galt, ein Fleck mit sprödem Gras und Brombeersträuchern, die eine brackige Quelle umstanden. Laufen konnte sie nicht, aber als die Sonne aufging, schaffte sie es zu kriechen. Mit Schmutz und getrocknetem Blut bedeckt, schleppte sie sich über Sand und Dornen zum Schlammtümpel im Herzen der Oase. Sie trank verzweifelt von dem Wasser, und um dem Tod zu entkommen, trank sie auch das Leben dieses trostlosen Orts. Gras verdorrte in der Umklammerung ihrer Finger. Gestrüpp schrumpfte zu ausgetrockneten Spelzen zusammen. Die Oase starb um sie herum und krümmte sich gepeinigt von Wunden und tiefsitzender Krankheit auf dem trockenen Erdreich.

Traumvisionen, die durch ihre Nähe zur Spalte an Macht und Gestalt gewannen, zerfetzten sich gegenseitig in ihrem Fieber. Sie sah andere Welten, in denen die Götterkriege nie stattgefunden hatten, mit eisernen Herrschern, und in denen Menschen ganz ohne Magie fliegen konnten.

Als Tara das Bewusstsein wiedererlangte, war die Oase tot, ihre Quelle trocken, Gras und Brombeersträucher zu Staub zerfallen. Aber sie lebte. Sie erinnerte sich an ihren Namen. Sie erinnerte sich an ihre Kunst. Ihre letzten zwei Monate in den Verborgenen Schulen wirkten wie eine verdrehte Halluzination, aber sie waren real. Die Glyphen, die auf ihre Arme und zwischen ihre Brüste tätowiert waren, bewiesen, dass sie dort über den Wolken gelernt hatte. Die Glyphe unter ihrem Schlüsselbein bedeutete, dass sie wirklich ihren Abschluss gemacht hatte, bevor man sie hinausgeworfen hatte.

Sie hatte natürlich gegen sie gekämpft, war mit Schatten und Blitzen in die Schlacht gezogen und hatte verloren. Während ihre Professoren sie über dem leeren Raum zappeln ließen, erinnerte sie sich an eine sanfte, unerwartete Berührung – eine Frauenhand, die in ihre Tasche glitt, und das Flüstern einer tiefen Frauenstimme, bevor die Schwerkraft einsetzte. »Wenn du das überlebst, werde ich dich finden.« Dann folgte der Sturz.

Tara blinzelte in die Sonne und zog eine eierschalenfarbene Visitenkarte aus der Tasche ihrer zerrissenen Hose. Auf ihr war der Name »Elayne Kevarian« über dem dreieckigen Logo von Kelethras, Albrecht und Ao, einer der renommiertesten Kunstwirkerfirmen der Welt, zu lesen. Professoren und Studenten an den Verborgenen Schulen flüsterten den Namen der Frau – und den der Firma – voller Angst und Ehrfurcht.

Ein Stellenangebot? In Anbetracht der Umstände unwahrscheinlich, und selbst wenn das der Fall wäre, war Tara nicht geneigt, es anzunehmen. Die Welt der Kunst war in letzter Zeit nicht nett zu ihr gewesen.

Ungeachtet dessen waren ihre Prioritäten klar. Zuerst Essen. Unterkunft. Wieder zu Kräften kommen. Dann vielleicht an die Zukunft denken.

Guter Plan.

Sie brach zusammen.

Stille senkte sich über das Ödland.

Ein Bussard stieß vom trockenen blauen Himmel in enger werdenden Kreisen herab wie ein Holzspan in einem Abflussbecken. Er landete neben ihrem Körper, hüpfte vorwärts. Kein Herzschlag hörbar; das Fleisch kühlte ab. Er war überzeugt, beugte den Kopf vor und öffnete den Schnabel.

Taras Hand zuckte schnell wie eine Kobra hoch und drehte dem Vogel den Hals um, bevor er fliehen konnte. Die anderen Bussarde, die sich gerade zusammenscharten, verstanden den

Wink und brachten sich in Sicherheit. Aber ein Vogel, der laienhaft über einem Feuer aus trockenem Gras und Zweigen gebraten wurde, war mehr als genug, um einem halb verhungerten Mädchen wieder auf die Beine zu helfen.

Vier Wochen später traf sie ausgemergelt und sonnenverbrannt am Stadtrand von Edgemont ein und sah Dinge, die streng genommen nicht existierten. Ihre Mutter fand sie zusammengebrochen in der Nähe ihres Viehzauns. Viele Tränen folgten auf ihre Entdeckung und viel Geschrei und noch mehr Tränen nach dem Geschrei und dann viel Suppe. Die Mütter aus Edgemont waren für ihre praktische Veranlagung bekannt und insbesondere Ma Abernathy setzte eisernes Vertrauen in die regenerierende Kraft von Hühnerbrühe.

Taras Vater zeigte sich angesichts der Umstände verständnisvoll.

»Tja, du bist wieder da«, sagte er mit besorgtem Ausdruck auf seinem breiten Gesicht. Er fragte nicht, wo sie die letzten acht Jahre gewesen war oder was dort passiert war oder wie sie sich ihre Narben eingehandelt hatte. Tara hätte ihm dafür gedankt, wenn sie gewusst hätte, wie. Es gab zu viele Möglichkeiten, wie er hätte sagen können: »Ich habe es dir ja gesagt.«

An diesem Abend saß die Familie Abernathy an ihrem Küchentisch und legte die Geschichte fest, die sie den anderen Bewohnern von Edgemont erzählen würde: Als Tara mit sechzehn Jahren von zu Hause wegging, heuerte sie bei einem reisenden Händler an, von dem sie die Grundlagen der Kunst erlernte. Die Verborgenen Schulen blieben ihr verschlossen, und schließlich kehrte sie, müde vom Staub und dem langen Umherziehen, nach Hause zurück. Die Lüge war gut genug, und sie erklärte Taras unbestreitbares Geschick mit Verträgen und guten Geschäften, ohne die verbreitete Furcht vor echten Frauen der Kunst zu schüren.

Tara verbannte die Visitenkarte aus ihren Gedanken. Die Menschen in Edgemont brauchten sie, obwohl sie sie aus der Stadt jagen würden, wenn sie wüssten, wo sie gelernt hatte, ihre Talente einzusetzen. Ned Thorpe verlor jedes Jahr die Hälfte des Gewinns seiner Zitronenernte, was auf eine schlechte Schiedsklausel im Vertrag seines Wiederverkäufers zurückzuführen war. Geister stahlen die Vermächtnisse toter Männer durch Schlupflöcher in schlecht geschriebenen Testamenten. Tara bot ihre Dienste zunächst zögerlich an, doch schon bald musste sie sogar Arbeit ablehnen. Sie war eine produktive Bürgerin. Ladenbesitzer kamen zu ihr, um ihre Verträge aufzusetzen, Bauern baten sie um Hilfe bei der Investition der wenigen Fetzen Seelenstoff, die sie mühsam dem trockenen Boden entreißen konnten.

Nach und nach sammelte sie die Scherben ihrer Kindheit auf: heißer Kakao und Hufeisenwerfen auf dem Rasen im Vorgarten. Es war leichter als erwartet, sich wieder an ein Landleben ohne viel Kunst zu gewöhnen. Fließendes Wasser in Innenräumen war wieder ein Luxus. Als der Sommer kam, saßen sie und ihre Eltern draußen in der Brise oder drinnen mit geschlossenen Fenstern und Jalousien, um die Hitze abzuwehren. Wenn kalter Wind wehte, zündeten sie ein Feuer mit Holz und Feuerstein an. Es wurden keine Luftelementare gerufen, um die Stirn zu fächeln, und die kalten Räume wurden nicht durch feurige Tänzer erwärmt. In der Schule hatte sie ein solches Leben als einfach, provinziell und langweilig verdammt, aber Worte wie »einfach«, »provinziell« und »langweilig« erschienen ihr jetzt nicht mehr so abwertend.

Einmal hätte sie sich nach einem Tanz zur Sonnenwende auf dem Dorfplatz fast einen Liebhaber genommen. Sie taumelte beschwipst und Arm in Arm mit einem Jungen zurück, an den sie sich kaum noch aus ihrer Zeit in Edgemonts Schule mit den zwei Klassenzimmern erinnerte, und der zu einem jungen Mann herangewachsen war, der sich um die Schafe seiner Familie kümmerte. Dann machte sie in der flüchtigen Sommernacht halt, um sich auf einer Düne auszuruhen und die Sterne zu beobachten. Der junge Mann saß neben ihr und beobachtete mit ihr, aber als er ihr Gesicht und den unteren Bereich ihres Rückens berührte, zog sie sich zurück, entschuldigte sich und ging.

Die Tage waren lang und sicher, aber sie spürte, wie etwas in ihr verdorrte, während sie dort verweilte. Die Welt jenseits von Edgemont, die Welt der Kunst, die tiefgründiger war als die Frühjahrsanpflanzung eines Bauern und das Heilen kleiner Schnitte und Prellungen, verblasste und begann unwirklich zu erscheinen. Ihre Erinnerungen an die Verborgenen Schulen nahmen den baumwollartigen Schleier eines Traums an, und sie erwachte ein- oder zweimal aus Albträumen, in denen sie ihr Zuhause nie verlassen hatte.

*

Die Plünderer schlugen drei Monate nach der Sonnenwende in der Nacht zu. Sie waren schnell und brutal und nahmen nur wenig mit. Doch im Morgengrauen lagen drei der Wächter von Edgemont auf dem Schlachtfeld, im Tode durch einen anhaftenden Fluch geschrumpft, der alles, was sich näherte, zerfressen hatte. Die Dorfbewohner hoben die Leichen mit langen Speeren aus kaltem Eisen an und begruben sie in einem gesegneten Grab. Der Kaplan sagte ein paar Worte, und während Edgemont sein kollektives Haupt beugte, beobachtete Tara, wie er den Glauben der Stadt zu einem Netz verwob und von jedem Mann oder jeder Frau den wenigen Seelenstoff nahm, den er oder sie sich leisten konnte, und ihn eng um die lockere Erde band. Er war kein Kunstwirker, aber seine angewandte Theologie war solide.

Tara verließ das Grab als Letzte.

»Ich weiß nicht, wie wir zurechtkommen sollen.« Zwischen Beerdigung und Totenwache stand Vater allein an ihrem Kamin. Der Whiskey in seinem Glas hatte die gleiche Farbe wie ihr kleines frühherbstliches Feuer. »Es waren gute Jungs und hervorragend ausgebildet. Sie hielten die Plünderer jahrelang fern. Wir müssen andere anheuern, aber den Preis dafür können wir nicht aufbringen.«

»Ich kann helfen.«

Er warf ihr einen Blick zu und sie sah einen Hauch von Angst in seinen Augen. »Du bist keine Kämpferin, Tara.«

»Nein«, gab sie zu. »Aber ich kann mehr tun, als nur kämpfen.«

»Wir schaffen das schon.« Sein Ton duldete keinen Widerspruch. »Wir haben es sonst auch geschafft.«

Sie ließ sich nicht auf einen Streit mit ihm ein, aber sie dachte: Die Fähigkeiten des Kaplans sind veraltet. Er hat Schwierigkeiten, die Sicherheit des Dorfs zu gewährleisten. Was nützt all das, was ich gelernt habe, wenn ich die Menschen, die mir wichtig sind, nicht beschützen kann?

Ihr Vater wandte sich vom Kamin ab und fixierte sie mit seinem ruhigen Blick. »Tara, versprich mir, dass du nicht ... eingreifst.«

In den letzten Monaten hatte Tara gelernt, dass die besten Lügen die waren, die man nicht aussprach. »Papa, hältst du mich für dumm?«

Er runzelte die Stirn, sagte aber nichts weiter. Das war Tara ganz recht, denn sie hatte nichts versprochen. Ihr Vater war zwar kein Kunstwirker, aber alle Versprechen waren gefährlich.

In dieser Nacht sprang sie aus ihrem Zimmer im zweiten Stock und bediente sich ein wenig der Kunst, um ihren Sturz abzufedern. Schatten drängten sich auf ihrem Weg zu dem frischen Grab um sie. Die Stimme ihres Vaters hallte in ihren Ohren wider, als sie die Schaufel von ihrem Rücken nahm. Sie ignorierte sie. Diese dunkle Arbeit würde Edgemont und ihrer Familie helfen.

Außerdem würde es Spaß machen.

Sie benutzte die Kunst nicht, um das Grab zu öffnen. Das war eine der wenigen Regeln, die eine Kunstwirkerin immer befolgte, selbst auf den höchsten Studienstufen. Je frischer die Leichen, desto besser, denn die Kunst entzog ihnen die Frische. Stattdessen verließ Tara sich auf die Kraft ihrer Arme und ihres Rückens.

Nachdem sie den ersten Meter gegraben hatte, zerrte sie sich einen Muskel und begab sich in sichere Entfernung, um sich auszuruhen, bevor sie wieder auf das Erdreich losging. Die Schaufel war nicht für diese Arbeit gemacht, und ihre Hände waren seit Monaten aus der Übung; ihre alten Grabschwielen waren weich geworden. Sie hatte die Arbeitshandschuhe ihres Vaters gestohlen, aber die waren ihr viel zu groß, was schon komisch wirkte. Sie rieben an ihrer Haut und verursachten Blasen, die fast so schlimm waren wie die, die sie damit hatte verhindern wollen.

Es dauerte eine Stunde, um sich zu den Leichen vorzuarbeiten.

Sie waren ohne Särge begraben worden, damit der Boden ihre Leichen schneller beanspruchen und ihnen den Giftzauber entziehen konnte. Tara hatte nicht einmal ein Brecheisen mitbringen müssen. Das Herausziehen der Leichen aus dem Loch war jedoch schwieriger, als sie erwartet hatte. In der Schule gab es Golems für diese Art von Arbeit – oder Mietlinge.

Als sie die erste Leiche an den Handgelenken packte, sprang der Fluch der Plünderer über und verbrauchte sich an den Schutzzaubern der Glyphen in ihrer Haut. Obwohl der Fluch harmlos für sie war, brannte er dennoch so schlimm wie damals, als sie ihren Hund als kleines Mädchen durch Brennnesseln jagte. Sie fluchte.

Die Leichen aus dem Grab zu holen, machte mehr Lärm, als Tara lieb war, aber sie konnte nicht in der Grube arbeiten. Der Rand des Grabs grenzte den Nachthimmel ein und sie wollte so viel Sternenfeuer wie möglich für die bevorstehende Arbeit. Es war zu lange her, dass sie das letzte Mal ihre Flügel ausgestreckt hatte.

Im Nachhinein betrachtet war das Ganze eine wirklich außerordentlich wunderbar schlechte Idee. Hatte sie Dankbarkeit der Bewohner von Edgemont erwartet, wenn ihre toten Kameraden am nächsten Abend aus zungenlosen Mündern stöhnend auf ihre Posten stolperten? Gleichzeitig war es aber auch eine so *geniale* Idee – einfach und logisch. In einer Schlacht Gefallene würden dem Erdreich nicht viel zurückgeben, aber ihre Leichen besaßen noch genug Kraft, um für Edgemont zu kämpfen. Diese Wiedergänger sprachen vielleicht nicht und begriffen langsamer als lebende Wächter, aber keine Wunde konnte sie abschrecken und die bösartigste Kunst würde ohne merkliche Wirkung durch ihre wankenden Leichen gleiten.

Von nichts kam natürlich nichts. Das Geschäft der Exhumierung folgte strikten Regeln. Eine Leiche enthielt ein gewisses Maß an Ordnung. Die Fortbewegung beanspruchte das meiste davon, die einfache Sinneswahrnehmung einen Großteil des Rests, also blieb nicht viel für die Wahrnehmung übrig. Laien verstanden das nur selten. Es war nicht so, dass eine Kunstwirkerin einen Menschen nicht unverändert wieder zum Leben erwecken *konnte,* aber sie beschloss, es nicht zu tun.

Sie zog den gebogenen scharfen Mondstrahl, der ihr als Arbeitsmesser diente, aus seinem Versteck in der Glyphe über ihrem Herzen und hielt ihn hoch, um ihn mit Sternenlicht zu tränken. Dann machte sie sich an die Arbeit, an die Verflechtung von Geist und Materie, die die meisten Leute auch noch einige Zeit nach dem Tod als *Mensch* bezeichneten.

Ein Wiedergänger brauchte keinen eigenen Willen oder zumindest keinen so robusten, wie die meisten Menschen ihnen zuschrieben. Zerschneiden! Und auch keine komplexen Emotionen, obwohl diese für das menschliche Tier grundlegender und daher schwieriger loszulösen waren. Sie ließ die Schneide ihres Messers erst gezackt werden, um sie auszusägen, dann fein und scharf wie ein Skalpell, um die lästigen Teile herauszuschneiden. Lass ein Fragment der Selbsterhaltung zurück und die brodelnde Wut, die von den letzten Lebensmomenten des Subjekts übrig geblieben ist. Es gibt fast immer Wut, hatte Professor Denovo immer wieder geduldig erklärt. Manchmal muss man nach ihr graben, aber sie ist trotzdem da. Und verschüttet unter den Trümmern der jahrtausendealten Zivilisation fand sich die grundlegendste menschliche Identifizierungskraft: das ist *mein* Volk. Die anderen, nun ja, die sind Nahrung.

Wie im Lehrbuch.

Tara kostete die Arbeit voll aus. Während ihr Messer durch totes Fleisch drang, spürte sie, wie jahrelange Qualen und der Wachtraum von Edgemont verblassten. Dies war echt, der säuerlich-beißende Geruch verschweißter Nerven, der Seelenstoff, der durch ihre Hände floss, die Zuckungen der Leichen, während sie ihre Kunst an ihnen ausübte. Als sie dies vergaß, hatte sie ein Stück von sich selbst vergessen. Jetzt war sie wieder vollständig.

Was sie dem fackeltragenden Mob eher nicht erklären konnte.

Ihr Schrei, als sie der Fluch der Plünderer traf, musste es ihnen verraten haben, oder aber die Dunkelheit, die sich im Dorf ausbreitete, als sie Sternenfeuer und Mondlicht durch ihren Geist miteinander verwob, um den Toten einen Anflug von Leben zu verleihen. Vielleicht war es der Donner der Wiederbelebung gewesen wie von einem Grabstein, der aus grauenhafter Höhe herunterfiel.

Außerdem hatte sie schrill gelacht, als die Leichen unter ihr erwachten: ein Lachen aus vollem Halse, das die Erde zum Beben brachte. Es gehörte zum guten Ton, auf Kosten des Todes schallend zu lachen, obwohl Professor Denovo seinen Studenten immer empfohlen hatte, Diskretion zu üben, vielleicht für Fälle wie diesen.

»Plünderer!«, rief der vorderste Edgemonter, ein Weizenbauer mittleren Alters mit einem runden Bierbauch und dem abwegig heroischen Namen Roland DuChamp. Tara hatte einen Monat zuvor das Testament seines Großvaters für ihn geregelt. Jetzt war er erfüllt von der Wut eines Manns, der es mit etwas aufnahm, das er nicht verstehen konnte. »Sie wollen noch mehr Blut!«

Es war wenig hilfreich, dass die Schatten immer noch an Tara hafteten und sie vor ihren Blicken abschirmten. Was die Edgemonter auf der anderen Seite des Friedhofs sahen, war mehr Monster als Frau, eingehüllt in Sternenfeuer und von der Nacht erschaffenes Fleisch, bis auf die Stellen, an denen ihre Schulglyphen in reinstem Silber aufglühten.

Die Stadtbewohner hoben ihre Waffen und rückten unsicher vor.

Tara legte ihr Messer weg und streckte ihre Hände aus, um freundlich oder zumindest weniger bedrohlich zu wirken. Die Schatten verbannte sie allerdings nicht. Ihre Rückkehr war für Mutter und Vater schon unangenehm genug gewesen, auch ohne dass sie einen fackelschwingenden Mob dazu brachte, über sie herzufallen. »Ich bin nicht hier, um jemandem wehzutun.«

Die Leichen wählten natürlich genau diesen Moment, um sich aufzusetzen, mit schauerlichen Stimmen zu knurren und ungeschickt Waffen in ihren Skeletthänden zu schwingen.

Der Mob schrie. Die Leichen stöhnten. Durch die Dunkelheit schossen die fünf verbliebenen Wächter von Edgemont heran, die die Macht ihres Amts um sich zusammengezogen hatten. Weißer Lichtschein umgab die Wächter, der ihnen eine spektrale Rüstung und die Kraft von zehn Männern verlieh. Tara wich weiter zurück und sah sich nach einem Fluchtweg um.

Der älteste Wächter, Thom Baker, hob seinen Speer und rief: »Stehen bleiben, Plünderer!«

Drei seiner Kameraden fielen über ihre Wiedergänger her und rangen sie nieder. Tara hatte ihre Arbeit gut gemacht: Da sie ihre Freunde erkannten, leisteten die Leichen nur wenig Widerstand.

Die Chancen standen zwei zu eins gegen sie, und wie ihr Vater wusste, war sie keine Kriegerin. In diesem Stadium wäre es wahrscheinlich wenig hilfreich gewesen, ihren Mantel der Dunkelheit fallen zu lassen und sich an Erklärungen zu versuchen. Sie hatten sie dabei erwischt, wie sie die Toten erweckte. Vielleicht war sie doch nicht Tara Abernathy, sondern etwas, das Taras Haut trug. Sie würden ihr den Kopf abschneiden und zu ihrer Familie weiterziehen, um alle auf einen Schlag zu erledigen. Man würde im Namen der Götter kurzen Prozess machen, auch wenn die meisten davon gefallen waren.

Tara steckte in Schwierigkeiten. Die Mitglieder dieses Mobs waren nicht in der Stimmung, über den wertvollen Beitrag zu diskutieren, den ihre Kunst für ihre Leben leisten konnte. In ihrem Gemurmel von Wut und Angst hörte sie ihr Verderben.

Ein Wind wehte aus dem Norden heran und verhieß Kälte und Tod.

Blitze spalteten den klaren Nachthimmel. Sturmwolken kochten aus dem Nichts auf und Fackelfeuer flackerten und verzagten. Der Rüstungsschein der Wächter verblasste und Tara sah darunter ihre wahre Gestalt: Thom Bakers Doppelkinn und Zweitagebart, Ned Thorpes Sommersprossen.

Es donnerte, und eine Frau erschien, die einen Meter über dem Boden schwebte. Ein langer weißer Schal flatterte in der steifen

Brise. Sie trug einen dunklen, strengen Anzug mit dünnen weißen Längsstreifen, die wie von einem feinen Pinsel gezeichnet wirkten. Ihre Haut war blass, ihr Haar eisgrau, ihre Augen wie schwarze Löcher.

Ihr Lächeln hingegen war einladend. Geradezu freundlich.

»Sie sind gerade im Begriff, meine Assistentin anzugreifen«, sagte sie mit sanfter, aber gut hörbarer Stimme, »die Ihrer Gemeinde hilft und dafür als einzige Bezahlung die Befriedigung erhält, für das öffentliche Wohl zu arbeiten.«

Thom Baker versuchte, etwas zu sagen, aber sie brachte ihn mit einem Blick zum Schweigen.

»Wir werden anderswo gebraucht. Behalten Sie die Zombies. Vielleicht brauchen Sie sie.«

Diesmal gelang es Thom, Wörter zu bilden: »Wer sind Sie?«

»Ah«, sagte die schwebende Frau. Sie streckte eine Hand aus. Zwischen ihren ersten beiden Fingern hielt sie ein kleines weißes Rechteck aus Papier, eine Visitenkarte, die identisch mit der in Taras Tasche war. Thom nahm die Karte behutsam entgegen, als wäre sie mit Gift überzogen, und untersuchte sie verwirrt. Er hatte noch nie Papier gesehen, das sich nicht in einem Schul- oder Hauptbuch befand.

»Mein Name«, fuhr die Frau fort, »ist Elayne Kevarian. Ich bin Partnerin in der Firma Kelethras, Albrecht und Ao.« Tara hörte die scharrenden Füße der Edgemonter in der anschließenden Stille. Die Leichen stöhnten erneut. »Bitte zögern Sie nicht, sich mit mir in Verbindung zu setzen, wenn Sie Probleme mit Ihren neuen Verbündeten haben.«

»Verbündete?« Thom blickte auf die Wiedergänger hinunter. »Was sollen wir mit ihnen machen?«

»Halten Sie sie vom Wasser fern«, erwiderte sie. »Sie lösen sich sonst auf.«

Es gab einen weiteren Windstoß, und Tara spürte, wie sie von Flügeln der Nacht aufwärts und davongetragen wurde.

Sie befanden sich fünfzehn Kilometer außerhalb von Edgemont, als Miss Kevarian sich an diesem Abend zum ersten Mal an Tara wandte. »Das war ein übles bisschen Inkompetenz, Miss Abernathy. Wenn wir zusammenarbeiten wollen, vertraue ich darauf, dass Sie in Zukunft umsichtiger sein werden.«

»Sie bieten mir einen Job an?«

»Natürlich«, sagte Miss Kevarian mit einem irritierten Lächeln. »Wäre es Ihnen lieber, wenn ich Sie zu Ihren Mitmenschen zurückbringe?«

Tara blickte zurück auf die schwindenden Lichter des Dorfs und schüttelte den Kopf. »Was immer Sie von mir verlangen, es kann nur besser sein als das.«

»Sie werden vielleicht überrascht sein.« Sie stiegen in Wolken und Donner weiter auf. »Durch unsere Arbeit sind wir dem Mob immer einen Schritt voraus. Das ist alles. Wenn Sie Ihr Ego Ihre Vernunft regieren lassen, werden Sie die Dorfbewohner mit Mistgabeln wartend vorfinden, egal wie weit Sie gereist sind, egal was Sie in ihrem Namen getan haben.«

Trotz der Zurechtweisung breitete sich ein entschlossenes Lächeln auf Taras Gesicht aus. Sollte Edgemont doch seine Fackeln schütteln, sollten die Verborgenen Schulen schimpfen und Professor Denovo schäumen vor Wut. Tara Abernathy würde trotzdem leben und die Kunst ausüben. »Ja, Ma'am.«

*

Es ist schwer, einen Kodex in einem Sturm in dreitausend Metern Höhe zu lesen. Der Regen war kein Problem; Tara schützte sich und ihre Bücher unter einem großen Regenschirm. Aber der Schirm hielt den Wind nicht ab, und wenn man auf einer Plattform aus massivem Nichts am Himmel fliegt, gibt es ziemlich viel Wind.

»Bei deothaumaturgischen Interessenskonflikten verhält sich die Gerechtigkeit nach einem Paradigma, das ursprünglich im siebzehnten Jahrhundert festgeschrieben wurde, und zwar von …«

Gerade als der Satz anfing, Sinn zu ergeben, riss ihr eine besonders bösartige Böe die Seite aus den Fingern und blätterte sie um.

Darunter kam eine Reihe schwarzer, spindeldürrer Buchstaben zum Vorschein. Dort stand: »Kapitel 7: Persönlicher Standard.«

Sie schloss das Buch mit einem Seufzer und legte es oben auf den Stapel. Ganz unten im Stapel lagen Basistexte, kurz und bündig betitelte Abhandlungen, deren Inhalt sie schon vor Jahren verinnerlicht hatte: Verträge, Rechtsmittel, Leichname. Auf ihnen wippten umfangreichere Werke, die Miss Kevarian während ihres mitternächtlichen Zwischenstopps in Chikal aus der Bibliothek ausgeliehen hatte. Tara hatte vorgehabt, diese während des Flugs zu überfliegen, aber sie waren zu kompliziert, da sie sich auf obskure Tricks und arkane Wendungen der Theorie stützten, die sie in der Schule nur mühsam verstanden, aber seither nicht mehr wiederholt hatte.

Sie sah hoch zu Elayne Kevarian – ihrer Chefin, rief sie sich ins Gedächtnis – und verwarf den Gedanken, sie um Hilfe zu bitten. Miss Kevarian hatte zu tun. Sie schwebte fünf Meter vor Tara, den Kopf nach hinten geneigt, die Arme ausgestreckt, und griff nach Blitzen, als wären sie die Zügel der Wolken. Sturmwinde bliesen ihr Haar wie wabernden Rauch umher, und Regentropfen zerplatzten zu Dampf, bevor sie die Wolle ihres grauen Nadelstreifenanzugs benetzen konnten.

Unter ihnen fiel der Regen und darunter erstreckte sich kilometerweit Ackerland. In den vier Jahrzehnten, die seit dem Ende der Götterkriege vergangen waren, hatten sich die Bauernhöfe und Dörfer, die unter ihnen verstreut lagen, erholt, waren gediehen und blieben unter sich. Dort unten lebten Menschen, die nie in ihrem Leben geflogen waren, nie ihre Heimatstadt verlassen hatten, nie eine andere Nation gesehen hatten, geschweige denn einen anderen Kontinent. Tara war einmal eine von ihnen gewesen. Jetzt nicht mehr.

Daraufhin fühlte sie sich schuldig und nahm aus ihrer Umhängetasche ein Stück Pergament, ein kleines Schreibbrett und einen Federkiel.

Sie begann den Brief:

Liebe Mutter und lieber Vater,
ich habe gestern Abend ein dringendes Jobangebot erhalten. Ich freue mich über diese Gelegenheit, obwohl es mir leidtut, so schnell von zu Hause wegzugehen. Ich hatte die Absicht, länger zu bleiben.

Es war wunderbar, euch beide zu sehen. Der Garten macht sich gut, und das neue Schulhaus sieht aus, als ob es noch größer und besser als das letzte sein wird.

Sagt Edgemont auf Wiedersehen und grüßt es von mir, und wenn es euch nichts ausmacht, backt bitte ein paar Kekse für den Kaplan und sagt ihm, sie seien von mir …

*

Der Morgen war zu schön, als dass Al Cabot sterben könnte. Der Sturm war in der Nacht vorübergezogen und hatte Wolkenfetzen hinterlassen, die sich rot färbten, als die Sonne sich am Horizont wölbte. Mit dem Westwind näherte sich eine weitere Gewitterfront, aber für den Moment war der Himmel klar. Al ging mit einer Teetasse in der Hand auf seinen Dachgarten hinaus und nahm sich einen Moment Zeit zum Durchatmen. Seinem Arzt zufolge musste er das öfter tun, sonst würde er nicht mehr lange atmen können.

Al war ein Mann, der während einer Karriere, in der er hinter einem Schreibtisch saß und von einem schlecht beleuchteten Raum in den nächsten schlurfte, nervös und fett geworden war. Er hatte nie die Zeit gehabt, zu schwitzen und sich die harten Muskeln eines gewöhnlichen Straßenarbeiters anzueignen. Er erzählte seinen wenigen Freunden, dass es ihn besonders hart getroffen hätte, aber die Straßenarbeiter fragte nie jemand.

Er genoss das Morgenlicht bei einem Schluck Nachtschattentee, der für normale Menschen giftig war, aber er war wohl kaum noch normal zu nennen. Al war kein Kunstwirker, aber sein Beruf hatte Spuren hinterlassen, so wie die Staublunge eines Bergarbeiters oder der gekrümmte Rücken eines Bauern. Ein halbes

Jahrhundert lang hatte er sich zu nahe an der Dunkelheit befunden und ein Teil von ihr war in seine Knochen gekrochen.

Aber es war fast vorbei. Seine Schulden waren beinahe beglichen. Heute fühlte er sich wieder wie vierzig, jung und unbelastet. Seine Sorgen waren mit dem Sturm vorübergezogen, und sobald dieses letzte Stück Arbeit abgeschlossen war, konnte er in den Morgen seines bevorstehenden Ruhestands schreiten.

Sein Butler hatte die relevante Morgenpost auf den Tisch bei den Azaleen gelegt. Beim Durchsehen des flachen Stapels fand Al ein paar berufliche Notizen und einen Brief seines Sohns David, der vor Jahren weggegangen war, um die Welt wiederaufzubauen. Ganze Kontinente seien in den Götterkriegen in Trümmer gelegt worden, hatte David verkündet, als er sich auf sein Abenteuer begab. So viele Nationen und Städte hätten weniger Glück gehabt als wir von Alt Coulumb und wir schuldeten ihnen Hilfe.

Al hatte dem nicht zugestimmt. Es wurden Worte gesagt, die nicht so leicht wieder zurückgenommen werden konnten, nachdem der eigene Sohn in die Alte Welt verschifft worden war. Al hatte versucht, ihn aufzuspüren. Er hatte Kos lange und aufwendige Opfer dargebracht und Gefälligkeiten von Priestern und sogar von den Todlosen Königen eingefordert, die sein Amtszimmer aufsuchten. Doch all seine Bemühungen schlugen fehl. Vor sechs Monaten jedoch war David von sich aus zurückgekehrt, um ein kompliziertes Geschäft vorzuschlagen, lukrativ und gut gemeint, aber von fragwürdiger Rechtmäßigkeit. Er war immer noch ein idealistischer Narr und Al ein Fahnenträger der alten Garde. Aber die Jahre der Trennung hatten sie gelehrt, die meisten ihrer üblichen Auseinandersetzungen zu vermeiden. Sie waren Vater und Sohn, und sie sprachen jetzt miteinander. Das reichte ihnen.

Al tippte auf den Umschlag, überlegte, ihn zu öffnen, und legte ihn wieder hin. Warte. Beginne den Tag richtig. Er nahm einen tiefen Schluck Tee, bitter und rauchig und merkwürdig süß.

Der Azaleenstrauch hinter ihm raschelte.

Als der Butler fünfundvierzig Minuten später seine Leiche fand, war der starke rötliche Tee aus seiner zerbrochenen Tasse ausgelaufen und hatte sich mit seinem Blut vermischt. Al Cabots Leiche hatte in der Tat sehr viel Blut enthalten. Das meiste davon war nun in einer bereits trocknenden, zähflüssigen Pfütze um die zerfetzten Reste seines Fleischs verteilt. Der verschüttete Tee verdünnte es kaum.

2

Schiefer erlangte bald nach Sonnenaufgang seine Sinne wieder und entdeckte zu seiner Bestürzung, dass er blutüberströmt durch eine Hintergasse flüchtete. Die klebrige rote Flüssigkeit war überall – sie durchtränkte seine Kleidung und trocknete in seinem Haar. Sie tropfte von seiner Stirn und rollte seine Wange hinunter in seinen Mund. Am schlimmsten war, dass sie gut schmeckte.

Das Blut war nicht sein unmittelbarstes Problem. Als er einen Blick über seine Schulter warf, sah er, dass er von vier schwarzen Schatten verfolgt wurde, deren menschliche Gestalt die groben Umrisse einer Höhlenmalerei besaßen.

Schwarzanzüge. Agenten der Justiz. Die perfekte Polizei: Bürger wie du und ich geben ihre Autonomie für eine Schicht pro Tag gegen ein Gehalt auf. Man zieht einen Anzug an, und schon ist der Geist in das komplexe Netz der Justiz eingeschweißt, die überall nach Kriminellen und Feinden der Stadt sucht. Die Justiz patrouilliert auf den Straßen und bewacht die Bevölkerung. Die Justiz ist blind, aber sie sieht alles.

Die Justiz verfolgte ihn, unerbittlich und unermüdlich. Es war nur eine Frage der Zeit, bis er ins Straucheln geriet.

Göttin im Himmel, er war blutüberströmt. Das Letzte, woran er sich erinnerte, war, wie er an der Fassade eines hohen Gebäudes an unbeweglichen geprägten Bildern von Gargoyles vorbei in Richtung eines Dachgartens kletterte, um sich mit Richter Cabot, dem großen dicken Mann, zu treffen.

Eine weitere Erinnerung dämmerte in dem durch Wut getönten Nebel: Cabots Gesicht, vor Schmerz verzerrt, schreiend. Blutend. Feuer rollte heran und verschlang Schiefer, das Bewusstsein verließ ihn – und hier hatte er seine Augen geöffnet.

Wenn die Schwarzanzüge hinter ihm her waren – die allwissende Justiz fragte sich zweifellos, wie dieser scheinbar normale Mensch ihren Agenten entrinnen konnte, indem er sich in vollem Lauf in Seitengassen duckte und sich zwischen Hindernissen hindurchschlängelte, dort über einen Mülleimer sprang und hier einen Maschendrahtzaun mit zwei gewaltigen Klimmzügen überwand –, wenn die Schwarzanzüge hinter ihm her waren ... War es möglich, dass er den Verstand verloren hatte? Sicher. Möglich. Falls man ihn hintergangen hatte.

Hatte er Cabot getötet?

Sein Verstand schreckte vor dieser Aussicht zurück, aber er konnte nicht leugnen, dass ein winziger Teil von ihm beim Gedanken an seinen Tod in Aufregung geriet. Ein winziger, verzweifelter, hungriger Teil.

Scheiße!

Seine Leute, sein Schwarm, wüsste, was zu tun wäre, aber sie waren versteckt, und wenn er sie suchte, würden die Schwarzanzüge ihm folgen.

Er brauchte einen Zufluchtsort, den letzten Ort, an dem sie suchen würden.

Zunächst musste er sich der Verfolgung entziehen. Da die Sterne untergingen und der Mond in der Hölle verborgen war, war eine Verwandlung schwer, aber er hatte keine andere Möglichkeit. Sein Herz schlug schneller, seine Nasenlöcher weiteten sich. Er taumelte vorwärts, stolperte, stürzte fast mit dem Gesicht auf das Kopfsteinpflaster. Gerüche und Geräusche strömten auf ihn ein und überwältigten ihn: Jauche und Gassenschmutz und der würzige Geruch von frisch gebackenem Teig von einem Frühstücksstand am Straßenrand, das Klappern der Kutschenräder und das Klirren des Geschirrs und das Stampfen der Füße der Schwarzanzüge. Süße, übersinnliche Kraft zerdrückte seinen Geist und ließ seine Muskeln zu Brei werden.

Und verwandelte diesen Brei in lebendigen Felsen.

Die Knochen seiner Schultern brachen, verzogen sich und wurden wieder ganz. Flügel aus Stein brachen aus seinem glatten

Granitrücken hervor und fächerten auf, um die Luft zu schmecken. Sein Kieferknochen schwoll an, um scharfe, gebogene Zähne zu verankern. Zerbrechliche, fleischige menschliche Hände und Füße spalteten und öffneten sich wie Baumknospen im Frühling und seine großen Krallen blühten von innen hervor.

Die Welt verlangsamte sich.

Er bewegte sich mit großen Sätzen schneller vorwärts, als die Schwarzanzüge folgen konnten – mal auf zwei Beinen, mal auf vier, und sprang von Wand zu Wand, wobei die Krallen tiefe Rillen im Stein hinterließen. Er hatte nicht mehr viel Kraft, aber süße Mutter, er konnte rennen. Er konnte fliegen.

Er war erneut unterwegs zum Penthouse von Al Cabot.

Hinter ihm blieben die vier Schwarzanzüge stehen, ihre unheimlich fließenden Bewegungen verwandelten sich im Nu in die tote Reglosigkeit von Statuen. Sie wandten sich mit glatten, augenlosen Gesichtern einander zu, und wenn sie sich auf eine Weise verständigten, die Menschen nicht hören konnten, war das von außen nicht zu erkennen.

*

»Chefin«, fragte Tara, als sie aufwachte und unter sich ein wogendes Gebiet aus Blau und Grün sah, »warum sind wir über dem Meer?«

Miss Kevarian saß im Schneidersitz mitten in der Luft, ihre Handrücken ruhten auf den Oberschenkeln wie ein meditierender Mönch im Nadelstreifenanzug. Eine Korona aus Sternenfeuer haftete ihrer Haut an und wurde von ihrem Willen in die Plattform gewoben, die sie beide in der Höhe hielt. Die Blitze und stürmischen Winde, mit deren Hilfe sie sie über einen Kontinent hinweg geweht hatte, waren verschwunden. Die Luft war klar und frisch, der Himmel im hellen Violett der nahenden Morgendämmerung gefärbt. Wolken zogen am Horizont auf.

»Was meinen Sie, was der Grund dafür ist?«, antwortete Miss Kevarian.

Tara öffnete ihren Mund, um zu antworten, schloss ihn wieder und sagte dann: »Das ist ein Test.«

»Natürlich ist es ein Test. Vernünftige Leute beantworten Fragen nicht mit weiteren Fragen. Ich weiß anhand Ihrer Leistungen in den Verborgenen Schulen, dass ich mit Ihnen zusammenarbeiten möchte, aber ich habe Ihre logischen Fähigkeiten nicht aus erster Hand gesehen. Ich weiß nicht, ob ich Sie als Assistentin oder als Geschäftspartnerin behandeln soll. Zeigen Sie es mir.«

Eine Möwe flog unter ihnen hindurch, während Tara nachdachte. Der Vogel sah hoch, krächzte erstaunt und ging in einen Sturzflug in Richtung Wasser über.

»Es gibt nur eine Antwort, die einen Sinn ergibt«, sagte Tara schließlich, »aber eine Tatsache passt nicht dazu.«

Miss Kevarian nickte. »Fahren Sie fort.«

»Wir fliegen nicht zu einem anderen Kontinent. Oder auf eine Insel. Den Büchern nach zu urteilen, die ich mir von Ihnen ausleihen durfte, wurden wir für einen umfangreicheren Fall herangezogen, als Sie ihn in irgendeinem Zufluchtsort der Götter im Skeld-Archipel erhalten würden. Definitiv auf unserer Seite des Ozeans – die Neue Welt, befreites Territorium. Erst reisten wir nach Osten, und jetzt fliegen wir nach Westen, das heißt, wir konnten nicht einfach an unserem Ziel landen. Wir mussten vorbeifliegen und dann wenden. Wir müssen an einen Ort unterwegs sein, an dem das Fliegen eingeschränkt ist. Mit anderen Worten, eine Stadt, die immer noch von Göttern regiert wird. Aber …«

»Ja?«

»Wenn wir nach Alt Coulumb fliegen, warum kann ich es nicht von hier aus spüren?«

Miss Kevarian wartete und beobachtete den westlichen Horizont ungerührt mit schwarzen Augen. Unten, inmitten der Dünung und Brandung, sah Tara riesige Schiffe, die aus dieser Höhe wie winziges Spielzeug wirkten. Bei einigen blähten sich die Segel im Wind, andere spuckten dicke Rauchschwaden aus. Rotschwarze Rümpfe aus Eisenholz schimmerten von den Schutzzaubern, die fleißige Kunstwirkende angefertigt hatten. Dies waren keine verwahrlosten Handelsschiffe, die mit Billigware beladen waren. An dieser Küste der Neuen Welt konnte nur Alt Coulumb eine solche Flotte anlocken. Zwei Drittel aller Frachten, die aus der Alten Welt über den Östlichen Ozean verschifft wurden, liefen durch den mächtigen Hafen dieser Stadt, von Iskar und Camlaan und dem Glutofen Gleb, aus dem reglementierten Reich von König Uhrwerk und der eisigen Einöde, die sich vor Koschei dem Grauenvollen verneigte. Tausende von Karawanen und Händlern kauften der Reihe nach die Schiffswaren en gros und trugen sie nach Westen, flussaufwärts und über die Straße bis in die freien Städte von Nordkath.

»Alles andere leuchtet ein.« Tara betrachtete mit zusammengekniffenen Augen den Streifen Land, der jenseits des Ozeans unter den hohen, bedrohlichen Wolken sichtbar war, konnte aber aus dieser Entfernung keine Details erkennen. Nur ein paar scharfe Spitzen, die zu Wolkenkratzern gehören mochten, das war alles. »Die Verteidigungsanlagen im Westen, Süden und Norden von Alt Coulumb sind stark genug, um uns fernzuhalten. Sie sind jedoch eine Handels- und Schifffahrtsmacht, deshalb müssen ihre Häfen offen sein. Aber wenn das die Heimat von Kos dem Ewigbrennenden ist, die letzte göttliche Stadt in der Neuen Welt, sollte ich etwas spüren können, aber ich ziehe eine Niete. Kein Seelenstoff, kein Sternenglanz, kein Glaube, keine Aura. Als ob der ganze Ort tot wäre.«

Miss Kevarian nickte. Tara hielt den Atem an. War das Nicken ein gutes oder ein schlechtes Zeichen? »Vielleicht brauchen Sie einen anderen Fokus, Miss Abernathy. Schließen Sie Ihre Augen und warten Sie.«

Das tat sie. Die Welt war schwarz und ihre unendliche Weite wurde nur durch Elayne Kevarians Silhouette unterbrochen, die ein funkelndes Muster aus Blitzen war, dessen Facetten alle ihr Ganzes widerspiegelten. So etwas hatte Tara erwartet. Mit geschlossenen Augen konnte eine Kunstwirkerin hinter und unter die Welt der groben Materie sehen. Miss Kevarians Muster war jedoch verwischt, als ob Leere über seine Ränder hereinbrach.

Dann bewegte sich die Leere, und Tara erkannte, dass sie überhaupt nicht leer war, sondern gefüllt mit gedämpftem und um sich greifendem Licht: ein Energienetz, komplizierter als jedes Werk menschlicher Kunst, das Tara je gesehen hatte. Unzählige, untereinander verwobene Schichten, die bis in den Himmel reichten, in die Erde eintauchten, sich über das Meer wölbten. In diesem Netz spürte sie die nachhallende, wabernde Hitze eines fernen Feuers.

»Mein Gott.« Taras Kiefer klappte herunter. Als sie die Augen öffnete, blieb Miss Kevarian ungerührt.

»Durchaus«, sagte sie. »Sie hatten noch nie mit Göttern zu tun, oder?«

»Nicht direkt.« Sie zählte ihre Atemzüge und beruhigte ihr rasendes Herz. »Ein- oder zweimal in der Schule, in einer kontrollierten Umgebung. Ich kenne die Theorie natürlich, aber so etwas habe ich noch nie gesehen.« Tara schloss wieder die Augen und staunte über die vor ihr liegende Komplexität.

Göttliche Kunst war weniger offensichtlich als die sterbliche Variante, zumal die Mechanismen eines Lebewesens für das menschliche Auge weniger deutlich waren als die von Sprungfedern und Stahlzahnrädern. Nur wenige Kunstwirkende konnten das Werk eines Gottes auf den ersten Blick erkennen. Dennoch hatte Tara nicht damit gerechnet, dass die Schutzzauber, mit denen Kos seine Stadt verbarg, so subtil und so groß waren, dass sie deren Grenze nicht finden konnte.

Die Kunst war schwierig zu beherrschen, halb Kunst, halb Wissenschaft und eine Extrahälfte dickköpfige Entschlossenheit. Die meisten Menschen konnten mit ihrem eigenen Seelenstoff kaum eine Kerze anzünden, geschweige denn die in der Welt um sie herum entstehende Kraft binden und lenken. Um einer einzelnen Leiche auch nur ansatzweise Leben einzuhauchen, waren jahrelange Ausbildung und strenge Studien erforderlich. Dieses gewaltige Konstrukt mit seinen Verteidigungswällen, Ausfallsicherungen und seinen subtilen Abhängigkeiten hätte ein Team menschlicher Kunstwirker fünfzig Jahre beschäftigt, um es zu planen und zu gestalten. Es war gewaltig, organisch, allumfassend. Göttlich.

Beim Blick auf Alt Coulumb erlebte Tara zum ersten Mal die gleichen Emotionen, die anderthalb Jahrhunderte zuvor eine Handvoll Theologen und Gelehrte dazu getrieben hatte, die Kunst für sich zu entdecken und die ersten Todlosen Könige zu werden: die Ehrfurcht davor, wie gut göttliche Hände eine Sache gemacht hatten, und das unersättliche Bedürfnis, diesen Entwurf zu vervollkommnen. Dem Sicherungsfilter zum Beispiel, der den Hafen von Alt Coulumb vor Meerestieren schützte, könnte etwas Aufbereitung nicht schaden. Und da war noch etwas anderes, ein schwach ausgeprägtes, allgegenwärtiges Problem, das sie nicht ganz in Worte fassen konnte.

»Tja«, sagte Miss Kevarian, »Sie werden bald Erfahrungen aus erster Hand mit einer Gottheit machen, die den Titel verdient hat.«

»Aber warum«, fragte Tara, »sieht es so kalt aus?«

»Wie meinen Sie das?«

»Die Schutzzauber sind alle da, sicher. Aber wo ist der Gott darin? Er sollte durch das ganze System hindurchscheinen, aber die Schutzzauber sind dunkel wie Asche. Ist das normal?«

Miss Kevarian öffnete ihren Mund zu einer Antwort.

Doch bevor sie sprechen konnte, machte die feste Luft, auf der sie saßen, einen Satz, bebte und wurde erschreckend durchlässig. Sonnenlicht durchbrach den Morgennebel hinter ihnen und fing den Augenblick in flüssigem Bernstein ein, Himmel und Meer und die ferne, wolkenbedeckte Stadt, blaue Wellen und Schiffe unter ihnen.

Sie fielen.

*

Fliegen ist nicht leicht, und Fallen ist schwerer, als die meisten Menschen denken. Glücklicherweise hatte Tara Übung in beidem. Das letzte Mal, als sie anlässlich ihres sogenannten Abschlusses an den Verborgenen Schulen fiel, hatte sie Zeit, sich darauf vorzubereiten; drei Tage qualvolle Gefangenschaft gingen ihrem ziemlich buchstäblichen Absturz voraus. Andererseits hatte ihre Gefängniszelle sie geschwächt, ebenso wie ihr Kampf gegen ihre ehemaligen Professoren. Vielleicht machten diese Auswirkungen die Vorteile des Vorwissens zunichte.

Blindes, unvernünftiges Entsetzen ist das erste Hindernis, das man überwinden muss, wenn man einen Sturz aus großer Höhe überleben will, aber es ist keineswegs das gefährlichste. Furcht kann den Verstand trüben, aber wenn man mit der Angst im Reinen ist, wie es Tara war, kann sie auch die Konzentration fördern.

Der Wind peitschte an ihrem Gesicht vorbei und der Ozean kam rasend schnell auf sie zu. Tara sah aus den Augenwinkeln ein Funkeln aus Sternenglanz aufleuchten – zweifellos rettete Miss Kevarian sich selbst. War dies ein weiterer Test? Wenn ja, war es ein möglicherweise tödlicher, aber Miss Kevarian schien keine liebevolle oder nachsichtige Person zu sein.

Misstrauen später. Fallen jetzt.

Das zweite und weitaus heimtückischere Hindernis, einen solchen Sturz zu überleben, ist die angenehme Unvermeidbarkeit des Tods. Das Gehirn schaltet sich ab, und die Seele sieht aus der Ferne zu, wie der Körper mit immer größerer Geschwindigkeit dem Untergang entgegenstürzt. Das liegt daran, dass der Instinkt bei vielen Dingen zwar gut, beim Tod aber dumm ist. Der Körper weiß, dass jeder Affe, der mehrere tausend Meter in ein fernes Meer stürzt, in kurzer Zeit tot sein wird, also beginnt er, sich zu entspannen. Männer und Frauen verbringen Jahre in Klöstern und versuchen, die Erleuchtung zu erlangen, die in diesen Momenten des Herabstürzens erreicht wird.

Aber Tara war kein Affe. Genau genommen war sie nicht einmal mehr ein Mensch. Doch was auch immer die Meinung ihres Körpers zu dieser Angelegenheit sein mochte, sie würde nicht aufgeben.

Zweihundertfünfzig Meter. Der Sturz wurde schneller.

Miss Kevarian kannte zweifellos eine elegante Lösung für dieses Problem, etwas Großes und Kompliziertes, das gefährliche Pakte mit dämonischen Wesenheiten beinhaltete. Tara hatte keine derartigen Ressourcen zur Verfügung. Bis auf die stärksten Sterne waren alle vor der aufgehenden Sonne geflohen, und das wenige Licht, das von ihnen übrig blieb, war schwach. Sie konnte sich nur auf ihren eigenen Verstand verlassen. Sie hoffte, das würde ausreichen.

Tara ignorierte die chemische Akzeptanz, die ihr Gehirn überschwemmt hatte, dehnte ihr Bewusstsein über die Grenzen ihrer Haut hinaus aus und machte ihre Seele flach und weit wie eine geometrische Ebene mit unendlicher Reichweite. Sie nahm den fallenden Körper Miss Kevarians wahr, eine Schar Möwen einen Kilometer weiter südlich, huschende Wolken- und Dunstfetzen.

Als ihre Sinne weit wie die Oberfläche eines großen Sees waren, schottete sie sie ab und machte sie undurchdringlich und solide wie altes Holz.

Einige Leute dachten, Materie und Geist seien verschiedene Substanzen, die in einem zarten Tanz miteinander verbunden sind. Das erste Prinzip der Kunst, für dessen Verstehen Tausende von Gelehrten eine peinlich lange Zeit gebraucht hatten, bestand darin, dass Materie und Geist in Wahrheit verschiedene Aspekte derselben Substanz waren, und es gab Tricks, damit das eine sich wie das andere verhielt. Wenn ein breites Stück Stoff, vom Wind gespannt, ihren Fall verlangsamen konnte, so konnte es auch der Geist.

Natürlich ist der Geist unter normalen Bedingungen durchlässiger als Materie. Wäre man töricht genug, seine Seele vollständig in Materie umzuwandeln, würde man zu einem schlaffen Fleischsack, einem sabbernden Idioten, der in dem Moment, in dem er das Atmen vergisst, kaum noch als lebendig gelten könnte. Es galt, einen schmalen Grat zu beschreiten: Konzentriere dein Bewusstsein, aber zerstöre es nicht. Breite deine Seele weiter aus als jeden Fallschirm und lass deine Gedanken und Gefühle langsam, langsam, *langsam* (aber vielleicht etwas schneller, denn jetzt bist du nur noch einhundertfünfzig Meter über dem Boden) erstarren, bis sie auf physische Materie einwirken können und nach einigen Quadratkilometern leerer Luft anfangen, Widerstand gegen den Durchlass deines Körpers und deiner Seele zu entwickeln.

Nur wenige Menschen haben gespürt, wie ihre Seele sich wie ein Fallschirm hinter ihnen aufbauscht. Während Taras vorherigem Sturz war sie von der Schlacht und der Gefangenschaft betäubt gewesen und hatte nicht wahrgenommen, wie schmerzhaft er war.

Sie schrie. Kein normaler Schmerzensschrei, sondern ein tiefer und blinder Schrei, als die Vernunft sie verließ. Von allen Schreien, die in der enzyklopädischen Audiobibliothek der Verborgenen Schulen katalogisiert sind, ähnelte Taras Schrei am meisten dem Schrei eines Manns, dessen Unterleib von einem Insekt mit gezackten Krallen und dem Gesicht eines Kinds verschlungen wurde.

Nach dem Schrei kam das Vergessen. Sie war gleichzeitig die winzige Feder eines Körpers, die zu einem wogenden Ozean hinabschwebte, und eine diffuse Seelenwolke, eins mit dem Himmel, eins mit dem Wind. Tausend kribbelnde zärtliche Berührungen trafen sie unvorbereitet, als ob sie in einem Regensturm gefangen wäre und die Regentropfen Liebe wären.

Das ist neu, dachte sie, bevor sie auf dem Wasser aufschlug.

*

Abelard saß im Beichtstuhl und rauchte. Er hatte seit zwei Tagen nicht mehr aufhören können. Wenn er zwischen den Inhalationen auch nur eine kurze Pause machte, begann das Zittern. Er konnte kaum eine halbe Stunde durchgehend schlafen, bevor er zitternd aufwachte und verzweifelt nach einem Zug von der Zigarette suchte, die irgendwie immer noch schwelend an seinem Bett lag.

Er hätte müde sein müssen. Vielleicht war er es auch, aber das Zittern war schlimmer als die Erschöpfung. Es zeigte sich zuerst in seinen Fingerspitzen und Zehen, kroch dann die Gliedmaßen hinauf und setzte sich in seinen Unterarmen und Waden fest, bevor es sich an Leiste und Brust festklammerte. Er wusste nicht, was passieren würde, wenn er zuließ, dass es sein Herz erreichte. Er wollte es nicht herausfinden.

»Das ist normal«, hatte ihm der Arzt des Kardinals gesagt, als er am Vorabend sein Zittern meldete. »Es ist stärker als erwartet, aber normal. Als Initiand der Disziplin der ewigen Flamme rauchst du täglich zwischen drei und fünf Schachteln Zigaretten. Gottes Gnade hat dich vor den schädlichen Auswirkungen der Tabaksucht geschützt, aber unter den gegenwärtigen Umständen wurde dir seine Gnade entzogen.«

Durch den Rat des Arztes fühlte Abelard sich nicht besser. Übelkeit hielt seinen Magen in ihren Klauen, während er zuhörte, und hatte ihn seitdem nicht mehr verlassen. Selbst hier, in Gotts eigenem Beichtstuhl, fühlte er sich leer, verlassen. Der Arzt warnte ihn, er solle aufhören oder das Rauchen wenigstens einschränken, aber Abelard wollte nicht auf ihn hören. Er war seinem Herrn verpflichtet, egal was geschah.

Der Beichtstuhl war eng und karg, zu seiner Rechten durch ein feines Gitter abgegrenzt. Seine Seite war gut beleuchtet und die Seite des Beichtvaters dunkel. Er wusste jedoch, wer sein Beichtvater war. Das war eigentlich nicht erlaubt, aber dies war eine beispiellose Situation.

»Sag mir, mein Sohn«, sagte der Leitende Technikerkardinal Gustave, »hast du etwas Seltsames bemerkt, bevor der Alarm ertönte?« Seine tiefe Stimme hallte in der Enge ihres Beichtstuhls wider. Als jahrzehntelanges Kirchenoberhaupt und Oberhaupt des Kardinalsrates war Gustave daran gewöhnt, vor großen Hallen zu sprechen und gegen Ungerechtigkeit zu wettern. Jahre der Führung und der Kirchenpolitik hatten ihn etwas ungeschickter darin gemacht, eine einzige unruhige Seele zu unterstützen. Er versuchte es, aber er war müde.

Abelards Bizeps und seine Oberschenkel zitterten. *Halt, verdammt,* sagte er sich. *Der Kardinal schaut zu. Der Beichtende sitzt ohne Gottes Gnade da, sucht Wiederherstellung und ver-*

dient den Geschmack der Flamme nicht. Du hast vorher schon durchgehalten, bis die Krämpfe deine Schultern und die Gabelung deiner Beine erreichten. Du schaffst das auch noch mal. »Es gab nichts Ungewöhnliches, Vater.« Seine Lippen waren noch trocken. Er leckte sie noch einmal. *Der Kardinal bleibt unerschütterlich. Warum kannst du das nicht?* »Nichts Ungewöhnliches, was die technische Seite betrifft. Alle Anzeigen nominal. Dampfdruck niedrig, aber innerhalb der Toleranz.«

»Du hast berichtet, dass der Allerheiligste unwillig war, dein Gebet zu beantworten?«

Das schwere Kratzen von Kardinal Gustaves Stift klang wie reißender Stein. Die Wände des Beichtstuhls ragten an allen Seiten auf. »Sie wissen, wie es läuft, Vater.« Abelard gestikulierte schwach mit seiner Zigarette. Die Glut an ihrer Spitze tanzte eine Spur durch die Luft.

»Ich weiß viele Dinge, mein Sohn«, sagte Gustave, »aber es nähern sich Außenstehende, um uns zu helfen, und sie werden mit den Einzelheiten des Diensts an unserem Gott nicht vertraut sein.«

»Ja, Vater.« Wenn er sich doch nur für einen Moment abwenden oder blinzeln würde. »Ich … äh … ähm.« Gustaves Gesicht war in der Dunkelheit des Beichtabteils kaum erkennbar. Hohle Wangen, hohe Stirn, buschige Augenbrauen. Der vor anderthalb Jahrzehnten gewachsene Schnurrbart, der nie aus der Mode kam, weil er nie in Mode war. Er ist hier, um zu helfen, nicht um zu urteilen, sagte Abelard sich. Tröste dich mit seiner Anwesenheit, denn es bleibt nichts anderes übrig, um dich zu trösten. »Es dauert manchmal eine Weile, bis ich meinen Geist richtig auf die Vereinigung mit dem Ewigbrennenden Herrn vorbereitet habe. Gott ist groß und ich bin jung und schwach. Manchmal trete ich mit unversöhnter Seele vor ihn. Manchmal, sosehr ich es auch versuche, kann ich meine Opfergabe nicht mit reinem Herzen darbringen.« Er verfluchte sich selbst innerlich. Er klang wie ein Perverser oder ein Abtrünniger. Schnell fuhr er fort. »Manchmal ist das verzehrende Feuer Seiner Gnade einfach … woanders.

Götter sind immer anwesend, aber sie schenken uns nicht immer Beachtung. Wie in Lehmans Parabel über den Mönch, der die Speisekammer bewacht. Er kann immer nur einen Satz Schränke auf einmal bewachen und die Ratten kommen herein.«

»Danke«, sagte Kardinal Gustave, als Abelard eine Pause machte, um Luft zu holen. »Das ist völlig ausreichend.«

Das Reden hatte ihn für einen wunderbaren Moment abgelenkt. Seine Brust begann zu zucken. Ihm war so kalt.

»Sag mir, mein Sohn, welche Methoden hast du angewandt, um die Aufmerksamkeit des Allergrimmigsten zu erregen?«

Zumindest für diesen Teil schämte er sich nicht. »Ich stimmte die Gebete für die Ankunft der Flamme an, polierte die Leitungen auf dem Thron und rezitierte die ersten zehn Strophen der Litanei der Verbrannten Toten.«

Gustave nickte und machte sich weitere Notizen. Während die Aufmerksamkeit des Kardinals auf das Papier gerichtet war, wölbte Abelard eine Hand vor Mund und Zigarette und sog tabakhaltige Luft ein. Die Zigarettenflamme flackerte in der Dunkelheit des Beichtstuhls auf und seine Muskeln zitterten langsamer. Er sah wieder hoch und bemerkte, dass Gustave wartete. Der Gesichtsausdruck des anderen Mannes war durch das Gitter nicht zu deuten. Er hätte eine exquisit gearbeitete Puppe mit menschlichen Zügen sein können.

Dazu sind wir geworden, dachte Abelard. Scheinbar seelenlos, durch unsere Angst voneinander abgeschnitten.

»Es tut mir leid, Vater, es tut mir so leid, aber die Erfahrung, der Moment, Lord Kos …« Er deutete mit einer vagen Geste auf die Zigarette.

Gustave senkte den Kopf. »Ich verstehe, mein Sohn.«

»Sind wir in Schwierigkeiten, Vater?«

»Das glaube ich nicht.«

»Sie sagten, es kämen Außenstehende.«

»Diese Probleme treten außerhalb unserer Mauern häufiger auf als innerhalb unserer gesegneten Stadt. Es gibt Firmen, die solche Probleme schnell, effizient und diskret lösen.«

»Sie werden uns helfen?«

»Sie sind die Besten, die wir finden konnten.« Gustaves Augen waren grau, grimmig und zuversichtlich. Mit der Kraft seines Blicks hätten eiserne Türme des Glaubens errichtet werden können. »Fachleute. In ihren Händen sind wir sicher.«

Abelards Finger- und Zehenspitzen begannen erneut zu zucken.

*

Tara schwebte in einem kalten Schoß, eingehüllt in Sonnenlicht. Traumfragmente packten sie und ließen sie wieder in die Bewusstlosigkeit zurückfallen. Sie war sechs Jahre alt und lief auf den brachliegenden Feldern der Farm ihres Vaters unter dem zornigen schwarzen Bauch eines Gewitters. Ein Blitz entsprang in den Wolken, leuchtete auf und knisterte, schlug eine Brücke zwischen Erde und Himmel. Sie hob die Hände, bildete mit zerbrechlichen Fingern eine Schale und fing ihn auf.

Etwas Langes, Schmales und Schweres traf ihre Rippen, und sie erinnerte sich, dass sie atmen musste. Sie war ein Spielball der Wellen mit Gliedern aus Zweigen und Papier und spuckte eine Lungenfüllung Salzwasser aus. Sie hörte eine Stimme.

»Fang den Tampen auf, Mädchen!«

Tampen nannten Matrosen ein Seil, erinnerte sich ihr verwässertes Gehirn. Das war es, was ihr wie ein Bleigewicht in die Seite geschlagen hatte: ein nasser, geflochtener Hanfstrick, eine Rettungsleine. Ihre Hände suchten blindlings danach und umklammerten ihn, bevor sie wieder versank. Das Seil spannte sich und zog sie mit einer Wucht halb aus dem Wasser, die ihre Arme fast aus den Gelenken riss. Ihr Körper schlug gegen eine glatte, rutschige Oberfläche.

Ihr warmer rosa Stumpfsinn spaltete sich wie ein Ei von innen heraus und öffnete sich einem strahlenden Tag. Die rechte Seite der Welt bestand aus Himmel und Ozean, die linke aus einer Wand aus dunklem, nassem Holz: ein Kiel. Tara folgte mit ihren

Blicken dem Seil an der Seite des Schiffs nach oben und sah einen Mann, der sich über die Reling des Decks beugte und auf sie hinuntersah. Er war als Silhouette vor den Wolken erkennbar.

Jemand zog erneut heftig am anderen Ende des Seils. Eine weitere Schmerzwelle riss Taras Beine aus dem Wasser. Tropfend baumelte sie am Kiel. Schwarzer Staub und Reste von verkohltem Holz verfärbten ihre Kleidung und fielen auf ihr Gesicht.

»Wir haben eine junge Dame gefangen, Jungs«, rief die Silhouette über die Schulter hinweg. »Oder jedenfalls eine junge Frau.«

Sie schnappte nach Luft, fand ihre Stimme wieder und rief: »Schluss mit der Folter! Haltet das Seil fest und ich klettere allein hinauf.«

»Mit diesen dünnen Armen und so durchnässt, dass du das Eineinhalbfache deines normalen Gewichts hast? Das glaube ich nicht.«

»Nach euren letzten paar Zügen würde ich sagen, dass ich entweder mit diesen dünnen Armen oder ganz ohne Arme oben ankomme.«

»Das hast du schön gesagt! Haltet das Seil ruhig«, riet die Silhouette ihren unsichtbaren Assistenten.

Sie hing tropfend da, bis sie sicher war, dass die anderen Matrosen auf ihren Gesprächspartner hörten. Zufrieden stemmte sie ihre Füße gegen den Kiel und begann quälend langsam an der Seite des Schiffs hochzuwandern.

»Wenn du weiter so langsam kletterst, sind wir im Hafen, bevor du das Deck erreichst.«

»Ich bewege mich gern …« Ziehen, Schritt. Atmen. Ziehen, Schritt. »… gemessenen Schritts!«

»Woran misst du ihn?«

Ziehen. Schritt. »Sicher nicht an deiner Zunge.« Zu ihrer Linken sah sie ein schweres und massives Schiff und ein drittes hinter diesem. In der Ferne erkannte sie das grünschwarze Band des Horizonts, gespickt mit Zinnen, Türmen und Minaretten. Die große Stadt kam näher. Wolken brüteten darüber und ergossen sich über das Wasser.

»Wie heißt du, Matrose?«

»Raz«, rief der Schatten herunter. »Raz Pelham, von der *Kell's Bounty,* unterwegs nach Alt Coulumb. Und du, Hübsche?«

Sie lachte rau. Wie auch immer sie aussah, durchnässt und halb ertrunken, sie bezweifelte, dass sie hübsch war. Wenigstens lenkte die Neckerei mit diesem Matrosen sie von der Anstrengung ab, sein Schiff zu erklimmen. »Tara Abernathy, von nirgends im Besonderen.« Sie spuckte einen Splitter verkohltes Holz aus. Da sie sich jetzt außerhalb des Wassers befand, sah sie, dass der Rumpf der *Kell's Bounty* bis auf einige unbeschädigte Stellen, wo neue Planken die Stellen überstürzter Reparaturen markierten, mit streifenförmigen Brandnarben übersät war. »Wisst ihr, dass euer Schiff auseinanderfällt?«

»Wir sind uns dessen nur allzu bewusst«, antwortete er. »Vor ein paar Tagen haben wir uns bei Krabens Säulen westlich von Iskar etwas Ärger eingehandelt, aber wir hatten nur wenig Zeit für Reparaturen, bevor uns ein Kunde für einen schnellen Passagiertransport nach Alt Coulumb engagierte. Mit etwas Glück gehen wir hier ins Trockendock.«

»Ich hätte gedacht, dass ein schnelles Schiff wie dieses allen Schwierigkeiten davonsegeln könnte.«

»Ah, da liegt dein Fehler. Du denkst, dass wir vor Ärger weglaufen und nicht darauf zusegeln.«

Sie hielt inne, um durchzuatmen und ihre schmerzenden Arme auszuruhen. »Warum habt ihr den Passagier nicht abgewiesen? Es scheint gefährlich zu sein, mit Schäden zu segeln.«

»Sieht die *Kell's Bounty* aus wie einer der gut betuchten Kaufleute von früher, reich genug, um Aufträge aus einer Laune heraus anzunehmen oder abzulehnen?« Er stützte sich vorgebeugt auf die Reling. »Meine Arme sind offen für alle, die zahlen, obwohl ich mir wünschte, ich wäre mehr mein eigener Herr und weniger der Sklave des Kunden.«

»Das Gefühl kenne ich.«

»Und welche Art von Kunden würde so eine Dame wie du haben?«, fragte er mit anzüglichem Blick.

Sie hätte beinahe gelacht, beinahe den Halt am Seil verloren, wäre beinahe wieder ins Wasser gefallen. Einen derartigen Fehltritt würde sie sich vor diesem Mann nicht erlauben. »Keine Kunden, aber meine neue Chefin ist irgendwie eine Hexe.«

Er antwortete nicht. Ziehen, Schritt. Einen halben Meter. Einen.

Raz griff nach unten und packte ihre ausgestreckte Hand. Ihre Augen stellten sich scharf. Seine Haut war so braun wie altes, verarbeitetes Mahagoni und er fasste ihren Unterarm mit ebenso glatten Fingern. Er zog sie mit einer Hand so mühelos hoch, als hätte er eine Bierflasche gehoben. Das Geländer streifte an ihren Schienbeinen entlang. Als er sie auf dem sanft schaukelnden Deck absetzte, sah sie seinen Körper. Muskulös, ja, aber zu dünn, um diese übernatürliche Kraft zu besitzen.

Er lächelte, und sie sah, wie die Spitzen von Fangzähnen unter seiner Oberlippe hervorschauten. Seine Augen hatten die Farbe getrockneten Schorfs und waren so tief wie ein Meeresgraben.

Sie atmete aus. »Danke für die Hilfe, Matrose.«

Raz lachte. »Gut gemacht! Nicht viele sehen mir in die Augen und bleiben beim ersten Versuch stehen. Besonders, nachdem sie fast ertrunken sind.« Er umklammerte ihre Schulter und drückte sie fest. »Gut zu sehen, dass du nicht nur eine große Klappe hast.«

Sie atmete durch. Ihre Arme zitterten. Sie sagte: »Danke. Du bist ein Vampir.«

»Wenn du schon auf meinem Schiff bist«, sagte er, »kannst du mich genauso gut Kapitän nennen. Um der Mannschaft willen.«

Tara war immer noch wacklig auf den Beinen und ließ den Blick über das breite Deck schweifen. Es war voller Matrosen: die drei, die das Seil festgehalten hatten, damit sie klettern konnte, und zwölf weitere, die Leinen losmachten, Segel einholten und die Decks schrubbten, um die *Kell's Bounty* auf die Ankunft im Hafen vorzubereiten.

Sie hätte noch mehr gesehen, aber ihre Aufmerksamkeit wurde von einer einzelnen weiblichen Gestalt gefesselt, blass und schlank, die einen dampfenden Becher Kaffee hielt. Der Sturz hatte den Anzug von Miss Kevarian nicht zerknittert. Hinter ihr, ordentlich auf dem Deck gestapelt wie von einem gewissenhaften Träger an Bord getragen, ruhten Taras Bücher und ihr Gepäck.

»Danke, dass Sie Miss Abernathy gerettet haben, Kapitän«, sagte Miss Kevarian mit einem kurzen Nicken zu Raz.

»Es ist mir immer ein Vergnügen, Ihnen zu Diensten zu sein, Lady K. Wenn ich das sagen darf, diese hier hat ein ganz schönes Mundwerk.« Er zwinkerte Tara zu, die ihn ignorierte. »Ich muss nach unten gehen, bevor ich noch brauner werde. Kapitän Davis kommt gleich hoch, falls Sie etwas brauchen.«

»Wollen Sie nicht bleiben und etwas Sonne tanken?«, fragte Miss Kevarian freundlich.

»Oh, nein«, antwortete Raz, bereits auf halbem Weg die Leiter hinunter in seine Kabine. »Sie kennen mich, verrückte Lady. Ich bräune nicht. Ich verbrenne.«

»Dann vielleicht heute Abend.«

»Ich wäre für das Vergnügungsviertel, direkt nach Sonnenuntergang. Es ist schon eine Weile her seit meinem letzten Besuch in Alt Coulumb und ich habe Lust auf einen Drink. Kommen Sie zu mir, wenn Sie einen mit mir heben möchten.«

Er schlug die Falltür hinter sich zu und verriegelte sie. Kühles Schweigen legte sich zwischen Tara und Miss Kevarian. Die ältere Frau nippte an ihrem Kaffee. Die jüngere stand tropfend da.

»Eine Hexe?«, sagte Miss Kevarian irritiert. »Ich hätte gedacht, Sie würden mehr von mir halten, Miss Abernathy. Auf Besenstielen reiten, mit unheiligen Mächten verkehren. Wer hat noch Zeit für solche Nettigkeiten? Ich habe seit den späten Achtzigern keine Verabredung mehr gehabt.«

»Bestehe ich den Test?« Tara versuchte, mit ruhiger Stimme zu sprechen, aber das Adrenalin stach ihr die Katzenkrallen ins Herz, und ihre Stimme klang im falschen Moment angespannt.

»Entschuldigung, wie bitte?«, fragte Miss Kevarian.

»Sie wussten, dass wir fallen würden, Chefin. Sie haben dafür gesorgt, dass dieses Boot uns auffängt. Das Ganze war ein Test.«

»Wohl kaum.«

»Es ist also Zufall, dass wir auf ein Boot stürzen, das von Ihrem Vampirfreund gekapert wurde?«

Eine kleine Schar Seeleute hatte sich versammelt. Sie blickten auf Miss Kevarian und warteten auf ihre Antwort, schauderten jedoch bald und wandten den Blick ab. Etwas an ihr schreckte ab. Vielleicht war es die Art und Weise, wie ihr dunkelgrauer Anzug vom Licht durchtränkt wurde, vielleicht war es die Art und Weise, wie der Dampf aus ihrer Kaffeetasse wie ein dämonischer Flammenkranz um sie herumwirbelte. Vielleicht war es auch das neongelbe Smiley-Gesicht an der Seite der Tasse.

»Das Fliegen in der Nähe von Alt Coulumb wird von göttlichen Schutzzaubern unterbunden«, sagte Miss Kevarian, »aber wir haben deren Begrenzung um mehr als dreihundert Meter überschritten. Ich hatte eigentlich vor, auf diesem Schiff zu landen, damit Raz uns in den Hafen bringt. Ich war von unserem Sturz genauso überrascht wie Sie.«

Verwirrung nahm Taras Wut die Spitze. »Die Leute machen ständig Geschäfte in Alt Coulumb. Es muss einen Zubringer geben, der sie durch die Schutzzauber bringt. Warum sich die Mühe mit Kapitän Pelham machen?«

»Wassertaxis nehmen die meisten ankommenden Fliegenden in Empfang. Wir haben keins genommen, weil Profis sie benutzen. Magier, Vampire, Geschäftsleute aller Art. Jemand würde mich erkennen und erraten, weshalb ich gekommen bin.«

»Warum so geheimnisvoll mit der Kunst umgehen? Es sei denn, unser Mandant ist so groß, dass …« Sie rief sich die große, glimmende Glut von Alt Coulumbs Schutzzaubern ins Gedächtnis, und sie erinnerte sich auch an das Kribbeln an ihrer Seele, während sie fiel, bevor sie das Bewusstsein verlor: Liebe wie Feuer oder Feuer wie Liebe. Das war die Berührung von Kos' Macht gewesen, schön, aber schwach – schwächer als die gefangenen Götter, die sie in der Schule studiert hatte, und die waren mehr Gespenster als göttliche Geister, ausgeweidet und einsam.

Die Unermesslichkeit dessen, was sie jetzt sagen wollte, ließ ihr die Worte im Hals stecken bleiben.

Miss Kevarian kam näher. Tara roch sie: Kaffee, Lavendel, Magie und etwas anderes, seltsam und unidentifizierbar. Sie flüsterte in Taras Ohr: »Kos der Ewigbrennende ist tot. Wir sind hier, um ihn wieder zum Leben zu erwecken.«

3

Die Türme von Alt Coulumb ließen die gigantischen Versorgungsschiffe, die unten an den Docks vertäut waren, winzig erscheinen, so wie die Schiffe ihrerseits die Fähren winzig erscheinen ließen, die über den Fluss Edgemont in ihrer Heimat fuhren.

Tara starrte fassungslos auf diese Gebäude. Sie waren Monumente der Macht. Jeder Bogen, jede Turmspitze, jede massive Säule verkündete die Macht der Stadt. Sogar die Verborgenen Schulen in ihrer luftigen und metallischen Pracht schienen sich ihrer eigenen Großartigkeit nicht so bewusst oder gar so stolz darauf zu sein.

Armeen waren nötig gewesen, um der Erde Gestein und Metall zu entreißen und Alt Coulumb zu bauen; Heerscharen von Priestern, um von ihrem Gott Feuer zu erbetteln und das Erz zu Stahlskeletten zu formen. Legionen brachen sich Rücken, Arme und Finger, stapelten Stein auf Stein; zerschmolzene Haut und verbrannte Haare verschweißten Stahl mit Stahl. Diese Gebäude kannten den Geschmack von Blutopfern und hungerten nach mehr.

»Ah«, sagte Miss Kevarian und gesellte sich zu Tara an der Reling. »Ich habe diesen Ort vermisst. Er hat solch einen … Charakter.«

»Sie haben hier schon mal gearbeitet, Chefin?«

»Kurz nach den Götterkriegen. Damals war es hier weniger einladend. Die Kirche beauftragte uns, ein Problem zu lösen, das über die Möglichkeiten der angewandten Theologie der Priester hinausging.« Sie sprach mit kontrollierter Verachtung. »Die ganze Angelegenheit war damals ziemlich geheim, wie Sie sich sicher vorstellen können. Alt Coulumb hat sich nie an dem Krieg beteiligt, und Kos blieb neutral, aber es hätte einen öffentlichen Aufschrei gegeben, wenn unser Einsatz bekannt geworden wäre. Es war schwierig, Büroangestellte zu bekommen, weil alle, mit denen wir Bewerbungsgespräche führten, Angst hatten, wir würden ihnen ihre Seelen stehlen.« Sie verzog einen Mundwinkel.

»Was war der Auftrag? Wenn das kein Geheimnis ist.«

»Oh, nein. Das ist schon seit einer Weile öffentlich.« Menschen strömten zu den Docks, Hafenarbeiter be- und entluden, Einheimische begrüßten die Passagiere und feilschten um die kleinen Luxusartikel, die die Seeleute zur Aufbesserung ihrer mageren Heuer schmuggelten: Talismane aus Birnbaumholz, gefärbte Seide, kunstvoll gewebte Teppiche, Raubdrucke der neuesten Romane aus der Iskari-Serie. Miss Kevarian zeigte auf den Rand der Menge, wo einige schwarz gekleidete Gestalten standen. Nein. Nicht gekleidet. Vom Schwarz umschlossen. Davon ausgelöscht. Ihre Gesichter wirkten wie die unfertiger Statuen: Andeutungen von Augen, eine Ausbuchtung als Nase, die Andeutung eines Munds. Ihre Hände waren hinter dem Rücken verschränkt. Die meisten waren Männer, es gab aber auch ein paar Frauen. Bei allen waren Kopf, Herz und Unterleib durchbohrt von einem hauchdünnen Blitz. Tara bezweifelte, dass irgendjemand außer Miss Kevarian und ihr selbst dies sehen konnte.

»Wer sind die?«

»Justiz. Sie waren einst die Stadtwache, gesalbt von Seril der Grünäugigen, Seril der Unvergänglichen, der Göttin, auf die sich Kos' Priesterschaft verließ, um die Ordnung in der Stadt aufrechtzuerhalten.«

»Aber Seril wurde in den Fünfzigerjahren in den Götterkriegen getötet.«

»Es freut mich, dass Sie Ihre Geschichte kennen. Ja. Seril und ihre Kriegerpriester ritten in die Schlacht, und es war ihnen egal, ob Alt Coulumb ihnen folgte. Sie starb durch die Hand des Rotkönigs und ließ die Stadt ohne Beschützer zurück.« Miss Kevarian nahm noch einen Schluck Kaffee. »Die Kirche von Kos stellte mich und einen Seniorpartner der Firma ein, um zu tun, was wir konnten. Die Schwarzanzüge waren Teil des Ergebnisses. Ich traf Kapitän Pelham auf dieser ersten Reise. Damals war er noch ein Mensch. So wie ich damals wohl auch.«

Sie machten sich auf den Weg die Rampe hinunter, gefolgt von zwei Deckmatrosen, die ihre Habseligkeiten trugen. Tara sah sich um, in der Hoffnung, einen Blick auf Raz zu erhaschen, aber er hatte sich unter Deck verschanzt. Die Sonne stand weit über dem Horizont und er brauchte seine Ruhe. Zwei Kapitäne, zwei Besatzungen, eine für die Nacht, eine für den Tag – kein Wunder, dass die *Kell's Bounty* in einem so mörderischen Geschäft florierte, obwohl sie eins der kleineren Schiffe war, die derzeit in den Docks von Alt Coulumb vor Anker lagen.

Doch wie mörderisch war ihr Geschäft eigentlich? Tara hatte einige der Matrosen nach Kapitän Pelhams »etwas Ärger« gefragt, aber sie wichen ihren Fragen aus, und als sie weiterbohrte, wurden sie blass und zogen sich zurück. Kapitän Davis war auch nicht gesprächiger gewesen.

Am Fuß der Rampe wartete eine fahrerlose Kutsche, gezogen von einem schwarzen Monsterpferd. Tara konnte sich bei seiner Größe nicht vorstellen, dass jemand es wagen würde, es anzuspannen. Es scharrte mit den Hufen und fixierte sie mit einem intelligenten und einem bösartigen Auge.

Sie ging schneller und folgte Miss Kevarian in die Dunkelheit der Kutschkabine, wo sie zwischen schwarzem Leder und Samtvorhängen saßen, während ihre wenigen Gepäckstücke nach ihnen verladen wurden. Tara schloss die Tür, und die Kutsche rollte vorwärts, als ob die Menge aus Dampf bestünde.

Miss Kevarian stellte ihren Becher ab, legte die Fingerspitzen beider Hände aneinander und sagte eine ganze Weile nichts.

»Es tut mir leid, dass ich Sie eine Hexe genannt habe«, sagte Tara.

Es dauerte einen Moment, bis Miss Kevarian bemerkte, dass Tara gesprochen hatte. Selbst dann reagierte sie nicht.

»Chefin?«

»Miss Abernathy. Ich habe mit Göttern und Dämonen gerungen. Mein Ego ist wohl kaum so zerbrechlich, dass es durch die schlechte Wortwahl eines Geschäftspartners verletzt werden könnte. Ich denke nach.«

Partner. Stolz blühte in Tara auf. »Sie denken nur nach?«

»Es gibt nie ein ›nur‹, wenn es ums Nachdenken geht, Miss Abernathy.«

Die Blüte schrumpfte. Egal. Stolz ist ohnehin gefährlich. »Worüber denken Sie nach?«

»Strategie. Vor uns liegt ein gewaltiger Fall, der in den letzten zwei Stunden noch komplizierter geworden ist.«

»Sie sprechen von unserem Absturz.«

»Meine Kunst scheitert nicht ohne Grund. Etwas traf uns in der Luft, das so übermächtig war wie ein Flugverbot eines Gottes, und schnell genug, um das Gebilde meiner Kunst ohne Vorwarnung zu zerfetzen. Hätte einer von uns zu langsam reagiert, hätten wir es vielleicht nie bis zum Ufer geschafft. Wir sollten sterben, nehme ich an, und unser Tod sollte wie ein Unfall aussehen. Pilotenfehler.«

»Was sollen wir tun?« Tara rief ein Blitzfragment herbei und ließ es zwischen ihren Fingerspitzen tanzen. »Die Person finden, die auf uns schießt?«

»Leider nein. So angenehm es wäre, unseren Angreifer zur Strecke zu bringen, ich muss mich um Geschäfte kümmern. Und«, sagte sie, als ihre Kutsche scharf auf eine Durchgangsstraße abbog, »Sie auch.«

*

Dreißig Minuten später stand Tara auf einem gepflasterten Bürgersteig vor den Doppeltüren eines riesigen Gebäudes. Sie hatte nicht viel Erfahrung mit Wolkenkratzern, aber dieser strahlte, egal welche Maßstäbe man anlegte, Reichtum aus und war prächtig mit Marmor und Blattgold verziert. Gargoyles starrten finster von seiner kunstvoll verzierten Fassade herab.

Tiefe, alte Rillen verunzierten das Mauerwerk in eckigen Mustern wie eine Runenschrift, die Tara jedoch unbekannt war. Sie passten nicht zu dem schlichten, eleganten Dekor des Wolkenkratzers, und sie fragte sich, warum sie nicht ausgebessert oder repariert worden waren.

Die messingbeschlagenen Doppeltüren schwangen auf, als sie sich näherte, wie Miss Kevarian es ihr gesagt hatte. Die Türen waren einfache Konstruktionen. Sie prüften auf Macht und wichen vor ihr. Vor dem Ende der Götterkriege waren nur selten Bürger von Alt Coulumb in der Kunst bewandert. Dieses Gebäude hatte seither seine Schlösser nicht ausgewechselt. Kurios.

Tara ging über die Marmorplatten des Fußbodens, ihr Blick war auf die Aufzüge am anderen Ende der Eingangshalle gerichtet. Die Wände waren mit Spiegeln ausgekleidet, der zweiten Verteidigungslinie des Gebäudes. Wenn sie ihren eigenen Blick im Spiegel erwiderte, stand sie verzaubert von ihrem Spiegelbild da, bis die Sicherheitsleute eintrafen. Wenn sie in die Spiegel blickte, aber nicht auf sich selbst, konnte sie einfach durch deren Oberfläche gehen und wurde in der realen Welt nie wieder gesehen, es sei denn, das Gebäude schickte jemanden, der sie zurückholte.

Sie erreichte den Aufzug ohne Zwischenfälle, trat ein, drehte den Wählschalter auf den siebenundvierzigsten Stock und drückte den LOS-Knopf. Die Türen glitten zu und sie war in einem glänzenden Messingkasten gefangen. Mit einem Ruck begann der Aufzug die Fahrt nach oben.

Sie hatte sich sorgfältig auf ihre Begegnung mit Richter Cabot vorbereitet. Dies war ihr erstes berufliches Treffen als vollwertige Kunstwirkerin und ihre Chance, in Alt Coulumb einen guten Eindruck zu hinterlassen. Sie ignorierte das nervöse Zittern in ihrer Brust. »Euer Ehren«, sagte sie zu den Wänden des leeren Aufzugs. Gut. Du musst stark und respektvoll beginnen. »Elayne Kevarian von der Firma Kelethras, Albrecht, und …« Nein. Nicht ganz. Seien Sie nicht zu arrogant, hatte Miss Kevarian gesagt. Treten Sie ein, zollen Sie Respekt. Seien Sie direkt und sachlich. »Elayne Kevarian hat mich geschickt, um Ihnen mitzuteilen, dass sie sich bereit erklärt hat, den Klerus von Kos dem Ewigbrennenden zu vertreten, und dass sie mit Ihnen sprechen möchte, wann immer es Ihnen passt.«

Sie fragte sich, wer dieser Richter war und wie gut Miss Kevarian ihn kannte. In einer Stadt von der Größe Alt Coulumbs gab es viele kleinere Richter, um den Kunstwirkenden besser helfen zu können, die Reanimation von Menschen, Tiere und große Sorgen zu koordinieren, aber dieser Fall … Dieser Fall überstieg jedes Ausmaß der Kunst, mit dem Tara jemals geglaubt hatte, in Berührung zu kommen.

Der Gedanke an diese gewaltige Herausforderung ließ ihr Herz vor Aufregung rasen.

Der Motor, der diesen Aufzug antrieb, arbeitete mit Dampfdruck; Dampf, der durch Wärme aus Wasser erzeugt wurde. Die Generatoren von Alt Coulumb gewannen diese Wärme nicht aus gefällten Bäumen oder den schwarzmagischen Ölen vor langer Zeit Gestorbener, sondern durch die Gnade eines Gotts, der sich vor Ewigkeiten die Menschen dieses Küstenabschnitts zu eigen gemacht hatte.

Wenn man Miss Kevarian Glauben schenkte, war dieser Gott tot. Seine Gaben von Feuer und Hitze würden bis Neumond andauern, wenn die Schulden beglichen und die Kaufpreise fällig wurden. Dann würden sie verblassen. Tara stand in einer Metallkiste, die an einer dünnen Schnur über einem dreißigstöckigen Abgrund baumelte, und das andere Ende dieser Schnur wurde von der Verheißung eines Geists gehalten.

Hätte Tara es nicht besser gewusst, sie hätte die Fassung verloren.

Der Aufzug schaukelte zum Stillstand und seine Türen glitten auf.

Auf dem goldfarbenen Skeldic-Teppich standen in dem geschmückten Eingangsbereich drei Schwarzanzüge: zwei männliche und ein weiblicher. Licht schien durch die Kristalldecke und reflektierte auf ihren Hüllen aus geschmolzenem Obsidian. Tara hielt den Atem an, als sie ihrer ansichtig wurde. Diener der Justiz. So hatte Miss Kevarian sie vorhin am Dock genannt.

Sie mahnte sich zur Entspannung. Sie hatte nichts Falsches getan.

Natürlich bedeutete dies ihrer Erfahrung nach selten, dass man von den Behörden nichts zu befürchten hatte. Sie drängte einen Nebel aus schlechten Erinnerungen beiseite, betrat hoch erhobenen Hauptes den Empfangsbereich und hielt die Hände vor sich verschränkt. Sie hatte sich auf der *Kell's Bounty* umgezogen und ihre schmutzige, vom Meer durchtränkte Kleidung mit ihrem zweiten, weitaus formelleren Anzug getauscht, dessen Henkerschwarz sich von ihrer nussbraunen Haut abhob. Sie war froh über den strengen Anzug, als drei leere, reflektierende Gesichter ihr gegenübertraten. Sie erwiderte ihren starren Blick.

»Ich möchte mit Richter Cabot sprechen.«

Richter Cabot ist nicht verfügbar. Die Lippen der Gestalten bewegten sich nicht, aber Tara hörte trotzdem drei Stimmen, oder besser die albtraumhaften Echos dreier Stimmen, die eigentlich keinen Klang hatten und kaum hörbar waren. *Was wollen Sie von ihm?*

»I…« Verdammt, sie würde sich nicht von einem Trio professioneller Sicherheitsalbträume unterkriegen lassen. Reiß dich zusammen und mach weiter. Du bist kein Bauernmädchen, das um Gefälligkeiten bettelt. Du hast hier eine Aufgabe. »Ich bin eine Kunstwirkerin von der Firma Kelethras, Albrecht und Ao, die hier mit Richter Cabot sprechen möchte. Wissen Sie, wann er zurückkehren wird?«

Ja. Sie wandten ihre Gesichter alle gleichzeitig dem Oberlicht zu. Diese Einheit war noch beunruhigender als ihre Stimmen. *Er wird zurückkehren, wenn der Mond zerbrochen ist und das Land verblasst, wenn die Gewässer hochsteigen und zu Dampf verbrennen, wenn die Sterne fallen und der Ewigbrennende Lord sich erhebt.*

»Ah.« Sie hielt inne und dachte nach. »Er ist tot.«

Seit heute Morgen.

Hinter den Doppeltüren, die zu Cabots Wohnung führten, hörte sie einen hohen und lang anhaltenden Schrei. »Wer ist das?«

Der Butler.

Sie wartete.

Er hat die Leiche entdeckt und ist daher wahrscheinlich daran beteiligt. Wir sind dabei, die Einzelheiten des Ereignisses zu ermitteln.

Die Leiche entdeckt? Beteiligt? »Sie glauben, Cabot wurde ermordet?«

Es ist wahrscheinlich. In Anbetracht des Zustands des Körpers.

Noch ein Schrei. Dieser ging in tiefes, kräftiges Schluchzen über.

»Klingt, als würde es wehtun, dieses ›Ermitteln‹.«

Die meisten finden es nicht angenehm, aber der Gerechtigkeit muss Genüge getan werden. Wenn wir fertig sind, werden wir seine Erinnerung an den Schmerz lindern.

»Sauber.«

Ergiebig. Schmerz ist eine wertvolle Ressource, mit der man sparsam umgehen sollte.

Tara verschränkte ihre Arme und ihr Blick wanderte vom einen zum nächsten. Mord. Weil Richter Cabot an einem vollkommen routinemäßigen, wenn auch groß angelegten Verfahren der Kunst beteiligt war?

Wenn sie mit diesen Informationen zu Miss Kevarian zurückkehrte, würde sie sofort zurückgeschickt werden, um mehr zu erfahren. Außerdem hatte sie die Fährte aufgenommen.

»Hören Sie. Meine Chefin will, dass ich Richter Cabot treffe. Woher weiß ich, dass er nicht noch am Leben ist und Ihnen sagt, Sie sollen lügen, um mich rauszuhalten?«

Welchem Zweck würde das dienen?

»Woher soll ich das wissen? Ich kann nicht mit leeren Händen zu meiner Chefin zurückkehren. Sie würde Schattenpuppen aus meiner Haut machen, und wenn ich Glück habe, lässt sie mich vorher sterben. Und dann macht sie sich auf die Suche nach dem, der sich mir in den Weg gestellt hat.«

Das ist bedauerlich für Sie.

»Ich will damit sagen, dass es viel mehr als nur ein paar Schreie braucht, um mich davon zu überzeugen, dass Sie hier wirklich einen Mordtatort haben.«

Sie glauben, wir würden lügen?

»Ich bin neu in der Stadt. Ich sehe ein Trio von Statuen, die sich bewegen, und weiß nicht, was ich davon halten soll.«

Wir sind die Justiz. Wir haben Regeln.

Das hat nicht funktioniert. Taktik ändern. Sie mögen Regeln, nicht wahr? »Wie lauten denn Ihre Regeln?«

Das gerechte Herz ist leichter als eine Feder. Sie hoben ihre Gesichter wieder gen Himmel. Wir wiegen die Herzen.

»Ah.«

Die Schwarzanzüge schienen sich mit Schweigen wohlzufühlen. Die wiederholten Schreie aus der Wohnung des Richters schienen sie auch nicht aus der Ruhe zu bringen.

»Es gibt noch andere Regeln, nicht wahr?«

Das Buch der Vorschriften ist zwanzig Seiten lang.

»Könnte schlimmer sein.«

Anhang A hat dreitausendeinhundertzwölf. Pause. *Wir werden sie nicht laut wiederholen. Exemplare sind im Tempel der Justiz als Dienst an der Stadt öffentlich ausgelegt.*

Sie versuchte, sich an ihnen vorbeizudrängen, während sie sprachen, aber sie bewegten sich – eher wie fließende Lava und nicht wie Menschen –, um ihr den Weg zu versperren.

Es ist uns nicht gestattet, Sie passieren zu lassen. Unsere Untersuchung des Tatorts ist unvollständig.

Tara war kurz davor, aufzugeben und davonzustürmen. Sie verfluchte Städte und Strafverfolgungsbehörden sowie Elayne Kevarian. Sie drehte sich um und hob ihren Fuß. Hätte sie ihn abgesetzt, hätte der Schwung dieses Schritts sie auf die Straße und zum Rest ihres Lebens weitergetragen.

Sie wandte sich wieder zu den Wächtern um.

»Sie untersuchen die Leiche?«

Ja.

»Wissen Sie, wie man das macht?«

Wir warten auf Experten.

»Ich bin eine Expertin.«

Sie sagten nichts.

»Ich bin eine Kunstwirkerin. Eine Absolventin der Verborgenen Schulen. Ich bin genauso kompetent, den Zustand einer Leiche zu beurteilen, wie jeder andere in der Stadt.«

Sie sind weder vom Rat für Gerechtigkeit zugelassen noch als Sachverständige zertifiziert.

»Der Sachverständige ist aber nicht hier, oder? Aber ich bin da. Mit jeder Minute, die Sie im Foyer warten, verlieren Sie wertvolle Informationen. Beweise verrotten schneller als die Leiche und Ihr Mörder verwischt eilends seine Spuren.«

Die Informationen, von denen Sie sprechen, werden von den zuständigen Behörden zusammengetragen.

Tara feixte. »Welche zuständigen Behörden?« Sie streckte einen Arm mit der Handfläche nach oben aus und zog mit der anderen Hand den Ärmel zurück. Zuerst konnte man nicht erkennen, ob die Schwarzanzüge hinsahen, denn ihre Pupillen waren unter ihren schwarzen Hüllen unsichtbar, aber sie wandten sich ihr zu, als das Sonnenlicht begann zu verblassen. Taras Unterarm war braun und unmarkiert gewesen, als sie den Ärmel hochzog, aber als die Schatten tiefer und die Welt grau wurde, erschienen Spuren von silbernem Licht auf ihrer Haut.

Ihre Glyphen sahen aus wie Spinnweben, die maschinell angelegt worden waren. Präzise Linien schlängelten sich um ihren Arm, Spiralen verschlangen Spiralen, in geschlossenen Diagrammen standen Texte in einem halben Dutzend Sprachen, von denen die meisten tot waren. Ein sich wiederholendes Symbol unterbrach dieses Muster entlang des Verlaufs ihrer Speichenarterie: ein Kreis in einem Dreieck, das sich in einem Kreis befand – das Zeichen der verborgenen Schulen. Das Licht der Glyphen war stark genug, um Schatten zu werfen.

Die Schwarzanzüge zogen sich den Bruchteil eines Schritts zurück.

»Ich habe einen langen Weg hinter mir«, sagte Tara. »Ich kann helfen. Jetzt lassen Sie mich bitte rein.«

*

Sie hätte sich beim Anblick der Leiche fast übergeben, aber sie hatte nicht vor, ihrer Schwarzanzugeskorte die Genugtuung zu gestatten. Die verdammten Kerle würden sie wahrscheinlich einsperren, wenn sie sich über den ganzen Tatort erbrach.

Richter Cabot war das, was man in einem früheren Jahrhundert einen korpulenten Mann genannt hätte. Er hatte im Alter von neunundzwanzig Jahren sein zweites Kinn ausgebildet und entschieden, dass es keinen Grund gab, das wieder zu ändern. Seine Figur war – wenigstens war sie es gewesen – torusförmig: Schmale Schultern gingen in eine breite Brust und einen noch breiteren Bauch über, bevor der Körper sich zu umgekehrt kegelförmigen Oberschenkeln, dünnen, kräftigen Waden und zwanzig Zentimeter großen Füßen verjüngte. Seine Schultern und Arme waren mit Muttermalen übersät, und er hatte eine hässliche Narbe an seiner rechten Hüfte, die von einem Unfall oder einem verpatzten medizinischen Eingriff herrührte. Sein Körper war bleich und nur wenig behaart.

Tara sah dies alles, weil Richter Cabots Kleidung und sein Morgenmantel mitsamt einem Großteil seines Fleischs abgerissen worden waren. Er lag in Einzelteilen auf dem Gartenboden in einer Lache seines Bluts. Der Teil von ihr, der die Tochter ihres Vaters war, verzagte und versteckte sich in einem entlegenen Winkel ihres Verstands. Was übrig blieb, war ein vollendeter Profi. Zumindest redete sie sich das ein.

»Was sehen Sie?«, fragte sie den Schwarzanzug.

Das ist unerheblich. Wir sind an Ihren Beobachtungen interessiert.

Das Trio der Schwarzanzüge hatte sich aufgeteilt, einer bewachte das Foyer, und zwei hatten sie begleitet. Einer der beiden hatte eine andere Richtung eingeschlagen, vermutlich, um bei der Befragung des Butlers zu helfen, als sie das eichenvertäfelte Wohnzimmer durchquert hatten. Der dritte hatte Tara durch eine Glastür in einen Dachgarten mit fluoreszierenden Blumen und Miniaturdattelpalmen geführt. Ein aufwendig gewirktes Kunstwerk bündelte das Sonnenlicht und schloss Feuchtigkeit ein, um das Dach in einen privaten Regenwald zu verwandeln. Der Effekt war nicht perfekt – die Luft war klebrig und schwer, und es gab nicht genug Fliegen. In einem echten Dschungel würde sich vampirisches Ungeziefer in dieser erstarrenden roten Pfütze winden.

Hier gab es nur das Blut. Und die Gliedmaßen. Und das Gesicht.

Der Schwarzanzug stand drei Meter entfernt in der Nähe der Tür und schaute zu. Wenn er nicht bei der Arbeit war und diesen geschlechtsneutralen Anzug trug, handelte es sich bei der Gestalt um eine Frau.

Was können Sie uns sagen?

Tara ging vorsichtig um die Blutlache herum. An ihrem Rand sah sie Keramikfragmente und eine Verfärbung in der tiefroten Flut. Er hatte Tee getrunken. Und nun war er tot. Nein. Konzentrier dich auf die Einzelheiten, nicht auf das Grauen. Dies war nur eine weitere Leiche wie alle anderen, die sie an den Verborgenen Schulen studiert hatte.

Miss Kevarian hatte Taras Besuch beim Richter als Test gedacht, als Chance, unter Beweis zu stellen, dass sie allein arbeiten konnte. Diesem Zweck konnte der Besuch immer noch dienen.

Die kleineren Tonscherben waren mit getrocknetem oder trocknendem Blut bedeckt; Cabots Kopf lag auf einer davon. Eins wussten die Schwarzanzüge mit ziemlicher Sicherheit: Er war überrascht worden, hatte den Becher fallen lassen und war gestürzt.

Unter Cabots Nägeln befanden sich keine Blutergüsse und kein fremdes Blut oder Schmutz oder Haare, obwohl seine Finger zerfleischt und gebrochen waren. Er hatte sich nicht gewehrt. Was auch immer ihm zugestoßen war, es war schnell geschehen.

Die Leiche sonderte unter dem Gestank von verwesendem Fleisch einen stechenden Geruch von heißem Silber ab.

»Wie wurden Sie kontaktiert?«

Cabot hatte spezielle Schutzzauber, um im Falle seines Tods die Justiz zu benachrichtigen und uns ein Bild seiner Leiche zu geben. Pause. *Auch der Butler hat uns gerufen.*

»Zeigt Ihr Bild, wer das getan hat?«

Wir haben Verdächtige.

Tara faltete die Hände. »Jemand hat Cabot die Wirbelsäule durch die Haut aus dem Rücken gezogen. Der Tod hätte sofort eintreten müssen, aber wer auch immer das getan hat, wollte ihn am Leben lassen.« Sie zeigte auf die Knochenscheiben, die grob kreisförmig um den Körper herum angeordnet waren wie verstreute Pokerchips auf einem Tisch. »Der Leichnam wurde rituell mit seinen Rückenwirbeln eingekreist. Nekromanten verwenden eine fortgeschrittenere Version der gleichen Technik, um Geister zu binden. Auch Ärzte setzen sie ein, um den Patienten auf dem Operationstisch am Leben zu erhalten. Knochen sind ein starker Fokus, besonders wenn es sich um die eigenen Knochen handelt. Mit der Wirbelsäule des Richters hätte selbst ein Amateur der Kunst ihn für … ich schätze, etwa eine Minute am Leben und bei Verstand halten können. Wenn man nur seine Seele weiter an seinen Körper binden wollte und sein Geisteszustand egal war, hätte es auch länger sein können. Viel länger.« Für Cabot hätte es sich sogar noch länger angefühlt. Das Herz bestimmte im menschlichen Körper über die Zeit. Ohne seinen Schlag verlängerten, streckten, veränderten sich die Gedanken. Sie hatte ihr eigenes Herz unter genauer Beobachtung als Experiment in der Schule angehalten, wobei ihr Gehirn die ganze Zeit am Leben blieb. Für Cabot hätten sich Sekunden der Qual wie Stunden angefühlt.

Bleib professionell. Behalte dein Frühstück dort, wo es hingehört, und deine Stimme ruhig.

Der Schwarzanzug neigte den Kopf zur Seite. *Gibt es eine Möglichkeit, ihn zurückzurufen?*

Tara umkreiste weiter langsam den Leichnam. »Der Körper ist ein kompliziertes System. Um jemanden zurückzubringen, muss die Leiche genug Ordnung besitzen, um darauf aufbauen zu können, und es ist kaum noch etwas von Cabot übrig. Selbst wenn wir die richtige Ausrüstung hätten, um seine Erinnerungen zu sichten, bräuchten wir die Organe, die die Abdrücke der Sinneserfahrungen tragen. Die Augen sind geplatzt. Die Zunge, hier, na ja. Dem Gehirn, fehlt die Schädelrückseite. Die Wirbelsäule sehen Sie ja und das Herz ist ganz verschwunden.« Sie sah zu dem Schwarzanzug auf. »Hielten Sie es wirklich für möglich, dass er eines natürlichen Todes gestorben ist?«

Dies sind seltsame Tage. Wir mussten die Definition des Worts »natürlich« in den letzten zehn Jahren sechsmal erweitern.

»Tja, wer auch immer das getan hat, war ein armer Student der Kunst, sonst hätte er die Knochen nicht gebraucht – nur Anfänger benutzen für etwas so Einfaches einen so starken physischen Fokus – aber er weiß genug, um die Toten vom Reden abzuhalten. Was mich zu einer weiteren Kuriosität bringt. Der Körper ist makellos oder zumindest nicht stärker verwest, als er nach dem Todeszeitpunkt sein sollte. Die Kunst, die angewendet wurde, um seine Seele zu binden, hätte den Verfall beschleunigen müssen.« Da war wieder dieser Geruch. Der aufdringliche Geruch von heißem Silber. Sie atmete ihn ein und wandte sich von dem Körper ab und der dichten Vegetation zu. »Macht es Ihnen etwas aus, wenn ich mich im Garten umsehe? Der Mörder könnte die fehlenden Organe in der Nähe versteckt haben. Wenn wir sie nicht innerhalb einer Stunde in die Hände bekommen, verderben sie. Unser Mörder würde nicht notwendigerweise am helllichten Tag mit einem blutenden Herzen in der Hand durch die Stadt rennen.«

Ich werde hierbleiben, um die Leiche zu bewachen.

Tara ging zwischen den aufragenden Sonnenblumen hindurch. Der Garten war dicht bewachsen, aber nicht dicht genug, um alle Geräusche zu dämpfen. Mit einem Schrei würde sie den Schwarzanzug herbeirufen können.

Es war tatsächlich möglich, dass der Mörder, wer auch immer, was auch immer er war, das Herz Cabots irgendwo in der Nähe versteckt hatte. Er könnte das Herz auch zu Asche verbrannt und mit dem Blut vermischt haben, um es als zusätzlichen Fokus für sein Ritual zu verwenden. Aber die Suche nach dem Herz gab Tara einen plausiblen Vorwand, um ohne Aufsicht zu ermitteln.

Der Geruch von verbranntem Silber spukte im Garten herum. Sie verfolgte ihn bis zu einem Punkt in der Nähe der Terrassenecke zwischen einem Spalier mit Efeu und einer sorgfältig gepflegten Orchidee. Als sie sich dem Rand näherte, griff Tara an ihr Herz und zog ihr Messer.

Die Quelle des Geruchs verbarg sich nicht hinter dem Spalier und die Orchidee bot keine Deckung. An anderer Stelle im Dachgarten waren Reben als Sichtschutz aufgehängt worden, um den Himmel zu verdunkeln, aber hier blickte sie auf und sah nichts als Wolken. Von oben würde kein Hinterhalt erfolgen.

Sie beugte sich über die Dachkante. Weit unten verlief die Straße, voll von winzigen Menschen und winzigen Kutschen. Gargoyles starrten die Passanten an. Auf Höhe des Erdgeschosses waren die Schnitzereien gewöhnliche Ungeheuer mit scharfen Nasen und unregelmäßigen Zähnen, aber mit zunehmender Höhe des Gebäudes wurden sie immer komplexer. Die scharfen Rillen, die Tara von unten gesehen hatte, verunzierten die komplizierten Kunstwerke.

Die Gargoyles ein Stockwerk unter Cabots Penthouse wirkten beinahe lebendig. Zu ihrer Rechten ragte ein Riese mit drei Augen und einem massiven, mit Stoßzähnen versehenen Schlund auf, wobei jeder seiner sechs Arme eine andere Waffe umklammerte. Links von ihr stand eine ähnliche Statue und daneben klammerte sich noch eine in einem anderen Stil an den Sims. Die ersten beiden waren aus Ebenen und Winkeln zusammengesetzt, während der Bildhauer dieses letzten Gargoyles die Rundungen seines krummen Rückens und des kräftigen Oberkörpers mit der Hingabe eines Anatomen gemeißelt hatte. Bis auf zwei gefaltete lederne Flügel und einen langen Schwanz hatte er Gliedmaßen wie ein Mensch. Sein grauenhaftes hakenschnabelartiges Gesicht fletschte die Zähne. Die Kreatur war wie ein gespannter Bogen gekrümmt, bereit zu fliegen.

Statuen. Der Geruch war hier am stärksten und brannte in ihren Nasenlöchern. Tara umklammerte ihr Messer fester und überlegte.

Dieses Gebäude war nach einem sorgfältigen Muster erbaut worden, wobei Architekten und Künstler jede Dekoration gegeneinander abgewogen hatten. Nichts war zufällig oder asymmetrisch, abgesehen von den seltsamen Runenschnitzereien, die nicht zum ursprünglichen Entwurf zu gehören schienen. Doch zu ihrer Rechten befand sich ein einzelner Gargoyle und zu ihrer Linken …

Als sie sich umwandte, presste sich etwas Langes und Scharfes gegen ihre Kehle, wobei ihre Haut eingedrückt wurde. Sie schluckte unwillkürlich und ihre Haut hätte beinahe nachgegeben.

»Schrei«, sagte eine tiefe Stimme, die wie zertrümmerter Fels klang, »und du stirbst«.

Es war erstaunlich, dachte sie zum zweiten Mal an diesem Tag, wie sehr der bevorstehende Tod den Geist fokussierte.

Sie blieb still und ruhig mit der Kralle des Gargoyles an ihrer Kehle, um zu zeigen, dass sie nicht um Hilfe rufen würde. Als er nichts weiter sagte, flüsterte sie ihm zu: »Es gibt keinen Grund, mich zu töten.«

»Doch, wenn du schreist.«

»Was würde mein Tod bewirken, wenn ich es täte? Sobald sie wissen, dass du hier bist, werden sie hinter dir her sein, und sie handeln schnell.«

»Ich auch.«

Das musste sie zugeben. Er war schnell und leise. Sie hatte trotz seiner Größe nicht gehört, wie er auf das Dach gestiegen war und sich ihr genähert hatte. »Mich zu töten, wird sie davon überzeugen, dass du Richter Cabot getötet hast. Kein Beweis wird dagegensprechen, dass du einen Unschuldigen ermordet hast und vom Tatort geflohen bist. Die Schwarzanzüge werden dich bis ans Ende der Welt verfolgen. Sie sind unermüdlich.« Seine Klaue zuckte an ihrer Kehle. »Und du bist jetzt schon müde.«

»Sei still.«

»Wie lange hast du schon an diesem Gebäude gehangen? Dich vor ihnen versteckt? Gehofft, dass sie dich nicht so riechen können wie ich?«

»Aufhören.«

»Wie heißt du?«

»Ich bin ein Wächter.«

Sie hörte den Nachdruck. »Dein Titel interessiert mich nicht«, sagte sie so beiläufig, wie es ihr möglich war. »Ich habe dich gebeten, mir deinen Namen zu nennen. Denn wenn ich dir helfen soll, hier lebend herauszukommen, sollten wir uns kennenlernen.«

Sein Atem hätte sich in ihrem Nacken warm anfühlen müssen, aber er atmete nicht. Mit Lungen aus Stein kann man nicht atmen. Sie kämpfte darum, ihr pochendes Herz unter Kontrolle zu bekommen.

»Du brauchst meine Hilfe«, sagte sie. »Du bist offensichtlich unschuldig.«

»Wie bitte?«

Sorg dafür, dass er weiterredet, dachte Tara. Wenn du dich irrst, und du irrst dich selten, dann willst du, dass er glaubt, du seist auf seiner Seite. Wenn du recht hast, dann will er dir glauben. Zähl die Fakten auf. Ihre Kehle war trocken. Ihr Atem ging stoßweise. Verdammt, bleib ruhig. Kalt wie Kristall, wie Eis. Kalt wie Miss Kevarian. »Wer auch immer Cabot getötet hat, hat den Mord gut geplant. Die Person wusste, wie sie es anstellen musste, ohne Spuren zu hinterlassen, denen jemand wie ich folgen könnte. Der Mörder hielt Cabot mehr oder weniger am Leben, bis du kamst. Du hast diesen hübschen kleinen Knochenkreis durchbrochen, Cabots Geist verließ seinen Körper, und peng, seine Schutzzauber gingen los, und die Schwarzanzüge hatten ein schönes Bild von dir, wie du dich mit ausgestreckten Krallen über seine Leiche beugst. Es wird nicht einmal eine Rolle spielen, ob sie blutig waren.«

Der Druck auf ihre Kehle ließ nach.

Miss Abernathy?

Die Schwarzanzüge kamen. Sie musste sich beeilen.

Tara drehte sich um. Die Kralle blieb an ihrem Hals. Der Gargoyle stand vor ihr, zwei Meter silbergrauer Stein beugten sich vor, bis sein Gesicht auf gleicher Höhe mit ihrem war. Eingerollte Flügel ragten wie Zwillingsgipfel aus seinem Rücken. Seine offenen Augen waren smaragdgrün und groß – mindestens dreimal so groß wie ihre, Augen von der Größe von Billardkugeln. Sie konzentrierte sich darauf, weil sie sich sonst auf seinen hakenförmigen, mit Zähnen versehenen Schnabel fokussieren würde.

»Hör zu. Gibt es eine Möglichkeit, wie du dich weniger bedrohlich machen könntest? Menschlicher?«

»Sie könnten mich erkennen. Ich sah vorhin wie ein Mensch aus, als ich vor ihnen weglief.«

»Hat man dich aus der Nähe gesehen?«

»Nein.«

»Gut. Lass das meine Sorge sein. Könntest du nur bitte versuchen, etwas weniger riesig und monströs daherzukommen?«

Es gab schreckliche Verdrehungen und einen Luftzug. Die Kreatur brach in sich zusammen und durchlief ein Stadium, in dem sie auf gar keinen Fall ein Gargoyle, aber auch kein Mensch war, und bei dem sich Tara der Magen umdrehte. Muskelstränge kamen unter dem zerbrochenen Stein zum Vorschein, der zu nachgiebigem warmem Fleisch schmolz.

Ein junger Mann stand vor ihr, kräftig, gutes Kinn, zerrissene Kleidung, zerrissene Brust. Seine Augen waren weiterhin grün wie Edelsteine.

Taras Augenbrauen zogen sich wie von selbst hoch.

»Was?«, sagte der Gargoyle.

»Du bist …«

»Ein Monster?«

»Ich wollte eher schnuckelig sagen.«

Miss Abernathy? Geht es Ihnen gut? Wieder kratzte der Schrei an ihrer Seele.

»Danke?«

»Dank mir nicht. Das macht es schwieriger.«

Er öffnete seinen Mund und wollte fragen, was sie damit meinte, aber bevor er sprechen konnte, bevor er mit all dieser Schnelligkeit und Kraft reagieren konnte, stieß sie ihm ihr Messer tief in den Bauch. Es sank mit einem Brutzeln von verbranntem Fleisch ein. Sein Mund öffnete sich in einem stummen Schrei.

Als sie das Messer hoch- und herauszog, begann sein Körper bereits zu heilen. Mit einem Schwung ihres Geists nahm sie ihm diese Kraft. Er begann, sich in Stein zu verwandeln, aber die Glyphen auf ihrem linken Arm funkelten silbern, als sie ihn davon abhielt. Der Plan setzte voraus, dass er menschlich aussah: keine schnelle Heilung, keine Klauen, keine Steinhaut. Sein Blut hätte ihre Kleidung besudelt, aber eine Hitzewelle umgab sie und ließ das Blut verdampfen.

Sie hatte ihr Ziel und die Tiefe des Stichs gut gewählt. Sie verfehlte die Eingeweide und lebenswichtigen Organe, ritzte beim Einstich aber ein paar Arterien an; nicht so schlimm, dass er innerhalb von Minuten verblutet wäre, aber schlimm genug. Sein Körper wurde schlaff und fiel von ihrer Klinge ab.

Sie kniete neben ihm nieder und wechselte das Messer in die linke Hand. Die Glyphenringe an ihren Fingern und die Spinne auf ihrer Handfläche funkelten silbern, als die Klinge in ihnen verblasste. Als Nächstes kam der schwierige Teil. Sie umrahmte sein Gesicht mit ihren Fingerspitzen und drückte zu. Ihre Nägel gruben sich ins Fleisch und ihre Kunst drang tiefer vor.

Sie verdrehte ihr Handgelenk und schälte sein Gesicht ab. Augen, Nase, Mund, Ohren. Dahinter hinterließ sie einen glatten, unversehrten Bereich aus Haut.

Warum tat sie das? Warum mischte sie sich ein? Außer dass jemand versucht hatte, sie noch vor dem Frühstück zu töten, und dass es jemand anders offenbar gelungen war, Richter Cabot zu töten. Zwei Angriffe an einem Morgen, beide auf Personen, die mit diesem Fall in Verbindung standen. Tara musste mehr wissen und sie hatte wenig Vertrauen in diese Schwarzanzüge und ihre Justiz.

Sie hielt das Gesicht in der linken Hand, griff mit der rechten in ihre Handtasche und zog ein schwarzes, ledergebundenes Buch hervor, dessen Einband mit Silber beschrieben war. Das sorgfältig gefaltete Gesicht legte sie zwischen die Seiten 110 und 111. Die Lasche klickte, dann war es wieder in ihrer Umhängetasche.

Sie hatte nur noch wenig Macht übrig. Genug, um über den blutenden, gesichtslosen Körper zu streichen und die winzigen Spuren ihrer Kunst wegzuwischen. Hinzu kam ein leichter Schutzzauber vor Entdeckung, stark genug, um die normale Sicht zu blockieren, aber schwach genug, dass er eine Kunstwirkerin niemals täuschen würde.

Miss Abernathy?

Sie stand auf, trat von dem Körper zurück, strich eine lose Haarsträhne wieder an ihren Platz und ballte fest ihre Fäuste. Ihre Nägel stachen in ihre Handflächen und sie schrie.

*

Die Schwarzanzüge waren nicht die Personen, die Tara ausgesucht hätte, um jemanden zu trösten, der einen gesichtslosen Körper entdeckt hatte. Hätte sie die Wahrheit gesagt und wäre bei einem Spaziergang durch den Garten tatsächlich über einen verwundeten, komatösen Mann gestolpert, hätten ihre präzisen Fragen sie in die Hysterie getrieben. Nach Lage der Dinge sah Tara sich gezwungen – nachdem sie die Blutung des Gargoyles gestillt und seine Wunde verbunden hatte – zu hyperventilieren, sich in Cabots Salon zu setzen und um eine starke Tasse Tee zu bitten.

Was könnte diesem jungen Mann zugestoßen sein?

»Ich wäre fast über ihn gestolpert, bei allen Göttern. Ohne die Kunst hätte ich ihn nicht sehen können. Ich meine … Scheiße. Ich denke … Vielleicht war er hier. Hat er sich mit Cabot unterhalten? Vielleicht hat derjenige, der Cabot getötet hat, ihn zuerst nicht bemerkt?«

Warum ihn nicht auf die gleiche Art und Weise töten?

»Nicht genug Zeit. Oh. Ich danke Ihnen. Tee. Vielleicht nicht genug Energie. Wir haben es hier mit einem Amateur zu tun – wenig Erfahrung, nicht so viel Seelenstoff wie ein vollwertiger Kunstwirker, um damit zu arbeiten. So ist es einfacher. Man ersticht ihn, nimmt sein Gesicht und haut ab.«

Was können wir tun?

»Nicht viel. Stiehlt man das Gesicht, stiehlt man den Verstand. Die Wunde wird heilen, aber Sie werden keine Aussage von ihm bekommen. Die gute Nachricht ist, dass es fast unmöglich ist, das Gesicht, wenn es einmal gestohlen wurde, zu zerstören. Keine Hälfte kann ohne die andere leben, aber sie können auch nicht sterben. Bewahren Sie seinen Körper sicher auf, und vielleicht finden Sie das Gesicht, wenn Sie lange genug suchen. Ich stehe Ihnen selbstverständlich für Fragen zur Verfügung. Ich weiß nicht, wo wir übernachten werden. Sie können meine Chefin oder mich über das Allerheiligste von Kos dem Ewigbrennenden erreichen. Ich nehme an, Sie kennen die …«

Ja. Absolut.

Mit hämmerndem Herzen erreichte sie mit erhobener Hand und dem Gesicht eines Gargoyles in ihrer Umhängetasche die Straße. Es waren ein paar seltsame Stunden gewesen, und sie hatte das Gefühl, dass ihr Leben bis zum Ende der Woche noch seltsamer werden würde.

Aber sie konnte mit Merkwürdigem umgehen. Sie begann, die Großstadt zu mögen.

»Taxi!«

4

Im Herzen von Alt Coulumb wurde dem Vordringen der Menschen und der Architektur durch einen grünen Kreis mit einem Durchmesser von etwa achthundert Metern Einhalt geboten: der Heilige Bezirk mit dem hochaufragenden Allerheiligsten von Kos in seinem Herzen. Im Norden grenzte er an den Geschäftsbezirk, wo Skelettmagier in fließenden Roben in Türmen aus schwarzem Glas, die bis in den Himmel reichten, mit Kreaturen verhandelten, die nicht aus der Welt der Sterblichen stammten. Im Süden lag der Universitätscampus, mondän, vornehm und in angenehmer Entfernung zu den Machenschaften der Nordstadt. Im Osten und Westen erstreckte sich Niemandsland zwischen den Polen. Hier waren Wohngebiete, Slums, Spelunken und Laster beheimatet.

Die berüchtigtste dieser Regionen, das Vergnügungsviertel, grenzte eigentlich an den Heiligen Bezirk. Dies war ein Überbleibsel aus vergangenen Jahrhunderten, als ein Heiliger verfügt hatte, dass das Feuer im Blut und in den Lenden ebenso sehr zu Kos dem Ewigbrennenden gehörte wie das Feuer von Kamin und Herd.

»Das Problem ist«, sagte Taras Taxifahrer, als er die Peitsche halbherzig gegen die Flanken seines sich langsam bewegenden Kleppers schwang, »Kos ist groß und weise«, er zeigte auf das heilige Symbol, das am Rückspiegel des offenen Einspänners hing, eine stilisierte dreizüngige Flamme in einem Diamanten, »hat aber nicht so viel Übung im Umgang mit Krankheiten wie ein Fruchtbarkeitsgott. Ich liebe unseren Herrn mit ganzer Seele, aber die Kirche hat gut daran getan, den Sex aufzugeben und sich auf das Brennen zu konzentrieren. Bleib bei dem, was du kennst, sag ich immer.«

»Die Priester stiegen also aus dem Geschäft aus, aber die Bordelle blieben?«

»Na ja. Ich würd nicht sagen, die Priester sind aus dem Geschäft ausgestiegen. Sie sind immer noch, ähm, eng mit ihm verbunden. Aber die Kirche ist ausgestiegen und das ist auch gut so. Der Mensch geht beten, um so was hinter sich zu lassen. Wenn heutzutage die Mädchen und ihre Jungs auf dem Tempelgelände über die Stränge schlagen, stampfen die Priester heran, treiben sie zusammen und karren sie weg.«

Ihr Einspänner fuhr klappernd weiter und der Basaltturm vor ihnen wurde immer größer. Tara betrachtete die Gebäude neben ihrem Taxi. Je mehr sie sich dem Heiligen Bezirk näherten, desto mehr Rillennarben sah sie im Stein der Türme, immer mehrere Stockwerke über dem Straßenniveau. »Was sind das für Spuren an den Gebäuden? Beschäftigen die Priester sich jetzt auch mit Dekoration?«

Das Geschirr klirrte und das Leder knarrte. Als der Fahrer wieder sprach, war seine Stimme tief und angestrengt. »Ah. Die.«

»Es tut mir leid. Wenn das ein heikles Thema ist, kann ich …«

»Kein Problem, Miss. Das sind Kriegsnarben, sonst nichts.«

»Ich dachte, Alt Coulumb sei in den Götterkriegen nicht beschädigt worden.«

Er schnaubte. »Gab keine Kunstwirker, wurde aber trotzdem beschädigt.«

Tara war verwirrt, aber ihrem Fahrer schien das Thema unangenehm zu sein. Sie wählte ihre nächsten Worte mit Bedacht. »Hätte das nicht schon längst von jemand repariert werden sollen? Es ist fünfzig Jahre her.«

»Kann man nicht reparieren.«

»Wie meinen Sie das?«

»Die Steinmänner haben sie gemacht, nicht wahr?« Er spuckte auf die Straße. »Man kann ihre Kratzspuren nicht verdecken. Das Gebäude erinnert sich. Fügt man neue Steine ein, sind sie eine Minute später wieder vernarbt.«

Tara stockte der Atem, aber sie versuchte, ihren Tonfall beiläufig zu halten. »Steinmänner. Sie meinen Gargoyles?«

Er antwortete nicht, aber es war ein bejahendes Schweigen.

»Einige der ... Narben ... wirken wie Geschriebenes.«

»Einige sind es. Markieren Gebiete. Blasphemische Gebete, geschrieben von verrückten Bestien. Die restlichen sind Kampfnarben.«

»Gibt es die Gargoyles noch?«

Der Mann warf ihr einen Blick zu, und sie sah, dass sich sein Gesicht wie eine Tür verschlossen hatte. »Keine Steinmänner hier.« Er sagte diese Worte, als seien sie ein Fluch. »Nicht seit der Zeit meines Vaters.«

»Was ist passiert?«

»Sie sind fortgegangen.«

Er bog mit dem Taxi in eine breite Straße ein, die zum Tempelgelände führte. Von oben betrachtet folgte der Weg, den sie über weißen Kies zurücklegten, der äußeren Biegung eines massiven Bindekreises, der der Größe des Heiligen Bezirks entsprach. Tara fragte sich, ob diese Gestaltung einem Zweck diente, der über reine Dekoration hinausging. Ohne eine Armee von Kunstwirkenden, die ihn kontrollierten, könnte nicht einmal ein Kreis dieser Größe einen so starken Gott wie Kos zurückhalten.

»Warum sind sie gegangen? Religiöse Meinungsverschiedenheiten?«

Er antwortete nicht und Tara bat nicht um weitere Erläuterungen. Mit einem Fanatiker in einer von Gott geliebten Stadt über die Politik der Kriegsära zu streiten, könnte Ärger bedeuten. Sie war nicht um ihre eigene Sicherheit besorgt, aber in einem brennenden Taxi mit einem verletzten Fahrer bei ihrem Mandanten vorzufahren, würde einen schrecklichen ersten Eindruck hinterlassen.

Sie näherten sich dem hohen schwarzen und polierten Turm des Allerheiligsten von Kos, der eine abstrakte Vision von Flammen darstellte, die in dunklem Stein ohne Narben gefangen waren. Dieselbe Wärme, die sie beim Fallen gespürt hatte, überkam sie erneut. War es hier immer so? Und wenn die göttliche Ausstrahlung so stark war, obwohl Kos tot war, wie musste es dann gewesen sein, als er noch lebte?

Ihre Straße endete in einer Sackgasse in einem breiten Halbkreis aus weißem Kies, wo eine doppelte Handvoll anderer Fahrzeuge stand und auf ihre Besitzer wartete: ein paar gewöhnliche Taxis wie das von Tara, fünf oder sechs schickere Modelle und sogar ein paar fahrerlose Kutschen.

Ein junger Mann in braunen und orangefarbenen Gewändern saß am Fuß der Stufen, die ins Allerheiligste führten. Er trug eine Tonsur, rauchte eine Zigarette und repräsentierte das einzige Leben in der Umgebung, das nicht mit den Kutschen in Zusammenhang stand.

»Das ist komisch«, sagte ihr Fahrer.

»Gibt es hier normalerweise eine Menschenmenge?«

»Hier ist normalerweise alles vollgestopft mit Leuten, die herkommen, um für dieses oder jenes oder etwas anderes zu beten. Monster aus Nordstadt kommen, wenn sie geschäftlich zu tun haben. Wenn man vom Feuer träumt, kommt man her, um seinen Respekt zu erweisen.« Der Taxifahrer runzelte die Stirn. »Sind heute weniger als sonst.«

Sie glitt aus dem Einspänner heraus zu Boden, fischte eine kleine Metallscheibe aus ihrer Handtasche und reichte sie dem Fahrer. Ein Stück von Taras Seele floss durch die Marke von ihr zu ihm. Es ging um den Seelenstoff, nicht um die Marke; Metalle waren nur ein einfacher Bündelungspunkt. Bald nachdem sie ihn bezahlt hatte, würde die Zahlung alle Spuren von ihr verlieren, und es blieb nur die Macht, sodass der Fahrer mit anderen für Nahrung oder Unterkunft, Waren oder Dienstleistungen oder Vergnügen handeln konnte. Wäre er ein Kunstwirker und würde er genug von dieser Macht von anderen, von den Sternen oder von der Erde erhalten, könnte er sie nutzen, um die Toten wiederauferstehen zu lassen und Verhängnis über eine Nation zu bringen. Bliebe die Macht dagegen in Alt Coulumb, würde irgendein treuer Bürger sie unweigerlich Kos opfern, der für den Schutz der Stadt, die Sicherheit des Handels und das Funktionieren des ganzen verdammten Systems sorgte.

Das heißt, bis vor ein paar Tagen.

»Alles Gute«, sagte sie zum Taxifahrer, aber sein Stirnrunzeln wurde tiefer. Mit einer schnellen Zügelbewegung und einem Peitschenschwung ließ er sein Pferd in einen leichten Galopp fallen und Tara blieb allein im Schatten des Turms des Feuergotts zurück.

Das Allerheiligste von Kos war ein überraschend modernes Gebäude, dachte sie und ging auf die breiten schwarzen Stufen zu. Einige architektonische Besonderheiten kennzeichneten es als Produkt einer früheren Ära: unnötige Säulen um den Sockel herum und strukturell überflüssige Gewölbepfeiler, die zweifellos bei den ersten Konzepten des Heiligtums von nervösen Konstrukteuren hinzugefügt worden waren – damals, als zwanzigstöckige Gebäude den Ehrgeizigen vorbehalten und Pläne für achtzig Stockwerke das Produkt fiebriger Wahnvorstellungen waren.

»Wunderschön, nicht wahr?«

Die Stimme des Sprechers war brüchig und schwankte und er atmete bei der Pause für das Komma keuchend ein. Tara blickte aus schwindelerregender Höhe hinunter und sah den jungen Akolythen, der bei ihrer Ankunft auf der Treppe gewartet hatte. Er saß nach vorn über die Knie gebeugt. Eine Zigarette baumelte in seinem Mund. Weite Gewänder hingen an seinem dünnen Körper herab und seine nach oben gerichteten Augen waren tief in ein blasses Gesicht eingesunken.

»Das ist es«, räumte sie ein.

»Ich weiß, was Sie denken.«

Sie zog eine Augenbraue hoch.

Der junge Mann pflückte sich die Zigarette aus dem Mund und stieß einen langen, schmalen Rauchstrahl aus. »Oder ich weiß, was Sie gedacht haben.«

»Nur zu.«

»Sie haben gedacht, dass die Säulen und die Gewölbepfeiler unnötig sind. Dass wir sie zur Zierde oder aus Angst hinzugefügt haben.«

Ihre Augen weiteten sich kaum merklich und sie nickte. »Woher wussten Sie das?«

»Sie sind zu schlau, um sich täuschen zu lassen.« Sein Versuch zu lachen, endete in einem abgehackten Husten.

»Alles in Ordnung?« Sie streckte die Hand nach ihm aus, aber er winkte hastig ab.

Der Hustenanfall hielt an, lang und hässlich und feucht. Die Finger seiner ausgestreckten Hand krümmten sich langsam zu einer Faust und er schlug sich selbst hart vor die Brust. Der Husten hörte mit einem leisen Rasseln auf und er sprach weiter, als sei nichts gewesen.

»Sehen Sie, dass die Säulen breiter sind, als sie sein sollten? Dasselbe gilt für die Gewölbepfeiler.«

Sie nickte, obwohl sie eigentlich nichts sah.

»Nicht strukturell bedingt. Eine Tarnung. Beim Bau des Heiligtums dachten sie, es wäre dumm, wenn dicke, fette Dampfrohre vom zentralen Turm ausgingen. Zu hässlich, zu verwundbar. Also versteckte man sie. Jedes andere Gebäude hat Säulen, also können wir sie uns genauso gut zunutze machen.«

»Gute Idee.«

»Blöde Idee«, sagte der junge Mann und zeigte auf etwas. »Extravagantes Mauerwerk erschwert den Zugang zu den Rohrverbindungen dort und dort. Jedes Mal, wenn etwas schiefgeht, müssen wir das ganze Mauerwerk neu mauern, und das nachts, damit die Leute nichts sehen können.«

»Sagen Sie das jedem, der vorbeikommt?«

Er holte noch einmal Luft. »Nur, wenn sie einen Anzug tragen.« Sein schiefes Lächeln wirkte fehl am Platz, zu breit und aufrichtig für seine Tonsur und seine Gewänder und seine schlanke Gestalt.

»Nun, ich hoffe, Sie werden nie von jemand im Anzug angegriffen.«

»Ist noch nicht vorgekommen.« Er steckte die Zigarette wieder zwischen die Lippen und machte eine ruckartige Vorwärtsbewegung. Tara hatte Angst, dass er auf sein Gesicht fallen würde, aber er fand sein Gleichgewicht wieder und stand unsicher auf. »Sie sind Tara Abernathy.« Er streckte eine dünne Hand aus, die in ihrer zitterte, als sie sie schüttelte. Hinter dem Lächeln und dem Geschwafel versteckte er Angst. »Ich bin Technikernovize Abelard. Man sagte mir, ich solle auf Sie warten. Draußen.«

»Sie sagen das, als sei es etwas Schlechtes.«

»Die Luft hier draußen fühlt sich zu kalt an und ich bin nicht … gesund. In letzter Zeit.«

»Sie könnten versuchen, damit aufzuhören.« Sie nickte in Richtung seiner Zigarette.

Er legte den Kopf in den Nacken, sah zum Himmel und schloss die Augen, als warte er auf Regen. Es fiel keiner und er schlug die Augen wieder auf. »Ich habe damit angefangen, als ich Priester wurde. Ein Zeichen meiner Hingabe. Ich werde jetzt nicht aufhören.«

»Sie sprechen vom …«

Er warf ihr einen scharfen Blick zu, aber sie hütete bereits ihre Zunge.

»Wie viele Menschen wissen von unserem Problem?«, fragte sie stattdessen.

»So wenige wie möglich. Hauptsächlich technisches Personal. Die höheren Ränge. Wir haben verbreitet, dass der Heilige über seine eigene Vollkommenheit nachdenkt und nicht mit den Sorgen der Sterblichen belästigt werden darf.«

»Wie lange wird das halten?«

Er machte sich auf den Weg die Treppe hinauf. »Wir haben schon zu viel Zeit verschwendet.«

Die sechs Meter hohen Haupttüren des Turms würden lediglich an Festtagen geöffnet, erklärte Abelard, als er Tara zu einem kleineren Seiteneingang führte. »Das dauert zu lange. Um diese Monster zu bewegen, braucht man etwa fünfzig Mönche, die an jeder Tür ziehen.« Er tätschelte einen seiner spindeldürren Arme. »Wir sind nicht die kräftigsten Menschen.«

»Sie können Kos nicht dazu bringen, ihnen einen kleinen Stoß zu geben?«

»Natürlich nicht. An einem Festtag wäre das respektlos. Außerdem würden wir nicht erleben, wie die Kardinäle auf die Nase fallen, wenn sich die Türen endlich bewegen. Ich glaube, Kos findet das genauso lustig wie der Rest von uns.« Er sah aus, als wolle er noch mehr sagen, aber sein Gesicht verzerrte sich vor Schmerz, und er verstummte.

Das Foyer des Heiligtums lag im Schatten vor ihnen. Irgendwie schien der einzelne Raum mit seinen gewölbten Decken und hohen Fenstern von innen größer zu sein als der ganze Turm von außen. Flammen aus Glasmalereien ragten an allen Seiten auf und hundert Meter entfernt flackerten die goldenen Feuer des Kirchenschiffs im Halbdunkel. Zwei Initianden in leuchtend roten Gewändern fegten die ansonsten leere Halle.

»Niemand kommt während des Arbeitstags hierher.« Abelard deutete auf den ganzen Raum, indem er einen Zeigefinger in einem schnellen Kreis durch die Luft schwang. Der Saum seiner Robe weitete sich um seine spitzen Knöchel. »Nur Brot und Spiele.«

»Teures Brot.«

»Wenn Sie wüssten.«

Sie bogen scharf links ab und standen vor einem Metallgitter, das so gearbeitet war, dass es einem dichtem Efeubewuchs ähnelte. Abelard legte seine Hand auf das Gitter und die Ranken teilten sich mit dem langsamen Klacken von Zahnrädern. Er zog den Kopf ein, um hindurchzugehen. Tara ging einfach weiter.

Mehrere abrupte Richtungsänderungen, weitere schattige Türen und ein Klopfen auf einen sorgfältig ausgewählten Ziegelstein in einer scheinbar soliden Wand, die an einem verborgenen Scharnier aufschwang und den Blick auf eine lange Wendeltreppe freigab. Während sie hinaufstiegen, durchbrachen gelegentlich Lichtstrahlen die Dunkelheit, und verborgene Gucklöcher spähten in Sitzungssäle und Konferenzkammern: hier ein Pausenraum, in dem müde Priester standen und darauf warteten, dass ein Teekessel kochte, dort eine Kammer, die mindestens so groß war wie der vordere Gottesdienstsaal des Heiligtums und voll mit

Rohren, Nocken, Kolben und unzähligen Zahnrädern, ein winziger Raum, der nur halb erkennbar war, in dem blau leuchtende Kunstkreise einen bescheidenen Holzaltar umgaben. Sie erhaschte kurze Blicke auf diese Dinge, während sie wie Schatten an einer Höhlenwand aufwärtsstiegen.

»Sie sagten, Sie seien Technikernovize. Das bedeutet was? Dass Sie die Dampfrohre reinigen?«

Sein bellendes Lachen hallte durch das Treppenhaus. »Dafür haben wir Reinigungsleute. Mechaniker und Maschinisten. Techniker beaufsichtigen den Göttlichen Thron, das Herz der Stadt. Wir entwerfen, verbessern und optimieren die Geräte, die diesen Ort am Laufen halten. Ich allerdings noch nicht. Ich wurde erst vor ein paar Monaten zum Techniker befördert.«

»Sie stehen am unteren Ende der Fahnenstange?«

»So weit unten, wie ein Techniker es sein kann. Der König der Reservebrenner, das bin ich, der Erzdiakon der Drecksarbeit. Aber ich lerne noch. Oder ich habe gelernt.« Er hielt inne, suchte an der glatten Wand nach etwas, und während dieser Pause schloss Tara zu ihm auf.

»Hat man Sie im Rahmen der Ausbildung hinzugezogen? Damit Sie wissen, was zu tun ist, wenn es in Zukunft jemals wieder ein solches Problem gibt, wenn Sie das Sagen haben?«

Abelard sah sie an. Seine Augen waren tot wie ein verkohlter Wald. »Ich war derjenige, der den Thron beobachtete, als Gott starb.«

Er drückte auf eine versteckte Entriegelung und die Wand öffnete sich gleichmäßig mithilfe verborgener Zahnräder.

Nach ihrem stetigen Aufstieg durch die Dunkelheit blendete das gut beleuchtete Büro. Überall waren helle Holzpaneele. Es gab ein paar Lederstühle und einen großen Schreibtisch aus polierter Eiche. Ein gläserner Bücherschrank stand an einer Wand, obwohl nur wenige seiner Regale echte Bücher oder Kodizes enthielten. Der Löwenanteil des Platzes war für heilige Ikonen, Trophäen und zeremonielle Tafeln reserviert. Daneben hing ein Luftbild von Alt Coulumb. Tara vermutete, dass es zum Vergleich mit dem Blick aus den vom Boden bis zur Decke reichenden Fenstern diente.

Die Stadt erstreckte sich dort, eine wimmelnde Metropole unter schiefergrauem Himmel, ein schlagendes Herz des Handels, eine Brücke zwischen der gottgefälligen Alten Welt und den Todlosen Königreichen des Westens. Millionen atmeten, arbeiteten, beteten, kopulierten in diesen Palästen, Parks und Mietskasernen, sicher in dem Wissen, dass Kos der Ewigbrennende über sie wachte. Wenn ihr Glaube stark war, konnten sie die ständige Gegenwart seiner Liebe spüren, die sie unterstützte und ihnen auf tausend Arten half, Fieber sinken ließ, Unfälle verhinderte und ihre Stadt mit Energie versorgte.

Millionen von Menschen, die nicht wussten, dass Kos' ewig schlagendes Herz seit Tagen stillstand.

Miss Kevarian stand am Fenster und war in ein ernsthaftes Gespräch mit einem hochrangigen Priester vertieft, von dem Tara annahm, dass er ihr Mandant war. Er saß hinter dem Eichenschreibtisch, eingehüllt in tiefrote Gewänder und seine Autorität. Körperlich war er unscheinbar, silberhaarig und mit zunehmendem Alter dünner geworden, aber seine Körperhaltung ließ vermuten, dass er oft sprach, während andere zuhörten. Nie zuvor hatte Tara jemanden mit einer solchen Präsenz gesehen, der kein Kunstwirker war.

Doch Kos' Tod musste ihn über Gebühr belastet haben. Seine Schultern waren gebeugt, als trügen sie eine schwere Last, und sein Gesicht wirkte gezeichnet und des Schlafs beraubt. An Macht gewöhnt, bemühte er sich darum, Einfluss auf Ereignisse zu nehmen, die sich seiner Kontrolle entzogen.

Abelard kündigte sie an. »Technikerkardinal Gustave, Lady Kevarian, dies ist Tara Abernathy.« Er schloss die Augen, öffnete sie wieder und trat von einem Fuß auf den anderen. »Das, äh, nehme ich an. Sie hat mir keinen Ausweis gezeigt.«

Miss Kevarians Gesichtsausdruck verfinsterte sich, aber bevor sie etwas sagte, streckte Kardinal Gustave nachdrücklich und beruhigend eine Hand aus. Er hatte die tiefe Stimme eines Predigers.

Obwohl sie im Moment leise war, zweifelte Tara nicht daran, dass sie eine Kathedrale füllen konnte. »Novize Abelard muss Miss Abernathy anhand Ihrer Beschreibung erkannt haben. Er ist normalerweise umsichtig, aber die gegenwärtige ... Situation hat ihn erschüttert, wie sie uns alle erschüttert hat.«

»Es tut mir leid.« Abelard senkte den Kopf, und hob mit zitternden Fingern seine Zigarette an die Lippen. Da sie fast aufgeraucht war, durchsuchte er verzweifelt die Taschen seiner Robe nach einem neuen Päckchen. »Es tut mir leid. Ich habe nicht nachgedacht. Es wird nicht wieder vorkommen.«

»Sorgen Sie dafür, dass so etwas nicht wieder passiert«, sagte Miss Kevarian. »Wenn wir in diesem Fall Erfolg haben wollen, müssen wir den Informationsfluss kontrollieren. Die Zukunft Ihres Glaubens hängt von Ihrer Fähigkeit ab, Geheimnisse zu bewahren.«

Abelard erstarrte und Tara hatte einen Funken Mitleid mit ihm. Er war durch den Schreck über den Tod seines Gottes an den Rand seiner Kräfte gestoßen und weder Miss Kevarian noch sein eigener Chef waren ihm eine große Hilfe.

Also log sie. »Er hat meinen Namen überprüft. Ich hätte daran denken sollen, ihm einen Ausweis zu zeigen. Sicherheit funktioniert schließlich nur, wenn beide Seiten sich darum bemühen.«

Dankbarkeit leuchtete aus Abelards Gesicht, als er eine neue Zigarette hervorzog und sie an der Glut der alten anzündete. Miss Kevarians Blick zuckte zwischen Abelard und der Zigarette hin und her. Sie sah ihn wortlos einen Moment lang prüfend an, bevor sie die weitere Vorstellung übernahm. »Tara, das ist Seine Exzellenz Kardinal Gustave. Er hat vor zwei Tagen mit Kelethras, Albrecht und Ao per Albtraumkurier Kontakt aufgenommen.«

»Sehr erfreut, Eure Exzellenz«, sagte Tara mit einer leichten Verbeugung. »Ich freue mich, zu Diensten sein zu können.«

»Sie dürfen mich mit Kardinal oder Vater ansprechen«, sagte Kardinal Gustave. »Alles andere setzt voraus, dass ich am Ende dieses Prozesses immer noch eine Kirche habe, die ich leiten kann.« Er lachte ohne jede Spur von Humor. »Haben Lady Kevarian und Novize Abelard Ihnen das Wichtigste erklärt?«

»Das Wichtigste.« Sie hätte am liebsten Miss Kevarian quer durch den Raum zugerufen: Richter Cabot ist tot. Jemand versucht, uns zu töten. Das Geschäft kann warten.

Aber das konnte es natürlich nicht.

Kardinal Gustave erhob sich, begleitet von dem Geräusch knarrenden Leders. Er war ein geschundenes Gebilde. Tiefe Falten zerfurchten sein Gesicht und unter den Augen waren dunkle Ringe. Sie kannte den Anblick; die Ereignisse der wenigen Tage hatten ihm Freude und Gewissheit genommen wie eine Flut, die den Oberboden wegschwemmte, um das darunter liegende Gestein zum Vorschein zu bringen. »Was wissen Sie, Miss Abernathy«, erkundigte er sich, »über den Tod von Göttern?«

*

Tara wusste eigentlich ziemlich viel. Ihr Verständnis der zugrunde liegenden Theorie war wahrscheinlich tiefer als das von Kardinal Gustave, aber sie unterbrach den anschließenden Vortrag nicht. Der Kardinal wirkte fahrig ohne den Schutz, den das Feuer seines Herrn ihm bot. Er war verzweifelt, und die Juniorpartnerin von Lady Kevarian (woher kam dieser Titel »Lady« überhaupt?) zu belehren, war eine Chance, sein Wissen und seine Autorität zu etablieren.

»Götter wie Menschen«, sagte er, »folgen einer Ordnung, die dem Chaos aufgezwungen wird. Beim Menschen ist dies leicht zu erkennen. Millionen von Zellen, lange, gewundene Atomketten, viele Knochen, Blut und *Saft*, jedes Teil erfüllt seine Funktion. Wenn sich eine dieser zahllosen Pumpen weigert zu schlagen, wenn eines dieser winzigen Rohre verstopft wird, stößt das gesamte aufgestaute Chaos wie ein gebogenes Schwert nach vorn, und die Seele ist für die physische Welt verloren, wenn sie nicht vorher von etwas aufgefangen wird. So auch bei den Göttern. Götter leben und vermehren sich ähnlich wie Menschen, und wie die Menschen haben sich ihre höheren Funktionen – Sprache, Paktbildung, umsichtige Machtausübung, Empfindungsvermögen – erst vor Kurzem auf der Zeitskala der Äonen entwickelt. In den nicht aufgezeichneten Nebeln der Vorgeschichte, als die Menschen durch die Savanne und die Sümpfe zogen, jagten ihre Götter mit ihnen und waren kaum mehr als Schatten an einer Höhlenwand, Glanz im Auge eines Jägers, das Todesgebrüll eines Mammuts. Sie waren primitiv wie die Menschen, über die sie herrschten. Als die Menschen an Größe, Komplexität und Macht zunahmen, wuchsen auch die Götter mit ihnen.

Götter können – wie Menschen – sterben. Sie sterben nur langsamer und zerschmettern die Erde durch ihr Ableben.«

Das waren die grundlegenden Dinge. Sie bildeten die theoretische Basis für Maestre Gerhardts berühmte (oder berüchtigte, je nachdem, in welchen Kreisen man sich bewegte) Abhandlung *Das Thaumas;* das Werk, das vor anderthalb Jahrhunderten erstmals theoretisierte, dass Menschen aufhören könnten, um Wunder zu betteln, und stattdessen die Macht der Götter in die eigenen Hände nehmen und den Lauf des Schicksals selbst gestalten könnten.

Gerhardts Werk verbreitete sich wie ein Lauffeuer durch Akademien und Hörsäle auf der ganzen Welt. Innerhalb von zehn Jahren verwüsteten die schauderhaften und unpräzisen Forschungen der ehemaligen Meister der Angewandten Theologie, die zu den ersten Adepten der Kunst wurden, Hunderte von Kilometern grüner Landschaft und entfachten einen Krieg mit den eifersüchtigen Göttern. Kardinal Gustave wurde während des darauf folgenden jahrhundertelangen Konflikts geboren und von einem Orden aufgezogen, der sich an die alten Gepflogenheiten und die alten Götter klammerte. Taras Eltern waren Teenager während der Belagerung von Skeld und der Schlacht von Kath kurz vor Ende der Götterkriege und flohen an den Rand des Ödlands, um den Krämpfen ihrer sterbenden Nation zu entkommen. Miss Kevarian, die den größten Teil der Geschichte miterlebt hatte, stand am Fenster, las ihre Schriftrolle, während der Kardinal sprach, und behielt ihre Gedanken für sich.

Der Hauptunterschied zwischen Göttern und Menschen bestand in der Art und Weise, wie sie starben, darin, dass die Menschen nur zwei tiefgehende Verpflichtungen besaßen: gegenüber der Erde, aus der ihr Fleisch kam, und gegenüber den Sternen, aus denen ihre Seele kam. Weder der Erde noch den Sternen bereitete die Rendite ihrer Investitionen besondere Sorge. Die Menschen waren sehr gut darin, Ordnung auf der Erde zu schaffen und die Welt der Sterne mit Ideen und Mythen zu beleben. Wenn ein Mensch starb, hatte niemand ein persönliches Interesse daran, diesen weiterhin um sich zu haben.

Götter schlossen jedoch Abmachungen. Das war die Essenz ihrer Macht. Sie nahmen das Opfer eines Stamms an und schützten im Gegenzug seine Jäger vor Wölfen und wilden Tieren. Sie nahmen die Hingabe ihres Volks entgegen und gaben Gnade zurück. Ein erfolgreicher Gott sorgte dafür, dass er mehr erhielt, als er der Welt zurückgab. So wuchsen Macht und Volk gemeinsam, langsam, von Familie zu Stamm, von Stamm zu Stadt, von Stadt zu Nation und so weiter bis in die Unendlichkeit.

Nette Strategie, aber langsam. Theologen hatten vor Jahrhunderten eine schnellere Methode entwickelt. Ein Gott übertrug seine Macht einem anderen Gott oder einer Gruppe von Gläubigen gegen das Versprechen, alles zurückzuzahlen, und zwar mit mehr Seelenstoff, als ursprünglich geliehen worden war. In der Erwartung, ja sogar mit der Forderung, dass ihre Dienste zurückgegeben würden, verbanden sich Götter eng mit anderen Göttern, Pantheons mit Pantheons. Macht floss und göttliche Macht wuchs über alle Maßen. Allerdings gab es auch Risiken. Wenn eine Göttin mehr schuldete, als sie bewältigen konnte, konnte sie genauso leicht sterben wie ein Mensch, der zu viel Blut vergoss.

Wenn eine Göttin an der Schwelle des Todes stand, steckten die Bedürfnisse ihrer Gläubigen und derer, an die sie vertraglich gebunden war, wie Haken in ihrer Seele. Sie konnte sich weder ihren Verpflichtungen entziehen noch ihnen nachkommen und unversehrt bleiben. Die Spannung zerriss ihren Geist zu Fetzen von Ektoplasma und hinterließ einen Körper unvollständiger göttlicher Macht, den eine kompetente Kunstwirkerin wieder zu etwas zusammensetzen konnte, das wie die alte Göttin aussah und funktionierte. Aber …

Nunja, aber nur beinahe. Ähnlich wie Taras Wiedergänger in Edgemont war ein Wesen nach seiner Wiederbelebung nie mehr ganz dasselbe.

*

»Wie ist er gestorben?«, fragte Tara.

Kardinal Gustave runzelte die Stirn. »Ich beuge mich diesbezüglich dem Urteil von Lady Kevarian.«

»Es scheint«, sagte Miss Kevarian und legte ihre Schriftrolle hin, »dass vor zwei Tagen, als Novize Abelard seine alltäglichen Niederwerfungen ausführte, eine komplexe Reihe von Vereinbarungen fällig wurde. Kos« – Abelard zuckte bei dem beiläufigen Ton zusammen, mit dem sie den Namen seiner Gottheit aussprach – »war weder in der Lage, diese Vereinbarungen zu erfüllen, noch seine Pakte aufzukündigen. Die Belastung scheint ihn umgebracht zu haben.«

»Scheint?« fragte Kardinal Gustave.

»Scheint.«

»Was könnte sonst passiert sein?«

Miss Kevarian verschränkte ihre Hände hinter dem Rücken. »Miss Abernathy, bitte zählen Sie einige der anderen Möglichkeiten für unsere Freunde auf.«

»Kos' gewollte Flucht aus seiner Verantwortung. Einige grundlegende Widersprüche in seinen Pakten mit der Stadt. Eine geballte Glaubenskrise.« An dieser Stelle atmete sie tief durch und suchte in Miss Kevarians Gesicht nach irgendeinem Zeichen der Zustimmung, egal wie flüchtig. Nichts.

»Ganz zu schweigen«, fügte Miss Kevarian hinzu, »von einem Tod in der Schlacht. Wie bei Seril geschehen.«

Das Gesicht des Kardinals war starr und aschfahl.

»Wir müssen in den frühen Phasen des Prozesses andere Optionen ausschließen und unseren Fall zusammenstellen, bevor der Gegner seinen Anspruch geltend macht.«

»Gegner?« Armer Abelard. Er klang, als wolle er nichts mehr, als zu seinen Maschinen, Rohren und Altären zurückkehren.

Miss Kevarian ließ die Frage unbeantwortet. Kardinal Gustave starrte aus dem Fenster in den bedeckten Himmel. Offenbar war Tara an der Reihe.

»Die Kirche ist nicht die einzige Gruppe, die sich für die Wiederbelebung von Kos interessiert. Ihr Gott war einer der letzten in der Neuen Welt, und sein Einfluss erstreckte sich über den ganzen Globus. Die Pantheons von Iskar bezogen Macht von ihm. Seine Flamme treibt Ozeanschiffe an, heizt die weitläufigen Metropolen in Koscheis Reich, beleuchtet die Höhlen von König Uhrwerk. Götter, die Geschäfte mit Todlosen Königen machen wollen, geben ihre Macht dafür durch Koschei weiter, und Todlose Könige, die mit Göttern zu tun haben, tun dasselbe. Menschen auf der ganzen Welt haben ein Interesse an seinem Überleben. Wenn diese Gruppen erkennen, dass Kos nicht mehr am Leben ist, um seine Vereinbarungen einzuhalten, werden sie einen Vertreter wählen und ihn hierherschicken, um sicherzustellen, dass die Pakte von Kos erfüllt werden. Wenn der Repräsentant etwas entdeckt, was wir nicht wussten, irgendein Zeichen, sagen wir, dass die Kirche unkluge Geschäfte in Kos' Namen gemacht hat, wird er das nutzen, um mehr Kontrolle über die Auferstehung Ihres Gotts zu erlangen.«

Abelards Gesichtsausdruck umwölkte sich, während sie sprach. Kardinal Gustave stand mit dem Rücken zu ihr, und es war unmöglich, sein Gesicht zu sehen. Seine Schultern waren gestrafft und bereit, einem schrecklichen Wind zu widerstehen.

»Wir sollten so bald wie möglich mit der Arbeit beginnen«, sagte Miss Kevarian. »Miss Abernathy und ich benötigen einen Mitarbeiter, bis die restliche Belegschaft unserer Firma eintrifft.«

»Was immer Sie brauchen«, antwortete Gustave.

»Sicherheit ist von entscheidender Bedeutung. Wir müssen

die Zahl der beteiligten Personen auf ein Minimum beschränken. Vielleicht könnten Sie uns Abelard ausleihen?«

Gustave sah über die Schulter hinweg Miss Kevarian an, als wolle er Einwände erheben. Schließlich entschied er sich dagegen und wandte sich an den jungen Priester. »Abelard?«

»Ja, Kardinal?«

»Würdest du Lady Kevarian dienen?«

Tara hoffte, er würde sich weigern. Die erforderliche Kunst war schon schwer genug, ohne dass Abelard hinter ihr Asche streute. Sicher, er verstand seinen Glauben besser als Tara, aber die Kunst war die Kunst. Welche Verwendung hatte sie für die hiesige Mystik?

Außerdem schien der Tod seines Gotts den jungen Priester tief getroffen zu haben. Die Arbeit mit dem göttlichen Leichnam könnte zu viel für ihn sein.

Er sah Miss Kevarian an und sie erwiderte den Blick. Er verzagte nicht und wandte sich auch nicht ab.

»Ja, Vater.«

*

Danach verlor sich das Treffen in Logistik. Miss Kevarian wedelte mit der Hand durch die Luft und holte eine lange Liste von Komponenten hervor, die sie benötigten: Kerzen aus Blutwachs, eine Schachtel Knochenkreide, verschiedene Geräte für die Thaumaturgie aus Sterlingsilber, Kupfer und Eisenholz. Sie sollten innerhalb des Heiligtums auf einer für Gäste reservierten Etage untergebracht werden. Tara bat um einen Perückenständer für ihr Zimmer und ignorierte geflissentlich den fragenden Blick von Miss Kevarian. Sie würde es später erklären.

Kardinal Gustave hatte Dinge zu erledigen. »Sie sind hier, um unsere Kirche zu retten, aber in der Zwischenzeit muss ich mich auf ihren Untergang vorbereiten.« Abelard führte sie nach oben in ihre Räume, die im Vergleich zu der gotischen Komplexität der darunter liegenden Gottesdiensträume und zu den hellen, geräumigen Büros überraschend vornehm waren. Taras Gemächer hätten einen Kaufmannsfürsten zufriedengestellt. Helle Wände und ein Plüschteppich setzten die luxuriöse rote Lederpolsterung ihres Sessels und die krallenförmigen goldenen Füße ihres Frisiertischs in Szene. Das Bett war ein Himmelbett, komplett mit hauchdünnen Vorhängen, wie etwas aus einem alten Roman.

Jemand hatte sogar einen Perückenständer für sie gefunden.

Abelard holte einen Schraubenschlüssel aus einer versteckten Tasche in seiner Robe hervor und öffnete eine Schalttafel, die sich hinter einem der Spiegel verbarg, der die gesamte Länge des Raums einnahm. Dann tat er etwas, das mit viel Fluchen und Hämmern verbunden war. Minuten später verkündete er, dass er ihren Klingelzug mit dem Rufgerät seines Quartiers verbunden habe, falls sie etwas brauche. Dann zog er sich zurück und stolperte auf dem Weg nach draußen über den Saum seiner Robe. Miss Kevarian blieb bei Tara, um eine Tasse Tee zu trinken und Geschäftliches zu besprechen.

Tara saß auf ihrem Diwan und beobachtete, wie die Flamme des Gasbrenners um den Bauch des kleinen Eisenkessels züngelte, und zählte bis zehn, bevor Miss Kevarian sagte: »Wie geht es Richter Cabot?«

»Tot«, antwortete Tara. »Ermordet.«

Miss Kevarian blinzelte nur ein einziges Mal.

»Sie scheinen nicht überrascht zu sein«, sagte Tara.

»Ich will nicht sagen, dass ich seine Ermordung erwartet habe, aber es war eine Möglichkeit.«

»Glauben Sie, es hat etwas mit dem Fall zu tun? Mit Kos?«

»Cabot war einer meiner ältesten Kontakte zur Kunst in dieser Stadt. Wenn jemand versucht hat, mich zu töten, und ihm das nicht gelungen ist, war es naheliegend, dass auch er in Gefahr war.« Sie stand auf und begann, hin- und herzulaufen. Ihr Schatten und ihre Stimmung entzogen dem Raum das Licht. »Er wurde zerstört, nehme ich an?«

»Keine Hoffnung, ihn wiederauferstehen zu lassen. Die meisten Organe sind weg. Ich hätte seine Erinnerungen nicht hervorholen können, selbst wenn die Schwarzanzüge mich mit dem Körper allein gelassen hätten.«

Miss Kevarian sagte nichts. Die Dunkelheit um sie herum vertiefte sich.

»Sie sagten, Sie kennen den Mann?«, hakte Tara nach.

»Er arbeitete an dem Fall Seril. Fairer Richter. Das ist vierzig Jahre her und schon damals wollte er aus dem Spiel aussteigen.« Sie hielt inne und blieb mit geschlossenen Augen, die Hände an der Seite, für einen Moment stehen, der sich hinzog. »Erzählen Sie mir die Umstände.«

Sie erzählte ihr alles. Die Schreie des Butlers, wie sie sich wortreich Zugang zu der Leiche verschafft hatte und deren Zustand. Miss Kevarian bat Tara an dieser Stelle um außergewöhnliche Details und sie beschrieb den Leichnam, seinen Ausdruck, seine Anordnung und vor allem die seiner Wirbelsäule. Aber der Gargoyle interessierte Miss Kevarian am meisten.

»Hier?«

»Ich schwöre bei jedem Gott, den Sie nennen wollen.«

»Sind Sie sicher?«

»In der einen Minute zwei Meter groß, großer Schnabel, Flügel und Klauen und Zähne.« Sie streckte einen Arm, soweit es ihr möglich war, über ihren Kopf. »Im nächsten Moment kehrt er sein Innerstes nach außen und wird zu einer Art Eins-fünfundachtzig-Schönling. Dunkles Haar, grüne Augen. Definitiv kein Golem. So etwas habe ich noch nie zuvor gesehen.«

»Ist er allein? Sein Schwarm – seine Gruppe –, sind sie zurückgekehrt?«

Diese Frage kam ein wenig zu schnell. »Gibt es etwas, das ich wissen sollte?«

»Antworten Sie mir.«

Ihr Ton ließ die Luft in Taras Lunge gefrieren. Sie atmete noch einmal durch. »Er sagte nicht viel.«

»Er ist im Gewahrsam der Schwarzanzüge?«

»Sein Körper ist es.«

Miss Kevarian blieb abrupt stehen. Etwas wallte in ihrer Brust auf, ein berstendes, plätscherndes Geräusch, das Tara schockiert als Gelächter erkannte. »Sein Körper. Du brillantes Mädchen.«

Tara verspürte einen heftigen Anfall von Stolz, aber inzwischen wusste sie es besser, statt sich im Lob ihrer Chefin zu sonnen.

Sie öffnete ihre Handtasche und griff nach dem Buch darin. Bevor sie es hervorholen konnte, legte Miss Kevarian ihr eine eiskalte Hand auf das Handgelenk. »Das haben Sie gut gemacht, aber ich muss wahrheitsgemäß antworten können, wenn die Justiz mich danach fragt.«

»Verstanden.« Sie ließ das Buch wieder los und zog ihre Hand zurück. »Ich suchte nur nach einem Stift.«

»Unter keinen Umständen dürfen Sie versuchen herauszufinden, ob Cabots Tod mit unseren hiesigen Geschäften in Verbindung steht.«

»Natürlich nicht«, antwortete Tara mit wissendem Kopfnicken.

»Sie werden auf gar keinen Fall Ermittlungen in diese Richtung allein anstellen. Es ist unwahrscheinlich, dass sein Tod irgendeine Auswirkung auf unseren Fall hat. Cabots Tod, unsere eigenen Probleme und der Tod von Kos stehen eindeutig nur durch Zufall miteinander in Verbindung.«

»Eindeutig.« Der Wasserkessel kreischte. Tara goss etwas Tee in ihre Tasse. »Und ich soll nicht sofort anfangen?«

»Genau genommen, nein«, sagte Miss Kevarian. »Ich brauche Sie und Abelard, um mit der Durchsicht der Dokumente zu beginnen. Gehen Sie alles durch, was wir haben, und machen Sie sich ein möglichst vollständiges Bild davon, was mit Kos passiert ist. Schicken Sie mir bis morgen früh einen Bericht.«

»Chefin …« Dieses Buch in seinem von Silberspuren überzogenen Einband fühlte sich wie ein Bleigewicht in ihrer Handtasche an. Mit jeder Minute, die es dort verbrachte, wurde die Spur kälter. »Haben wir nicht wichtigere Dinge, um die wir uns Sorgen machen müssen?«

»Außerplanmäßige Angelegenheiten buhlen zwar um unsere Aufmerksamkeit, aber wir sind unseren Mandanten verpflichtet.«

Miss Kevarian strich mit den Daumen über ihre Jackenaufschläge. »In Ihrem Fall ist die Verpflichtung nicht nur beruflich, sondern auch persönlich.«

Tara runzelte die Stirn. »Wie meinen Sie das?«

»Ich habe viel Einfluss und eine lange Betriebszugehörigkeit in unserer Firma, aber ich bin nicht allmächtig.« Miss Kevarian machte eine Pause. Tara wartete, und endlich fand ihre Chefin die Worte, nach denen sie suchte. »Die Umstände Ihres Abschlusses an den Verborgenen Schulen haben mich davon überzeugt, dass Sie einen Platz bei Kelethras, Albrecht und Ao haben. Die gleichen Umstände haben jedoch einige Seniorpartner der Firma beunruhigt.«

Der Angriff auf ihre Lehrer und Meister mit Feuer, Blitzen, Schatten und Dornen. Sie auszulachen, als sie sie aus der Halle der Ältesten über die Spalte in die Leere warfen. Tara schluckte. »Ich hatte dabei keine große Wahl.«

»Das waren auch meine Worte, als Belladonna Albrecht meine Empfehlung infrage stellte. Dennoch überwogen die Vorbehalte meiner Kollegen. Monatelang setzte ich mich für Sie ein, ohne Erfolg.« Miss Kevarian warf Tara einen Blick zu, ihr Gesicht war gelassen. »Schließlich landete dieser Fall auf meinem Schreibtisch und damit auch eine Chance. Die Kanzlei wählte mich für diesen Auftrag aus, und angesichts der sensiblen Natur des Falls erhielt ich die Vollmacht, das Personal auszuwählen. Ich habe mich für Sie entschieden.«

Tara rechnete die Tage, die Stunden seit Kos' Tod nach. Die Einstellung eines neuen Mitarbeiters brauchte Zeit. Miss Kevarian musste kaum mehr als einen Tag, nachdem sie die Nachricht vom Tod des Gotts erhalten hatte, nach Edgemont aufgebrochen sein. Das war wohl kaum genug Zeit gewesen, um die komplexen Verträge und Vereinbarungen zu unterschreiben, die Tara an die Firma binden sollten. »Das ist noch nicht geklärt, oder? Im Moment haben Sie mich, aber man hat noch nicht entschieden, ob Sie mich behalten dürfen.« Die Sprache wurmte sie: behalten, haben, als ob sie ein Besitz oder ein Preis wäre.

»Sagen wir, Ihre Leistungen stehen unter Beobachtung. Wenn Sie meine Erwartungen erfüllen, ist Ihre Position im Unternehmen gesichert. Wenn Sie scheitern oder unsere Mandanten kompromittieren, dann wird unsere gemeinsame Zeit nur von kurzer Dauer sein.« Sie schüttelte den Kopf. »Ich schätze es nicht, unter solchen Bedingungen zu arbeiten. Ich möchte Ihnen nicht drohen, damit Sie gehorchen. Ich hätte es Ihnen nicht gesagt, aber ich möchte, dass Sie die Risiken verstehen, denen Sie ausgesetzt sind, und den Ernst der Aufgabe, die wir hier zu erfüllen haben.«

Taras Tee schmeckte nach Bergamotte und Asche. Miss Kevarian hätte nichts von all dem sagen müssen. Sie hätte abwarten und beobachten können, ob ihre neue Mitarbeiterin durchstartete oder versagte. Ihr Eingeständnis war ein Geschenk – ein Zeichen des Respekts, sie zog sie ins Vertrauen –, aber auch ein Fluch. Zusätzlich zu den Gargoyles und Attentätern musste Tara nun auch noch ihre eigenen Vorgesetzten fürchten. Aus ihrem fernen Stützpunkt richteten die Seniorpartner von Kelethras, Albrecht und Ao ihren feurigen Blick auf sie, erwogen, sondierten, suchten nach jedem Makel und jeder Unvollkommenheit. Sie fühlte sich wie eine Seiltänzerin, die gezwungen war, in die gähnende Kluft unter ihren Füßen zu blicken.

Die Tiefe des Abgrunds machte kaum einen Unterschied, sagte sich Tara. Sie hatte nicht die Absicht zu fallen. Andererseits fielen nur wenige Frauen absichtlich. »Also, was sollen wir tun?«

»Unsere Arbeit«, sagte Miss Kevarian, »mit Sorgfalt, Professionalität und Schnelligkeit. Eile ist geboten.« Sie wandte sich zum Fenster um. Der Himmel hatte sich in den vergangenen Stunden verdunkelt, obwohl er noch morgendlich blass war, und war der Erde näher gerückt, als wolle er die Stadt erdrücken. »Mir gefällt der Anblick dieser Wolken nicht.«

»Tee?«, bot Tara an.

»Später. Jetzt müssen wir arbeiten. Wir beide.«

Bevor sie sich in ihre eigenen Gemächer begab, ergriff Miss Kevarian die lange rote Zunge von Taras Glockenzug und zog daran. Sie erzeugte ein Zischen von Dampf.

5

Tara blieben ungefähr fünfzehn Minuten, bevor Abelard als Antwort auf die Glocke eintraf. Nicht viel Zeit, aber es war nicht sinnvoll, diese Gelegenheit zu vergeuden.

Wenn sie die Kirche im Stich ließ, war ihre Karriere beendet. Niemand würde ihr eine Chance geben, wenn Kelethras, Albrecht und Ao sie nach Ablauf dieser Probezeit entließen. Sie würde ein kümmerliches Dasein im Verborgenen fristen oder aber … zurück zum Mob. Der Gedanke erschreckte sie.

Es gab jedoch viele Möglichkeiten, einen Mandanten zu enttäuschen. Wenn der Mord an Cabot in irgendeinem Zusammenhang mit dem Fall stand, vernachlässigte sie ihre Pflicht, wenn sie keine Ermittlungen anstellte.

Durch diese fadenscheinige Logik gestärkt, stellte Tara ihre Tasse Tee auf den Frisiertisch. Der Perückenständer starrte sie mit leeren Holzaugen an. Sie wühlte in ihrer Handtasche und holte das schwarze Lederbuch, einen schwarzen Filzstift, einen winzigen silbernen Hammer und eine kleine schwarze Samttasche mit Saphirverschluss heraus, deren Inhalt beim Hinlegen leise klirrte.

In Cabots Penthouse war der Diebstahl des Gesichts perfekt für ihre Zwecke gewesen, an dieser Stelle war er aber bei Weitem nicht ideal. Das Gesicht brauchte eine Befestigung. Dieser Perückenständer hatte zumindest die richtige Form, war aber schlecht verarbeitet, und sie konnte mit dem Filzstift kaum mehr tun, als aufwändige Entwürfe auf die glatte, strukturlose Fläche zu malen, um sie zu verbessern. Glücklicherweise hatte sie ihre eigenen silbernen Nägel mitgebracht.

Sie holte das Gesicht aus dem Buch, entfaltete es, holte den ersten Nagel aus dem Samtbeutel und schlug ihn mit dem Hammer durch die Stirn des Gargoyles in den Perückenständer. Die restlichen acht Nägel befestigte sie an den Schläfen, den Ohren, dem Kieferansatz, dem Kinn und dem Nasenrücken und flüsterte dabei eine einfache Bindeformel.

Sieh ihn nicht an, während du das machst, sagte sie sich selbst. *Verwende nicht einmal die Bezeichnung »Er«.* Das macht es einfacher.

Zumindest war es einfacher, bis sie den letzten Nagel einschlug und sich die tiefgrünen Augen öffneten. Bevor sie sprechen konnte, fletschte er die Zähne und sagte mit vollkommen emotionsloser Stimme: »Wer zum Teufel bist du? Was hast du mit mir gemacht? Ich werde dich töten.«

Seine Stirn runzelte sich verwirrt. In Kombination mit den Falten und Furchen, die durch Taras hastiges Festnageln entstanden waren, war das ein seltsamer Effekt. Tara wusste, was sie erwartete, aber dabei zuzusehen, verursachte ihr trotzdem ein flaues Gefühl in der Magengegend.

»Ich werde dir die Kehle mit den Zähnen herausreißen.« Die Worte wurden mit dem Tonfall eines gelangweilten Lektors in der Sonntagskapelle gesprochen. »Ich werde dein Blut trinken und deine Knochen zersplittern.« Allmählich dämmerte es ihm – langsamer als die Sonne. »Warum klinge ich so?«

»Desinteressiert? Überraschend ruhig angesichts deiner Situation?«

»Ich sollte wütend sein. Du hast versucht, mich zu töten.«

»Ich habe nicht versucht, dich zu töten. Ich habe dich vom Dach geholt, ohne jemanden zu verletzen. Oder wenigstens«, verbesserte sie sich, »ohne jemanden auf lange Sicht zu verletzen. Dies ist eher kein Dauerzustand.«

»Warum bin ich nicht verärgert?« Seine Nasenlöcher weiteten sich. Seine Augen zuckten von links nach rechts. »Warum kann ich mich nicht bewegen?«

»Zwei miteinander zusammenhängende Fragen, die nur einer Antwort bedürfen.« Sie drehte den Perückenständer zum Spiegel des Frisiertisches.

Seine Augen weiteten sich und sein Mund öffnete sich. Es kam kein Ton heraus.

»Du kannst dich nicht bewegen, weil du keinen Körper hast. Du spürst nichts, weil, nun ja, du wärst überrascht, wie viel von dem, was wir Emotionen nennen, in Wirklichkeit Chemie ist. Ein paar Gramm mehr von diesem oder jenem Hormon im Blut und man ist wütend oder traurig oder verliebt. Aber du hast zurzeit kein Blut oder was auch immer ein Gargoyle anstelle von Blut hat. Lava vielleicht? Deine Persönlichkeit existiert in einer sich selbst erhaltenden Matrix, die ich dafür geschaffen habe. Dein Gesicht ist der geometrische Ort und die chemische Energie deines eigenen Körpers treibt das Ganze aus der Ferne an. Ein schönes Stück Arbeit, wenn ich das mal so sagen darf.«

»Ich werde dich töten.«

»Nein, nein, nein!« Sie schüttelte den Kopf. »So kommen wir nicht weiter. Wir fangen damit an, dass du mir deinen Namen nennst.«

»Ich kann keinen Schmerz empfinden. Du kannst mich nicht foltern.«

Streng genommen traf keine der beiden Aussagen zu, aber es wäre nicht besonders klug, ihm das zu sagen. »Ich versuche nicht, dir wehzutun. Ich will nur wissen, was mit Richter Cabot passiert ist.«

»Du willst ein Geständnis.«

»Das will ich nicht!« Sie hielt ihre rechte Hand vor den Spiegel, damit er sie sehen konnte. »Ehrlich. Ich glaube, du bist unschuldig.«

»Warum stichst du mir dann in den Bauch und stiehlst mein Gesicht?«

»Ich sagte, *ich* halte dich für unschuldig. Die Schwarzanzüge tun das nicht. Du sagtest, dass sie hinter dir her sind, und wenn du der Meinung wärst, dass ein Gargoyle in dieser Stadt einen fairen Prozess bekommt, bezweifle ich, dass du vor ihnen geflohen wärst.«

Das Gesicht sagte nichts.

»Habe ich recht?«

»Steinmänner verdienen keinen fairen Prozess«, sagte er endlich mit trockener, rauer Stimme. »Wir reißen die Stadt auseinander. Wir dürsten nach Blut – oder hast du das noch nicht gehört? Du wirst keine Geschworenen finden, die mich freisprechen, egal welche Beweise du ihnen vorlegst. Nicht, dass die Justiz sich die Mühe mit Geschworenen machen würde.«

»Hör zu«, sagte sie, »es tut mir leid. Wir müssen einen Schr…« Sie unterbrach sich. Er konnte im Moment keine Schritte machen, und es wäre unhöflich, ihn daran zu erinnern. »Ich bin Tara. Ich versuche, dir zu helfen.«

Ihre Blicke trafen sich im Spiegel und sie schnappte unwillkürlich nach Luft. Seine Augen waren mehr als nur grün – sie hatten die Farbe der Smaragde, die Farbe des Meeres. »Schiefer«, sagte er.

»Das ist alles? Schiefer?«

»Warum glaubt ihr Leute immer, dass wir mehr Namen brauchen als alle anderen?«

»Ich habe noch nie einen Gargoyle persönlich getroffen …«

»Und deshalb gehst du davon aus, dass wir uns mit Pech bestreichen und von den Dächern stürzen, um Unschuldige zu verschlingen, und uns Namen geben wie Schiefer Schnellschwinge, Geliebter der Göttin, Späher im Schatten.«

»Du warst weitaus weniger sarkastisch, als wir uns das erste Mal trafen.«

»Als ich mich vor den Schwarzanzügen versteckt habe?«

»Und du mich umbringen wolltest.«

»Na ja, damals hatte ich einen Körper.«

Der Tee war gut durchgezogen und Abelard stieg inzwischen zweifellos die letzte Treppe zur Gästeetage herauf. Möglicherweise würde sie tagelang nicht genug Zeit haben, um dies hier noch einmal zu versuchen, und sie hatte bisher nichts Nützliches erfahren. Der mögliche Ausschluss aus der Firma lastete auf ihrer linken Schulter, der Tod durch die Hand eines Mörders auf ihrer rechten. Sie trommelte mit den Fingern auf den Frisiertisch und versuchte, den Kopf freizubekommen. »Ist das wirklich dein Name?«

»Was?«

»Du weißt schon, Schnellschwinge und das alles?«

Er verdrehte die Augen.

»Wenn ich dir helfen soll, muss ich wissen, wer du bist. Wo du herkommst. Was du in Cabots Penthouse gemacht hast.«

Er schürzte die Lippen, gab aber schließlich zu: »Schnellschwinge habe ich mir ausgedacht. Der Rest sind Ehrentitel.«

»Was hast du im Penthouse gemacht?«

»Ich weiß es nicht.«

Frustriert ballte sie die Faust. »Ach, komm schon!«

»Glaubst du, es macht mich glücklich, im Dunkeln zu tappen? Cabot sollte mir ein Paket geben. Das ist alles, was ich weiß.«

»Schiefer, du bist süß, aber auch frustrierend.«

»Wenn du mich jetzt süß findest, solltest du mich sehen, wenn ich einen echten Körper habe.«

»Wie ist es möglich, dass du nicht weißt, was du dort gemacht hast?«

»Mir wurde gesagt, der Richter würde mir etwas geben, das ich meinem Schwarm bringen soll.«

»Wer hat dir das gesagt?«

»Aev. Unsere Anführerin.«

»Sie hat nicht gesagt, was das für ein Paket ist? Warum sie mit einem Richter sprechen musste? Irgendwas in der Art?«

»Keine Ahnung.«

Wenn sie ihn bedrängte, hörte er vielleicht ganz auf zu reden, und sie brauchte mehr Informationen. *Mach weiter.* »Du solltest also zu deinem, äh, Schwarm zurückkehren, nachdem du dieses Paket abgeholt hattest. Wo ist der?«

Zuerst dachte sie, er wolle sich ausschweigen, aber sie erkannte an den Zuckungen in seinen Wangen, dass er versuchte, den Kopf zu schütteln. »Ich weiß, wo mein Schwarm gestern haltmachte, aber jetzt sind sie schon lange weg. Wir kennen diese Stadt besser als jeder andere. Wir sind aus ihrem Stein geboren und sie trägt unser Zeichen. In den seltenen Fällen, in denen wir zurückkehren, ziehen wir immer wieder von Versteck zu Versteck, damit die Schwarzanzüge uns nicht finden können.«

Verdammt! »Wie hattest du dann geplant, ihnen das Paket zu bringen?«

»Hatte ich nicht.« Seine Stimme wurde leiser. Ein Nachteil des Gesichtsdiebstahls: Das Bewusstsein ermüdet leicht, wenn es vom Körper getrennt ist. »Sie werden mich finden oder ich werde sie finden. Anhand des Geruchs.«

Ein Klopfen an der Tür. Tara fluchte leise.

»Miss Abernathy?«

Die Faktoren dieses Falls multiplizierten sich für ihren Geschmack zu schnell. Gargoyles. Abelard. Schwarzanzüge. Torheit.

»Miss Abernathy, Sie haben geläutet.« Abelard begann, den Türknauf zu drehen.

»Warten Sie! Warten Sie eine Sekunde. Ich bin nicht bekleidet.«

Die Tür war bereits einen Spalt geöffnet und hielt dann inne. »Aber Sie haben geläutet.«

»Moment!«

»Versuchst du, mich geheim zu halten?«, höhnte Schiefer.

»Halt die Klappe«, flüsterte sie.

»Was ist, wenn ich um Hilfe rufe?«

»Miss Abernathy, ist da noch jemand?«

»Selbstgespräche«, sagte sie und hob den Hammer.

Glücklicherweise dauerte es länger, diese Anordnung aufzubauen, als sie wieder auseinanderzunehmen. Ein paar Züge mit dem Klauenende des Hammers, dann Schiefers Gesicht langsam vom Perückenständer abziehen, und es war wieder sicher im Buch verstaut, als Abelard ihre Schlafzimmertür öffnete. Der junge Priester stand auf der Schwelle und spähte in den Raum, als hätte er Angst, dass etwas herausspringen und ihn zerstückeln könnte. Eine frisch angezündete Zigarette baumelte zwischen seinen Lippen, und er wirkte – wenn das überhaupt möglich war – noch zerzauster als eine halbe Stunde zuvor.

»Ms Abernathy?«

»Tut mir leid«, sagte sie und schlang die Handtasche wieder über ihre Schulter. »Weibliche Probleme. Wollen wir los?«

*

Das Allerheiligste war in der optimistischen Zeit erbaut worden, bevor die Götterkriege die Neue Welt erreichten und in der die Kirche von Kos die Zukunft als endlose Abfolge von glänzenden Aussichten vor sich sah, von denen eine die nächste eröffnen würde. Im Wahn ihrer expansionistischen Träume plante die Kirche ihr neues Allerheiligstes mit genügend Leerfläche, um ein Jahrhundert des Wachstums zu beherbergen. Dann kam der Krieg und die glänzenden Aussichten zerfielen. Bis zum heutigen Tag blieben große Teile des Allerheiligsten ungenutzt und waren der Welt unbekannt. Das war eigentlich auch besser so, denn manchmal benötigte die Kirche große, ungenutzte und unbekannte Räume.

So lautete Abelards Erklärung für Tara, als die beiden von den Gästezimmern aus über eine Wendeltreppe drei weitere Stockwerke hinaufgestiegen waren und zu einer ansonsten unscheinbaren Tür gelangten. Nachdem Abelard den passenden Schlüssel gefunden hatte, öffnete sich die Tür und gab den Blick auf den größten Raum frei, den sie je gesehen hatte. Der Hauptinnenhof der Verborgenen Schulen hätte zusammen mit dem Ostflügel der Halle der Ältesten problemlos hineingepasst.

Der ganze Raum war voller Papier.

Unmengen loser Kanzleipapierblätter lagen in Kisten gestapelt entlang der Wände. In der Nähe der Raummitte wichen die Kisten dicken Stapeln von Schriftrollen, einige in Regalen, andere lose. Der trockene, beruhigende Duft von Tinte und Pergament erfüllte die stickige Luft.

»Das ist eine Menge Papier«, gab Abelard zu. »Viele Schriftgelehrte und viel Kunst, die die Schriftgelehrten unterstützt. Jedes Geschäft, das die Kirche von Kos jemals abgeschlossen hat, jeder

Vertrag mit Gottheiten oder Todlosen Königen. Der Gründungsvertrag von Alt Coulumb ist hier irgendwo. Natürlich nicht das Original.«

Tara konnte sich ein leises Pfeifen angesichts der schieren Menge an Informationen nicht verkneifen. Sie hatte schon größere Bibliotheken in den Verborgenen Schulen und in den Festungen der Todlosen Könige gesehen, aber die meisten von ihnen enthielten immer die gleichen düsteren Wälzer. Dieses Archiv war einzigartig auf der Welt. Eine knappe Handvoll Menschen kannte nur einen Bruchteil von dem, was hier geschrieben stand, und ihre Aufgabe war es, alles in Erfahrung zu bringen. Ihr Mund wurde trocken vor Verlangen und ein wenig Angst.

Abelard ging ihr in einem engen Gang zwischen Stapeln von Papierkram voraus. »Es ist verrückt, dass wir all diese Sachen behalten, aber die Kunstwirkenden der Kirche bestehen darauf. Sie wissen nichts über Maschinen, Dampf oder Feuer, aber wenn man sie reden hört, könnte man meinen, sie kennen die Kirche besser als Kos' eigene Priester.«

»Es ist wunderschön.« Die Worte rutschten ihr unwillkürlich heraus, aber sobald sie einmal ausgesprochen waren, fand sie daran nichts auszusetzen. Abelard starrte sie entgeistert an.

»Wunderschön?«

»Hier ist so viel. Sie haben wirklich alles behalten.« Mit ausgebreiteten Armen ging sie den Gang hinunter und fuhr mit den Fingern über staubige Kisten und polierte Holzrollen, die professionelle Schriftrollen enthielten. Darin pulsierten Geheimnisse, die begierig darauf waren zu entkommen.

»Beeindruckend, sicher. Ich weiß aber nicht, was daran schön sein soll.« Abelard folgte ihr. »Wenn Sie etwas Schönes sehen wollen, bringe ich Sie irgendwann zu den Feuerstätten. Kein einziges Gramm Stahl verschwendet. Kos' Ruhm durchzieht jedes Rohr, leuchtet aus jedem Lager und jeder Messröhre. Sie sind das Herz der Stadt und das Zentrum der Kirche.«

»Kling spaßig«, sagte sie, ohne dass ihr etwas Nettes über eine Feuerstätte einfiel, so effizient sie auch sein mochte. »Aber Feuerstätten sind für diesen Fall nicht relevant. Alles, was wir über Kos wissen müssen, steht hier.«

»Dies sind nur bessere Empfangsbestätigungen. Endlos lange Listen von gekauften und verkauften Waren.« Aus seinem Mund klangen diese Worte klein und unbedeutend. »Sollten Sie nicht versuchen zu verstehen, wer er war, bevor Sie sich seine Konten ansehen?«

Tara ließ seine Worte vom Schweigen des Archivs verschlucken und wünschte sich, dass die Verborgenen Schulen ihr beigebracht hätten, wie man mit Mandanten umgeht. In ihren Lehrbüchern wurde das Thema, wenn überhaupt, als Randnotiz erwähnt, bevor sie zu wichtigen technischen Fragen wie der Regel gegen Unveräußerlichkeit oder den sieben orthodoxen Verwendungen der Milz übergingen. »Diese Papiere«, sagte sie schließlich, »werden uns zeigen, wie Kos starb und was wir tun müssen, um ihn zurückzubringen. Das ist mein Hauptanliegen. Glaube und Ruhm sind eher Ihr Spezialgebiet.«

Abelard antwortete nicht. Tara ging in dem Wissen weiter, dass sie nicht das Richtige gesagt hatte, und stand vor dem Rätsel, was das Richtige gewesen wäre. Sie wäre vor Erleichterung beinahe zusammengesackt, als Abelard wieder sprach, wenn auch nur zögerlich. »Ihre Chefin, Lady Kevarian, sagte, das, äh, Problem sei wegen eines Ungleichgewichts aufgetreten.«

Hätte Tara einen Gott angebetet, hätte sie diesem für die Möglichkeit gedankt, ihr Gespräch wieder auf technische Fragen zu lenken. »Sie stellt eine wohlbegründete Vermutung auf der Grundlage dessen an, was Ihr Kardinal ihr gesagt hat, aber das ist zu allgemein gehalten, um nützlich zu sein.«

»Was ist Ihrer Meinung nach passiert?« Abelard sah zur Gewölbedecke hinauf.

»Meiner Meinung nach?« Sie zuckte die Achseln. »Ich weiß nicht mehr als Miss Kevarian. Es muss schon irgendeine Art von Ungleichgewicht geben, damit ein so großer Gott wie Kos sterben kann. Wenn er viel mehr Energie aufwendet, als er aus dem Glauben und den Bittgebeten seiner Gläubigen gewinnt, *puff*. Wir sind hier, um Einzelheiten zu erfahren: Was hat Kos die Macht entzogen und warum.«

»So tötet man Götter?« Abelards Stimme klang jetzt hohl, aber sie bemerkte es nicht.

»Sozusagen. So töten sich Götter selbst. Wenn Sie einen töten wollen, müssen Sie ihn dazu bringen, sich bei dem Versuch, Sie zu vernichten, zu verausgaben – oder ihn irgendwie hereinlegen ...« Sie brach ab, als sie sein Schweigen bemerkte. »Es tut mir leid. Ich habe nicht nachgedacht. Ich weiß, das ist ein heikles Thema.«

»Schon in Ordnung.« Tara erkannte an seinem Tonfall, dass es nicht in Ordnung war, aber Abelard ritt nicht weiter auf dem Thema herum. Sie gingen zwischen Mauern aus toten Worten weiter. »Für jemanden, der so jung ist, wirken Sie sehr ... selbstbewusst bei all diesen Dingen.«

Sie dachte darüber nach, während sie die beschrifteten Schriftrollenstapel überflog. Verträge der Alten Welt, A bis Adelmo. Gut. Die hauseigenen Kunstwirker folgten den üblichen Ablagepraktiken. »Ich habe in der Schule fleißig gelernt. Wenn ich Ihre Einladung zu den Feuerstätten annehme, wird es mir wahrscheinlich genauso gehen, wenn Sie darüber sprechen.«

»Ich weiß nicht. In Feuerstätten gibt es viel weniger Tod und Krieg.«

»Das entbehrt nicht einer gewissen Ironie, stimmt's?« Keine Antwort. »Ich meine, wegen des ganzen Feuers, der Flammen und des Drucks.« Sie gab den Versuch auf, denn sie waren fast am Ziel.

»Wie oft«, fragte er, »haben Sie einen Gott von den Toten auferweckt?«

»Miss Kevarian ist seit dreißig Jahren Partnerin von Kelethras, Albrecht und Ao. Sie hat ein Dutzend so großer und mindestens hundert kleiner Fälle bearbeitet.«

»Nicht sie. *Sie*.«

Sie holte tief Luft, schloss die Augen und sehnte sich nach dem Tag, an dem sie diese Frage beantworten konnte, ohne sich unzulänglich zu fühlen. »Dies ist mein erster.«

Die Halle endete in einem kreisförmigen offenen Bereich, von dem sieben weitere Wege zwischen die Stapel führten. Wenn man sich durch das Labyrinth dieser Wege zwängte, konnte man jede beliebige Schriftrolle im Archiv erreichen. Eine flache Schale aus kaltem Eisen ruhte auf dem Steinboden, genau in der Mitte des freien Bereichs. »Wir sind da.«

Abelard blieb abrupt stehen. Er sah von den Regalen mit Schriftrollen zu Tara, zur Schale und zurück zu den Regalen. Tara wartete und wünschte, sie könnte in seine Gedanken blicken, ohne seinen Verstand zu beschädigen.

Endlich lösten sich seine Gedanken in Sprache auf. Er räusperte sich, der hässliche menschliche Klang hallte inmitten der Bücher wider. »Ich hatte gehofft, wissen Sie, dass hier ein …« Er warf einen Blick zurück auf die Schale und machte einige vage Gesten mit den Händen. »Ein Schreibtisch steht. Oder zumindest ein Stuhl.«

Tara blinzelte. »Wozu, um Himmels willen?«

»Zum Lesen?«

»Dafür haben wir die Schale.«

»Also legen wir die Bücher … in … die Schale?«

Da dämmerte es ihr. Sie versuchte, ernst zu bleiben, denn Abelard hatte es nicht verdient, noch mehr verspottet zu werden, aber schließlich musste sie das Lachen mit Mühe unterdrücken.

»Das ist so eine Kunstsache, nicht wahr?«

»Sie dachten, wir würden alles im ganzen Raum lesen? Heute Abend?« Sie ging hinüber zu der Schale und klopfte mit der Spitze ihres Stiefels dagegen. Es ertönte ein tieferer Klang, als ihre Größe und Dicke es vermuten ließen. »Im Ernst?«

»Ich wusste nicht«, verteidigte Abelard sich, »dass es eine andere Möglichkeit gibt.«

»Sehen Sie.« Sie streckte eine Hand aus und eine Schriftrolle schwebte vom nächsten Regal bis zu ihrer Handfläche. Beim Ausrollen enthüllte sie eine sorgfältig geschriebene Liste mit abgekürzten Namen, Daten, Zahlen und arkanen Symbolen, die in saubere Reihen und Spalten unterteilt und zur dritten Normalform vereinfacht waren. »Ihre Kunstwirker haben Ihnen gesagt, dass Sie Ihre Aufzeichnungen auf diese Weise formatieren sollten, nicht wahr?«

Er nickte.

»Sie haben auch das Archiv eingerichtet? Sagten Ihren Schriftgelehrten und Mönchen, wo sie alles aufbewahren sollten, und in welcher Reihenfolge?«

Noch ein Nicken.

»Warum, glauben Sie, war das so?«

»Ich weiß es nicht. Jemand musste es tun.«

Komm schon, dachte Tara. *Neues Kind, Klosterkind, Kirchgänger und Ingenieur. Du hast so lange in der Dunkelheit gelebt, dass du vergessen hast, dass alles einen Grund hat.* Sie winkte ihn in die Mitte des Kreises. »Ich werde Ihnen einen Trick zeigen.«

Er zögerte und war sich plötzlich bewusst, dass er mit einer Frau allein war, der er kaum vertraute; einer Frau, die, wären sie sich ein paar Jahrzehnte zuvor begegnet, versucht hätte, ihn zu töten und den Gott zu zerstören, dem er diente. Aus diesem Grund hasste Tara Propaganda. Geschichten überdauerten immer ihren Nutzen.

»Geben Sie mir Ihren Arm«, sagte sie.

Er warf einen verängstigten Blick auf die eiserne Schale. »Zur Hölle, nein.«

»Es ist absolut ungefährlich.« *Tölpel.* »Sehe Sie, ich mache es vor, aber Sie müssen mir versprechen, dass Sie, nachdem ich es Ihnen gezeigt habe, sofort tun werden, was ich Ihnen sage.«

»Okay«, sagte er verständnislos.

»Prima.« Tara griff unter ihre Jacke bis zum Ausschnitt ihrer Bluse und öffnete ihr Herz. Die Schatten um sie herum wurden tiefer; ihre Nerven kribbelten, halb so, als halte sie etwas fest, und halb so, als wäre ihre Handfläche eingeschlafen. Kaltes blaues Licht funkelte zwischen ihren Fingern. Weil sie dies ihm zuliebe langsam tat, spürte sie das Nachbeben, nachdem sie ihr Messer gelöst hatte, ein Zittern in ihrer Seele wie eine Liebkosung von allen, die ihr jemals Unrecht getan hatten.

Ihr Gesichtsausdruck musste einen Hauch von Schmerz oder Trauer gezeigt haben, aber wenn das der Fall war, war Abelard zu sehr damit beschäftigt, vor Angst zurückzuschrecken, um es zu bemerken. Die Haare auf seinem Arm standen ihm zu Berge.

»Noch nie ein Messer gesehen?« Sie hielt die Klinge vor ihr Gesicht. Sie knisterte.

Er brauchte einige Anläufe, um seine Stimme zu finden. »Ich habe die Kunst noch nie so aus der Nähe gesehen.«

»Sie haben Angewandte Theologie gesehen, ein Wunderwerk, oder? Das ist dasselbe Prinzip, nur dass ich alles selbst mache, statt einem Gott zu sagen, was ich will, von ihm Macht zu empfangen, ihm eine vage Richtung zu geben und ihn alle schwierigen Teile machen zu lassen.«

»Wie kann das dasselbe sein? Einem Gott steht diese Macht zu. Sie ...«

»Ich bin eine Kunstwirkerin.« Sie kniete neben der Eisenschale nieder und streckte ihren linken Arm aus. »Kommen Sie näher.« Er gehorchte. »Es wird aussehen, als würde es wehtun, aber das tut es eigentlich nicht.« Langsam, wiederum um seinetwillen, senkte sie die Messerspitze auf ihren Unterarm. Sie wählte eine schöne kleine Kapillare, die unter der Hautoberfläche lag, und stach sich mit der Klinge des Mondlichts und des Blitzes so sauber wie eine alte Frau, die eine Naht in einem abgetragenen Kleid auftrennt.

Ein scharlachroter Blutstropfen quoll aus der Wunde, fiel in die eiserne Schale und zerplatzte. Tara zitterte von der Schädelwölbung bis zu den Fußsohlen, als hätte sie sich in einen See aus Metall gestürzt.

Spürte Abelard die Veränderung, als ihr Blut in das Eisen sickerte, das Drehen und Fallen wie von Zuhaltungen in einem Schloss, die plötzliche Spannung in der Luft? Konnte dieser Junge, der sein Leben damit verbrachte, den Göttern zu folgen, erkennen, wann die ruhende Kunst um ihn herum zum Leben erwachte? Oder war die Farbe nur beim Anblick ihres Bluts aus seinem Gesicht gewichen?

Als sie die Hand nach ihm ausstreckte, zog er den Arm weg.

»Sie haben es versprochen«, sagte sie. »Es ist nur ein Tropfen.«

»Ihr Blut klebt noch immer an diesem Messer!«, rief er über das Rauschen des Windes, das sich um sie herum erhob, ohne auch nur ein Blatt Papier zu kräuseln. »Sie werden mich krank machen!«

Dass sie ihm ausgerechnet diese Sache klarmachen musste … »Es gibt einen Grund dafür, dass wir das Messer aus einem Blitz erschaffen.« Ein scharfer Ruck der stärker werdenden Kunst riss Tara beinahe aus ihrem Körper, aber sie widersetzte sich mit zäher Willenskraft. Wenn Abelard bei der Auferstehung seines Gotts helfen sollte, musste er sehen. »Glauben Sie, wir würden die Kunst dort einsetzen, wo ein Taschenmesser ausreichen würde, wenn wir uns keine Sorgen um eine Infektion machten? Geben Sie mir Ihren verdammten Arm!«

Dünne blaue Linien hatten sich von ihrem Blutstropfen an den Seiten der eisernen Schale hinauf und darüber hinaus ausgebreitet wie Risse durch dünnes Eis. Die Risse weiteten sich und durch sie hindurch sah Tara ein fraktales Mosaik aus großen und kleinen Sphären. Jede besaß in ihrer Mitte ein Muster: Kreise, Toroide, Schlitze, Sterne, Spiralen und seltsamere Muster. Tausende und Abertausende Augen beobachteten sie durch die Risse hindurch.

»Abelard!«

Er taumelte vorwärts und streckte den Arm aus, als die Archive erbebten. Seine Zigarette fiel von seinen Lippen auf einen der hungrigen, sich immer weiter öffnenden Risse zu, aber er fing sie auf, bevor sie hindurchfiel. Taras Messer blitzte auf, unzählige Augen stießen gegen die Membran der Welt, und –

Stille.

Alles, was sie sah, war Stille. Alles, was sie hörte, war ein schwacher, toter Geruch wie herabgefallenes Laub im Herbst. Sie schmeckte die Nacht, roch glatten schwarzen Marmor und fühlte, wie Eis auf ihrer Zunge schmolz.

Sie hatte so etwas schon einmal gemacht und war sich bewusst, dass sie warten musste, bis ihre Sinne sich wieder normalisiert hatten. Abelard hatte nicht so viel Glück. Sie hätte ihn gewarnt, dachte sie, als sie zu der Stelle ging, an der er zusammengebrochen im Dunkeln lag, wenn er wegen des Bluts nicht so ein Weichei gewesen wäre.

Er zitterte. Tara fühlte sich leer und ein wenig beschämt.

»Hey.« Sie kniete sich neben ihn und drückte seinen Arm. Er sah nicht auf und zitterte weiter. »Es ist einfacher, wenn Sie merken, dass Sie sich nicht übergeben *können,* und aufhören, es zu versuchen.« Irgendwo aus seinem Mund drang ein gurgelndes Geräusch wie das Winseln eines ertrinkenden Hundes. Sie nahm an, es sei eine Frage. »Sie haben hier eigentlich keinen Magen, das ist der Grund. Dies ist keine biologische Art von Ort.«

Sein Zittern legte sich. Ihre Hand lag weiterhin unbeholfen auf seiner Schulter.

Die neue Welt um sie herum erhellte sich. Schließlich rührte er sich, setzte sich auf und blinzelte, die Augen roh und unfokussiert. Mit zitternder Hand hob er die Zigarette zum Mund.

»Es fühlte sich …« Er schüttelte den Kopf. »Es tut mir leid.«

»Nichts, wofür man sich schämen müsste. Das passiert.« Sie stand langsam auf, um ihn nicht zu erschrecken, und streckte ihre Hand aus. Er betrachtete ihre Handfläche, als ob sie eine Falle sein könnte, doch schließlich ließ er sich von ihr auf die Füße ziehen. Er schwankte wie ein Baum, der im Begriff war umzufallen, doch er fiel nicht.

Im gedämpften Licht blickte er an ihr vorbei und sah, was vor ihm, unter ihm und überall um ihn herum lag. Sie standen auf einem gewaltigen Körper.

Das Fleisch des Gottes war schwarz und unergründlich wie die Nacht. Die Krümmung seiner Gliedmaßen war die subtile und paradoxe Krümmung des tiefen Raums. Er schwoll in der Dunkelheit an, die Schwangerschaft einer Form im Nichts.

Der Körper hatte die üblichen vier Gliedmaßen, zwei Augen von der Größe kleiner Monde, einen Mund, der eine ganze Flotte von Schiffen schlucken konnte – Merkmale, die trotz ihrer Unermesslichkeit schön und wegen ihrer Unermesslichkeit furchterregend waren. Es war ein großes und ergrautes Ding aus alten Zeiten, eine Zusammenballung von Macht, die jeden Geist erschüttern würde, der versuchte, alles auf einmal zu erfassen. Es war mehr, als der Mensch trotz all seiner Weiterentwicklung begreifen konnte, und Taras Aufgabe war, es zu begreifen.

Sie fletschte die Zähne mit einem hungrigen Lächeln.

»Ich kenne ihn«, sagte Abelard leise.

»Ja.«

Kos der Ewigbrennende, Herr der Flammen.

Seine Brust bewegte sich nicht.

6

Elayne Kevarian meditierte auf dem Dach des Allerheiligsten von Kos, während die Sonne hinter ihrer Maske aus dicken Wolken versank. Vor ihr und unter ihr sehnte sich Alt Coulumb nach der kommenden Nacht.

Sie schwebte zwei Zentimeter über dem Boden und hätte sich selbst getadelt, wenn sie es bemerkt hätte. Levitation war ein Reflex unreifer Kunstwirker. Studenten schwebten in der Luft, um sich im Einklang mit dem Universum zu fühlen, aber wie jede andere unnatürliche Haltung verursachte das Schweben mehr Spannung, als es abbaute – besonders in dieser Stadt, wo Kos' Verbot jeden Flug höher als eine Handbreit über dem Boden verhinderte.

Gedanken wanderten durch die Gänge ihres Geists wie Phantome durch ein altes Haus. Richter Cabot, ihre beste Kontaktperson in Alt Coulumb, war tot. Ermordet mit einer plumpen List, die den Verdacht auf eine dritte Partei lenken sollte. War der Gargoyle – der Wächter – absichtlich hereingelegt worden, oder stellte der Mörder einfach jedem, der vorbeikommen könnte, eine Falle?

Dieser Fall lag allem zugrunde, er war wie ein fetter und gefräßiger Wels in einem schlammigen Fluss: die Kirche von Kos, die größte göttliche Institution, die es im Westen noch gab, Drehscheibe des thaumaturgischen Handels auf diesem Kontinent, verwelkte mit ihrem göttlichen Schirmherrn. Elayne glaubte nicht, dass Inkompetenz die Schuld daran trug. Kardinal Gustave gab die richtigen Dinge von sich und die Dokumente schienen in Ordnung zu sein. Es schien auch nicht wahrscheinlich, dass Kos eines natürlichen Tods gestorben war. Vielleicht war einer der weitreichenden Pläne der Kirche schiefgelaufen. Oder aber es war … Verrat.

Sie schmeckte dieses Wort in ihrem Geist, atmete es mit ihrer Atemluft aus.

Wenn es sich um Verrat handelte, dann war den Verrätern ebenso wie der Kirche bewusst, dass Kos versagt hatte, gefallen war. Irgendwo bündelten sie ihre Kräfte.

Tara war ein gutes Mädchen. Klug. Sie würde den Archiven so etwas wie Wahrheit abtrotzen – Wahrheit, dieses seltsame Ungeheuer, das oft verfolgt, aber selten gefangen wurde. Derweil beobachtete Elayne, legte sich eine Strategie zurecht und bereitete sich vor.

Bald würde ihr Gegenspieler eintreffen, ein Kunstwirker, der ausgewählt wurde, um die Mächte zu repräsentieren, an die Kos durch Vertrag und Schulden gebunden war. Die Gläubiger würden jemanden auswählen, der für sein Alter und seine Stärke respektiert wurde, der in dunklen Angelegenheiten vor Gericht gestanden hatte und stark und sicher daraus hervorgegangen war. Jemand, der mit Alt Coulumb vertraut war.

Eine Handvoll Kunstwirkende auf der Welt passten zu dieser Beschreibung. Sie kannte die meisten von ihnen.

Die Winde kreisten in den schiefergrauen Wolken und die Sonne ging unter. Sie und Tara hatten den Sturm mit in die Stadt gebracht. Morgen würde es Arbeit zu erledigen geben.

*

Abelard wurde blass, und Tara befürchtete, er könnte wieder zusammenbrechen. »Gott?«

Sie kaute auf der Unterlippe und überlegte, wie sie es erklären sollte. »Es ist nicht Kos. Nicht direkt. Was Sie für Ihren Gott halten, ist ein Bündel von Macht und Informationen und Beziehungen, von Verträgen und Abmachungen und Kompromissen, die über Jahrtausende hinweg erstarrt sind. Immerhin haben Ihre Schreiber die Verträge und Kompromisse der Kirche im Verlauf des letzten Jahrhunderts in diesem Archiv festgehalten. Unser Blut in der Eisenschale löste ein schlafendes Werk der Kunst aus, das die Informationen aus diesen Abertausenden von Schriftrollen zu einem dreidimensionalen Bild zusammensetzte, das wir navigieren, manipulieren und verstehen können.« Mit einer Geste deutete sie auf die Landschaft des göttlichen Leichnams.

»Er sieht tot aus.«

»Er ist tot. Wie soll er denn sonst aussehen?« Sie ging los. Abelard folgte ihr mit vorsichtigen Schritten auf dem marmornen Fleisch des Gotts. »Kennen Sie das, was man eine zweckdienliche Fiktion nennt?«

Abelard antwortete mit dem monotonen Tonfall, mit dem man etwas Auswendiggelerntes aufsagt. Das war gut. Sich auf vertraute Konzepte zu verlegen, könnte ihm helfen, damit fertigzuwerden. »Eine zweckdienliche Fiktion ist ein Modell, das verwendet wird, um das Verhalten eines Systems annähernd darzustellen. Wie bei Motoren. Oft muss sich ein Mechaniker keine Gedanken über Kompressionskammern und Wärmeaustausch machen. Er muss nur wissen, dass der Motor Kraftstoff in mechanische Kraft umwandelt. Die Beschreibung eines Motors als ein Kasten, der Kraftstoff in Bewegung umwandelt, ist eine zweckdienliche Fiktion.«

»Dieses Beispiel habe ich noch nie gehört«, gab Tara zu.

»Welches Beispiel verwenden Sie?«

»Die Realität.«

Sie umgingen die riesige Grube des Bauchnabels von Kos, zerbrochen und leblos wie die Landschaft eines fernen Planeten.

»Sie wollen damit sagen«, sagte Abelard zaghaft, »dass dies gar nicht der Körper meines Herrn ist, sondern eine zweckdienliche Fiktion. Sie betrachten ihn als eine riesige Leiche, weil … weil es Ihnen hilft, ihn im Kontext Ihrer schwarzen Künste zu bewerten.«

»Mehr oder weniger«, antwortete sie. »Ich bin sicher, dass die Baupläne und die täglichen Protokolle Ihrer Feuerstätten Ihnen alles Mögliche über Ihren Gott erzählen. Das hier ist wie ein riesiger Bauplan für eine andere Facette von ihm. Sie ist für mich leichter zu verstehen als Feuerstätten.« Sie sah in der Ferne zu ihrer Linken eine Verfärbung: Sekret, das aus dem Inneren von Kos' Körper quoll und einen Fluss auf seinem Umfang bildete.

Als sie das glatte Schelf der Götterrippen erreichten, huschte Abelard wie ein Affe hinauf und bewegte sich mit trügerischer Anmut in seinen langen braunen und orangefarbenen Gewändern. Tara zog ihre Stöckelschuhe aus und warf sie mit der Hand den Hang hinauf, zog ihre Strümpfe aus und machte sich mithilfe ihrer Finger und Zehen an den Aufstieg. Oben angelangt war sie mit einem Schweißfilm bedeckt und atmete schwer. Sie schaffte es nicht ganz, die letzte Anhöhe aus hervorstehenden Knochen und Muskeln zu erklimmen. Abelard half ihr hinauf und wäre dabei fast selbst abgestürzt.

»Wo haben Sie klettern gelernt?«, fragte sie, nachdem sie wieder zu Atem gekommen war und ihr Haar zurechtgestrichen hatte.

»Im Heizraum«, sagte er mit einem wehmütigen Lächeln. »Tausende von Rohren, alle Formen und Größen, und eine Leiter nach der anderen. Es gibt keinen besseren Ort als das Heiligtum von Kos, um elf Jahre alt zu sein. Obwohl es vielleicht bessere Orte gibt, um sechzehn zu sein«, räumte er ein.

Anstatt ihre Schuhe wieder anzuziehen, stopfte sie ihre Strümpfe hinein und steckte sie in ihre Handtasche. Das göttliche Fleisch fühlte sich kühl an unter ihren Füßen. »Die Verborgenen Schulen sind kein guter Ort, um elf oder sechzehn zu sein. Aber ein guter Ort, um einundzwanzig zu sein, wenn man einundzwanzig sein will.«

»Kein Spaß für Kinder?«

»Es gibt viele lustige Dinge für Kinder, aber die meisten bringen einen um, wenn man sie falsch macht.«

Sie gingen weiter. Abelard gab schließlich auf und klopfte Zigarettenasche auf die Haut seines Gottes, wobei er sich zweifellos immer wieder sagte, dass es sich um ein Modell handelte und nicht um den tatsächlichen göttlichen Leichnam.

»Hat das ganze Laufen einen Sinn?«, fragte er nach einer Weile.

»Ich inspiziere die Leiche«, antwortete sie. »Göttliches Fleisch verwest wie die menschliche Variante. Kleine dunkle Dinger, weder Gott noch Mensch, schleichen sich ein und kauen daran. Geistige Neunaugen – Schemen, halb geformte Konzepte, die die Samen neuer Gottheiten werden könnten. An den Schäden, die sie dem Fleisch zufügen, kann man erkennen, wie lange ein Gott schon tot ist. Andere Zeichen weisen auf die Todesursache hin.«

»Was sehen Sie?«

»Einige verwirrende Dinge.«

»Zum Beispiel?«

»Zum Beispiel.« Sie stieß einen raschen Atemzug aus, der auf die stille Leichenlandschaft fiel wie ein schwerer Mantel auf einen kalten Boden. »Wir sind an Sekretlachen vorbeigekommen – göttliches Blut, göttliche Macht. Sie sind klein, passend zu einem Gott, der vor Kurzem gestorben ist. Die Maden haben gefressen, aber nicht viel. Doch es gibt mehr Wunden, als es geben dürfte, und sie sind überall verteilt, wo sie doch eher geballt an einer Stelle vorkommen sollten. Aasfresser werden von Schwachstellen in der Abwehr des Körpers angezogen. Und dann ist da noch das Fleisch selbst. Vielleicht haben Sie es bemerkt.«

»Es ist kalt und hart.«

»Wo es doch warm sein sollte, ja?«

»Wenn er am Leben wäre.« Abelard schauderte bei diesen Worten.

Armes Kind. »Die Wärme der Götter schwindet langsam. Er sollte sich zumindest noch lauwarm anfühlen. Außerdem gibt es nicht genug Blut.«

»Wie bitte?«

»Ein Körper, der viel Blut in sich trägt, bleibt nicht lange fest. Das Blut – die Macht – zieht Schädlinge an, die die Verwesung beschleunigen. Dies ist bei Kos nicht geschehen. Ihrem Gott wurde viel von seinem Blut entzogen, bevor er starb. Das geschah nicht plötzlich, sonst wäre die Haut stärker verfärbt. Seine Macht schwand langsam, mit der Zeit.« Sie blickte auf. »Wissen Sie, was das verursacht haben könnte?«

Abelard schüttelte stumm den Kopf.

»Gab es in den letzten Monaten irgendetwas Merkwürdiges an Kos' Verhalten?«

»Eigentlich nicht. Er war stark wie immer.« Er zögerte, als frage er sich, ob er fortfahren sollte. Sie wartete nicht, bis er sich entschieden hatte.

»Außer ...?«

»Außer ... Er hat in den letzten Wochen nur langsam auf meine Gebete reagiert. Er kam zwar immer, aber es dauerte manchmal eine halbe Stunde oder länger, bis er auf mich aufmerksam wurde.« Abelard senkte den Blick. »In der Nacht, in der er starb, dachte ich, er würde mich ignorieren. Mich vielleicht für unwürdig halten. Vielleicht war ich es auch.«

»Hatten auch andere dieses Problem?«

Er trat von einem Fuß auf den anderen und vermied, ihr ins Gesicht zu sehen. »Der Ewigbrennende Herr antwortet nicht oft direkt auf Gebete. Selbst die Treuesten erhalten vielleicht nicht mehr als einen Moment seiner Gnade. Hin und wieder auch nur ein paar Worte von ihm.«

»Bekommen die Priester keine Direktverbindung?«

»Es gibt gewisse Glaubensränge in der Priesterschaft und im Laienstand, aber die Techniker des göttlichen Throns, die die Schnittstelle zwischen dem Ewigbrennenden und dem Stadtnetz überwachen ... Wir begegnen Gott, wann immer wir auf unseren Posten kommen. Oder wir sollten es.«

»Wenn Sie ein Problem hatten, hatten andere es vielleicht auch. Haben Sie es jemandem gegenüber erwähnt?«

»Bei dem Gespräch mit Kardinal Gustave heute Morgen.«

»Sie haben nichts gemeldet, bevor er ... bis vor zwei Nächten? Haben Sie nicht um Hilfe gebeten?«

»Nein.« Abelard atmete Rauch aus. Seine Augen waren rot.

»Warum nicht?«

»Würden Sie beim ersten Anzeichen von Ärger zu Lady Kevarian rennen, wenn diese Untersuchung schwierig wird?«

Sie antwortete nicht.

»Ich bin der jüngste Techniker im Amt«, sagte Abelard. Seine Stimme war leise und seine Schlichtheit schnitt ihr ins Herz. »Die Stellen werden alle paar Jahre frei. Dieses Mal habe ich es gerade so geschafft. Was, glauben Sie, würde passieren, wenn ich preisgebe, dass ich Schwierigkeiten habe, mit unserem Herrn zu sprechen? Es gibt jede Menge Leute, die sich um meinen Platz reißen.« Seine schmalen Schultern sackten zusammen, als würde er unter den Falten seines Gewands dahinschmelzen.

»Die anderen haben vielleicht auch geschwiegen.«

»Ich hörte sie reden. Möglicherweise verbargen sie ihre Probleme, so wie ich es tat, aber Kardinal Gustave klang überrascht, als ich es ihm sagte. Es ging nur mir so.«

Sie streckte die Hand aus und ergriff seinen schmächtigen dünnen Arm. Er entzog sich ihr nicht.

Kein Wind wehte in diesem Raum jenseits der Welt. Nicht einmal der Klang ihrer Herzschläge durchdrang die Stille. »Ich dachte«, sagte er schließlich, »wenn ich Ihnen helfe, kann ich vielleicht mit seinem Tod umgehen. Einen Sinn darin finden.«

»Meine Chefin und ich sind nicht für Sinnfindung zuständig«, antwortete Tara. »Tut mir leid.«

»Ich weiß.« Abelard sah nicht von dem Gott zu seinen Füßen auf. »Aber was soll ich tun? Mein Glaube war schon vorher schwach. Was bleibt mir ohne meinen Herrn?«

Millionen von Menschen leben ohne Götter, wollte sie sagen. Sie führen ein gutes Leben. Sie lieben und sie lachen und sie vermissen keine Kirchen und Glocken und Opfer. Sie wog alle Worte ab, die ihr in den Sinn kamen, und fand sie unzulänglich. »Ich weiß es nicht.«

Er nickte.

»Ich hätte trotzdem gern Ihre Hilfe.« Schweigen. »Was würde er von Ihnen wollen?« Sie zeigte auf die Leiche zu ihren Füßen.

Abelard sank in sich zusammen. »Er würde wollen, dass ich helfe – ihm helfe, der Stadt helfe, der Welt helfe. Ich möchte es. Helfen ist der einzige Weg, den ich noch habe, um ihn zu ehren. Aber ich weiß nicht, wie.«

»Genau das versuchen wir zu tun.«

»Wir sind hier wie Insekten. Weniger als Insekten. Wie können wir etwas bewirken?«

»Vielleicht ist das Problem nicht so groß, wie Sie denken. Vielleicht betrachten wir es aus zu großer Nähe. Wollen Sie eine bessere Sicht haben?«

Er rieb mit dem Handrücken über seine Augen. Als er hochsah, waren sie trocken. »Wie meinen Sie das?«

Sie sah hoch. Er folgte ihrem Blick ins Schwarze.

»Sie können fliegen?«

»Nicht draußen. Das kostet mich zu viel Kraft, selbst wenn in Ihrer Stadt kein Flugverbot herrschen würde. Aber dies ist eine gemeinsame Halluzination. Wir können hier alles tun, solange es die Wahrheit hinter dem Bild nicht verändert.«

Sie hob ihre Hand.

Es fühlte sich nicht so an, als ob sie sich bewegten, aber die Schwerkraft wurde aufgehoben und sie stiegen auf.

Während sie immer höher stiegen, schrumpfte Kos. Zuerst füllten die Hänge und Täler seiner Rippen und die Wölbungen seiner schrägen Muskeln Taras Blickfeld. Dann sah sie seine ganze Brust auf einmal, definiert und prächtig. Als Nächstes sah sie den Bauch, und zum ersten Mal erkannte sie die Ränder seines Universums, eine endlose Kluft, die die Halbinseln seiner Arme vom Plateau seiner mächtigen Brust trennte. Sein Gesicht glühte sanft, seine Züge waren beinahe, aber doch nicht ganz die eines Mannes. Sie veränderten sich, während sie hinsah, mal verschwommen und unscharf, mal klar und weit entfernt wie das winzige, auf dem Kopf stehende Bild in einem Vergrößerungsglas. Ein einziges Detail blieb konstant: Die Mundwinkel waren zu einem wissenden Lächeln verzogen, dem Lächeln eines Wesens, das die Erde als ferne blaue Murmel gesehen hatte, eines Wesens, das in den flüssigen Flammen der Sonne schwamm.

Ich habe die Welt auch schon aus der Ferne gesehen, dachte Tara voller Ehrfurcht und Ehrgeiz. *Eines Tages werde ich es mit dir aufnehmen, Schlag für Schlag.*

»Diese Wunden«, sagte Abelard und deutete nach unten. »Sind die von den Kreaturen, die Sie vorhin erwähnt haben? Die Maden, die Schemen?«

»Ja.« Obwohl sie groß wie Seen gewesen waren, als Tara und Abelard an ihnen entlanggingen, waren sie aus dieser Höhe kaum zu erkennen. Kleine Furchen, als hätte jemand mit einem Meißel an Kos' Fleisch gearbeitet. »Aber diese …« Sie zeigte auf große runde Löcher in Armen, Beinen, Hals und Brust des Gottes – Einstiche, aus denen kein Blut austrat. »Das sind keine Wunden.«

»Die sehen aber sehr wie Wunden aus«, sagte Abelard.

»Ein Defekt des Systems. Sehen Sie, da ist kein Blut an den Rändern, kein Zeichen von gewaltsamem Eindringen.« Er wurde bleich und schwankte, aber er schien diesen Teil gut genug zu bewältigen. »Das sind Verbindungspunkte. Wenn ein Gott Geschäfte mit anderen Menschen, Gottheiten oder Handwerkern macht, leihen sie sich seine Macht, sein Blut, durch diese Löcher. Raus, wenn es ausbezahlt wird, und rein, wenn es zurückkommt und gemäß der Vertragsbedingungen mehr als vorher sein sollte.« Sie runzelte die Stirn. »Hier, so ist es einfacher zu sehen.«

Sie drehte ihre Hand und glühende Energiekanäle wuchsen rund um die klaffenden Verbindungspunkte zusammen. Rot gefärbtes Blut floss die Hälfte von ihnen hinauf, träge und widerwillig, angezogen von Verträgen, die stärker als Eisen waren, jetzt, da es nicht mehr durch den unaufhörlichen Puls von Kos' göttlichem Willen ungehindert ausströmte. Durch die anderen Kanäle floss blau gefärbtes Blut zurück, schnell und rein.

»Die roten Schläuche senden seine Energie in die Welt hinaus und die blauen Schläuche bringen sie zurück. Es geht mehr Blut hinaus als zurück. Sie sehen, selbst die Aufrechterhaltung der aktuellen Verträge hat ihren Preis für Ihre Kirche, indem sie Kos die wenige, ihm noch innewohnende Macht entzieht, die seinen Körper gegen die Maden verteidigen würde.«

»Und Sie werden was tun? Es so reparieren, dass Kos mehr hereinholt, als er aussendet? Sein Herz neu starten? Ihn wieder zum Leben erwecken?«

Sie erwog zu lügen. Abelard hatte um all das nicht gebeten. Er wollte beruhigt werden, wollte hören, dass, ja, der Wahnsinn in ein paar Wochen vorbei und Kos wieder heil wäre.

Sie dachte darüber nach.

»So funktioniert die Kunst nicht«, sagte sie.

Er reagierte nicht.

»Wir können aus diesem Körper etwas machen, das die Verpflichtungen von Kos erfüllt, aber wir werden andere Teile von ihm herausschneiden müssen. Alt Coulumb wird diesen Winter warm sein und die Züge werden pünktlich fahren. Götter und Kunstwirkende auf der ganzen Welt werden weiterhin auf die Macht des Feuergotts von Alt Coulumb zurückgreifen, aber das Wesen, das Sie Kos nennen, gibt es nicht mehr.«

»Was wird anders sein?«

Sie versuchte, sich etwas Ermutigendes einfallen zu lassen, das sie ihm sagen konnte, scheiterte aber. »Es klingt, als wäre Kos eine Gottheit zum Anfassen gewesen. Er kannte die Leute von Alt Coulumb beim Namen. Das wird sich ändern. Er besuchte sie in ihren Träumen, in den langen Nächten ihrer Seele. Ich kann mir vorstellen, dass die Gläubigen seine Ausstrahlung in der ganzen Stadt spürten. Jetzt nicht mehr. Selbst seine Stimme wird nicht mehr dieselbe sein.«

»Aber wir werden Wärme und Züge haben.«

»Ja.« Sprich nicht abfällig über Wärme, Strom und Transportmittel, wollte sie sagen. Hunderttausende in dieser Stadt würden ohne sie noch vor dem Winter sterben, an Aufständen und Plünderungen, an Pestilenz und Krieg.

Sie behielt es für sich.

»Gibt es keinen anderen Weg?«

»Was würden Sie vorschlagen?«, fragte sie.

»Sicherlich war er einigen aus dem Volk meines Herrn wichtiger als seine Gaben. Könnte diese Liebe ihn nicht zurück ins Leben rufen?«

»Vielleicht.« Sie wählte ihre Worte sorgfältig. »Er könnte sich in ihre Liebe flüchten, um seinen Verpflichtungen zu entgehen.

Das Bewusstsein ist jedoch eine Funktion höherer Ordnung. Ein Gott braucht den Glauben von etwa tausend Anhängern, bevor er eine rudimentäre Intelligenz zeigt, und das auch nur, wenn diese Anhänger nichts als Gegenleistung für ihre Liebe verlangen. Wenn ein Gott wie Kos, der so stark an Verträge gebunden ist, versuchen würde, das von Ihnen Beschriebene zu tun, wäre er kaum noch lebensfähig und hätte ständige unerträgliche Schmerzen durch die Verträge, die an ihm zerren. Wenn Sie ihn fragten, würde er wahrscheinlich eher sterben.«

»Das klingt schrecklich.«

»Das ist es.«

Er sagte eine Zeit lang nichts und sie auch nicht. Außer ihrem Atmen war kein Geräusch zu hören.

»Er liebte diese Stadt, wissen Sie. Er liebte sein Volk und die Welt.«

»Ja«, sagte Tara. Sie wusste nicht, ob das der Wahrheit entsprach, aber es war ihr egal. Abelard wusste es.

Er klopfte Asche von seiner Zigarette und sie schwebte die vielen Kilometer hinunter. »Wie kann ich helfen?«

Sie holte einen Block Papier und einen Federkiel mit silberner Feder aus ihrer Handtasche und reichte sie ihm. »Fangen Sie an, sich Notizen zu machen.«

*

Irgendwo gab es einen hellen Raum in einem hohen Turm, mit Fenstern, die sich auf ein Feld aus Nebel hinaus öffneten. Auch andere Türme erhoben sich aus dem Nebel und bildeten einen Wald am Himmel unter einem Mond, der die Welt silbern färbte.

Die Sonne war untergegangen und die Nacht war angebrochen. In dem hellen Raum arbeiteten Menschen hart. Eine junge Frau beugte sich über eine Laborbank und machte vorsichtige Schnitte in einen Kadaver. Neben ihr überflog ein hagerer älterer Mann Tabellen mit dicht beschriebenen Zahlen. An einer Kreidetafel in der Ecke überprüften zwei Studenten eine Gleichung aus einem obskuren Zweig der Thaumaturgie. Unterhaltungen, wenn sie überhaupt stattfanden, waren leise. Jeder Einzelne verfolgte eifrig seinen Teil des anstehenden Projekts. Es war ein Labor unter Laboren, ein perfekt organisiertes System.

Wenn die hübsche junge Frau, die die Vivisektion durchführte, einatmete, atmete der Thaumaturgiewissenschaftler an der Tafel ebenfalls ein; wenn sie ausatmete, tat der Mann mit den Tabellen das Gleiche. Kreide hinterließ weiße Linien auf der Schiefertafel, als das Skalpell Haut und Fett teilte. Träge floss das Blut. Der aufsichtführende Student am Fenster nippte an seinem Tee und schluckte. In einer Ecke des Raums stellte sich ein Fuß ab, in einer anderen hob sich eine Hand. Geflüsterte Fragen erhielten gedämpfte Antworten. Studenten gaben ihre Ausrüstung genau dann ab, wenn ihre Nachfolger sie brauchten.

Der Professor schritt durch das Labor und atmete im Takt mit den anderen – oder sie atmeten im Takt mit ihm. Seine leichten Schritte auf dem abgenutzten Schachbrettboden waren die Triebkraft an dem Rad, das ihre Welt bewegte. Die Schläge seines Herzens trieben das Blut durch ihre Adern.

Er hielt ein Klemmbrett und einen Bleistift in der Hand. Hin und wieder machte er bei seinem unaufhörlichen Rundgang eine Notiz, löschte eine ältere Markierung, änderte eine Summe oder strich einen Satz. Auf diesem Klemmbrett stand die Arbeit von Jahrhunderten und viele Männer und Frauen hätten für seinen Inhalt getötet.

Seine Augen verweilten auf den Beinen der Vivisektionistin, als er an ihrem Tisch vorbeiging. Sie waren unter dem Saum ihres Laborkittels hübsch geschwungen. Geschmeidig. Und ihre Arbeit war exakt.

Freuden des Fleischs. Unwichtig im Vergleich zu der Freude, die ein scharfer Verstand bot.

Er trat zum Fenster, wo der betreuende Student wartete. Der Professor legte den Kopf in den Nacken und betrachtete sein Abbild im Fensterglas: rund, hohe Stirn, buschiger brauner Bart,

Zwickerbrille auf der breiten Nase. In seiner Umlaufbahn spiegelte sich die Welt des Labors.

Er schloss die Augen und sah die geknüpften Bande.

Er wusste, dass der Student neben ihm gleich etwas sagen würde, und bereitete seine Antwort vor, während er auf die Worte wartete. »Sie haben einen Brief erhalten, Professor. Man braucht Sie in Alt Coulumb.«

Er lauschte der Musik seiner Welt, den sanften Schritten, der gemurmelten Symphonie der Konversation, dem gekonnten Gleiten von Klinge und Nadel durch totes menschliches Fleisch, dem Spritzen von Flüssigkeit in Glasschalen und dem Blutfluss. Er lauschte immer dem Blutfluss. Er dachte an die Beine der Vivisektionistin.

Er nahm den Brief entgegen, untersuchte das Bleisiegel und brach es mit einem Zusammenziehen der Augen, das das stumpfe Metall wie eine heiße Rasierklinge durchtrennte. Er zog das gefaltete cremefarbene Papier aus dem Umschlag, hielt es gegen das Licht und las.

»Wohlan«, sagte er im richtigen Moment. »Morgen früh begebe ich mich hinunter.«

Die Wolken unter ihnen bildeten ein schwarzes Feld und der Mond schien herab.

*

Tara näherte sich dem letzten der blau gefärbten Rohre und maß seinen Umfang mit einem Stück verknoteter Schnur. Als sich die Schnur straffte, erschienen auf der Oberfläche des Rohrs Glyphen in silberner Spinnennetzschrift. »Dies ist die Rendite der Marineabteilung des Iskari-Verteidigungsministeriums, die sich auf das Kapital plus garantiert zehn Prozent über der Inflationsrate beläuft; monatlich abgerechnet, vorrangig gesichert, abgezogen aus dem Magenchakra.«

»Das ist nicht normal, oder?« Abelard hatte Taras Notizblock hauptsächlich mit Skizzen und Diagrammen gefüllt. Er war ein ausgezeichneter Zeichner, viel genauer als Tara selbst. Während sie arbeiteten, hatte er einen langsamen, aber stetigen Strom von Fragen gestellt, um genug über ihre Aufgabe zu erfahren, damit er helfen und nicht nur assistieren konnte. Die Fragen hielten Tara immerhin bei der Stange. Die Durchsicht von Dokumenten war immer eine lästige Pflicht, selbst bei einem so bedeutsamen Fall wie diesem, selbst wenn die eigene Karriere auf dem Spiel stand. »Die meisten Schnittstellen haben bisher aus den Armen oder Beinen abgezapft, aber nicht direkt von den Chakren.«

»Es ist nicht üblich. Aber es ist auch nicht besonders ungewöhnlich.« Sie überprüfte die Glyphen noch einmal, um sicherzugehen, dass sie sie richtig gelesen hatte. »Verschiedene Umstände erfordern verschiedene Verträge. Das Is'De'Min ist ein groteskes, vielgliedriges Wesen, das über ein Millionenvolk herrscht, das im Süden von den Todlosen Königen, im Norden von Camlaan und im Osten von Koschei herausgefordert wird. Dieser Vertrag ist für ihre Verteidigung bestimmt. Wenn sie sich auf Kos verlassen, um Feuerkraft zu haben, müssen sie in der Lage sein, diese Macht jederzeit abrufen zu können, egal was passiert. Der Vertrag ist für Kos gefährlich, weil er ihm ungeheuer viel entzieht, aber er bringt ihm eine hohe Rendite, die absolut garantiert ist.«

»Ich verstehe. Das ist also ein wahrscheinlicher Übeltäter.« Er machte ein Häkchen.

»Was meinen Sie damit?«

Abelard zögerte, aber schließlich antwortete er mit entschlossener Stimme, ohne zu stottern oder zurückzuzucken: »Wahrscheinlich hat ihn das getötet. Sie sagten, die Chakren bewegen sich von den grundlegenden Lebensfunktionen bis zu den fortgeschrittensten – Steißbein, Leiste, Magen, Herz, Kehle, Stirn, Scheitel. Dieser Vertrag reicht weiter südlich als jeder andere. Wenn hier zur falschen Zeit abgezapft wurde, könnte zu viel Macht entnommen worden sein, und der Rest von ihm wurde stillgelegt.«

»So kann es nicht gewesen sein. Der Vertag ist zu unbedeutend.«

Abelard betrachtete die blaue Leitung und ihr rotes Gegenstück skeptisch. Beide waren rundherum so dick wie ein alter Mammutbaum.

»Zu klein, um so einen Schaden anzurichten, meine ich«, sagte Tara. »Für uns sieht es groß aus, aber verglichen mit dem Rest des Körpers? Sie sollten Ihrem Gott und Ihrer Kirche etwas mehr zutrauen. Sie würden nie zulassen, dass sich jemand so weit unten einklinkt, wenn die Gefahr bestünde, dass dadurch das System vernichtet wird.«

»Kos.«

»Wie bitte?«

»Nennen Sie ihn bitte wenigstens Kos. Wenn Sie es so sagen, ›Ihr Gott‹, ›das System‹ …«

»Tut mir leid. Aber ich bleibe bei meinem Standpunkt.«

»Ich dachte, Sie sagten, Kos sei schwach.«

»Schwächer, als er hätte sein sollen, ja, aber nicht so schwach.«

Abelard machte sich eine Notiz. Selbst der Winkel der Zigarette in seinem Mund brachte Zweifel zum Ausdruck.

»Sie glauben mir nicht?«

»Das habe ich nicht gesagt.«

»Ich zeige es Ihnen.« Sie löste ihre Schnur von der Leitung und zog sich zurück, schlitterte und drehte sich im Nichts, bis sie mit Abelard gleichauf war.

»Was nun?«, fragte er.

»Ich werde die Zeit zurückdrehen.«

Sie begann, bevor er protestieren oder um eine Klarstellung bitten konnte.

Es war natürlich eine Illusion, aber eine beeindruckende. Jeder Eintrag im Archiv des Allerheiligsten trug ein Datum und einen Zeitstempel. Tara konnte die Kunst, die den toten Kos modellierte, so manipulieren, dass sie seinen Körper von vor Minuten, Stunden, Wochen zeigte. Wenn sie ihre Hand hob, lief die Zeit rückwärts.

Blut und Sekret strömten rückwärts durch die Kanäle, die Abelards Gott durchbohrten. Die eiternden Wunden und verfaulten Gruben auf seiner Haut schrumpften und schlossen sich, ohne zu verschorfen; schreckliche hungrige Dinge wanden sich in der Dunkelheit, ihre umgekehrten Schmarotzer spotteten und zerrten an den Fäden von Taras Geist. Der Körper schwoll unter ihnen an, wurde geschmeidig. Licht strömte aus dem Fleisch und besonders aus dem Herzen, ein unbewusster, lebensnotwendiger Fluss der Gnade von dem Gott zu seinen sterblichen Dienern. Als die Zeit zum dritten Tag zurückspulte, fühlte Tara ein gewaltiges Pochen mehr, als dass sie es hörte, wie ferne Explosionen, die über eine Wüste hallen. Der Herzschlag des Universums.

Sein Herzschlag.

Er hämmerte auf ihre Seele ein und verlangte Anbetung. Ehrfurcht wuchs schnell an der Basis ihrer Wirbelsäule.

Du, *dachte sie,* bist ein Echo. Ein Geist, der fett geworden ist, indem er mit seiner eigenen Erhabenheit handelte. Ich will verdammt sein, wenn ich dich sehen lasse, dass ich nachgebe.

Sie rief Eis in ihren Geist, endlose Felder davon, kühles Sternenlicht und das Schwarz zwischen den Sternen, das der menschliche Verstand zu Bedeutung und Kunst zusammenfügte. *Es gibt keinen Unterschied zwischen uns*, rief sie in den Sog dieses Herzschlags. *Ich werfe dich hinaus und stehe eigenmächtig.*

Ihre Knie wollten sich beugen.

Sie schloss ihre Finger und der Wirbel der Zeit endete. »Wir sind nah an der Nacht Ihrer Schicht und bewegen uns mit dreißigfacher Geschwindigkeit vorwärts.«

Abelard hatte sich die Hände über die Ohren gelegt. Ihm leuchtete die Verzückung aus dem Gesicht. Nutzlos, aber immerhin sah er zu.

»Sehen Sie, wie geschmeidig das Blut fließt? Und natürlich auch das Licht und der Herzschlag.«

»Was?«, rief er über den Lärm hinweg.

»Der Herzschlag!«

»Was?«

Sie wollte es gerade noch einmal versuchen, als die Leitungen, die Kos mit dem chaotischen Grauen des Iskari-Verteidigungsministeriums verbanden, hell aufleuchteten. Durch diese Verträge floss genug Macht, um die Mauern einer Stadt zum Einsturz zu bringen, eine Flotte zu versenken oder einen Drachen im Flug in Stücke zu reißen. Das Licht tauchte Kos' Körper in ein grelles Monochrom und verblasste so schnell, wie es in die Dunkelheit eingedrungen war.

Als es verblasste, war der Herzschlag weg.

»Erstaunlich«, sagte Abelard, seine Stimme war schwach und ehrfürchtig. Dann: »Für mich sieht es so aus, als wäre der Iskari-Vertrag ein Faktor gewesen.«

Taras Wangen röteten sich. Sie nahm einen tiefen Atemzug und noch einen.

»Das kann es nicht sein«, sagte sie schließlich.

»Ein plötzlicher Lichtblitz und nichts. Was brauchen Sie noch?«

Sie drehte die Zeit wieder zurück bis zum gleißenden Höhepunkt des Iskari-Vertrags. Ihre Berechnungen waren perfekt gewesen. Nun, vielleicht nicht perfekt, aber gut genug. Der Vertrag war zu gering, um Kos zu vernichten, doch er leuchtete glorreich, und Sekunden später starb der Gott.

»Das ist seltsam.« Sie spulte die Zeit mit einem Zwanzigstel Geschwindigkeit zurück. Der Iskari-Vertrag flammte auf, verblasste, starb, allein. »Sehr seltsam.«

»Ein ›Es tut mir leid, dass ich Ihre Idee abgeschmettert habe‹ wäre nett.«

»Kein anderer Vertrag flackert auch nur. Und die Iskari haben nicht mehr entzogen, als ihr Pakt erlaubt.«

Abelard sah von Tara zu seinem Gott und wieder zurück. »Und?«

»Es tut mir leid, dass ich Ihre Idee abgeschmettert habe. Es sieht so aus, als hätten Sie recht – der Iskari-Pakt versetzte Kos den Todesstoß. Zu diesem Zeitpunkt wurde sonst nichts von Bedeutung von Kos abgeschöpft. Aber ich hatte auch recht; die Iskari haben nicht genug Macht entzogen, um Ihren Gott zu verletzen, wenn er so stark war, wie es die Aufzeichnungen der

Kirche zeigen. Er muss schwächer gewesen sein. Viel schwächer. Um durch den Iskari-Pakt zu sterben, muss Kos nur halb so stark gewesen sein, wie Ihre Leute dachten, vielleicht sogar weniger.«

Abelard schüttelte den Kopf. »Wie ist das möglich?«

»Ich weiß es noch nicht, aber es ist großartig für uns. Die Kirche wusste nicht, dass Kos schwach war, also war der Iskari-Pakt nicht fahrlässig, was bedeutet, dass wir mehr Kontrolle über Kos' Wiederauferstehung haben. Jetzt müssen wir nur noch herausfinden, was in Iskar passiert ist.«

»Wollen wir nicht nach der Quelle seiner Schwäche suchen?«

»Natürlich, aber diese Information ist nicht hier. Das Problem liegt tiefer als Ihre Kirche. Morgen werden wir in rohe Kunst eintauchen und herausfinden, wohin Kos' Macht geflossen ist. Für den Moment ist Iskar unsere beste Spur.«

»Wir wissen, was sie entzogen haben und wann. Was brauchen wir noch?«

»Wir müssen wissen, weshalb. Die Iskari schlossen diesen Pakt zur Selbstverteidigung, aber ich habe keine Nachrichten über einen Krieg von Iskar oder der Alten Welt gehört. Wenn Ihr Gott starb, weil die Iskari ihren Pakt missbrauchten, gewinnen wir an Boden gegenüber seinen Gläubigern und erhalten noch mehr Kontrolle über den Fall. Vielleicht können wir doch noch etwas von dem alten Kos zurückholen.«

Sie ließ ihre Visualisierung fahren. Die Welt um sie herum verschwamm, bekam Risse, kehrte sich um. Wenigstens schrie Abelard diesmal nicht.

Als der Kosmos wieder in Ordnung kam, standen sie neben der Eisenschale in der Mitte des Archivs, umgeben von Schriftrollen. Ein schwacher Geruch von Eisen und Salz lag in der Luft, der Geruch von Dampf aus gekochtem Blut. Der Raum war dunkler als zuvor, aber auch vertrauter. Abelard drückte das Notizbuch an seine Brust. Seine Haut war schweißglatt, und seine Augen waren wegen der Umstellung weit aufgerissen, aber mit der Zeit würde er sich an diese Dinge gewöhnen. Schon jetzt sah er selbstbewusster aus als zu dem Zeitpunkt, als er sie auf der Eingangstreppe des Allerheiligsten getroffen hatte.

Sie zog ihre Uhr aus der Jackentasche und überprüfte deren Skelettzeiger. Acht Uhr abends. Nicht schlecht.

»Wo kann ich in dieser Stadt eine Zeitung finden?«

Abelards Gesichtsausdruck war ausdruckslos. »Eine was?«

7

Schiefer schwebte in einer nachtschwarzen Grube, umschlossen von Blitzsträngen. Er suchte in sich selbst nach dem Feuer der Wut und fand nichts, suchte auch nach dem beschleunigten, zitternden Atem der Angst und hatte dabei ebenso wenig Erfolg. Es war, als hätte er bis zur Gabelung seiner Beine hinuntergegriffen und dort einheitliches Fleisch gefühlt, glatt und poliert wie ein Holzboden.

Natürlich hatte er keine Hände, mit denen er nach unten greifen konnte, keine Beine und auch nichts an ihrer Gabelung. Das Mädchen hatte ihm all das genommen und ihn in diesem Gefängnis zurückgelassen, in dem sich tausend Decken auf seinem Kopf türmten und jeder Gedanke nur langsam oder gar nicht kam.

Tara behauptete, sie sei auf seiner Seite, und tatsächlich hatte sie ihn vor dem Tod bewahrt. Die Schwarzanzüge, diese Frevler, verschwendeten keine Liebe an Serils Kinder. Sie schien jedoch durch sein Leiden nicht weiter beunruhigt zu sein oder darauf erpicht, ihn in seinen Körper zurückzubringen. Sie brauchte seine Informationen, und wer wusste, welche schwarzen Künste sie an ihm anwenden konnte, um ihn zum Einlenken zu zwingen? Konnte sie ihn dazu bringen, seinen Schwarm zu verraten?

Schiefer konnte Taras Macht über ihn nicht brechen, aber ein Akt des Protests blieb ihm, den nicht einmal Zauberei verhindern konnte.

Er hatte weder einen Mund, den er öffnen konnte, noch eine Kehle, durch die er Luft holen konnte; weder eine Lunge, um den Atem zu halten, noch ein Zwerchfell, um ihn auszustoßen. Dennoch heulte er.

Das Heulen eines Gargoyles ist nur zum Teil ein Ton, der wie andere Töne durch die Luft getragen wird. Das Heulen eines Gargoyles erklingt wie das eines Dichters von Geist zu Geist innerhalb der Mauern einer Stadt.

Schiefers Heulen erschütterte die Dunkelheit jenseits seines Gefängnisses.

Er ließ sich von den Decken niederdrücken und begann zu warten.

*

»Damit ich das richtig verstehe«, sagte Abelard, während er hinter Tara die Wendeltreppe des Allerheiligsten hinunterjagte. »Sie können ein Blatt Papier kaufen, das Ihnen sagt, was auf der anderen Seite der Welt passiert?«

»Ja«, antwortete Tara und konzentrierte sich eher auf ihre Schritte als auf das Gespräch. Warum waren diese Treppenhäuser nicht besser beleuchtet?

»Woher weiß es das?«

»Jeden Abend schreiben die Reporter in der Alten Welt auf, was an diesem Tag passiert ist, und berichten es den Konzernen, die die Zeitungen drucken.«

»Wie können sie die Informationen so schnell über den Ozean bringen?«

»Es funktioniert wie ein Signalmast, mit Kunst statt einer Flagge, und die Nachricht bewegt sich durch Albträume statt durch Luft.«

»Wie bitte?«

»Hören Sie«, rief sie über das Klappern ihrer Füße hinweg, »es funktioniert. Vertrauen Sie mir.«

»Dann drucken sie die Nachrichten nachts auf Papier und machen so viele Kopien, dass jeder, der will, sie am nächsten Morgen lesen kann?«

»Genau.«

»Woher bekommen sie das Papier?«

»Auf die gleiche Weise, wie Sie es für Ihre Archive bekommen, nehme ich an.«

»Die Kirche stellt ihr eigenes Papier her«, sagte Abelard und keuchte wegen der Geschwindigkeit ihres Abstiegs, »und das ist sehr teuer. Wir könnten das Papier nicht zu einem Preis verkaufen, den sich die Leute leisten können.«

»Deshalb ist es auch so teuer.«

»Wie bitte?«

»Wenn Sie das Papier von anderen Konzernen kaufen würden, anstatt es selbst herzustellen, könnten Sie sie gegeneinander um das Geschäft mit Ihnen konkurrieren lassen. Jeder Konzern würde versuchen, das Papier besser und billiger herzustellen als seine Konkurrenten, und Sie würden weniger bezahlen.«

»Das ergibt doch keinen Sinn. Warum sollten die Konzerne versuchen, Papier billiger zu verkaufen als die anderen? Das schadet doch am Ende allen.«

Entnervt ließ sie dieses Diskussionsthema fallen. Sie würde nach Kos' Rückkehr Zeit haben, Abelard die Probleme einer Planwirtschaft zu erklären. »Wie kommt man in dieser Stadt an Nachrichten, wenn man keine Zeitungen hat?«

»Die Ausrufergilde. Ihre Nachrichten aus der Alten Welt verzögern sich um ein oder zwei Wochen. Depeschen kommen mit den großen, langsamen Schiffen, weil die schnellen zu teuer sind.«

Tara verstummte. Während sie die endlosen Wendeltreppen hinunterpolterten, dachte sie über Schiffe nach – über Kos' Vertrag mit der Marineabteilung des iskarischen Verteidigungsministeriums und über die Schäden am Rumpf der *Kell's Bounty*, lange und schmale Wunden, als hätte jemand das Schiff mit Flammenkrallen bearbeitet. Vor zwei Tagen, hatte Raz Pelham gesagt, haben wir uns südlich von Iskar etwas Ärger eingehandelt. Wir laufen vor Ärger nicht weg, sondern darauf zu.

Pelhams Crew war sehr schweigsam gewesen, als sie sie danach gefragt hatte. Unwahrscheinlich, dass sie sich jetzt für sie erwärmen würden. Pelham selbst hingegen schien weniger zurückhaltend zu sein und mehr zu wissen.

»Abelard.« Sie stoppte auf der Treppe und drehte sich erneut zu ihm um. »Wo würde ein Vampir in dieser Stadt einen Drink nehmen?«

Er lächelte. Das beunruhigte sie.

*

Als die Nacht ihre Krallen in die Welt schlug, unterbrach Kardinal Gustave seine Schreibarbeiten. Er übergab einen Stapel Dokumente an seinen Assistenten, legte seine Feder in die Schreibtischschublade zurück, stand auf, raffte seine karmesinroten Gewänder und stieg auf seinen Stab gestützt hinab, um einen Spaziergang über das Gelände des Heiligen Bezirks zu machen.

Finstere Gedanken durchstreiften seinen Geist, während er den blanken Abendhimmel mit Blicken absuchte. Die Lichter von Alt Coulumb machten die Sterne trüb und schwach, doch normalerweise stachen die stärksten hervor. Ihr Licht lud dazu ein, sich in Ruhe an Vergangenes zu erinnern und über die Zukunft nachzudenken. Heute Abend jedoch war der Himmel ein unbeschriebenes Blatt.

Er wanderte und wunderte sich.

Seine Schritte führten ihn die langen Straßen hinunter, die das Heilige Revier teilten – hier einen gepflasterten Bogenabschnitt entlang, dort über einen gewundenen Pfad. Die Spitze seines Stabs grub sich in den weißen Kies, während er ging. Gelegentlich blieb er stehen und stand schwankend da, seine Lippen bewegten sich lautlos. Lange Finger umklammerten den Stab, als wäre er ein lebendiges Ding, das ihn verraten könnte. Sein Gesicht war in diesen Momenten wie aus Steinplatten gemeißelt.

Während einer solchen Pause blickte er von seinen Gebeten auf und sah eine blasse Gestalt in einem dunklen lavendelfarbenen Kleid, die sich auf dem schmalen Pfad näherte, der vom Allerheiligsten wegführte. Elayne Kevarian. Niemand sonst würde mit solcher Entschlossenheit auf den Technikerkardinal zugehen, während er betete. Er wollte nicht mit der Kunstwirkerin sprechen, aber er konnte ihr auch nicht entkommen.

Sie blieb ein paar Schritte von ihm entfernt stehen und trommelte mit ihren Fingern, die kurz geschnittene Nägel hatten, auf ihre schlanken Hüften. »Beten, Kardinal?«

»Wie es meine Gewohnheit ist«, gab er mit einem Nicken zu. »Nicht jede Nacht, aber so viele Nächte, wie es mir möglich ist, gehe ich über das Gelände. Bete die Gebete. Sehe nach den Schutzzaubern.«

»Darüber habe ich mir auch schon meine Gedanken gemacht«, sagte sie. Mit ihrer Zehe ritzte sie einen kleinen Graben in den Kies vor sich. »Ich verstehe die grundlegenden Schutzkreise, die reinigenden Muster, aber Eindämmungs… Eindämmungsschutzzauber, um Kos einzusperren? Das scheint mir nicht sehr respektvoll zu sein.«

»Sie wurden vor Jahren errichtet, mitten in den Götterkriegen. Serils Tod traf die Stadt sehr schwer.«

»Ich kam kurz danach an, um bei der Justiz zu arbeiten. Ich erinnere mich.«

Er schauderte und suchte den leeren Himmel nach Worten ab. »Einige der Kirchenväter befürchteten, Kos würde versuchen, sein Volk zu verlassen, an die Front laufen und mit seiner Geliebten durch die Hände der Todlosen Könige umkommen.«

Sie sagte nichts.

»Sie erschufen diesen Ring in der eitlen Hoffnung, ihn hier bei uns in Sicherheit zu wissen. Alle wurden für ihre Anmaßung bestraft, aber der Ring blieb, um uns an den Preis der Überheblichkeit zu erinnern.«

Miss Kevarian warf einen Blick zurück zum Turm, der schwarz und dünn über dem Bezirk aufragte. »Krieg«, sagte sie. »Das klingt so normal, nicht wahr? So schön.« Das letzte Wort verpestete die Luft, als es aus ihrem Mund heraus war. »Ein paar Leichen, aufgespießt auf einigen Schwertern, ein paar aufgeweckte junge Burschen, durchbohrt von Pfeilen, und fertig. Was wir taten, was uns angetan wurde, war kein Krieg. Der Himmel öffnete und die Erde erhob sich. Wasser brannte und Feuer floss. Die Toten wurden zu Waffen. Die Waffen wurden lebendig.« Ein Leuchten erschien an der Spitze des Allerheiligsten, als ein Novize die Laternen für den Abend aufstellte. Ihr Licht spiegelte sich in den glatten Augen von Miss Kevarian. »Wäre Kos mit Seril an der Front gewesen, wäre sie vielleicht nicht gestorben. Wir hätten vielleicht nicht gewonnen. Wenn man das alles, was in diesem … Krieg … geschah, als Sieg bezeichnen kann.«

Er hatte Mühe, seine Stimme zu finden. »Warum erzählen Sie mir das?«

»Weil«, sagte sie leise, »was immer Sie von mir und meinesgleichen denken, was immer Sie uns vorwerfen, Sie sollten eins wissen: Kos war ein guter Herr. Ich werde nicht zulassen, dass ihm dasselbe widerfährt wie seiner Geliebten.«

Gustave stieß ein raues Bellen aus, das man nicht als Gelächter bezeichnen konnte. »Haben Sie das auch den Priestern von Seril gesagt, bevor Sie ihre Göttin geblendet und zum Kriechen gezwungen haben? Bevor Sie ihr Silber geschwärzt und ihren Glauben befleckt haben?«

Die fernen Lichter von Alt Coulumb warfen tausend Schatten zu ihren Füßen.

»Beim letzten Mal war ich Juniorpartnerin«, entgegnete sie nach langem Schweigen. »Ich hatte nicht viel Kontrolle über den Fall. Diesmal wird es anders sein.«

Wut schwoll wie eine Flut in dem Kardinal an, und er beherrschte den Drang, zurückzugeben: Ich hoffe es, für Sie und für mich. Ich habe gekämpft, um meine Kirche und meinen Gott zu verteidigen, und ich werde wieder für sie kämpfen, bis die Meere kochen und die Sterne fallen. Er nahm einen langsamen Atemzug und ritt auf der Flutwelle, bis sie abebbte. Diese Frau war seine Verbündete, zumindest behauptete sie das. Sie verdiente eine Chance. Er senkte seinen Blick geflissentlich.

»Wenn Sie das sagen, Lady.«

*

Die beiden linken Räder von Taras und Abelards Kutsche hoben vom Boden ab, als der Fahrer sie in die schmale Lücke zwischen einem großen führerlosen Wagen und einem berittenen Kurier schwenkte. Tara kletterte mit weit aufgerissenen Augen auf die erhöhte Seite der Passagierkabine und warf Abelard einen wütenden Blick zu, als dieser kicherte.

Die in der Luft schwebenden Räder landeten mit einem Aufprall auf dem Kopfsteinpflaster, der ihre Knochen durchschüttelte. Taras Zähne schlugen so fest aufeinander, dass ihr Kiefer schmerzte. »Ist unser Fahrer wahnsinnig?«

Er legte einen Finger an die Lippen. »Lassen Sie ihn das nicht hören. Taxifahrer in Alt Coulumb sind empfindlich und das aus gutem Grund. Die Gilde hat null Toleranz für Unfälle.«

»Man wird gefeuert, wenn man einen Unfall hat?«

»Es hat mit Feuer zu tun, ja. Glauben Sie mir, es gibt keinen sichereren Ort auf der Straße in Alt Coulumb als in einem Taxi.«

»Ganz besonders dann, wenn auch andere Taxis unterwegs sind«, bemerkte sie, als sie eine einspännige Kutsche schnitten, die außer Kontrolle geriet und in einen Lieferwagen krachte.

Auf dem Boden des Wagens lag ein Leinensack, den Abelard aus seiner Zelle geholt hatte. Daraus holte er etwas schwarz Glänzendes hervor, das sich zu einer Lederhose entfaltete. Er schüttelte seine Sandalen von den Füßen und zog die Hose unter seinem Gewand an. Als er ihren neugierigen Blick bemerkte, sagte er: »Jeder behält ein paar persönliche Gegenstände. Für besondere Anlässe, freie Abende, Sie wissen schon.«

»Die sieht ziemlich eng aus.« Was nicht daran lag, dass Abelard zu viel Fett auf den Knochen hatte. Seine Beine waren spindeldürr und das Leder unterstrich ihre Magerkeit. Sie sah ihm zu, wie er sich in die Hose zwängte, und war ein wenig besorgt, was mit seiner Anatomie passieren würde, wenn er sie schloss.

»Was hat Ihre Chefin gesagt?« Er zog ein Hemd aus seiner Tasche.

»Nichts.«

»Sie weiß, was wir tun?«

»Ich sagte ihr, wir würden Raz suchen, den Kapitän, der uns hierhergebracht hat.«

»Den Vampir.«

»Richtig. Ich habe ihr erzählt, dass einige Ansprüche der Iskari-Marine Einfluss darauf haben werden, wie wir vorgehen, und nach dem Zustand von Raz' Schiff zu urteilen, dachte ich, er könnte Insiderinformationen haben. Ich habe ihr Ihr Notizbuch übergeben.«

»Sie haben nichts über die Iskari-Verträge und Kos' Tod gesagt?«

»Nein.« Die Kutsche schwankte und Tara hielt sich an dem inneren Gestänge fest. Abelard hatte die Schnürung seines Gewands geöffnet und entfaltete ein weißes Musselinhemd mit engen Ärmeln.

»Ist das nicht erwähnenswert?« Er gab ihr seine Zigarette und zog die Robe über seinen Kopf. Die Zigarette war leichter, als sie erwartet hatte, und fühlte sich warm an. Sie hatte schon einmal geraucht, aber etwas an der Art, wie er seine Zigaretten handhabte, ließ sie schwerer erscheinen als normal.

»Natürlich ist es das.« Sie musterte die orangefarbene Glut. »Sie hatten recht, dort im Archiv. Das ist mein erster großer Auftrag, und ich will nicht immer zu Miss Kevarian rennen, wenn etwas Wichtiges passiert. Ich möchte eine vollständige Geschichte für sie haben, wenn sie nach dem Iskari-Vertrag fragt.« *Ich kann nicht riskieren, schwach zu wirken,* dachte sie, sagte es aber nicht laut. *Es gibt Leute, die darauf warten, mich scheitern zu sehen.*

Die Glut verblasste unter ihrem Blick und hungerte nach Luft. Es ergab keinen Sinn, sie verlöschen zu lassen. Doch als sie die Zigarette zum Mund führte, hörte sie ein Rascheln von Stoff; ihre Finger brannten, waren plötzlich leer, und Abelard hatte seine Zigarette wieder. Er steckte sie sich mit besitzergreifendem Blick in den Mund, nahm einen langen Zug und atmete den Rauch aus. »Das heißt, wir müssen einen Vampir mitten in der Nacht im Vergnügungsviertel aufspüren.«

Er hatte sich aus seinen braunen Gewändern befreit und die

Veränderung war schockierend. Wo einst ein Novize saß, jung, eifrig, ernsthaft, saß nun ein junger Mann von Alt Coulumb, aalglatt und geschniegelt in der engen Kleidung eines Lebemanns. Die Tonsur machte die Wirkung so drastisch zunichte, dass Tara ein Lachen unterdrücken musste, bevor sie sprach. »Sie sagten, Sie kennen jemanden, der helfen kann.«

»Ich studiere, seit ich ein Junge war, um Priester zu werden, aber ich habe eine Freundin, die viel Zeit an fragwürdigen Orten verbringt. Sie kennt die Unterstadt.« Sein Blick wanderte durch das kleine Fenster hinaus in die heraufziehende Nacht. »Die Frage ist, ob sie in der Verfassung sein wird, uns zu helfen.«

*

Catherine Elle krümmte ihren Rücken und stieß einen Schrei schillernder Lust aus. Ihre Welt bestand aus leuchtenden Farben und Ekstase, eine Explosion aus Licht, die die Schatten der Bar zerschmetterte und den Rhythmus der hämmernden Musik brach. Jede Sekunde war wunderschön und ewig, ein Lavastrom in ihrem Blut, der sie zum Schmelzen brachte, dann abkühlte und sich zusammenzog, verdichtete.

Bis es vorbei war. Dann schien die Musik sich nur noch zu wiederholen, hohe Streicher, die eine Grundmelodie über punktuellen Bass legten. Der Raum war klein und dunkel, voller Rauch und dem sauren Gestank von schalem Schweiß. Das Stroboskoplicht des Tanzlokals zerschnitt sie in reglose Scheiben, Bild um Bild einer kleinen Frau in einer privaten Kabine in einer ekelhaften Bar.

Der Vampir hob sein Gesicht von ihrem Handgelenk. Blut lief in Rinnsalen an seinem Kinn hinunter. Seine Augen waren weit vor Schock oder Angst und die Wunde in ihrem Handgelenk schloss sich bereits.

»Was zur Hölle«, sagte sie. »Was zur Hölle!«

Das Bewusstsein kehrte langsam zurück, als der Schwindel nachließ. Sie wusste, wo sie war: in einer kleinen Kabine abseits der Haupttanzfläche des Undercroft, einer der unzähligen Ecken, die Walsh für Kunden reserviert hatte, die ein wenig Privatsphäre brauchten. Ein durchsichtiger Damastvorhang trennte die Kabine von den sich drehenden Körpern auf der Tanzfläche, ein verrauchter Mix aus Fleischtönen und schwarzem Leder.

Sie ging auf den Vampir los. »Du hast losgelassen. Du hast mich fallen lassen, als es gerade gut wurde.«

»Cat.« Seine Reißzähne hatten sich noch nicht vollständig zurückgezogen, und an seinen Lippen klebte noch Blut, also spuckte er ein wenig, als er versuchte, ihren Namen auszusprechen. »Du warst weit weg, du warst großartig, ich wollte dir nicht wehtun, das ist alles.«

»Du wolltest mir nicht wehtun.« Er griff wieder nach ihrem Arm, aber sie zog ihn weg, und er fiel von der Couch und prallte gegen die gegenüberliegende Wand. »Hältst du mich für eine verdammte Tasse? Du trinkst aus und setzt mich ab?«

Beim Fallen schnitt sich der Vampir die Stirn an der Ecke eines Bilderrahmens – irgendeine blasse, menschliche Tussi, fast nackt und in Rosen und Dornen gehüllt. Der Künstler meinte, Blut hätte die gleiche Farbe wie Rosen, aber weder die Rosen noch das Blut in seinem Gemälde hatten die gleiche Farbe wie das Blut – Cats Blut –, das auf dem Kinn und dem Hemd des Blutsaugers trocknete.

Seine Ausreden machten sie krank. Sie griff nach dem Vorhang.

»Ich habe dich so tief eintauchen lassen, wie du nur konntest«, stammelte der Blutsauger. Wenigstens konnte er jetzt reden, ohne überall hinzuspucken. »Weiter, als ich je jemanden mitgenommen habe. Kein Mensch hätte so viel überleben können.«

»Willst du damit sagen, dass ich kein Mensch bin?« Ihre Stimme wurde leise, bedrohlich.

»Du solltest auf dem Boden liegen! Du solltest schlaff sein. Du solltest …« Er brach ab. Er wusste, was gut für ihn war.

Einen Moment lang fühlte sie sich ein wenig milde. »Wann bist du in die Stadt gekommen, Junge?«

»Ich bin fünfzig Jahre alt.«

»Wann?«

Er knurrte und sah sie mit einem Blick an, der Leben trank. Ihm begegnete etwas in ihren Augen, das wie eine Mauer auf ihn fiel, und er zuckte zusammen und wich zurück.

»Wann?«

»Vor einem Monat«, sagte er nach einer Weile.

»Auf der Straße gelebt?«

Er taumelte bei ihrer Frage. »Ich hörte, die Stadt sei ein guter Ort, um Arbeit zu finden.«

»Letzten Monat. Zur Hölle. Du hast fünfzig Jahre damit verbracht, die Töchter von Bauern zu bespringen und das Vieh zu erschrecken.« Über ihrem engen schwarzen Rock trug sie einen Gürtel aus geflochtener schwarzer Kette, in den zwanzig Goldmünzen eingeflochten waren. Sie nestelte zwei heraus, ließ einen Bruchteil ihrer Seele in jede von ihnen einfließen und warf sie auf den Sitz der Kabine.

»Da. Kauf dir jemanden, der bei dem Geschäft kein Vergnügen erwartet. Aber lauf um Himmels willen nicht herum und behaupte, du könntest ein Mädchen dorthin bringen, wo sie noch nie gewesen ist.«

Er sprang auf sie zu, die Zähne gefletscht und scharf, die Hände zu Klauen geballt.

Sie wich seinen zugreifenden Armen aus und schlug mit ihrem Ellbogen hart gegen seinen Hals, als er vorbeisegelte. Er stürzte zu Boden und blieb dort liegen.

»Was bist du?«, fragte er und keuchte. »Eine Steinfrau?«

»Eine Steinfrau?« Sie spuckte ihn an. »Eine Frau will mehr, als du hast, und sie ist sofort eine gottverdammte Abscheulichkeit? Ich wollte es dir einfach nur leicht machen.« Sie setzte die Spitze ihres Stiefels auf seinen Rücken und drückte nach unten.

Er schrie.

Bevor sie noch etwas tun konnte, wurde der Vorhang aufgerissen und gab den Blick auf einen Mann frei, der so groß war, dass er die Tanzfläche völlig verdeckte: Walsh, der Besitzer und Aufpasser der Bar.

»Miss Elle«, sagte er. »Gibt es ein Problem?«

Sie schüttelte den Kopf und die Welt schüttelte sich mit ihr. Irgendwo hinter dem massigen Walsh ging die Party weiter. »Er hat mich eine Steinfrau genannt, Walsh.« Sie hörte das anklagende, wütende Jammern in ihrer Stimme und hasste sich dafür. »Ich kann sein Blut nicht halten und er greift mich an und nennt mich eine Steinfrau.«

Der Vampir wälzte sich auf dem Boden. Sie hatte ihren Stiefel von seinem Rücken genommen, als Walsh eintraf.

»Tut dir diese Frau weh, Kumpel?«

Der Vampir murmelte etwas Verneinendes und stützte sich auf seine Hände und Knie. Es dauerte einen Moment, bis er stand.

»Vergiss dein Trinkgeld nicht«, sagte Cat und hielt ununterbrochen Blickkontakt mit Walsh. Der Vampir verfluchte sie auf etwas, das sich wie Kathisch anhörte, und huschte hinaus. Er nahm die Münzen mit.

»So geht das nicht weiter.« Walshs Stimme war so tief, dass sie mit dem Bass konkurrierte. »Ich führe einen sauberen Laden.«

»Der Typ war ein Betrüger. Ein hungriger Betrüger.«

»Hunger zu haben, ist kein Verbrechen.«

»Früher gab es gute Vampire in dieser Stadt, Walsh. Ein Schluck und ich war weg. Was ist passiert?« Das schlechte Runterkommen machte ihr zu schaffen, der Schleier trübte die Ränder ihres Sichtfelds wie Zuschauer an einem Tatort. Sie taumelte vorwärts, streckte eine Hand aus und lehnte sich an ihn, um sich abzustützen. Er zögerte, bevor er einen Arm um ihre Schultern legte.

»Haben Sie je daran gedacht, dass nicht die Vampire das Problem sind?«

»Was meinste?«, nuschelte sie an seiner Brust, als er sie aus der Kabine führte.

»Ich meine, Sie sind jeden Abend hier, hier oder bei Claude oder in einem von einem halben Dutzend anderen Läden. Sie haben mit den kleinen Blutsaugern angefangen und sind dann aufgestiegen. Bald sind es nur noch sie und die echten alten Säcke, und die lassen Sie innerhalb von Sekunden ausbluten. Sie werden auch nicht mehr in der Lage sein, ihnen eine Standpauke zu halten oder sie zu verprügeln, wenn sie Ihnen blöd kommen.«

»Ich kann jeden verprügeln.«

»Natürlich können Sie das, Miss Elle.«

Sie bahnten sich einen Weg zurück zur Bar, wobei sie am Rand der Menge entlanggingen. Irgendwo in dieser tanzenden Masse bekam ein junges Mädchen gerade eine erste Kostprobe. Ein kurzer Biss und sie würde fliegen.

An der Bar war nur wenig los. Walsh holte ein Glas und eine Flasche Gin aus dem mittleren Regal und schenkte ihr das Glas halb voll. »Hören Sie, Miss Elle. Tun Sie mir einen Gefallen. Trinken Sie das, gehen Sie irgendwohin und machen Sie sich frisch. Lesen Sie ein Buch oder so. Tun Sie nicht noch mehr meiner Kunden weh.«

Sie kippte die Hälfte des Gins mit dem ersten Zug hinunter, die andere Hälfte mit dem zweiten. »Sie sollten diesen Abschaum sowieso nicht reinlassen. Verschafft Ihnen einen schlechten Ruf.«

»Werden Sie gehen? Bitte? Eine Nacht, sauber und größtenteils nüchtern, ohne etwas in irgendwelche Venen zu stechen?«

Sie sah ihn ungläubig an. »Sie schmeißen mich raus?«

»Es ist besser, zu trinken, wegzulaufen und weiterzuleben, um an einem anderen Tag zu trinken, Kleines.« Er winkte eine der Türsteherinnen heran, eine große, breitschultrige Frau mit leuchtend orangefarbenem Haar und einer Bluse, die an den Ärmeln abgeschnitten war, um die beängstigende Muskulatur freizulegen. Sie begleitete Cat zur Eingangstür, schob sie hinaus und schloss die Tür.

Die dunkle Gasse stank nach abgestandenem Wasser. Zwei Gaslaternen warfen ihr fahles Licht auf das Kopfsteinpflaster und ein großer Metallcontainer ein paar Meter entfernt quoll vor Müll über. Halbherzige Graffiti überlagerten tiefe alte Narben, die von den Krallen der Steinmenschen hinterlassen worden waren.

Eine ganze Reihe von Hintertüren führte in diese Gasse, aber nur das Undercroft hatte hier einen Eingang.

Penner und Landstreicher lagen an den kahlen Ziegelwänden und hielten ihre Hüte auf, um das Kleingeld des vorbeiziehenden Nachtgesindels und der feinen Pinkel aus der Nordstadt aufzufangen, die es nach Einbruch der Dunkelheit in das Vergnügungsviertel zog, um sich zu amüsieren. Die Bettler behielten ihre Hände bei sich. Wenn sie die Kunden verjagten, würde Walsh sie über Nacht wegräumen lassen.

Cat taumelte gegen den stoßweisen Strom der Kunden an, ignorierte die ausgestreckten Hände und bedürftigen Gesichter und das Lächeln der Dealer an der Ecke. Sie hatte deren Drogen schon früher probiert, ihre Mohnmilch aus der Alten Welt und ihre Pillen, die mit gemahlenen Kräutern aus dem Strahlenden Königreich gefüllt waren. Verglichen mit den Fangzähnen eines Vampirs wirkten sie alle wie schwache, schlaffe Witze. Bei den Zuhältern war sie weniger geduldig, und sie versprach sich selbst, bald einmal nachts zurückzukehren, wenn sie Dienst hatte.

Die Gasse öffnete sich auf eine breite und überfüllte Straße, die von Geisterlicht erhellt wurde. Sie konnte die Priester von den anderen Taugenichtsen an den Kapuzenmänteln unterscheiden, die sie trugen, um ihre Tonsuren zu verbergen.

Die Welt ergraute und ihre Venen hungerten nach etwas Scharfem, das Gift in ihnen verbreitete. Ihr Schweiß war kalt. Ihre Beine zuckten unter ihr und ihr Rücken schlug gegen die Ziegelwand. Sie rutschte hinunter, bis sie mit nach vorn gebeugten Schultern auf ihren Fersen saß und ihre Hände auf den Spitzen ihrer Stiefel ruhten. Ein Schwarzanzug würde bald kommen, um sie von der Hauptstraße zu fegen und sie auf den Heimweg zu schicken.

Es war kaum neun Uhr. Es war früh am Morgen auf der Arbeit gewesen, mit dem Mord und allem. Sie war okay. Oder?

Einatmen, ausatmen. *Nicht nach oben sehen, denn das Licht schmerzt in den Augen.*

Ein Paar schwarz gekleideter Beine trat an den oberen Rand ihres Blickfelds. Das hatte nicht lange gedauert. Sie machte sich darauf gefasst, dass die schneidenden Worte des Schwarzanzugs in ihren Gedanken auftauchten.

Sie kamen nicht.

Stattdessen sagte eine Stimme, die sie schon viel zu lange nicht mehr gehört hatte: »Cat, bist du das?« Es war nicht der galanteste Einzeiler, mit dem er in ihr Leben zurückkehrte, aber Abelard war nie ein galanter Typ gewesen.

»Abe!« Sie griff nach seinen Beinen und benutzte seinen Körper als Stütze, um sich langsam auf die Beine zu ziehen. »Was zum Teufel, Mann! Was machst du denn hier?«

Sie bemerkte, dass er einen schwarzen Filzhut trug, als sie sich zu seinen Schultern hocharbeitete. Der Hut verdeckte die Tonsur – und das war so ziemlich alles, was man dazu sagen konnte.

Eine Frau war bei ihm. Das Alter war schwer zu bestimmen; ihre glatte, mit braunen Sommersprossen übersäte Haut hatte die Farbe von Tee mit Milch, und ihre schlangenartigen, haselnussfarbenen Augen waren ebenfalls glatt, so wie Augen werden, wenn sie zu viel sehen. Sie war seltsam gekleidet für das Nachtleben. Sie trug einen schwarzen Rock und eine Bluse mit einem Ausschnitt, der kaum die Mulde ihres Schlüsselbeins zeigte. Zu einfach für Abendgarderobe und zu streng, um lässig zu sein.

»Abe, *arbeitest* du?« Cat legte all den Hohn, den sie aufbringen konnte, in dieses Wort.

Seine Augen suchten das Graffiti an der Wand hinter ihr nach einer Antwort ab und in dieser Pause streckte die Frau ihre Hand aus. »Ich bin Tara Abernathy. Abe«, sagte sie mit einem amüsierten Blick auf Abelard, »meinte, Sie könnten uns vielleicht helfen.«

»Sicher«, antwortete Cat. Ihr Kopf drehte sich vom Gin und dem Blutverlust. »Sobald ich fertig bin mit Kotzen. Entschuldigen Sie mich.«

8

Miss Kevarian nahm den Brief an der Tür der kleinen Suite entgegen, die ihr als Büro und Quartier diente. Ihre Gesichtszüge verhärteten sich beim Anblick des Siegels, als wäre es ein bösartiges Insekt, bei dem sie sich nicht entscheiden konnte, ob sie es zerquetschen oder wegschleudern sollte. Leise schloss sie die Tür.

Sie legte den Brief mitten auf ihren Schreibtisch und setzte sich in einen Sessel auf der anderen Seite des Raums. Licht von der Stadt schien durch die schmalen Fenster herein und warf einen langen Schatten auf das zusammengerollte Pergament. Sie stützte die Ellbogen auf die Knie und faltete die Hände vor dem Gesicht. Die Nacht schritt voran und sie saß immer noch da und dachte nach.

Schließlich ging sie zum Tisch und hielt eine Hand mit der flachen Handfläche und gespreizten Fingern über den Brief, als würde sie die Hitze einer Pfanne testen. Sternenfeuer schimmerte schwach zwischen ihrer Hand und der Schriftrolle. Das Siegel funkelte, zischte und stieß eine kranke schwarze Rauchfahne aus. Sie fing den Rauch auf und drückte ihn zu einem winzigen erbsengroßen und gezackten Kristall zusammen, den sie in ihre Jackentasche steckte.

Sie öffnete den Brief.

Er war mit der flüssigen Handschrift einer Person geschrieben, die normalerweise kleine, schnelle Buchstaben verwendete, sich aber bei seltenen Gelegenheiten die Schnörkel eines Kalligraphen erlaubte. Während sie las, verzogen sich ihre Mundwinkel nach unten und Feuer kroch in ihre Augen.

Teuerste Elayne,
wenn du dies liest, hast du meinen kleinen Scherz durchschaut. Wenn nicht, dann erinnere ich dich noch einmal daran, während du dir deine Lungen aus dem Leib hustest und deinen letzten Atemzug tust, dich langsam zu bewegen und vorsichtig zu sein. Ich würde deinen Arbeitgebern Blumen schicken und nach den Überresten einer Familie suchen, die du zweifellos hast, wenn ich nicht sicher wäre, dass du Vorkehrungen getroffen hast, um dich im Falle deines Ablebens wiederzubeleben. Ein Lehrling vielleicht?

Es war eine Freude, dich wachsen zu sehen, wenn auch natürlich aus der Ferne. Partnerin, und das ausgerechnet bei Kelethras, Albrecht und Ao! Es würde das Herz des alten Mikhailov erwärmen, das zu sehen.

Ich weiß, dass du keine Ratschläge von mir annimmst, Teuerste, aber bitte verstehe eins. Dies ist ein komplexer Fall. Hier gibt es viele Irrungen und Wendungen, viele schattige Ecken, in denen sich widerwärtige Geheimnisse verbergen.

Sei vorsichtig. Behalte den Kardinal im Auge. Meine Wurzeln in Alt Coulumb reichen tiefer als die deinen und ich kenne ihn als einen unzuverlässigen und rückständigen Anhänger eines unzuverlässigen und rückständigen Glaubens. Ich sage das nicht als dein Freund, sondern als dein Kollege, der, wenn die Briefe, die ich heute erhalten habe, wahr sind, genauso an der Entwicklung dieses Falls interessiert ist wie du.

Wir sollten uns unterhalten. Ich werde morgen früh in Alt Coulumb eintreffen, aber suche mich heute Nacht im Traum.

Dein aktueller Gegenspieler, aber immer

Dein Freund,
Alexander Denovo

Eine flotte Linie aus dem letzten »o« zerfloss am Rand der Schriftrolle.

Es war niemand im Raum, der sehen konnte, wie Elayne kurz die Schultern hängen ließ, wie sie den Kopf senkte. Niemand sah, wie sie die Schriftrolle ablegte und sich gegen den Schreibtisch lehnte. Von den vier Millionen Seelen in der künstlich erleuchteten Stadt vor ihrem Fenster sah niemand, wie sie sich krümmte.

Sie sahen auch nicht, wie sich ihr Kopf hob und Sternenlicht aus ihren Augen und aus den zahllosen, fraktal dichten Glyphen auf ihrem Fleisch aufblühte, das durch ihren Körper und ihre Gewänder schien, als wären diese Nebel. Der Raum verdunkelte sich, und Rauch stieg von dem Pergament auf, wo sie es berührte.

Ihr Zorn ebbte ab und sie schrumpfte in ihrer Haut und war fast wieder menschlich. Atem floss über ihre Lippen hinein und heraus. Sie nahm ihre Hand von der Schriftrolle und sah, dass ihr Daumen einen kleinen dunklen Fleck auf der samtigen Oberfläche eingebrannt hatte, über der hinausgezogenen Linie von Denovos Unterschrift.

Alexanders Unterschrift.

Sie rollte die Schriftrolle zusammen, legte sie in eine Schreibtischschublade und sprach einen Fluch über die Schublade, damit niemand außer ihr etwas Beachtenswertes darin sah. Sie hielt inne, überlegte und änderte den Fluch, um Tara Abernathy auszuschließen. Nachfolgeplanung. Man kann nie vorsichtig genug sein.

Auf dem Schreibtisch lag ein Weidenkästchen, vollgestapelt mit zu unterzeichnenden Verträgen. Darüber lagen Bindungen und Schutzzauber gegen Übergriffe und den weiteren Verfall des Mandanten. Oben auf diesen Stapel legte sie das Buch mit den Notizen von Miss Abernathys Gehilfen. Wie war sein Name noch gleich? Sie runzelte die Stirn und griff nach der Erinnerung, wie sie in ihrer Jugend nach der Forelle gegriffen hatte, die in der Nähe ihres Hauses am Flussufer schwamm. Abelard.

Miss Kevarian hatte sich vor einem Weltalter selbst beigebracht, wie man Forellen anlockte. Man hielt die Hand in den Bach, lockte mit den Fingern, beruhigte mit dem leichten Streichen von Haut gegen Schuppen und griff dann fließend und schnell zu und hob sie heraus. Sie war fünf gewesen, als sie diese Fähigkeit erlangte. Ihre Eltern hatten es bemerkt. Jeder hatte ihr Beachtung geschenkt, als es sich herumsprach, auch ein junger Gelehrter, ein Junge von fast zwölf Jahren, dessen Familie auf der Durchreise war, um ihn zum Studium an die Akademien zu bringen, diese schwächelnden Vorgänger der Verborgenen Schulen. Dieser Junge hatte sie gefragt, wie sie das gelernt hatte. Sie antwortete, dass es ihr natürlich erschien, und er sagte, dass Dinge, die natürlich erschienen, dies nur selten waren.

Alexander.

Er würde morgen hier sein, als Anwalt der Gläubiger, als Vertreter der Götter und Menschen und Todlosen Könige, denen Kos der Ewigbrennende Versprechungen gemacht hatte, die sich jetzt nicht mehr einlösen ließen.

Das hatte sie erwartet. Sie hoffte immer auf das Beste und erwartete das Schlimmste.

Sie sah durch das Fenster auf die sternenlose Stadt, und obwohl sie nicht betete, hoffte sie, dass Miss Abernathy sich für einen Abend selbst schützen konnte. Wenn sie zurückkam, würde es eine Menge zu tun geben.

Elayne setzte sich an den Schreibtisch, nahm die ersten paar Hundert Seiten der Dokumente heraus, bereitete ihre schwarze Kerze und ihr Fläschchen mit roter Tinte, ihre Schreibfeder, ihr dünnes Stahlmesser und ihre polierte Silberschale vor und begann zu lesen.

*

»Sind Sie sicher, dass Sie wissen, wo Sie hinwollen?«, fragte Tara.

Cat reagierte nicht. Sie blieb immer fünf Schritte voraus, ihre Absätze klapperten auf den Pflastersteinen.

»Ich meine«, sagte Tara, »nichts für ungut, aber wir sind schon fast eine Stunde unterwegs.«

Klack, klack. Klack, klack.

Abelard ging steif an Taras rechter Seite und sagte nichts, was die Spannung durchbrechen könnte. Tara wünschte sich, sie könnte ihm mit ihren Augen Fragen stellen, Fragen wie: »Ich dachte, Sie hätten gesagt, diese Frau sei Ihre Freundin?«, und: »Wir waren schon in sechs Bars, wie viele Vampirtreffpunkte kann es in einer Stadt geben?«, und: »Wurde sie mit dieser Einstellung geboren oder hat sie sich diese mit der Zeit zugelegt wie eine jähzornige Perle?«

Das Vergnügungsviertel wurde von krankem Leben geschüttelt wie eine Leiche auf dem Tisch eines Kunstanfängers. Tänzer in den Fenstern des zweiten Stocks bewegten ihre Hüften im Takt der Musik, die kaum über dem Lärm der Menge zu hören war. Ein Mann in einer Hermelinrobe erbrach sich in einer Gosse, während seine Freunde lachten; ein Süßigkeitenverkäufer blies winzige anmutige Tiere aus geschmolzenem Zucker und hauchte ihnen ein wenig Kunst ein, sodass sie von innen heraus leuchteten. Ein alter Mann mit aufgeblähtem, haarigem Bauch spuckte auf einer Schindelbühne Feuer, während neben ihm ein Mädchen in einem rosafarbenen Trikot, das nicht älter als zwölf und wie eine Porzellanpuppe bemalt war, die breite Klinge eines Krummsäbels verschluckte.

»Sie haben mir nicht viele Anhaltspunkte gegeben«, sagte Cat, und an ihrem Tonfall erkannte Tara, dass auch sie von ihren Schwierigkeiten, Raz Pelham zu finden, frustriert war. »Iskari-Seemann, Vampir. Haben Sie eine Ahnung, wie viele von denen es in dieser Stadt gibt?«

»Nein«, entgegnete Tara gereizt. »Ich weiß es nicht. Das ist mein erstes Mal in Alt Coulumb.«

Cat wirbelte zu ihr herum. »Kos!« Wären ihre Augen weniger blutunterlaufen und ihr Teint nicht so blass gewesen, wäre sie ziemlich hübsch gewesen. So aber war das Wort, das einem in den Sinn kam, »auffällig«. »Wollen Sie besprungen werden? Ihr erstes Mal. Sie könnten genauso gut ein Schulmädchenkleid anziehen und herumlaufen und sich beschweren, dass sie die Knöpfe hinten nicht zubekommen.«

Ein paar aalglatte ehemalige Fremdenführer hatten bereits ihre Dienste angeboten. Abelard wehrte sie erfolglos ab; Cat warf ihnen einen tödlichen Blick zu und sie flohen.

Tara fuhr auf. »Ich wollte mich nur bei Ihnen bedanken, dass Sie uns helfen.«

»Ich helfe, weil Abelard ein Freund ist, auch wenn er seit Monaten nicht mehr vorbeigekommen ist, und weil Ihr Iskari-Seemann vielleicht jemanden finden kann, der mich high macht.« Sie atmete tief durch. »Hören Sie. Es tut mir leid. Es gibt Tausende von Bars und Tanzlokalen und Spelunken und Hurenhäusern im Vergnügungsviertel. Einige sind saubere, gute Orte, die meisten nicht. Wir können sie nicht alle in einer Nacht abklappern. Ich war in großen Vampirlagern, aber wer weiß, ob das seine Vorstellung von Spaßhaben ist? Wir brauchen mehr Informationen.«

»Tja«, sagte Tara, »ich habe Ihnen das meiste erzählt, was ich über ihn weiß. Iskari, Pirat, Seemann, Vampir. Etwa eins fünfzig, breite Schultern, rote Augen, schwarzes Haar. Besitzt sein eigenes Schiff.«

»Wissen Sie, wie er zum Vampir wurde?«

»Welchen Unterschied würde das machen?«

»Manche wollten die Veränderung, manche nicht. Manche stehen auf diese Entsetzen-flattert-durch-die-Nacht-Sache, manche nicht. Manche blasen die ganze Nacht Trübsal, andere wollen von der Abenddämmerung bis zum Morgengrauen tanzen.«

»Ich habe den Kerl nur ein oder zwei Minuten gesehen.« Eine Ausrede. In einer Minute konnte man viel lernen. Sie erinnerte sich daran, wie sie an der Rampe seines Schiffes stand, kurz bevor sie zu der wogenden Menge am Hafen hinunterstieg. »Er wurde … vor etwa vierzig Jahren erschaffen. Nach dem Tod von Seril. Er kommt nicht oft hierher.«

Cat wich zurück, als Tara Seril erwähnte, und machte ein kurzes Hakenzeichen mit ihrer linken Hand. Aberglaube? Sie schien nicht der Typ dafür zu sein, aber Alt Coulumb war schon seit langer Zeit eine Stadt der Götter und Geheimnisse. »Vor vierzig Jahren.« Cat kostete die Worte aus. »Damals war das Vergnügungsviertel nicht so freundlich zu Vampiren und ihresgleichen.«

»Warum nicht?«

»Wegen der Wächter«, flüsterte Abelard an ihrer Seite. »Die, äh, Gargoyles. Die waren noch da.«

»Ah«, sagte Tara verständnislos.

Cat senkte nachdenklich den Kopf und verschränkte die Arme unter ihren Brüsten. Das Vergnügungsviertel wogte um sie herum. Dann sah sie mit verblüffender Geschwindigkeit hoch und sagte: »Er wird im Xiltanda sein.«

Mit zielstrebigen Schritten machte sie sich auf den Weg durch die Menge. Tara und Abelard wechselten schnelle, nervöse Blicke und folgten ihr.

*

Die Dächer einer großen Stadt bieten ein Panorama, das mit nichts auf der Welt zu vergleichen ist. Eine Reihe gigantischer Karstformationen mag beeindrucken, ein tiefer Canyon Ehrfurcht einflößen und ein Dschungeldach sprachlos machen, aber Städte allein sind das Produkt menschlicher Hände und menschlicher Werkzeuge, menschlichen Blutes und menschlichen Willens. Sie entstehen durch Anbetung oder gar nicht.

Zu wenige sehen eine Metropole von ihrem Gipfel aus. Diejenigen, die es tun, sind eine seltsame Mischung aus den Engeln und Dämonen der Stadt, aus denjenigen, die die Fäden in der Hand halten, und denjenigen, die nie weit genug aufgestiegen sind, um sich Fäden umbinden zu lassen. Ein Penthouse bietet die gleiche Aussicht wie ein Pappkarton auf dem Dach eines Mietshauses. Die Bewohner trinken beide ihren Wein und schimpfen den anderen einen Narren, und nur selten klingt das Gelächter eines der beiden überzeugend.

Sowohl das Skelett im schwarzen Anzug als auch der rundliche, zerlumpte Mann mit seiner in Papier eingewickelten Flasche Fusel beobachten die Stadt, und sie verändern diese nicht so sehr, wie sie sie verändert.

Etwas bewegte sich über die Dächer. Es hatte viele Körper, aber nur ein Herz, viele Münder, aber nur einen Atem, viele Namen, aber nur eine Wahrheit. Es sprang im Schatten von Gebäude zu Gebäude, glitt auf ausgebreiteten Granitflügeln. Schummriges Licht von der entfernten Straße beleuchtete die Skulpturen seiner Form.

Der Schwarm kehrte ruhmreich zu den Dächern seiner Geburt zurück, über die er einst geherrscht hatte, bis er von Verrätern und Gotteslästerern vertrieben worden war. Seine Krallen markierten im Vorbeiziehen Gebäude mit rauen, glorreichen Gedichten des Lobs, Mahnungen an den Mond, den die Narren unten für tot hielten.

Die Zähne des Schwarms waren scharf, sein Rücken stark und seine Bewegungen flink.

Der Schwarm vernahm das schmerzerfüllte Heulen seines Bruders in der Gefangenschaft. Er hörte es und antwortete:

Wir kommen.

*

Das Xiltanda, erklärte Cat unterwegs, war ein Nachtklub, dessen Name das Quechal-Wort für Hölle war. Und zwar nicht irgendeine Hölle: Xiltanda war eine der altmodischen Höllen. Eine Hölle mit vielen Kammern und vielen Strafen, mit Ringen und Schichten, Rängen und Reihen. Vor dem Ende der Götterkriege, als die Nachtkultur in Alt Coulumb – Vampire, Kunstwirkende und dergleichen – sich noch im Untergrund abspielte, wurde das Xiltanda als erster großer Vorstoß in die Seriosität gebaut. Und so, wie die Hölle viele Ebenen hatte, besaß auch dieser Klub viele Ebenen, vom Erdgeschoss mit schwarzem Marmor und Kronleuchtern bis zu den höheren Ebenen, wo es Ketten, Riemen und Haken gab – und gepolsterte Wände, um Schreie zu dämpfen.

Es gab auch untere Ebenen, und nur wenige wussten, was dort vor sich ging. Gerüchte drehten sich um tiefe Geheimnisse der Kunst und Thaumaturgie, um Menschenopfer und Pakte, die beim Rauchen einer Zigarre in mit grünem Leder gepolsterten Räumen geschlossen wurden.

»Die letzten zehn Jahre hatten nur noch Mitglieder Zutritt«, sagte Cat über ihre Schulter hinweg. »Aber wenn Ihr Freund vor vierzig Jahren in der Stadt war, ist er wahrscheinlich Mitglied. Es ist stilvoll, gemütlich. Genau der Ort, an dem ich nach einer langen Seereise gern Zeit verbringen würde.«

»Ich weiß nicht.« Tara konnte sich Raz nicht zwischen kühlem Marmor und leuchtenden Lampen vorstellen. »Das klingt nicht nach seiner Art von Ort.«

»Auch wenn er dort nicht Stammkunde ist, ist es einer der wenigen Klubs, an die er sich erinnern würde«, warf Abelard ein. »Die Stadt hat sich in vierzig Jahren sehr verändert. Selbst die Götter waren damals anders.«

Sie fanden den Klub Xiltanda an der Hauptstraße, ein imposantes Gebäude im nachempfundenen Quechal-Stil. Riesige gemeißelte Gesichter starrten die Passanten aus dem Mauerwerk höhnisch an. Die meisten Gebäude im Vergnügungsviertel waren mit schrecklichen Krallennarben übersät, aber wenn es irgendwelche Spuren von Gargoyles an den kunstvoll bröckelnden, auf antik gemachten Wänden des Xiltanda gab, konnte Tara sie nicht sehen.

Zwei Wasserfälle flossen vom Dach und flankierten den Eingang, der von einem großen Mann mit freiem Oberkörper bewacht wurde. Überall warfen Fackeln rauchiges Licht und Schatten. Aus dem Inneren des Gebäudes drang Musik, eine Swing-Band spielte flotte Musik im Viervierteltakt.

Tara ließ ihre Blicke suchend über die Menge schweifen und erkannte zu ihrer Überraschung eine vertraute Gestalt, die sich dem Eingangstor näherte: Raz Pelham, immer noch in seiner weißen Uniform, die Ärmel hochgekrempelt, die Mütze auf dem Kopf nach hinten geschoben. Er holte etwas Kleines aus seinem

Ärmel, eine Mitgliedskarte vielleicht, und der Türsteher trat zur Seite, um ihn passieren zu lassen.

»Raz!«, rief sie, aber ihre Stimme ging im Lärm unter. Sie stürmte durch die Menge, raste an einer gackernden Schar schirmchendrehender Society-Girls vorbei und warf beinahe einen Zigarettenverkäufer um. »Raz!« Er blieb nicht stehen. Sollten Vampire nicht über ein außergewöhnliches Gehör verfügen? »Kapitän Pelham!«

Die Menge in der Nähe des Eingangs war dicht gedrängt und träge und trug schlechtes Leder und noch schlechtere Manieren zur Schau. Tara bahnte sich ihren Weg an die Spitze der Schlange, als sich die Türen hinter Raz schlossen. Von allen Seiten spürte sie die harschen Blicke der Betrunkenen und Verächtlichen, aber es war einfacher weiterzugehen, als sich den Weg zurück freizukämpfen. Einen Moment später hatte sie sich zum Türsteher durchgeboxt, der sie und die verärgerte Menge in ihrem Kielwasser mit distanzierter Belustigung betrachtete.

»Haben Sie eine Karte?«, erkundigte er sich.

»Ich bin auf der Suche nach Kapitän Pelham. Der Mann, der gerade da reingegangen ist.«

»Hier ist gerade kein Mann durch diese Tür gegangen.«

»Vampir. Wie immer Sie ihn nennen wollen. Ich bin eine Freundin von ihm.«

Er hielt die Hand auf und wollte ihre Karte.

Der Klub war vor vierzig Jahren gebaut worden, etwa zu der Zeit, als es den Fall Seril gab. Miss Kevarian war mit ziemlicher Sicherheit Mitglied. Ihr Name könnte Tara Zutritt verschaffen, aber auch den Schleier der Geheimhaltung von ihrer beider Anwesenheit in Alt Coulumb lüften. Es gab andere Wege in einen Klub. Sie konnte genauso gut diese ausprobieren.

»Hören Sie, ich bin kein Mitglied. Ich will nur mit ihm reden.«

»Keine Karte, kein Zutritt. Das ist die Regel.« Er verschränkte seine gewaltigen Arme vor der Brust.

Das verlieh dem Wort »Regel« zusätzliches Gewicht, und als sie blinzelte, erkannte sie die Quelle. Jemand hatte Kunst durch den Körper und das Gehirn dieses Mannes gewebt, die ihm Kraft, Geschwindigkeit und Schutz vor einfachen Waffen gewährte, solange er die Bedingungen seines Vertrags einhielt. Ein Nichtmitglied einzulassen, würde ihn schwächen und erhebliche Schmerzen verursachen.

Sie könnte diese Kunst mit ihrer eigenen Macht brechen oder sie so modifizieren, dass der Türsteher in ihrer Hand zu einem Kätzchen wurde. Sie musste nur die Glyphen aktivieren, die in ihre Fingerspitzen eingewoben waren, und sanft über die Seite seines Halses streichen. Sie rief sich ihren Sturz aus der Schule ins Gedächtnis und ihre Kehle schnürte sich zusammen. Nein. So etwas würde sie nicht tun. Es musste einen anderen Weg geben.

Sie überlegte immer noch, da hörte sie Cats schleppende Sprechweise hinter sich. »Mach die Tür auf, Bill.«

Tara riss den Kopf herum. Cat watete durch das Gedränge der Menge. Ihr schwarzer Lederrock und ihr dünner Schweißfilm glitzerten im Fackelschein. Taras Blick fiel auf die Narben an ihrem Hals, die durch ihren schwarzen Seidenschal getarnt, aber nicht ganz verdeckt wurden.

»Miss Elle«, sagte Bill. »Sie waren schon eine Weile nicht mehr hier.«

Sie stemmte die Hände in die Hüften. Tara trat zur Seite und überließ ihr die Arbeit. »Ich hatte keinen Grund zu kommen. Du warst froh darüber, nicht wahr, Bill?«

Bill sah nach links und rechts und suchte nach jemandem, der ihm sagte, was er tun sollte. Cat hatte hier offensichtlich Macht. Tara sah Abelard fragend an, um eine Erklärung zu erhalten, aber er drängte sich immer noch durch die Menge. »Sie sind immer willkommen, Cat.«

»Erzähl mir keinen Scheiß.« Ihre Stimme war sanft und gefährlich. »Ich habe zwei junge Leute, die einen schnellen Biss wollen, und einen hungrigen alten Mann da drin, der eine Mahlzeit mit Persönlichkeit will. Wenn du mir nicht aus dem Weg gehst, sorge ich dafür, dass das Xiltanda wochenlang keine ganze Nacht offen bleibt.«

Egal womit Cat den Klub in der Hand hatte, diese Drohung genügte dem Türsteher. Er war darauf programmiert, vorrangig der Institution zu dienen, das Bewachen der Tür stand an zweiter Stelle. Er warf einen warnenden Blick auf die Menge und suchte noch einmal nach einem Vorgesetzten, den er zurate ziehen konnte. Dann trat er beiseite, öffnete die Tür und verneigte sich. »Miss Elle.«

»Dacht ich's mir doch, Bill.« Cat nahm eine Münze von ihrem Gürtel, strich damit federleicht seitlich an seinem Hals hinunter und legte sie in die Mulde seines Schlüsselbeins. Er schluckte. »Mach's gut. Grüß deine Kinder.«

Sie schwebte an ihm vorbei durch die offene Tür und Tara folgte ihr auf dem Fuße. Abelard stolperte aus der Umklammerung der Menge und kam hinterher.

Im Foyer des Klubs wich der Quechal-Stil zugunsten von Messing, Marmor und poliertem Holz, beleuchtet von einer schwebenden Kristallkugel, in der ein winziges, geflügeltes und fast menschliches Wesen glühte, gefangen in gewundenen Zinken der Kunst. Eine gefangene Elfe – aber nein. Tara kniff die Augen zusammen. Nicht gefangen. Ein Schutzzauber erfüllte die Kreatur mit Schmerz und Entzücken, aber das war vorübergehend und für beide Seiten von Vorteil. Sie ließ sich jeden Abend hier gefangen nehmen und bei Sonnenaufgang ging ein Teil der Macht des Klubs auf sie über. War das in Wahrheit Sklaverei? Fragte man die Manager des Klubs, würden sie es verneinen, und die Elfe, die im Inneren der Kugel zitterte, würde dasselbe sagen. Tara war sich nicht sicher, ob man einem von ihnen glauben konnte.

Ein paar Gäste verweilten im Foyer, gaben ihre Mäntel ab, rauchten oder warteten, aber Raz Pelham war nicht unter ihnen. Ein dicker, perlenbesetzter Vorhang führte in den Tanzbereich. Tara schritt darauf zu und hindurch.

Die Haupthalle des Xiltanda war mehr nach Taras Geschmack als jede der überfüllten, verschwitzten Spelunken, die sie bisher in Alt Coulumb zu Gesicht bekommen hatte. Gefangene Elfen leuchteten in dem kristallenen Kronleuchter-Käfig über der

Tanzfläche aus Eiche und eine Swing-Band spielte eine lebhafte Melodie. Die Gäste saßen in tiefen Nischen entlang der Wände, tranken, beobachteten und warteten. Ein Eisenskelett mit einem Herz aus kaltem Feuer tanzte mit einer bronzehäutigen Frau, deren Haare in langen, schmalen Zöpfen über den tiefen Rückenausschnitt ihres Kleids herabhingen. Das Skelett bog ihren Körper im Tanz nach hinten, sie warf den Kopf in den Nacken und ihre Zähne blitzten. In einer Ecknische spielte ein uralter Kunstwirker der Iskari ein Spiel aus der Alten Welt, das Tara nicht erkannte – ein Brettspiel mit daumennagelgroßen, teils schwarzen, teils weißen Steinen –, gegen einen hoch aufgeschossenen, dünnen Jungen mit langen Fingern und goldenem Haar. An der Bar verlor etwas, das einmal ein Mensch gewesen sein mochte, jetzt aber einem geflügelten Reptil ähnelte, einen Streit gegen eine mollige, lächelnde Kunstwirkerin, die Erdnüsse mampfte und an einem hohen Glas Bier nippte.

Der Klub erinnerte Tara an angenehme Abende in den Verborgenen Schulen, aber dies war nicht der richtige Zeitpunkt, um sich der Party anzuschließen. Gegenüber der Bühne ragte eine breite eiserne Wendeltreppe auf, die sich abwärts in die Schatten und durch die gewölbte Decke hinauf zu unbekannten Kammern schlängelte. Raz Pelham hatte schon drei Viertel des Wegs bis zum zweiten Stock des Xiltanda zurückgelegt und er schritt zügig voran.

Anstatt die Tanzfläche zu umrunden, überquerte Tara sie. Sie wich dem sich drehenden Skelett und seiner Partnerin aus und stolperte beinahe über die schwarze Kleiderschleppe einer großen, blassen Frau, die mit einem schnauzbärtigen Herrn im Nadelstreifenanzug tanzte. Ein schwerfälliger grünhäutiger Mann, der aussah, als sei er schon mehrfach reanimiert worden, hätte Tara fast mit einem fuchtelnden Arm erdrückt, aber sie wich aus. Hinter ihr schob Cat Tänzer aus dem Weg, während Abelard sich mit bruchstückhaften Sätzen entschuldigte. »Es tut mir sehr leid, ich meine … Entschuldigung, sie … Nun, das ist kaum …«

»Los doch!«, rief Tara über ihre Schulter hinweg und sprintete zur Treppe. »Kapitän Pelham!«, rief sie über die Musik hinweg, aber der Vampir, der sich zurückziehen wollte, ging unvermindert schnell weiter. Er musste sie gehört haben.

Cat und Abelard stiegen hinter ihr die Treppe hinauf. Das schnelle Trommeln ihrer Schritte kollidierte mit dem fließenden Rhythmus der Band unten.

Diese Treppe verband alle Stockwerke des Xiltanda, aber ein Schleier aus undurchsichtigen Schatten trennte jede Ebene von ihren Nachbarn. Tara ging durch den Schatten zwischen der glänzenden ersten Etage und der zweiten – einer mit rotem Samt ausgekleideten Kammer, die von Schreien und Seufzern und sich wiederholender, basslastiger Musik widerhallte. Raz' Füße verschwanden bereits durch den Schatten darüber, zwischen der zweiten und der dritten Etage.

Tara rannte ihm hinterher. Als sie die dritte Etage erreichte – eine karge Klosterszene, Altäre und Steinwände und das ferne Knallen von Peitschen –, hatte Raz den nächsten Schatten noch nicht erreicht. Er verdoppelte seine Geschwindigkeit, ohne einen Blick zurückzuwerfen.

Raz musste wissen, dass eine Flucht sie dazu bringen würde, ihn zu verfolgen. Sie hatte ihn bereits gesehen. Selbst wenn sie ihn nicht erwischte, konnte er sich nicht ewig vor ihr verstecken, und schon gar nicht vor Miss Kevarian. Wenn er Angst hatte, erkannt zu werden, müsste er versuchen, sie anzugreifen und zum Schweigen zu bringen, nicht zu fliehen. Es gab keinen Grund zu fliehen, wenn die Entscheidung bei ihm lag.

Plötzlich begriff sie und es zog ihr die Eingeweide zusammen. Als sie das nächste Mal die Augen schloss, ließ sie sich wirklich sehen.

Vampire waren Kreaturen der Kunst, ihr Leben bei Tageslicht tauschten sie gegen Stärke in der Nacht, ihren Tod gegen Hunger, ihre Sättigung gegen Sinne, die schärfer waren als die Vorstellungskraft der Sterblichen. Die Leute in Edgemont fürchteten Vampire, weil sie wie Menschen aussahen, bis es zu spät war, aber in Taras Augen leuchteten ihre verdrehten Seelen.

Deshalb hatte sie die Haken der Kunst, die Raz' Kopf und Herz durchbohrten, vorher nicht bemerkt. Irgendetwas steuerte Kapitän Pelham und zog ihn mit seiner Kraft, aber nicht aus eigenem Willen, nach oben.

»Jemand hat von seinem Verstand Besitz ergriffen!«, rief sie zu Abelard und Cat nach hinten. Was auch immer Raz gepackt hatte, musste sie gehört haben, denn der Vampir rannte noch schneller. Sie streckte Kunstfäden aus, um seine Gliedmaßen zu fixieren, aber die Fäden schmolzen an seinem Fleisch. Das war keine Überraschung. Es war schwierig, Kunst gegen eine Person einzusetzen, die weder tot noch lebendig war.

Jemand hatte Raz' Verstand dennoch eingefangen.

Der vierte Stock war weiß gemauert und roch ekelhaft steril, der fünfte war stockdunkel und so still, dass Tara ihre eigenen Schritte nicht hörte. Sie schloss die Augen und sah den blau umrandeten Raz, der nach oben entwich. Reglose menschliche Gestalten schwebten in der Dunkelheit um sie herum, in Fötusposition zusammengerollt und durch Kunst abgeschirmt, die jedes Gefühl verbannte. Sie zitterte, als sie rannte, und wäre beinahe gestürzt.

Im sechsten Stock roch es nach Schwefel, im siebten nach Eis. Taras Beine waren aus geschmolzenem Metall und etwas Heißes und Klebriges befand sich anstelle von Luft in ihrer Lunge. Raz verschwand durch die Schattendecke über ihr in den achten Stock. Tara rannte ihm nach und fand sich am oberen Ende der Treppe wieder, wo ihr der Weg durch eine verriegelte Stahltür versperrt wurde.

Mit einem Wedeln der Hand zertrümmerte sie den Riegel, riss die Tür krachend aus den Angeln und stürzte auf das kühle Dach. Weder Mond noch Sterne linderten die Dunkelheit des wolkenverhangenen Himmels. Das einzige Licht kam von der Straße unter ihr.

»Raz!«, rief sie wieder. Er ging mit unverminderter Geschwindigkeit weiter und näherte sich dem Rand des Dachs.

Es war schwer, Vampire mit der Kunst zu fangen, aber nicht unmöglich. Sie konnte weder seinen Körper noch seine Seele berühren, aber den kompakten Vertrag, der seinen Geist mit seinem toten Fleisch verband, den konnte sie festhalten. Fäden aus Sternenfeuer spannten sich über den Abstand zwischen Raz und Tara; seine Muskeln und sein Geist blockierten und er kam nur eineinhalb Meter vom Rand des Dachs entfernt zum Stillstand.

Er sperrte sich gegen ihre Kunst. Schweißperlen standen ihr auf der Stirn. Das war schwieriger, als es hätte sein sollen. Die Wolken raubten Tara die Kraft der Sterne und überließen es ihr, Raz mit ihren eigenen mageren Seelenstoffreserven zu binden. Sie musste den Haken schnell aus seinem Verstand bekommen, sonst würde ihre Kraft versagen.

Schritte erklangen auf dem Dachkies hinter ihr. Sie erkannte Cat und Abelard an ihrem Atem, ihrer gleichmäßig und ruhig, seiner keuchend.

»Tara«, sagte Abelard, als er Worte bilden konnte. »Was zum Teufel?«

»Haken in seinem Geist.« Raz zappelte und zerrte wie ein Fisch an ihrer Leine und sie wäre beinahe gestürzt. Ihrem unsichtbaren Gegner schien es egal zu sein, ob der Kapitän entkam oder in den Tod stürzte, solange Tara ihn nicht festhielt. »Sie kontrollieren ihn.«

»Wie bitte?«

Sie machte einen Schritt auf Raz zu, zwei, die Anspannung stieg mit jedem Schritt. Ihre Arme taten weh, ihre Hände zitterten. Sie hatte noch nie etwas für rohe Machtdemonstrationen übriggehabt. Sie war für die clevere Lösung, den schnellen Schritt. Aber jetzt trat sie gegen einen alten Vampir an, der schon zu Lebzeiten stark gewesen war.

Sie fesselte ihre Füße mit Kunst an das Dach, um ein Abrutschen zu verhindern, und in diesem Moment der Ablenkung begann er, sich zu entfernen.

Jemand rief ihren Namen, aber sie konnte nicht antworten. Dunkle Gestalten bewegten sich um sie herum. Sie beachtete sie nicht, weil in ihren Gedanken kein Platz mehr dafür war. Raz war nur noch einen Meter vom Rand des Dachs entfernt. Wenn er mit Taras Macht, die ihn durchdrang, abstürzte, würde auch sie hinunterfallen.

Er hätte sie schon vom Dach gezogen, wenn sie sich nicht an den Boden gefesselt hätte. Bei diesem Gedanken kam ihr eine Idee. Sie kniete nieder, und als er sich mit gefletschten Reißzähnen gegen ihre Fesseln stemmte, verband sie die Kunststränge, die ihn hielten, mit denen, die sie auf dem Dach verankerten. Ein Strang band Raz mit Leib und Seele an den festen Stein des Xiltanda. Seine Fesseln wurden straff, er federte zurück und knickte am Rand des Gebäudes ein wie ein Tier im Netz.

Tara stolperte vorwärts und stürzte ein paar Meter von dem Vampir entfernt. Die Kunst, die in seine Seele gehakt war, loderte, und er zuckte vor Schmerz, während sie seine Erinnerungen verbrannte.

»Tara!«

»Nein«, rief sie, aber nicht als Antwort. »Nein, verdammt!«

»Da ist etwas, das Sie sehen sollten.«

»Sie rauben seinen Verstand!«

Der Haken würde ihn, wenn sie es zuließ, sauber ausbrennen, ohne eine Narbe zu hinterlassen. Der Verstand war gut darin, zu heilen. Lücken in der Erinnerung überklebte er mit Ignoranz oder dem Widerhall von Routine. Sie musste den Prozess aufhalten, aber ohne Sternenlicht war sie schwach. Sie griff nach ihrer Handtasche und den Utensilien darin. Eine silberne Zange, um die Kunst aus Raz' Geist zu ziehen, und schwarzes Wachs, um ihn vor ihrer Rückkehr zu bewahren. Da und da. Rosmarin, für die Erinnerung und Fenchel für … für etwas …

Abelard hatte aufgehört zu reden. Sie warf einen Blick zurück, um ihn um Hilfe zu bitten. Ein weiteres Paar Hände könnte den Ausschlag geben.

Da sah sie die Gargoyles in der Dunkelheit.

Sie waren zu sechst und sie waren groß. Sie hatten sich in einem lockeren Halbkreis auf dem Dach verteilt, um Tara, Abelard und Cat vom Treppenhaus abzuschneiden und ihre Flucht zu verhindern. Schiefer war im Vergleich zu ihnen klein und schlank gewesen. Jede dieser Kreaturen war mindestens zwei Meter fünfzig groß, die Flügel hinter ihnen ragten noch höher auf. Tiefe Narben zogen sich über ihre Körper. Sechs Paar smaragdgrüne Augen leuchteten in sechs breiten, verzerrten Gesichtern, manche mit Schnabel, manche mit Fangzähnen, manche mit Stoßzähnen wie Elefanten. Das Licht von der Straße unter ihnen beleuchtete das hungrige Innere von sechs großen Steinmäulern.

Tara hatte Schiefer nur besiegt, weil sie das Überraschungsmoment auf ihrer Seite hatte, als er in Menschengestalt war. Seine Brüder waren bereit für den Kampf. Man würde nicht mit ihnen diskutieren oder sie austricksen können. Sie beugten sich nur der Gewalt und Tara hatte die Gewalt nicht auf ihrer Seite.

Cats Augen waren auf den größten Gargoyle gerichtet – groß, weiblich, mit einem abgeflachten Gesicht wie eine Löwin, mit langen, üblen Krallen und Muskeln, die so straff wie Stahlseile waren. Cat atmete kaum. Abelard sah von Tara zu den Gargoyles und wieder zurück. Ein Stückchen Asche zitterte am Ende seiner Zigarette. »Tara?«, fragte er zaghaft.

»Abelard, ich kann nicht.« Raz' Gehirn wurde von innen herausgebrannt und sie hatte sich fast völlig verausgabt. Sie konnte das retten, was immer dieser unbekannte Kunstwirker aus dem Verstand des Kapitäns löschen wollte, oder versuchen, Abelard und seine Junkie-Freundin und vielleicht sich selbst zu schützen.

Wenn Raz etwas über den Fall wusste, musste Miss Kevarian es auch wissen.

Taras Griff um die silberne Zange zitterte.

»Du solltest nicht hier sein«, sagte Cat zu dem Gargoyle.

Dumme Süchtige, dachte Tara. *Aufgeputscht und bereit, die Welt zu bekämpfen.* Sie würden sie zuerst durchkauen und Tara zum Zähneputzen aufheben.

Aber die Gargoyle antwortete. Ihre Stimme grollte wie eine Lawine.

»Wir kommen, um unseren Bruder zurückzufordern.«

Cat blieb ungerührt. »Ihr verstoßt gegen das Gesetz, wenn ihr einen Fuß in die Stadt setzt.«

»Das war einmal unsere Stadt.«

Cat wandte sich an Tara, unbeeindruckt von der tonnenschweren Tötungsmaschine, die vor ihr stand, und sagte: »Kümmern Sie sich um den Vampir.« Es lag Autorität in ihrem Ton und ihrer Haltung. Tara widersprach nicht. Sie wandte ihre Aufmerksamkeit wieder Raz zu, packte das Ende des glühenden Kunsthakens mit ihrer Zange und zog, gleichmäßig und mit jeder Faser ihres Wesens. Raz zuckte. Ein leises Wimmern kam über seine Lippen.

Zieh fester. Wenn du hier stirbst, hinterlasse Miss Kevarian alles, was sie braucht. Andernfalls hast du sie im Stich gelassen, was bedeutet, dass du dein Zuhause und deine Familie verlassen hast, um auf einem Dach in einer Stadt zu sterben, die deine Verwandten vor Generationen verlassen haben – alles für nichts.

Die Welt wurde schwarz und weiß um sie herum, während sie zog. Sternenfeuer fing sich in ihren Augen und loderte. Schwarz und Weiß verblassten zu Grau und das Grau begann zu verschwimmen. Atem klang schwer in ihren Ohren.

Sie hörte einen Schrei.

*

Abelard sah die Wächter, ihre Anwesenheit befleckte die Luft, und er sah, wie Cat sie wie eine Kaiserin zurechtwies, den Kopf zurückgelegt, das Kinn vorgestreckt, die Narben an ihrer Kehle wild und rot und roh. Tara sackte bewusstlos über Raz Pelhams Körper zusammen. Abelards Zigarettenrauch schmeckte nach saurer, kupferner Panik.

Cat sah von Tara wieder zu den Wächtern und sagte: »Es war eure Stadt. Jetzt ist es meine.«

Sie hob eine Hand an ihre Brust, schloss sie um eine kleine Statue, die an einer Stahlkette um ihren Hals hing, und begann sich zu verwandeln.

*

Schwarzes Eis floss durch Cats Geist, als sich ihre Hand um das Abzeichen schloss. Es kühlte und zermalmte ihre Angst vor diesen sechs ketzerischen Tötungsmaschinen und ihre Wut über ihre Anwesenheit. Der brennende Turm ihres Bedürfnisses stemmte sich allein gegen die rauschende Kälte: das Bedürfnis nach einem Fix, das Bedürfnis nach einem Hoch, das Bedürfnis, etwas Besseres zu sein, als sie war.

Catherine Elle war fehlbar. Ängstlich. Wütend. Verzweifelt. Was übrig blieb, nachdem das schwarze Eis sie überspült hatte, war stark, klar, hart, aalglatt, geduldig, hungrig. Ihr Geist gefror, wie ein flacher, klarer Teich gefriert und die Fische mitten im Schwimmen gefangen hält. Das sprunghafte Chaos ihrer Gedanken löste sich in Stille auf und die Stille wurde durch Flüstern lebendig.

Diese Steinmänner waren Mitglieder eines Schwarms, der Tage zuvor in die Stadt eingedrungen war und sich bisher der Festnahme entzogen hatte. Der Mörder von Richter Cabot war nicht in dieser Gruppe, aber er war in ihrer Gesellschaft gesehen worden.

Götzendiener hätte Cat sie genannt. Wilde Kreaturen, kaum menschlich.

Cat war allerdings nicht mehr hier. Die Justiz schon.

Sie musterte die große Steinfrau mit Augen aus flüssigem Schwarz. Dies war die Anführerin der Gruppe, alt, aber immer noch stark. Sie hatten nicht angegriffen – ein gutes Zeichen.

Eure Anwesenheit ist ein Verstoß gegen das Stadtgesetz, sagte die Justiz durch Cat.

»Wir wollen unseren Bruder«, knurrte die Anführerin. »Geh beiseite.« Die Steinfrau schoss schneller nach links, als ein normaler Mensch hätte sehen können. Cat bewegte sich noch schneller und versperrte ihr den Weg.

Die Justiz tritt nicht beiseite. Aber wenn ihr von hier verschwindet, verspreche ich, dass ich euch gehen lasse.

»Selbst wenn du mich besiegst, werden meine Kinder dein heidnisches Herz essen. Hier ist einer von euch und sechs von uns.«

Nicht einer, sagte sie, *sondern Tausende. Fünfzehn können dieses Dach erreichen, bevor du mich zerkauen kannst.*

»Du wirst trotzdem tot sein.«

Das spielt keine Rolle.

Die Steinfrau richtete sich zu ihrer vollen Größe auf und ihre Flügel entfalteten sich. »Du bluffst doch nur.«

Stell mich auf die Probe.

Der Wind flüsterte zwischen ihnen. Cats Muskeln spannten sich, bereit zum Sprung – aber die Steinmänner waren verschwunden. Alle sechs, verstreut wie trockene Blätter in einer Herbstbrise. Einer landete auf dem Dach eines Tanzlokals im Norden, seine Flügel flatterten im Nachtwind; drei andere glitten zu den spitzen Giebeln eines benachbarten Bordells. Cat konnte die beiden anderen nicht sehen.

Der Anzug löste sich von ihr, die ölige Schicht wich widerwillig von ihrer Haut. Für Cat fühlte es sich an, als würde man einen Schorf abziehen, der ihr ganzer Geist war. Kraft verließ ihren Körper, Schnelligkeit ihre Gedanken, Klarheit ihre Seele und die vielen Stimmen der Justiz erstarben in ihrem Ohr. Nichts nahm ihren Platz ein. Nein, nicht Nichts. Die Leere, ein Fehlen, das so stark war wie jede Wahrheit.

Sie sackte auf die Knie, zitterte und fror … sie brauchte dringend einen Schuss. Schlanke Arme legten sich um sie. Abelard. Sie sah sein Gesicht wie vom Grund eines Wasserbeckens, verschwommen, naiv, besorgt. Ihr Freund.

Der arme Hundesohn.

Während er sie festhielt, dachte sie, was für ein Glück sie hatte, dass der Vampir bewusstlos war. Man hätte unmöglich sagen können, was sie für einen Biss getan hätte, für einen Rausch, um die Leere zu füllen, die die Justiz hinterließ. Sie hätte ihre Seele verkauft. Vielleicht hatte sie das schon getan. Es war schwer, sich daran zu erinnern.

9

Tara floh durch Traumkorridore vor einem großen und schrecklichen Schicksal. Floh sie tatsächlich *vor* einem solchen Schicksal und nicht *in* eines *hinein?*

Dämonen und Gargoyles verfolgten sie, ihre Krallen schimmerten von ihrem Blut. In panischer Angst drehte sie sich um und schlug zu, und bald glänzte ihr Blut auf ihrem Messer. Doch da waren noch mehr von ihnen, endlos und brutal, und sie rannte. Hinter einer Biegung in dem stroboskopbeleuchteten Flur stand sie vor einer alten Holztür, weiß gestrichen und mit einem Messingknauf. Ein Schild war an das Holz geheftet, eine kindliche Handschrift: *weg.*

Wovor immer sie floh oder was immer sie suchte, es war hinter dieser Tür, namenlos und sich windend.

Sie drehte den Knauf und drückte. Schatten krochen um den Türpfosten, lang und schlank und hakenförmig wie Spinnenbeine. Die heulenden, krallenbewehrten Dinger näherten sich hinter ihr. Sie wappnete sich und sprang hindurch.

Die Schwärze schmolz und verlief wie Wachs. Sie hörte eine Stimme.

*

»Ganz im Gegenteil, Professor. Ich war nicht überrascht, als ich den Brief erhielt. Auch wenn ich zugebe, dass der Fluch ein Schock war.«

Miss Kevarian lehnte in einem verschnörkelten Sessel, der die Farbe von frischem Blut hatte, und nippte an den Resten eines Wodka Tonics. Ihre Lippen waren voller und roter als im wachen Leben, und ihre Haut war zwar nicht gerade jugendlich, besaß aber einen angenehmen rosigen Farbton. Auch ihr Haar war dunkler. Sie schien eine Frau zu sein, die noch nichts von den Jahren schlafloser Nächte und tiefer Kunst zu wissen schien, die sie zu Elayne Kevarian formen würden. Nur ihre Augen straften die Illusion Lügen. »Ich dachte, wir wären über solche Spielchen hinaus.«

Mit einem geübten Abknicken ihres Handgelenks hielt sie ihr Glas hin, um es nachfüllen zu lassen, und Tara nahm es ihr ab. Die Hand, die das Glas nahm, gehörte jedoch nicht zu Tara. Sie war zu blass, die Haut hob sich alabasterfarben von dem schwarzen Baumwollstoff eines Hemds ab, das zur Uniform einer Kellnerin zu gehören schien. Außerdem waren die Nägel rot lackiert. Tara hätte das Glas vor Schreck fallen lassen, wenn sie die Kontrolle über ihren Körper gehabt hätte, aber diese Hand, ihre und doch nicht ihre, erfüllte ihre Aufgabe automatisch.

Sie stellte das Glas auf den Tisch vor Miss Kevarian, nahm eine winzige Wodkaflasche und einen Tonic-Spritzer von dem Tablett, das sie trug, stellte das Tablett auf den Tisch und mischte den Drink. Tara versuchte probehalber, die Wodkaflasche beiseitezustellen oder das Glas wegzuschieben, aber sie konnte ihre Bewegungen nicht kontrollieren. Seltsam. Das war doch ihr Traum, nicht wahr?

Es war ein Glück, dass Tara keine Kontrolle über den Körper in ihrem Traum hatte, sonst hätte sie den Drink verschüttet, als Miss Kevarians Begleiter das Wort ergriff. »Weißt du, wir haben unsere Scherze immer genossen, du und ich.«

»Scherze?«

Der bärtige, breitbrüstige Mann im Sportmantel sah in diesem Traum nicht jünger aus als damals, als Tara ihn das letzte Mal in den Verborgenen Schulen gesehen hatte – als er die Fakultät dazu brachte, sie hinauszuwerfen, wobei Flammen und Sternenlicht wie eine Krone um seine Stirn leuchteten. Professor Denovo.

Sie reichte Miss Kevarian den Wodka Tonic, richtete sich auf und nahm ihr Tablett. Professor Denovo schenkte ihr keine Aufmerksamkeit. Sie war ein Handlanger, der nicht weiter beachtet wurde. Er hielt ein hohes Glas Bier in der Hand und gestikulierte vage mit seiner freien Hand, während er sprach. Tara erinnerte sich an den Tonfall seiner Stimme aus weit entfernten Hörsälen.

»Bitte fass das nicht falsch auf, Elayne. Wir werden in den kommenden Monaten leider gegeneinander arbeiten, aber das verlangt wohl kaum, dass wir unhöflich sind.«

»Wir werden«, korrigierte Miss Kevarian, »zusammenarbeiten.«

»Genau«, sagte er mit einem Lächeln, das die Spitzen seiner oberen Zähne zeigte. »Du arbeitest für die Kirche, ich für ihre Gläubiger. Es liegt weder in deinem noch in meinem Interesse, dass Kos' Untergang länger als nötig dauert.«

»Das hier wird kein weiterer Seril-Fall sein, Alex.«

»Natürlich nicht.« Er wies die Idee mit einer Handbewegung und einem verächtlichen Gesichtsausdruck zurück, als würde er das geschmacklose Papier eines Schülers wegschieben. »Aber du musst nicht so nachtragend sein. Während des Falls von Seril standen wir in den Diensten der Gläubiger. Natürlich waren wir auf ihren Vorteil bedacht.«

»Dies ist Nekromantie«, sagte Miss Kevarian. »Es gibt kein Gewinnen und kein Verlieren. Der Tod ist unser Feind. Wir versuchen beide, ihn zu überwinden.«

Denovo lachte Tränen. »Ein bemerkenswert traditionelles Paradigma, wenn man bedenkt, welchen Einfluss deine eigene Arbeit auf dieses Feld hat. Ich denke, ich werde eine Konferenz zu diesem Thema abhalten, sobald mein Terminkalender es erlaubt. Gegensätzliche Beziehungen bei nekromantischen Transaktionen, so etwas in der Art. In den letzten Jahren gab es tonnenweise Iskari-Theorien zu diesem Thema, ganz zu schweigen von dem, was aus dem Strahlenden Reich kam. Camlaan ist natürlich immer ein halbes Jahrzehnt hinter der Zeit.« Er wartete darauf, dass sie einen Kommentar abgab oder ihn unterbrach, aber als sie nichts von beidem tat, wandte er seine Aufmerksamkeit wieder seinem Bier zu.

»Was verspricht sich deine Gruppierung hiervon?«

»Ach, du kennst doch Mandanten. Sie sind sich nie einig. Die Radikalen wollen die Kirche zerstören oder umgestalten, wie im Fall Seril. Es gibt eine konservative Fraktion, die die Dinge weitgehend so belassen will, wie sie sind. Und die Iskari, natürlich.«

»Natürlich.« Miss Kevarian hielt ihr Glas in beiden Händen, als wäre es ein schlanker Hals, den sie gleich zudrücken würde. »Wo stehst du?«

»Bei meinen Arbeitgebern. Was ist mit dir, meine Liebe?«

In der darauffolgenden Pause erlebte Tara einen erschreckenden Moment, der sie schaudern ließ. Die Traumkörper der Gesprächspartner und die ausgeklügelte Illusion von Zeit und Raum fielen weg, und auf den gegenüberliegenden Seiten des Tisches saßen sich zwei unversöhnliche, tiefgründige und nicht ganz menschliche Kräfte in einem Duell gegenüber, das so kompliziert war, dass sich das Bewusstsein der beiden seiner Komplexität kaum bewusst war. Die Vision hielt einen Augenblick lang an, dann zerbrach sie und ließ die beiden alten Kollegen wieder einen Drink teilen.

Elayne Kevarian zog einen Mundwinkel hoch. »Auf der Seite von Kos dem Ewigbrennenden.«

»Ich habe dich nie für einen Gefühlsmenschen gehalten.« Er sprach dieses Wort aus, als bezöge es sich auf eine Form von Parasiten.

Sie nippte an ihrem Getränk und sah zu ihm auf. Jetzt lächelte sie tatsächlich. Tara dachte, dass ihr der vorherige Ausdruck von Miss Kevarian lieber war. Dieser ließ ihr das Blut in den Adern gefrieren.

*

Tara schlug ihre Augen in einem kahlen Raum mit blassblauen Wänden und einer ungewohnten Decke auf. Durch den Spalt zwischen den Vorhängen sah sie das reine Grau dessen, was die Abenddämmerung hätte sein können, aber die Erschöpfung sagte ihr, dass es die ersten Anzeichen des Morgengrauens waren. Stoff kratzte auf ihrer nackten Haut: ein Krankenhauskittel.

Miss Kevarian stand am Fußende des Betts und wartete mit verschränkten Armen.

»Wie lange war ich bewusstlos?«, krächzte Tara.

»Nicht lange. Abelard hat mich kurz nach Ihrem Zusammenbruch kontaktiert. Es gibt hier keine richtigen Einrichtungen für die Genesung einer Kunstwirkerin, aber die Krankenstation der Justiz ist die beste in der Stadt. Ich fügte etwas von meinem Seelenstoff zu Ihrem hinzu, um Sie schneller wieder auf die Beine zu bringen. Ich dachte, Sie möchten vielleicht nicht, dass ich die Versicherungspolice der Firma belaste, indem ich sie um Hilfe bitte.«

»Danke.« Tara wurde es bei dem Gedanken, Kelethras, Albrecht und Ao um Hilfe zu bitten, angst und bange. Die Firma würde es nicht gutheißen, dass sie nach zwei Tagen im Job fast gestorben wäre.

»Sie haben in unserem Interesse gehandelt, und ich möchte sicherstellen, dass Sie dies auch weiterhin tun. Außerdem ist dies eine Lernerfahrung. Ich erwarte, dass Sie in Zukunft vorsichtiger sind und sich ohne Vorbereitung und Rückendeckung nicht mit einem Gegner von unbekannter Macht anlegen.«

Sie nickte und die Welt um sie herum geriet ins Wanken. »Raz. Habe ich ihn gerettet?«

»Schwer zu sagen. Kapitän Pelham scheint gesund zu sein, aber ich habe ihn seit Jahrzehnten nicht mehr mit Fragen gelöchert. Jeder Schaden wird für Sie offensichtlicher sein als für mich.«

»Ich werde …« Ein beschlagenes Glas mit Wasser stand neben einem Zinnkrug auf dem Nachttisch. Sie ließ das Glas zweimal fast fallen, als sie es zum Mund führte. Ihre Kehle saugte die Flüssigkeit auf wie ein trockener Schwamm. »Ich werde ihn besuchen, wenn ich mich angezogen habe. Wo ist er?«

»Ein paar Zimmer weiter. Er beharrt wütend darauf, dass mit ihm alles in Ordnung sei und er wieder auf sein Schiff zurückkehren könne.«

Sie schenkte sich noch ein Glas Wasser ein. »Ich werde mich beeilen. Ich nehme an, er schläft noch die meiste Zeit des Tages?«

»Ja. Er hat jahrelang darauf hingearbeitet, die Sonne zu ertragen. Schmerz, Brennen, Erschöpfung. Eine Art Macho-Ding, aber er geht trotzdem jeden Morgen ins Bett. Reden Sie mit ihm, erfahren Sie so viel wie möglich und kommen Sie zum Kunstgerichtshof. Wir müssen um elf vor dem Richter eine einstweilige Verfügung anfechten.«

Ihr Mund wurde trocken. Nach einem Tag vor Ort vor einem Richter zu stehen, grenzte an Wahnsinn. Sie wussten nicht einmal, warum Kos gestorben war. Wie sollten sie da eine Vorverhandlung abhalten? »Wenn ich das mal so sagen darf, Chefin, ich halte das für verfrüht.«

Sie nickte. »Ich auch. Leider sind wir nicht die einzigen Parteien, die im Spiel sind.«

»Ich sah ...« Sie brach ab. Es gab keine einfache Art, es zu sagen. »Ich dachte, ich hätte Sie in einem Traum gesehen. Im Gespräch mit Professor ...« Ihre Stimme zitterte und sie unterdrückte das mit purer Willenskraft. »Professor Denovo.«

»Er ist der leitende Vertreter der Kunstwirkenden für die Gläubiger«, sagte Miss Kevarian mit einem knappen Nicken.

»Es war kein Traum?«

»Es war auf jeden Fall ein Traum. Es war jedoch nicht Ihr Traum. Denovo hat mich gestern Abend kontaktiert und ein Treffen vorgeschlagen, um den Fall zu besprechen. Da er erst heute Morgen in der Stadt eintreffen wird, trafen wir uns jenseits der Tore von Horn, durch die wahre Träume fließen. Es war kein produktives Treffen, aber angesichts Ihrer gemeinsamen Vergangenheit habe ich Sie stillschweigend einbezogen, um Sie auf die Arbeit mit ihm vorzubereiten. Oder gegen ihn, wie er es ausdrücken würde.«

»Sie haben mich ohne mein Einverständnis in einen Traum gezogen und mich dort festgehalten«, sagte Tara. »Ich wusste nicht, dass das möglich ist.«

»Sie sind meine Angestellte und mein Lehrling, Miss Abernathy. Sie werden feststellen, dass es nur wenig gibt, was ich Ihnen nicht antun kann, ungeachtet Ihrer Vorstellungen von dem, was möglich ist.«

»Wie haben Sie das gemacht?«

»Sie standen in Ihrem Traum vor einer Wahl. Eine Tür – so sieht es oft aus, wenn man den Forschungen von Dr. Kroen Glauben schenken darf. Ich habe den Traum so gedreht, dass Ihre Wahl zu einem von mir gewählten Ende führte. Das ist keine belastbare Strategie – jetzt, wo Sie es wissen, werden Sie zum Beispiel vorsichtiger mit Traumtüren sein –, aber sie funktioniert.«

»Ja, Ma'am.«

Keiner der beiden sprach. Miss Kevarian hatte zweifellos Verhandlungen zu führen, Personen zu befragen, Papierkram zu erledigen, aber sie blieb. Vielleicht witterte sie, dass eine Frage in der Luft lag.

Endlich verlieh Tara ihr eine Stimme. »Chefin, letzte Nacht, im Traum. Es schien, als hätten Sie und Professor Denovo eine gemeinsame Vergangenheit …?«

»Ich war seine Partnerin«, sagte sie, nachdem Tara verstummt war. »Während des Seril-Falls. Wir waren beide jung und er war mein Vorgesetzter. Wir hatten eine rein berufliche Beziehung.« Sie streckte die Arme und stützte sich mit den Händen auf dem Gestell am Fußende von Taras Bett ab. »Ich habe Sie eingestellt, weil Sie brillant sind und weil Sie sich ihm gegenüber behauptet haben. Ich habe nicht erwartet, dass Sie ihm so bald wieder gegenübertreten müssen.« Sie hielt inne. »Nur so aus Neugier, was hätten Sie getan? Wenn Sie ihm ohne Vorwarnung begegnet wären?«

Tara überlegte. »Ihn umgebracht. Oder es versucht.«

Miss Kevarian nickte. »Krise abgewendet. Ziehen Sie sich an und befragen Sie Kapitän Pelham. Ich erwarte Sie um zehn Uhr dreißig im Gericht.«

»Ja, Ma'am.« Sie schwang ihre Beine über die Bettkante und griff nach ihrer Hose.

*

Abelard lief gedankenverloren in eine Rauchwolke gehüllt im kahlen Warteraum auf und ab und nahm kaum Notiz von seiner Umgebung: ein paar Pflanzen in billigen Steinguttöpfen, beige Tische und beige Stühle. Ein Betrunkener schlief auf einer Couch in der Ecke, zugedeckt mit einer abgenutzten beigefarbenen Decke.

Eine Pflegerin näherte sich und Abelard wölbte seine Handfläche um seine Zigarette. Sie schnupperte nach der Quelle des Tabakgestanks und sah Abelard in die weit aufgerissenen Augen, die von dem Schmerz der Zigarettenglut an seiner Haut tränten. Er lächelte sie beklommen an, als sie an ihm vorbeiging, ihre Lippen misstrauisch und missbilligend zusammengekniffen.

Als sie weg war, hob er die Zigarette mit einem leisen Seufzer wieder an seine Lippen. Der erste Zug war beißende, schmerzhafte Erleichterung.

»Weißt du, sie werden dich erwischen«, sagte Cat von ihrem Sitzplatz auf einem niedrigen Tisch aus. Sie blätterte in einem Bericht über die Ereignisse der Nacht, den ihr ein Schwarzanzug in den Stunden vor dem Morgengrauen gebracht hatte.

»Äh.« Abelard zuckte mit den Schultern. »Ich tue mir doch nur selbst weh, oder?«

Sie warf ihm einen merkwürdigen Blick zu.

»Was?«

»Bringen sie euch Priestern nichts über öffentliche Gesundheit bei?«

»Sie haben uns gar nichts Öffentliches beigebracht. Das würde dem Zweck eines arkanen Ordens zuwiderlaufen.«

»Ich dachte, das bedeutet nur, dass man samstags nicht frei hat.«

Das war nur zum Teil ein Scherz gewesen. Er hörte die unterschwellige Wut. »Cat, ich hätte mich rausgeschlichen, aber die Aufstiegsprüfungen standen an, und nachdem ich Techniker geworden war, gab es so viel zu lernen …«

»Ja«, sagte sie kühl. »Es gab so viel zu lernen, zweieinhalb Jahre lang?«

Er blieb stehen. »War es wirklich so lange?«

»Ich habe zwei Runden Boni bekommen. Mindestens so lange.«

»Kos«, fluchte er, und die Spitze seiner Zigarette glühte beim Ausatmen auf. »Zwei Jahre und ich tauche an deinem freien Abend ohne Grund mit dieser fremden Frau auf.«

»Die nett ist, versteh mich nicht falsch.«

»Ich tauche auf, bitte um deine Hilfe, mit nicht mehr als einem Hallo.«

»Wenn ich nicht geglaubt hätte, dass bei dem Deal ein Fangzahn für mich rausspringen würde, hätte ich dir wahrscheinlich gesagt, du sollst ihn dir sonst wohin stecken.«

Er verdrehte die Augen. »Und du sagst mir, die hier seien schlecht für meine Gesundheit.«

»Das sind sie.«

»Das gilt auch für irgendeine … *Kreatur*, die an dir herumkaut.« Sein Mund blieb offen, nachdem er die Worte ausgesprochen hatte, als könne er sie wieder einatmen. Er versuchte, etwas anderes zu sagen, egal was, aber alles, was herauskam, war ein langsames »Äh …«.

»Du hast recht«, sagte sie. Als er nicht antwortete, sah sie von der Schriftrolle auf. Ihre Züge wirkten fahl. Die Farbe war Stunden, nachdem sie den Schwarzanzug abgelegt hatte, weder in ihr Gesicht noch in ihre Glieder zurückgekehrt. Sie schüttelte den Kopf. »Scheiße, vielleicht war es damals besser, als Seril hier war. Vor der Justiz, den Schwarzanzügen, all dem. Ich weiß es nicht. Wenn ich arbeite, bin ich die Justiz. Dann ist es vorbei, und alles, was bleibt, ist dieses Loch.« Sie verweilte in dieser Pause, schmeckte den Satz in ihrem Mund wie abgestandenen Atem. »Ich denke, du kennst das Gefühl jetzt.«

»Du hast davon gehört?«

»Die Justiz hat es mir gesagt. Sie dachte, ich sollte wissen, warum du mit einer Kunstwirkerin zusammenarbeitest.«

»Wissen das alle Schwarzanzüge?«

»Nein. Sie will das geheim halten. Die Leute werden in Panik geraten, wenn sie davon erfahren.«

»Und du tust das nicht?«

Sie schüttelte den Kopf. »Er war mehr dein Gott als meiner. Es tut mir leid.«

»Ich habe seinen Körper gesehen«, sagte Abelard schließlich. »Ausgebreitet vor der Dunkelheit. Tara zeigte ihn mir. Aber …«

»Was?«

»Es fehlte etwas.« Er schnippte Asche in eine Topfpflanze. »Keine Ahnung. Für dich muss es schlimmer sein. Die Teile von Kos, die mir wichtig waren, Hitze, Dampf, Flamme, Leidenschaft, die sterben nicht. Da ich ihn kannte und liebte, werde ich ihn immer noch in allem sehen, was ich liebe. Seril starb lange vor unserer Zeit. Du hast sie nie gekannt.«

»Justiz.«

»Wie bitte?«

»Ihr Name ist jetzt Justiz.« Cat rollte die Schriftrolle zusammen und hielt sie vor sich. Wäre sie ein Schwert gewesen, hätte sie auf dessen Spitze gestarrt. »Du hast recht. Das ist ganz und gar nicht dasselbe.«

»Cat …«

»Ich sagte, mach dir keine Gedanken darüber. Du hast deine eigenen Probleme. Du …« Etwas schnürte ihr den Hals zu.

Er näherte sich ihr langsam, als wäre sie ein in die Enge getriebenes und verwundetes Tier. Sie hatte sich, seit sie nicht länger Kinder waren und begannen, erwachsen zu werden, immer über die Grenzen ihres Körpers hinweg an Orte zurückziehen können, an die er nicht folgen konnte. Er wünschte sich, er könnte ihr in diesen Raum hinter ihrer Haut folgen.

Er hatte kein Geräusch gemacht, aber als er irgendeine unsichtbare Grenze um sie herum überschritt, hob sie den Kopf wie ein aufgeschreckter Vogel an der Tränke und fixierte ihn mit den fremden Augen eines Vogels. Er wollte etwas sagen.

Er wollte sicher nicht, dass Tara ihn von hinten mit einem »Hallo« unterbrach.

Er drehte sich um, aber nicht annähernd so schnell, wie Cat aufgestanden war.

Tara sah gut aus. Nein, nicht einfach nur gut oder so eingefallen, wie sie noch Stunden zuvor gewirkt hatte, sondern wirklich blendend. Ihre braune Haut hatte noch einen blassen Schimmer, aber ihre Augen waren hell. Sie trug eine dunkle Hose, ein dunkles Hemd und flache Schuhe und über dem Ensemble ein Krankenhaushemd mit Blumendruck, vorne offen.

»Schöner Mantel«, sagte Abelard. Sie sah ihn an und zog eine Augenbraue hoch.

Cat trat vor und nahm Haltung an. »Ma'am.«

Cats neu entdeckte Förmlichkeit ließ Tara kurz zögern, aber sie fuhr fort: »Ich danke Ihnen beiden, dass Sie mich hergebracht haben. Besonders Cat für …« Sie runzelte die Stirn. »Sie haben die Gargoyles verscheucht. Sie sind ein Schwarzanzug? Oder habe ich das geträumt?«

»Nein, Ma'am.« Sie neigte den Kopf mit einer scharfen, mechanischen Bewegung. »Lieutenant Catherine Elle, gebunden an den Dienst der Justiz.« Sie streckte die Schriftrolle aus. »Gestern sah Alt Coulumb seinen ersten Schwarm Steinmänner seit fast vierzig Jahren. Wir arbeiten daran, dass es der letzte sein wird.«

»Sie müssen nicht so förmlich sein.«

»Doch, das muss ich, Ma'am.« Cat tippte auf die Schriftrolle in ihrer linken Hand. »Ich wurde beauftragt, Sie zu beschützen. Wir können Sie nicht ungeschützt lassen, wenn Steinmänner in der Gegend sind.«

Tara spannte sich an. »Mich beschützen? Wovor?«

»Zum einen gegen die Steinmänner. Und gegen jede Gefahr, die Ihnen in unserer Stadt begegnen könnte.«

»Ich brauche keinen Schutz.«

»Ich habe meine Befehle.«

»Und wenn ich mich weigere?«

Sie blinzelte, langsam, nachdenklich. »Dies ist Alt Coulumb. Der Wille der Justiz ist oberstes Gebot.«

»Sollten sie nicht jemand anderen beauftragen? Sie haben eine persönliche Beziehung zu meinem Assistenten.« Sie deutete mit einem Nicken auf Abelard. »Nichts für ungut.«

»Ich kenne Abelard, seit ich ein kleines Mädchen war. Er wird mir nicht im Weg stehen. Außerdem glaube ich, dass Sie die individuellen Befugnisse von Justizbeamten überschätzen.«

»Individuelle Befugnisse. Sie meinen, freien Willen?«

»Äh.« Cat runzelte bei dieser Frage die Stirn. »Ja, Ma'am.«

»Interessant.« Taras Ausdruck blieb getrübt. »Willkommen im Team. Wir besprechen die Einzelheiten später, aber wir haben einen engen Zeitplan. Können Sie mich zu Kapitän Pelham führen?«

*

Taras Augen gewöhnten sich langsam an den dunklen Raum. Der Vampir lag ausgestreckt auf dem Bett, lang, schlank und nackt von der Taille aufwärts, die Laken um seine Hüften geschlungen, ein gefallener Mast, umgeben von verdrehten Segeln. Narben überzogen seinen Oberkörper, die er vor seinem Tod durch Schwert und Feuer erhalten hatte. Eine war eine lange, böse, schmale Brandwunde, die nicht von einer natürlichen Flamme verursacht worden war.

Seine Brust hob und senkte sich nicht.

»Dein Text«, sagte sie, »lautet: Danke, dass du mich gerettet hast.«

Er lachte. »So wie ich die Dinge sehe, sind wir quitt. Eine Rettung vor dem Ertrinken und eine vor, nun ja …« Seine roten Augen zuckten nach links, zu Abelard und Cat, die hinter ihr an der Wand standen. Sie hatte sie gewarnt, Abstand zu halten. Der Stress der letzten Nacht, kombiniert mit ihrer überstürzten mentalen Operation, hatte vielleicht Raz' Selbstbeherrschung geschadet. Das Blut einer Kunstwirkerin war für die meisten Vampire unattraktiv, so wie ein Schuss Franzbranntwein für die meisten Alkoholiker unattraktiv war. Ihres dagegen …

»Was ist das Letzte, woran du dich erinnerst?«

»Ich wollte einen Kunden treffen«, antwortete er. »Bezahlt werden.«

»Im Klub Xiltanda?«

Er zog die Augenbrauen hoch. »Xiltanda. Hm.«

»Ist das eine Überraschung?«

Es folgte eine Pause, etwa so lang wie ein Atemzug. Rhetorische Gewohnheiten ließen sich nur schwer ablegen. »Ich«, sagte er, »bin mit eigenartigen Kunden geschlagen. Es gibt nicht viele Inhaber von Geschäften meiner … Sorte. Kunden mit Bedürfnissen jenseits des Natürlichen ziehen die *Kell's Bounty* oft größeren und besser ausgestatteten Schiffen vor, weil sie wissen, dass wir ihre Ansprüche erfüllen und nur wenige Fragen stellen. Kannst du mir folgen?«

Tara nickte.

»Deshalb haben wir einen Ruf, der es schwer macht, normale Arbeit zu bekommen.« Er kniff die Augen zusammen. »Sieh mich nicht so an. Es ist ja nicht so, als hätte ich mir das ausgesucht.«

»Doch, das hast du«, stellte sie fest. »Die vampirische Infektion funktioniert nur, wenn man sie akzeptiert.«

»Besser das untote Leben als den Tod, wie deine Chefin sagte, als sie mich vor die Wahl stellte.« Seine Wut legte sich in ihrem Schweigen. »Ich schätze, du hast trotzdem recht. Ich habe die Wahl getroffen, auch wenn es mir damals nicht wie eine Wahl vorkam, und die Konsequenzen springen seitdem immer wieder aus meinem Kielwasser heraus. Wie Delfine.« Er machte eine wellenförmige Bewegung mit einer Hand und Tara sah drei Meter silberblaues Glitzern im Mondlicht über einem ruhigen Meer.

»Du wurdest von einem Kunstwirker angeheuert.«

»Ich wurde südlich von Iskar im nördlichen Gleb angeheuert, in einem Hafen, etwa dreißig Meilen von der Grenze zu König Uhrwerks Land entfernt. Ein Mann suchte mich auf. Vielleicht 1,80 m groß, mit hageren, blassen Gesichtszügen. Kurzer Schnurrbart, lange Nägel. Er bewegte sich wie eine Schlange. Mit einem weißen Haarschopf.« Er wackelte mit den Fingern in einem vagen Halbkreis um den Rand seiner Kopfhaut. »Er trug ein silbernes Scheitelkäppchen. Er …« Raz' Gesichtszüge verzogen sich verwirrt. »Er wollte, dass wir ein Paket abliefern. Eine

Truhe aus Magesterium-Holz, mit kleinen Silberrunen. Er sagte uns, wir sollten sie nach Osten bringen, zur Goldenen Horde …« Er runzelte die Stirn. »Nein. Nicht zur Horde. Wir lieferten sie nach Iskar. Ich weiß nicht mehr, welche Stadt.« Die Worte kamen erstickt heraus. Wäre er ein Mensch gewesen, hätte er Schweißperlen auf der Stirn gehabt.

»Als wir uns das erste Mal trafen, sagtest du, die *Bounty* wäre unterwegs nach Alt Coulumb von Iskar über Ashmere. Warum dort anhalten?«

»Wir benötigten Reparaturen, die schnell durchgeführt werden mussten. Das meiste am Schiff musste ersetzt werden. Verbrannte Segel und ein gebrochener Mast. Dämonische Narben am Rumpf, hundert kleine Löcher im Kiel. Es hätte Wochen gedauert, wenn es nicht eine gute Kunstwirkerin an den Docks gegeben hätte.«

»Ich dachte, Seeleute mögen es nicht, wenn Kunstwirkende ihre Schiffe anfassen.«

Raz bleckte seine Reißzähne. »Den Luxus eines solchen Aberglaubens hat mir deine Chefin schon vor langer Zeit geraubt.«

Tara überlegte sich ihre nächsten Worte sorgfältig. Raz war in einem heiklen mentalen Zustand. Hinter den Verdunklungsvorhängen drohte orangefarbenes Licht am Horizont. Der Morgen schwächte ihn, aber wenn sie zu schnell zu weit ging, könnte er durchdrehen. In seiner Wut könnte er den Raum durchqueren und ihr die Kehle herausreißen, bevor die Sonne ihn erwischte, ob er den Geschmack ihres Blutes mochte oder nicht.

»Raz, wann wurde dein Schiff beschädigt?«

Er sah sie an, als hätte sie Unsinn geredet. »In der Schlacht.«

»Welche Schlacht?«

»Mit der Schatzflotte der Iskari. Vor drei Tagen.«

Gut, sagte sie zu sich selbst. Stell dich noch eine Weile dumm. Stärke sein Selbstvertrauen. Er erzählt gerne Geschichten. Frag ihn nach einer. »Die Schatzflotte?«

Sein Grinsen wurde schelmisch. »Die Iskari haben noch Kolonien im Skeld-Archipel und auf Südkath. Diamantminen, Silber. Öl. Magesterium-Holz. Jedes Jahr bringt die Flotte Schätze nach Hause, in Schiffen, die so groß sind, dass man sie nicht mehr Schiffe nennen kann. Rümpfe aus mystischem Holz, von Kunstwirkenden bearbeitet und mit Silber und kaltem Eisen verstärkt. Stahlpanzer und Segel, die durch einen dämonischen Pakt konserviert wurden. Amulette und Schutzzauber beruhigen die Wellen um sie herum, sorgen für gute Winde und wenden Angriffe ab. Die Schatzflotte der Iskari.« Seine Stimme wurde verzückt lauter und senkte sich dann zu einem Seufzer. »Ein schöner Anblick an einem Morgen mit blauem Himmel. Unmöglich zu kapern.«

»Unmöglich?«, fragte sie und legte so viel Neugier in ihre Stimme, wie es nur ging.

»So sagte man.« Er drehte sich zum Fenster, sein Blick ging an den Vorhängen vorbei über die Stadt zum Meer. »Sie hatten recht, aber wir waren nah dran. Die Nacht verbarg unsere Schiffe vor feindlichen Augen und Flüchen. Der Kunstwirker rief tote Schiffe aus der Tiefe zu Hilfe, deren Besatzung aus schwerfälligen Monstern bestand, die einst Menschen gewesen waren. Ohne ihn wären wir an ihren Verteidigungsmaßnahmen gescheitert. Ohne uns wären seine plumpen toten Dinger zu langsam gewesen, um die Flotte abzuriegeln. Die Iskari riefen Seeschlangen, um unseren Rumpf zu beharken, und Blitze, um auf uns zu spucken, aber wir setzten den Angriff unvermindert fort, bis das Feuer kam.«

Diesen Teil kannte Tara. Das Feuer schlug kurz vor der Morgendämmerung Iskari-Zeit, also gegen zwei Uhr morgens in Alt Coulumb zu. Wände aus Flammen und wogende Dampfsäulen brachen aus dem plötzlich kochenden Ozean hervor, als der Admiral der Schatzflotte sich auf den Vertrag des Verteidigungsministeriums mit Kos dem Ewigbrennenden berief. Die Piraten zerstreuten sich, die toten Schiffe versanken wieder in den Wellen. Kos' Zorn versengte die *Kell's Bounty,* verbrannte ihre Segel, zertrümmerte ihren Mast und zerkratzte ihren Rumpf. Die Mannschaft versammelte sich an Deck und betete verzweifelt zu den Göttern, die sie womöglich erhören könnten – ein oder zwei Anhänger von Kos flehten um seine Gnade – bis das Feuer mit seinem Herrn starb.

»Die Schatzflotte entkam in den Flammen«, erklärte Raz. »Wir nahmen uns, was wir konnten, aus den Wracks der verbrannten Schiffe und machten uns auf den Weg nach Ashmere.«

»War das«, fragte sie wie ein Mädchen, das von einer fantastischen Gutenachtgeschichte gefesselt ist, »bevor oder nachdem du das Paket in Iskar abgeliefert hast?«

Die Frage brachte Raz aus dem Konzept. »Was?«

»Hast du das Paket vor oder nach der Schlacht abgeliefert?«

»Paket …« Er schüttelte den Kopf. »Welches Paket?«

»Das du auf Bitte des alten Kunstwirkers abliefern solltest. Hast du es abgeliefert und dann diesen Kampf geführt oder hast du den Kampf geführt und es dann abgeliefert?«

»Welche Schlacht? Wir haben die Truhe abgesetzt und sind direkt von Iskar nach Ashmere gefahren. Das war's.« Raz' Worte hingen in der Luft. Er hörte sie und verstand sie, und seine Miene verfinsterte sich. »Ich …« Seine Augen waren groß und rot. Er sah so aus, wie Tara selbst am Morgen zuvor ausgesehen haben musste, nach ihrem Sturz ins Meer und kurz vorm Ertrinken, bis er ihr das Seil zuwarf.

Sie setzte sich auf die Bettkante und legte ihre Hand auf seinen nackten Arm. Seine Haut war selbstverständlich kalt. »Du bist nicht verrückt. Du hast dich auf einen dummen Handel mit einem verzweifelten Mann eingelassen, oder vielleicht mit einer verzweifelten Frau, aber du bist nicht verrückt.«

»Was meinst du?«

»Als ich dich im Xiltanda fand, hat jemand versucht, deinen Geist auszubrennen. So etwas ist unglaublich schwer, selbst wenn man direkt neben einer Person steht. Um es aus der Ferne zu tun, muss er deine Erlaubnis gehabt haben.« Sie wartete auf eine Antwort von ihm, aber er sagte nichts. »Du hast einen Kunstwirker getroffen, der dein Fachwissen brauchte und Anonymität wollte. Er schlug einen Handel vor. Einen großen Teil des Schatzes für deine Erinnerungen an das Ereignis. Der Angriff schlug fehl, aber letzte Nacht hat diese Person ihren Teil der Abmachung trotzdem eingehalten. Sie versuchte, deinen Geist auszubrennen, und ich glaube nicht, dass es mit deinen Erinnerungen an den Angriff aufhören sollte.«

Seine Zunge schoss heraus, um Lippen zu befeuchten, die gar nicht mit Speichel befeuchtet werden mussten, den er ohnehin nicht mehr besaß. Eine weitere Angewohnheit. Tara fragte sich, wie viele kleine menschliche Eigenheiten in ihm überlebt hatten. »Ich erinnere mich an keinen Handel.«

»Das war wohl das Erste, was weggebrannt wurde. Es tut mir leid.«

»Ich erinnere mich an den Zauberer mit dem Scheitelkäppchen. Die Holztruhe aus Magesterium.«

»Raz«, sagte sie langsam, und wie sie hoffte, freundlich. »Erinnerungen sind Geschichten, die der Verstand sich selbst erzählt, basierend auf dem, was seiner Meinung nach passiert ist. Fällt dir irgendein Kunstwirker ein, den du kennst, der Scheitelkäppchen und Robe trägt? Man könnte genauso gut erwarten, dass ich in einem Totenkopf-Bikini herumstolpere. Die geheime Mission mit der mysteriösen Truhe ist direkt aus einer DeGassant-Abenteuerserie entsprungen. Als diese Erinnerungen aus dir herausgebrannt wurden, versuchte dein Verstand, die Lücken mit Erinnerungsfetzen der Geschichte zu überbrücken. Klischeehafte Krimibösewichte. Handlungen, die Tausende Leser gelangweilt haben. Sei froh, dass ich mich eingemischt habe. Der Geist ist furchtbar erfinderisch. Ein paar Minuten mehr, und es wäre unmöglich gewesen, dich davon zu überzeugen, dass es einen Unterschied zwischen deiner Geschichte und der Wahrheit gibt.«

Raz sackte zurück in das Kissen. »Werden diese Erinnerungen verschwinden?«

Lügen wäre zu einfach. »Nein.«

»Ah.«

»Wenn du vorsichtig und ehrlich zu dir selbst bist, wirst du rekonstruieren können, was du in jenen Tagen getan hast. Du wirst die andere Geschichte mit der Holzkiste nicht vergessen. Deine Erinnerungen werden dich ab und zu dorthin zurückführen und du wirst dich dabei ertappen, wie du dich an Dinge erinnerst, von denen du weißt, dass sie nicht real sind.«

Hinter den zugezogenen Vorhängen lugten die ersten verirrten Sonnenstrahlen durch die tiefen Häuserschluchten von Alt Coulumb. »Diese Stadt«, sagte er. »Nichts hier funktioniert jemals so wirklich für mich.«

»Du bist ein starker Kerl. Du kannst damit umgehen.« Sie ließ ihm einen Moment Zeit, bevor sie ihre letzte Frage stellte. »Erinnerst du dich an irgendetwas über die Person, die dich wirklich angeheuert hat?«

»Nein.«

»Danke, Captain Pelham.«

Sie wollte aufstehen, aber seine Hand legte sich wie eine eiserne Manschette um ihren Arm. Seine Nägel, scharf und hart wie Diamanten, gruben sich in ihre Haut. Wenn er ein wenig zudrückte, würde ihr Fleisch aufreißen. Sie zählte die Länge ihres Atems.

»Ich werde dir nicht wehtun«, sagte er. Das sagten Menschen oft, wenn sie einem trotzdem wehtun wollten, aber Tara glaubte ihm.

»Ich weiß.«

»Du scheinst ein gutes Mädchen zu sein, Tara.«

»Danke.«

»Willst du das wirklich?«

Sie wollte ihren Arm zurück. »Was meinst du?«

»Für eine große Firma arbeiten. Mir um Mitternacht auf einem Dach das Gehirn aufreißen. Willst du das wirklich?«

Auf diese Frage gab es viele Antworten, aber nur eine kam ihr in den Sinn. »Ja.«

Sein Griff lockerte sich. Ihr Arm war frei.

»Kannst du die Vorhänge vollständig schließen, bevor du gehst?«

»Sicher.«

10

Ein junger Mann mit hohlem Gesicht stand im Nordviertel im Schatten von Stahltürmen und den Gleisen einer Hochbahn. Er trug eine Jacke aus grobem orangefarbenem Stoff und hielt eine Laute in seinen dünnen Armen. Er zupfte eine Saite nach der anderen und stimmte sie auf die Töne, die in seinem Kopf widerhallten.

Die Fußgänger beachteten ihn nicht, die Reichen in ihren golddurchwirkten Gewändern oder eleganten Jacken, die müßigen Damen in Lagen aus Spitze, Baumwolle und Seide, die streng und dunkel gekleideten Arbeiter. Seine Finger schwebten ängstlich über dem Griffbrett der Laute, dann senkten sie sich.

Er klimperte und sang von einer Massenkarambolage auf der Sandesky Street im Nordviertel, sang von einem kritischen Tiefstand bei den Gerstenvorräten für drei Wochen, sang von der Ermordung einer dreiköpfigen Familie mit einem Messer in einem Mietshaus im Westviertel, von dem Mörder auf freiem Fuß und der Justiz auf der Jagd. Er sang ein Gerücht, das Schwarzanzüge durchsickern ließen, die zu viel getrunken hatten und deren Zungen gelockert waren: Die Steinmänner waren in die Stadt zurückgekehrt. Einmal mehr markierten ihre Krallen die unschuldigen Gebäude von Alt Coulumb. Die Justiz verdächtigte sie bereits eines Mordes, und die Bürger wurden gewarnt, wachsam zu sein, damit dieser Ausbruch nicht das Ende von vierzig Jahren Freiheit von ketzerischem Fanatismus bedeutete. Die Steinmänner konnten überall sein, als jeder verkleidet.

Letzteres stimmte zwar nicht ganz, aber es erregte Aufmerksamkeit und brachte dem jungen Ausrufer Trinkgeld ein. Die Bedenken seiner Berufsehre wurden von den Hungerkrämpfen seines nicht ganz so professionellen Magens beiseitegeschoben.

Auf der anderen Seite von Alt Coulumb sangen die Männer und Frauen der Ausrufergilde dieses Lied der Morgendämmerung, die Morgenausgabe, bis der Schweiß auf ihren Gesichtern klebte und die tiefen Abdrücke der Lautensaiten ihre schwieligen Finger verunstalteten.

Ein Schweißtropfen rollte ins Auge des jungen Ausrufers und er blinzelte. Als er die Augen wieder öffnete, sah die Welt noch genauso aus wie vorher.

Wäre er aufmerksamer gewesen, hätte er einen Neuankömmling bemerkt, einen Mann, der ihn von der anderen Straßenseite her durch das wogende Gewirr aus Fußgängern, Fuhrwerken und Kutschen beobachtete. Eine Mähne aus dunklem Haar und ein buschiger brauner Bart umrahmten sein Gesicht; seine Schultern waren breit und seine Augen rund. Er trug eine Tweedjacke und seine Hände steckten tief in den Taschen seiner wollenen Bundfaltenhose. Sein kantiger Mund hatte ein zustimmendes Lächeln eingefangen und gab es nicht wieder her, egal, wie sehr er sich abmühte.

Der Mann in der Tweedjacke hörte sich das Lied an. Der Ausrufer erwähnte weder Kos noch den Tod von Göttern. Ein kluger Analyst könnte den endlosen Thaumaturgieteil analysieren *(»Denn Alphan Holdings steiget im Preise/Zwei und ein Viertel auf vier und sechs Zehntel/Und Lester McLuhan und Söhne sinkt leise …«)* und ein Zucken auf dem Energiemarkt feststellen, aber die Sicherheit der Kirche blieb gewahrt. Die hervorstechenden Fakten von Kos' Tod blieben unbekannt.

Gut. Sobald diese Nachricht durchsickerte, würde Chaos in der Stadt herrschen, und Chaos war schlecht fürs Geschäft.

Alexander Denovo zog seine Taschenuhr heraus. Sie schimmerte silbern auf der harten, rissigen Haut seiner stumpfen Finger. Seine Familie besaß viele Uhren, aber diese hier hatte er schon früh in seinem Studium der Kunst in stundenlanger Arbeit mit filigranen Werkzeugen selbst gebaut, und er schwelgte in der exquisiten Vorhersagbarkeit ihrer Uhrwerkbewegung. Im Inneren des schlanken Gehäuses drehten sich Zahnräder, und auf dem Zifferblatt waren wiederum viele kleine Ziffernblätter, einige mit den üblichen Zahlen, andere mit mystischen Siegeln und wieder einige mit Mondphasen. Eins trug jeden Buchstaben des Alphabets. Kleine Knöpfe und Tasten rundeten den oberen Rand ab.

Es war beinahe Zeit fürs Gericht.

Er fischte eine Silbermünze aus seiner Jackentasche, überquerte die Straße und warf sie in die Schale zu Füßen des Ausrufers. Der junge Mann senkte den Kopf zum Dank und sang weiter. Als er hochsah, war Denovo verschwunden.

*

»Die Iskari haben also Kos ermordet«, sagte Cat, während sie Tara und Abelard rückwärtsgehend durch die Gänge der Krankenstation führte.

Abelard schüttelte den Kopf. »Das ist keine kriminalistische Untersuchung.«

»Ist es nicht? Jemand ist tot.«

Er sah sie an, als habe sie eine Obszönität angedeutet.

»Du hast gesagt, die Iskari konnten grundsätzlich immer auf Kos' Macht zugreifen. Er hatte keine Wahl, ob er sie ihnen gibt oder nicht, richtig? Selbst wenn die Iskari ihn nicht selbst ermordet haben, könnte jemand diesen Angriff auf die Schatzflotte geplant haben, um ihn zu töten.«

Abelard sah Tara um Unterstützung heischend an, aber sie zögerte. Tara traute Cat so gut wie gar nicht, und der Justiz traute sie schon überhaupt nicht, egal, wie sehr sie ihre Unparteilichkeit beteuerte. Cat war zum Teil hier, um sie zu beschützen, daran hatte Tara keinen Zweifel, aber auch, um zu beobachten und Bericht zu erstatten. Alles, was sie ihr sagte, sagte sie auch der Justiz. Andererseits, je mehr Tara erzählte, desto weniger würde die Justiz vermuten, dass sie etwas verbarg. »Das ist eine interessante Idee«, sagte sie schließlich, »aber die Schatzflotte ist ein ergiebiges Ziel, und dies könnte einfach ein Fall von schlechtem Timing sein.

Jeder, der den Pakt als Waffe einsetzen wollte, musste zunächst einmal davon wissen. Die Kirche hält ihre Archive heilig, und das iskarische Verteidigungsministerium ist ein blutrünstiger Kult, der sein Wissen nicht mit Außenstehenden teilt. Außerdem verletzte der Iskari-Vertrag Kos nur, weil er bereits wenig Macht besaß, was nicht einmal die Kirche gewusst zu haben scheint. Wenn es ein Mord war, ist unser Mörder absurd gut informiert.«

Abelard, der im Laufe des Gesprächs immer unruhiger geworden war, hielt inne und riss die Hände hoch. »Könnten wir bitte nicht über Gott reden, als wäre er eine Leiche auf dem Boden?«

Beide Frauen richteten seltsame Blicke auf ihn. Er senkte seine Arme, blieb aber trotzig.

»Es muss eine Verbindung geben«, fuhr Cat fort.

Tara runzelte die Stirn. »Es gibt zu viele Teile in diesem Rätsel. Wir haben einen Mord, ein versuchtes Attentat, einen göttlichen Tod und einen Fall von Piraterie, der mit einem der oben genannten Fälle in Verbindung stehen könnte oder auch nicht.«

»Auftragsmord?«, fragte Cat.

Tara verfluchte sich im Stillen dafür, dass ihr das entfallen war. »Jemand hat versucht, meine Chefin und mich zu töten, als wir gestern nach Alt Coulumb flogen. Außerhalb des Zuständigkeitsbereichs der Stadt.«

»Das hätten Sie melden müssen.«

»Ich hatte viel zu tun. Ich will damit sagen, dass es so viele Rätsel gibt, dass es schwer ist, den Überblick zu behalten.«

»Vergessen Sie nicht die Wächter«, unterbrach Abelard ungeduldig.

»Die Steinmänner. Scheiße.« Cat sah aus, als würde sie gleich vor Ekel spucken. »Sie sind die Krähen vor dem Sturm. Sie brauchen keinen Vorwand, um dorthin zu gehen, wo sie nicht erwünscht sind.«

»Es fällt mir schwer zu glauben, dass sie nicht irgendwie darin verwickelt sind«, sagte Tara, »wenn man bedenkt, dass sie zum ersten Mal seit vierzig Jahren mitten in diesem Chaos aufgetaucht sind.«

»Sie werden vom Unheil angezogen.«

Sie erreichten eine Abzweigung und Tara blieb stehen. »Moment. Wohin gehen wir?«

Abelard sah von einem Flur zum anderen. »Ich dachte, Sie wüssten es.«

Sie verdrehte die Augen. »Ich muss zum Gericht. Weiß jemand, wie man auf die Straße kommt?«

*

Die Kutsche, die sie riefen, war ein winziger führerloser Zweisitzer. Cat kannte einen schnellen Weg zum Gerichtsgebäude und saß vorn, um das Pferd zu lenken, sodass Abelard mit Tara hinten saß.

Das war kein Zufall. Die erste Kutsche, die sie mitnehmen wollte, war groß genug für vier Personen gewesen, aber ihr rechtes Rad blockierte auf der Achse und der Zweisitzer war schneller am Bordstein. Tara hatte dem Besitzer der ersten Kutsche gegenüber ein schlechtes Gewissen, aber sie wollte mit Abelard unter vier Augen sprechen, und das war der einfachste Weg, es zu arrangieren.

»Meinen Sie, Cat hat recht?«, fragte er, als sie einen Blick zurückwarf, um die Kunst zu lösen, mit der sie das Rad der ersten Kutsche blockiert hatte.

»Womit?«

Er beobachtete die Passanten vor ihrem Fenster, die schwarze, blaue und graue Geschäftskleidung trugen, bis auf das gelegentliche Aufblitzen eines Ausrufers in Orange. »Sie glaubt, Gott wurde ermordet.«

»Cat ist eine Polizistin. Sie kennt eine Sache und damit kennt sie sich gut aus. Es gibt Probleme mit der Mordtheorie, wie ich schon sagte.«

»Aber es ist möglich.«

»Ja«, gab sie zu, anstatt zu lügen.

Er verfiel in stummes Grübeln. Sie formulierte eine Frage in ihrem Kopf, aber bevor sie den Mund öffnete, sprach er wieder. »Was hat Sie in diesen Geschäftszweig gebracht?«

»Was wollen Sie damit sagen?«

Er wirkte verletzt und sie lenkte ein.

»Entschuldigung. Ich bin müde. Ich hätte Sie nicht anfahren sollen.« Die aufgegangene Sonne hing unsichtbar hinter tief hängenden Wolken. Wolkenkratzer verschmolzen mit dem Dunst.

»Ich habe darüber nachgedacht, was Sie zu dem V… zu Kapitän Pelham gesagt haben.«

»Vampir«, korrigierte sie. »Sie können es sagen.«

»Vorhin. Über Ihre Optionen. Ich kann mir nicht vorstellen, mit dem Leben, das Sie führen, glücklich zu sein.«

»Normalerweise ist es nicht so hektisch.« Was keine Antwort war. Ihre Kutsche bewegte sich langsam durch den Verkehr. Sie erinnerte sich an lange Strecken auf leeren Feldwegen, die sich durch die Felder von Edgemont schlängelten. »Ich komme vom Land. Meine Eltern waren Lehrer, meine Freunde Bauern. Ich wollte mehr.« Es war eine Frage, die sie sich an den Verborgenen Schulen schon hundertmal gestellt und beantwortet hatte: Wer bist du und warum bist du hier? Keine der Antworten, die sie sich damals gegeben hatte, schien jetzt richtig zu sein. »Und hier bin ich.«

»Das ist eine seltsame Art von mehr. Nekromantie. Schwarze Künste.«

»Das war einer der Gründe, warum ich mich entschied, die Kunst zu studieren. Sie war anders als alles, was ich kannte. Ich dachte, was auch immer ich von diesem Leben bekomme, es wird nicht das sein, was ich in Edgemont gehabt hätte.«

Im Alter von sechs Jahren hatte Tara zum ersten Mal die Kluft zwischen ihrer Familie – Flüchtlingen, die während der Kriege nach Westen geflohen waren – und den einheimischen Clans von Edgemont erkannt, die tief mit ihrem Land verwurzelt waren. Sie erinnerte sich, dass sie als Kind das Bedürfnis gehabt hatte, ihren Mitschülern etwas zu beweisen. Welches Recht hatten sie, auf ihre Familie herabzublicken, weil sie nicht aus ihrer Bilderbuchstadt stammte? Aber diese Erinnerung war wahrscheinlich falsch. Als sie sechs Jahre alt war, empfand sie vermutlich nur Verwirrung: Warum mögen ihre Eltern meine nicht? Warum mögen sie mich nicht?

Abelard antwortete nicht, und sie ergriff die Gelegenheit, das Thema zu wechseln. »Was ist mit Cat? Warum gibt sie ihr halbes Leben der Justiz hin?«

»Ich weiß es nicht.« Er schnippte die Zigarettenasche aus dem Fenster. »Wir sind in der gleichen Straße aufgewachsen. Ein einfaches Viertel, arm genug, dass sich die Leute dort abmühten, die Illusion aufrechtzuerhalten, sie seien nicht arm. Cat wollte der Stadt dienen, aber auf eine andere Art als ich. Zahnräder, Riemenscheiben, Kolben, die Theologie interessierten sie nicht, egal, wie sehr ich es versuchte. Sie sah, wie Menschen verletzt wurden, und andere Menschen, die die Verletzungen verursachten, und dachte, sie könnte durch die Justiz etwas verändern.«

»Bewirkt die Justiz etwas?«

Er warf ihr einen merkwürdigen Blick zu. »Das müssten Sie doch wissen. Ihre Chefin hat geholfen, sie zu erschaffen.«

»Miss Kevarian spricht eigentlich nicht über ihren letzten Besuch in Alt Coulumb.« Deshalb hatte sie sich die Mühe gemacht, mit ihm allein zu sein. »Ich hoffte, Sie könnten mir eine Geschichtsstunde geben.«

»Worüber?«

»Seril. Justiz. Die Gargoyles. Sie gehören zusammen, nicht wahr?«

Abelards Gesicht wirkte dünner als am Morgen zuvor, als ob etwas in ihm Fleisch, Fett und Muskeln wegschmelzen würde. »Sie gehören zusammen«, sagte er.

»Erzählen Sie es mir.«

Er wand sich, aber ihr Schweigen war unerbittlich, und schließlich ergab er sich in sein Schicksal. »Seril war Nacht und Mond und Fels, kalt und stolz und unantastbar. Vielleicht war das der Grund, warum Kos sie liebte. Sie verbrannte nicht.«

»Kos hat sie geliebt?« Das hatte Tara nicht gewusst. Ein Götterpaar, das gemeinsam herrschte, der eine am Tag, die andere in der Nacht, der eine schuf, die andere ordnete. Liebesbande zwischen Gegensätzen waren mächtig, stabil und doch dynamisch. Kein Wunder, dass Alt Coulumb so lange bestand und so groß geworden war.

»Sie liebten sich«, räumte Abelard ein. »Aber die Götterkriege waren für Seril wie ein Dammbruch. Sie eilte mit ihren Priestern und Soldaten an die Front.«

»Mit der alten Stadtwache, vor den Schwarzanzügen.«

Abelard warf ihr einen Seitenblick zu, unsicher, was er als Nächstes sagen sollte. Als hätte er Angst, sie würde ihn auf die Probe stellen.

Ein Dutzend bisher unvereinbarer Fakten ergab plötzlich einen Sinn. »Die Gargoyles.« Sie konnte einen Anflug von Schock nicht aus ihrer Stimme verbannen. Wie dumm. Warum hatte sie das nicht bereits geahnt?

»Die Wächter von Seril. Die Göttin erschuf sie. Mondlicht und Nachtluft sanken in den Stein und der Stein erwachte zum Leben.« Abelard war bei dem Gedanken sichtlich unwohl. »Ich war noch nicht geboren und kannte sie nicht, aber mein Vater kannte sie und mein Großvater. Es heißt, die Wächter streiften in kleinen Gruppen über die Dächer, markierten ihr Territorium mit ihren Krallen und schrieben Gedichte an Seril, die nur aus der Luft zu verstehen waren. Sie jagten in der Nacht. Wenn ein Verbrechen geschah, stürzten sie sich mit ausgefahrenen Krallen herab. Kriminelle fürchteten sie, weil sie unerbittlich waren. Sie hatten keine Familien, keine Freunde, also konnte man sie nicht bedrohen. Damals war die Stadt noch sicherer. Die Schwarzanzüge mögen effektiv sein, aber die Wächter waren furchterregend.«

»Was geschah dann?«

»Als Seril in den Krieg zog, folgten sie ihr. Ein paar blieben in Alt Coulumb. Nicht genug, um den Frieden zu wahren. Zumindest nicht genug, um den Frieden, äh, auf friedliche Weise zu wahren.«

»Es gab Todesfälle«, sagte sie.

»Ja.« Er sah sie nicht an. »Ich meine, es gab immer Todesfälle, aber zu dem Zeitpunkt waren es mehr. Kriminelle, meistens.«

»Und ein paar Kunstwirkende.«

Er sah hoch. »Ich dachte, Sie wüssten es nicht.«

Es war nicht schwer zu erraten. Die Götterkriege waren keine angenehme Zeit für Kunstwirkende auf der ganzen Welt gewesen. An einem Tag warst du ein einfacher Thaumaturg, der sich unbedarft in Dinge einmischte, die der Mensch nicht verstehen sollte. Am nächsten Tag erklärte eine Gruppe von Wesen, die so alt waren wie die Menschheit und über Legionen von Anhängern verfügten, »deinesgleichen« den Krieg, und Nachbarn, die dich einst für einen harmlosen Exzentriker mit einer Vorliebe für mystische Siegel hielten, sahen in dir einen Affront gegen die Schöpfung.

All die üblichen Dinge waren geschehen. Unruhen, Pogrome, Lynchmobs. Viele der Opfer waren gar keine Kunstwirkenden gewesen, sondern Mathematiker und Philosophen, Anatomen und Chemiker sowie Gelehrte der alten Sprachen. Universitäten auf der ganzen Welt wurden niedergerissen. Wahre Kunstwirkende schützten, was und wen sie konnten, vor den Unruhen, schirmten die Gelehrten mit ihrer Macht ab, rissen Türme, Bibliotheken und große Kathedralen von der Erde und entführten sie in die Tiefen des Himmels; mit der Zeit sammelten sich diese gestohlenen Gebäude und wuchsen zu den Verborgenen Schulen und den anderen großen Akademien zusammen. Aber es waren zu viele gewesen, um sie zu retten. Die Großen, Mächtigen und Zornigen, wie Ambrose Kelethras und Belladonna Albrecht, kämpften an der Front gegen die Götter, während weltweit ihre weniger militanten und vertrauensvolleren Brüder ermordet wurden und dem Wahnsinn der Massen zum Opfer fielen.

Es war eine gefährliche Ära für diejenigen, die ihren Verstand benutzten.

Jetzt war nicht der richtige Zeitpunkt, um irgendetwas davon auszusprechen, also zuckte sie mit den Schultern und sagte: »Es ist passiert.« Und: »Seril starb an der Front.«

»Sie starb im Kampf. Die Wächter in Alt Coulumb wurden verrückt vor Angst, Wut und Trauer. Sie witterten überall Rebellion. Großvater sagt, dass die Stadt mit sich selbst in den Krieg zog. Die meisten Gebäude, die heute unversehrt dastehen, wurden in dem Kampf niedergerissen und von Grund auf neu aufgebaut. Schwerter können keinen Stein schneiden, also verteidigten wir uns mit Hämmern. Die Priester riefen das Feuer von Kos auf die Kinder von Seril herab. Die alten Geistlichen sagen, Gott weinte.« Abelard sah sie nicht an und sie konnte seinen Tonfall nicht deuten. »Als der Rest der Wächter aus dem Krieg zurückkehrte, griffen sie die Stadtmauern an, und wir stießen sie zurück. Es war eine schlimme Zeit.« Er brach ab. »Haben Sie jemals einen wütenden Gargoyle gesehen?«

»Nein«, sagte sie und dachte darüber nach, was der hübsche junge Mann, der in ihrer Handtasche gefangen war, mit ihr machen würde, wenn – falls – er von ihrem Bann befreit würde. Es war kein angenehmer Gedanke. In seiner ursprünglichen Gestalt war er groß und flink gewesen, seine Krallen scharf.

»Ich auch nicht«, gestand Abelard. »Sie griffen die Stadt immer wieder aus den Wäldern heraus an und wurden jedes Mal zurückgedrängt. Es war ein langer, harter Kampf. Die Leute begannen zu glauben, dass Serils Kinder die ganze Zeit Monster gewesen waren. Ich persönlich glaube, die Kardinäle waren erleichtert. Sie misstrauten Seril und ihren Getreuen. Sie war, so meinten sie, zu dunkel, zu stark, zu sehr in die alte Stadt verliebt, um in die helle Welt zu gehören, der sich Alt Coulumb anschließen wollte. Wir machten aus ihrer Göttin die Justiz und statt der Wächter schufen wir die Schwarzanzüge. Als die Schwarzanzüge zum ersten Mal in die Schlacht zogen, flohen die Wächter in den Wald und wurden nie wieder gesehen.« Die Kutsche fuhr über eine harte Bodenwelle. Abelard hielt sich an einer Seite des Wagens fest. »Bis gestern Abend.«

»Und Cat«, tastete sie sich vorsichtig vor, »hasst die Gargoyles, weil sie die Stadt verraten haben, die sie zu schützen versucht?«

»Mag sein. Manchmal denke ich, sie hasst sie, weil sie eine Göttin hatten und sie nicht.«

Die Kutsche ruckte erneut, doch diesmal kam sie zum Stehen.

*

»Gerichtshof« war der falsche Name für dieses Gebäude. Gerichtshof suggerierte Adel, Distanz, einen höflichen Abstand von der Welt. An Alt Coulumbs Drittem Kunstgerichtshof gab es nichts Nobles oder Distanziertes oder Höfliches. Er war nicht von dieser Welt abgerückt, sondern bewohnte eine vollkommen andere.

Er war eine hoch aufragende schwarze Pyramide, deren Spitze sich in tief hängenden Wolken verlor. Runen bedeckten ihre Oberfläche, dicht wie Kreuzschraffuren, unsichtbar für das ungeübte Auge, aber in Taras Geist brannten sie sich ein. Dieses Gebäude verzerrte die Welt um sich herum, reinigte sie, machte sie real. Das Stadtbild in der Nähe des Pyramidenrandes wölbte sich von konkav bis konvex wie in einem Zauberspiegel. Tara rutschte das Herz in die Hose. Abelard und Cat hingegen wirkten unbeeindruckt.

»Sieht das nicht seltsam für Sie aus?«

Abelard sagte nichts. Cat schüttelte den Kopf. »Na ja, der Kunstgerichtshof hatte schon immer etwas Merkwürdiges an sich, aber …«

»Wie viele Seiten hat er?« fragte Tara.

»Vier«, antwortete Cat selbstsicher.

»Fünf«, sagte Abelard im gleichen Moment mit der gleichen Selbstsicherheit. Sie wechselten einen kurzen, frustrierten Blick.

»Also schön.« Tara straffte die Schultern und schritt voran.

Es gab keine Tür an der Vorderseite der Pyramide, aber als sie sich dem schwarzen Stein näherten, flossen die Runen und ordneten sich zu einem vertrauten Muster neu an. Der Anfang einer möglichen Übersetzung lautete: »Indem Sie diese Barriere durchqueren, verpflichten Sie sich, all jenen, die sich im Inneren befinden, keinen Schaden durch Kunst oder Klinge zu-

zufügen. Die Definition von ›Schaden‹ beinhaltet, ist aber nicht beschränkt auf Tod, Körperverletzung, Verletzung des Willens oder des Gedächtnisses, Verletzung der Fähigkeit, die Interessen des Mandanten zu verfolgen, höhere Gewalt und alle anderen Formen von Schaden. ›Kunst‹ bedeutet …« und so weiter – eine langwierige Liste von Definitionen und Sonderfällen. Der Standardvertrag war voller Schlupflöcher und Ausnahmen, hielt aber meistens stand – ein kleines Wunder, über das Tara froh war. Es würde heute auch ohne außerplanmäßige Gewalt vor dem Richter hoch hergehen.

Sie ging durch die Runen und den Stein, auf den diese gedruckt waren, und der Vertrag legte sich auf ihre Haut wie ein altes Spinnennetz. Ihre Begleiter folgten ihr zunächst nicht, wahrscheinlich abgeschreckt von der Aussicht, in etwas hineinzugehen, das ihnen wie eine nichtssagende Wand erschien. Abelards Loyalität – oder vielleicht auch seine Neugier – gewann die Oberhand, und er trat nach Tara ein, wobei er sich über das Gesicht strich, als der Vertrag sich festsetzte. Cat folgte einen Moment später.

»Es wirkt von innen kleiner«, stellte Abelard fest.

Sie standen in einem langen und schmalen Flur, der gut beleuchtet und mit einem tiefroten Teppich ausgelegt war. Die Wände waren mit Ebereschenholz getäfelt. Weder links noch rechts gab es Türen, und Tara wusste, dass sie bei einem Blick nach hinten keinen Eingang sehen würde, sondern nur die vier Kanten von Wand, Decke und Boden, die sich fortsetzten, bis die Perspektive sie zu einem Punkt zusammenführte. In einiger Entfernung vor ihnen befand sich eine Tür aus Holz und Rauchglas. Als sie sich näherten, las sie krakelige Buchstaben in schwarzer Schrift darauf: KOREL-RAUM.

»Das«, sagte Cat in gedämpftem Flüsterton, »sieht nicht aus wie ein Gericht, in dem ich schon mal war.«

»Was denn«, schoss Abelard zurück, »haben die sonst keine verschwindenden Wände und endlosen Gänge?«

»Und normalerweise gibt es mehr als einen Gerichtssaal in einem Gebäude.«

»Es gibt mehr als einen Gerichtssaal«, erwiderte Tara. »Der Flur führt uns nur dorthin, wo wir hinmüssen.«

»Aus Gründen der Privatsphäre?«, wagte Cat zu fragen.

»Privatsphäre und Sicherheit.«

»Ihre?«

»Unsere. Die Kunstgerichtshöfe sind gefährlich, wenn man nicht dazugehört.«

»Das tun wir doch, oder?«

Anstatt auf die Frage zu antworten, öffnete Tara die Tür.

Der Gerichtssaal hatte mehr als hundert Meter Durchmesser, war kreisförmig und hatte schwarze Wände. Geisterhaftes Licht leuchtete aus Juwelen, die in die gewölbte Ebenholzdecke eingelassen waren. Ein gewaltiger Kunstkreis war mit Säure in den Boden geätzt worden und die Säurefurchen waren mit Silber gefüllt. Innerhalb des silbernen Kreisbogens, am anderen Ende des Raums, ragte das leere Podium des Richters auf.

In der Nähe des Eingangs stand eine Reihe von Bänken, auf denen ihr Publikum saß: ein dicklicher, bärtiger Mann in der orangefarbenen Jacke eines Ausrufers, ein paar ältere Kunstwirker, die aus Neugierde gekommen waren, und eine Studentin mit Ringen unter den Augen, die nervös auf die leeren Bänke um sie herum blickte und hoffte, dass noch mehr Leute kommen würden, damit sie unbemerkt eindösen konnte.

Tara hatte Mitleid mit dem Mädchen. Heute würde es keine eifrigen Massen geben. Morgen, nachdem sich die Gerüchte über Kos' Tod verbreitet hatten, würde sich eine bessere Gelegenheit für ein Nickerchen bieten. Die Kammer würde dann so überfüllt sein, dass niemand eine Jugendliche bemerken würde, die sich etwas Schlaf gönnte.

Kardinal Gustave saß an einem niedrigen Tisch links von dem silbernen Kreis. Miss Kevarian stand neben ihm, ihr Gesicht glich einer professionellen Maske. Sie zwirbelte einen trockenen Federkiel zwischen ihren Fingern. Eine Gruppe von Kirchenmitarbeitern stand hinter dem Kardinal, mit dem Rücken an die gebogene Wand der Kammer gepresst. Ihre Mienen brachten unterschiedliche Gefühle zum Ausdruck, aber die meisten waren zu einem gewissen Grad verängstigt.

Keiner der Vertragsinhaber mit Ansprüchen gegen Kos den Ewigbrennenden war persönlich erschienen, was nicht verwunderlich war, wenn man bedachte, dass es sich um Todlose Könige und weitere Götter handelte. Sie würden in den kommenden Wochen Abgesandte schicken, um die Verhandlungen zu beobachten, aber im Moment waren sie nur im Geiste anwesend, genauer gesagt in der Luft über dem Schreibtisch rechts im Kreis, an dem Alexander Denovo allein in seiner Tweedjacke saß. Seine Aufmerksamkeit war auf eine vergilbte Schriftrolle gerichtet und er schien Taras Ankunft nicht zu bemerken.

Da sie ihm zum ersten Mal seit ihrem Abschluss begegnete, hatte sie erwartet, mehr zu spüren: Mundtrockenheit, Wut, die wie ein Feuer in ihrer Brust flackerte, ein saurer Geschmack hinten in ihrer Kehle, der helle, violette Puls der Angst hinter ihren Augäpfeln. Doch als sie ihn sah, fühlte sie sich einfach nur tot.

Tot. Auf Luftströmen treibend, zur Weltspalte hinabstürzend, blutig und zerschrammt, gebrochen, mit schmerzendem Geist. Sein Lachen hallte in ihrer Seele wider.

»Tara?« Abelards Stimme. *Konzentriere dich.*

»Was?«

»Sie haben einen Moment lang komisch ausgesehen.«

»Komisch?«

»Beinahe ängstlich.«

»Nicht ängstlich.« Sie war sich nicht sicher, was sie fühlte, aber es war keine Angst. Angst war Schwäche, und wenn sie schwach gewesen wäre, wäre sie schon vor langer Zeit gestorben. »Aber fast.«

»Kennen Sie den Kerl?« Er deutete auf Denovo, aber sie schlug ihm den Arm weg. »Was?«, fragte er und hielt sich sein Handgelenk.

»Es ist unhöflich, mit dem Finger auf jemanden zu zeigen.«

Sie schob sich an Abelard vorbei zu Miss Kevarian, die ihre Anwesenheit mit einem Nicken quittierte, während sie ihr Gespräch mit dem Kardinal fortsetzte. »Was auch immer sonst geschieht, Sie müssen zuversichtlich sein. Verlieren Sie keinen Moment lang den Glauben. Jede Schwäche kann bei einer solchen Auseinandersetzung gegen Sie verwendet werden.« Der Kardinal nickte mit strenger Miene und Miss Kevarian wandte sich von ihm zu Tara. »Sie haben eine weitere Freundin gewonnen.«

»Cat ist eine Dienerin der Justiz.« Sie deutete auf die andere Frau, ohne sich umzudrehen. »Mein Wachhund. Sie soll mich davor bewahren, in Schwierigkeiten zu geraten.«

»Tja.« Irgendetwas an der Art, wie Miss Kevarian dieses Wort aussprach, betont und lang gezogen, ließ Tara einen Blick zurückwerfen, um sicherzugehen, dass Cat noch da war. »Sie wird bald alle Hände voll zu tun haben.«

»Wie meinen Sie das?«

Sie zog einen auf dem Tisch ausgebreiteten Kodex zurate. »Denovo wird mit der Eingabe beginnen, unsere Verteidigungsverträge mit Iskar seien fahrlässig gewesen und wurden in dem Wissen geschlossen, dass sie zu Kos' Tod führen könnten.«

»Logisch.« Es gab zwei oder drei akzeptable erste Schritte in einem komplexen Kunstfall wie diesem, aber alle beinhalteten das Einreißen der Mauern, die den toten Körper des göttlichen Mandanten vor Veränderungen schützten. An Denovos Stelle hätte Tara vielleicht selbst den Iskari-Vertrag als ersten Punkt gewählt. Warum ging Miss Kevarian noch einmal die Grundlagen durch? »Ausnahmsweise wird die Wahrheit als Gegenargument funktionieren. Der Iskari-Pakt war zu klein, um Kos unter allen bei der Ausarbeitung vorhersehbaren Bedingungen töten zu können. Der Fehler lag bei was auch immer Kos seine Macht entzogen hat, nicht in dem Pakt der Kirche mit Iskar.«

»Gut.« Miss Kevarian kritzelte eine scharfe schwarze Linie aus Tinte über die cremefarbene Schriftrolle. »Dann sollten Sie keine Probleme haben, das innerhalb des Kreises aufrechtzuhalten.«

»Das ist nicht Ihr Ernst.« Der Stein unter Taras Füßen fühlte sich schwammig an, instabil, von Panik durchtränkt.

»Das wird eine gute Lernerfahrung sein und eine ausgezeichnete Chance, Ihren Wert für die Firma zu demonstrieren. Erscheint Ihnen eines dieser Ziele aus irgendeinem Grund, der mir entgeht, erheiternd?«

»Sie können nicht …« Tara wollte sich abstützen, aber der Tisch bewegte sich immer wieder, wenn sie versuchte, ihre Hände darauf zu legen. Sie konzentrierte sich auf ihren Atem. »Ich habe angenommen, dass ich mehr Vorbereitungszeit bekommen würde, Chefin.«

»Sie wissen doch, was man über Annahmen sagt, Miss Abernathy.«

Bevor Tara antworten konnte, durchbrach ein Donnergrollen die Stille des dunklen Steinsaals, und ein schwarzer Schwall verdunkelte das Licht. Als es vorbei war, stand ein Mann auf dem Podium des Richters. Er wäre groß gewesen, wenn er sich gerade hingestellt hätte. Sein Rücken war nach vorn gebeugt wie die Klinge einer Sichel, und seine fahle Haut schien sich jeden Moment ablösen und das Fleisch und die Knochen darunter enthüllen zu wollen. »Ich bin Richter Cathbad, Sohn von Norbad«, verkündete er mit einer Stimme, die tief und klangvoll genug war, um Stein zu erschüttern. »Ich rufe vom Chaos zur Ordnung. Ich bin Zeuge für die Wahrheiten und Unwahrheiten von Kos dem Ewigbrennenden und seinen Gläubigern. Die Rechtsbeistände mögen näher treten.«

Nachdem er die Grußformel vollendet hatte, schoss ein Strom aus blauem Feuer von seinem Podest an den in den Boden eingelassenen silbernen Linien entlang, verfing sich dort und brannte.

Tara sah Miss Kevarian an, damit sie ihr ein Gefühl der Sicherheit vermittelte, fand aber in ihren Augen nur stille Erwartung.

Als Tara in den Schulen für diesen Moment geübt hatte, hatte sie Tage, Wochen damit verbracht, sich jede Facette der vor ihr liegenden Fälle einzuprägen. Dafür war jetzt keine Zeit mehr. Vielleicht später, nachdem die ersten Herausforderungen überwunden waren.

Entweder das, dachte sie, oder es geht zurück nach Edgemont.

Sie straffte sich und trat über die Linie der blauen Flamme.

II

Die Sommer in der Heimat begannen heiß und wurden immer heißer. Die Sonne verbrannte die Felder zu blassgelbem totem Lehm und Dampf sammelte sich in den Lungen der schuftenden Bauern. Jedes Kind, das seine täglichen Pflichten durchstand, sehnte sich danach, die Aufgaben zu erledigen und mit fuchtelnden Armen zum Steinbruch zu rennen.

Der Steinbruch war nie groß gewesen, aber für kurze Zeit zu Beginn des letzten Jahrhunderts lieferte er Felsen für Edgemonts Häuser und Zäune. Nachdem er jahrzehntelang brachgelegen hatte, waren Sprengstoffe und Ausrüstung verschwunden. Nur die scharfe Felswand war übrig geblieben, die sechs Meter tief in ein Becken mit kaltem, trübem Wasser abfiel, das aus unbekannten Spalten in der Erde sickerte. Ein unternehmungslustiger Priester hatte vor einer Generation einen Gebetspavillon am Rand der höchsten Klippe errichtet. Dieser war aber in den letzten Jahren nur noch selten genutzt worden, außer von den Kindern, die von der Kanzel über den Rand des Steinbruchs sprangen, schreiend durch die schwüle Luft in die Tiefe stürzten, mit lautem Platschen die Oberfläche des Sees durchbrachen und in der kühlen Dunkelheit versanken.

Jedes Mal, wenn Tara als Mädchen diesen Sprung wagte, spürte sie einen Moment der Panik, wenn sich das Wasser um sie schloss und dessen Kälte, die Kälte des Bauchs der Welt, ihr gegen die Brust schlug, ihre Muskeln versengte und ihr Gehirn erschütterte. Wenn man nicht aufpasste und den Mund in dem verzweifelten Versuch öffnete, nach Luft zu schnappen, griff die Kälte durch die Kehle hindurch nach dem Herz und hielt es mit festem Druck an.

Sie spürte dieselbe Kälte, als sie die Linie der blauen Flamme im Dritten Kunstgerichtshof überschritt – Tausende Kilometer von Edgemont entfernt. Die Umstände waren jedoch anders. In Edgemont musste sie nur darauf warten, dass der See seinen Mund öffnete und sie hinaus in Luft und Licht und Wärme spuckte. Heute würde sie sich ihre Erleichterung verdienen müssen.

Die Welt jenseits der Ränder des Kreises verblasste. Die Diamanten im schwarzen Baldachin darüber waren Sterne. Der Baldachin selbst war die unendliche Weite des Raums. Das Publikum existierte nicht mehr. Abelard, Cat, der Kardinal, alle waren Staubkörnchen, unbedeutend in der Leere.

Sie spürte immer noch die Blicke von Miss Kevarian auf sich gerichtet, obwohl sie sich das vielleicht nur einbildete.

Drei Menschen waren im Universum noch übrig. Tara. Der Richter, der durch einen Trick der Kreiskunst riesig geworden war, verdreht und finster, mit leuchtenden Augen strahlend in der Weite. Und Alexander Denovo, der ohne mit der Wimper zu zucken in den Kreis schritt, denn natürlich war die Kälte keine Bedrohung für ihn, den Veteranen aus tausend Schlachten im Tweed-Sakko, dessen weißes Hemd hell war wie der wolkenlose Mitternachtsmond. Professor.

»Tara«, sagte er. »Es ist schön, Sie wiederzusehen.«

Seine Stimme brachte sie fast um den Verstand. Sie war genau so, wie sie sie aus der Schule in Erinnerung hatte, lässig, vertraut, höflich. Nicht arrogant, denn Arroganz bedeutete, dass man seine Überlegenheit unter Beweis stellen musste. Denovos Stimme setzte diese Überlegenheit voraus.

»Professor«, sagte sie schließlich. »Schön, dass Sie sich uns in der realen Welt angeschlossen haben.«

»Tara.« Er steckte seine Daumen durch die Gürtelschlaufen, ein Bild eines Landhandwerkers. Das war alles, was es war, ein Bild. Denovo mochte es, einfach zu wirken, andere mit der Maske des Bauerntrampels zu entwaffnen und dann zuzuschlagen, sobald er sie in dem falschen Gefühl seiner Höflichkeit eingelullt hatte. »Ich dachte, Sie hätten inzwischen begriffen, dass eine Welt so gut ist wie die andere. Die Schulen reichen überallhin, und überall reicht in sie hinein.« Selbst sein Grinsen war lässig. Sie spürte, wie sich ihr Rücken versteifte. »Wie geht's der Familie? Immer noch in dieser kleinen Stadt – Edgewood? Borderhill?«

Er brauchte sie nicht, um ihm den Namen zu sagen. Sie wollte ihm den Hals umdrehen, weil er ihre Familie erwähnt hatte. »Was haben Sie ihnen angetan?«

»Nichts!« Er lachte. »Ich stelle nur einer alten Schülerin eine freundliche Frage. Einer alten Schülerin, die meine freundliche Unterweisung mit Blut und Feuer vergolten hat.« Sein Ton war vollkommen weltmännisch.

»Sind Sie nicht wenigstens überrascht, mich lebend zu sehen?«

»Sie haben die Regeln gebrochen, liebe Tara, und Sie wurden bestraft, aber ich war zuversichtlich, dass Sie überleben würden. Haben Sie die Freiheit gefunden, die Sie so schätzten, wenn Sie für Kelethras, Albrecht und Ao arbeiten, eine der größten Partnerschaften der Welt? Sind Sie wirklich Ihre eigene Frau?«

»Mehr, als ich es in Ihrem Labor war«, sagte sie. »Wollen Sie Ihren Fall vortragen oder den ganzen Tag fachsimpeln?«

»Gewiss.« Denovo verbeugte sich, wandte sich an den Richter und hob eine Hand. »Euer Ehren, Kos der Ewigbrennende ist tot.«

Die silberblaue Flamme toste um ihn herum und übertönte das Keuchen des unsichtbaren Publikums. Der Richter wusste es bereits, da er an diesem Morgen die Gerichtsakte gelesen hatte, doch sogar seine sternhellen Augen weiteten sich.

Tara hob ihre rechte Hand. »Euer Ehren, die Kirche von Kos verkündet das Gleiche. Kos ist tot, und wir kommen, um ihm das Leben zu schenken.«

Große Kunsträder drehten sich in den Wänden der Kammer um sie herum. Zahnräder schliffen an Zahnräder und verborgene silberne Nadeln ritzten automatisch heilige Namen in Schutz- und Beschwörungskreise. Abelard hatte recht gehabt. Die Räume des Gerichtshofs waren kleiner, als es die Unermesslichkeit der schwarzen Pyramide vermuten ließ. Der größte Teil des zusätzlichen Platzes war mit den Maschinen vollgestopft, die zur Unterstützung der Menschen benötigt wurden, die es wagten, sich in die Angelegenheiten der Götter einzumischen.

Der Richter warf seinen Kopf in den Nacken, und ein stacheliger Haken aus blau-weißem Licht schwang aus der Dunkelheit, um ihn auf seinem Podium aufzuspießen. Jeder Muskel wurde starr, als die Kunst seinen Körper und seinen Geist durchdrang. Er war nicht mehr er selbst, sondern eine Schnittstelle zwischen Tara, Denovo und dem Dritten Kunstgerichtshof.

Tara spürte, wie der Herzschlag der Welt schwächer wurde und verblasste, als die Maschinen und die Magie um sie herum die Hintergrundenergie des Universums zurückdrängten, das subtile Flattern der Schmetterlingsflügel, das alle unerfahrenen Kunstwirkenden spüren konnten. Es war unheimlich, berauschend. Sie hatte einen festen Standpunkt und konnte von hier aus die Welt aus den Angeln heben.

»Ich rufe«, fuhr sie fort, »die Kräfte der Sterne und der Erde an. Ich rufe die geballte göttliche Einheit an und ich rufe den Glauben des Volks von Alt Coulumb an. Kos ist ehrlich und unverschuldet gestorben, und er wird nicht im Tod dahinsiechen, sondern seinem Volk weiterhin dienen. Ich beschwöre den ersten, dritten und siebten Schutz, um dafür zu sorgen, dass sein Körper vor Raub und Verwesung sicher ist, während wir unsere Arbeit tun.« In kleineren Fällen, wie bei ihren Pro-bono-Zombies in Edgemont, hätte sie diesen Teil stillschweigend und im Bruchteil einer Sekunde erledigt. Dieser Fall war größer und viel heikler. Sie musste vorsichtig und explizit sein, damit sie nicht zu schnell zu weit ging und sich selbst schutzlos auslieferte.

Als Nächstes sprach Denovo. »Die Dame ruft nach dem Schutz der Welt, der Menschen und der Götter, um ihren Mandanten zu schützen. Meine Mandanten bestreiten ihre Behauptung, dass Kos ehrlich und ohne eigenes Verschulden gestorben ist. Ich werde nachweisen, dass sich die Kirche von Kos tatsächlich an Verträge gebunden hat, die den Untergang ihres Gönners herbeiführten, insbesondere an Verteidigungspakte mit dem Pantheon von

Iskar. Wir können uns nicht auf die derzeitige Kirchenbürokratie verlassen, um einen funktionierenden Gott zu erhalten.«

»Zur Kenntnis genommen.« Der Mund des Richters öffnete sich nicht, aber seine Stimme hallte von den Kammerwänden wider.

Tara nahm einen tiefen Atemzug. »Die Iskari-Pakte, auf die sich Mr Denovo bezieht, wurden in voller Kenntnis ihrer möglichen Konsequenzen geschlossen. Die Kirche hat zu Recht festgestellt, dass sie Kos keinen langfristigen Schaden zufügen können.«

Die Flammen auf ihrer Seite des Raums tanzten.

Der Richter betrachtete das Feuergeflecht auf dem Boden des Gerichtssaals mit blinden Augen. »Mr Denovo trägt vor.«

Denovo sah Tara direkt an. Sie sah, was unter seinem angenehmen, selbstsicheren Äußeren lauerte: ein Netz aus Dornen in der Gestalt eines Mannes, ein Ding, das er wie einen Anzug trug. Er rief seine Kunst an.

Der Raum um sie herum wurde aufgeladen mit Linien aus Sternenfeuer, ein Wandteppich, der in unendlicher Vielfalt um und durch sich selbst gewebt war. Die Zeit war seine Kette und der Raum sein Schuss. Sein Wille, kühl und glatt wie Schlangenhaut, drängte sich gegen den ihren, und sie sah die Welt, wie er sie sah oder wie er sie sehen wollte: ein Netzwerk aus Draht und Rädern.

Seine Kunst durchbrach den Grundstein der Realität. Die Welt bebte, zitterte und bekam Risse. Dann standen sie nicht mehr im Gerichtssaal, sondern im leeren Raum, mehrere hundert Meter über dem kilometerweit ausgebreiteten Leichnam von Kos, der durchbohrt war von Verträgen, die ihn an Götter, Regierungen, Todlose Könige und an die Bürokratie seiner kämpferischen Kirche banden. Er lag im Zentrum einer Sternenkugel, die mit nichts vergleichbar war, das von der Erde aus zu sehen war. Im Tod strahlte er etwas aus, das Licht ähnelte, aber intensiver und tiefgründiger war.

In den Archiven hatte Taras Vision des Gottes sie mit Ehrfurcht erfüllt, aber diese Vision war nur eine Annäherung an das unter ihnen liegende Wesen. Dies war die Realität oder zumindest so nah an der Realität, wie ihr noch größtenteils sterbliches Gehirn es erfassen konnte, ohne in eine Million Glasscherben zu zerspringen.

Ihr gegenüber stand Alexander Denovo, der nicht mehr die Rolle des Landhandwerkers spielte. Seine Gestalt war länger geworden und Stacheln lugten durch seine Haut. Seine Pupillen waren ganz weiß wie das Weiß in der Mitte eines Schmiedefeuers, wie das Weiß von geschmolzenem Metall. Er streckte seine Arme über die Leere aus, und Feuer entsprang unter ihm, das wie ein Strom aus leuchtenden Krallen herabregnete, um den Körper des Gotts zu zerfleischen.

*

Der Raum wurde bis auf die Umrisse des mystischen Kreises schwarz. Abelards Augen passten sich schnell an, da er daran gewöhnt war, sich in den schlecht beleuchteten Tiefen des Heizraums im Allerheiligsten zu bewegen, und so wurde er fast blind, als ein Blitz die Dunkelheit ohne Vorwarnung durchbrach. Tara und der gegnerische Kunstwirker erhoben sich umhüllt von Feuerzungen in die Luft, ihre Körper starr. In dem Knistern und Blitzen glaubte er, Taras Skelett durch ihre Haut hindurchzusehen.

»Was zur Hölle«, sagte Cat neben ihm. Sie war eine monochrome Statue, die ab und zu vom grellen Licht des Kreises angestrahlt wurde. »Was machen die da?«

»Ich dachte, du wärst schon mal bei Gericht gewesen«, zischte Abelard zurück.

»Ich war schon in einem normalen Gericht. Wo sie Zeugen haben und Beweise und, du weißt schon, Licht.«

»Es gibt Licht«, stellte er fest.

»Licht, sagte ich. Nicht Blitze.«

Während er das donnernde Aufeinandertreffen beobachtete, bemerkte er etwas anderes Beunruhigendes.

»Sie atmet nicht.«

»Sie tut was?«

»Tara. Sie atmet nicht.«

Cat hielt eine Hand hoch, um ihre Augen abzuschirmen. »Schwer zu erkennen.«

»Man kann ihr Skelett sehen«, betonte er. »Wenn es funkelt. Ihre Brust bewegt sich nicht.«

»Klar, dass *du* ihr auf die Brust schaust.«

»Novize Abelard.« Lady Kevarian hatte von ihrem Platz zu seiner Linken gesprochen. In der Dunkelheit durchflutete das Leuchten der Blitze ihre Haut.

»Ja, Ma'am?«

»Das hier kann eine Weile dauern. Sie werden hier keine Hilfe sein. Nehmen Sie Ihre Freundin mit und setzen Sie sich zum Rest des Publikums.«

»Sollten wir nicht bleiben, um Tara zu unterstützen?«

Sie wandte sich von dem Geschehen im Kreis ab und sah ihn an. Ihr Gesicht war glatt, uralt und unversöhnlich wie ein vom Wasser verwitterter Fels. Er warf einen Blick zurück auf Tara, die im Kreis schwebte, und es kam ihm in den Sinn, dass das, was Kardinal Gustave für ihn bei Technik und Theologie war, Lady Kevarian für Tara bei der Kunst war.

Abelard berührte Cats Schulter. »Wir sollten uns einen Platz suchen.«

Kardinal Gustave beobachtete, wie sie gingen. Sein Blick folgte der tanzenden Glutspitze von Abelards Zigarette und richtete sich dann wieder auf die Szene im Kreis.

Miss Kevarian sah alles.

*

Das Feuer senkte sich in Richtung seines Ziels und Tara zog ihr Messer aus der Glyphe über ihrem Herzen. Es schimmerte und ihre physische Form löste sich auf. Sie wurde zu einer Kreatur aus Schatten und Sternenlicht und wand ihren Willen um Denovos Feuer, beruhigend, erstickend.

Sie kannte sein Ziel aufgrund der Form seiner Kunst. Er versuchte, die durch den Iskari-Pakt geschmiedete Leitung aufzubrechen und zu beweisen, dass genug Kraft durch sie fließen konnte, um Kos zu zerstören; selbst dann, wenn der Gott im Vollbesitz seiner Kraft war. Er lag falsch, aber das bedeutete nicht, dass er scheitern würde. Wahrheit und Lüge waren flexibel, und Denovo war ein abgebrühter Krieger. Er würde den Vertrag verzerren, verdrehen, ihn auf eine Weise durchbrechen, die die ursprünglichen Verfasser nie beabsichtigt hatten. Wenn er fertig war, würde es keine Rolle mehr spielen, dass die Iskari nie mehr entzogen hatten, als sie ausdrücklich ausgehandelt hatten, oder dass keine der Parteien jemals geglaubt hatte, ihr Vertrag sei für eine derartige Ausbeutung anfällig.

Es sei denn, Tara hielt ihn auf. Sie stürzte sich hinab auf Kos' gebirgsartigen Leichnam und schwebte über der klaffenden Grube, wo der Iskari-Pakt mit dem Gott verbunden war. Ihr Ziel war es, den Pakt gegen die Verzerrung aufrechtzuerhalten, so wie Kos es zu Lebzeiten getan hätte, und dies zu bewerkstelligen, ohne selbst vernichtet zu werden.

Denovos erstickte Flamme stemmte sich in ihrem Geist gegen ihren Willen. Sie hatte einmal von Würmern gelesen, die ihre Eier unter der menschlichen Haut ablegten, Larven, die mit einer Kost aus Blut und lebendem Fleisch heranwuchsen. Er würde dasselbe tun, wenn sie es zuließ – ihre Kraft verzehren und sie zu seinen Zwecken verdrehen.

Sie ließ sein Feuer entflammen und er schlug erneut damit zu, in einem engen, kontrollierten Strom aus hungrigem, sondierendem Licht. Da sie innerhalb des Iskari-Pakts stand, konnte sie dessen Struktur zu ihrer Verteidigung ausnutzen. Sie atmete aus und weckte den schlafenden Vertrag um sich herum. Denovos Angriff zerbrach an einer unsichtbaren Wand.

So weit, so gut.

Ranken aus Licht senkten sich vom schwarzen Himmel herab und schlangen sich um den Pakt. Tara durchschnitt sie mit ihrem Messer und flog in einer engen Spirale aufwärts, aber an ihren

Schnittstellen wuchsen die Ranken wieder zusammen. Eine solche Kunst hatte sie noch nie gesehen. Mit jedem ihrer vergeblichen Schnitte zogen sich die Ranken um die Mauer des Pakts zusammen und verwoben sich miteinander zu einem erdrückenden Gitter.

Nein. Sie sah erneut hin und erkannte ihren Fehler. Nicht erdrückend. Die Ranken waren eigentlich auch nicht miteinander verwoben. Vielmehr schlängelten sie sich durch winzige Löcher in den Pakt und verbanden ihn mit Denovos Geist. Die beiden waren eins. Sie sah zu, wie sich das Geflecht langsam auszudehnen begann.

Tara unterdrückte einen Schrei in ihrer Kehle. Sie befand sich innerhalb des Pakts; ihr Wille verlieh ihm Macht. Ohne sich dessen bewusst zu sein, hatte sie Denovo in ihren Schutzbereich gelassen. Wenn er zog, wenn er dehnte, war es ihr Geist, an dem er zog, ihre Seele, die er dehnte.

Es tat weh. Nicht so schlimm wie damals, als sie von den Schulen hinuntergeworfen worden war, aber schlimm genug. Ihre Augen weiteten sich vor Schmerz, ihr Schatten wurde von karminrotem Licht durchleuchtet.

*

Die erste Stunde lang machte es Spaß, das Lichtspiel zu beobachten. Ein- oder zweimal glaubte Abelard, sich wiederholende Muster im Tanz der Blitze zu erkennen, aber die Form des Konflikts blieb ihm ein Rätsel. Er wusste nicht einmal, wer die Nase vorn hatte.

»Glaubst du, Tara hat Spaß?«, fragte Cat gelangweilt.

»Sieht nicht so aus«, antwortete er. Ihr Gesicht war eine schmerzverzerrte Grimasse.

»Sie hat nie viel Spaß. Das merkt man schon, wenn man sie ansieht.«

»Sie versucht, Lord Kos zu helfen.« Warum fühlte er sich in die Defensive gedrängt? »Auch wenn sie nicht an ihn glaubt. Erweise ihr ein wenig Respekt.«

Zwischen Tara und dem kleinen, bärtigen Mann – Denovo – brach ein heftiger, leuchtender Funke hervor.

»Tut mir leid.«

»Schon in Ordnung. Ich … Es war eine lange Woche.« Er stieß Rauch aus und inhalierte dann noch mehr davon. Die Zigarette war fast bis auf den Filter heruntergebrannt. Er suchte in seinem Gewand nach seiner Schachtel. »Kos, und, na ja.« Alles, um das Thema zu wechseln. »Wie ist es dir in letzter Zeit ergangen?«

Sie antwortete nicht. Während er auf die Packung tippte, dachte er an die Frau neben ihm, seine Kindheitsfreundin. Wie sie in den Nächten durch enge Straßen jagte, um ihre Sucht zu befriedigen. Er hielt die Spitze seiner neuen Zigarette an die Glut der alten und inhalierte, wobei er die Flamme von der einen zur anderen weitergab.

»Du wirst schon drüber wegkommen«, sagte sie.

Er wollte antworten, dass sie nicht wusste, wie es war, ohne einen Gott zu leben. Dass sie nicht wusste, wie es war, nichts zu spüren, wo Wärme, Gemeinschaft und Liebe sein sollten. Was von Kos in der Welt in der Form von Sonnenlicht, Herdfeuer und Herrlichkeit noch widerhallte, war ein schwacher Trost für den Schmerz seiner Abwesenheit. Doch sie wusste es natürlich. Das war es, was es bedeutete, ein Schwarzanzug zu sein. Die ganze Verantwortung eines göttlichen Dieners, aber keine Freude.

»Immerhin scheint wenigstens ihre Chefin entspannt zu sein«, stellte Cat fest.

Abelard hätte das Wort »entspannt« nicht benutzt. Lady Kevarian wirkte teilnahmslos. Ab und zu kritzelte sie eine Notiz auf die Schriftrolle vor ihr. »Ihre Chefin macht das schon länger als Tara.«

»Ja?«

»Sie war hier, als Seril starb.«

Cat spannte sich neben ihm an und zog sich in sich zurück. Er legte seine Hand auf ihren Handrücken, während Tara in der brennenden Dunkelheit hing. Sie entzog sich ihm nicht.

*

Denovo war fast nicht wiederzuerkennen, seine Gesichtszüge waren eine schwarze Maske mit alabasterfarbenen Augenschlitzen. Er berührte die bebende Barriere zwischen ihnen, die die Verschmelzung ihrer Kunst und seiner eigenen war. Es war wie die Berührung einer Rasierklinge auf ihrer Haut. »Tara.« Seine Stimme hatte sich nicht verändert. »Es ist schon lange her.«

Lass dich nicht von ihm ablenken, sagte sie sich. Halte durch.

»Sie machen das gut«, sagte er. »Ihre Verteidigung ist präzise und Sie haben Talent. Wenn Sie nicht von der Schule geflogen wären, hätten wir eine echte Kunstwirkerin aus Ihnen machen können. Jemanden, vor dem die Welt in Furcht erzittern würde.« Er wanderte desinteressiert um den Rand des sich ausdehnenden Pakts herum, übte hier Druck aus und lockerte ihn dort. Sein Messer glänzte silbern in seiner Hand, wenn er Taras Abwehr dort aufschlitzte, wo sie seine Ranken bedrohte. »Sie haben eine frustrierende Tendenz, die falschen Entscheidungen zu treffen.«

»Wie die Entscheidung, gegen Sie zu kämpfen?« Die Worte kamen vor Anstrengung erstickt heraus. Irgendwo schwitzte ihre körperliche Form.

»Das ist eine davon«, gab er zu. »Aber nur eine.«

Die Ranken, die sich durch ihren Geist gewoben hatten, begannen zu brennen.

Sie hatte einen Angriff erwartet und ihre Sinne dagegen abgestumpft, aber der Schmerz durchzuckte sie trotzdem. Er war schnell. *Zu* schnell. Die Kunst bewegte sich mit der Geschwindigkeit der Gedanken, und es gab eine Grenze dafür, wie schnell ein Mensch denken konnte. Denovo griff ihre Verteidigung von allen Seiten an, ungeniert, aber ohne sichtbare Anstrengung. Es war unmöglich, dass er die Kunst so schnell spinnen konnte, es sei denn …

»Sie haben sie noch«, sagte sie. »Ihr … Labor.«

Er neigte den Kopf zur Seite, als wäre er schockiert, dass sie dies als Offenbarung empfand. »Meine liebe Tara, haben Sie geglaubt, Ihr Wutanfall in der Schule hätte irgendeinen Einfluss auf meine Pläne? Sie haben mein Labor verbrannt, aber nicht meine

Schüler. Vertrauen Sie nicht auf Dinge, sondern auf Männer. Und Frauen«, ergänzte er. »Ich habe mein Vertrauen einst in Sie gesetzt, Tara.«

In dieser Aussage steckte bis auf eine einfache Redewendung keine Kunst, aber sie hatte dennoch das Gefühl, sich übergeben zu müssen.

Jetzt, da sie wusste, wo sie hinschauen musste, sah sie die Nähte in den Ranken der Kunst, die sich um den Iskari-Pakt schlangen. Einige trugen Denovos charakteristischen Stil, glatt und poliert und voller Glanz. Einige waren grobe Lehrlingsarbeit, und andere waren mit einer unfehlbaren, eintönigen Präzision gefertigt, die der protzige Professor nie erreichen konnte. Er bediente sich anderer Kunstwirkender. In seinem Labor in den Verborgenen Schulen saßen hundert Studenten in pflichtbewusster Trance, deren Kunst von seinem Geist zu seinen Zielen gelenkt wurde.

Es funktionierte. Das war das Schrecklichste daran. Tara konnte es nicht mit Denovo und seinen hundert Schülern aufnehmen. Niemand konnte das. Jede Macht, die sie gegen sie einsetzte, wurde von einem von ihnen durchschaut und gekontert. Sie wurde von jedem ihrer Schläge wie von dem Hohlzahn einer Schlange durchbohrt, der Gift durch ihre Adern fließen ließ. Sie kämpfte nicht gegen einen Geist, sondern gegen eine Vielzahl.

Ihre Zuversicht war erschüttert, und Denovo nutzte die Gelegenheit, um sie zu einer weiteren Verteidigungslücke zu zwingen. Etwas von seinem Licht sickerte durch die gewölbten Wände des Iskari-Pakts.

Sie konnte nicht gegen Denovos gesamtes Labor kämpfen. Aber seinen tyrannischen, manipulierenden Verstand, den konnte sie bekämpfen.

Meilenweit entfernt ruhte ihr getrocknetes Blut auf dem Boden der Eisenschale im Kirchenarchiv. Gut, es war zu schwarzer Asche geworden und seine Potenz war fast aufgebraucht, aber es bildete immer noch ein Band zwischen ihr und diesen Stapeln von Schriftrollen. Ihre Aufmerksamkeit teilte sich und noch mehr von dem Pakt fiel Denovo zu. Dann stieß Tara einen Ruf mit Sternenlicht und Blut aus und beschwor die endlosen Zahlen herauf, die auf den Schriftrollen von Kos' Heiligtum geschrieben standen.

Denovo wollte beweisen, dass der Iskari-Vertrag fahrlässig war, also gab sie ihm die Iskari-Vertragsdaten, aber ohne die komplizierte Visualisierungskunst, die es ihr erlaubt hatte, alles zu verstehen, ohne verrückt zu werden. Endlose Tabellen mit Zahlen, die in rostroter Tinte geschriebenen waren, drangen in Denovos Kopf ein, ein Meer von Papier, für dessen Entzifferung ein Team aus Kunstwirkenden Jahre brauchen würde.

Denovos schattenhafte Augen wurden leer, und seine Geistform versteifte sich, als eine Flutwelle von Daten von ihrem Geist zu seinem hinüberströmte. Überschwemmung. Zwar konnten weder er noch seine Schüler die Flut verstehen, doch sie konnten sie genauso wenig ignorieren, denn die Gefahr bestand, dass sie eine Falle oder Kriegslist enthielt. Denovos Kunst wurde für eine Sekunde starr. Mehr brauchte es nicht. Tara durchschnitt die goldenen Ranken und dieses Mal heilten sie nicht. Sie schlug mit ihrem Messer wieder und wieder zu, wobei die Klinge mit jedem Schlag schärfer wurde. Denovo versuchte sie aufzuhalten, aber sie war zu schnell. Sie war frei. Sie lachte und flog.

Die Welt brach um sie herum mit einem Geräusch wie knisternder Zunder auf.

*

Die Gesetze der Physik setzten sich in einem Wirrwarr wieder zusammen. Sie besaß wieder Gewicht und eine dreidimensionale, physische Ausdehnung. Die Zeit verging schnell, dann verlangsamte sie sich, während sich ihr Geist an die Enge ihres Körpers anpasste. Es war ein angenehmes Gefühl, als würde sie ihre Füße in ein Paar alte, abgenutzte Stiefel stecken, die jahrelang vergessen im Schrank gelegen hatten.

In den Weiten der Vorgeschichte entwickelten sich Geist und Fleisch, um sich gegenseitig zu ergänzen. Kunst konnte die Seele transportieren, um auf merkwürdigen Ebenen oberhalb der Leichen toter Götter Krieg zu führen, aber letztendlich gab es nur wenige Orte, die angenehmer waren als der Sack aus tanzendem Fleisch und Knochen, der ein lebender Körper war. Hier war es wärmer.

Tara torkelte auf ihren flachen Schuhen, ihre Augen brannten von der schummrigen Beleuchtung am Gerichtshof, und sie wünschte sich nichts mehr als einen Eistee und vielleicht einen Nachmittag, um irgendwo auf einer Veranda zu sitzen und den Sonnenuntergang zu beobachten.

Der Richter beobachtete, und sie konnte nicht zulassen, dass sie stürzte. Professor Denovo stand neben ihr, und natürlich besaß er nicht den Anstand, mehr als verwirrt auszusehen. Sein Haar war zumindest zerzaust und in seinem Gesicht lag ein Hauch von Anspannung.

Taras Rücken und die Rückseiten ihrer Beine fühlten sich steif an. Wie lange hatte ihr Kampf in Echtzeit gedauert?

»Sir«, sagte Denovo mit einer Verbeugung vor dem Richter. »Ich bitte um eine Pause, um die neuen Informationen zu prüfen, die Miss Abernathy geliefert hat. Werden Sie uns erlauben, morgen wieder zusammenzukommen?«

»Gewiss.«

Als sie Denovos Vorschlag hörte, spürte sie einen Kloß im Magen. Das war vernünftig. Sie hatte ihm tatsächlich gewissermaßen Informationen gegeben, und er war verpflichtet, sie zu überprüfen.

»Wir sehen uns morgen wieder«, sagte der Richter. »Komme Feuer und Regen, komme Eis und das Ende der Welt. Das Gericht vertagt sich.«

Als er das letzte Wort aussprach, lösten sich die Haken der Kunst von seinem Fleisch, und die Flamme im Kreis erlosch. Der Richter sackte kraftlos zusammen, die Hände tasteten nach Halt. Anwesende traten herbei, um den Mann zu stützen (und er war wieder ein Mann, nicht das Sprachrohr der Maschine, so wie Tara wieder eine Frau war und Denovo wieder … was auch immer er war) und ihn sanft vom Podium zu führen. Er ging zuckend und stöhnend davon.

War Richter Cabot am Ende seiner Karriere genauso gewesen? Gebrochen, zu sehr mit der Dunkelheit befleckt, um gut zu leben? Würde Tara in zwanzig Jahren genauso sein, oder in vierzig?

Denovo streckte seine Hand für den üblichen Händedruck aus, aber sie kehrte ihm den Rücken zu und taumelte davon.

»Gut gemacht«, sagte Miss Kevarian, die am Rand des Kreises auf Tara wartete.

Tara überquerte die Linie und sank in die vertraute Unbeständigkeit des Normalen wie in ein heißes Bad. Das Gefühl, so wunderbar es auch war, verbesserte ihre Stimmung nicht. »Ich habe ihm«, antwortete sie mit wütendem Kopfschütteln, »genau das gegeben, was er wollte. Ich habe ihm das Kirchenarchiv überlassen, um einen kleinen Punkt zu gewinnen. Ich bin so eine Idiotin.« Sie sah sich im Gerichtssaal nach Abelard und Cat um und bemerkte, dass sie durch das Publikum auf sie zusteuerten.

Denovo hatte den Kreis ebenfalls verlassen und sammelte seine Papiere ein. Miss Kevarian beugte sich vor, ihre Stimme war leise. »Wir hätten ihm diese Information früher oder später gegeben. Jetzt hat er sie – unerwarteterweise, denkt er. Er wird hoffen, dass Sie ihm mehr gegeben haben, als Sie beabsichtigten. Er wird es selbst analysieren, anstatt uns um Hilfe zu bitten, damit wir nicht wissen, wie viel er hat. Sie haben gewonnen, für den Moment. Genießen Sie den Sieg.«

Tara versuchte es, aber der Siegesrausch wollte sich nicht einstellen. Der Boden unter ihren Füßen fühlte sich unsicher an. »Das wird ihn nicht lange zurückwerfen. Er hat sein Labor wiederaufgebaut. Sie werden die Visualisierungskunst von Grund auf rekonstruieren.«

»Das Labor.« Miss Kevarians Gesichtsausdruck verfinsterte sich. »Sie haben doch nicht erwartet, dass Sie es endgültig zerstört haben, oder?«

»Die Hoffnung stirbt zuletzt.« Tara zog eine Grimasse. »Ich

dachte, ich war gründlich genug, dass er länger braucht, um sich zu erholen.«

Miss Kevarian sah aus, als wolle sie antworten, aber dann war Abelard da, streckte die Hände aus, gratulierte Tara und stellte viele Fragen. Sie hatten keine Privatsphäre mehr.

Auf der anderen Seite des Kreises sah Denovo von seiner Aktentasche zu Tara auf. Seine Augen in der realen Welt waren Teergruben. Sie war einmal in ihnen ertrunken.

Er wollte, dass sie wieder in ihnen ertrank.

Doch sie wandte sich ab, um Abelards Fragen zu beantworten.

12

Nachdem Tara, Abelard und Cat den Gerichtssaal verlassen hatten, blieben die Zuschauer zurück und diskutierten in gedämpften, fieberhaften Tönen über das Geschehen. Sie hatten nicht viel von der Schlacht verstanden, da sie mit Kunst von solcher Größenordnung nicht vertraut waren, aber eines wussten sie: Kos war tot.

Die Studentin beobachtete den silbernen Kreis, sagte aber nichts. Sie hatte ihre trüben Augen beim ersten Blitz aufgerissen und war in den Stunden, in denen Tara gegen Denovo kämpfte, nach vorn gerutscht, bis sie auf ihrer Stuhlkante saß. Sie zitterte mit der Energie einer Person, die etwas Schönes gesehen hatte, der aber die Worte fehlten, es zu beschreiben.

Die, dachte Miss Kevarian, wird eines Tages eine gute Kunstwirkerin abgeben, wenn die Verrückten, die diese Stadt regieren, sie nicht zu einer Priesterin von irgendetwas oder irgendwem machen. Vielleicht war das Mädchen aber auch sicher. Es war schwierig, Priester in einer Stadt zu sein, deren Götter tot sind. Kardinal Gustave, der schweigend neben ihr saß, und dessen Gesicht eine versteinerte Maske mit steinernen Falten war, würde das bezeugen.

Sie wollte gerade etwas zu dem Kardinal sagen, als die sanfte, vertraute Stimme von Alexander Denovo sie unterbrach. »Vor fünfzig Jahren hätten wir nie gedacht, dass wir eines Tages Alt Coulumb einnehmen würden.«

Sie hatte gesehen, wie Denovo sich näherte und den Rand des Kreises umging; sie hatte ihn am Rande ihrer Wahrnehmung gespürt. Bis er sprach, reagierte sie nicht auf seine Anwesenheit.

»Niemand hat das je geschafft. Die Götter dieser Stadt waren mit jeder großen Zivilisation der Welt verbunden. Nichts konnte ihnen etwas anhaben. Ein halbes Jahrhundert später«, sinnierte er, »sind sie beide tot.«

»Die Geschichte ist voller Wendungen.« Sie rollte eine Schriftrolle zusammen, legte sie auf zwei andere und steckte alle drei in ihre Tasche. »Alexander, ich glaube, du hast Kardinal Gustave bereits kennengelernt?«

»Das letzte Mal, als wir beide in Alt Coulumb waren. Vor vierzig Jahren vielleicht?«

»Ja«, antwortete der Kardinal, seine Worte erstickt vor Wut. »Ich war Techniker Gustave, als Sie zum ersten Mal in diese Stadt kamen. Weiser und unschuldiger, als die Jahre mich hinterlassen haben.« Er stand auf und streckte seine Hand aus, starr wie eine Schaufensterpuppe.

Alexander konnte Höflichkeit viel besser vortäuschen als der alte Kardinal. Er drückte Gustave die Hand so fest wie ein Polospieler, und als sich ihre Handflächen berührten, wurde sein Lächeln breiter. »Ich erinnere mich! Sie haben uns im Fall Seril geholfen. Es ist viel zu lange her. Wie ist es Ihnen ergangen?«

Ein Aufflackern von Schmerz huschte über die Züge des Kardinals, als Alexander Seril erwähnte. Seine Finger krampften sich um seinen Stab, als wäre dessen Griff Denovos Kehle. »Ich bin so, wie ich vor Ihnen stehe.«

»Tja.« Alexander klopfte dem Kardinal auf die Schulter. »Machen Sie sich keine Sorgen. Elayne und ich sind die Besten, die es in solchen Dingen gibt. Wir werden im Handumdrehen dafür sorgen, dass Kos wieder auf die Beine kommt und die Ungläubigen vernichtet. Genau wie beim letzten Mal.«

»Nein«, sagte der Kardinal. »Nicht wie beim letzten Mal.«

Miss Kevarian hängte sich ihre Tasche über die Schulter. »Würden Sie uns entschuldigen, Kardinal?« Der alte Mann nickte. Sie warf Alexander einen bedeutungsvollen Blick zu. »Professor, begleiten Sie mich auf die Straße?«

Er hielt automatisch Schritt mit ihr. Ihre Beine waren lang, aber er machte große Schritte. Sie erreichte die Tür des Gerichtssaals

als Erste, hielt sie ihm auf und schloss sie hinter ihnen. Sie gingen allein den langen Flur entlang zum Ausgang.

»Was ist los, Elayne?«

»Was wolltest du da hinten erreichen?«

»Ich denke, dass die Kirche wissentlich zu viel an die Iskari verpfändet hat und deshalb nicht den ersten und dritten Grad des Schutzes verdient. Ich handle im besten Interesse meiner Mandanten.«

»Davon habe ich nicht gesprochen.«

»Wovon dann?«

»Glaubst du, Gustave durchschaut dich nicht? Der Mann verbringt seine Tage in einem Beichtstuhl. Er weiß, dass du den Kos, den er kannte, nicht zurückbringen willst. Du streust Salz in seine Wunde.«

»Den Kos, den er kannte, den Kos, den ich kannte, was macht das schon?« Immerhin hielt er seine Verachtung im Zaum. »Wir werden etwas Funktionierendes erschaffen. Es wird alles tun, was der alte Kos tat, nur besser. Das ist eine Chance.«

»Lass ihn um seinen Gott trauern. Er hat ohnehin schon wenig Vertrauen in diesen Prozess, ohne dass ihn deine abfälligen Kommentare aus der Fassung bringen müssen.«

»Ein Mann darf nicht mehr sagen, was er fühlt?«

»Du sagst nie, was du fühlst«, bemerkte sie. »Du sagst, was du berechnest, um den gewünschten Effekt zu erzielen.«

»Als ob du dich um all diese Götter und ihre Anbeter scherst. Zum Teufel, ich erinnere mich, als wir anfingen, warst du blutrünstiger als ich jemals.«

»Vor vierzig Jahren. In dieser Zeit habe ich viel gesehen und bin viel besser darin geworden, meinen Mandanten zu dienen.«

»Das bin ich auch«, sagte Alexander grinsend. »Obwohl ich mir immer sicherer war, wer mein eigentlicher Auftraggeber war.«

»Du selbst?«

»Wer sonst.« Er verbeugte sich und machte einen Schwung mit seinem Arm nach hinten. »Komm heute Abend mit mir zum Essen.«

»Sehr forsch.«

»Das ist kein Nein.«

»Du bist aus keinem guten Zweck hier. Du hast diesen Fall angenommen, weil du dachtest, du könntest ihn zu deinem Vorteil nutzen, und wenn du dabei noch ein paar Leute verraten kannst, umso besser.«

»Das«, sagte er, »ist auch kein Nein.«

Sie beschleunigte ihren Schritt.

»Ich bin um sieben im Xiltanda!«, rief er ihr hinterher. »Fünfter Stock, im Dunkeln. Kommst du?«

Der Flur endete an einer leeren Wand aus grauem Nebel. Sie schritt hindurch, ohne sich zu verabschieden oder zurückzublicken.

»Prima!«, rief er ihr hinterher, als sie in den Tag hinaustrat.

*

Nach der Dunkelheit des Kunstgerichtshofs und des astralen Raums war die Palette von Alt Coulumb überwältigend: Türme aus Chrom und Silber vor dem leeren weißen Himmel, eine Straße voller sich stauender Kutschen, ein Junge in einer orangefarbenen Jacke, der an der Ecke die Mittagsnachrichten sang. Tara machten das Licht und der Lärm keine Freude. Sie spürte Denovos Lächeln wie einen Splitter in ihrem Geist. Ihre Familie, hatte er gesagt. Wie war der Name der kleinen Stadt?

Verflucht sollte er sein.

»Ich verstehe das nicht«, sagte Abelard. »Warum haben Sie ihm das Archiv gegeben?«

Sie brauchte einen Drink und eine anständige Mahlzeit, keine Frage. Cat stand etwas abseits – man musste auch für kleine Dinge dankbar sein – und suchte die Straße, den Himmel und den Bürgersteig mit Blicken nach Anzeichen von Gefahr ab. Ein Gesprächspartner war schon schlimm genug.

Sie bemühte sich, trotz des pochenden Schmerzes in ihrem Schädel eine Antwort hervorzubringen. »Ich brauchte die Archive, um ihn lange genug abzulenken, damit ich gewinnen kann.« Und bald würde er diese Archive gegen sie verwenden. Taras Sieg war wohlverdient gewesen, das sagte sogar Miss Kevarian, aber er würde nicht von Dauer sein.

»Warum war er überhaupt dabei, zu gewinnen?«

»Er ist der beste Kunstwirker, den ich je gekannt habe. Aber das ist nicht der Grund.« Ein Mann verkaufte Wasser in Glasflaschen an einem Stand in der Nähe der Gerichtstore. Sie warf ihm eine kleine Münze zu. Er warf ihr eine Flasche zurück, die sie mit einer Kunstranke auffing. Sie öffnete sie und trank. Das kalte, klare Wasser kühlte ihre Kehle und beruhigte ihr Herz, aber die Kopfschmerzen ließen nicht nach. »Er schummelt.« Sie nahm einen weiteren Schluck. Hatte er ihr im Kreis etwas angetan? Nein, wahrscheinlich nicht. Die Gerichtsdiener hätten sie vor seinen Tricks bewahrt.

»Bist du okay?«

»Mir geht's gut«, schnappte sie. »Tut mir leid. Etwas aufgewühlt, das ist alles.«

»Ich verstehe«, sagte er und legte eine Hand auf ihren Arm. Er verstand nicht. Denovo hatte alle Vorteile. Tara würde diesen Fall verlieren, wenn sie nicht einen Weg fand, sich den Sieg zu sichern. Sie würde verlieren und dann war sie für die Geschichte verloren, abgeschnitten von der Welt der Kunst und der Bedeutung.

Sie war kurzatmig, und tiefgründige Gedanken wirbelten in ihr herum, aber sie hatte keine Angst. Wenn man Angst hatte, rannte man vor dem Objekt seiner Angst weg, aber Tara hatte nicht vor wegzulaufen.

Miss Kevarian trat aus dem Gericht und bewahrte Tara vor weiteren Überlegungen. Ihre Absätze klapperten im Stakkato über den Steinbürgersteig. »Tara. Danke, dass Sie gewartet haben. Ich musste mich drinnen noch um etwas kümmern.«

Cat spürte, dass es um Geschäftliches ging, und zog sich weiter zurück, um ihre Privatsphäre zu wahren.

»Kein Problem.« Bildete Tara sich das nur ein oder wirkte Miss Kevarian aufgeregt? »Chefin, wenn Sie mich nicht für etwas anderes brauchen, würde ich gern den Rest des Tages in der Gerichtsbibliothek verbringen.« Sie deutete auf die Spitze der schwarzen Pyramide hinter ihnen. »Denovo hat die Daten des Kirchenarchivs. Er wird sie bald entschlüsseln und erfahren, dass Kos wenig Energie hatte. Ich will herausfinden, wo die Energie hin ist, bevor er anfängt, Fragen zu stellen. Abelard und ich sollten vor Sonnenuntergang noch einen guten Anfang machen können.«

»Nein.«

»Wie bitte?«

»Sie werden als Nächstes die Bibliothek durchforsten – das ist der richtige Schritt. Aber ich brauche Abelard für meine eigene Arbeit.«

»Ich bin hier«, bemerkte Abelard.

Miss Kevarian wandte sich an ihn. »Sie werden mich heute Nachmittag begleiten, um die örtlichen Vertreter mehrerer Todloser Könige zu besuchen. Sie haben ein Interesse an der Wiederauferstehung von Kos, und wir müssen uns mit ihnen gut stellen, wenn Ihre Kirche unverändert überleben soll.«

»Wie kann ich helfen?«

»Hauptsächlich, indem sie in ihren Büros stehen und aussehen wie ein braver junger Kleriker.«

Er runzelte die Stirn, antwortete aber nicht.

»Wir müssen Denovo einen Schritt voraus sein«, sagte Tara. »Abelard kennt die Kirche in- und auswendig. Er ist von unschätzbarem Wert für meine Arbeit.«

»Ihre kleine Leibwächterin«, sagte Miss Kevarian und deutete auf Cat, »sollte sich mindestens genauso gut in der Bürokratie zurechtfinden können. Immerhin ist sie Justizangestellte.«

»Abelard wäre besser und das wissen Sie auch.«

»Gestern haben Sie sich aufgeregt, als ich ihn gebeten habe, Ihnen zu helfen, und heute wollen Sie sich nicht von ihm trennen. Ich brauche seine – und Ihre – Hilfe. Auch wenn unsere Aufgabe oberflächlich klingen mag, glauben Sie mir, sie ist genauso wichtig wie Ihre Forschung.«

Abelard zündete sich eine frische Zigarette an der Spitze der vorherigen an. »Habe ich eine Wahl?«

»Nein«, sagte Miss Kevarian, bevor Tara antworten konnte.

Er warf Tara einen widerwilligen Blick zu. Sie versuchte, ihn zu erwidern. Für einen Gottesanbeter war er ein anständiger Mensch. Anständiger als die meisten.

»Stört es die Todlosen Könige, wenn ich rauche?«, fragte Abelard.

»Hierbei nicht.«

Er zuckte mit den Schultern. »Na gut.«

Eine Gruppe von Männern in Anzügen schritt aus dem Gericht, kleinere Handlanger und plumpe Berater drängten sich um einen älteren Kunstwirker: ein gewandetes Skelett mit Diamantaugen, das Kaffee aus einem übergroßen schwarzen Becher schlürfte. Miss Kevarian trat dicht an Tara heran und ihre Stimme sank zu einem dringenden Flüstern. »Hüten Sie sich vor Alexander Denovo. Ich kenne den Mann seit einem halben Jahrhundert. Ich habe ihm bisher nicht getraut, und ich wüsste keinen Grund, jetzt damit anzufangen.«

Während Tara zuhörte, wurde sie sich über ihre aufgewühlten Emotionen klar. Sie erkannte den schnellen Rhythmus ihres Herzens, und der Name des Rhythmus' war Zorn: Zorn auf Denovos Lächeln, auf seine Bauerntölpel-Scharade, auf seine fröhlichen Drohungen und die Leben, die er mutwillig zerstörte. Ihre Angst vor der Firma, vor dem Versagen, zerbröckelte vor der süßen, verzehrenden Flamme des Zorns. »Ich werde mehr tun, als mich vor ihm zu hüten«, sagte sie. »Ich werde ihn schlagen.«

»Gut.« Miss Kevarians Worte waren scharf und leise wie Schritte in einem entfernten Gang. »Aber denken Sie daran, Ihre erste Pflicht gilt unserem Mandanten, nicht der Rache.«

»Wenn ich einen Gott von den Toten auferwecken muss, um Alexander Denovo zu besiegen«, antwortete sie, »werde ich hundert auferwecken. Ich werde Kos zehnmal größer zurückbringen, als er war.«

»Schön formuliert.« Miss Kevarian zog sich zurück und erhob

ihre Stimme. »Sie können zurückkommen, Catherine. Wir sind fertig mit dem Fachsimpeln.«

»Danke, Ma'am.«

»Viel Glück für Sie beide. Seien Sie vorsichtig.«

*

»Seien Sie vorsichtig, sagt sie.« Cat klang, als wolle sie spucken.

Taras Beine taten weh. Als sie den Kunstgerichtshof wieder betraten, war der Flur durch eine lange, schmale Treppe ersetzt worden. Tara hieß die ersten hundert Stufen als meditative Übung willkommen, als eine Chance, ihre Emotionen zu beherrschen und sich auf den langen Nachmittag vorzubereiten, der vor ihr lag. Wut war ein nützliches Werkzeug, aber sie würde ihr nicht helfen, Ungereimtheiten in kryptischen Schriftrollen aufzuspüren. Die nächsten paar Hundert Schritte dienten keinem anderen Zweck als dem, sie in Verlegenheit zu bringen. Nach einer halben Stunde unaufhörlichen Steigens war sie schweißnass, während Cats Atem gleichmäßig und ruhig blieb. Taras Tortur im Kreis und das Abenteuer der letzten Nacht lasteten auf ihren Knochen wie Fleisch auf einem Haken. Sie hatte nicht erwartet, dass eine Karriere in der Kunst mit so viel Prügelei verbunden sein würde.

Tara antwortete Cat nicht, aber die andere Frau fuhr trotzdem fort. »Seien Sie vorsichtig ... Als ob uns etwas in einer Bibliothek anspringen würde.«

»Sie würden sich wundern.«

»Was meinen Sie?«

»Haben Sie schon mal gehört, dass die Leute sagen, dass ein Buch wirklich fesselnd ist?«

»Sagen Sie mir nicht ...« Cat brach ab.

»Bibliotheken können gefährlich sein.« Sie erreichten eins der kurzen Podeste, die die Treppe etwa alle dreißig Stufen unterteilten. Auf ein paar Quadratmetern flachem Boden standen ein Teakholztisch und ein Farn – entweder ein fadenscheiniger Versuch, ihre Langeweile zu lindern, oder einer, sie listig zu verhöhnen. Tara drehte einen der Farnwedel um und sah, dass die Unterseite lila war. »Sie wären wahrscheinlich immer noch lieber auf der Pirsch. Auf der Jagd nach Übeltätern.«

Cat lachte bitter auf. »Erst wenn Sie weg sind. Ich habe meine Befehle.«

»Von wem?«

»Der Justiz.«

Dieses Wort, dieser Name ließ Tara trotz der Hitze ihrer Anstrengung frösteln. »Direkt? Sie haben keinen vorgesetzten Offizier?«

»Die Justiz hat immer das Sagen. So ist es einfacher.«

»Inwiefern einfacher?«

»Macht korrumpiert die Menschheit. Die Justiz ist nicht die Menschheit.«

Tara ließ diesen Satz kommentarlos über sich ergehen und katalogisierte in ihrem Kopf die Erwiderungen, die sie geben wollte.

Von den beiden fühlte sich Cat am wenigsten wohl in der Stille, und bald sprach sie wieder: »Ich will da sein, wo etwas los ist, aber es ist wahrscheinlicher, dass ich den Steinmännern mit Ihnen begegne als auf der Straße. Sie waren letzte Nacht auf der Jagd nach Ihnen und Sie haben überlebt. Es ist klar, dass sie es wieder versuchen werden. Vielleicht schicken sie nächstes Mal den, der Cabot getötet hat.«

»Sie glauben immer noch, dass ein Gargoyle dafür verantwortlich ist?«, fragte Tara, die das Gefühl hatte, einen ganzen Gargoyle in ihrer Handtasche zu tragen und nicht nur sein Gesicht.

»Die Justiz glaubt es.«

»Und Sie stellen keine Fragen, wenn die Justiz einmal das Denken übernommen hat?«

»Fragen liegen weit über meiner Gehaltsklasse.«

»Und wenn ich Sie nach Ihrer persönlichen Meinung frage?«

»Als Cabot starb, nahmen seine Sicherheitsleute ein Engramm von der Szene mit.« Sie bemerkte Taras Verwirrung und machte eine vage Geste in der Luft. »Eine Art mentales Bild. Wie ein Gemälde in Ihrem Kopf. Wenn man etwas wissen muss, blendet die Justiz ein Engramm in Ihren Geist ein, wenn Sie den schwarzen Anzug anlegen. Besser als Nachrichten von einem Ausrufer zu bekommen. Ein Engramm ist niemals ungenau.«

»Der Ausrufer dringt wenigstens nicht in Ihren Kopf ein.«

»Ich denke schon. Cabots Engramm zeigt einen Steinmann, der sich mit blutroten Krallen über seinen Körper beugt.«

»Könnte ihn nicht ein Kunstwirker oder eine Kunstwirkerin getötet und das Bild gefälscht haben?«

»Sie wissen mehr über solche Dinge als ich, aber die Justiz glaubt das nicht. Cabots Schutzzauber hätten uns alarmiert, wenn jemand Kunst benutzt hätte, um sie zu brechen oder um ihn zu verletzen.«

»Die Schutzzauber haben Ihnen nichts über den Knochenkreis gesagt«, stellte Tara fest, obwohl das unfair war. Ihr fielen selbst eine Handvoll Antworten auf diesen Einwand ein, und sie war nicht überrascht, als Cat eine davon gab.

»Der Kreis war ein Standardwerk medizinischer Kunst. Cabot starb, weil seine Wirbelsäule überhaupt erst entfernt wurde, zusammen mit seinem Gehirn und seinen Augen und allem anderen. Der Kreis hielt ihn nur ein wenig länger am Leben. Außerdem, weshalb sollte ein Kunstwirkender Cabot tot sehen wollen? Es gibt nicht viele Schüler der Kunst in Alt Coulumb, und Cabot war bei denen, die ihn kannten, sehr beliebt.«

Sie stiegen den Rest des Wegs hinauf, ohne zu sprechen. Tara dachte über die Worte der anderen Frau nach und speicherte sie für die Zukunft.

Cat erreichte die Tür am oberen Ende der Treppe als Erste. Sie war aus dickem, schwerem Holz gefertigt und mit einem Gitter aus Esche und Eberesche versehen, das schädliche Kunst abhalten sollte.

»Cat?«

»Hm?« Ihre Hand zögerte am Türknauf.

»Warum, glauben Sie, haben die Wächter Cabot angegriffen? Was war ihr Motiv?«

»Sie brauchen kein Motiv für einen Mord. Es sind blutrünstige Kreaturen. Sie leben für Tod und Zerstörung. Sie sollten übrigens wirklich aufhören, sie Wächter zu nennen. Die Leute werden denken, Sie wären auf ihrer Seite.«

»Gargoyles also. Die Justiz glaubt nicht, dass sie ihn wegen des Falls getötet haben?«

»Welcher Fall?«

»Dieser Fall. War nicht Cabot als Richter für Kos vorgesehen, bevor er starb?«

Cat sah verblüfft aus. »Ich glaube nicht.«

*

»Junger Mann«, sagte Lady Kevarian, als der gläserne Aufzug die dreißigste Etage passierte und seine Auffahrt fortsetzte, »Sie werden gleich den ranghöchsten Vertreter der Todlosen Könige des Nördlichen Gleb in Alt Coulumb treffen. Sein Name ist James und Sie sollten sich von Ihrer besten Seite zeigen.«

Durch die transparenten Wände sah Abelard das Heiligtum von Kos wie eine schwarze Nadel über der Skyline aufragen. In gewöhnlichen Zeiten hätte das Strahlen Gottes von seiner Spitze geleuchtet, aber dies waren keine gewöhnlichen Zeiten. »Sein Name ist James?«

»Also wirklich, Abelard, ich werfe Ihnen eine Reihe von langen und gefährlich klingenden Wörtern entgegen, und Sie fragen mich nach dem bekanntesten der Gruppe?«

»James klingt für mich nicht nach dem Namen eines Todlosen Königs.«

»Elayne auch nicht, nehme ich an. Oder Tara.« Irgendwo in Lady Kevarians langem Leben hatte sie gelernt, mit kalter Belustigung zu lächeln, ohne einen einzigen Muskel in ihrem Gesicht zu bewegen.

»Sie sind kein Todloser König, Lady Kevarian.«

»Oh«, sagte sie. »Bin ich das nicht?«

»Sie sind eine Kunstwirkerin. Todlose Könige sind knochige,

uralte …« Sie sah ihn an. Ihr Lächeln hatte ihre Lippen erreicht, aber es berührte ihre Augen nicht. »Skelett-Dinger«, beendete er lahm.

»Was meinen Sie, wie alt ich aussehe, Abelard? Seien Sie ehrlich.«

»Anfang fünfzig?«

»Ich bin neunundsiebzig Jahre und drei Monate alt«, sagte sie, als würde sie eine Rechnung lesen. Abelard ließ beinahe seine Zigarette fallen. »Lassen Sie mich Ihnen etwas zeigen. Nehmen Sie meine Hand.«

Sie streckte die Hand mit nach oben gedrehter Handfläche aus. Er berührte sie und spürte, wie ein Funke – aber es war kein Funke, jedenfalls kein normaler Funke elektrischer Ladung – von ihrer Haut zu seiner übersprang, oder war es umgekehrt? Seine Welt verblasste, der Atem stockte in seiner Lunge, und er glaubte, Aussetzer seines Herzschlags zu vernehmen.

Vor ihm stand Lady Kevarian, umgeben von leerem Raum. Ihre Haut öffnete sich wie eine abscheuliche Blume entlang unsichtbarer Risse, und in ihrem Inneren sah er keine nasse, zerbrechliche Ansammlung menschlicher Organe, sondern den Willen, unerbittlich und kalt wie Stahl, der die Marionette ihres Fleischs belebte. Erschrocken wich er zurück und stürzte von ihr weg, in die Schwärze. Die Zeit war lang und die Welt hinter seinen Augen bis auf ein tiefrotes Flackern am Rande seiner Vision so dunkel.

Er konnte nicht sagen, ob sie ihn losließ oder er sie, aber als er wieder zu sich kam, stand er an die Glaswand des Lifts gelehnt. Hinter ihm im Freien war Alt Coulumb und vor ihm Lady Kevarian, wieder in menschlicher Gestalt. Wäre die Wand des Fahrstuhls zerborsten, hätte er nicht gewusst, ob er lieber zu ihr in Sicherheit oder in den Abgrund springen sollte.

Sie winkte abweisend. »Ach, hören Sie auf, mich so anzusehen. Es geht Ihnen gut.« Sie strich einen Fussel vom Ärmel ihrer Jacke. »Machen Sie sich nicht verrückt. So schlimm war es nicht.«

Komm schon, sagte er sich. *Sag etwas.* »Sie sind so kalt.«

»Die Kunst, junger Abelard, verbindet das Geschick und die

Wissenschaft, die Macht so zu nutzen, wie es die Götter tun. Aber Götter und Menschen sind verschieden. Götter beziehen ihre Macht aus Anbetung und Opfern und werden durch diese Anbetung und diese Opfer geformt. Kunstwirkende schöpfen Kraft aus den Sternen und der Erde und werden ihrerseits durch sie geformt. Natürlich können wir auch menschlichen Seelenstoff für unsere Zwecke nutzen, aber die Sterne sind zuverlässiger als die Menschen. Im Laufe der Jahre hat eine Kunstwirkerin mehr mit Himmel und Stein gemeinsam als mit dem Volk, in das sie geboren wurde. Das Leben sickert aus ihrem Körper und wird durch etwas anderes ersetzt.«

»Durch was?«

»Macht.« Ihre Zähne waren ein schmaler Strich. »Wir baden im Sternenlicht oder vergraben uns in der Erde oder tragen konservierende Salben auf, um uns vor der Zeit zu schützen, aber irgendwann gibt das Fleisch nach. Wir werden, wie Sie es ausdrücken« – sie zählte die Worte an ihren Fingern ab – »knochige, uralte Skelett-Dinger.«

Ihr Monolog hatte ihm Zeit zum Durchatmen verschafft. »Und Tara?«

»Ist auf dem Weg zur Unsterblichkeit. Eine kalte und einsame Unsterblichkeit, sicher, und keine, die ein Genussmensch lohnend finden würde, aber dennoch Unsterblichkeit.«

Er versuchte sich vorzustellen, wie Taras dunkle Haut bleich wurde und ihr Fleisch verging, versuchte sich auszumalen, wie sie als wandelndes glänzendes Skelett aussehen würde. Das war fast schlimmer, als es Lady Kevarians Berührung gewesen war. Fast. »James?«

»Einer aus der ersten Generation der Kunstwirkenden. Seine Leute waren Kolonisten des nördlichen Gleb für Camlaan und blieben während der Kriege, um eine der ersten wahren Nationen der Todlosen Könige zu gründen. Er ist groß, er ist alt, und obwohl er meistens höflich ist, würde er Ihnen das Herz aus der Brust reißen und es verschlingen, wenn er denkt, dass Sie ihn nicht ernst nehmen. Das hat er aber schon eine Weile nicht mehr getan. Zum Teil, weil er keine Speiseröhre mehr hat.« Sie betrachtete Abelard und überlegte. »Vielleicht sollten Sie in der Lobby bleiben, bis ich Sie vorgestellt habe.«

»Ja, Ma'am.«

Die Türen läuteten und öffneten sich.

*

»Warum darf ich nichts tun, was Spaß macht?«, flüsterte Cat, während sie durch den Lesesaal des Dritten Kunstgerichtshofs ging und die langen Regale voller Bücher und Zeitschriften mit offensichtlichem Misstrauen betrachtete.

So sollte eine Bibliothek Taras Meinung nach aussehen und nicht wie die staubige Höhle des Kirchenarchivs: eine geräumige Kammer an der Spitze des Kunstgerichtshofs, wo die vier – oder waren es fünf – Seiten der Pyramide zu einem Punkt aus transparentem Kristall zusammenliefen, der jede Taube aufgespießt hätte, die dumm genug war, sich darauf niederzulassen. Der Kristall fing das Sternenlicht ein und leitete es in die Tiefen des Gebäudes. Normalerweise leuchtete der Himmel zweifellos saphirblau und tiefer durch dieses Dach, aber heute hatten die Wolken darüber die Farbe von Milch.

Hier gab es keine riesigen Haufen von Schriftrollen, keine altertümlichen Foliantenstapel oder vollgestopfte Regale. Die Lagerräume des Kunstgerichtshofs befanden sich unten. Dort gab es dicht gedrängte, staubbedeckte Regale, zwischen denen nur Gerichtsdiener umherliefen. Der Hauptlesesaal war geräumig und ruhig. Der grüne Teppich und die Holztische verschlangen jedes Geräusch, das es wagte, seine feierliche Ruhe zu stören.

Ein junger Mann mit kurzem, hochgestecktem Haar und einem Ohrstecker aus Jett in jedem Ohr arbeitete am Auskunftsschalter. Eine ältere Frau, solide und unerschütterlich wie ein Felsblock, trottete durch den Raum und überprüfte, ob die Zeitschriften an ihrem richtigen Platz lagen. Dabei warf sie den wenigen Besuchern, die es wagten, lauter als im Flüsterton zu sprechen, strenge

Blicke zu. Cat hatte bereits drei dieser vernichtenden Blicke erhalten und schien es auf einen vierten abgesehen zu haben.

Tara forderte Bücher aus der Sammlung an und der junge Mann an der Ausleihtheke kritzelte die Titel mit einem Federkiel auf ein Palimpsest. Dann schob er den Zettel in einen pneumatischen Schlitz. Minuten später schwang eine hölzerne Wandtafel geräuschlos auf und ein mit Büchern beladener Wagen rollte mit ihrer Bestellung aus der Dunkelheit herein. In einem kleinen Tank aus Glas und Silber, der an der Unterseite des Wagens angeschweißt war, befand sich das Rattenhirn, das ihn lenkte. Durch einen Kunsthandgriff glaubte das Gehirn, es sei immer noch eine Ratte, und suchte ständig nach Nahrungsspuren, die sich zufällig einen Raum weiter, eine Etage höher, gerade hinter der nächsten Ecke des Regals befanden. Als Tara ihre Bücher an sich nahm, erhielt das Rattenhirn seine imaginäre Belohnung und machte sich auf die Suche nach dem nächsten Leckerbissen.

»Ich habe Spaß«, antwortete Tara im Flüsterton.

»Ich meine«, sagte Cat, »Abelard sagte, dass Sie gestern auf einem toten Gott herumgelaufen seien. Warum sehe ich Ihnen zu, wie Sie in Büchern wühlen? Wann darf ich eine Visionssuche machen?«

»Hier gibt es keine Visionssuchen. Das Kirchenarchiv und das Gericht haben unterschiedliche Aufbewahrungsphilosophien.«

Cat blieb stehen und sah sie an, als sei ihr ein zusätzlicher Kopf gewachsen. »Wie bitte?«

»Jede in den Kirchenarchiven gespeicherte Information hatte etwas mit Kos zu tun. Die Kirche zeichnete sorgfältig auf, wie alles mit ihm zusammenhing. Sie beschrieben Verträge als etwas, das aus einem bestimmten Gefäß seiner Kraft schöpfte, das wiederum aus einem Hauptchakra schöpfte, das wiederum ... Sie verstehen schon. Wenn ich Sie auf die gleiche Weise beschreiben wollte, würde ich sagen, dass Sie eine Iris haben, die ein Teil Ihres Auges ist, das ein Teil Ihres Gesichts ist, das ein Teil Ihres Kopfes ist und so weiter. Diese Art von System ist für Menschen schwer zu interpretieren, aber einfach für die Kunst.«

Cat sah frustriert aus, war aber bereit, ihren Gedankengängen zu folgen. »Was ist mit dieser Bibliothek?«

»Diese Bücher sind alle Werke der Kunst, aber die Kunst ist ein weniger einheitliches Thema als Kos. Diese Bibliothek enthält Millionen von Abkommen zwischen Hunderttausenden von Menschen, Göttern und Todlosen Königen. Ich könnte versuchen, sie alle mit Kunst zu interpretieren, aber die Komplexität dieser Vision würde meinen Geist spalten wie eine überreife Frucht, und schreckliche Dinge würden von außen in ihn hineinkriechen. Das will niemand. Wenn das Thema zu kompliziert ist, um es hierarchisch darzustellen, benutzen wir normale Papierbibliotheken und lesen mit unseren eigenen Augen.« Sie legte eine Hand auf einen Buchrücken. »Das hier gefällt mir viel besser.« Sie schlug das Buch auf und atmete den Duft der Seiten ein. »Ich kann das Papier riechen.«

»Sie sind wahnsinnig«, sagte Cat.

»Wissen«, entgegnete Tara und blätterte so leise um, wie es ihr möglich war, »ist Macht. Ich brauche alle Macht, die ich bekommen kann.«

»Sie klingen weniger zuversichtlich als heute Morgen.«

»Ich bin zuversichtlich, aber ich habe auch, sagen wir mal, einen neuen Glauben an die Stärke meines Gegners. Ich muss mehr als recht haben, wenn ich der Kirche helfen will. Ich muss recht haben, und das auf kluge Weise.«

»Also, welche Art von Macht kann Ihnen all dieses Wissen geben?«

Das grüne, ledergebundene Bestandsbuch vor ihr, das dicker war als die Heilige Schrift der meisten Religionen, enthielt alle registrierten Geschäfte und Verträge von Kos für die letzten paar Monate. Ein Notizbuch lag aufgeschlagen neben dem Bestandsbuch – ein normales Notizbuch, nicht das schwarze Buch der Schatten, in dem sie Schiefers Seele gefangen hatte. Mit ihrem Federkiel schrieb sie eine Liste von Verträgen auf, die für Kos' Schwäche verantwortlich gewesen sein könnten. Sie kam nur langsam voran. Die Handschrift des Archivars war verkrampft und kantig, und der größte Teil des Bestandsbuchs war in einem Code geschrieben. Eine längere Suche hatte eine Tabelle mit Abkürzungen zutage gefördert, die in einer Beschwörung der ewig vergänglichen Flamme auf dem Deckblatt versteckt war. Damit konnte sie die meisten der Einträge interpretieren, aber nicht alle.

Sie krümmte einen Finger und Cat beugte sich näher heran. Tara unterstrich einen Eintrag mit dem gefiederten Ende ihres Federkiels. »Das ist das Datum des Vertrags. Diese Zeile ist der erste Teil des Titels.«

»Was ist mit der Zahl? Es ist nicht mal eine richtige Zahl. Da sind Buchstaben drin und alles Mögliche.«

»Aktenzeichen. Der vollständige Vertrag ist irgendwo in diesem Gebäude. Wenn wir dem Auskunftsbibliothekar die Nummer sagen, kann er ihn für uns finden.«

»Warum verwenden wir nicht den Namen des Vertrags?«

Tara widerstand dem Drang, die Augen zu verdrehen. Es war eine berechtigte Frage von einer Frau, die noch nie einen Nachmittag in einer Bibliothek verbracht hatte. »Haben Sie diese drei Einträge gesehen?«

»Die sind alle gleich.« Cat buchstabierte die Abkürzungen. »V-F-E-D Alt C.-KE an K.M.I.«

»Vertrag für erbrachte Dienstleistungen, Alt Coulumb. Kos der Ewigbrennende an die Königliche Marine von Iskar«, übersetzte sie. »Da die gängigen Namen alle gleich sind, braucht jeder Vertrag eine eindeutige Referenz, damit wir erkennen können, um welchen es sich handelt.«

»Was ist mit den Namen dort rechts?«

»Das sind die Kunstwirkenden, die den Vertrag besiegelt haben, und dies ist der Name des Auftraggebers, auf jeder Seite.«

»Also KVK ist die Kirche von Kos, und Roskar Blackheart arbeitete für sie. K.M.I. ist die Königliche Marine von Iskar, vertreten durch …« Sie legte die Stirn in Falten. »Ist das nicht der Typ, gegen den Sie heute Morgen gekämpft haben?«

»Ja«, sagte Tara. »Alexander Denovo.«

»Es schien, als hätten Sie beide sich schon einmal getroffen.«

Tara versuchte, ihre Aufmerksamkeit wieder auf das Bestandsbuch zu richten, aber Cats Frage schwebte zwischen ihren Augen und der Seite. »Er war einer der besten Professoren an den Verborgenen Schulen. Er hat mir viel von dem beigebracht, was ich weiß.«

»Haben Sie je mit ihm geschlafen?«

»Wie bitte?« Dieser Aufschrei trug Tara einen wütenden Blick der Bibliothekarin ein. Sie tat ihr Bestes, um zerknirscht auszusehen.

»Als Sie ihn im Gerichtssaal gesehen haben, wurden Sie ganz steif und zittrig. Es gibt eine Vorgeschichte zwischen Ihnen und die ist nicht angenehm.«

»Wir haben nicht miteinander geschlafen.«

»Aber Sie hatten einen Streit.«

»Irgendwie schon.« Ihr Tonfall ließ keine weitere Diskussion zu.

Cat warf ihr einen merkwürdigen Blick zu und wechselte das Thema. »Das ergibt auf jeden Fall einen Sinn. Er hat damals für die Iskari gearbeitet und er arbeitet auch jetzt für sie.«

»Mehr oder weniger. Die Leute in diesem Geschäft stehen auf allen Seiten, weil es nicht genug gute Kunstwirkende gibt. Das letzte Mal, als Miss Kevarian in Alt Coulumb arbeitete, vertrat sie die Gläubiger, die Leute, mit denen Serils Kirche verhandelt hat. Jetzt ist sie auf Kos' Seite.« Die Feder von Taras Federkiel kratzte eine schwarze, gezackte Reihe von Buchstaben in ihr Notizbuch. »Das Problem beginnt jedoch in Richter Cabots Bestandsbuch.«

Tara zog ein dickes, mit marmoriertem Papier überzogenes Buch aus dem Stapel. »Hier hat er Recht wegen Serils Tod gesprochen und das ist die Gründung der Justiz.« Die vorangegangenen Seiten waren dunkel von Alter und Tinte, aber am Ende des Buchs waren ganze Zeilen bis auf das Wort »zensiert« leer. »Sehen Sie, hier!« Sie deutete auf eine Zeile am Anfang der geschwärzten Abschnitte.

Cat blinzelte, um die Handschrift zu entziffern. »VZE Alt C. New. A. von A. Cabot, J-, A. Cabot, J.-PS, New. A von S. Caplan.«

»Das darunter auch.«

»VZE Alt C. C. S. von A. Cabot, J-, A. Cabot, J.- PS, C. S. von S. Schwartz.« Cat zog eine Grimasse. »Das sagt mir gar nichts.«

»VZE steht für Vertrag zum Erwerb. PS bedeutet *pro se*, ›für sich selbst‹. Ein alter Begriff aus dem Telomiri-Imperium. Fragen Sie nicht, warum wir ihn noch benutzen. Richter Cabot kaufte diese beiden Konzerne, Coulumb Securitys und Newland Acquisitions.«

»Ein Konzern ist was genau?«

Inzwischen wusste Tara es besser, als sich über Cats Unwissenheit zu wundern. »Es ist ein System, das Kunstwirkende erschaffen, um ihre Macht zu vergrößern. So ähnlich wie eine Kirche, in der der gemeinsame Glaube aller etwas bewirkt, nur eben mit Kunst, nicht mit Religion. Kunstwirkende bündeln ihre Kräfte für ein bestimmtes Ziel, zum Beispiel um einen Dämon zu beschwören, einen Wald zu verwüsten oder der Erde Erz zu entreißen. Wenn sie den Konzern gut leiten, erhalten sie mehr Macht aus dem Dämon, der Lebensessenz des Waldes oder dem Verkauf des Erzes, als sie hineinstecken.«

Cat wirkte immer noch verloren, nickte aber.

»Haben die Konzerne eigene Bestandsbücher?«

»Ja, aber sie sind keine große Hilfe.« Die nächsten beiden Bände vom Stapel waren trotz ihres goldenen Einbands und des glänzenden Leders mehr Sammlungen leerer Blätter als volle Bücher. Jeder hatte vielleicht hundert Seiten. Anfangs sahen sie aus wie weniger überfüllte Versionen der Hauptbücher der Kirche oder von Cabot, aber nach drei Seiten wichen die Beschreibungen von unterzeichneten Verträgen und getätigten Käufen, beseitigter Feinde und errungenen Siegen der Leere. Die letzte Notiz in jedem Buch war einfach. »Erw. A. Cabot, J-, Auf. Zen.«

»Die Aufzeichnungen wurden zensiert«, übersetzte Tara. »Diese beiden Anschaffungen sind die letzten öffentlichen Arbeiten, die Richter Cabot vor seinem Tod durchgeführt hat, und sie fanden vor vier Monaten statt. Etwa zur gleichen Zeit« – sie wandte sich wieder Kos' Bestandsbuch zu – »sehen wir, wie die

Anzahl der Aufzeichnungen, die unter Verschluss ist, in Kos' Bestandsbuch dramatisch zunimmt. Und wenn wir die Anzahl der versiegelten Akten in Kos' Bestandsbuch zählen und sie mit denen in Richter Cabots Bestandsbuch vergleichen, sind es gleich viele.« Sich wiederholende Zeilen marschierten über die Seite, »zensiert« über und über in eleganten schwarzen Buchstaben. »Ich glaube, Kos und der Richter arbeiteten zusammen an etwas Großem und Geheimem, bevor sie starben. Aber ich muss ihre versiegelten Akten sehen, um mehr zu erfahren.«

»Sie sind geheim. Man kann sie nicht lesen.«

»Ich kann das vielleicht nicht. Sie können es nicht. Aber was ist mit der Justiz?«

*

Abelard rauchte am Fenster im Foyer des Todlosen Königs. Vier rote Plüschsessel drängten sich auf dem Hartholzboden um einen niedrigen Tisch, auf dem ein paar alte Schriftrollen und eine Keramikvase mit Löwenzahn standen. Ein fetter roter Streifen verlief über die weiße Wand gegenüber den Fenstern nach oben und endete ohne erkennbaren Grund an der Decke.

Hatte er eine Folterkammer erwartet? Einen Feuersee, gekrönt von einem Thron aus Schädeln, auf dem der Botschafter des Nördlichen Gleb grimmig sein Urteil über dämonische Diener fällte?

Vielleicht. Sicherlich hatte er nicht erwartet, dass das Wartezimmer so freundlich sein würde.

Löwenzahn, um Himmels willen. Um diese Jahreszeit!

Er stieß Rauch aus, wartete und wünschte, Tara wäre hier.

In der Vergangenheit, wenn er nicht schlafen konnte, wach im Bett lag und sich nicht traute, aufzustehen oder auf die Uhr zu sehen, weil er wusste, dass die Morgendämmerung noch Stunden auf sich warten ließ, hatte Abelard sich mit Gebeten und der Betrachtung Gottes getröstet. Das Feuer berührte seine Seele und würde ihn nicht verlassen.

In den letzten drei Tagen war er allein gewesen, mit nur seiner Zigarettenglut als Begleiter. Tara erleichterte ihm seine Isolation, so seltsam sie auch war. Aber sie war weg, und hier saß er wieder und rauchte in Stille. Mit einem Seufzer begann er zu beten.

Eine Viertelstunde verging, genug Zeit, um die Litanei der Unauslöschlichen Flamme zu singen, komplett mit Kolophon und optionalen Abschnitten. Es kam keine innere Wärme, keine Kommunion. Der Rauch verweilte länger als sonst in seinen Lungen. Das war wenigstens etwas.

Was wollte Lady Kevarian von ihm? Wohl kaum das Vergnügen seiner Gesellschaft.

Der erzwungene Müßiggang war eine Qual für sich. Seine Hände juckten. Er könnte Tara helfen, Heizkessel reparieren oder seinem toten Herrn dienen. Stattdessen beobachtete er Schatten an der Wand und dachte über Löwenzahn nach.

Nicht zum ersten Mal huschte sein Blick zu der Milchglastür vom Büro des Botschafters. Die Tür war nicht dick und ihre untere Hälfte war versilbert. Wenn er sich näherte, sich hinhockte und sein Ohr an das Glas presste, wäre seine Silhouette von der anderen Seite aus nicht zu sehen.

Er tippte etwas Asche in die Löwenzahnvase, duckte sich tief und näherte sich der Tür. Er hörte die Stimme von Lady Kevarian und eine weitere, tief und rollend wie entfernter Donner.

Er presste sein Ohr an das kühle versilberte Glas.

»… bringst mich in eine komplizierte Lage«, sagte das Gewitter. »Da ist vieles an deiner Geschichte, das ich nicht verstehe.«

»Vieles verstehe ich auch nicht, Botschafter, aber alles, was ich Ihnen gesagt habe, ist wahr. Ich kann es bestätigen.«

Der Sturm grollte, sagte aber nichts.

»Ich würde Sie natürlich nicht bitten, mein Wort ohne Beweise zu akzeptieren.«

»Natürlich nicht.«

Ihre Stimme wurde zu einem Flüstern. Abelard lehnte sich gegen die Tür, als wolle er sein Ohr hindurchdrücken. Dann gab der Riegel nach und die Tür schwang ins Nichts.

Abelard stürzte in eine schattenhafte Grube wie eine Nacht ohne Sterne, so wie das Universum ausgesehen hatte, bevor der Mensch seine Augen öffnete, bevor die Götter der Leere Leben einhauchten. Diese Dunkelheit war noch tiefer als die Dunkelheit, in die Miss Kevarian ihn gestoßen hatte. Er stürzte und spürte eine unerwartete Wärme in seinem Rücken.

Reflexartig schnappte er nach Luft, fand aber keine zum Atmen und wäre umgekommen, wenn die Dunkelheit um ihn herum nicht durchbrochen und neu geformt worden wäre. Oder hatte sein überforderter Geist die Szene einfach in etwas umgewandelt, das er verstehen konnte?

Er zappelte, um sein Gleichgewicht auf dem Teppich zu finden. Kühle, wohltuende Luft strömte zurück in die ausgehungerten Lungen und Sonnenlicht ließ seine Augen aufschrecken.

Er stand in einem Büro, das reicher ausgestattet war als das von Kardinal Gustave. Stühle aus weichem Leder mit silbernen Nieten, Bücherregale aus Eiche. Miss Kevarian stand zu seiner Linken.

Am anderen Ende des Raums, hinter einem polierten Schreibtisch aus scheinbar reinem Magesterium-Holz, saß ein hoch aufragendes Skelett. Stehend wäre es über zwei Meter groß gewesen; in einem breiten Stuhl aus Leder und Eisen sitzend, war es fast so groß wie Abelard. Aus dem Loch, wo einst seine Nase gewesen war, ragte ein hakenförmiger silberner Bügel hervor, der eine halbmondförmige Brille trug. Funken wie ferne Sterne glitzerten in den Augenhöhlen des bleichen Schädels. Zwei Arme ruhten auf dem Schoß des Skeletts, und zwei weitere, kleinere, die unterhalb des ersten Paars aufgepfropft waren, machten sich eifrig Notizen auf einem gelben Block Papier mit einem Stift mit Silberfeder.

»Lord James Regulum, generalbevollmächtigter Botschafter der Todlosen Könige des nördlichen Gleb«, sagte Lady Kevarian mit einem Anflug von Belustigung, »darf ich Ihnen den Technikernovizen Abelard von der Kirche von Kos dem Ewigbrennenden vorstellen.«

»Du«, sagte das Skelett, und an seiner Stimme erkannte Abelard, dass es kein Es, sondern ein Er war, »bist also der kleine Mönch, den Elayne uns gebracht hat.«

»Priester, eigentlich«, sagte Abelard. »Und Ingenieur.« Das Skelett – Lord James was auch immer – erwiderte nichts, ebenso wenig wie Miss Kevarian. Beide betrachteten ihn mit einer seltsamen Intensität. »Ah. Darf ich eine Frage stellen?«

»Du hast schon eine gestellt, Ingenieur-Priester, und du darfst noch eine stellen.«

»Sie, ähm … haben weder Lippen. Noch eine Lunge. Wie können Sie … sprechen?«

Lord James grinste. Er brauchte sich dabei keine besondere Mühe zu geben. »Gute Frage.«

Bevor er noch etwas sagen konnte, fiel Abelard in Ohnmacht.

13

Der Auskunftsbibliothekar sah von seinem Papierkram auf und vor ihm stand eine Frau wie aus schwarzem sandgestrahltem Glas. Er schluckte und schob die Papiere in eine Schublade.

Guten Tag, sagte der Schwarzanzug mit einer Stimme, weich wie ferne Brandung. *Ich bin auf der Suche nach einem Buch.*

»Ah.« Nach diesem ersten Ausatmen brauchte der Bibliothekar fast eine Minute, um zu merken, dass er nichts weiter gesagt hatte. »Natürlich sind Sie das.« Eben noch hatte er die angenehme, eintönige halbe Stunde vor dem Ende der Nachmittagsschicht abgewartet und die einfachen Fragen der Kunden beantwortet, um die Langeweile zu vertreiben. Schwarzanzüge hatten nie leichte Fragen. »Was brauchen Sie?«

Die *Justiz benötigt das folgende zensierte Material,* sagte der Schwarzanzug und schob ein Stück Papier über den Tresen.

Der Bibliothekar, dessen Name Owen war, versuchte das Papier unter den Fingerspitzen des Schwarzanzugs hervorzuziehen. Es riss ein wenig, bewegte sich aber nicht.

Diese Materialien sind bereitzustellen, ohne die Parteien zu benachrichtigen, die Anfragen gestellt oder sie zurückgehalten haben.

»Ich glaube, ich darf nicht …« Der Protest erstarb auf Owens Lippen.

Zeit ist ein wichtiger Faktor. Alles geschieht im Dienste der Justiz.

Der Schwarzanzug überließ Owen das Papier.

»Ja, Ma'am.«

*

Innerhalb von drei Stunden hatte Abelard mehr Kunstwirkende und Würdenträger getroffen, als er erwartet hatte oder jemals wieder sehen wollte. Lord James, das Skelett, war der auffälligste gewesen, aber nicht der entnervendste. »Was ist mit der Letzten passiert?«, fragte er Lady Kevarian, als sie zu ihrer wartenden Kutsche zurückkehrten.

»Dame Alban hat das letzte halbe Jahrhundert damit verbracht, mit Alternativen zur skelettartigen Phase des späten Lebens einer Kunstwirkerin zu experimentieren.«

»Sie hat sich also in eine Statue verwandelt?«

»Sie hat eine Statue bewohnt, genauer gesagt. Eine brillante Idee: Stein hat seine eigene Seele und das Können eines Bildhauers verleiht ihm noch mehr. Nicht genug, um das menschliche Bewusstsein unbegrenzt aufrechtzuerhalten, aber wenn man kompetente Bildhauer hat und bereit ist zu zahlen, kann man jeden Körper haben, den man will, bis er zerbröckelt.«

»All diese Statuen, an den Wänden und überall …«

»Jede einzelne könnte sie beherbergen.«

»Sie waren nicht alle Frauen.«

»Warum dachten Sie, Dame Alban sei eine?«

»Oder menschlich.«

Lady Kevarian zuckte mit den Schultern.

»Sie ist ein Geist? Bewegt sich von Statue zu Statue?«

»Wohl kaum. Man behält seinen Körper bei sich, auch wenn man nicht viel Zeit in ihm verbringt. Er ist das größte Geschenk an Ordnung und Kraft, das der Mensch vom Universum erhält.«

»Sie betrachten sich also immer noch als Mensch?«

»Einigermaßen.«

Er war sich nicht sicher, wie er auf diese Äußerung reagieren sollte, also ignorierte er sie. »Dame Alban oder Sir Alban oder wie auch immer. Wo ist ihre Leiche?«

»Erinnern Sie sich an die bemerkenswerte Skulptur, die wir beim ersten Betreten ihrer Gemächer sahen?«

»Das denkende Skelett?« Seine Augen weiteten sich. »Nein.«

»Doch.«

»Sie war schwarz lackiert.«

»Und Sie tragen Kleidung.« Ihre Kutsche wurde langsamer, um einen Unfall zu umfahren. »Abelard, diese Leute leben seit vierzig Jahren in Alt Coulumb – in manchen Fällen sogar noch länger. Sie sind genauso wenig Fremde in dieser Stadt wie Sie und Ihre Schwarzanzugfreundin. Haben Sie sich vor den Ereignissen der letzten Tage nicht im Geringsten für sie interessiert?«

»Das wirkt alles … unnatürlich.«

»Wohingegen die Nutzung der Liebe Ihres Gotts als Wärmequelle für Dampfkraft völlig normal ist.«

»Ja«, sagte er verwirrt.

»Bevor dieser Fall vorbei ist, Abelard, müssen Sie vielleicht zwischen der Stadt, die Sie zu bewohnen glauben, und Alt Coulumb, wie es in Wahrheit existiert, wählen. Welche Entscheidung werden Sie treffen?«

Abelard öffnete den Mund und wollte sagen: *»Der Herr wird mich führen.«* Er besann sich gerade noch und entschied sich stattdessen für: »Die Richtige, hoffe ich.«

»Ich auch.«

*

Ein Schwarzanzug verließ die Bibliothek mit einem Stapel Schriftrollen und ein paar Minuten später kehrte Catherine Elle durch dieselbe Tür zurück, zerknittert, zitternd wie Espenlaub bei starkem Wind und mit einem Päckchen in ihrer Jacke.

»Geht es Ihnen gut?«, fragte Tara, nachdem sie sich in eine Ecke zurückgezogen hatten, die nicht im Blickfeld der Bibliothekarin lag. Hier konnte sie die zensierten Schriftrollen durchsehen, ohne Gefahr zu laufen, entdeckt oder unterbrochen zu werden.

»Mir geht's gut.«

»Sie sehen nicht gut aus.«

»Der Anzug bringt die Kleidung total durcheinander.« Mit zitternder Hand deutete sie auf ihr zerknittertes Leinenhemd und die lockere Baumwollhose. »Er zerknittert sie über alle Maßen, und wenn man etwas trägt, das ein bisschen verrutscht ist, geht die Schwärze einfach hindurch.«

Tara beugte sich dicht über die erste Schriftrolle und blinzelte, um die verkrampfte Handschrift des Schreibers zu lesen. »Ich habe nicht von Ihrer Kleidung gesprochen. Sie wirken blasser als sonst und Sie zittern. Ihre Augen sind blutunterlaufen.«

»Nee. Ich will sagen, das gehört zum Job.« Sie griff sich an den Oberarm, von dem Tara annahm, dass er schlank und gut bemuskelt war, nicht dass es sie interessierte. »Der Anzug gibt einem irgendwie ein Hochgefühl, wenn man ihn benutzt, und das Runterkommen tut weh. Das ist alles.«

»Das«, bemerkte Tara, »scheint keine gute Idee zu sein.«

»Kein Hochgefühl, das das Urteilsvermögen beeinträchtigt. Ein ›Ich kann alles tun, nichts kann mich verletzen‹-Hochgefühl.« Cats Fingernägel gruben sich so tief in ihren Arm, dass Tara überrascht war, als kein Blut austrat.

»Wie kann das nicht Ihr Urteilsvermögen beeinträchtigen?«

Cat stieß ein trockenes Lachen aus. »Mit dem Anzug kann man so ziemlich alles machen und nichts kann einen verletzen. Die meisten Leute ducken sich oder zucken zurück, wenn sie ein Schwert auf ihr Gesicht zukommen sehen. Das Schwert würde an dem Anzug abprallen. Ich würde es nicht mal spüren. Die Justiz sorgt dafür, dass ich das weiß, damit ich meinen Job machen kann.«

»Was ist, wenn Sie auf etwas treffen, womit der Anzug nicht zurechtkommt?«

»Er verändert das Hochgefühl, macht mich vorsichtig.«

»Und es gibt keine negativen Auswirkungen?« Tara vermied es geflissentlich, Cats Umklammerung ihres Arms mit weißen Fingerknöcheln oder die Narben an ihrem Hals anzusehen. »Kein Entzug?«

»Wir kommen damit klar.« Ihr Tonfall war wie eine scharfe Pfeilspitze.

»Ich verstehe.« Tara schwieg und richtete ihre Aufmerksamkeit von Cat auf das Pergament. Die Spannung zwischen ihnen löste sich in Schweigen auf. Nach einer Weile runzelte Tara die Stirn und tippte mit der Feder ihres Stifts auf eine Zahlenreihe. »Das ist komisch.«

»Noch mehr versiegelte Akten?«

»Nicht ganz.« Sie übersetzte die Abkürzungen: »Diese Verträge übertragen einer anderen Partei die gemeinsame Kontrolle über Newland Acquisitions und Coulumb Securitys, die beiden Konzerne, die Richter Cabot gekauft hat.«

»Wer ist die andere Partei?«

»Kos der Ewigbrennende. Der Gott selbst, nicht seine Kirche.«

Cat blinzelte.

»Cabot kaufte diese beiden scheiternden Konzerne. Dann« – sie zeigte auf eine der Vertragsrollen – »übertrug er Kos einen Teil der Kontrolle über sie. Er nahm keine Bezahlung an. Auf diese Weise konnte die Kirche den Handel nicht aufdecken, da Kos zunächst keine Macht verlor.« Zurück zum Bestandsbuch mit Kos' zensierten Aufzeichnungen. »Kos schloss die beiden Konzerne zu einem einzigen größeren zusammen und füllte diesen mit seiner Macht. Sehr viel Macht. Und die Kirche wusste nichts davon. Das könnte der Grund sein, warum Kos so viel schwächer war, als es die Archive zeigen.«

»Wenn er noch die Kontrolle über diesen Konzern hatte, warum ist er dann gestorben?«

»Seelenstoff in einem Konzern gehört einem nicht mehr, auch wenn man ihn theoretisch kontrolliert. Vielleicht hatte Kos keine Zeit mehr, seine Macht zurückzufordern, bevor er starb.«

»Dieses Hütchenspiel war also eine dumme Idee.«

»Es ist nicht gut für ihn ausgegangen«, gab Tara zu.

»Warum sollte Kos also dem Richter so viel Macht geben wollen?«

»Ich glaube nicht, dass er das tat. Cabot hat ein Standard-Agentenhonorar eingestrichen und dann versucht, seinen Anteil an dem Konzern auf jemand anders zu übertragen.«

»An wen?«

»Das ist das Komische daran. Sehen Sie hier.« Unter ihrem Finger war die letzte Zeile des Bestandsbuchs nach dem Datum kaum noch lesbar. Tara las die Abkürzung »EÜ« für »Eigentumsübertragung« und Cabots Namen, aber darüber hinaus war das Papier schwarz verbrannt, als hätte jemand es mit einem feurigen Pinsel übermalt. »Hier.« Eine weitere Schriftrolle, derselbe Effekt. »Und hier.« Eine dritte. »Cabots Buch, Newlands Buch, das von Coulumb Security, alle haben dieses Zeichen. Die Verbrennung ist zu kontrolliert für eine Kerze oder ein Streichholz. Jemand hat diese Schriftrollen gefunden und die letzte Zeile in jeder einzelnen zerstört.«

»Kos könnte das getan haben, oder? Mit Feuer? Um seine Spuren zu verwischen? Es ist ja nicht so, dass Ihr Leute Dinge aufschreiben müsst, damit sie real sind. Ihr wedelt nur mit den Händen und sprecht ein paar Worte, und sie passieren.«

»Und wenn sie passieren, dann auf eine schludrige, ineffiziente und schlampige Art und Weise, die offen für Angriffe von allen Seiten ist«, antwortete Tara. »Bei großen Kunstwirkerwerken wie diesem ist man umso sicherer, je präziser und eindeutiger man vorgeht. Man will, dass es einen schriftlichen Vertrag gibt, damit hinterher niemand lügen kann. Wenn der Vertrag geheim ist, gut, aber er muss irgendwo sicher und unparteiisch aufbewahrt werden. Deshalb gibt es die Gerichtsbibliothek: Wenn es Ärger gibt, kann das Gericht die Vereinbarung durchsetzen.« Sie runzelte die Stirn. »Den Namen des Empfängers zu vernichten, würde den Zweck der Meldung dieses Geschäfts von vornherein zunichtemachen. Wenn der Name verbrannt ist, ist der Konzern angreifbar. Aber wer könnte so etwas tun? Ein Priester hätte den Namen nicht verbrennen können, ohne dass Kos davon wusste. Es ist auch nicht das Werk eines Kunstwirkenden: Die Kunst hätte das Papier zersetzt oder vergilbt. Für beides gibt es aber keine Anzeichen.«

»Warum sollte man überhaupt Feuer benutzen?«, fragte Cat. »Man hätte die Einträge auch mit Tinte bekleckern oder das ganze Ding stehlen können.«

»Dies ist keine normale Schriftrolle. Die Tinte würde durch Kleckse hindurchscheinen. Und was den Diebstahl angeht: Glauben Sie, der Gerichtshof würde eine Bibliothek ohne eine Möglichkeit bauen, Leute davon abzuhalten, mit den Büchern wegzulaufen?« Sie sprach, um die Leere zu füllen, ihre Gedanken eilten ihren Worten voraus. Weggebrannte Einträge. Richter Cabot, der ausgeweidet neben seinen Azaleen lag, Tee mit Blut vermischt, sein toter Körper, unbeeinträchtigt von Kunst. Kos' Leiche, mehr verwest, als sie es nach drei Tagen Tod sein sollte. Schiefers Antwort auf ihre Fragen gestern Morgen: Er sei ein Bote, wisse aber nicht, welche Botschaft er überbringen sollte.

»Wir müssen«, flüsterte sie, »die Krankenstation besuchen.«

*

Der einsame Turm des Heiligtums ragte über der Menge auf, die sich auf dem weißen Kiesparkplatz versammelt hatte. Die Nachricht von Kos' Tod hatte sich vom Dritten Kunstgerichtshof durch Gesprächsfetzen und Geflüster in ruhigen Räumen über die Stadt verbreitet wie kräuselnde Wellen über einen stillen Teich. Gerüchte mischten sich mit Wahrheit. Die meisten der vier Millionen Bürger von Alt Coulumb blieben unwissend. Einige hörten es und glaubten nicht daran. Andere hörten es und versteckten sich hinter ihrer Arbeit, in ihren Häusern oder hinter falschen Hoffnungen. Aber ein paar hörten es, wurden wütend und kamen zum Heiligen Bezirk. Sie brachten Wut und Angst und primitive Schilder aus Farbe und rohen Holzbrettern mit. Diese Fraktion ging in die Tausende, und sie schrien und stießen gegen Abelards und Lady Kevarians Kutsche, die sich einen Weg zum Heiligtum bahnte.

Abelard starrte aus dem Fenster auf die Masse. »Was machen die da?«

»Sie haben Angst«, sagte Lady Kevarian. »Sie wollen Führung.«

Er musterte diese wilden Gesichter der Männer und Frauen von Alt Coulumb, die er kannte, und suchte ihre Vernunft und ihr Mitgefühl, ihren Glauben. Er fand nichts von alledem. Er sah eine dünne Eisschicht aus Wut und darunter Angst.

»Was werden sie tun?«

»Wenn Ihre Kirche nicht auf ihre Beschwerden eingeht? Vielleicht stürmen sie den Turm, obwohl ich bezweifle, dass die Schwarzanzüge das zulassen werden.« Die Diener der Justiz standen in einem losen Kordon zwischen der Menge und den Stufen des Heiligtums. Die Menge hatte es noch nicht gewagt, sich ihnen zu nähern. »Vielleicht werden sie hierblieben. Vielleicht plündern sie einige Läden oder setzen ein oder zwei Gebäude in den Vergnügungsvierteln in Brand, bevor sie aufgehalten werden.«

»Sie wären nicht so wütend, wenn Kos hier wäre.« *Natürlich wären sie das nicht,* dachte Abelard. *Wie dumm von mir.* »Werden Sie etwas unternehmen?«

Miss Kevarian schüttelte den Kopf. »Ich bin Kunstwirkerin. Für die Öffentlichkeitsarbeit ist mein Mandant zuständig.«

Sie rollten durch die Absperrung der Schwarzanzüge und hielten am Fuß der Stufen des Heiligtums an. Miss Kevarian bezahlte das Pferd, während Abelard hinausstolperte. Die Schreie der Menge wurden lauter, als sie seine Robe sahen. Er nahm einen tiefen Zug von seiner Zigarette. »Wir müssen es Kardinal Gustave mitteilen«, sagte er.

»Ich werde mit dem Kardinal sprechen. Sie sollten in Ihre Zelle zurückkehren und sich ausruhen.«

Hinter ihm schrie die Menge – die schmerzerfüllte Stimme seiner Stadt. »Ich will keine Ruhe. Ich will etwas tun. Ich will helfen.«

Sie zögerte auf halber Höhe der breiten Eingangstreppe. »Sie sind Techniker, richtig?«

»Ja, Ma'am.«

»Überprüfen Sie die Generatoren der Kirche. Wir haben eine heikle Phase des Falls erreicht. Die Iskar-Frage ging zu unseren Gunsten aus, aber wenn die Kirche Energie verschwendet hat, verlieren wir an Boden. Während Tara nach Waffen sucht, können Sie sich um unsere Rüstung kümmern.«

Als er nicht reagierte, ging sie weiter hinauf. Auf der obersten Stufe, vor den hohen Doppeltüren, holte er sie ein. »Es gibt Dutzende von Kilometern an Rohren in diesem Turm, von jedem Kaliber und Zweck. Ganz zu schweigen von den Heizräumen, den Maschinen ... Allein die Protokolle durchzugehen, wird Tage dauern. Gibt es nicht etwas Unmittelbareres, das ich tun kann?«

»Sie könnten mit ihnen reden«, sagte Miss Kevarian und zeigte auf das Menschenmeer, durch das ihre Kutsche gekommen war.

Hinter ihm skandierte ein Mann mit tiefer Stimme irgendwo in der Menge: »Gott ist tot!« Ein paar aus der Gruppe griffen seinen Ruf auf. Miss Kevarian schien es nicht zu bemerken.

Abelard schluckte schwer und stellte sich vor, wie er vor ihrem Zorn eine Predigt halten würde. Welche Worte würde er benutzen? Was könnte er sagen, um die Menschen von Alt Coulumb wieder so werden zu lassen wie zuvor, um sie an die Herrlichkeit von Kos zu erinnern? In seiner Vision schrie er in einen Wirbelwind der Wut hinein, und sein eigener Atem wurde zurückgeworfen und erstickte ihn. »Ich werde die Generatoren überprüfen.«

»Wenn das so ist, fangen Sie am besten gleich damit an.« Lady Kevarian schnippte mit einem Finger vor dem Eingangstor, das mit einem schallenden Gong aufflog. Sie schritt in den Schlund des Turms, den Blick nach vorn gerichtet und bereit zum Kampf.

Abelard rückte sein Gewand zurecht und folgte ihr. Als er in die Schatten der Anbetungshalle eintrat, machte sie eine erneute Geste und die Türen schlugen hinter ihm zu, was den sich wiederholenden Triumph- oder Klageschrei aussperrte: »Gott ist tot! Gott ist tot!«

*

Eine Wolkendecke verhüllte die untergehende Sonne. Der Himmel hätte Feuer fangen müssen. Stattdessen begann das Licht zu sterben. Tara und Cat fuhren in einer fahrerlosen Kutsche durch seine Todeskämpfe und beobachteten die Stadt.

»Ist es hier immer so bewölkt?«

»Nein«, sagte Cat, »obwohl man das nach den letzten Tagen nicht vermuten würde. Im Herbst ist es hier normalerweise klar, wegen der Passatwinde.« Die Farbe war in ihr Gesicht zurückgekehrt und die Fröhlichkeit in ihre Stimme. Ihre Hände lagen ruhig in ihrem Schoß, und sie lächelte, wenn auch schwach. Tara beobachtete, wie sich ihr Körper aus dem schwarzen Anzug herauskämpfte, und wusste, dass es besser war, die Veränderung nicht zu erwähnen.

»Sie segeln?«, fragte sie stattdessen.

»Nein. Ich höre nur Matrosen reden.«

Sie fanden die Krankenstation der Justiz so vor, wie sie sie verlassen hatten: weiße Anstaltswände, zu helle Böden und ein beruhigender Geruch nach Desinfektionsmitteln. Beruhigend zumindest für Tara, denn der Geruch signalisierte, dass die Leute, die diese Krankenstation betrieben, Desinfektionsmittel kannten. Es war überraschend, wie viel die Leute nicht wussten, wenn man die Städte der Todlosen Könige erst einmal verlassen hatte. Ein junger Mann in einer der Karawanen, denen sie sich angeschlossen hatte, nachdem sie Edgemont zum ersten Mal verlassen hatte, hatte allen Ernstes behauptet, dass Alkohol die Menschen betrunken mache, weil Dämonen seinen Geschmack mochten, in die Flaschen krochen und dort unsichtbar und unangreifbar schliefen. Wenn man den Alkohol trank, trank man die Dämonen. Verschiedene Dämonen mochten verschiedene Arten von Alkohol, weshalb ein Mann, der betrunken von Whiskey streitlustig war, nach einem Glas Wodka schlafen oder nach dem Trinken von Bier lachen würde.

Die anderen Mädchen in der Karawane hatten diese Theorie faszinierend gefunden, aber für Tara ließ diese Einfalt einiges zu wünschen übrig.

»Was wollen Sie hier sehen?«, fragte Cat und überholte sie im Flur.

»Den Jungen ohne Gesicht. Den Zeugen im Mordfall Cabot.«

»Ja.« Sie nickte. »Wir haben übrigens immer noch keine Hinweise auf das Gesicht. Wir durchforsten die örtlichen Kunstlieferanten, aber die Ausrüstung, um ein Gesicht zu stehlen, ist nicht sehr spezialisiert, wie sich herausstellte.«

»Es tut mir leid, das zu hören.« Irgendein armer Kunstwirkender hatte einen harten Tag und musste sich mit Schwarzanzügen in seinem Laden herumschlagen, aber besser er als Tara. Sie ließ die letzten Stunden, die sie mit Cat verbracht hatte, Revue passieren und versuchte herauszufinden, wann die Frau einen Bericht von den anderen Schwarzanzügen erhalten haben könnte. »Haben Sie Rücksprache gehalten, während ich im Gerichtssaal war?«

»Die Justiz sagte es mir, als ich den Anzug in der Bibliothek anzog.« Cat gestikulierte mit den Fingern einer Hand in der Nähe ihrer Schläfe.

»All diese Informationen kommen und gehen ohne Ihre Erlaubnis in Ihren Kopf. Götter.« Tara neigte nicht zum Fluchen oder zur Erwähnung von Göttern im Allgemeinen, aber beides schien angemessen.

»Was ist daran so seltsam?«

»Wie können Sie etwas einfach so in Ihren Verstand lassen? Die Justiz könnte Ihnen Knoten in den Kopf machen, wenn sie wollte.«

»Das würde sie nicht.«

»Sie wissen, was ich meine.« Ihre Stimme wurde scharf und Cat erstarrte mitten im Schritt. Tara wollte an ihr vorbeigehen, aber die andere Frau packte ihren Arm. Sie versuchte, Cat abzuschütteln, aber ihr Griff war fest. »Lassen Sie mich los.«

»Gibt es etwas, das Sie sich von der Seele reden müssen?«

Tara zog wieder, diesmal fester, aber ohne weiteren Erfolg. »Ich mag es nicht, wenn Leute mit meinem Kopf herumspielen. Ich kann nicht verstehen, wie Sie sich freiwillig auf diese Erfahrung einlassen konnten.«

»Die Justiz ist keine Person.« Cat war kalt und unbeweglich. »Wäre sie eine, würde ich es nicht zulassen.«

»Als ob Sie eine Wahl hätten.«

»Was soll das denn heißen?«

»Sie müssen Ihre Sucht befriedigen.«

Cat kniff die Augen zusammen. »Ich habe einen Job zu erledigen. Ich sorge für die Sicherheit dieser Stadt.«

Tara antwortete nicht.

Der plötzliche Wutanfall verging und Cats Schultern sackten herab. »Götter … hören Sie, wenn Sie reden wollen …«

»Nein. Danke.« Das zweite Wort spie sie beinahe aus.

Cat ließ los und Tara stürmte den Flur entlang. Auf der dritten Stufe merkte sie, dass sie nicht wusste, wohin sie ging.

»Wissen Sie, wo der Zeuge ist?«, rief sie über ihre Schulter.

»Ja.«

»Und?«

»Ich werde es Ihnen nicht sagen.« Tief in der Krankenstation wählte ein unsichtbarer Arzt diesen Moment, um einen gebrochenen Knochen zu richten oder einen Zahn zu ziehen. Der Schrei des Patienten hallte in dem leeren Flur wider, und Tara und Cat zuckten gleichzeitig zusammen. Offenbar waren diese Ärzte mehr mit Desinfektionsmitteln als mit Betäubungsmitteln vertraut.

»Was wollen Sie?«, fragte Tara.

»Sie vertrauen mir weniger, seit Sie wissen, dass ich ein Schwarzanzug bin, und mich nicht mehr nur für eine einfache Süchtige halten. Sagen Sie mir, was ich getan habe, was die Justiz getan hat, um Ihre Verachtung zu verdienen.«

»Es ist keine Verachtung.«

»Zur Hölle, natürlich ist es das. Würden Sie mir gegenüber mal ehrlich sein?«

Tara betrachtete Cat: ihre in die Hüften gestemmten Hände, ihren festen, ausladenden Mund, den Stahl hinter dem grünen Meer ihrer Augen, die Narben an ihrer Kehle, das Abzeichen der Justiz, das unter ihrem Hemd hing. Sie dachte an ihren eigenen Sturz von den Schulen, an Schiefer, der gesichtslos in einem schwarz verhangenen Raum mit weißen Wänden ruhte. Sie dachte auch an einen anderen Raum in demselben Gebäude, in dem Raz Pelham schlief. Er konnte nicht zu seinem Schiff zurückgekehrt sein. Sonnenbräune hin oder her, er wäre unterwegs verbrannt.

»Also gut«, sagte Tara. »Ich erzähle es Ihnen unterwegs.«

*

Die täglichen Wartungsberichte wurden im achten Stock des Heiligtums aufbewahrt, im fensterlosen Effizienzbüro im Herzen des Turms. Trotz seiner Lage war das Büro gut belüftet; Turbinen im massiven Heizraum darunter saugten Luft durch die Kammer, um die Temperatur der Kessel zu regulieren. Im Winter blieb das Büro dank der Nähe zu den Generatoren zehn Grad wärmer als der Rest des Gebäudes, im Sommer dank des Luftstroms zehn Grad kühler.

Genial.

Abelard hatte das Effizienzbüro zum ersten Mal im Alter von zwölf Jahren während einer Exkursion zur Einführung in die Theologie besucht. Er hatte ehrfürchtig um sich gestarrt, als ein Theologennovize, der Abelard damals so reif vorkam und höchstens sechsundzwanzig gewesen war, den zweiten Hauptsatz der Thermodynamik als Metapher für die Erbsünde verwendete. Beim Verlassen des Büros vergaß der zwölfjährige Abelard sofort die Farbe der Wände (rot), die Dimensionen (fünfzehn Meter breit und drei Meter hoch, mit einer Leiter in der Mitte, die hinunter zum Kessel führte) und sogar die Form (rund), ganz zu schweigen von der These des Theologen. Er erinnerte sich an das Belüftungssystem. Dies war die erste komplexe Maschine, die er verstand, und ihre Verbindung von physikalischen Gesetzen mit dem kreativen Funken des Menschen erfüllte ihn mit Freude und Liebe zu Gott.

Jetzt war Kos weg, aber das System blieb.

Er saß an einem der vier gebogenen Metallschreibtische in dem kreisrunden Raum. Der Schatten von einem Stapel aus Papieren, Bauplänen und Zeitplänen fiel auf ihn. Zuerst blätterte er durch die Aufzeichnungen der Energieproduktion und fand nichts Unerwartetes. Die Leistungsaufnahme der Generatoren erreichte ihren Höhepunkt am Abend und am Mittag, ihren Tiefpunkt zwischen Mitternacht und Morgengrauen und dann wieder zwischen drei Uhr nachmittags und der Dämmerung. Die Protokolle zeigten keine größeren Reparaturen und seit der Aufrüstung des Kühlsystems vor Monaten war nicht daran herumgepfuscht worden. Material- und Teileverbrauch normal. Aber die Serviceaufzeichnungen der letzten Tage …

Er hob eine Hand. Ein paar Sekunden und das Rascheln einer Robe später hörte er die Stimme einer Frau. »Ja, Bruder?«

Er sah von den Aufzeichnungen auf und in die mandelförmigen Augen und das runzlige Gesicht von Schwester Miriel, die schon länger über das Effizienzbüro herrschte und dessen Archive führte, als die meisten Kardinäle sich erinnern konnten. Schwester Miriel war der Grund dafür, dass kein junger Novize jemals der Wartungsabteilung erfolgreich einen Streich gespielt hatte. Sie war entwaffnend süß, aber bösartig clever, und entdeckte jede platzierte Gasbombe, jedes vertauschte Dokument und jeden falsch beschrifteten Topf mit Klebstoff rechtzeitig, damit die Streiche ihrer Urheber nach hinten losgingen.

»Schwester«, sagte er, »ihr habt in den letzten drei Tagen doppelt so viele Wartungsschichten wie üblich eingelegt, aber keine Reparaturen durchgeführt.«

»Wir hätten doch repariert, wenn wir gefunden hätten, was wir reparieren müssen, oder?«, antwortete sie bedauernd.

»Das möchte ich meinen.«

»Na also.« Sie beugte sich vor und überflog die Pläne und Stundenzettel. »Wir sind einem Fehler im System auf der Spur. Obwohl da, um ehrlich zu sein, weniger ein Fehler drin ist, sondern eher der Wurm.«

»Wurm?« Das war ein neuer Begriff für Abelard.

»Fehler sind an einem Ort und bleiben dort. Ein Wurm kriecht umher.«

Er zeigte auf den Papierkram. »Ich sehe keine Serviceausfälle.«

»Weil du gedanklich falsch an das Problem herangehst«, sagte sie mit der Freundlichkeit einer Großmutter, die Süßigkeiten anbietet. »Unsere Generatoren sind redundant, also würdest du keinen Leistungsabfall bemerken. Sieh hier!«

»Das Kühlmittelsystem arbeitet unterhalb seiner Kapazität.«

Schwester Miriels Kopf wippte, und Abelard fühlte sich, als sei er wieder in der Schule.

»Was bedeutet ...« Er betonte die Worte einzeln, während er sprach. »Der Auspuff ist nicht so heiß, wie er sein sollte. Die Wärme muss schon entweichen, bevor die Abluft das Kühlsystem erreicht.«

»Genau das denken wir auch, aber wir haben kein Leck gefunden, obwohl wir das System auseinandergenommen haben.«

»Das hätte Wochen gedauert, nicht nur drei Tage mit Doppelschichten.«

»Es hat Wochen gedauert.« Sie zeigte auf den Zeitplan. »Wenn du dir die älteren Wartungsprotokolle ansiehst, wirst du sehen, dass unsere Belegschaft seit Monaten Überstunden macht. Das Problem tauchte erstmals im Frühjahr auf, obwohl es damals vorhersehbar war – jede Nacht, zwischen ein und vier Uhr morgens. In den letzten paar Tagen wurde die Ableitung chaotisch. Gestern gab es eine Spitze kurz vor der Morgendämmerung und ein oder zwei kleine Schwankungen in den Tagen davor. In den letzten vierundzwanzig Stunden jedoch nichts mehr. Es gibt kein für uns erkennbares Muster.«

Zwischen ein und vier Uhr morgens, als er vor einem Altar kniete und vergeblich auf eine Antwort Gottes auf seine Gebete wartete. »Es hat sich vor drei Tagen geändert?«

»Eigentlich noch etwas früher, aber das frühmorgendliche Absaugen hat vor drei Tagen aufgehört. Wir fragten uns, ob unsere aktuellen theologischen« – sie zögerte aus Anstand – »Schwierigkeiten daran schuld waren, aber das Problem ist nicht schlimmer geworden, nur weniger vorhersehbar. Wir haben den ganzen Tag auf einen erneuten Vorfall gewartet, vergeblich.«

Abelard blätterte zu einer anderen Seite der Schemata und versuchte, nicht an die »aktuellen theologischen Schwierigkeiten« zu denken. Die Schreie der Menge hallten in seinem Kopf wider. Er konnte zusammenbrechen oder weiterarbeiten. Die Entscheidung lag auf der Hand, aber sie war nicht leicht.

»Bruder«, sagte Miriel nach einer stillen Pause. »Ich höre, du begleitest die Gottlosen.«

»Das stimmt.«

»Wie sind sie denn so?«

Diese beiden Rohrstücke auf dem Schaltplan stimmten nicht überein. Waren das wirklich Karten desselben Unterabschnitts? »Die Jüngere … Sie will stark sein. Die Ältere, ich weiß nicht, was ich über sie sagen soll.«

»Werden sie uns helfen?«

Er war kurz davor, Haarspalterei über die Definition von Hilfe zu betreiben, aber das war nicht das, was Schwester Miriel hören wollte. »Ich denke schon.« Er rollte die Blaupausen zusammen und schob sie zurück in ihre Behältnisse.

»Bist du fertig mit den Schaltplänen?«

»Nein«, sagte er und warf einen Blick die Leiter hinunter in die feuchte Dunkelheit des Kesselraums. »Kann ich mir eine Laterne leihen?«

*

»Ich habe zum ersten Mal erkannt, dass ich eine Begabung für die Kunst habe«, sagte Tara, »als ich vielleicht fünf oder sechs war.« Ihre Absätze klapperten in perfektem Rhythmus den Flur hinunter. »Viel wichtiger ist, dass ich sie mochte. Ich mochte es, sie anzuwenden, sie um mich herum zu haben. Es war fast ein religiöses Gefühl. Ich wollte mit der Kunst etwas aus meinem Leben machen, also musste ich Edgemont verlassen. Was in Ordnung war, denn das hatte ich sowieso vor.«

Sie wartete darauf, dass Cat etwas sagte, aber das tat sie nicht. Sie gingen im Gleichschritt. Tara hätte genauso gut allein unterwegs sein können, hätte sie da nicht die andere Frau an ihrer Seite gesehen.

Gut! Das hier war auch ohne Unterbrechung schwer genug.

»Ich nahm eine Arbeit bei der nächsten Handelskarawane an, die durch die Stadt kam, zog ein paar Jahre lang mit ihnen umher und lernte alles, was ich konnte, von ihren unbedeutenden Kunstwirkenden, kämpfte gegen Plünderer und hielt die Skorpionmenschen in Schach. Eines Nachts, nachdem das Lagerfeuer erloschen war, saß ich nackt auf dem Sand, um das Sternenlicht aufzusaugen, das ich für die Kunst am nächsten Tag brauchen würde, und ich sah nach oben und entdeckte die Verborgenen Schulen: Türme, die sich aus der Luft erhoben und in den leeren Raum stürzten, Schlösser mit Brüstungen an beiden Enden, schwebende Kugeln aus Glas und Kristall von der Größe des Dritten Kunstgerichtshofs.

Ich war schockiert. Ich hatte seit Monaten zu den Schulen gerufen, wie jede junge Kunstwirkerin es tut, die dort studieren will, aber sie hatten nie geantwortet.

Ich könnte Ihnen von der Regenbogenbrücke erzählen, die mir Einlass gewährte. Sie führte von der Halle der Ältesten mit den zwölf Türmen herab, einem Gebäude, das so alt war, dass es wieder neu wurde; ich könnte Ihnen von den Herausforderungen erzählen, denen ich mich beim Erklimmen dieses Regenbogens gegenübersah, von Macht und Kunst und List; ich könnte Ihnen davon erzählen, wie ich in den Verborgenen Schulen willkommen geheißen wurde, während sie sich in Wolken hüllten, die keine Wolken waren. Aber das ist alles nicht wichtig für meine Geschichte.

Ich hatte zum ersten Mal seit Jahren ein eigenes Zimmer und nicht nur eine Pritsche, und eine Mitbewohnerin, woran ich mich erst einmal gewöhnen musste. Ihr Name war Daphne, und ihre Familie bestand seit jeher aus Kunstwirkenden, die zuvor Theologen gewesen waren. Was ich über die Welt der Kunstwirkenden nicht wusste, half sie mir zu lernen. Sie gehörte zu den Menschen, die man bei der ersten Begegnung ein wenig hasst, bis man merkt, dass ihr großzügiges Verhalten keine Masche ist.«

Tara zog die Pause etwas in die Länge. Sie atmete ein und hörte ein schwaches Einatmen neben sich. Cat bog links ab. Tara folgte ihr.

»Sie stellte mich Professor Denovo vor. Er war der berühmteste Lehrer an der Fakultät, wenn nicht sogar der beliebteste, und sie nahm mich zu einem Abendessen mit, das er für seine fortgeschrittenen Studenten gab. Denovo kam von ganz unten, so wie ich. Seine Familie war wohlhabend gewesen, Uhrmacher, hatte aber keine Ahnung von der Kunst, bis ihr Sohn sich als Wunderkind erwies. Schon bald begannen Daphne und ich, in seinem Labor zu arbeiten. Dort fand ich Kameradschaft, Akzeptanz, ein gemeinsames Ziel. Ich bin sicher, Sie haben dasselbe gefühlt. Ihre Bindung zu der Justiz ist wahrscheinlich ähnlich wie die zwischen Denovo und seinen Schülern, und das ist kein Wunder. Es war Denovo, der vor vierzig Jahren Serils Leiche aufbrach und sie wieder zu der Justiz zusammenflickte. Nur wenige erkennen, wie blind der Mensch für Veränderungen ist. Am Anfang verbrachte ich eine Stunde am Tag in seinem Labor, ein paar Wochen später waren es sechs. Das Labor wurde mein Leben und sein Rhythmus bestimmte den meinen. Ich träumte von der Arbeit, und sie schien mir ganz natürlich, so natürlich, wie Sie jetzt mit mir Schritt halten. Meine Kräfte schwanden, Stück für Stück. Nach Wochen kämpfte ich darum, selbstständig eine Kerze außerhalb der Labormauern anzuzünden. Die Gespräche mit Denovo sprühten vor Witz und Leben, und der Rest der Welt wurde im Vergleich dazu dunkel, doch ich bemerkte es nicht.

Ich bemerkte nicht, dass Daphne aufhörte zu lachen. Aber eines Tages wurde mir klar, dass ich mich nicht daran erinnern konnte, wann sie das letzte Mal gelächelt hatte. Ich konnte mich auch nicht daran erinnern, wann ich das letzte Mal gelächelt hatte. Ich untersuchte uns beide und die anderen, die in unserem Labor arbeiteten. Mein Kopf fühlte sich an wie mit Watte ausgestopft, aber nach Tagen konnte ich das Netz der subtilen Kunst nachverfolgen, das Denovo durch unsere Seelen gewoben hatte. Im

Dienste seines Willens arbeiteten wir wie ein gewaltiger Organismus. Außerhalb seines Zwecks waren wir nur halb wir selbst oder noch weniger.

Ich habe ihn damit konfrontiert. Er lachte. ›Wir leisten gute Arbeit‹, sagte er. ›Besser als alle Kunstwirkenden der Geschichte. Gemeinsam erreichen wir Großes.‹

›Nicht aus eigener Kraft‹, sagte ich, ›oder für uns selbst. Wir erreichen Großes für Sie.‹

›Jemand muss unsere Studien leiten‹, antwortete er. Er forderte mich auf, zu den Leitern der Schulen zu gehen und ihn zu entlarven. Das tat ich.«

Noch eine Kurve. Eine Treppe. Eine Krankenschwester schob einen kleinen Rollwagen mit blutigen Messern an ihnen vorbei.

»Denovos Labor, so sagten sie, sei eins der größten Lernzentren der Welt. Das Labor förderte das Wissen aller Kunstwirkenden überall. Sie stellten mein Urteilsvermögen infrage, stellten meine Prioritäten infrage, während er seine Studenten aussaugte und durch die Macht, die er ihnen stahl, fett wurde. Ich versuchte zu kündigen, aber er ließ mich nicht. Ich versuchte, ihn zu stürzen, aber mit seinem Labor im Rücken war er zu stark. Daphne schlief eines Tages nach einer Woche Arbeit ohne Pause in ihrem Zimmer ein und wachte nicht mehr auf. Ihre Eltern kamen, um sie nach Hause zu holen. Ich habe sie nie wieder gesehen.

Eines Nachts, nachdem die Studenten gegangen waren, schlich ich mich in Denovos Labor und brannte es nieder. Dieser Ort war der Mittelpunkt des Netzes, das er durch uns alle gesponnen hatte. Als das Labor brannte, spürte ich, wie sein Griff um meine Seele ebenfalls verbrannte. Die Macht kehrte zu mir zurück. Meine Kunst gehörte wieder mir.

Ich habe nicht breitgetreten, was ich getan hatte, aber ich habe auch kein Geheimnis daraus gemacht. Als Denovo meine Rebellion entdeckte, zerrte er mich vor den Disziplinarausschuss. Er wollte mich töten, aber es gab keine Strafe, die es erlaubte, einen Schüler zu töten. Stattdessen wurde ich graduiert, denn es gibt keine Regel, die besagt, dass die Schule dich nach deinem Abschluss irgendwo absetzen muss, wo du überleben kannst. Ich bot der gesamten Fakultät die Stirn und lachte, als sie mich über der Weltspalte hinunterwarfen, nicht weit, wie ich annehme, von der Stelle, an der Seril starb.

Ich überlebte.«

Cat blieb vor einer blanken Holztür stehen, an die eine Messingnummer genietet war. Dahinter war kein Geräusch zu hören, nicht einmal ein Atemzug. Tara spürte das Kribbeln ihrer eigenen Kunst im Inneren. Das war der Ort.

Sie legte eine Hand auf Cats Schulter und drückte fest zu. Ihre Nägel gruben sich leicht durch die Baumwolle in die Haut, aber Cat schreckte nicht auf oder zog sich zurück. Die anderen Anzeichen stimmten auch alle, als sie sie überprüfte. Leicht geweitete Pupillen, Atmung im Takt von Taras Atmung. Als sie die Augen schloss, sah sie die winzigen Fäden, die jetzt Cats Geist mit ihrem verbanden.

In drei Zuständen ist der Geist am verletzlichsten, hatte Professor Denovo ihr einmal gesagt: in der Liebe, im Schlaf und wenn man von einer Geschichte gefesselt ist. Cat hasste Gargoyles. Sie hätte weder verstanden, dass Tara Schiefer schützte, noch würde sie glauben, dass er unschuldig war. Selbst wenn Cat es durch ein Wunder glaubte, würde die Justiz es nicht tun, und Cat war zu sehr im Bann ihrer dunklen Herrin, um sich lange dagegen zu wehren, ihren schwarzen Anzug anzulegen. Als Tara in die dunklen, verständnislosen Augen der anderen Frau sah, verspürte sie einen Moment intensiven Selbsthasses für das, was sie getan hatte und im Begriff war zu tun.

»Cat?«

Ein langsames »Ja« folgte eine Sekunde später, als hätte Cat vergessen, wie sie ihre eigene Stimme benutzen konnte.

»Ich werde den Zeugen überprüfen. Suchen Sie nach Beweisen, die die Justiz übersehen haben könnte.«

Diesmal eine wachere Antwort. »Ja.«

»Ich schaffe das allein. Ich werde in Sicherheit sein. Ich möchte, dass Sie auch sicher sind und dass Captain Pelham in Sicherheit ist. Wenn er verletzt ist, verlieren wir unsere beste Spur in diesem Fall.«

»Soll ich nach ihm sehen?«

So funktionierte Denovos Trick in seiner subtilsten Form. Das Ziel verlor seinen Willen nicht, sondern wurde formbar, dankbar für die Anleitung. »Ja. Ich denke, Sie sollten dafür sorgen, dass es ihm gut geht.«

Cats Schritte klangen schwerer als sonst, als sie den langen weißen Flur hinunterging.

Es gab eine Hölle und darin gab es Dämonen. Tara hatte sie besucht, in den Schulferien. Niemand wusste viel über die Gesellschaft oder die Motive der Dämonen, und es gab erhebliche Meinungsverschiedenheiten darüber, ob sie tote Seelen einfingen oder sie nur kopierten, bevor sie woanders hingingen. Die Dämonen selbst hielten sich zu diesem Thema bedeckt.

Aber wenn böse Seelen in der Hölle für ihre Sünden gequält wurden, erwartete Tara, dorthin unterwegs zu sein.

Sie öffnete die Tür zu Schiefers Zimmer und trat ein.

14

Abelard schwang sich von der letzten Sprosse der Leiter an ein überhängendes Rohr und ließ sich in das in Rot getauchte Dunkel des Heizraums fallen, wo er leicht auf den Füßen landete. Dampf- und Kühlmittelleitungen schlängelten sich um und über ihm wie Dschungelranken, dahinter drängten sich die Kessel, riesig und rund und warm. Die feuchte Luft kondensierte zu einem glatten Film auf seiner Haut und vermischte sich mit neuem Schweiß. Die Hitze war so vertraut und drückend wie die Erinnerungen an eine unangenehme Kindheit.

Aber der Teil seiner Kindheit, den Abelard im Schatten dieser riesigen klirrenden Maschinen verbracht hatte, war nicht unangenehm gewesen. Eher komplex, voller Abenteuer, Versteckspiel und knappem Entkommen. Die winzigen Ritzen, die erwachsene Ingenieure als Begleiterscheinungen einer schlechten Konstruktion verachteten, schimmerten in den Augen eines Kinds wie silberne Wege in die Freiheit. Dieses schweißtreibende, verwinkelte Labyrinth zu meistern, jeden Weg und jedes Hindernis zu kennen, war eine Quälerei der Faszination und Besessenheit. Abelard und seine Freunde näherten sich dem Garten aus Metall, als wären sie die ersten Menschen auf der Welt, verzehrt von jeder Facette, Schöpfer im Akt der Entdeckung.

Der Heizraum war kein sicherer Ort zum Spielen, oft verletzten sich Kinder dabei. Abelard rühmte sich einer halbmondförmigen Narbe auf seinem Bauch. Ein herabfallender Träger hatte seine lederne Arbeitsschürze und sein Gewand zerrissen und sich in seine Seite gebohrt, als er dreizehn war. An diesem Nachmittag spürte er zum ersten Mal die heilende Berührung seines Gottes, das heilige Feuer, das seine Haut versengte, schwärzte und reinigte.

Er riss sich von den Kesseln los und schwang sich in die Höhe. Er rutschte und hangelte sich von Rohr zu Träger zu Gerüst, bis die sinkende Temperatur den Dampf, der von seiner Haut aufstieg, knistern und heiß werden ließ. Die Generatoren des Heiligtums waren ein geschlossenes System, wenn auch unvollkommen. Wasser floss in die massiven Kessel, wo es zu Dampf wurde, der die Turbinen antrieb, die Alt Coulumbs Züge und Lichter und Aufzüge und die endlosen kleineren Mechanismen antrieben, und durch die vier Millionen Menschen auf engem Raum leben konnten, ohne an ihrem eigenen Dreck zu ersticken.

Überhitzter Dampf schoss durch eine Reihe von Abgasrohren in den vierzehnten Stock, wo das Kühlsystem seine eisigen Ranken um Kos' heiße Eisenadern schlang. Das Kühlmittelsystem war bei Weitem gefährlicher als die Dampfrohre. Diese konnten verbrühen und verbrennen, aber die Kühlranken würden das Fleisch mit der Stärke von Eis umklammern, und nicht alles heiße Wasser der Welt konnte die so gefrorene Haut auftauen. Als ihm das Prinzip der Generatoren erklärt wurde, hatte Abelard sich das Kühlsystem als ein gefräßiges Monster vorgestellt, das Wärme und Leben verschlang. Sein Albtraum aus der Kindheit kam der Wahrheit recht nahe.

Er duckte sich unter ein paar baumelnden Ketten hindurch und näherte sich dem dicken Netz von Kühlmittelspulen, die glitschig und glänzend vor Frost waren. Jede Spule wickelte sich dreimal um ein Auspuffrohr, bevor sie die so abgeleitete Wärme zurück in den Kern des Kühlsystems trug, das wie ein hungriger Schlund in der Dunkelheit darüber wartete. Er kletterte darauf zu.

Einst, so erzählte Schwester Miriel gern, hatte es kein Kühlsystem gegeben. Früher gewährte Seril den Rohren ihre Berührung von Mondlicht und Eis und kaltem Stein und rief ihr Element zu sich zurück: rauschendes, kühl fließendes Wasser. Als Seril starb, suchte die Kirche verzweifelt nach einer anderen Lösung.

Seril. Die tote Göttin hatte in den letzten zwei Tagen eine große Rolle in Abelards Leben gespielt. Während er durch das monströse Gewirr des Kühlsystems kletterte, fragte er sich, wie anders das Leben in Alt Coulumb gewesen war, als sie noch lebte. Wie waren diese Nächte gewesen, erhellt von einem wachsamen Auge, bewacht von Kreaturen, die mächtig, unvollkommen und leidenschaftlich waren, ebenso wild wie unerbittlich? Hatte der Mond heller auf die Stadt geschienen? Hatte der Vollmond das Blut vor Freude in Wallung gebracht? War auch Kos anders gewesen?

Solche Gedanken grenzen an Blasphemie, aber als er auf dieses Gerüst kletterte, mit einer glimmenden Zigarette im Mundwinkel, ohne jemanden in der Nähe, während sein Gott tot im Sternenlicht jenseits des Menschenreichs lag, gestattete Abelard sich diese Fragen.

Wie war Kos gewesen, als Seril lebte? Die Mönche sagten, Gott hätte die volle Kraft seiner Liebe in diesen Tagen zurückgehalten, aus Angst, er könne die Welt zu Asche verbrennen. Abelard hatte gespürt, wie die Flamme von Lord Kos sanft gegen seine eigene sterbliche Seele schlug, aber hatte Er auch damals einen Teil von sich selbst zurückgehalten? Könnte Serils Anwesenheit dafür gesorgt haben, dass Kos noch näher an sein Volk heranrückte? Wäre er gestorben, wenn sie noch lebte?

Der schmale Spalt, den Abelard erklommen hatte, öffnete sich; er trat vom Gerüst auf eine weite Ebene aus schwarzem Fels. Es war die Decke einer ganzen klerikalen Etage, die unter ihm lag. Er fand sich in eine Dunkelheit gehüllt, die so tief war wie der Abgrund. Die Luft war kühl wie eine Winternacht und es gab keine Lampen. Licht war Wärme und dieser Raum war der tödlichen Kälte geweiht.

Die Kammer war drei Stockwerke hoch und fast so breit wie das Heiligtum selbst. Dicke und dünne Masten überbrückten die Spanne vom Boden bis zur Decke: Treppen, Personenbeförderungsanlagen, große Aufzüge für Fracht oder Gruppen von Bittstellern, alle eingehüllt in Isolierungsschichten, um zu verhindern, dass warme Außenluft die kühle Leere verschmutzte.

Abelard leuchtete mit dem schmalen Strahl seiner Blendlaterne in die Schwärze.

Von der gewölbten Decke und den rauen Steinwänden hing an dicken Ketten die riesige, verschlungene Doppeltoroidspule des zentralen Kühltanks. Schwarzes, glattes Metall, das den Strahl seiner Laterne verschluckte.

Er wünschte, er hätte Taras Feingespür für die Kunst, denn der zentrale Kühltank war kein Produkt sterblicher Technik. Sein Innenleben war selbst für die gewissenhaftesten und treuesten Priester von Kos ein Rätsel. Sie wussten, dass der schwarze Kasten Wärme verbrauchte und sie über einen unsichtbaren Mechanismus an die Justiz weiterleitete, um die Schwarzanzüge der ganzen Stadt zu versorgen. Das war alles. Er lag wie eine offene Wunde in der Mitte von Abelards Geist, ein Affront gegen die Gesetze des Universums.

Er setzte sich auf den Stein und schloss seine Laterne.

Die Dunkelheit brach über ihm herein, schwärzer als jede Nacht, die er je erlebt hatte. Er war schließlich ein Stadtkind. Die Spitze seiner Zigarette brannte gegen kalte Schatten.

Er schloss die Augen und zeichnete in seiner Erinnerung die Wege der vierhundertzweiundsiebzig fadenförmigen Kühlmittelleitungen nach, die sich über kalten Stein und durch leere Luft zum zentralen Tank schlängelten. Sie leuchteten vor seinem geistigen Auge auf, präzise und genau.

Er atmete ein und sein Atem gefror in seiner Brust.

Sie leuchteten nicht nur vor seinem geistigen Auge, sondern auch in der Schwärze hinter seinen Augenlidern.

Er öffnete die Augen und sah nichts. Er schloss sie, und die Kühlmittelrohre schimmerten silbern und kalt im leeren Raum. Die silbernen Linien schienen auf die Rückseiten seiner Augenlider gemalt, oder vielmehr schienen seine Augenlider zu Filtern geworden zu sein, die nur dieses Licht durchdringen konnte.

Für seine geschlossenen Augen war der Kühlmitteltank ein Gewirr wie ein silbernes Uhrwerk. Sein Inneres drehte und wendete sich, und an manchen Stellen wickelte sich silbernes Licht um unsichtbare physische Zahnräder, Kolben und Nockenwellen. Die Energie floss an den Ketten hinunter, die den Tank in der Luft hielten, und verlief über versteckte Pfade quer durch die Stadt zum Tempel der Justiz.

Er inhalierte Rauch und stieß ihn aus. Das Licht leuchtete heller. Er öffnete die Augen und die silbernen Visionen verschwanden.

»Was ist das?«, fragte er den leeren Raum und die Maschinen.

Sie antworteten nicht, aber etwas in ihm flüsterte: *Such weiter!*

Er schloss wieder die Augen. Linien aus Spinnenseide füllten das Schwarz, aber nicht alle waren silbern. In ihrer Mitte verlief eine rotgoldene Linie über den Boden und verschwand im Gestein. Diese Linie war dunkler als die anderen, strahlte kaum Licht ab. Inaktiv. Sie war nicht mit dem Kühlsystem verbunden, schlussfolgerte er, und daher fehlte ihr der blasse, hungrige Farbton des Kühlsystems.

Er öffnete die Augen und den Deckel seiner Laterne und warf einen schmalen Lichtstrahl den Verlauf der anomalen Leitung entlang, die mit Eisenbolzen am Stein befestigt war. Sie war weniger korrodiert als die umliegenden Kühlmittelleitungen, unterschied sich aber nicht von ihnen in Größe und Ausführung. Jemand hatte beabsichtigt, dieses Rohr in das Kühlsystem zu integrieren. Ohne seine neu gewonnene Sehkraft hätte Abelard den Unterschied nie bemerkt. Kein Wunder, dass die Wartungsteams nichts entdeckt hatten.

Er kehrte zum Gerüst zurück und verfolgte den Verlauf des Rohres nach unten in die Saunahitze des Heizraums. Seine Beute wickelte sich um das primäre Dampfabzugsrohr wie Efeu um den Stamm eines alten, absterbenden Baums. Es zehrte von der Hitze und zog sie ab – jetzt langsam, aber er vermutete, dass es sie schneller abziehen konnte und tatsächlich genug Hitze abzwackte, um der Justiz selbst Energie zu stehlen. Dies war zweifellos die Ursache für die Kühlmittelschwankungen, die Schwester Miriel beobachtet hatte.

Er kletterte wieder zurück durch die Dunkelheit, mal vom Laternenlicht geleitet, mal von der Vision, die vor seinen geschlossenen Augen schwebte.

Er kehrte in die Kammer des Kühlsystems zurück und verfolgte das fehlgeleitete Rohr, bis es in der Nähe eines Treppenhauses in den Boden eintauchte. Abelard verglich das Muster der Lüftungs- und Energieleitungen mit dem Grundriss des Heiligtums, der in sein Gedächtnis eingebrannt war, und identifizierte die Räume darunter. Hauptsächlich Büros, ein Skriptorium, eine Versammlungshalle. Er kannte das Heiligtum besser als seinen eigenen Körper, aber er wusste nicht, wohin dieses Rohr führte.

Er hielt inne, um sich eine weitere Zigarette an der Glut seiner letzten anzuzünden. Er inhalierte und schloss die Augen.

Drei Schritte zu seiner Linken, neben dem roten Band der falschen Kühlmittelleitung, brannten die Umrisse eines roten Quadrats auf dem Boden, ein paar Meter auf jeder Seite. An einem Rand des Quadrats beleuchtete das seltsam dumpfe Licht eine Vertiefung im Felsen, die unsichtbar war, als Abelard denselben Raum mit seiner Laterne untersuchte.

Ein verborgener Griff.

Er legte seine Finger in die Vertiefung und spürte, wie sie sich um einen metallenen D-Ring schlossen. Als er daran zog, bewegte sich das gesamte Quadrat des Steins an einem unsichtbaren Scharnier nach oben. Abelard erwartete, dass der Stein schwer sei, aber er ließ sich leicht in seinem Griff anheben.

Unterhalb der verborgenen Tür führte ein Tunnel hinab in eine Dunkelheit, die Abelards neues zweites Augenlicht nicht durchdringen konnte. Eine Leiter war an die runde Wand des Tunnels genietet.

Er schaute sich um und dachte, dass er Hilfe holen sollte. Aber der Zugang zum Kesselraum war auf Priester und Mönche und die gelegentlichen, streng überwachten Berater beschränkt. Ein so komplexes Projekt wie dieses zu bauen, mit geheimen Türen und Tunneln und Rohren, erforderte Zeit und Kraft, oder Zahlen, oder alles zusammen. Ein Außenstehender hätte das ohne Hilfe aus dem Inneren der Kirche nicht schaffen können.

Er dachte zurück an Schwester Miriels ruhige Zuversicht, an ihre Verblüffung über das Kühlmittelproblem. Aufrichtig? Oder sorglos, weil sie wusste, dass er nicht finden konnte, was sie und ihre Kameraden versteckt hatten?

Vielleicht hatte Tara ihn paranoid werden lassen, aber Abelard war nicht in der Stimmung, jemandem zu vertrauen.

Er setzte einen Fuß auf die Leiter und stieg allein hinunter.

*

Miss Kevarian fand Kardinal Gustave weder in seinem Büro noch in der Bibliothek. Ein Adjutant sagte, er sei auf die Dachterrasse gegangen, um zu meditieren. Sie suchte ihn dort auf.

Als sie die Treppe erklomm, fand sie den Kardinal auf seinen Stab gestützt am Rand des Dachs. Normalerweise erstreckte sich Alt Coulumb von diesem Aussichtspunkt aus von Horizont zu Horizont, aber heute lagen Wolken wie dicke Wolle um das Heiligtum. Die Welt endete in einer leeren Weite jenseits des Turms, als hätte irgendein Gott vergessen, den Rest des Bilds auf das Blatt zu malen, oder nachdem er es gezeichnet hatte, die Stirn gerunzelt und zum Radiergummi gegriffen. Der Lärm der Menschenmenge unten war kaum zu hören, ein undifferenzierter Klangbrei in der nebligen Tiefe.

»Ihr Volk ist wütend«, sagte sie ohne Vorrede.

»Ihr Glaube ist schwach.«

»Sie wollen jemanden, der ihnen die Situation erklärt. Ihre Ängste beschwichtigt.«

Er reagierte nicht. Wind peitschte seine Robe um ihn herum – aber er wurde von ihm nicht erfasst.

»Ich wollte mit Ihnen über die Wiederauferstehung von Kos sprechen.«

»Sprechen Sie.«

»Wir brauchen eine Strategie für den Wiederaufbau von Kos, und für mich ist der erste Schritt zu verstehen, was die Kirche will. Was Sie wollen.«

»Ich will.« Er sagt diese Worte nicht oft, dachte sie. »Ich will meinen Herrn zurück. So wie er war.«

»Kos, wie Sie ihn kannten, ist fort, Kardinal. Wir können ihn wiederauferstehen lassen, aber wir können nicht alles retten. Ich muss Ihre Prioritäten kennen.«

»Unsere Priorität«, sagte der alte Mann, »ist es, Alexander Denovo zu schlagen.«

Miss Kevarian trat zu ihm an den Rand des Turms. Sie erinnerte sich an die Anspannung in seiner Stimme bei dem kurzen Gespräch mit Denovo im Gerichtshof. »Dies ist kein kontradiktorisches Verfahren. Wir gewinnen in dem Maße, wie wir bekommen, was wir wollen. Denovo verliert in dem Maße, in dem er nicht bekommt, was seine Mandanten wollen.« Wind erfüllte die Stille. Durch den Nebel hörte sie das mechanische Rauschen eines vorbeifahrenden Zugs. »Es sei denn, Sie wissen etwas, was ich nicht weiß.«

»Ich erinnere mich, dass Sie nicht viel älter waren, als Ihr Lehrling jetzt ist«, sagte der Kardinal. »Und dass ich jünger war.«

»Das waren sie.«

»Es scheint nicht fair zu sein, dass alle Dinge dieser Welt vergehen – dass Götter vergehen – und Sie nicht.«

»Ich fasse das als Kompliment auf.«

»Ich meine nicht Sie im Besonderen. Ihre Leute. Kunstwirkende. Kunstwirkerinnern. Weiterlebend, unantastbar.«

Seine Worte erstarben irgendwo in den Tiefen der Wolke.

»Wohl kaum unantastbar«, sagte sie.

»Denovo ist noch weniger gealtert als Sie.«

»Er trinkt das Leben derer, die ihm zu nahekommen. Stiehlt ihre Jugend. Außerdem«, sagte sie nach einer Pause, »benutzt er Feuchtigkeitscreme.«

Das war als Scherz gemeint, aber der Kardinal lachte nicht.

»Kardinal, Sie müssen mir sagen, ob Sie mir etwas über Ihre Beziehung zu Denovo verheimlichen.«

Keine Antwort. Weit unten hörte sie laute Stimmen.

»Als Sie ihn am Gerichtshof trafen, verhielten Sie sich so, als hätte er Sie persönlich verletzt. Das allein bedeutet wenig, aber heute Nachmittag besuchte ich einige Ihrer Gläubiger, seine Mandanten. Sie sagten mir, dass er sich diese Position ergaunert hat. Er arbeitet praktisch umsonst und das ist nicht sein Stil. Er wäre nicht hier, wenn er nicht glaubte, dass er etwas zu gewinnen hat, aber Ihr Sachverhalt scheint überzeugend zu sein. Es sei denn, er weiß etwas, das ich nicht weiß.«

Gustave wandte sich vom Abgrund ab, weg von ihr. »Sie wissen, dass der Technikerkardinal für die Aufrechterhaltung der Justiz verantwortlich ist.«

»Ja.«

»In den letzten Monaten hat die Justiz am frühen Morgen einen Energieabfall gespürt. Die Schwarzanzüge werden auf der Patrouille schwächer und die Gedanken der Justiz werden träge. Unsere Leute stellten fest, dass dieses Problem mit Kunst zu tun hat, aber sie konnten die Quelle nicht finden. Wir schickten eine Nachricht an Denovo, den Chefarchitekten der Justiz. Er kam, beriet mich bezüglich unseres Problems und ging wieder.«

»Er hat nichts davon erwähnt, als Sie sich im Gerichtssaal trafen, weil …?«

»Wir beide hielten es für das Beste, dass seine Konsultation geheim bleibt. Die Kirche wollte nicht, dass die Justiz schwach erscheint, und Denovo wollte nicht, dass jemand von der Wartungsbedürftigkeit seines größten Konstrukts erfährt.«

Ein Windstoß wehte den langen Mantel Miss Kevarians wie einen Umhang hinter sie. Sie steckte die Hände in die Taschen. Sie hörte – genau wie er – den fernen, sich wiederholenden Ruf: »Gott ist tot! Gott ist tot!«

»Ich glaube, Denovo hat während seiner Beratung für Sie etwas entdeckt«, sagte Miss Kevarian. »Etwas, das ihn glauben ließ, dass Kos schwächer war, als er schien. Da er das wusste, positionierte er sich, um die Gläubiger zu vertreten, als Kos starb.«

Kardinal Gustave drehte sich zu ihr um. Sein Ausdruck war betont ausdruckslos. »Warum? Wie könnte er durch seine Position als Rechtsvertreter profitieren?«

»Genau meine Frage.«

Gustave betrachtete dies und Miss Kevarian und die Wolken

um ihn herum mit festem, starrem Ausdruck. Ohne etwas zu sagen, ging er zur Treppe, die zurück in die Tiefen des Heiligtums führte.

»Wohin gehen Sie?«, fragte sie.

»Wohin wohl? Ich werde mit meinem Volk sprechen.« Sein Stab klopfte in langsamem, unerlässlichem Rhythmus. »Ich werde ihnen zeigen, dass die Wahrheit von Kos Bestand hat, trotz ihrer Schwäche.«

»Angewandte Theologie wird nicht funktionieren«, sagte sie, obwohl er das bereits wusste. »Kos' Körper mag überleben, aber seine Seele ist fort. Er wird Ihnen nicht helfen können, seine Kraft zu lenken.«

»Er hat ein wenig seiner Macht für den täglichen Gebrauch seinen Priestern bereitgestellt. Das wird während der Dunkelheit des Monds reichen, für die Generatoren und Züge und all den Rest.«

»Ohne Kos kann man seine Macht nicht formen und verfeinern. Wenn Sie versuchten, ein Feuer anzuzünden, würden Sie am Ende den Kamin zerstören.«

»Das«, sagte er grimmig, während er in die Schatten des Heiligtum-Turms hinabstieg, »wird genug sein.«

Unsichtbar in der grauen Auslöschung des Universums, schrie die Menge unten weiter.

*

Tara stand im Krankenzimmer und holte Luft. Cats Verstand gefangen zu halten, hatte mehr Kraft gekostet, als sie erwartet hatte. Diese wolkenverhangene Stadt hatte so viel Licht, aber so wenig Sterne. Sie musste sich anstrengen, um all das zu schaffen, was sie für heute Abend geplant hatte. Vor ihr lagen ein Verhör, ein Kampf und eine Verfolgung, aber am Ende würde sie ein weiteres Puzzleteil der vielen Rätsel um Kos' Ableben erhalten, und wenn sie Glück hatte, eine Waffe, die sie gegen Alexander Denovo einsetzen konnte.

Damit könnte sie sich vielleicht sogar vor Kelethras, Albrecht und Ao beweisen, aber diese Aussicht erschien ihr jetzt weit entfernt und unproduktiv. Dabei fehlte die angenehme Wärme, die sie empfand, wenn sie an den Sturz Denovos dachte.

Schiefer lag im Bett oder zumindest sein Körper. Die Krankenschwestern hatten ihn nackt ausgezogen und einen intravenösen Tropf in seinen Arm gelegt. Riskant, bei dieser geringen Menge an Medikamenten, aber es gab keine andere Möglichkeit, ihn zu ernähren, da sein Gesicht weg war. Die gefalteten Bettlaken enthüllten die seilstraffen Muskeln seiner Brust, beunruhigend in ihrer Perfektion, als sei er eher gebaut als gewachsen. Er ist dünner als gestern, dachte sie. Sein verflucht schneller Stoffwechsel fraß bereits Fett und Muskeln auf. Wenn Schiefers Beeinträchtigung noch länger andauerte, würde sich sein Körper von innen her auffressen.

Sie stellte ihre Umhängetasche auf einen Tisch gegenüber dem Bett neben eine Blumenvase. Aus dem Inneren holte sie ihr schmales schwarzes Buch hervor. Sein silberner Rand schimmerte im abnehmenden Sonnenlicht. Sie zog auch andere Gegenstände aus der Tasche: einen winzigen Gasbrenner von der Größe ihrer geballten Faust, ein gefaltetes Stück schwarze Seide, eine Feder, ein Fläschchen mit quecksilberfarbener Tinte, ihren kleinen Hammer, einen Beutel mit Silbernägeln und ein winziges Silbermesser.

Letzte Chance umzukehren, sagte sie sich. *Du könntest dich wahrscheinlich auch jetzt noch bei Cat entschuldigen. Wenn du weitermachst, bist du ganz auf dich allein gestellt.*

Sie entriegelte das schwarze Buch. Zwischen der 110. und 111. Seite lag Schiefers Gesicht. Die kühle Haut zuckte, als ihre Finger hauchzart über seine Wange strichen.

Tara entfaltete das Gesicht, legte es mit den Zügen nach unten auf die schwarze Seide, öffnete den Deckel der Tinte, sterilisierte das Silbermesser mit der Gasflamme und begann zu arbeiten.

*

Cat kam an Pelhams Zimmertür an, war sich jedoch nicht sicher, wie sie dorthin gekommen war. Ihr Verstand fühlte sich benebelt, erhitzt und alt an. Verlangen kribbelte in ihrer Brust.

Sie war müde. Es war eine lange und nüchterne Nacht und ein langer Tag in Zivil gewesen, der nur durch die kurze Ekstase des Anzugs aufgelockert worden war. Die Welt fühlte sich leer an, ihre Farben grell und scharf ohne den Rausch, der sie dämpfte.

In einem Moment der Unachtsamkeit öffnete sie die Tür und trat in das Krankenzimmer des Vampirs. Sie sah auf ihn hinunter, wie er schlief: schlank und drahtig, mit schwarzem Haar. Seine Haut war marmorglatt und durch die Sonneneinstrahlung braun gebrannt wie altes Leder. Schmierige, schwache Vampire wie der, der sie letzte Nacht überfallen hatte, gingen in der Sonne in Flammen auf und fürchteten sie, wie Menschen Säure oder Spinnen fürchten. Dieser hier hatte eine Toleranz aufgebaut, die Kraft, Zähigkeit und Übung im Aushalten von Schmerzen erforderte. Er konnte tagsüber bequem in einem Zimmer mit Fenster schlafen, nur Verdunklungsvorhänge trennten ihn vom Tod.

Er konnte sie weiter nach unten bringen, als sie jemals zuvor gewesen war.

Sein Mund war während seines tiefen Schlafs etwas aufgeklappt und sie sah die Spitze eines elfenbeinernen Reißzahns in dem schmalen Spalt zwischen seinen Lippen.

Die Manschetten ihres Baumwollhemds waren zu eng. Sie öffnete die Knöpfe und krempelte sie hoch. Winzige blaue Adern pulsierten unter der blassen Haut ihres Unterarms.

Draußen küsste die Sonne den Rand des Horizonts.

Cat ging auf das Bett zu.

*

Die Dunkelheit wich bald einem schwachen blauen Schein. Abelard trat von der letzten Sprosse der Leiter auf einen rohen Steinboden und wandte sich der Quelle des Lichts zu: drei leuchtende konzentrische Kreise, die in den Boden eingelassen waren. Runen waren in sie hineineingraviert. In ihrer Mitte stand ein rauer Holzaltar, auf dem eine sich windende Schattenlache lag, aufgespießt von einem Kristalldolch. Ein scharfer Gestank von Blut und Ozon hing in der Luft. Das gefälschte Kühlmittelrohr senkte sich von der niedrigen Decke herab und verschmolz mit dem Altar. Vom Ende des Rohrs gingen acht Linien aus blauen Flammen aus, die sich mit den Kreisen kreuzten.

Jemand hatte diese Kunst im Herzen der Kirche gebaut, um Kos' Wärme von seinen eigenen Generatoren abzuziehen. Viele Fragen brannten in Abelards Verstand, aber drei brannten am hellsten: wer und warum – und wie konnte er es aufhalten?

Abelard näherte sich dem Altar. Seine Haut kribbelte, als er über den ersten Kreis schritt, vorsichtig, um die glühenden Linien nicht zu berühren. Mit einem weiteren Schritt überquerte er den zweiten. Ein Hauch von heißer Luft küsste sein Gesicht und zerzauste seine Robe. Noch einer.

Auch diesen überquerte er, aber als sein zweiter Fuß den Boden berührte, verschwand die Welt. Er war inzwischen mit diesem Gefühl vertraut und begrüßte das Nichts und die Wärme und die roten Ränder in seiner Vision, als würde ein großes Licht hinter ihm brennen. Zum ersten Mal hatte er die Geistesgegenwart, sich umzudrehen und zu sehen, was dort wartete.

Feuer füllte die Leere.

Als er die Augen öffnete, befand er sich im innersten Kreis. Vor ihm stand der baufällige Altar. Der Kristalldolch steckte tief in seiner Oberfläche. Schatten wanden sich unter der Spitze der Klinge.

Nein, keine Schatten. Das hier war zu zusammenhängend für Schatten. Ein belebtes Gewirr aus flüssigem Schwarz wie eingefangener Seetang, der in der Flut schwebt.

Er schloss die Augen und sah den Raum gespiegelt in seiner neu gefundenen zweiten Sicht. Unzählige Silberfäden entzogen dem Rohr Wärme und leiteten sie in den Kreis. Dann schlängelten sie sich den Altar hinauf und verknoteten sich durch die Kristallklinge. Was auch immer hier getan worden war, dieser Dolch war das Kernstück. Entfernte man ihn, würde das System auseinanderfallen.

Oder sich vielleicht beschleunigen. Tara würde es wissen oder Lady Kevarian, aber Abelard wollte nicht riskieren, diese Kammer zu verlassen, um sie zu finden. Die Verschwörer hätten diesen komplizierten Energieabzug nicht so gebaut, dass eine Störung die Generatoren beschädigte, die sie zu benutzen hofften. Das Entfernen des Dolchs könnte die hier wirkende Kunst zerstören, aber es sollten genug Beweise übrig bleiben, um die Leute zu finden, die die heiligen Stätten von Lord Kos entweiht hatten.

Bevor er es sich ausreden konnte, zog er den Dolch heraus. Er löste sich leicht, wie aus einer Scheide gezogen, und hinterließ ein leise klingendes Geräusch in der Luft.

Das schwarze Knäuel wurde schlaff, aber sonst änderte sich nichts. Die Kreise glühten mit kaltem Licht. Mit geschlossenen Augen sah Abelard die Silberfäden, die immer noch durch den Dolch geknotet waren. Er öffnete die Augen wieder und untersuchte die Waffe. In der kristallenen Klinge war ein roter Fleck gefangen. Er hatte die Farbe von frischem Blut.

Er ließ den Dolch sinken und sah, dass der hölzerne Altar leer war. Es gab kein Zeichen des sich windenden Schattens.

Er hörte ein raues Knirschen wie ein Meißel, der über Stein schabt.

Bildete er es sich ein oder war die Kammer dunkler geworden? Vielleicht wurde das Licht schwächer.

Nein. Das Licht hatte sich nicht verändert, aber die umgebende Düsternis war dichter und zähflüssiger, besonders drei Meter die Wand hinauf. Dort schwoll eine schwarze Pustel an und streckte dünne Ranken aus, die die kleineren Schatten um sie herum aufsaugten.

Er wich aus dem Kreis zurück, den Blick auf die zappelnde, wachsende Dunkelheit gerichtet. Ihre Glieder streckten sich, manche dick und andere schmal, manche weich, manche hart, glitzernd wie Albträume. Als sich diese Ranken über den Stein bewegten, hörte er wieder das schwache Rascheln und sah Stücke von Gesteinsstaub fallen.

Ein weiterer Schritt zurück. Sein Atem klang laut in seinen Ohren. War das wirklich nur *sein* Atem?

Seine Augen brannten. Er blinzelte, ohne nachzudenken.

Als er einen Sekundenbruchteil später die Augen öffnete, war der Schatten an der Wand verschwunden.

Oben hörte er tausend winzige Meißel über den nackten Stein kratzen.

Er griff, ohne hinzusehen, hinter sich und fand die Sprossen der Leiter. Seine Finger zitterten; er brauchte zwei Versuche, um seine Zigarette zwischen die Zähne zu klemmen. Er drehte sich um und begann zu klettern.

Er fühlte mehr, als es zu hören, wie etwas Unbestimmbares hinter ihm schwer herabstürzte, als würden hundert Pfund toter Insekten von der Decke fallen. Er stürmte die Leiter hinauf, die Angst verlieh ihm Kraft und Geschwindigkeit. Auf dem Stein unten krabbelte etwas: die Schattenkreatur kletterte nach oben. Noch ein paar Meter und er würde die Hauptkühlkammer und ihre pechschwarze Dunkelheit erreichen. Mit etwas Glück konnte der Schatten nicht gleichzeitig hinter und vor ihm sein.

Der Schatten huschte die Wand hinauf, hinter Abelard her, eine Herde von Tausendfüßlern, die einen Boden aus nachtschwarzem Stein überquerten. Schmerz durchfuhr ihn – sein Bein war gefangen von etwas, das sich anfühlte wie eine Schlinge aus dornigem Seil. Abelard trat, zog. Sein Gewand zerriss und seine Haut auch, aber er war frei, oben, draußen, keuchend, mit gespreizten Beinen auf dem Felsen unter der gekrümmten kalten Unermesslichkeit des Kühlsystems. Dunkelheit umgab ihn, durchzogen von Rohren und Schläuchen und Entlüftungen und Ketten.

Unten, hinter ihm, wickelte der Schatten seine ersten Ranken über die oberste Sprosse der Leiter.

Abelard zwang seinen unwilligen Körper zum Laufen.

*

Ein Gesicht wieder anzubringen, war ein einfacher Prozess. Nachdem Tara die geometrischen Siegel und die alten Runen geschrieben hatte, blieben nur noch ein paar letzte Schnitte übrig. Sieben, für die sieben Öffnungen der Sinne, auf der Rückseite des Gesichts und auf dem leeren Fleisch von Schiefers Kopf. Zwei Schnitte für die beiden Augen, zwei für die Ohren, einer für jedes Nasenloch, einer für den Mund.

Sie fand ein Ersatzlaken in einer Kommodenschublade, riss es in lange, dünne Fetzen und benutzte die Streifen, um Schiefer an den Bettrahmen zu knoten. Dann passte sie die frischen Wunden an Gesicht und Kopf aneinander an und sagte die Worte, die ihre Kunstfesseln lösten.

Sie knetete die Wangen, drückte an den Schläfen, glättete die Augen zurück in ihre Höhlen. Fleisch verband sich mit Fleisch und der Körper begrüßte die Rückkehr seines Geists. Seine Gesichtszüge schwollen an und wurden rosa, als das Blut wieder in sie hineinströmte. Der Atem rasselte in einer Kehle, die seit mehr als einem Tag keine Luft mehr geschmeckt hatte. Ein Paar smaragdgrüner Augen öffnete sich und betrachtete die Welt. Der anhaltende Nebel von Schiefers Erschöpfung löste sich in Windeseile auf, als Tara sich dicht über ihn beugte und ihm ins Ohr flüsterte: »Zeit aufzuwachen.«

Seine scharfen Zähne schnappten nach ihrer Kehle, aber sie hatte damit gerechnet und wich vorsorglich zurück.

»Keine gute Idee, Schiefer.«

Muskeln wie Stahlseile zerrten an ihren improvisierten Stoffseilen, aber die Knoten hielten, und die Lakenstreifen waren fest genug, sodass er nicht genug Schwung holen konnte, um sich loszureißen. Er zappelte auf seinem Bett wie ein Fisch im Netz.

»Ich möchte, dass du meine Fragen beantwortest«, sagte sie.

»Ich bring dich um!« Dieses Mal war Schiefers Stimme kämpferisch und leidenschaftlich. Tara sah, wie sich die Augen des Gargoyles durch die Kraft seiner wiedergewonnenen Wut weiteten.

Was ja schön und gut war, aber wenn er sich nicht beruhigte, würde er die Schwarzanzüge auf den Plan rufen. »Ich habe dir deinen Körper zurückgegeben, als Zeichen des guten Willens. Ich brauche deine Hilfe.«

»Du hast mich eingesperrt.«

»Das hatten wir schon«, sagte sie. »Ich habe dich vom Dach geholt, ohne dass die Schwarzanzüge es bemerkt haben. Wärst du lieber im Gefängnis? Oder tot? Jeder in Alt Coulumb scheint zu denken, dass Serils Wächter Monster sind. Würde man dir einen fairen Prozess machen? Für die bist du ein Tier.«

»Blasphemie.« Er spie ihr das Wort entgegen.

»Du weißt, dass sie dich so sehen. Das hast du gestern selbst gesagt. Lass mich dir helfen, ihnen das Gegenteil zu beweisen.«

»Ich weiß nichts. Ich werde dir nichts sagen.«

»Das sind zwei sehr unterschiedliche Aussagen.«

»Meine Leute werden mich holen kommen.«

»Ich habe ihr Gespür für dich blockiert.« Das stimmte nicht – wie sonst hätten die Gargoyles sie letzte Nacht auf dem Dach des Xiltanda gefunden – und war vielleicht auch gar nicht möglich, aber Schiefer war kein Kunstwirker und wusste nicht, was sie tun konnte und was nicht. »Ich möchte ihnen genauso helfen, wie ich dir helfen möchte. Deine Anführerin, Aev, schickte dich zu Richter Cabots Penthouse, um eine Nachricht zu empfangen. Als wir das letzte Mal sprachen, hast du so getan, als wüsstest du nichts weiter, aber sie hätten dich nicht ahnungslos hineingeschickt.«

»Aev hat gesagt, wir sollen mit niemandem reden.«

»Eine dunkle Nacht legt sich über diese Stadt, Schiefer. Du kannst bei Mondaufgang bei deinen Leuten sein, wenn du mir sagst, was ich wissen muss.«

Blicke aus grünen Augen huschten vom Fenster zu den Stoffstreifen, die ihn festhielten. Ein lichter Moment der Berechnung blitzte über sein Gesicht. »Ich …« Seine Stimme wurde leiser. Er war schwächer, als er aussah. »Ich sollte etwas von Richter Cabot erhalten.«

»Ja.« Sie näherte sich dem Bett, von seiner leiser werdenden Stimme aufgerüttelt. »Was war es? Und vergiss nicht, ich merke es, wenn du lügst.« Auch das war unwahr, aber das wusste er nicht.

»Ich weiß es nicht.« Er schüttelte den Kopf. »Nur ein Kurier.«

»Warum bist du in die Stadt gekommen? Vierzig Jahre ohne Wächter in Alt Coulumb, und dann ist da etwas, womit du deinen ganzen Schwarm in Gefahr bringst. Was hatte Richter Cabot für dich?«

»Er wollte uns helfen. Er hatte mit Aev monatelang im Traum gesprochen. Alle waren aufgeregt.«

»Warum?«

»Ich weiß es nicht.«

»Du lügst.«

»Nein.« Er war verzweifelt und schüttelte den Kopf.

»Doch. Aber darauf kommen wir noch zurück. Sag mir, was du gesehen hast, als du Cabots Penthouse erreicht hast.«

Der erste Schatten der untergehenden Sonne fiel auf Schiefers Gesicht und sein Körper zuckte. Die verknoteten Laken hielten.

»Sag es mir.«

»Blut«, sagte er.

»Und im Blut?«

Seine Nasenlöcher bebten. »Ein Gesicht. Umgeben von Knochen.«

»Cabots Gesicht?«

»Cabot. Sein Körper war gebrochen. Gehäutet, aber er konnte sprechen.«

»Was hat er dir gesagt?«

Schiefer sah weg. Sie packte sein Kinn und zwang ihn, ihr ins Gesicht zu sehen. »Sag es mir. Was hat er zu dir gesagt?«

Aus den Augenwinkeln sah sie, wie sich seine Finger krümmten. Silberblaues Licht knisterte zwischen ihnen.

»Was hat er gesagt, Schiefer?«

Er öffnete seinen Mund. Etwas Wortähnliches kam heraus. Sie beugte sich vor, um es zu verstehen.

Aber sein Mund war kein menschlicher Mund mehr.

Stoff zerriss und Krallen blitzten. Unter ihr befand sich eine

Kreatur, die nicht länger ein Mensch war: Die Haut war nun grauer Stein, die Muskeln zuckten und die Nerven verdrahteten sich neu. Das ganze Wesen verdichtete sich in quälendem Schmerz, während sich die Flügel auf seinem Rücken entfalteten. Sein hakenförmiger Schnabel war weit aufgesperrt und suchte etwas, das er verschlingen konnte.

Tara fiel schreiend zurück und weißes Licht blitzte zwischen ihnen auf.

*

Cat schwamm durch ein Meer von Bedürfnissen. Sie saß auf dem Bett neben dem Vampir, der reglos wie eine Leiche unter den Laken lag. Blut pochte durch ihre Adern, so viel davon. Sie brauchte nicht alles.

Captain Pelham – nein, nenn ihn den Vampir, das macht es leichter – lag verloren in den räuberischen Träumen seinesgleichen, Träume von Jagd und Gefangennahme, nicht die furchtsamen Aasfresser-Halluzinationen der sterblichen Menschen. Wie alle Wesen hatte auch seine Art Reflexe im Schlaf. Bringt man Blut an ihre Lippen, saugen sie es ein.

Es stehen wichtigere Dinge auf dem Spiel als deine Zufriedenheit, protestierte ein winziger Teil von ihr, klein und allein in einer Höhle im hinteren Teil ihres Verstands. Der Vampir ist in guter Verfassung. Ihm ist tagsüber nichts zugestoßen. Deine Mission ist erfüllt. Geh zurück zu Tara. Erfülle deine Pflicht.

Die Pflicht war ein trockener Brunnen und die Welt eine kalte Landzunge. Licht, Leben und Herrlichkeit warteten in seinen Zähnen.

Sie senkte ihr entblößtes Handgelenk und schob es zwischen seine Lippen. Die Innenseite seines Munds war kalt wie Pfefferminze und seine Reißzähne drückten gegen ihre Haut.

Klein und scharf.

Sie legte ihre freie Hand zur Unterstützung hinter seinen Kopf. Sein Haar kratzte in ihrer Handfläche wie ein Nest aus Drähten.

Tu es nicht, schrie dieser winzige Teil von ihr. Du hast das nicht nötig.

Sie stieß ihr Handgelenk auf die Spitzen seiner Reißzähne.

15

Taras Schrei hielt Schiefer nicht auf, aber der Schild aus Kunst, den sie zwischen sie warf. Seine Krallen harkten über seine durchsichtige Oberfläche, einmal, zweimal, dreimal, und schlugen Funken, die auf Fliesen und Möbeln brannten. Sie stolperte unter der Wucht seines Angriffs und fiel hin, rollte sich zu einem Ball auf dem Boden zusammen, behielt aber ihre Hände und den Schild zwischen ihnen.

Wieder griff er sie an und wieder hielt ihr Schild. Tara zog bedächtig ihre Beine unter sich und ging in die Hocke. Sie stand auf und fixierte Schiefer mit dem Blick einer Frau, die Götter auf ihren Thronen erwürgen könnte.

Er erstarrte für einen flüchtigen Moment und durch seine Augen verfolgte sie die Muster seiner Gedanken. Er hatte gehofft, sie schnell zu töten und zu seinen Leuten zu fliehen, bevor die Schwarzanzüge ihn zur Strecke brachten. Jede verschwendete Sekunde verringerte seine Fluchtchancen. Nahmen seine großen Ohren die Schritte der Justiz wahr, die sich ihrer Tür näherten?

Schiefer kannte den Stahl in ihr, und er wusste auch, dass er gegen eine Kunstwirkerin und die Schwarzanzüge nicht bestehen konnte. Er warf einen Blick über seine Schulter zu dem vergitterten Fenster. In dieser kurzen Pause zog sie ihr Messer aus der Glyphe über ihrem Herzen.

Es gab keinen Grund, es zu benutzen. Er traf die richtige Entscheidung, sprang in einem silbernen Streifen nach hinten, schlug einen Salto durch die Luft und landete vor dem Fenster. Kacheln knackten und splitterten unter seinen Füßen. Eine große Hand riss die Metallstangen aus ihrer Verankerung, eine andere zerschmetterte das Sicherheitsglas. Flüssig wie Quecksilber sprang er von der Fensterbank ins Leere, Zähne und Klauen nackt und scharf, die Flügel ausgebreitet.

Er landete mit einem dumpfen Aufprall auf der Feuerleiter des gegenüberliegenden Gebäudes, einem Haufen aus Eisen und rotem Backstein aus der Zeit der Götterkriege. Das rostige Metall knarrte und verbog sich unter seinem Gewicht, aber es gab nicht nach. Als Tara zum Fenster rannte, kletterte er den Metallrahmen hinauf, ohne sich um die Treppe zu kümmern. Sie bewunderte ihn, schnell, sicher, stark.

Aber er würde doch nicht glauben, dass die Flucht so einfach war.

Der Sonnenuntergang verblasste und die Lichter des Krankenhauses erloschen, als sie die winzigen Flammen des Geisterlichts und der Kerze einsog. Sie umhüllte sich mit Dunkelheit und Macht. Schatten rieselten durch ihre Muskeln und bedeckten ihren Körper.

Drei Meter von hier bis zum nächsten Gebäude, schätzte sie. Vier Stockwerke Fallhöhe. Das Loch in der Wand war nicht groß genug für einen Sprung mit Anlauf. Sie kletterte auf die Fensterbank, als Schiefer den siebten Stock des gegenüberliegenden Gebäudes erreichte. Eine weitere Etage, und er würde schneller fliehen, als sie ihm folgen konnte.

Tara sprang.

Leere gähnte unter ihr. Die Arme gerade, mit ausgestreckten Fingern nach vorn. Sie musste eine Art Kampfschrei ausgestoßen haben, denn Schiefer drehte sich um und sah sie, wie sie beinahe schwebte, obwohl sie keine Flügel hatte. Zwei Meter. Zweieinhalb. Ausstrecken. Du kannst es schaffen.

Die Spitzen ihrer Finger legten sich um das Eisengeländer, dann ließen sie los.

Sie fiel.

Sie knallte ein Stockwerk tiefer gegen die Feuerleiter. Hätte sie die Kraft nicht von ihren Muskeln auf die Schatten verlagert, die sie schützten, hätte der Aufprall ihren Ellenbogen gebrochen. Wind pfiff um sie herum; eine Eisenstange prallte an ihren Rippen ab. Schlotternd hielt sie sich für eine Sekunde an einem Geländer fest. Der plötzliche Ruck renkte ihr fast die Arme aus. Sie verlor den Halt, aber wenigstens fiel sie langsamer.

Die Pflastersteine trafen sie wie der Hammer eines Gotts. Licht explodierte in ihrer Brust und hinter ihren Augen. Durch den Dunst, der die Welt verdunkelte, sah sie Schiefer als Silhouette gegen die Wolken, bevor er verschwand.

Ein paar Meter weiter führte eine Steintreppe zur Kellertür des Backsteingebäudes. Sie kroch zu diesen Stufen und arbeitete sich hinunter, bis sie eine schattige Ecke fand. Dort kauerte sie sich hin und zog die Dunkelheit wie eine Decke an sich. Jeder, der die Gasse von oben betrachtete, würde nur Schatten sehen.

Sie lehnte sich mit dem Rücken gegen die raue Ziegelwand und untersuchte mit den Fingerspitzen zaghaft ihre Rippen, ihre Beine, ihre Arme, die Rückseite ihres Schädels. Ihre schützende Kunst hatte gewirkt. Sie hatte ein paar Prellungen – eine davon saß so tief, dass sie erst in den nächsten Tagen langsam an die Oberfläche kommen würde –, aber keine gebrochenen Knochen.

Ihre Umhängetasche mit ihren Nadeln, Bechern, Brennern und Seide und anderen Utensilien der Kunst war ein größerer Verlust als all ihre Verletzungen, aber es hatte keine andere Möglichkeit gegeben. Ein wilder Angreifer, der es eilig hatte und Geiseln mitführte, würde nicht innehalten, um ihr Gepäck einzusammeln. Wenn die Schwarzanzüge glaubten, dass der Wasserspeier, der ihren Zeugen geraubt hatte, auch sie mitgenommen hatte, würden sie nicht nach ihr suchen, und sie könnte ungehindert arbeiten. Außerdem sollte das Zurücklassen ihrer Habseligkeiten jeden Verdacht vonseiten der Justiz zerstreuen, dass Tara eher Entführerin als Entführte war.

Trotzdem hoffte sie, dass sie die Tasche wiederbekommen würde.

Sie wartete und lauschte mit flachem Atem auf den Tumult über ihr, als die Schwarzanzüge in Schiefers Zimmer stürmten. Sie brauchten Sekunden, um das Chaos zu verdauen, und vielleicht eine Minute, um die verbogene und verdrehte Feuerleiter gegenüber zu bemerken, an der Schiefer sich hochgezogen hatte. Der Rahmen war nicht dafür ausgelegt, einen tausend Pfund schweren Gargoyle zu tragen.

Wie aufs Stichwort sprangen drei schwarze Glasgestalten aus dem Fenster der Krankenstation und krachten gegen die Feuerleiter. Ihre Gliedmaßen bewegten sich beim Aufstieg wie Kolben. Bald erreichten sie die Dächer und verschwanden, um ihre Jagd fortzusetzen.

Als Serils Kurier und Wächter wusste Schiefer, wie man der Verfolgung entging. Die Schwarzanzüge suchten einen Gargoyle mit Geiseln. Schiefer war unbelastet und konnte sie ausstechen und ausmanövrieren.

Bis jetzt lief alles nach Plan.

Tara lächelte verzerrt, dann zuckte sie bei dem Schmerz in ihrer Seite zusammen.

*

Abelard schloss die Augen und rannte, dem roten Glühen der Kühlmittelleitung folgend. Er stolperte über einen Werkzeugkasten, den ein Wartungsmönch zurückgelassen hatte, und schlug mit dem Knie gegen ein scharfes Stück unsichtbaren Metalls. Sollten ihn entweder das Metall oder der Sturz verletzt haben, spürte er es nicht. Die Klauen des Schattenwesens hatten Löcher in sein Bein gerissen und Taubheit breitete sich von ihnen aus. Mit jedem Herzschlag wurden seine Füße schwerer. Hinter sich hörte er die Gliedmaßen des Schattens über Stein und Metall klappern und schneller werden.

Er konnte sich nicht auf Geschwindigkeit verlassen, um zu entkommen, aber in den fünfzehn Jahren, seit er in diesem Kesselraum arbeitete und seit er in den Labyrinthen und Sackgassen Verstecken und Fangen spielte, hatte er das sowieso nur selten getan.

Er sprang vom Rand des Fußbodens auf ein Gerüst und kletterte durch einen schmalen Spalt zwischen einer Wand und einem

Wasserreservoir schnell zehn Meter hinunter. Bevor er den Heizraum erreichte, trat er in einen Seitengang. Seine Hände zitterten, als er einen Schraubenschlüssel von seinem Gürtel löste und ihn hinterlistig in den Spalt warf. Er klapperte vom Gerüst hinunter auf den Boden des Heizraums, und klang wie ein verängstigter junger Mann auf der Flucht vor einem Raubtier. Er zog sich sechs Meter in den Seitengang zurück, wo eine Leiter in einen anderen Teil des Heizraums hinunterführte. Mit einer Hand auf der obersten Sprosse der Leiter hockte er sich hin, drehte sich um und stellte die Blendlaterne vor sich auf.

In dem verborgenen Raum gab es kein Licht, außer dem Schein dessen, was Tara mit Sicherheit Kunst genannt hätte. Dieses Ding wuchs in Schatten und ernährte sich von ihnen. Echtes Licht konnte es womöglich blenden oder verletzen. Abelard hatte keinen Grund zu der Annahme, dass sein Plan funktionieren würde, aber er musste es zumindest versuchen. Er konnte nicht ewig davonlaufen.

Er beruhigte seinen Atem und legte seine Finger auf den Deckel der Laterne. Ruhig. Vorsichtig. Warte.

Atme aus.

Über ihm schabten winzige Krallen fast unhörbar über Metall. Sie kamen näher, das Gerüst hinunter. Ein deutlicher Luftzug inmitten der hundert metallischen Geräusche von Kessel und Turbine und Kolben. Hatte die Kreatur nach ihm geschnuppert? Konnte sie in der Dunkelheit sehen? Wie gut? Wie schlau war sie? Warum brauchte sie so lange?

Er versuchte zu beten, ohne sich die Mühe zu machen, darüber nachzudenken, wer antworten könnte.

Klicken, Klappern, es kam näher.

Das Zischen des fauligen Atems nahm zu und wurde lauter. Es war auf gleicher Höhe mit dem Seitengang.

Er klappte den Deckel der Laterne auf und hoffte.

Ein feuriger Lichtstrahl stach durch die schwüle Dunkelheit. Der Strahl war schmal an der Öffnung der Laterne, in sechs Metern Entfernung so breit wie der Eingang zum Tunnel.

Die Schattenkreatur war gewachsen. Sie füllte den fast drei Meter hohen Gang beinahe aus und zog längere, dünnere Dornenglieder hinter sich her. Rauch stieg von ihrem Körper auf, wo das Licht sie berührte. Gezackte Kiefer schnappten auf und aus den zahnbewehrten Mäulern drang ein schrecklicher, unmenschlicher Schrei.

Sei nicht schlau, flüsterte Abelard flehend. Sei grimmig, sei grausam, rachsüchtig, aber bitte, Kos, lass es nicht schlau sein.

Auf vielen scharfen Gliedmaßen krabbelnd, stürzte die Kreatur den Gang hinunter in Richtung der Laterne. Schattenhaftes Fleisch schrumpfte in der Fortbewegung. Das Licht riss dampfende Lücken in seinen Körper.

Abelard hauchte ein stilles Dankgebet und sauste wie im freien Fall die Leiter hinunter.

*

Die Reißzähne des Vampirs bohrten sich in Cats Handgelenk, scharf wie ein Bienenstich. Der Schmerz war kurz; seine Lippen legten sich reflexartig auf ihr Handgelenk und Euphorie breitete sich von der Wunde her aus, als er zu saugen begann. Das Vergnügen kribbelte in ihren Fingern, aufwärts und um ihr Herz herum, von dort in ihrem ganzen Körper. Vollkommenheit umhüllte die Welt. Knoten in ihrer Seele lösten sich oder wurden vom Schwert der Glückseligkeit aufgeschlitzt.

Waren ihre Augen offen oder geschlossen? Saß sie noch aufrecht, oder war sie gegen den Vampir gesackt, als die Freude sie überkam? Atmete sie überhaupt noch?

Belanglose, alltägliche Sorgen. Ekstase beherrschte ihre Seele.

Sie sollte nicht hier sein. Sie hatte eine Pflicht, sie musste jemanden beschützen. Eine Frau. Eine Frau, die ihr eine Geschichte erzählt hatte.

Die rote Masse der Sonne senkte sich unter den Horizont und der Himmel vor dem Fenster verdunkelte sich. In der Ferne krachte berstendes Glas, gefolgt von einem Schrei, den Cat mit geistigen Ohren hörte: der Ruf der Justiz, eine Aufforderung an alle Schwarzanzüge, einen Steinmann zu verfolgen, der einen Zeugen und eine Kunstwirkerin entführt hatte.

Tara.

Tara hatte Cat gesagt, sie solle nach dem Vampir sehen. Hier war er, unversehrt, gesund, herrlich. Hungrig.

Seine Augen waren offen.

Sie sah, wie sich Befriedigung, Verwirrung und Abscheu auf seinem Gesicht überlagerten. Aus dem Schlaf geweckt, fand er seine Zähne im Handgelenk einer fremden Frau vergraben. Er war hungrig und sein Wille war schwach. Er stieß sie nicht weg. Eine Bestie in ihm erwachte, streckte sich und gähnte vor seinen roten Augen. Eine krallenbewehrte Hand hob sich schwach unter den Laken hervor und zögerte, unsicher, ob sie nach ihr greifen oder sie von sich stoßen sollte; unsicher, ob sie real oder ein räuberischer Traum war.

Cat versuchte, trotz des Rauschs nachzudenken. Warum hatte sie Taras Seite verlassen? Ihr Befehl hatte gelautet, die Kunstwirkerin zu beobachten. Cats Erinnerung war verschwommen, aber sie erinnerte sich an eine Geschichte, eine Andeutung, ein plötzliches Verlangen.

Tara hatte etwas mit ihr gemacht. Sie verdreht.

Die Hand des Vampirs hob sich, gekrümmt, um in ihren Nacken zu greifen.

Ihr Handgelenk aus seinem Mund zu ziehen, war so schwer, wie sich von den Toren des Paradieses abzuwenden. Sie fiel vom Bett und landete unsanft auf dem Kachelboden. Der Vampir knurrte und ging in die Hocke, umrahmt von den letzten Strahlen der untergehenden Sonne. Ihr Blut befleckte seine Lippen und sein Kinn.

»Was zur Hölle hast du getan?«

Cat klappte der Kiefer herunter.

»Was. Ich meine …« Er wischte sich mit den Fingern das Blut vom Kinn und betrachtete es fasziniert und angewidert. »Mal im Ernst, Frau. Was ist nur los mit dir? Hast du noch nie etwas von Einwilligung gehört?«

Sie drückte ihren Rücken gegen die Wand und stand langsam auf. Das Blut hämmerte in ihren Ohren. Die Wunde an ihrem Handgelenk hatte sich geschlossen, als seine Reißzähne sie verließen, aber es tat immer noch weh.

»Ich hätte dich töten können«, sagte er.

»Ich …« Die Worte waren schwer, unpräzise. Ihr Verstand war vernebelt.

»Moment.« Ein Blick aus roten Augen huschte von ihrem Scheitel bis zu den Sohlen ihrer Stiefel und wieder zurück. »Ich habe dich doch schon mal gesehen.«

»Vorhin.« Sie nickte. »Als du mit … Tara gesprochen hast.« Sie spie den Namen aus.

Seine Zunge schnellte heraus und das Blut auf seinen Lippen verschwand. Er wischte sein Kinn an seinem Handgelenk ab und leckte auch das sauber. »Wo ist sie? Warum bist du hier?«

Sie schüttelte den Kopf, aber er wurde nicht klarer. »Ich bin … Sie hat mich dazu gebracht hierherzukommen.«

»Du bist eine Süchtige«, sagte er mit der Abneigung, die Cat für Wörter wie »Drogenhändler« und »Zuhälter« reserviert hatte. »Du bist eine Süchtige, aber selbst eine Süchtige würde es besser wissen, als einem bewusstlosen Vampir sein Blut zu geben. Du wurdest … nicht betäubt.« Seine Augen zogen sich zusammen. Vampire konnten mehr sehen, als menschliche Augen erfassen konnten, das wusste sie. »Irgendetwas hat deinen Verstand bearbeitet. Hat dich verwundbar gemacht.«

»Tara hat irgendetwas mit mir gemacht. Ich hätte sie sonst nicht allein gelassen.«

Wie konntest du jemanden in deinen Verstand lassen, hatte Tara mit spöttischem Entsetzen gesagt, bevor sie Cat mit Ketten fesselte, die aus ihrer eigenen Not geschmiedet waren. Götter und Göttinnen, dieser Biss hatte sich so *gut* angefühlt.

»Allein? Wo?«

Cat antwortete nicht. Die Justiz verließ sich auf sie, und sie hatte zugelassen, dass sie Tara vertraute und dass sie verraten worden war. Sie schlurfte unsicher an der Wand entlang zur Tür, drehte den Griff, taumelte hinaus und rannte torkelnd den Flur entlang. Die Justiz wetterte in ihrem Kopf nach Kontrolle, und sie sehnte sich danach, aus der knochentrockenen Nachwirkung des Vampirbisses in die kalte Umarmung ihres Anzugs zu schlüpfen. Doch wenn sie das tat, würde die Justiz ihre Sünde erkennen. Sie könnte für solch eine Entgleisung entlassen werden. Dann wäre sie für immer von dem Anzug abgeschnitten. Das konnte sie nicht zulassen.

»Warte!« Der Vampir – Captain Pelham – folgte ihr aus dem Zimmer. Er trug bereits Stiefel und eine Kniehose und zog sich ein weites, ungeschnürtes Hemd über den Kopf, während er rannte, um Schritt zu halten. »Ich bleibe nicht eine Minute länger in diesem Bett. Irgendetwas ist passiert, und ich will wissen, was.«

»Dann«, sagte sie und versuchte, die krampfhafte Übelkeit des Blutverlusts zu ignorieren, »sind wir schon zwei.«

*

Abelard hörte oben das Klirren von zerborstenem Glas, als die Laterne zersplitterte. Vielleicht hatte er die Schattenbestie verletzt, vielleicht auch nicht, aber zumindest hatte das Licht sie verlangsamt. Er brauchte jeden Vorteil, den er bekommen konnte. Schwester Miriel ließ den Heizraum nur schwach erleuchten, um die Nachtsicht der Techniker oder der Wartungsteams, die in die dunkleren Bereiche des Heiligtums unterwegs waren, nicht zu beeinträchtigen. Hier gab es genug Schatten, um seinen Verfolger zu nähren.

Er orientierte sich – die Druckkammern zu seiner Linken, ja, gut, und die Kohlenkästen zu seiner Rechten – und lief los. Er riss seine Zigarette aus dem Mund und klemmte sie zwischen zwei Finger. Er brauchte frische Luft in seiner Lunge. Metall dehnte sich und riss hinter ihm, als die Kreatur die Leiter hinunterstieg.

Abelard schlängelte sich zwischen Rohren und Schläuchen hindurch und wählte seinen Fluchtweg: Im Uhrzeigersinn durch die Kompressionskammern, die die Kessel umgaben, und durch eine schmale Lücke zwischen einem Kompressor und einer Steinwand. Sein Herz klopfte vor Angst, als er sich ausmalte, wie er sich durch einen engen Durchgang quetschte, während die Kreatur aufholte, die nächste Öffnung aber hundert Meter weiter entfernt war. Zu weit.

Er bog scharf um eine Ecke, als eine Schattenmasse sechzig Meter hinter ihm krabbelnd und zappelnd zu Boden fiel. Genug Vorsprung, hoffte er.

Er rannte fünfzehn Meter weit. Eine Legion von Tausendfüßlern jagte hinterher, die Beine streiften Stein und Metall, am Boden, an den Wänden, an der Decke. Dreißig Meter und die Geschwindigkeit des Schattens verdoppelte sich. Er roch ihn. Siebzig Meter, in wilder Eile, mit der Zigarette in der einen Hand und dem Kristalldolch, der in seinem Gürtel steckte.

Der Dolch hatte die Schattenkreatur an dem Altar festgenagelt. Konnte er das Ding noch einmal verletzen, es niederhalten? Abelard hoffte, dass er keine Chance hatte, die Antwort auf diese Frage zu erfahren.

Achtzig Meter. Der Atem zischte durch unzählige Münder, nah, so nah. Da, die schmale Lücke. Er sprang hinein. Spinnweben lösten sich vor ihm. Eine Spinne landete auf seiner Hand und fiel zu Boden.

Die Tausendfüßler-Armee näherte sich dem schmalen Spalt und hielt inne. Ihre Masse blockierte das dämmrige Licht. Lange, dünne Arme glitten durch den Spalt hinter Abelard her.

Metall verfing sich in seinem Gewand, doch er schob sich weiter hindurch; der Stoff riss, als er in den Raum dahinter stürzte. Oder besser, als sein Oberkörper es tat.

Lange Schattenhaken umschlangen seine Beine und zogen ihn zurück.

Schreiend stürzte er. In seiner Verzweiflung stemmte er einen Fuß auf jede Seite des Risses und widersetzte sich dem Sog der Kreatur mit aller Kraft. Dies verlangsamte jedoch nur sein Abrutschen. Er griff nach dem Dolch an seinem Gürtel. Seine Finger schlossen sich um dessen Griff, und er stach auf den Tentakel ein, der sein linkes Bein umklammerte.

Die Kristallklinge glitt durch den Schatten und schnitt in Abelards Schienbein. Er fluchte, ließ den Dolch aber nicht fallen. Die Kraft der Kreatur wuchs, während seine abnahm. Albtraumhafte Münder klafften über ihm, gefüllt mit Albtraumzähnen. Lebendiger Schatten sprudelte durch den Gang und schwoll in dem riesigen, düsteren Raum an.

Er war im Begriff zu sterben.

In solchen Momenten dehnt sich die Zeit aus. Zu Abelards Überraschung fand er das Gefühl beinahe angenehm. Er war im Begriff, von einer riesigen Schattenbestie gefressen zu werden, ohne dass es sein Fehler gewesen wäre, und er konnte nichts dagegen tun.

Die Schattenkiefer richteten sich auf, um zuzustoßen, da hob er seine Zigarette zum Mund und inhalierte.

Ihre Spitze glühte auf.

Glühte heller.

Licht hatte dieses Ding verletzt, zumindest genug, um es zu verärgern. Was würde Feuer bewirken?

Als die Kiefer zuschnappten, riss Abelard die Zigarette aus dem Mund, hielt sie, als wäre die Glut eine Klinge, und stach blindlings in den Schatten.

Ein Brüllen erschütterte den Heizraum. Abelard kroch rückwärts, seine Beine gehorchten ihm wieder, die Zigarette immer noch in den Fingern. Die Kreatur zuckte, umrissen von orangefarbenen Flammen, die ihre glatten, scharfen Kanten zu Asche zerfallen ließen. Das Feuer erstarb, während es sich verzehrte, und Abelard bezweifelte, dass es den Schatten töten würde, aber das war ihm egal. Er war frei und die Sicherheit war zum Greifen nahe.

In einem Wirrwarr aus Fetzen seiner Robe und blutigen Gliedmaßen kam er auf die Beine und sprintete zur Leiter des Wartungsbüros.

*

Die Sonne ging unter, während Tara im Kellertreppenhaus kauerte. Sie stellte sich die Verfolgungsjagd oben vor: Schwarzanzüge, die über die Dächer ausschwärmten, auf der Suche nach ihrer geflügelten Beute, die sich versteckte und rannte, Zickzack, schnell und brillant. Die Nacht vertiefte sich, und hinter dicken Wolken ging der Mond auf, der Schiefer Kraft und Geschwindigkeit verlieh. Die Schwarzanzüge konnten ihm nicht das Wasser reichen. Als Professor Denovo Serils Wächter veränderte und sie für die Polizeiarbeit umbaute, hatte er ihre Abhängigkeit vom Mond für ihre Kraft reduziert – eine vernünftige Konstruktionsentscheidung, die die Schwarzanzüge bei Nacht jedoch langsamer und schwächer als ihre steinernen Widersacher machte.

Nachdem genug Zeit verstrichen war, berührte Tara ein Siegel an ihrem Handgelenk. Es glühte mit innerem Feuer, und sie sah vor ihrem geistigen Auge eine Karte der Stadt von oben, markiert mit einem blutroten Punkt: die Position der Ortungsglyphe, die sie in die Innenseite von Schiefers Gesicht geschnitten hatte.

Er hätte ihr nie gesagt, was sie wissen musste. Sie konnte auch nicht hoffen, ihm über die Dächer zu folgen, wenn selbst Schwarzanzüge nicht mithalten konnten. Außerdem glaubte sie seiner Behauptung, nicht zu wissen, wo sich sein Schwarm versteckt hielt. Sie planten, ihn bei Einbruch der Nacht zu suchen.

Die Nacht war hereingebrochen, und Schiefer bewegte sich in ihrem Geist und jagte seine Leute. Wenn er sie fand, würde Tara ihre Antworten bekommen. Richter Cabot, Kos und die Gargoyles waren gemeinsam in ein enormes geheimes Werk verstrickt, daran hatte Tara keinen Zweifel. Von diesen dreien lebten nur noch die Gargoyles. Ihre Aussage könnte beweisen, dass die Kirche nicht für Kos' Schwäche verantwortlich war, und Tara helfen, Denovo zu besiegen. Heute Nacht würde sie die Gargoyles überzeugen, ihr zu sagen, was sie wussten. Oder sie würden sie töten. Auch das war durchaus möglich.

Tara stand auf, erklomm die Kellertreppe und trat auf die Straße. Karren und Kutschen rollten vorbei und gingen ihren privaten Geschäften nach. Auf der anderen Seite des rauen Kopfsteinpflasters ragte ein hohes Glasgebäude mit den roten Tau-Kreuz-Insignien einer Kunstfirma auf.

Sie ließ die Schultern hängen und hob eine Hand.

Eine führerlose Kutsche hielt am Bordstein. Das Pferd beäugte ihre zerrissene Kleidung und allgemeine Unordnung mit Argwohn, als sie auf den Kutschersitz kletterte. »Sieh mich nicht so an«, sagte sie. »Wir fahren zum Hafen. Und jetzt vorwärts.« Das Pferd rührte sich nicht. »Ich sage dir, wohin wir fahren, wenn wir dort sind«, sagte sie verärgert. »Kannst du dich bitte in Bewegung setzen?«

Das Pferd schüttelte seine Mähne, preschte vorwärts, und die Kutsche dahinter setzte sich in Bewegung.

*

Der einstimmige Ruf: »Gott ist tot!«, war bereits verklungen, als Kardinal Gustave aus der kleinen Tür trat, die in das hoch aufragende Haupttor des Heiligtums eingelassen war. Wie es bei Mobs so üblich war, war er durch eine Vielzahl anderer Schlachtrufe ersetzt worden, die ihrerseits zu bedeutungslosem Gebrüll verkommen waren. Einige wenige Demonstranten gewannen ihren früheren Eifer zurück, als sie Gustaves priesterliche Robe sahen, aber sie waren in der Unterzahl. Die meisten verstummten, als er seinen Kopf hob und sie mit seinen harten grauen Augen musterte.

»Bürger von Alt Coulumb«, begann der Kardinal. Seine Stimme suggerierte dunkle Räume und verborgene Geheimnisse.

»Bürger von Alt Coulumb«, wiederholte er. »Ich sollte eher sagen, Kinder von Alt Coulumb. Mit welchem Recht, werdet ihr fragen, trete ich vor euch? Mein Gott, so sagt man, ist tot, und mit ihm meine Autorität. Ich stehe vor einem Turm, der zu einem verschwundenen Ideal erhoben wurde, und ich trage das Gewand eines abwesenden Herrn.«

Diese Dinge waren alle wahr, doch als er sie aussprach, äußerte die Menge jenseits des Kordons der Schwarzanzüge keine

Zustimmung. Stille erfasste sie, verbreitet von denen, die nahe genug standen, um das Gewicht der Anwesenheit des Kardinals aus erster Hand zu spüren.

»Kinder von Alt Coulumb, fragt euch: Was brennt gerade jetzt in euren Herzen? Welches Feuer tanzt durch die Bahnen eures Geists? Fühlt ihr, wenn ihr mich anseht, die heiße Flamme des gerechten Zorns, die Gestrüpp und Gebüsch verschlingt und bald nur Ruß und Staub übrig lässt? Fühlt ihr das krank machende Grünholzfeuer des Verrats oder die tiefe Kohlenglut der Verachtung?«

Die Menge war still, ja, aber ihr Schweigen war gefährlich. Kardinal Gustave hatte eine Hülle aus Worten um ihre Wut gelegt und ihre Wut bockte und wogte dagegen.

»Kinder von Alt Coulumb, das Feuer ist euer Gott!«

Aus dem Publikum erhoben sich Schreie, Unglauben und halb geformte Schimpfnamen.

»Ihr behauptet, den Geist Gottes zu kennen, ihr behauptet, sein Wesen und seine Gestalt, seine Wahrheit und seine Macht zu kennen. Ihr behauptet, er sei tot, während ihr selbst der Beweis für seine Herrlichkeit seid. Welche Bürger irgendeiner anderen Nation würden solche Nachrichten hören und vor mich treten, um im Schatten von Gottes eigenem Tempel zu protestieren?

Kinder von Alt Coulumb, ein Feuer brennt in meiner Stimme. In meinem Geist. In meinem Herzen. Es ist das Feuer des Weihrauchs: ein Feuer, das durch innere Einkehr kultiviert und verfeinert, durch lange Übung gestärkt und mit dem richtigen Brennstoff versorgt wird. Dieses Feuer ist der Atem von Lord Kos in mir. Es brennt leise und sein Brennen ist ein Vergnügen für die Weisen. Kinder von Alt Coulumb, dieses Feuer ist sanft. Aber *täuscht euch nicht*«, brüllte er über eine Flut von wütenden Stimmen hinweg. »Täuscht euch nicht, es brennt noch!«

Er schob seinen Stab vor sich. Er runzelte die Stirn und atmete bedächtig ein.

Ein Vorhang aus Flammen brach aus der Spitze des Stabs hervor, rot und orange und gelb, und stieg in den Abendhimmel. Er hatte die Farbe der Blätter im Herbst, aber es war kein Herbstlaub. Er war heiß wie die Sonne, aber es war nicht der brennende Ball. Es war das Feuer der Gottheit. Es verfinsterte die Welt, kräuselte sich über die spiegelnde Haut der unbeweglichen Schwarzanzüge und warf die Schatten des Pöbels auf den Boden.

Die vordersten Demonstranten fielen automatisch auf die Knie, aus Ehrfurcht und um der sengenden Hitze zu entgehen. Einige weiter hinten beeilten sich zu entkommen.

So schnell, wie es gekommen war, löste das Feuer sich auf. Der Kardinal ließ seinen Stab sinken. Seine kupferbeschlagene Spitze kam mit einem deutlich hörbaren Klopfen auf den Basaltstufen des Heiligtums zur Ruhe. Sein Körper schwankte, aber in seinem Inneren war etwas Unbezwingbares, das weder Alter noch Schwäche kannte.

»Kinder von Alt Coulumb, euer Gott schlummert in euch. In den kommenden Tagen wird er sich wieder erheben. Doch euer Glaube ist schwach.«

Die Menge hielt die Köpfe gesenkt. An den Rändern schlichen einige davon.

Kardinal Gustave zog sich in den Schatten des Heiligtums zurück und schloss die Tür hinter sich.

*

Ein Schwarzanzug bewachte die Tür zum Zimmer des gesichtslosen Zeugen und ließ Cat und Captain Pelham erst passieren, als Cat ihm das Abzeichen der Justiz zeigte, das um ihren Hals hing. Sic fanden den Raum in einem Chaos aus zerbrochenen und verbrannten Möbeln vor. Taras Umhängetasche lag offen auf dem Boden, die silbernen und kristallenen Apparate, die sie einst enthalten hatte, lagen zwischen gesplittertem Holz und zerfetztem Stoff verstreut.

»Was ist hier passiert?«, fragte der Captain.

Sie hatte der Justiz auf dem Weg hierher zugehört. Sie hatte ihre Dienstmarke in die Hand genommen, um wie durch eine

Baumwollschicht hindurch den Strom von Schlussfolgerungen und Beobachtungen zu vernehmen, der klar und hell in ihrem Schädel widerhallte, wenn sie den schwarzen Anzug trug. »Ein Steinmann stürmte herein, entführte Tara und den Zeugen und floh.«

»Krallenspuren auf dem Boden«, bemerkte Captain Pelham. »An der Wand, hier, und um das Bett herum.«

»Die Schwarzanzüge hörten einen Schrei, kamen angerannt und fanden das.« Sie ging auf und ab. »Verdammt noch mal.«

»Wie bitte? Das ergibt doch Sinn, oder? Du hast Tara letzte Nacht vor den Gargoyles gerettet, und dieser Kerl« – er deutete auf das kaputte Bett, auf dem der gesichtslose Mann gelegen hatte – »war Zeuge ihres Verbrechens. Sie sind gekommen, um aufzuräumen.«

»Tara drang in meinen Geist ein, um mich wegzuschicken. Sie muss einen Grund dafür gehabt haben.«

»Vielleicht hat der Gargoyle sie unterbrochen, während sie tat, was auch immer es war.«

»Wie?«

»Durch das Fenster.« Captain Pelham zeigte auf den kaputten Fensterflügel.

»Wenn das so ist, wo ist dann das Glas auf der Innenseite?« Sie kniete nieder und strich mit der Hand über die zerbrochenen Fliesen, entdeckte aber keine. »Siehst du, wie die gebogen sind?« Sie zeigte auf die Gitterstäbe. »Jemand hat die ganze Anordnung von dieser Seite aus der Wand gerissen.«

»Wenn du das sehen kannst, können es die anderen Schwarzanzüge nicht auch?«

»Nicht unbedingt. Sie rannten herein, sahen den Steinmann und verfolgten ihn. Die Ermittler werden frühestens in einer Viertelstunde eintreffen.« Ihr Herzschlag beschleunigte sich. Wenn sie etwas fand, was die Justiz übersehen hatte, konnte sie das benutzen, um sich von ihrem Versagen freizukaufen. Aber sie brauchte handfeste Beweise. Bloße Vermutungen würden nicht genügen. »In diesem Raum war ein Gargoyle. Er kam nicht durch das Fenster, aber er verließ es auf diese Weise. Könnte der Zeuge die ganze Zeit ein Gargoyle gewesen sein? Der so tat, als wäre er gesichtslos?«

»Das kann man kaum vortäuschen, denke ich. Jemand muss einem ja quasi das Gesicht stehlen.«

»Gibt es denn einen Weg, sich von Kunst zu befreien, die einen gesichtslos sein lässt?«

»Was weiß ich.« Captain Pelham untersuchte die verbogenen Gitterstäbe, die Glasscherben und das gesplitterte Fensterbrett. Die Dämmerung tauchte die Außenwelt in schwache Grautöne. »Die Kunst zahlt gut, aber ich versuche, Abstand zu halten. Beim ersten Auftrag, den ich von einer Kunstwirkerin annahm, endete ich mit Hunger nach Blut und einer schlimmen Sonnenlichtallergie.«

»Tara könnte mit den Steinmännern im Bunde gewesen sein.« Cat fasste sich mit einer Hand an die Schläfe. Ihr fehlte etwas. Die Welt verschwamm, verschob sich, erstarrte. Alles würde gut werden, wenn sie nur ihren Anzug anlegte. Alle Teile würden sich zusammenfügen.

Nein. Noch nicht. Sie brauchte eine andere Lösung.

»Wenn Tara mit ihnen zusammengearbeitet hat«, überlegte Captain Pelham, »warum haben sie letzte Nacht versucht, sie zu töten?«

»Ich weiß es nicht!«

»Vielleicht«, schlug er vor, »könntest du sie fragen.«

»Wie bitte?«

Er hob einen Finger an die Lippen und deutete aus dem Fenster nach unten. Sie gesellte sich zu ihm auf die Fensterbank und sah Tara in der Gasse darunter, wie sie sich den Schmutz von den Ärmeln bürstete, ihren zerrissenen Rock zurechtrückte und ihren Kragen überprüfte, während sie auf die Straße zuging. Ihre Kleidung war ein einziges Durcheinander, als wäre sie gerade in einen Kampf verwickelt gewesen.

Schweigend beobachteten sie, wie Tara den Bordstein erreichte und einen fahrerlosen Wagen herbeirief.

»Wir müssen ihr folgen«, sagte Cat.

»Ihr folgen?«

Schon halb aus dem Fenster, hielt sie inne und fluchte.

»Was?«

»Sie wird weg sein, bevor wir unten sind, wenn ich den Schwarzanzug nicht anlege, aber wenn ich es tue, wird die Justiz wissen, dass sie meinen Verstand kontrolliert hat, und mir den Fall entziehen.«

»Ich werde dich fangen«, sagte Captain Pelham.

Sie versuchte ihn aufzuhalten, aber er floss wie Nebel an ihr vorbei und fiel auf das Kopfsteinpflaster unter ihr; die Wucht seiner Landung beugte kaum seine Knie. Er blickte zu ihr auf in der heraufziehenden Nacht und streckte seine Arme aus.

Captain Pelham war ein Fremder, ein Außenseiter, ein Vampir. Er mochte sie nicht und er hatte ein gutes Verhältnis zu Tara. Wenn er sie fallen ließ, würde niemand es je erfahren.

Aber er schien zu den Guten zu gehören, und wenn sie ihm nicht vertraute, würde Tara entkommen.

Sie schalt sich selbst eine Närrin und sprang. Ihr Sturz schien länger zu dauern als seiner.

Er fing sie auf, leicht wie einen Daunensack.

Gehalten zu werden, war schön, und so nah an seinen Zähnen zu sein, war eine schreckliche Versuchung. So stark. Und alt, und was noch mehr zählte, *ursprünglich*. Er war durch Kunst zum Vampir geworden, aus erster Hand, nicht dadurch, dass er von einem anderen angesteckt worden war.

Cat war so abgelenkt, dass sie nicht bemerkte, wie Taras Kutsche vom Bordstein wegfuhr, aber Pelham war weiterhin aufmerksam. Er rannte, die Welt verschwamm um sie herum, und während ihre Gedanken rasten, um Schritt zu halten, sprang er.

Peitschender Wind, flatternder Stoff, die Straße eine Flut von Farben, und sie landeten – oder vielmehr landete er mit ihr immer noch in seinen Armen – steifbeinig auf der Passagierkabine einer leeren fahrerlosen Kutsche vier Wagen hinter Taras. Das Pferd bäumte sich auf und wieherte empört, aber als Pelham sagte:

»Folge diesem Taxi und wir zahlen dir das Doppelte«, beschwerte es sich nicht weiter.

»Du bist wahnsinnig«, sagte sie.

»Wenigstens bin ich gut darin.«

»Du kannst mich jetzt runterlassen.«

»Oh.« Er schien zum ersten Mal zu bemerken, dass er sie immer noch an seine Brust gedrückt hielt. »Tut mir leid.« Mit einem Schwung stellte er sie auf die Beine. Fast hätte sie das Gleichgewicht verloren und wäre in den Verkehr gestürzt, aber sie fing sich und rutschte stattdessen auf den Kutschersitz. »Berufsrisiko. Pirat und so.«

Als Antwort starrte sie ihn böse an und reichte ihm die Hand, damit er zu ihr hinunterklettern konnte.

*

Abelard nahm drei, vier, fünf Sprossen auf einmal und kletterte zum Effizienzbüro. Abgeschreckt, aber nicht vernichtet, schlich die Schattenkreatur durch die Dunkelheit hinter ihm her. Die aus dem Entsetzen geborene Kraft verlieh Abelard Flügel und er brach aus der feuchtwarmen Luft des Heizraums ins Licht.

Er stolperte von der Leiter und fand sich inmitten von Lärm und Raserei wieder. Aus allen Ecken des Raums ertönte Alarm – vor allem der Kühlmittelalarm, dem sonoren *Basso-profundo*-Chor von »Gelobt sei Heiliger Brennstoff« nach zu urteilen –, und die Techniker eilten umher, prüften verchromte Skalen und Manometer und riefen sich gegenseitig Dinge zu. Abelards Warnrufe gingen in dem Getöse unter.

Er griff nach einem Tischbein in der Nähe und zog sich auf die Beine. Erschrockenes Schweigen senkte sich über den Raum, als die Wartungsmönche seine zerrissenen Kleidungsstücke und das Blut, das aus seinen Beinen sickerte, bemerkten.

»Da unten ist etwas! Im Heizraum! Groß.« Er sog den Atem ein. »Schwarz, scharf …«

Die verblüfften Mönche ließen nicht erkennen, dass sie seine

Worte verstanden. Sie hielten ihn zweifellos für verrückt, einen weiteren unglücklichen Kleriker, der durch den Stress der letzten Tage den Verstand verloren hatte. Zwei stämmige Brüder näherten sich mit starrem, besorgtem Gesichtsausdruck, um ihn hinauszubegleiten. Abelard wich zurück. »Sagt Schwester Miriel Bescheid!« Krallen klickten auf der Leiter unter ihm. »Es kommt! Holt Feuer!«

Je ein Mönch ergriff einen seiner Arme und zog. Dann führten sie Abelard trotz seines zappelnden Widerstands zur nächsten Tür. Andere hoben die Köpfe von ihrer Arbeit und blinzelten mit großen, verständnislosen Augen wie eine Gruppe Möwen mit Tonsur. Die Kreatur würde sie zerreißen, bevor das Licht sie töten konnte. »Es kommt!« Abelard holte mit einem verwundeten Bein aus und trat einem seiner Häscher in die Kniekehle. Der Mann stürzte und ließ Abelards Arm los.

Er war frei, drehte sich um und zeigte. »Da! Seht!«

Endlich sahen einige der Mönche auf und hielten in ihrer Arbeit inne.

Ein zähflüssiges schwarzes Ding blubberte aus dem Heizraum hervor, tausendäugig, mit gezackten Gliedern nach der Welt tastend. Es schlug um sich und zerschlug einen nahe gelegenen Schreibtisch. Die Mönche stürzten auseinander. Die Kreatur öffnete viele Münder und stieß ein furchterregendes Zischen aus.

Religiöse Menschen denken oft über den Tod nach und Abelard hatte sich einige Gedanken über seine letzten Worte gemacht. »Ich hab's ja gesagt« hatte nicht auf der Liste gestanden.

Die Kreatur brüllte und schlug mit einer Klaue aus lebendiger Dunkelheit zu. Abelard duckte sich, und sie spießte den Mönch auf, der seinen rechten Arm hielt. Der Mann zerplatzte wie eine überreife Frucht, in die man mit einer Nadel gestochen hatte. Abelard flüchtete zur Tür.

Er machte fünf Schritte, bevor er abrupt stoppte. Die Luft um ihn herum war geladen wie vor dem Einsetzen eines Gewitters.

Miss Kevarian stand an der Tür des Effizienzbüros. Ihr schief gelegter Kopf und ihr schräg verzogener Mund erinnerten Abelard an eine Wüsteneidechse, die er einmal in einem Kuriositätenkabinett gesehen hatte. Der Gelehrte, dem das Kabinett gehörte, stellte seinem Publikum eine Skorpionart vor, deren Stachel einen erwachsenen Mann in Sekunden töten konnte, und setzte den Skorpion dann in ein Glasgefäß mit einer flachköpfigen gelben Eidechse. Die Eidechse musterte das tödliche Spinnentier auf die gleiche Weise, wie Miss Kevarian den Schatten musterte, der in der Mitte des Raums anschwoll und brannte.

Der Gelehrte hatte im Takt eines Marktschreiers erklärt, dass die Ernährung dieser Eidechse hauptsächlich aus Skorpionen bestand.

Miss Kevarians Reglosigkeit schlug plötzlich in Bewegung um. Sie bog die Finger einer Hand, als würde sie Sand von einem Strand schaufeln. Hinter Abelard sprang die Schattenkreatur auf den Eindringling zu, die Stacheln waren zum Angriff aufgestellt.

Miss Kevarian hob ihre Hand auf Augenhöhe und schloss ihre Finger mit geübter Bedächtigkeit zu einer Faust.

Ein Windstoß aus dem Nichts glättete Abelards Haar und riss ihm fast die brennende Zigarette von den Lippen. Blitze zuckten an den Wänden der Kammer, aber es gab kein Licht und kein Donnergeräusch, nur eine Erschütterungswelle. Als er die Augen öffnete, schwebte die Kreatur ein paar Zentimeter über dem Boden, zeigte sich in voller Groteske und war in einer Blase aus fester Luft gefangen. Wütend kratzende Klauen glitten an den gebogenen, transparenten Wänden ab. Miss Kevarians Griff wurde fester und die Blase begann zu schrumpfen. Krallen harkten wirkungslos; Gliedmaßen knickten ein und wurden gebündelt wie nasse, gegen eine Glastür gepresste Handtücher. Immer noch drückte Miss Kevarian zu und immer noch zog sich die unsichtbare Kugel zusammen. Spinnenarme verschmolzen zu dickeren Tentakeln und wurden zurück in den Schatten gequetscht. Das Zischen der Kreatur war anklagend in der Stille, die Miss Kevarian bei der Ausführung ihrer Kunst begleitete.

Die Blase zerquetschte die Kreatur zu einer undefinierbaren schwarzen Masse. Ein kleiner offener Bereich mit einem Paar verzweifelt schnappender Mandibeln blieb an der Spitze zurück. Noch immer schrumpfte die Blase, und auch dieser verschwand und hinterließ eine zähflüssige Kugel mit einem Durchmesser von eineinhalb Metern, einem Meter, sechzig Zentimetern, dreißig Zentimetern.

Miss Kevarian schritt in den Raum. Ihre Absätze klopften einen traurigen Takt auf dem Steinboden. Sie näherte sich bis auf Armeslänge der Schattenblase, die nur noch einen Durchmesser von vier Zentimetern hatte und leicht vibrierte. Als sie ihre freie Hand ausstreckte, um sie aus der Luft zu pflücken, war sie zweieinhalb Zentimeter groß. Sie hielt sie zwischen Daumen und Zeigefinger, jetzt nur noch eineinhalb Zentimeter groß.

Sie öffnete ihre Lippen, steckte die Pille der Dunkelheit in ihren Mund und schluckte.

Die Andeutung einer rosa Zunge schoss hervor, um über ihre Oberlippe zu lecken. Sie drehte sich zu Abelard um, der vor der Kraft ihres Blicks beinahe zusammenzuckte. »Seien Sie froh«, sagte sie, »dass ich gerade noch rechtzeitig gekommen bin. Einen beeindruckenden Alarm haben Sie in diesem Heiligtum.«

Er nickte und zitterte. »Was …« Die Stimmbänder waren, wie der Rest seiner Muskeln, unkooperativ. »Was war das?«

»Eine der göttereigenen Ratten«, sagte sie. »Aus ihrem Versteck aufgescheucht. Wütend, hungrig. Hätte etwas Salz brauchen können. Wo haben Sie sie gefunden?«

»U-Unten«, brachte er hervor.

»Sie sollten Ihren Tempel regelmäßiger reinigen lassen.« Sie zeigte mit dem Finger auf ihn. »Kommen Sie. Wir haben zu tun.«

*

Schiefers roter Punkt hüpfte wie ein Kinderball auf der Karte in Taras Kopf herum. Jedes Mal, wenn sie dachte, er hätte ein endgültiges Versteck erreicht, änderte er seinen Kurs und steuerte wieder auf die Stadtmitte zu, schoss durch unterirdische Tunnel und sprintete die Gleise der Hochbahn entlang. Tara wies ihre

Kutsche an, durch Seitenstraßen zu fahren und sich von den Hauptverkehrsstraßen fernzuhalten, bis Schiefer schließlich, vermutlich nachdem er von seinem Schwarm gefunden worden war, in einem Lagerhaus drei Piers nördlich der Anlegestelle der *Kell's Bounty zur* Ruhe kam.

Dies war ein ausgestorbener und gefährlicher Streifen der Stadt, wo trostlose, von Krallen zernarbte Gebäude mit zerborstenen Fenstern und zerbrochenen Türen in die Nacht blickten. Schummrige Straßenlaternen beleuchteten Laderampen, die mit verrottetem Holz und zerfallenen Planen übersät waren. Bei Tageslicht hätte das Lagerhaus wie ein Gesundheitsrisiko ausgesehen. In der Nacht wirkte es aus jeder Richtung bedrohlich.

Tara bezahlte das Pferd und stieg zwei Blocks von ihrem Ziel entfernt aus. Sich durch die Straßen am Hafen zurück zum Lagerhaus zu bewegen, erwies sich als weniger schwierig, als sie befürchtet hatte. Eine Bande Halsabschneider versuchte sie zu überfallen, aber sie waren kein Problem. Diebe in dieser Stadt flohen vor ein wenig Feuer und bei der geringsten Andeutung von Tod.

Ihre wahre Beute würde sich nicht so leicht einschüchtern lassen.

Weder standen Wächter an den Türen des Lagerhauses noch konnte sie jemanden auf dem Dach lauern sehen. Nicht dass sie das erwartet hätte. Die Wächter kannten Alt Coulumb in- und auswendig und fügten sich in die Schatten und die Dunkelheit ein wie Wölfe in einen finsteren Wald. Der Penner, der zusammengerollt in der Nähe einer Straßenlaterne mit einer Schnapsflasche in seiner schlaffen Hand unter einer schäbigen Decke schlief, könnte einer von ihnen sein, oder die Dirne, die die Straße entlanghumpelte, oder der Betrunkene, der einen halben Block weiter gegen eine Wand pinkelte. Selbst in ihrer wahren Gestalt könnte jeder Schatten sie verbergen, jeder Steinvorsprung ihnen Deckung bieten.

Fünf Minuten waren zu viel, um sie vor einer verlassenen Lagerhalle zu verschwenden und damit zu hadern, ob man sie betreten sollte. Mit vorgerecktem Kinn überquerte Tara das leere Grundstück und kletterte die Rampe zum Ladedock hinauf. Sie bahnte sich einen Weg durch die Trümmer des Wirtschaftsbetriebs zu den Türen, von denen eine noch stand. Die andere war aus den Angeln gehoben und auf den Steinboden im Inneren gestürzt. Tara trat über die Schwelle.

Verfallen und schon lange von Wertgegenständen geplündert, schien das Lagerhaus kein ideales Hauptquartier für einen religiösen Aufstand zu sein. Man erwartete, dass Gargoyles die Spitzen von Wolkenkratzern bevorzugten, wo sie ihre gezahnten Mäuler öffnen konnten, um den aufgehenden Mond zu trinken – nicht einen Ort wie diesen, einen kahlen Plattenboden, der mit zerbrochenen Kisten übersät war, die als Rattennester gedient hatten, bevor die Katzen einzogen. Hohe, zerbrochene Fenster ließen das gelbe Gaslicht der Straßenlaternen und das fahle, von den Wolken darüber reflektierte Licht herein. Am anderen Ende des Lagers erhob sich das längst verlassene Büro des Vorarbeiters auf morschen Holzpfeilern sechs Meter über dem Boden.

Taras mentale Karte war genau, aber nicht punktgenau. Schiefer war irgendwo in diesem Gebäude, aber mehr konnte sie nicht sagen. Sie hatte erwartet, dass er weiter fliehen würde, bis seine Leute ihn gefunden hatten. Hatte er stattdessen einen Hinterhalt gelegt?

Eine plötzliche Bewegung erregte Taras Aufmerksamkeit. Ein Schatten bewegte sich hinter einem Stapel zerbrochener Kisten, zu groß für ein Nagetier oder eine Katze.

Wachsam trat sie vor. Sie hob die Hand zu ihrem Herzen, und mit einer Drehung ihres Handgelenks zog sie ihr Messer, knisternd und blau. Es warf eine Lache aus kühlem Glanz zu ihren Füßen. Das Geräusch und das Licht verrieten jedem versteckten Beobachter Taras Standort und ihr Geschick im Umgang mit der Kunst, aber sie hatte keine subtileren Waffen. Sie hielt sich rechts, als sie sich dem Haufen zerbrochenen Holzes näherte, um nicht in Schlagdistanz zu geraten, während sie ihn umrundete.

Hinter der Kiste fand Tara nur nackten Stein.

Hatte sie sich die Bewegung eingebildet? Die Nacht war dunkel und das Gebäude beunruhigend, aber sie war sicher nicht so verunsichert, dass sie auf Schatten losging? Frustriert sah sie sich im Lagerhaus nach einer möglichen Ursache um: eine flinke Eidechse, ein Angreifer, der versuchte, sie in Position zu locken, ein Kind, das Schutz vor der Nacht und den wilden Straßen des Hafens suchte.

Nichts.

Mit einem inneren Stöhnen richtete sie sich auf und ließ ihre Messerhand an ihrer Seite sinken. Hatte Schiefer ihren Peilsender abgelegt? Dann hätte er sich das Gesicht abreißen und es neu verheilen lassen müssen. Reichten seine Regenerationskräfte so weit? Wenn man ein Gesicht erneuerte, ging es nicht nur einfach um das Nachwachsen von Fleisch. Auch die Sinnesorgane mussten heilen und Tausende von Nervenenden. Das Ausmaß der benötigten Kraft, ganz zu schweigen von den Schmerzen …

Während sie über den Schmerz nachdachte, öffnete sich der Boden unter ihr und sie fiel, wild mit den Armen rudernd, in den Abgrund.

16

Schwarzanzüge schwärmten aus über die Gebäude und durch die Gassen von Alt Coulumb wie Ameisen über ein verlassenes Picknick. Einer hockte am Rand eines Dachs und starrte auf die Stadt mit Augen, die ein breiteres Spektrum an Licht wahrnahmen als die Augen der Menschen. Ein anderer sprang von Fahnenmast zu Fahnenmast und überprüfte die Vergnügungsviertel. Eine Gruppe aus fünfzig Personen durchkämmte die Stadt Block für Block und bewegte sich mit geräuschloser Vorsicht durch die Seitenstraßen.

Ihr Anblick genügte, um die meisten der in der Stadt verstreuten Unruheherde zu ersticken, und wo der bloße Anblick nicht ausreichte, griffen sie persönlich ein. Ein Lebensmittelladenbesitzer mittleren Alters schlug eine schlaksige junge Frau, die versuchte, Lebensmittel zu stehlen. Er hob seine Hand, um erneut zuzuschlagen, da fiel ein schwarzer Regen über sie, und als er sich hob, waren beide verschwunden. In der Nähe der Docks versammelte sich ein Haufen wütender junger Männer, um den Beteuerungen eines Untergangspropheten zu lauschen. Plötzlich standen zwanzig Schwarzanzüge inmitten der Menge, wo vorher keiner gewesen war, beobachteten und schwiegen. Der Zorn des Propheten verging, als sich der augenlose Blick der Justiz auf ihn richtete. Worte der Angst und des Hasses stockten auf seinen tätowierten Lippen.

Aber obwohl sich die Schwarzanzüge mit den Kriminellen und Verrückten befassten, die ihnen in die Quere kamen, waren sie heute Nacht nicht auf der Jagd nach Menschen. Sie jagten Männer aus Stein.

Ein Gargoyle hatte einen Zeugen aus der Krankenstation der Justiz entführt, oder er war vielleicht als dieser Zeuge verkleidet worden, oder vielleicht ... Die vielen Gemüter der Justiz waren in dieser Frage gespalten, und die Debatte tobte in den Gehirnen von tausend aktiven Schwarzanzügen, tanzte durch ihre Neuronen und stritt an den Tischen ihrer Großhirne. Ein Steinmann war auf der Flucht, so viel war sicher, und so etwas wie einen einsamen Steinmann gab es nicht. Die Kinder der toten Seril bewegten sich in Gruppen oder gar nicht.

Die Justiz wog die Herzen anderer und verschwendete nur wenige Gedanken an ihr eigenes. Hätte sie ihre Emotionen untersucht, hätte sie vielleicht den bockigen Zorn des Schachwunderkinds erkannt, dem mitten im Spiel ein Strich durch die Rechnung gemacht wurde. Sterbliche mischten sich in die Sphäre der Justiz ein und sie bewachte diese eifersüchtig. Sie brauchte den Steinmann und seine Brüder: Führt sie vor die wütende Menge, hängt ihnen Mord und Blasphemie an den Hals, und der Frieden wird zurückkehren. Gezielter Hass war leicht zu kontrollieren.

Schwarzanzüge strömten nach Alt Coulumb, ein Schwarm stummer Krähen mit menschlichen Körpern. Der Steinmann hatte zwar seine Späher und Verfolger verwirrt, denn er war schnell und konnte viele Gestalten annehmen, aber er war sterblich, begrenzt, fehlbar. Er spielte ein kluges Spiel, aber er würde einen Fehler machen, und der Schwarm würde auf ihn niederstoßen.

Die Justiz wartete, schärfte ihr Schwert und polierte ihre Schuppen.

*

»Hier ist auch keine Tara«, räumte Captain Pelham ein, als sie mit Nachtwächtern auf den Fersen aus dem Lagerhaus sprinteten.

Cat hätte beinahe die Augen verdreht, aber dann hätte sie den Blick vom Bürgersteig nehmen müssen, und in diesem Teil der Stadt wusste man nie, wann einen ein Schlagloch oder der Stolperdraht eines Straßenräubers zu Boden schickte.

Captain Pelham hatte ihrer fahrerlosen Kutsche befohlen, so weit wie möglich zurückzubleiben, ohne Tara zu verlieren, während sie sich in das Hafenviertel hinein-, dann wieder heraus- und dann wieder hineinschlängelte und ein Labyrinth nachzeichnete, dessen Wege nur sie kannte. Vielleicht hatte es etwas mit Kunst zu tun, oder Tara versuchte, Verfolger abzuschütteln. Bei ihrer letzten Fahrt durch das Hafenviertel bogen sie um eine Ecke und sahen Taras Kutsche in der Dunkelheit verschwinden, ohne dass Tara selbst zu sehen war.

Sie musste die Kutsche verlassen haben, um zu Fuß weiterzugehen. In Ermangelung einer besseren Option griffen sie auf altmodische Beinarbeit zurück und hatten bis jetzt etwas mehr als die Hälfte der Lagerhäuser in der Gegend ausgeschlossen. Was bedeutete, dass etwas weniger als die Hälfte übrigblieb, wie Captain Pelham sie mit mehr guter Laune erinnerte, als sie verspürte.

Es war schwer festzustellen, welche Lagerhäuser genutzt wurden und welche verlassen waren. In der Nähe der Docks war es wenig sinnvoll, sein Eigentum instand zu halten. Saubere, gut gepflegte Gebäude enthielten wertvolle Fracht. Die Lagerhausbesitzer an den Docks hatten schon vor langer Zeit erkannt, dass ein paar zerbrochene Fenster und vulgäre Graffiti-Kritzeleien, Brandnarben an einer Wand und Wasserschäden an einer anderen es den Gelegenheitsdieben, die es in diesem Teil der Stadt reichlich gab, schwerer machten, Brandspuren von Feuerfallen zu unterscheiden.

Die Zeit wurde knapp. Sie brauchten eine neue Taktik.

»Versuchen wir es hier entlang«, sagte Cat und deutete auf eine dunkle Gasse, die von der Hauptstraße abzweigte. »Eine Abkürzung.«

»Bist du sicher, dass du mich nicht dorthin lockst, damit du mich zwingen kannst, dein Blut zu saugen?« Er sagte den letzten Teil mit einem schweren Altwelt-Akzent und einem grimmigen Blick, der verschwand, als er die Wut auf ihrem Gesicht sah. »Das war nur ein Scherz«, sagte er lahm, als sie an ihm vorbeiging.

»Was ist das denn für ein Scherz?«

»Die Art, bei der ich mich darüber lustig mache, dass du dich beinahe umgebracht hättest.«

»Ich wusste, was ich tat.«

»Das gilt auch für die meisten Selbstmörder.«

Cats Mund wurde schmal. Ihre Hände zitterten, und sie zwang sie, still zu halten. Sie hatte heute nicht genug Zeit in dem Anzug verbracht, was sie müde und gereizt machte. Pelhams Reißzähne waren zwar glorreich, aber ein schlechter Ersatz für Gerechtigkeit. Sie schlenderte die Gasse entlang und er folgte ihr. »Es ist ja nicht das erste Mal, dass ich gebissen werde.«

»Du bist also eine geübte Anwenderin. Das macht es natürlich so viel besser.«

»Ich *benutze* dich nicht.«

»Natürlich tust du das.« Er zeigte auf seinen Mund. »Du brauchst das. Du benutzt mich und Leute wie mich, um es zu bekommen.«

Schatten ballten sich um die Mülltonnen vor ihnen und ein übler Gestank stieg aus der offenen Müllhalde zu ihrer Rechten auf. Sie drehte sich auf dem Absatz um und sah ihn an. »Du bekommst auch etwas bei dem Deal.«

»Denkst du, ich brauche dein Blut? Scheiße, sieh mal, nicht jeder Vampir ist ein versessener Blutsauger wie die Kinder, die du in den Vergnügungsvierteln abschleppst. Einige von uns haben gute Beziehungen zu den Leuten, von denen wir trinken. Manche jagen. Manche lernen um oder trinken von Tieren. Stell keine Vermutungen an, um dein schmuddeliges kleines Süchtigen-Ego zu besänftigen.«

Empörung weitete ihre Augen, und die Worte ihrer Gegendarstellung erstickten sich gegenseitig in der Eile, ihrer Kehle zu entkommen. Zum Glück für die beiden wählten die Straßenräuber, die Cat in der Gasse hatte lauern sehen, bevor sie die Hauptstraße verließ, diesen Moment zum Angriff. Der erste, ein bulliger junger Mann, dessen Atem nach Knoblauch stank, packte Cat mit kräftigen Händen von hinten am Hals. Er war ziemlich überrascht, als sie ihn im Schritt packte und seinen eigenen Schwung nutzte, um ihn in den Müllhaufen zu werfen. Seine drei Kameraden waren bereits mit gezückten Klingen nach vorn gesprungen und hatten keine Chance zu fliehen.

Zehn Sekunden später hielt Cat den einen Straßenräuber im schmerzhaften Schwitzkasten, während Captain Pelham zwischen den beiden verbleibenden ungepflegten Männern stand und beide mit einem Schlag auf den Nacken bewegungsunfähig machte. Ihr schnellster Kamerad lag stöhnend in der schmutzigen Grube.

Cats Gefangener wand sich in ihrem Griff, bis sie ihm den Arm verdrehte. Daraufhin gab er einen hohen Ton von sich und seine Gegenwehr auf. Sie musterte ihn: lange, elfenhafte Locken, ein Einigetagebart, drei Ohrringe im rechten und einer im linken Ohr. Er trug ein braunes Wollhemd, das irgendwo in den Nebeln der Geschichte einmal gelb gewesen war, und ein Paar Hosen aus rissigem Leder.

Er war in letzter Zeit schlecht behandelt worden, nicht nur von Cat. Streifen verbrannten Fleischs zogen sich über sein Gesicht und seine Brust, unter scharfen Rissen in seinem Hemd. Diese Schäden waren nicht durch natürliches Feuer verursacht worden. Jenes Feuer hatte schnell wie eine Peitsche zugeschlagen und nicht lange genug verweilt, um seine Kleidung in Flammen zu setzen. »Hallo, Jungs«, sagte sie. »Wir suchen die junge Dame, von der ihr diese Narben habt. Dunkle Haut, eins fünfundsiebzig, lockiges schwarzes Haar, kurvig, Sommersprossen. Zuletzt gesehen umgeben von einem Heiligenschein aus Flammen?«

»Wir ham nix gesehn«, gurgelte Cats Gefangener durch das Blut, das ihm aus Nase und Mund lief.

»Versuchen wir's noch mal.« Cat verdrehte den Arm des Straßenräubers noch etwas mehr, und in seiner Schulter knirschte etwas wie zerknüllte Folie. »Sag uns, wo unsere Freundin hin ist, und wir gehen. Wenn nicht, bleiben wir hier und unterhalten uns ausführlich weiter.«

Er sah sie über seine Schulter hinweg an. Seine Augen waren groß und verängstigt.

Sie lächelte. Raz ebenfalls.

*

Die Nacht schritt voran und die Menge unterhalb des Heiligtums schwoll an. Die ursprünglichen Demonstranten wurden durch die Neuankömmlinge so ausgedünnt, dass sie wie Tintentropfen in einem Becken mit klarem Wasser verschwanden. Geduldiges Schweigen ersetzte die früheren ängstlichen, wütenden Schreie. Das Heiligtum zeigte wie eine verwirrte Kompassnadel in die Wolken, und die Menschen von Alt Coulumb standen oder saßen oder knieten jenseits des Kordons der Schwarzanzüge und betrachteten hoffnungsvoll die Spitze des schwarzen Turms.

Abelard folgte Miss Kevarian die vorderen Stufen des Heiligtums hinunter und erkannte einige Gesichter in der Menge wieder. Oder zumindest glaubte er, sie wiederzuerkennen: einen Ausrufer, an dem sie am Morgen vorbeigekommen waren, einen Süßigkeitenverkäufer von seinem Ausflug in die Vergnügungsviertel am Abend zuvor, eine junge Frau vom Kunstgerichtshof. Sogar ein paar Bewohner der Nordseite waren in ihren Anzügen und Krawatten gekommen, um zuzusehen und zu warten. Zuvor war die Menge durch den Zorn geeint. Jetzt standen sie als Individuen zusammen.

Er war verblüfft über ihre Veränderung, und als er das erkannte, schämte er sich. Er hätte nicht so wenig Vertrauen in die Stadt oder ihre Bewohner haben dürfen. Sie waren leidenschaftlich, ja, und mächtig, aber auch weise.

Viele in der Menge hielten Kerzen, und die flackernden Flammen warfen Licht und Schatten auf ihre Gesichter.

Der weiße Kies auf dem Parkplatz des Heiligtums knirschte unter Miss Kevarians Stiefeln.

»Es gibt einen Verräter innerhalb der Kirche«, sagte er. Nach seiner Rettung hatte Abelard atemlos von seinen Entdeckungen im Heizraum erzählt, aber Miss Kevarian hörte nur zu und stellte kurze Fragen, wenn seine Geschichte nicht klar war. Als ihm die Puste ausging, erzählte sie ihm von ihrem Gespräch mit dem Kardinal, ging aber nicht auf seine Erzählung ein. Er versuchte nun erneut, eine Reaktion von ihr zu bekommen, indem er das Problem so direkt wie möglich darlegte. »Einen Spion. Einen Saboteur.«

Mit einer erhobenen Hand rief Miss Kevarian eine der Kutschen herbei, die in der Nähe der Tore des Heiligtums herumstand. Das Pferd musterte die Menge und die Schwarzanzüge gleichermaßen argwöhnisch, als es sich näherte. »In der Tat.«

»Man stiehlt der Justiz seit Monaten Macht.«

»Welch ein Wunder«, antwortete Miss Kevarian in trockenem Tonfall.

»Sie haben das erwartet?«

Während die Kutsche auf sie zurollte, wandte sie sich an Abelard. »Es war eine Möglichkeit. Ihre Organisation ist groß und nicht besonders sicher. Es würde mich überraschen, wenn das System keine Lecks hätte.«

»Wird das unserem Fall schaden?«

»Normalerweise schon, aber es sind besondere Umstände am Werk.«

»Was meinen Sie?«

»Ich weiß nicht genug, um das zu sagen. Ich brauche mehr Informationen.«

»Ist das der Grund, warum wir es so eilig haben?«

Der Wagen fuhr bis an den Fuß der Treppe heran. Seine hinteren Türen öffneten sich, obwohl keine Hand sie berührte. »Wir, lieber Abelard, haben es aus unterschiedlichen Gründen eilig. Sie haben es eilig, weil Sie Miss Abernathy finden müssen.« Sie zog eine Perlenkette aus einer Jackentasche hervor. Die letzte Perle war grob in Form einer Frau geschnitzt. »Der Fährtenrosenkranz wird Sie zu ihr führen. Erzählen Sie ihr alles. Der geheime Raum, der Dolch, das Monster, alles. Geben Sie mein Gespräch mit dem Kardinal genauso wieder, wie ich es Ihnen erzählt habe. Seien Sie klar, präzise und übertreiben Sie nicht.«

»Was ist mit Ihnen?«

Sie stieg in die Kutsche. »Mich ereilt ein weitaus schlimmeres Schicksal. Ich habe eine Verabredung, mein Novize, mit einer Schlange, die weder Feuer noch Schwert fürchtet.« Sie schnitt eine Grimasse wegen Abelards verblüfftem Gesichtsausdruck. »Ich habe ein Geschäftsessen. Es wäre unhöflich von Ihnen, daran teilzunehmen, und das ist auch gut so. Ihre Suche nach Tara ist wichtiger. Versäumen Sie nicht, sie zu finden.«

»Ja, Ma'am.«

»Passen Sie auf sich auf.« Sie schloss die Tür und die Kutsche fuhr davon.

Er stand stocksteif und verlassen vor der Menge. Sie beobachteten ihn. Reflektiertes Kerzenlicht schimmerte in ihren erwartungsvollen Augen.

Der Fährtenrosenkranz baumelte von seinen Fingern. »Was«, sagte er zu ihm, »soll ich mit dir anfangen?«

Die Schnur zuckte, drehte sich in seinem Griff und kam in Richtung Ufer gestreckt zur Ruhe.

Abelard sah sich nach einer anderen Kutsche um.

*

Tara fiel durch Schatten und schlug mit der flackernden Klinge ihres Messers um sich. In ihrem Schein sah sie den Kellerboden, kurz bevor sie aufschlug. Rippen knirschten und ihr Kopf prallte auf Stein. Die Tür, durch die sie gefallen war, schloss sich automatisch über ihr, und sie saß in der Falle.

Gefangen, aber nicht allein. Das Klicken von Krallen und das Rascheln steinerner Flügel hallte von den nahen Wänden wider. Der Keller roch nach feuchter Erde und rohem Gestein, nach neu geschmiedetem Stahl und verbranntem Silber. Gargoyles, drohende Gestalten in der Dunkelheit, beobachteten sie mit erwartungsvollen smaragdgrünen Augen.

Wenn sie sie töten wollten, wäre sie bereits tot. Wenn sie sie gefangen nehmen und foltern wollten, hätten sie sich bereits bewegt, anstatt sie ihr Gleichgewicht wiederfinden zu lassen. Sie ging in die Hocke und stand auf, stellte ihre Knochen auf die Probe. Keine schlimmen Brüche. Höchstens eine gebrochene Rippe. Das war gut.

Worauf warteten sie?

Mit einer Drehung ihrer Finger absorbierte sie den kalten Blitz ihres Messers zurück in ihr System. Eine Geste. Ich komme in Frieden.

Sie war allein in der Dunkelheit. Lügen würden ihr nichts nützen. Wieder einmal stand sie vor dem Tribunal der Verborgenen Schulen, aber dieses Mal war sie nicht für einen Kampf hier.

»Ich möchte helfen«, sagte sie.

Weiches Licht blühte um sie herum auf und sie sah etwas. Dieser Kellerraum war einmal ein trockener Keller gewesen, vielleicht zehn Meter lang und breit, überdacht von einem Gitter aus Rohren, Sparren und Kupferdraht. Die Überreste von jahrzehntealten Frachtfässern lagen in den Ecken aufgestapelt. Zerbrochene Reifen, rostig und scharf wie Wespenstachel, ragten aus längst verrotteten Latten heraus. Ein sauberer Schlafsack lehnte an einer Wand, umgeben von Metallstücken, religiösen Abbildern und persönlichen Gegenständen.

Tara stand in der Mitte des Raums. Gargoyles umgaben sie, jeder einzelne zwischen zwei Meter fünfzig und drei Meter groß. Einige waren unheimlich schlank, andere dick, einige muskelbepackt und andere durch vorstehende Bäuche aus hartem Stein gepanzert. Starke Steinarme hingen von Schultern, die die ganze Welt tragen konnten. Die Hände endeten in hakenförmigen Krallen. Zusammengelegte Flügel zuckten. Fünf waren männlich, fünf weiblich und alle furchterregend.

Am wenigsten menschlich waren ihre Gesichter, keins glich dem anderen, die Züge hässlich und zugleich seltsam edel, der eine langschnäuzig und zähnefletschend wie ein Wolf, aber mit vier Augen, der andere mit einem Vogelschnabel und einem Kamm aus Steinfedern, der nächste mit Hauern wie ein Wildschwein und einem Bart wie ein alternder Gelehrter. Intelligenz leuchtete in ihren smaragdgrünen Augen, scharf wie die eines Menschen, aber in eine andere Richtung gelenkt. Diese Kreaturen erfreuten sich an der Jagd, nicht am Aasfresserhimmel, der aus Langeweile, Sättigung und Schlaf bestand.

Schiefer kauerte an der Wand und atmete schwer. Aus einer Wunde an seiner Seite sickerte kohlschwarzes Blut. Ein junger Mann – oder ein Gargoyle in Menschengestalt – kniete neben ihm und drückte mit einem schmutzigen Handtuch auf die Wunde.

Eine große graue Gargoyle-Dame stand vor Tara, ihr Antlitz platt und breit wie das eines Tigers. Sie trug als Einzige unter ihnen irgendeine Art von Schmuck: einen silbernen Reif, der auf ihrer Stirn schimmerte.

»Welche Hilfe kannst du uns anbieten?« Tara erinnerte sich an ihre Erdbebenstimme vom Dach des Xiltanda.

»Ich. Ah.« Taras Mund war trocken. Miss Kevarians Mund wäre nicht trocken, wenn sie hier stünde. »Ich habe eurem Boten das Leben gerettet.«

»Indem du ihn entführt hast.« Tara hörte keinen Groll in den Worten der Frau. Vielleicht sogar einen Hauch von Belustigung. Tara hoffte, dass sie recht hatte. Sie erinnerte sich an Abelards Geschichte über die Schlacht am Ende der Götterkriege und sie erinnerte sich auch an die vernarbten Steine von Alt Coulumb. *Haben Sie jemals einen wütenden Gargoyle gesehen?*

Das hier war wichtig für sie. Die Gargoyles konnten beweisen, dass die Kirche von Kos nicht für die Schwäche des Feuergotts verantwortlich war. Mit ihren Beweisen würde sie Denovo zurück in sein Labor schicken. Ihre Waffe war hier, wenn sie lange genug überlebte, um sie zu finden.

»Die Justiz glaubt, dass euer Bote Richter Cabot getötet hat. Euer Angriff auf mich letzte Nacht hat euch dabei keinen Gefallen getan.«

Einige der Gargoyles fletschten die Zähne bei ihren Worten. Sie hörte Knurren hinter sich. Die Steinfrau hob eine Hand und Stille kehrte in der verborgenen Kammer ein. Offensichtlich war sie ihre Anführerin. Schiefer hatte sie Aev genannt.

»Was glaubst du?«, fragte Aev.

»Schiefer hat den Richter nicht getötet. Ihm fehlen sogar die Grundlagen der Kunst, die nötig sind, um Cabots Seele zu binden. Sonst hätte ich sein Gesicht nicht stehlen können. Außerdem, warum sollte er Cabot töten, wenn er für dich gearbeitet hat?« Tara begegnete ihrem eigenen Blick, der sich in den edelsteinartigen Augen der Gargoyle spiegelte. »Oder er hat in Kos' Auftrag gearbeitet, um dir zu helfen. Vor Monaten hat der Feuergott ihn um Hilfe dabei gebeten, eine immense Menge an Seelenstoff ohne das Wissen der Kirche zu transferieren. Kos liebt seine Kirche. Warum sollte er so etwas tun? Es sei denn, er wollte dem eingeschworenen Feind der Kirche helfen. Einer Gruppe, die vor mehr als vier Jahrzehnten aus dieser Stadt verbannt wurde, der er sich aber immer noch verpflichtet fühlte: den Wächtern von Seril.«

Keine Antwort.

»Ich bin vielleicht die einzige Person in dieser Stadt, die glaubt, dass ihr unschuldig seid, aber ich brauche eure Hilfe, um das zu beweisen. Ich muss wissen, warum du Schiefer gestern Morgen zu Richter Cabots Penthouse geschickt hast.«

Aev neigte den Kopf zur Seite. Tara bereitete sich auf den Kampf und wahrscheinlich auch auf den Tod vor.

»Die Geschichte«, sagte Aev schließlich, »ist nicht allein meine Sache.«

Tara versuchte, nicht erleichtert zu wirken. Es würde heute Abend genügend Gelegenheiten geben, sich umbringen zu lassen. »Wessen dann?«

Aev deutete mit einem Schwung eines massiven Arms auf den jungen Mann neben Schiefer. »Ihr Anfang gehört David Cabot, Spätankömmling in unserem Schwarm.«

David stand mit hängenden Schultern und besorgtem Gesichtsausdruck auf. Seine Gesichtszüge waren, jetzt wo Tara sie direkt sah, ein jüngeres, weniger fleischiges (und weniger blutverschmiertes) Abbild seines Vaters. Er winkte verlegen. »Hi.«

*

Die Kutsche ließ Miss Kevarian vor den Toren des Xiltandas aussteigen. Eine Schlange erstreckte sich den Block hinunter, Reihe um Reihe von angenehm jungem Fleisch, das freizügig gekleidet war, um den Appetit der Klubmitglieder auf Sex oder Blut oder menschlichen Geist anzuregen. Diese Konfekte aus Leder und schwarzer Spitze und blassem Make-up wussten, dass der Gott ihrer Stadt tot und ihre Lebensweise dem Untergang geweiht war: Miss Kevarian erkannte es an ihrem zu breiten Lächeln und zu lauten Lachen, an der selbstgefälligen Art, wie sie sich berührten und küssten und ihre Körper aneinanderpressten, an der Geschwindigkeit, mit der Silberflaschen in kleinen, verzweifelten Freundeskreisen von Mund zu Mund wanderten. Sie wussten es, und sie lächelten und lachten und lockten und verführten und tranken, um sich gegen den kommenden Sturm zu wappnen.

Sie bezahlte die Kutsche und ging auf die Schlange zu. Sie hatte keine Zeit damit verschwendet, sich umzuziehen oder Make-up aufzutragen, aber während sie ging, rief sie ein wenig Kunst herbei. Ihre Farben und Konturen wurden schärfer; das Schwarz ihres Anzugs verlor seine abgenutzte, professionelle Dreidimensionalität und nahm eine gleichförmige Leere an, als hätte sie sich in ein Loch im Raum gekleidet.

Als sie den Eingang erreichte, traten die Türsteher beiseite, ohne es zu wagen, ihre Mitgliedschaft zu überprüfen. Der Klub erkannte sie und begrüßte ihre Rückkehr.

Sie trat ein und verweilte einen Moment, um die Marmorsäulen, die leuchtenden Kobolde in ihren Kristallkugeln, das Schachbrettmuster des Bodens und die kunstvollen Wandteppiche aus der Alten Welt zu betrachten. Durch den Perlenvorhang drangen leise Töne sanfter Musik im Swing-Takt und sie folgte ihnen zu ihrer Quelle.

Auf dem Weg zur Wendeltreppe bahnte sie sich einen Weg durch Dämonen und Kunstwirkerskelette, Vampire, Priester und Technomanten und einen vielgliedrigen tiefvioletten Schrecken, bei dem sie einen Moment brauchte, um ihn als einen Kunden aus einem vergangenen Jahrzehnt einzuordnen. Stimmen umgaben sie – vertraut und fremd.

»Lady K.! Es ist schon eine ...«

»... dachte, man hätte mich informiert, bevor Sie ...«

»... heute Morgen am Kunstgerichtshof! Ich glaube nicht, dass Sie ...«

»... werden für Ihren Verrat am Siebten Kreis von Zataroth bezahlen!«

»Und hätten Sie Lust, bald einmal mit uns Bridge zu spielen?«

Mit einem Nicken wich sie den Gesprächen aus. Den Attentatsversuch vereitelte sie gemäß den Klubregeln, die die Mitglieder höflich, aber bestimmt aufforderten, die Räumlichkeiten bei ihren Geschäften nicht zu beschädigen. Sie ließ ihren Angreifer, ein vage bekanntes Gesicht aus einer Sekte, dem sie zuletzt in der Kreditkrise der frühen achtziger Jahre begegnet war, als Schmierfleck auf dem Schachbrettboden zurück. Und sie akzeptierte die Verabredung zum Bridge von dem tentakeligen Schrecken unter dem Vorbehalt, dass sich ihr Zeitplan für die nächsten Wochen nicht änderte.

Sie stieg die Treppe hinauf und entkam so der Party und dem sanften Jazz. Hinauf durch den Sturm und Drang der Tanzfläche, hinauf durch die schmerzerfüllten Schreie der Kerkerebene, wo Kunstwirkende für eine kurze halbe Stunde die Qualen genossen, die sie anderen während der Arbeitswoche zufügten, indem sie sich auf der Folterbank von dem nagenden Gefühl karmischer Ungerechtigkeit, das ihre Seelen quälte, befreien ließen. Hinauf, höher und höher, jede Ebene der privaten Hölle sauber von den anderen abgegrenzt. Niemand wollte das Gefühl haben, dass sein oder ihr gewähltes Medium für Vergnügen und Bestrafung etwas weniger als ein universal Absolutes war.

Schließlich durchquerte sie eine Hülle aus Dunkelheit, kam aber nicht auf der anderen Seite heraus. Sie kletterte durch den tiefen Raum, ohne jegliches Licht. Ihr Anzug passte genau hinein.

Zehn Stufen, erinnerte sie sich, bevor die Treppe auf Höhe des Bodens ankam. Ihre sterblichen Augen waren blind, aber als sie hinaufstieg, sah sie mit den Augen der Kunst die Klubbesucher, die in Entbehrungsblasen schwebten, und auch das silberne Netz, das die absolute Dunkelheit aufrechterhielt, die sie umfing, als sie von der Treppe auf einen glatten Fliesenboden trat.

Sie war hier nicht blind, aber nahe dran. Diese Ebene war für Klubmitglieder konzipiert worden, deren persönliche Hölle der Tod der Sinne war. Da die meisten Kunden Kunstwirkende waren, reichte es nicht aus, nur die Sicht der Sterblichen zu behindern. Die Besitzer des Klubs hatten Monate damit zugebracht, ein System zu entwerfen, das den Augen der Kunst die Sichtkraft nahm. Es war nicht perfekt und kostete das Xiltanda viel, aber die Wirkung war schaurig. Miss Kevarian musste ihre Augen eine ganze Minute lang geschlossen halten, um durch die künstliche Dunkelheit auch nur schwach Umrisse der Kunst zu erkennen.

Schritte und ein Rascheln von steifem Stoff näherten sich von links. Die langen Finger einer Frau berührten den Ärmel ihres Mantels. »Madam, Ihr Tisch ist gedeckt, und Professor Denovo wartet.«

»Danke«, antwortete sie und die Gastgeberin führte Miss Kevarian mit einem sanften Griff um ihren Oberarm weiter. Sie hörte nichts als ihren eigenen Atem und den Atem ihrer Führerin, ihre vermischten Schritte und die winzige Reibung von Stoffen, während sie gingen.

Zwanzig Schritte, fünfundzwanzig. Die Gastgeberin blieb stehen und sie auch. Der Druck der Fingerspitzen verließ ihren Oberarm, legte sich auf ihr Handgelenk und führte ihre Hand auf die gerippte Rückenlehne eines plüschgepolsterten Stuhls. »Danke«, wiederholte Miss Kevarian. Mit der freien Hand tastete sie nach den gepolsterten Samtarmlehnen des Stuhls. Er stand vor einem mit glatter Baumwolle bedeckten Tisch. Sie setzte sich und lehnte sich in die steifen, überladenen Kissen zurück. »Ich nehme einen Wodka Tonic.«

»Und der Gentleman?«

Sie wusste, dass Alexander Denovo auf sie warten würde, aber irgendwie war es trotzdem eine Überraschung, seine Stimme aus der unterirdischen Dunkelheit heraus zu hören. »Whiskey und Wasser«, sagte er. »Nach den Drinks nehmen wir das Abendessen ein, bitte.«

»Selbstverständlich.« Schritte zogen sich von ihrem Tisch zurück.

»Ich bin beeindruckt«, sagte Miss Kevarian. »Das klingt nach sehr hohen Absätzen, wenn man nicht sehen kann, wohin man geht.«

»Übung«, antwortete Alexander kurz angebunden. »Außerdem glaube ich, dass der Klub sie im Dunkeln sehen lässt.«

»Wie unfair.«

»Was im Leben ist schon fair?«

»Wir beide nicht, gewiss nicht.« Nach einer Pause, um ihm die Gelegenheit zu einer Erwiderung zu geben, fuhr sie fort. »Weshalb bist du hier, Alexander?«

»Was habe ich je getan, Elayne, dass du mich hasst?«

Sie faltete die Hände in ihrem Schoß und brachte ihre Stimme unter Kontrolle. »Du hast mich dazu gebracht, mich in dich zu verlieben.«

»Eine schwache Rechtfertigung für solchen Zorn.«

»Und du hast mein Vertrauen ausgenutzt, um deinen Willen durch meinen Geist zu weben, mir meine Kraft zu entziehen und mich als geschrumpftes Wrack zurückzulassen.«

»Na ja«, sagte er. »Stimmt schon.«

Die darauf folgende Stille wurde durch das Klacken herannahender Absätze unterbrochen: ihre Gastgeberin, die die Getränke brachte.

*

»Mein Vater und ich waren eigentlich nie einer Meinung«, sagte David und sah zu Boden, an die Decke, auf alles außer Tara. Er stand außerhalb der Kreisgrenze, hinter Aevs linker Schulter. »Er war froh, dass die Götterkriege so endeten, wie sie es taten, er war der Meinung, die Götter hätten den Sterblichen schon längst die Kontrolle über ihre eigenen Angelegenheiten geben sollen. Er wusste, dass die Kunstwirkenden und vor allem die Todlosen Könige der Welt Schaden zufügten, aber er dachte, es sei beherrschbar. Ich fand, er irrte sich.« Er suchte nach Zustimmung in Taras Gesichtsausdruck oder in ihrer Körpersprache, aber sie hatte keine für ihn übrig.

»Wir haben gestritten. Sehr viel. Als ich alt genug war, ging ich weg, ging in die Alte Welt und versuchte, dort zu helfen. Es ist erstaunlich, welchen Schaden Kunstwirkende anrichten können, wenn sie nicht vorsichtig sind. Meilen von Ackerland, das an einem Tag durch einen Kampf zwischen einem Todlosen König und einem Pantheon von Stammesgöttern zur Wüste wird. Natürlich kümmert das die Kunstwirkenden nicht. Sie leben von Sternenlicht und kahler Erde. Die Menschen bleiben ohne Wasser, ohne Häuser und ohne den wenigen Schutz zurück, den ihre Götter ihnen gewährten. ›Frei‹, sagen die Kunstwirkenden.« Das würde Tara auch sagen, aber sie war nicht hier, um über Politik zu streiten. »Ich schrieb meinem Vater Briefe und versuchte es ihm zu erklären, aber er antwortete nie, also kam ich zurück. Es musste etwas vor Ort geben, das ich tun konnte, um ihm zu zeigen, dass er nicht immer recht hatte. Ich hatte nicht erwartet, Aev und ihre Leute zu treffen.« Er legte der Steinfrau eine Hand auf den Arm, und sie schüttelte ihn nicht ab.

»Wir fanden ihn«, sagte Aev, »tief im Wald umherirrend, mit kaum Nahrung und wenig Wasser. Er sagte, er glaube, wir seien zu Unrecht aus der Stadt vertrieben worden. Er irrte sich. Wir bekämpften Alt Coulumb, weil es unsere Göttin verriet. Aber obgleich Davids Fakten falsch waren, war sein Herz am rechten Fleck.«

Tara konnte sich nicht zurückhalten. »Warte eine Sekunde. Was meinst du damit, die Stadt hat deine Göttin verraten? Die Leute von Alt Coulumb haben so viel von ihr gerettet, wie sie konnten.« Keine Antwort. »Mehr konnten sie nicht tun. Seril starb im Krieg.«

Aev fletschte die hinteren Zähne, was – soweit Tara es erkennen konnte – bei ihr einem Lächeln am nächsten kam. »Tat sie das wirklich?«

*

»Es ist ja nicht so, als hättest du keine Rache genommen«, sagte Denovo, nachdem sie in einer stillen Pause an ihren Getränken genippt hatten. »Als du herausfandest, was ich tat, bist du aus meinen Fängen entkommen. Hast mich von Kelethras, Albrecht und Ao abgeschnitten. Ich weiß nicht, welche Gerüchte du verbreitest, aber seit vierzig Jahren habe ich keine Stelle mehr in einer Kunstfirma bekommen, und ich habe die Privatwirtschaft geliebt.«

»Ich habe die Wahrheit gesagt«, erwiderte sie zwischen zwei Schlucken. »Die Firmenpartner waren sich einig, dass es zu riskant sei, dich weiterzubeschäftigen, wenn du ihre Angestellten untergraben würdest. Es ist ja nicht so, dass ich dich für alle Ewigkeit in eine freudlose, funktionslose Vorhölle geworfen hätte. Du bist bequem mit dem Fallschirm in die akademische Welt abgesprungen.«

»Und wo ist da der Unterschied?« Sein Ton wurde schärfer, behielt aber seine distanzierte Belustigung bei. »Ich gebe zu, die Akademie ist angenehmer, als ich erwartet hatte. Zu meiner Überraschung hatten die Verborgenen Schulen nicht so viel Angst vor meinen … Exzentrizitäten wie die großen Firmen.«

»Vielleicht hatten sie nicht so viel Angst, wie sie hätten haben sollen.«

»Wenn alle so denken würden wie du, Elayne, hätte niemand das Potenzial in *Das Thaumas* erkannt, als es vor hundertfünfzig Jahren herauskam. Wir würden immer noch mit armseliger angewandter Theologie an den Rändern der Macht der Götter kratzen, anstatt ihre Macht selbst auszuüben.«

»Wenn alle so denken würden wie du, Alexander, hätten wir nie rechtzeitig erkannt, dass die Götterkriege diese Welt vernichten.«

»Es gibt andere Welten.«

»Keine, die wir finden konnten, die für eine menschliche Besiedlung geeignet wären.«

»Glaubst du, dass wir noch menschlich sind, wenn wir dort ankommen?«, fragte er mit einem leichten Anflug von Spott. »Komm schon, Elayne. Wenn du denkst, dass ich mit der aktuellen Form der Menschheit zufrieden bin, hast du den Sinn meiner Arbeit nicht verstanden. Ich habe Netzwerke entwickelt, die zu verteiltem Handeln fähig sind, gelenkt von einem einzigen Willen. Du hast gesehen, was heute Morgen im Kunstgerichtshof passiert ist. Tara ist brillant, aber ohne das Informationsdepot hätte ich ihr den Verstand geraubt. Es steht außer Frage, dass mein Weg besser ist.«

»Trotzdem hat sie dich geschlagen.«

»Sie besitzt ein einzigartiges Geschick darin«, gab er zu. »Das ist ein Grund, warum ich sie eingestellt habe. Eine junge Frau, die so einfallsreich ist, hat etwas Besseres verdient, als auf die schwarze Liste gesetzt zu werden, weil sie an einem unethischen Professor Rache für ihre Freunde genommen hat.«

»Unethisch? Wenn du die meisten meiner, äh, Schüler fragen würdest, würden sie behaupten, mit meinen Methoden ganz zufrieden zu sein.«

»Weil du ihnen nicht erlaubst, unzufrieden zu sein.«

»Es ist eine erfüllende Erfahrung, sich für eine Sache zu engagieren.«

»Ich habe mich nicht erfüllt gefühlt, soweit ich mich erinnere.«

»Deine Erfahrung war ein Prototyp. Ein frühes Modell. Ich habe die meisten Macken ausgebügelt.«

Sie nahm einen Schluck von ihrem Wodka Tonic, genoss den scharfen, brennenden Geschmack und die Bläschen auf ihrer Zunge. »Ich habe deine Beiträge gelesen, Alexander.«

»Alle?«

»Deine Vision ist überzeugend. Aber du bestehst auf einer These, die du meiner Meinung nach nicht stützen kannst.«

Eis klirrte gegen den Rand seines Glases. »Ach, wirklich?«

»Du behauptest, dass deine kollektiven Aktionsnetzwerke am effizientesten sind, wenn ein einzelner Knoten das Ganze leitet.«

»Das legen meine Experimente nahe.«

»Ich empfehle dir, deine Annahmen neu zu bewerten.«

»Du denkst, ich korrumpiere meine eigenen Daten?«

»Ich glaube, du bist nur mit einem philosophischen Rahmen glücklich, der dir erlaubt, ein Gott zu sein.«

Der Geruch von gebratenem Fleisch waberte aus der Dunkelheit und wieder hörte sie Schritte.

»Das Abendessen«, sagte er, »ist offenbar serviert.«

*

»Geht es nicht schneller?«, fragte Abelard das Pferd, das etwas wieherte, was – obwohl Abelard nie gelernt hatte, Pferde zu deuten – wahrscheinlich mit: »Vielleicht, wenn du aussteigst und schiebst«, zu übersetzen war.

Der Fährtenrosenkranz hatte ihn mit der Beständigkeit eines Kompasses durch Alt Coulumb geführt. Je mehr er sich dem Ufer näherte, desto eindringlicher wurden die Perlen und zerrten an seinem Arm. Er behielt sie fest im Griff. Das war keine gute Gegend, um auf der Suche nach einer verirrten Halskette auszusteigen.

Er musste Tara finden. Nicht weil Lady Kevarian es verlangte, sondern weil er jemanden brauchte, dem er vertrauen konnte. Die Kirche selbst beherbergte einen Verräter, der nicht nur Kos bestohlen, sondern auch seine Wiederauferstehung gefährdet hatte.

Vor zwei Tagen hätte Abelard eine solche Blasphemie noch als unmöglich bezeichnet. Er war sich nicht mehr sicher, was er glaubte – außer an Lord Kos, und der war weg.

Als sie über das unebene Kopfsteinpflaster ratterten, kämpften Dringlichkeit und Verlangen in Abelards Herz. Das Zittern war zurück, heftig wie am Tag nach Kos' Tod. Zigaretten halfen kaum; trotzdem hatte er in den Vergnügungsvierteln angehalten, um seinen Vorrat aufzufüllen. Er hatte seit drei Tagen keine

Nacht mehr durchgeschlafen, aber die Erschöpfung, die er fühlte, war unter Adrenalin und Angst begraben.

»Hör zu, ich zahle das Doppelte, wenn du das Tempo erhöhst.«

Er hatte dieses Angebot schon einmal gemacht, und das Pferd nahm es wieder an, indem es in einen langsamen Trab verfiel und die engen, nach Meer riechenden Straßen des Hafenviertels hinuntertrottete.

*

»Seril starb im Krieg«, sagte Tara automatisch. »Sie kämpfte gegen den Rotkönig und fiel.«

Um sie herum erhob sich Knurren, Stein knirschte auf Stein, aber das bewegte sie nicht so sehr wie Aevs langsames Kopfschütteln.

»Ihre Macht war verbraucht«, protestierte Tara. »Es war nicht genug übrig, um Sie zu erhalten.«

»Erhalten? Nein. Nicht so, wie Sie war.«

»Das Bewusstsein ist eins der ersten Dinge, die verschwinden, wenn eine Göttin ihre Macht verliert.«

»Nicht«, schaltete sich Aev ein, »wenn nichts außer dem Bewusstsein erforderlich ist.«

Taras Augen verengten sich, als inaktive Räder in der Differenzmaschine ihres Gehirns zu rotieren begannen. Sie erinnerte sich daran, dass Abelard sagte, Seril habe die Gargoyles direkt erschaffen. Wenn das stimmte, war eine immense Menge von Serils Seelenstoff in ihnen gebunden. Sie waren der Göttin wegen ihrer Existenz verpflichtet und sie im Gegenzug ihnen wegen ihrer Anbetung. Wie viel von Serils Macht stand ihr selbst zur Verfügung und wie viel war in den Körpern dieser prächtigen Ungeheuer verankert? Konnte der Rotkönig Seril vollständig getötet haben, während ihre Wächter blieben? »Du willst sagen, dass ihr Seril am Leben erhalten habt, in reduzierter Form. Ein Echo der Göttin, die sie einst war.«

»Kein Echo. Immer noch diese Göttin, nur weniger.« Die Gargoyles senkten ihre massiven Köpfe in Ehrfurcht. Die Flügel hingen herab. »Sie starb durch die Weltspalte, aber als der Rotkönig den tödlichen Schlag führte, fing unser Bedürfnis – das Bedürfnis ihrer wahren Gläubigen – sie auf. Sie floh in unsere Herzen.«

Tara übersetzte aus dem religiösen Jargon und verfolgte, wie sich die Konfrontation in ihrem Kopf abspielte. »Ein Teil von ihr starb im Kampf, aber ein anderer Teil, der Teil, der mit dir und deinem Volk verbunden ist, überlebte. Die Macht, die sie in die Wächter investierte, und die Haken eures Glaubens an sie, zogen sie vom Abgrund zurück, aber der Prozess riss sie in zwei Teile. Für ihre Anhänger in Alt Coulumb ging sie unter; für euch lebte sie oder ein Teil von ihr. Aber«, wandte Tara ein, »selbst wenn ihr sie allein durch euren Glauben unterstützen könnt, wäre sie für eine Göttin ein Invalide. Machtlos. Sie könnte euch nicht helfen.«

»Wir brauchten ihre Hilfe nicht.«

»Warum sie dann zurückbringen? Warum sie nicht sterben lassen?«

»Weil sie uns liebt.«

Tara lief verständnislos an der Grenze des Kreises entlang und beachtete die mehreren Tonnen gewaltigen Steins, die sie umgaben, gar nicht. »Ihr habt die Rituale eingehalten, sie angebetet, ihr geopfert, um sie am Leben zu erhalten. Obwohl sie absolut nichts für euch tun konnte, außer euch zu lieben und von euch geliebt zu werden.«

»Ist das seltsam?«, fragte Aev.

»Ja«, sagte sie. »Das macht euch zur dümmsten, zielstrebigsten Ansammlung von religiösen Fanatikern, die mir je begegnet ist. Ich meine«, verbesserte sie sich, als sich ein Knurren um sie herum erhob und die grünen Augen sich verengten, »ich könnte mir nicht vorstellen, so etwas jemals zu tun, aber es ist wirklich süß.«

»Wir rechneten nicht damit, dass Serils Halbtod von Dauer sein würde. Als wir hierher in die Stadt zurückkehrten, sahen wir, dass die Kirche von Kos mit Außenstehenden, gottlosen Kunstwirkenden, zusammenarbeitete. Wir appellierten an die Kirche, aber unsere Appelle wurden abgewiesen.«

»Wirklich?« Tara war bestrebt, das Gespräch von den Übeln gottloser Kunstwirkender abzulenken. »Davon habe ich noch nichts gehört.«

»Nach Serils Tod behaupteten die Ketzer innerhalb der Kirche von Kos, dass ihr feuriger Herr unangefochten von unserer Herrin regieren sollte. Sie sorgten dafür, dass Kos nichts von Serils Überleben erfuhr, und hielten uns von der Stadt fern.«

Als schaue sie von oben herab, sah Tara den bindenden Kreis aus weißem Kies, der in den grünen Rasen des Heiligen Bezirks eingelassen worden war. Letztendlich war er nicht dazu gedacht gewesen, Kos in der Stadt einzuschließen – keine sterbliche Kunst konnte so etwas tun –, aber er war mehr als stark genug, um ein kaum noch lebendes Echo einer theologisch problematischen Göttin draußen zu halten. Schwarze Höllen.

»Ihr habt gegen sie gekämpft.«

»Unsere Brüder in Alt Coulumb verloren den Verstand, als die Herrin starb, denn sie waren weit weg und konnten nicht spüren, dass sie lebte. Sie kämpften wie wilde Tiere. Als wir zurückkehrten, wurden wir aus unserer eigenen Stadt verbannt, da unsere Feinde den Körper der Herrin entweihten, um eine versklavte Verhöhnung von ihr zu schaffen. Was hättest du getan?«

Die Stadt niedergebrannt. »Abelard sagte, ihr seid geflohen, als die Schwarzanzüge in die Schlacht zogen.«

»Die Justiz ist ein Echo der Frau, die wir lieben. Damals konnten wir sie nicht bekämpfen. Heute wären wir nicht so wählerisch.«

»Ihr seid in den Wald geflohen.«

»Ja. Wir versteckten uns zwischen den schwachen, nassen, stinkenden Bäumen.« Aev gab sich keine Mühe, ihre Abscheu zu verbergen. »Weit weg von unserem Zuhause. Wir lebten dort jahrelang, bis David kam. Und Kos.«

*

»Die Göttlichkeit«, sagte Alexander zwischen zwei Bissen, »war immer der Punkt, nicht wahr? Erinnerst du dich an den ersten Satz von *Das Thaumas.* ›Gesellschaften, die durch die Beziehung zwischen dem Göttlichen und dem Sterblichen charakterisiert sind‹ – alle Gesellschaften, zum Zeitpunkt, als Gerhardt das schrieb – ›erscheinen als eine ungeheure Anhäufung von Macht.‹ Es ist die Energie, die zählt, nicht die Natur der Teilnehmer an dieser Beziehung. Götter und Menschen unterscheiden sich nur darin, wie sie Macht anhäufen und anwenden.«

Miss Kevarian hatte ihr Lachssteak kaum angerührt. »Du solltest Gerhardt nicht aus dem Zusammenhang reißen. Sein nächster Satz lautete: ›Um diese Gesellschaften zu verbessern, müssen wir die Dynamik der Macht verstehen.‹ Er wollte der Zivilisation helfen, der menschlichen und der göttlichen.«

»Sicher, und sobald wir begannen, seine Schriften anzuwenden, versuchten die Götter, uns alle zu töten.«

Er konnte nicht sehen, dass sie mit den Augen rollte, also machte sie ihren Spott im Tonfall ihrer Stimme deutlich. »Sie waren verängstigt. Gerhardts erste Experimente schufen die Hälfte der Wüste, die wir Nördliches Gleb nennen. Zwanzig Jahre später schuf Belladonna Albrecht die Weltspalte.«

»Es war Krieg«, sagte er mit hörbarem Achselzucken.

»Wir kämpften für unsere Freiheit. Für die Freiheit der menschlichen Rasse, damit wir mit oder ohne Götter leben können, wie wir wollen. Die Vorgehensweise, für die du in deinen Papieren argumentierst, ganz zu schweigen von deinem Privatleben, würde die Kunstwirkenden nicht besser machen als die tyrannischen Gottheiten, die wir in diesem verdammten Krieg gestürzt haben.«

»Wie redest du denn, Elayne?«

»Entschuldige«, sagte sie nach einem weiteren Schluck Wodka. »Man lässt sich hinreißen, wenn man das Gefühl hat, sein Tischgenosse habe einen unentschuldbaren moralischen Fehler begangen.«

*

»Wie ist Kos da hineingeraten?«, fragte Tara.

»Der Ewigbrennende Herr«, sagte David im Tonfall des bedingungslosen Frommen, »sieht alles. Es gibt jedoch eine Menge zu sichten. Gelegentlich muss seine Aufmerksamkeit auf bestimmte Dinge gelenkt werden.«

»Wir dachten, Kos hätte sich mit seinen Priestern gegen unsere Herrin gewandt«, warf Aev ein. »Zu Unrecht.«

David fuhr fort. »Ich hoffte, die Wächter im Wald zu finden und ihre Geschichten aufzuzeichnen, ihre Praktiken zu dokumentieren. Für die Nachwelt. Ich, ah.« Plötzlich nervös, sah er nach links und rechts. »Ich dachte, die Seril-Tradition wäre dabei auszusterben. Ich hatte nicht erwartet, eine lebendige Kultur vorzufinden und auch eine lebendige Göttin. Ich kehrte in die Stadt zurück, um Vorräte zu holen, betete um Führung, und, nun ja, ich erhielt eine noch nie dagewesene Antwort. Gott war verwirrt.«

Er brach ab und Aev übernahm die Geschichte. »Kurz danach«, begann sie, »fingen meine Feuerträume an. Sie verbreiteten sich im ganzen Rudel. Die Flamme überschattete unsere Seelen und suchte die Wahrheit in uns. Im nächsten Monat, als wir in der Dunkelheit des Monds am Himmel tanzten, sangen wir der Göttin von den Feuerträumen, und sie zitterte vor Erwartung.« Die Verzückung auf Aevs Gesicht verursachte Tara ein flaues Gefühl im Magen. Sie hatte noch nie etwas auf diese Weise betrachtet.

»Kos erfuhr, dass Seril noch am Leben war«, sagte Tara und fügte die Teile zusammen. »Aber er konnte den Bindekreis nicht durchbrechen und direkt mit ihr kommunizieren, ohne dass seine Kleriker davon erfuhren. Er wollte seine Priester nicht damit konfrontieren; vielleicht hatte er Angst davor, was er erfahren würde, wenn er es tat; Angst davor, was seine Getreuen getan hatten oder getan haben könnten. Er wollte Seril im Geheimen helfen. Und Sie«, wandte sie sich an David, »schlugen vor, dass er durch Ihren Vater arbeitet.«

»Ich versuchte selbst, es Vater zu sagen«, stammelte David. »Er hat es zuerst nicht verstanden. Aber er war ein treuer Mann, und als Kos im Traum zu ihm sprach, hörte er zu.«

»Diese Träume vom Feuer kamen mitten in der Nacht?«, fragte Tara. »Zwischen ein und vier Uhr morgens.« Sie erinnerte sich an Abelards Schmerz, als er von seinem Mangel an Glauben sprach. Sein Glaube war nicht schwach gewesen. Gottes Aufmerksamkeit war einfach woanders. Er war so sehr damit beschäftigt, sich selbst Macht zu verschaffen, dass er sich nicht die Mühe machen konnte, einen armen, verzweifelten Kleriker zu trösten. Typisch. »Kos konnte nicht riskieren, dass der Klerus Sie aufspürt, also kaufte er mit Cabots Hilfe ein paar Konzerne und schloss sie zu einem zusammen, zu einer Hülle, die seine Macht hielt und die er auf Seril übertragen konnte.« Sie hob einen Finger. »Der letzte Schritt war, Ihr einen Teil der Kontrolle über diesen Konzern zu geben, damit Sie seine Macht nutzen konnte. Das sollte gestern Morgen geschehen, nehme ich an.« David starrte sie fassungslos an. Sie ignorierte ihn. »Schiefer hat den Richter tot aufgefunden und wollte fliehen.« Es hatte keinen Sinn, um die Wahrheit herumzureden. »Weder bei ihm noch bei der Leiche des Richters konnte ich jedoch irgendwelche Kunst finden. Und keinen Konzern.«

»Der Mörder muss den Konzern mitgenommen haben«, ergänzte Aev. »Jetzt werden wir mit deiner Hilfe die Macht einfordern, die rechtmäßig unserer Herrin gehört.«

Tara wählte ihre nächsten Worte mit Bedacht. Die Gargoyles warteten. Ihre Geduld machte ihr Schweigen noch gravierender. »Ohne diesen Konzern gibt es nichts, was euren Anspruch Kos gegenüber beweist.«

»Wir werden Zeugnis ablegen. David wird es bezeugen. Das wird sicher genügen.«

»Das könnte helfen, Schiefers Unschuld an dem Mord zu beweisen, aber es wird euch keinen Anspruch auf Kos' Leiche geben.« Und wenn sie keinen soliden Anspruch hatten, dann war der Beweis, dass Kos für seine eigene Schwäche verantwortlich war, verdächtig. Professor Denovo würde ihre Geschichte in Stücke reißen und ihre Argumente zerfetzen. Die Wächter mussten etwas Unumstößliches haben, eine Dokumentation, von der sie ihr nichts erzählten. »Ihr seid Interessenten mit wenig stichhaltigen Beweisen und ohne Vertrag in der Hand. Ihr würdet im Gläubigerausschuss hinter jedem von Denovos Mandaten rangieren.«

Aev fletschte die Zähne. »Dieser Mann hat uns unseres Geburtsrechts beraubt und unsere Göttin verstümmelt. Wir werden nicht zu ihm kriechen und ihn anflehen!«

»Ich schlage ja auch nicht vor, dass ihr das tun sollt. Aber wenn wir das vor einen Richter bringt, wird er sagen, dass eure Geschichte ein großes Lügenmärchen sein könnte.«

»Du bezichtigst uns der Lüge?«

»Nein.« Sie streckte die Hände gegen das bedrohliche Knurren aus. »Ich will damit sagen, dass wir Beweise brauchen. Bis jetzt habe ich noch nicht einmal einen Beweis dafür gesehen, dass Seril noch lebt.«

»Was glaubst du, beleuchtet diesen Raum?«

In die rauen Steinwände um sie herum waren nirgendwo Kerzen oder Lampen eingelassen. Eine zerbrochene Laterne lag in einer Ecke, aber sie war nicht die Quelle des schwachen Leuchtens. Unbewusst hatte Tara angenommen, dass das Licht eine Form von Kunst war, aber als sie ihre Augen schloss, sah sie keine sterbliche Thaumaturgie. Nach einem Moment der Dunkelheit erschien ein wirbelnder Strudel am Rande ihrer Vision, verwobene Linien und überlagerte Muster, ein Echo der Aura, die Alt Coulumb einhüllte, wenn man die Stadt vom Meer aus sah.

Sie öffnete ihre Augen wieder und die Wächter schimmerten im Mondlicht.

»Wenn du es nicht glaubst«, sagte Aev mit einer Stimme, tief wie die Brandung, »werden wir es dir zeigen.«

Das Licht rollte auf Tara zu wie die Flut und mit dieser Flut hörte sie eine Stimme.

*

Die Informationen der ehemaligen Straßenräuber grenzten Cats und Captain Pelhams Suche auf drei Lagerhäuser in derselben Reihe ein – zwei waren gut gesichert und das dritte baufällig. Es war eine einfache Wahl.

»Wir hätten sie nicht gehen lassen dürfen«, flüsterte Cat, als sie sich der kaputten Tür näherten. »Sie waren Kriminelle.«

»Pah.« Raz winkte ab.

»Was, wenn sie jemand anders verletzen? Das ist dann unsere Schuld.«

»Ich glaube, die vier werden eine Weile keine Geldbörsen mehr klauen. Straßenräuber sind so abergläubisch wie Fischer und viel weniger stur. Zwei unglückliche Begegnungen in einer Nacht würden auch den Wagemutigsten dazu bringen, seine Berufswahl zu überdenken.«

»Das kannst du nicht wissen.«

»Was genau hätten wir tun sollen?«

»Sie fesseln und die Schwarzanzüge rufen.« Es wäre so einfach gewesen, sie zu rufen, hätte Cat nur die Justiz übernehmen lassen. Nein. Noch nicht.

»Trotz gebrochener Arme und Beine hätten sie sich immer noch losgerissen, bevor die Schwarzanzüge hier eingetroffen wären. Meinst du nicht, dass diese Jungs für eine Nacht schon genug gelitten haben?«

»Jungs? Wenn wir ihnen nicht in den Hintern getreten hätten, hätten sie uns wahrscheinlich umgebracht.«

»Wären wir nicht in der Lage gewesen, ihnen in den Hintern zu treten, hätten wir uns nach Einbruch der Dunkelheit nicht in den Seitenstraßen des Hafenviertels aufgehalten.« Captain Pelham trat über die verrottete Schwelle in die Lagerhalle. Er legte einen Finger an die Lippen und sie klappte den Mund zu. Als ob man ihr sagen musste, wann sie zu schweigen hatte.

Überall Schatten. Cat und der Captain teilten sich auf und kommunizierten mit Handzeichen. Fünf Minuten später hatten sie festgestellt, dass sich im Lagerhaus keine Wachtposten oder Nachhut befanden, und trafen sich in der Mitte des Raums.

»Ich habe nichts gefunden«, hauchte Pelham ihr ins Ohr.

»Ich auch nicht.« Frustriert trat sie gegen den nackten Steinboden.

Der nackte Steinboden.

»Moment«, sagte sie.

»Was?«

»Keine Spuren im Staub auf dem Boden.«

»Natürlich nicht. Es ist kein Staub auf dem Boden.«

Sie sagte nichts. Er zog sich von ihr zurück. Langsam dämmerte Verständnis auf seinem Gesicht.

»Tja«, sagte Kapitän Pelham, »nenn mich einen seetüchtigen Idioten.«

»Eine Falltür.«

»Ja.«

Nicht eine Falltür, sondern vier entdeckten sie innerhalb kurzer Zeit, eine in jeder Ecke des Lagerhauses. Diese Türen waren einst mit gelber Farbe markiert, aber jemand hatte die Farbe mit einem scharfen Meißel (oder einer Kralle, dachte Cat) sorgfältig entfernt. Nur winzige Risse um die verdeckten Kanten waren übrig geblieben.

Das alles wäre egal gewesen, wenn Spuren auf dem Lagerhausboden zu finden gewesen wären. Wer auch immer dieses Lagerhaus benutzte, musste die Böden zum ersten Mal seit Jahrzehnten gesäubert und von Staub und Unrat befreit haben, alles vergeblich. Genau diese Sauberkeit hatte Cat dazu veranlasst weiterzusuchen.

Ihre Hand hob sich auf die Höhe ihres Halses, aber sie zwang sie herunter. Es gab viele Gründe, eine Tür zu verstecken, und die Justiz würde ihr Versagen bei Tara nicht verzeihen, wenn sie als Buße für ihr Vergehen lediglich ein mickriges Schmugglerversteck vorzuweisen hatte.

Die Räume unter den ersten drei Falltüren waren leer. Sie hörten kein Geräusch dahinter und aus dem Spalt zwischen Tür und Türrahmen drang kein Licht, nachdem Cat den dort festsitzenden Schmutz mit ihrem Taschenmesser weggekratzt hatte.

Sie und Raz knieten neben der vierten Falltür und pressten die Ohren an den Stein. Cat hörte ferne Sprechgesänge und ein Meeresrauschen. Sie wischte etwas Splitt in der Nähe eines versteckten Scharniers beiseite und spähte hinein.

Aus Reflex zog sie sich zurück, unerwartetes Licht stach ihr ins Auge. Noch einmal senkte sie den Kopf.

Durch die schmale Öffnung sah sie den Feind, riesig, skandierend. Steinmenschen. Ein junger Mensch stand in der Nähe des versammelten Schwarms – ein Gefangener vielleicht, oder ein Verräter. Cat musterte ihn. Sie erkannte den kleinsten Steinmann als Cabots Mörder. Durch ihr Abzeichen hatte sie ein paar verschwommene Bilder von der Kreatur gesehen, die aus dem Fenster des gesichtslosen Zeugen ausgebrochen war, und der kleine Wasserspeier passte dazu. Kein Steinmann konnte das Krankenhaus unbemerkt betreten haben. Er musste bereits dort gewesen sein – es musste die ganze Zeit der Zeuge gewesen sein, irgendwie. Das war die einzige Erklärung, die Sinn ergab. Aber wie hatte er sein eigenes Gesicht entfernt?

Cats Blick glitt von dem Mörder zu der anderen vertrauten Gestalt in diesem Kellerraum. Tara schwebte im Zentrum der Steinmänner, verloren in einer Flut aus silbernem Glanz, ein erstauntes Lächeln auf den Lippen.

Es ist schwer vorzutäuschen, gesichtslos zu sein, hatte Raz gesagt. Jemand muss dein Gesicht stehlen. Tara hätte das leicht tun können, damals in Cabots Penthouse.

Ein Eiskristall bildete sich in Cats Gehirn und breitete sich gefrierend aus. Auch wenn Tara ihren Geist verdreht und sie an die Umarmung eines Vampirs verraten hatte, wollte Cat die Frau mögen. Zumindest wollte sie glauben, dass Tara ein menschliches Wesen war, loyal zu ihrer eigenen Art. Tara traute der Justiz nicht. Vielleicht beschloss sie, als der Mörder wieder seine wahre Gestalt annahm und floh, ihn selbst aufzuspüren.

Aber warum sollte sie Cat wegschicken, wenn sie nicht etwas zu verbergen hatte? Und was könnte sie zu verbergen haben, außer dem Wissen, dass der Zeuge ein Steinmann war? Wenn sie es wusste, warum sollte sie dieses Wissen vor der Justiz geheim halten? Warum sollte Tara einen Mörder beschützen, wenn sie nicht auf seiner Seite war? Es sei denn, sie hatte ihm von Anfang an geholfen, sich vor den Schwarzanzügen zu verstecken?

Kein Wunder, dass sie sich vor der Justiz versteckte und quer durch die Stadt floh. Kein Wunder, dass sie Cat mit Misstrauen betrachtete und Abelard hinter ihrem Rücken über sie ausfragte. Kein Wunder, dass sie in Cats Geist eindrang und sie zwang, sich und ihre Stadt zu verraten. Sie hatte die ganze Zeit mit den Steinmännern zusammengearbeitet.

All das waren Mutmaßungen. Verdächtigungen, Hörensagen. Cat sprang von Schlussfolgerung zu Schlussfolgerung. Sie wollte, dass Tara schuldig war. Ihr Gehirn pulsierte gegen die Grenzen ihres Schädels. Die Welt war verschwommen, absurd, unwirklich. Sie brauchte Klarheit. Sie brauchte eine größere Logik, als ihr zerbrechlicher Verstand ertragen konnte. Sie brauchte die Justiz.

Ihr ganzer Körper zitterte bei dem Gedanken und scharfe Tränen brannten in ihren Augen. Bei allen Göttern und Höllen, sie brauchte die Justiz.

Die Steinmänner waren unter ihr. Das musste reichen, um die Liebe ihrer kalten Herrin zurückzukaufen.

Das Eis erreichte Cats Nacken und kroch hinunter zu ihrem schnell abkühlenden Herzen.

Sie bedeutete Captain Pelham, näher zu kommen. Er kniete sich neben sie und murmelte: »Was?«

Cat zeigte auf das winzige Loch. Er beugte sich nahe heran, und als seine Aufmerksamkeit von dem Anblick hinter dem Guckloch gefesselt war, griff sie unter ihr Hemd und nahm das Abzeichen, das an einer Kette um ihren Hals hing, in die Hand.

Der schwarze Anzug kam innerhalb eines Augenblicks über sie, spürte ihr Bedürfnis und zerbrach die Hülle ihres Geistes. Captain Pelham warf einen Blick über seine Schulter.

Kein Auge konnte der Schnelligkeit des Schwarzanzugs folgen.

Das leise Knacken brechender Knochen war in der angespannten Stille des Lagerhauses zu hören. Unter den Schichten aus Diamanten, die Cats Verstand umschlossen, erinnerte sie sich an die Stärke seiner Arme, als er sie nach ihrem Sturz auffing.

Er war Taras Freund. Er hätte versucht, Cat daran zu hindern, ihre Pflicht zu erfüllen.

Wie auch immer, es war nicht ihre Schuld. Sie war eine Dienerin der Justiz. Ihr Geist war Eis und ihr Körper schwarzes Glas. Sie zitterte nicht. Sie spürte keinen Schmerz und keine Schuld.

Sie rief die anderen Schwarzanzüge zu sich.

17

Tausend über die Stadt verstreute pechschwarze Statuen wandten sich einem einzigen Punkt im Hafenviertel zu. Erst langsam, dann schneller, wie ein Trommler, der von einem neuen und schnellen Takt berauscht ist, begannen sie zu laufen.

*

Tara ritt auf der Brandung eines silbernen Ozeans im Mondlicht. Oder vielleicht war sie die Brandung, schwebte auf dem Wasser und war gleichzeitig eins mit ihm. Wenn sie mit einem Geliebten schlief und am nächsten Morgen langsam erwachte, ohne von der Welt jenseits ihrer Haut zu wissen oder sich um sie zu kümmern oder um die Zeit jenseits des langsamen Schlags ihres freudigen Herzens, fühlte sie sich so. Doch jetzt war ihre Haut der endlose Ozean und ihr Herz schlug in gemessenem Rhythmus gegen unbekannten Strand. Kein Gedanke an Gargoyles oder Kunst oder Mord konnte sie beherrschen. Sie lag frei und strahlend auf dem Wasser.

Kühles Licht umspülte sie. Sie öffnete Augen, von denen sie nicht einmal gewusst hatte, dass sie geschlossen waren, schaute nach oben und sah sich selbst, gewölbt am Himmel über ihr, während sie geborgen auf dem Meer lag. Dort oben war sie voll und rund, glühend vor Liebe und Heiterkeit. Die Nacht war ihr Fleisch. Sterne bündelten sich in den Vertiefungen ihrer Hüften und im Genick.

Sie fühlte sich, wie sich ein Tigerjunges fühlen musste, wenn es seine Mutter ansieht, die ihm Milch gibt, es mit einer rauen Zunge sauber leckt und es anstupst, wenn es versucht zu laufen und scheitert. Die Mutter, die sich von der Nase bis zur Schwanzspitze über drei sehnige Meter erstreckt. Die Mutter, deren durchdringende Krallen und die schlagende Herzmaschine kein Kunstwirkender zu formen gewagt hätte.

War das wirklich sie am Himmel? Sie blinzelte und sah Ma Abernathy, die lächelte. Noch einmal und es schien Miss Kevarian zu sein. Wieder, und sie sah sie alle und keinen von ihnen und noch mehr. Ihr Verstand versuchte verzweifelt, diese Macht in einer vertrauten Form festzuhalten, obwohl sie alles überflutete.

Sie sah eine Göttin. Kein fragmentarischer göttlicher Geist, wie sie ihn in der Schule seziert hatte, und auch keine Leiche ohne Leben, sondern eine Göttin, die so alt war wie die Geschichte, Seril die Grünäugige, Seril die Unvergängliche von Alt Coulumb, Große Herrin von Grün und Silber.

Ihre Augen waren offen, groß wie Monde. In ihnen reflektiert sah Tara einen endlosen Ozean, in dem Seril so vollkommen eins mit dem Wasser war wie mit dem Himmel. Es gab keinen Unterschied zwischen der Seril des Wassers und der Seril der Nacht.

Tara sah keine Göttin an.

Sie war *eins* mit einer Göttin.

Sie atmete scharf die kühle Luft ein.

*

In der Dunkelheit des Xiltanda legte Alexander Denovo seine Gabel beiseite. Holz kratzte über polierte Fliesen, als er seinen Stuhl vom Tisch zurückschob.

»Was ist los?«, fragte Miss Kevarian.

»Deine Assistentin steckt in Schwierigkeiten.«

»Ach, wirklich?« Sie fühlte sich seltsam ruhig, während sie eine weitere Gabel voll Lachs aß. »Woher weißt du das?«

»Ich stehe in ständigem Kontakt mit der Justiz«, sagte er schließlich, und als sie nicht reagierte: »Das überrascht dich nicht?«

»Im Gegenteil, ich bin sehr besorgt über das Schicksal von Miss Abernathy. Ich frage mich, was du damit bezweckst, mitten im Essen hinauszustürmen.«

»Die Steinmänner sind in Alt Coulumb«, sagte er, als wüsste sie das nicht.

»Die Justiz sucht nach ihnen.«

»Tara hat sie gefunden und die Justiz entdeckte sie in deren Gesellschaft. Sie wird als Mittäterin bei Cabots Mord angeklagt.«

Auch Miss Kevarian legte ihre Gabel beiseite.

»Komm mit mir zum Tempel der Justiz«, sagte er. »Wir werden das klären. Wir holen Tara zurück.«

Sie stand auf. Die Bestürzung auf ihren Zügen war in der Dunkelheit nicht zu sehen. »Ja«, sagte sie und wiederholte mit leiser Stimme: »Wir müssen das klären.«

Als sie durch den dunklen Raum zur Treppe gingen, wusste sie irgendwie, dass Alexander Denovo lächelte.

*

Cat, die ebenfalls der Justiz angehörte, wartete, während Hunderte ihrer Brüder und Schwestern in das Lagerhaus hinabstiegen. Die Zeremonie der Steinmänner setzte sich unten fort. Silberne Wellen zogen sich zurück, um sich wieder an Taras Körper zu brechen. Die weitläufigen Gedanken der Justiz debattierten immer noch über die Fakten, aber Cat hatte ihre eigene Theorie: Tara rettete den Attentäter der Steinmänner im Austausch für die Durchführung dieses Rituals, das ihre konkrete Seele mit Lust überflutete. Tara war genauso süchtig wie Cat selbst.

Auf dem Boden wand sich der Vampir vor Schmerzen, während sein regeneratives System darum kämpfte, seine Wirbelsäule zu reparieren. Sein Mund arbeitete, seine Augen starrten und kleine wimmernde Geräusche entkamen seiner ruinierten Kehle. Ihm fehlte die motorische Kontrolle, um sie in Worte zu verwandeln.

Sie hob ihren Fuß über seinen Rücken. Vielleicht war er unschuldig, aber sie konnte nicht zulassen, dass er Tara warnte. Er würde heilen.

Ihr Fuß traf seinen Hals oberhalb der Latissimus-Erweiterung. Knochen splitterten.

Das Geräusch war lauter, als sie erwartet hatte. Unten hörten die Gesänge auf. Gleichzeitig vernahm sie oben einen dumpfen Chor von Schlägen, als immer mehr ihrer Brüder auf dem Dach landeten. Lauter als die Landungen oder das Brechen von Knochen war jedoch das rostige Kreischen der Tür, die sich hinter ihr öffnete.

Wer wäre so dumm, die verschlossene Tür zu einem verlassenen Lagerhaus zu öffnen, wenn ihr Zwilling neben ihr aus den Angeln gehoben am Boden lag?

Sie drehte sich um und erkannte Abelard.

Sein Blick wanderte von ihr zu dem Vampir auf dem Boden und wieder zurück. Nur wenige konnten einen Mann oder eine Frau unter einem Schwarzanzug erkennen, aber Abelard sah durch die Schicht ihres Amts hindurch die Person darunter und war verblüfft oder dumm genug, ihren Namen zu rufen. »Cat!«

Die Falltür hinter ihr explodierte. Glücklicherweise wählten die Schwarzanzüge genau diesen Moment, um jegliche Subtilität fahren zu lassen und durch das Dach hereinzubrechen.

*

Tara, die nichts mehr außerhalb von sich selbst wahrnahm, hörte eine Stimme. Sie klang beinahe wie die Stimme ihrer Mutter, aber tiefer. In ihrem linken Ohr flüsterte sie: »Etwas stimmt nicht.« In ihrem rechten: »Erlaube mir …«

Die Welt brach auf und Serils Stimme löste sich in einem Durcheinander aus Meeresschaumgeräuschen auf. Tara fühlte sich, als sei sie aus ihrem Körper gerissen worden, dann wurde ihr klar, dass sie in Wirklichkeit in ihn zurückgedrängt wurde. Ihr Fleisch fühlte sich eng um ihre Seele an, wie ein Kleid, das in der Wäsche eingelaufen war.

Die Wächter hätten die Zeremonie nicht unterbrochen. Sie mussten gestört worden sein.

Angegriffen.

Tara musste ihnen helfen. Um IHR zu helfen.

Zitternd vor Angst erkannte sie, dass sie in Großbuchstaben an Seril dachte.

*

Während der Rosenkranz Abelard zum Hafenviertel führte, bemerkte er, dass sich jeder Schwarzanzug in der Stadt in ebendiese Richtung bewegte. Sie huschten von Schatten zu Schatten durch die Seitenstraßen oder sprangen über die Dächer. Federleichte Schritte füllten die Nacht mit einem Geräusch wie schnellem Flügelschlag.

Als seine Kutsche das zerstörte Lagerhaus erreichte, auf dessen Dach sich die Schwarzanzüge wie Maden auf altem Fleisch wanden, schluckte er schwer, warf dem Pferd seinen Lohn zu und rannte auf die verlassene Laderampe zu. Er rechnete mit einer baldigen Verhaftung, aber entweder richtete sich die Aufmerksamkeit der Justiz auf etwas anderes oder die Schwarzanzüge betrachteten seine Ankunft als Teil eines größeren Plans. Große Schattenvögel, die die Gebäude über ihm umkreisten, sahen zu, wie er keuchend durch die einzige noch stehende Tür des Lagerhauses stolperte, gerade als Cat Captain Pelham das Genick brach.

Ohne nachzudenken rief Abelard ihren Namen, aber seine Stimme ging im Krachen zerberstender Steine unter, als die Wasserspeier aus dem Boden hervorbrachen.

Mit ausgefahrenen Krallen und ausgebreiteten Flügeln stürzten sich die großen Bestien auf Cat, aber die Schwarzanzüge regneten durch die Decke, um sie zurückzuschlagen. Die Schlacht war eröffnet. Mittendrin flitzte Cat umher und schlug zu. Sie kämpfte mit einem riesigen tigerköpfigen Wasserspeier, der einen silberschimmernden Stirnreif trug.

Abelards Fährtenrosenkranz wies geradeaus. Die Angst kribbelte in seinem Magen und verfing sich in seiner Lunge, oder vielleicht war das Zigarettenrauch.

Er konnte sich verstecken, beobachten und warten, bis es vorbei war. Die Schwarzanzüge würden sich um alles kümmern. Das war ihre Aufgabe: beschützen und verteidigen. Aber in den letzten zwei Tagen hatte er zu viel Zeit damit verbracht, sich zu verstecken, zu beobachten und zu warten.

Er erinnerte sich an das trockene, hölzerne Knacken von Raz Pelhams brechender Wirbelsäule, und ein seltsamer Gedanke stieg aus dem Chaos seines Verstands empor: Wen schützten die Schwarzanzüge und wovor?

Tara war irgendwo in diesem Mahlstrom.

Er lief hinein, auf der Suche nach ihr.

*

Druck und Enge brachten Tara zurück in ihr Bewusstsein. Sie fand sich im Keller des Lagerhauses wieder, ein männlicher Schwarzanzug hielt sie in unnachgiebigen Armen. Bevor sie sich wehren konnte, winkelte er seine Beine an und sprang sechs Meter hoch in die Luft.

Sie kämpfte gegen seinen eisernen Griff, als sie den Scheitelpunkt ihres Flugs erreichten. Um sie herum und unter ihr waren die Wächter in einen Kampf verwickelt, graue Flecken, befallen von schwarzen Parasiten. Serils Kinder waren dabei zu verlieren. Die Schwarzanzüge packten ihre Flügel, hielten ihre Arme fest und zogen sie auf den Boden aus Steinplatten.

Tara war schwach, ihr war das Sternenlicht durch diese verdammte Wolkendecke verwehrt, aber sie hatte Tricks zur Verfügung, besonders gegen Feinde wie diese, die nur selten gegen eine Kunstwirkerin kämpften. Als ihr Entführer zur Landung ansetzte, verdrehte sie ihren rechten Arm und streifte mit ihrer Handfläche die präzise geformten äußeren Oberschenkelmuskeln. Der Schwarzanzug war göttlichen Ursprungs und daher zu dicht gewebt, um einfach zerlegt zu werden, aber göttliche Kunst war immer noch Kunst. Sie sog sie in sich auf.

Sie konnte zwar nur eine winzige Menge an Energie abzapfen, aber das war genug. Die verstärkten Beinmuskeln des Schwarzanzugs erschlafften. Anstatt zu landen, brach er zusammen, und Tara stürzte aus seinen Armen und fiel unsanft aufs Gesicht.

Als sie in die Hocke ging, schüttelte ein wild um sich schlagender Gargoyle einen Schwarzanzug von seinem Arm ab und schleuderte den Diener der Justiz auf sie zu. Sie wich aus und krachte gegen einen bezwungenen Wächter, der bockte und kratzte, während sechs Schwarzanzüge ein dickes, flexibles Band aus Eisen um seine Flügel schlangen. Sie kroch wie eine Krabbe auf Händen und Füßen davon und atmete schwer. Am Rand des Kampfs berührten ihre Finger etwas Weiches und Kaltes hinter ihr, das in Stoff eingewickelt war. Ein menschlicher Körper.

Sie drehte sich um und erkannte Captain Pelham, aus dessen Haut am Hals gesplitterte Knochen ragten. Sein Mund arbeitete lautlos, aber seine roten Augen erkannten sie.

»Scheiße«, sagte sie, ihr erstes Wort seit dem Aufwachen. Tara sah sich um, bereit, sich zu ducken oder auszuweichen, und beugte sich über Raz' Schultern. Dann schob sie ihre linke Hand unter seine Kehle und löste die Haut, die zwischen den Steinen eingeklemmt war. Sie legte ihre rechte Hand über seine gebrochene Wirbelsäule, drückte dann mit ihrem ganzen Gewicht zu und zog zugleich nach oben. Raz' Körper klatschte wie ein gelandeter Fisch, aber sie hörte das fröhliche Knacken der Knochen, die sich mehr oder weniger in ihre richtige Position schoben. Es war ausreichend, sodass seine eigenen gewaltigen Kräfte den Rest heilen konnten.

Eine Hand legte sich auf ihre Schulter. Sie drehte sich um und sah erst den Schwarzanzug, dann die Frau darin. Cat, eingehüllt in die Umarmung der Justiz.

Taras zweites Wort nach dem Aufwachen war dasselbe wie ihr erstes.

Du wirst dich ergeben, sagte die Anzugträgerin mit einer Stimme, die kaum der von Cat glich. *Du wirst der Mitwirkung und*

Verschwörung zum Mord angeklagt. Um sie herum fielen Gargoyles, die von der Überzahl zu Boden gerungen wurden. Eiserne Fesseln wurden um Flügel, Arme und Beine gelegt und verschlossen. Feste Klammern hielten die zähnefletschenden Münder geschlossen. Tara roch verbranntes Fleisch und Stein.

»Sie sind unschuldig!« Sie stemmte sich wirkungslos gegen Cats Griff. »Sie haben kein Verbrechen begangen, außer sich vor euch zu verstecken.«

Die Steinmänner sind wegen Verschwörung zum Mord angeklagt. Sie werden vor Gericht gestellt werden. Cat beugte sich nah an Taras Gesicht. *Genau wie du.*

Tara nahm ihre Kunst zusammen und bereitete sich auf den Kampf vor, um sich zu befreien, ganz gleich, welche Konsequenzen das haben würde, aber die Gelegenheit dazu ergab sich nicht mehr.

Abelard warf sich von hinten in einer Fackel aus orangefarbener und brauner Robe gegen Cat und riss ihre Hand von Taras Arm. Tara sah ihn in der Zeit erstarren, die Augen weit aufgerissen, die Zigarette zwischen die gefletschten Zähnen geklemmt. Ein Rosenkranz baumelte aus seiner Faust.

Ein Schwarzanzug griff ihn an. Tara sprang Abelard blind vor Wut und Adrenalin mit gezücktem Messer bei, ihre Kräfte um sich zusammengezogen.

Cats Faust traf sie an der Wange.

Die Wucht des Aufpralls hob Tara vom Boden hoch. Ein Heer von Glühwürmchen verdeckte ihre Sicht und zerstreute sich, als sie mit den Schultern zuerst auf dem Boden aufschlug.

Es raubte ihr den Atem. Cat ließ sich wie ein nasser Sandsack auf Taras Brust fallen und fädelte ein Eisenband um Taras Arme und unter ihren Rücken, während sie wie ein wildes Ding im Netz zappelte. Sie hörte ein Klicken und das Metall zog sich zusammen, drückte gegen ihre Haut, bis ihre Knochen knirschten.

Tara sah, wie der letzte der Gargoyles fiel. Die Schwarzanzüge rangen Aev und David nur wenige Meter voneinander entfernt zu Boden und fesselten sie. Das schmerzerfüllte Stöhnen und die gedämpften Schimpfwörter nach dem Kampf vermischten sich mit den ruhigen, rauen Stimmen der Schwarzanzüge, als sie jedem Gefangenen die Verbrechen aufzählten, derer sie beschuldigt wurden.

Cat nahm Tara auf die Arme und stand auf. Andere Schwarzanzüge hoben den sich windenden und ebenfalls gefesselten Abelard und Captain Pelham hoch, der schlaff hing, obwohl sein Hals größtenteils verheilt war.

»Wo bringst du uns hin?«, fragte Tara.

Zum Urteilsspruch.

*

»Mein Herr.« Der Assistent von Kardinal Gustave zögerte, unsicher, ob er fortfahren sollte. »Wir haben Neuigkeiten von der Justiz.«

Der Kardinal saß in die Betrachtung einer Seite Heiliger Schrift vertieft, seine feuerrote Kapuze zurückgezogen. »Tatsächlich.«

»Die Schwarzanzüge haben einen kleinen Zirkel von Steinmännern in der Stadt verhaftet und halten sie für schuldig am Mord an Alphonse Cabot. Sie baten darum, informiert zu werden, wenn es Fortschritte in dem Fall gibt.«

»Ja.« Kardinal Gustave schloss sein Buch. »Ich danke dir, Theofric.«

»Sir.«

Der Kardinal hob eine Augenbraue, als sein Assistent zögerte. »Gibt es noch mehr?«

»Sir, die Justiz hat auch den Technikernovizen Abelard und Miss Abernathy, Lady Kevarians Assistentin, verhaftet. Soweit ich weiß, haben Lady Kevarian und ihr gegnerischer Anwalt, Professor Denovo, Kenntnis von dieser Entwicklung und sind auf dem Weg zum Tempel der Justiz. Die Justiz glaubt, dass sie gegen die Verhaftung Einspruch erheben werden.« Theofric wartete auf eine Reaktion, bekam aber keine. Der Kardinal nahm die Schrift in die Hand und wog die Gebete und Ermahnungen darin ab. Schließlich legte er das Buch auf einen kleinen Stapel Papiere.

»Mein Herr?«

Gustave stand auf und stützte sich schwer auf seinen Schreibtisch. Mit schleppenden Schritten holte er seinen Amtsstab, der an der Wand lehnte. »Informiere die Justiz, dass ich möglicherweise an der Anhörung teilnehmen werde, obwohl ich mich unwohl fühle.«

»Die Gläubigen sind immer noch vor unserer Haustür, Sir. Sie skandieren nicht mehr, aber ihre Zahl ist gewachsen, und sie könnten gefährlich werden. Soll ich eine Eskorte für Ihre Kutsche herbeirufen?«

»Nein, Theofric.« Er schritt zur Tür. »Ich muss Besinnung am Thron unseres Herrn suchen. Suche mich dort auf, wenn es notwendig ist.«

*

Alexander Denovo führte Miss Kevarian durch die tanzende Masse des Xiltanda. Sie folgte ihm wie durch einen Nebel. Es war schwer, sich zu konzentrieren. Tara hatte die Gargoyles gefunden. Das war gut. Aber die Justiz hatte Tara auch gefunden. Weniger gut.

Sie erreichten die Straße und hoben die Arme, um gleichzeitig nach einem Taxi zu rufen. Er öffnete die Tür und sie stieg ein. Die Kutsche schüttelte sie auf ihrem Weg durch. Das Klappern der Räder und Hufe auf Kopfsteinpflaster war rhythmisch, hypnotisierend.

Sie faltete die Hände im Schoß ihres Rocks.

»Das macht Spaß, nicht wahr?«, sagte Alexander mit einem manischen Grinsen. »Du und ich? Wieder einmal unterwegs, auf einer verrückten Mission, um alles zu retten, was uns lieb und teuer ist? Wir geben ein gutes Team ab, nicht wahr?«

»Wir sind keine Teamkollegen. Das habe ich dir schon vor vierzig Jahren gesagt.« Sie wollte mehr Groll in ihre Worte legen, aber sie war so müde. »Ich will nichts mehr mit dir zu tun haben. Du manipulierst. Du missbrauchst. Du bist nicht vertrauenswürdig.«

In diesem letzten Satz hätte mehr Schlagkraft stecken sollen. Stattdessen hing er lahm in der Luft zwischen ihnen, zu substanzlos, um zu widerstehen, als Alexander sich vorbeugte und sie küsste.

Zuerst dachte sie, sie hätte sich ihm entzogen, ihn geohrfeigt, ihre Kunst herbeigerufen und ihn zu Asche verbrannt. Dann wurde ihr klar, dass sie nichts von alledem getan hatte.

Ihr Magen drehte sich um. Sein Bart kribbelte und kratzte am Fleisch ihrer Wangen und ihres Kinns. Seine Lippen waren kalt, leidenschaftslos. Spöttisch.

Sie konnte ihn nicht beißen, konnte ihn nicht schlagen, konnte ihn nicht erstechen oder verbrennen oder mit Blitzen durchbohren. Es blieb nur eine Möglichkeit: Sie hauchte Kunst und Schatten zusammen mit Luft in seinen offenen Mund. Er fiel fassungslos zurück und lächelte schelmisch.

»Was war das?«, fragte er und rieb sich die Lippen. »Du solltest überhaupt nichts tun können. Du bist unglaublich einfallsreich.«

»Was hast du mit mir gemacht?« Sie versuchte zu schreien, aber es kam nur als dumpfe Frage heraus.

»Elayne«, sagte er mit sanftem Vorwurf, »wenn du weißt, dass du es mit einem Mann zu tun hast, der deinen eigenen Willen gegen dich verdrehen kann, solltest du vielleicht vorsichtig sein, wie viel du ihn reden lässt?«

*

Die Schwarzanzüge trugen Tara, Abelard und die anderen Gefangenen zu schwarzen Wagen draußen auf der Straße. Tara und Abelard waren nur an den Armen gefesselt, während die Gargoyles, aber in Eisen eingewickelt. Einige versuchten, ihre menschliche Gestalt anzunehmen um zu entkommen, aber die Fesseln passten sich den Gefangenen an und machten sie unbeweglich, egal welche entstellten Gestalten Serils Kinder annahmen.

Tara und Abelard wurden zusammen mit David, der während des Kampfs bewusstlos geschlagen worden war, allein in den zweiten Wagen gesetzt. Die Schwarzanzüge befestigten die Fesseln der drei Gefangenen an Bolzen in den Wänden des Wagens. Cat durchsuchte sie persönlich. Abelards priesterlichen Arbeitsgürtel ließ sie unangetastet, aber einen Kristalldolch zog sie ihm trotz seiner Proteste aus der Tasche.

Nachdem die Wagentüren geschlossen waren, untersuchte Abelard ihre Fesseln, hatte aber keine Hebelkraft, um sich oder die anderen zu befreien.

»Abelard«, sagte Tara. Sie konnte seine Anwesenheit hier immer noch nicht fassen, geschweige denn seinen Angriff auf Cat. War er eine Art Halluzination?

»Hi.« Sein verlegenes Lächeln zerstreute ihre Zweifel. Kein Hirngespinst ihrer Fantasie hätte so ernsthaft wirken können. »Wie ist es Ihnen ergangen?«

»Was machen Sie denn hier?«

»Ich sah, wie Cat Captain Pelham tötete«, sagte er. »So etwas würde sie nie tun. Und die Justiz auch nicht. Mit ihnen muss etwas nicht stimmen.«

»Ich meine nicht, warum Sie versucht haben, mich zu retten. Warum waren Sie überhaupt in dem Lagerhaus? Sollten Sie nicht bei Miss Kevarian sein?«

»Miss Kevarian ging mit Professor Denovo zum Abendessen. Sie hat mich geschickt, um Sie zu finden. Sie möchte, dass Sie wissen, was wir erfahren haben.«

Ein Schauer lief Tara über die Arme und die Rückseiten ihrer Beine. »Erzählen Sie mir alles.«

David stöhnte, sein Kopf schlug von einer Seite zur anderen, als der Wagen ruckartig anfuhr. Ein violetter Bluterguss verfärbte seinen Mund und Kiefer, und eine Blutspur befleckte seine blasse Wange unter dem neu gewachsenen Stoppelfeld.

Abelard begann zu erzählen.

*

Kardinal Gustave stand vor dem blassen Metallaltar des Trutzigen, auf dem der goldene Drahtkäfig stand, in dem sein Gott einst gesessen hatte, Richter und Freund des Volks von Alt Coulumb. Hölzerne Flachreliefschnitzereien säumten die Wände des Heiligtums um ihn herum, Lesungen, die als Dekoration getarnt waren. Der Stand der Sonne über dem alten Schlachtfeld zeigte den Dampfdruck in den Primärventilen an, während die rasenden Elefanten an der gegenüberliegenden Wand die Leistung der verschiedenen Turbinen abbildeten. Obwohl Kos weg war, blieben alle Anzeigen nominal. Der Bund Gottes mit seinem Volk würde bis zum Tod des Monds andauern.

Vorausgesetzt, es geschah nichts Unvorhergesehenes.

Vorausgesetzt.

»Ich werde nicht zulassen, dass Kos dasselbe widerfährt wie Seril«, hatte Elayne Kevarian gesagt. Auch Kardinal Gustave würde eine solche Katastrophe nicht zulassen.

»Herr«, sagte er und betete zu einem Gott, der nicht mehr da war, um ihn zu hören, »mein Lebenswerk war es, dich zu preisen.« Laternenlicht warf Schatten und flackernde Flammen auf sein Gesicht. »Ich werde die Dinge richtigstellen.«

Er ging vom Altar zu dem raumhohen Fenster. Als er an den Flachreliefschnitzereien vorbeikam, klopfte er einem geschnitzten Affenkopf auf das Ohr, drehte einen auffliegenden Falken um zwanzig Grad gegen den Uhrzeigersinn, hob ein Trio von herumtollenden Fischen ein paar Zentimeter in ihrem hölzernen Teich an und zog einen als Lampenständer getarnten Hebel. Zahnräder schepperten hinter Metallwänden und das Fenster hob sich ruckelnd aus seiner Verankerung. Ein Windstoß erfasste das dünne Haar des Kardinals und verwirrte es zu einem silbernen Knäuel.

Die Luft, die vom Heiligen Bezirk aufstieg, roch nach frisch geschnittenem Gras und städtischen Ausschweifungen. Weit unten beobachtete die versammelte Menge mit ihren brennenden Kerzen das Allerheiligste und wartete darauf, dass ihr Gott sich zeigte. Sie sangen alte Hymnen, die sie noch halb aus der Kindheit kannten, aber selbst in der Jugend war ihr Glaube schwach gewesen, und sie erinnerten sich nur an Bruchstücke der heiligen Worte. Wenn sie die Lieder nicht aufrecht halten konnten, wandten sie sich dem Sprechgesang zu und gelegentlich auch Flüchen, die sie dem schwarzen Turm zuriefen. Sie wollten Führung, und er würde sie führen, später. Im Moment erforderten wichtigere Angelegenheiten seine Aufmerksamkeit.

Nach Norden hin schlängelte sich eine Hochbahn durch die kristallenen Türme der Todlosen Könige. Inmitten dieser Zinnen sah der Kardinal die schwarze Pyramide des Dritten Kunstgerichtshofs und daneben ein Gebäude aus weißem Marmor. Der Tempel der Justiz.

Kos mochte tot sein, aber seine Macht lebte weiter.

Kardinal Gustave atmete tief ein und trat aus dem offenen Fenster.

Der Wind trieb ihn an und peitschte die roten Amtsgewänder um seine gebrechliche Gestalt. Göttliche Macht sang in seinen alten Adern. Ein Wunsch konnte ihn zu fernen Kontinenten wirbeln, eine Laune konnte ihn zu den Sternen heben und eine Fantasie in die Tiefen der Erde versenken. Er lachte, und die Majestät von Kos trug ihn nach Norden, weg vom Heiligen Bezirk und der verzweifelten Menge.

Das Fenster schloss sich hinter ihm. Als Theofric eine halbe Stunde später seinen Kardinal im Allerheiligsten suchte, fand er nur einen leeren Raum vor.

18

Im Laufe der Nacht erstarb das Geschäftsviertel. Seine Arbeiter strömten in einem doppelten Fluss nach Westen in die Wohnviertel und nach Osten in die Vergnügungsviertel. Ihre Betten empfingen sie oder die einladende Umarmung von Kneipentüren und Hinterhoftänzerinnen; sie betteten ihre Köpfe auf Kissen oder das Fleisch von Liebhabern oder die glatten Theken von meist sauberen, fast gut beleuchteten Lokalen, die nie schlossen, selbst wenn die Kellnerin der Nachtschicht um zwei Uhr morgens eindöste und die Gäste sich aus der Kanne mit bitterem, schlechtem Kaffee selbst bedienten, die auf dem langsamen Brenner warm gehalten wurde.

Diejenigen, die in dieser Nacht Trost in der Stadt suchten, fanden ihn nicht. Ungewissheit schlug Wurzeln und gedieh sogar in den Köpfen und Herzen, die von Kos' Tod nichts wussten. Wenn müde Menschen ihre Geliebten oder Kunden aufsuchten, ihre üblichen hungrigen und verzweifelten Gefährten, waren diese unfähig, sie zu beruhigen, zu lieben oder zu trösten. Sie flüsterten einander abgehackte Sätze zu oder stritten und schliefen wütend getrennt oder tranken und lachten in der Dunkelheit oder wanderten zum Heiligen Bezirk und schlossen sich der Menge im Kerzenschein an.

Ein paar Nachzügler blieben in ihren Wolkenkratzer-Büros in der Nähe des Tempels der Justiz und schleppten sich einer illusorischen Ziellinie entgegen. Die Arbeit belastete sie und fesselte sie an ihre Schreibtische. Niemand erhob sich, um aus dem Fenster zu schauen, also sah auch keiner die Reihe schwarzer Wagen, die an den Bordstein fuhren unter dem blinden, anklagenden Blick der Statue der Justiz mit Schwert und Waage.

Sie arbeiteten in Unwissenheit weiter, während sich die Welt um sie herum zu verändern begann.

Einige Schwarzanzüge liefen neben den Wagen her, andere saßen darauf, um sie auf ihrem Weg durch die leeren Straßen zu bewachen und um Flucht oder Rettung zu verhindern. Am Ziel angekommen, sperrten die Diener der Justiz die Straße ab und bildeten ein Spalier, das über die breiten weißen Stufen hinauf in die inneren Räume des Tempels führte.

Eine Abordnung der Schwarzanzüge eskortierte die Gefangenen aus den Wagen. Die meisten der Gargoyles wurden aus Protest schlaff und zwangen die Diener der Justiz, ihr tausend Pfund schweres Gewicht zu tragen. Tara und Abelard bereiteten ihren Entführern keine Schwierigkeiten und konnten aus eigener Kraft gehen.

Tara blickte auf den imposanten Tempel aus weißem Marmor, der mit Säulen und Statuen geschmückt war, aber sie sah ihn nicht wirklich. Ihre Gedanken rasten, sie ließ alles Revue passieren, was Abelard ihr auf der Fahrt hierher erzählt hatte, über Denovos Wunsch, an diesem Fall zu arbeiten, und seine Konsultation von Kardinal Gustave; über die Schattenkreatur, über den Kreis aus Kunst im Inneren des Heiligtums, über einen Kristalldolch mit einem Blutstropfen im Herzen – derselbe Dolch, den Cat ihm abgenommen hatte. Als Tara diese Fakten gegen die Geschichte der Gargoyles abwog, fühlte sie sich wie ein Mosaikkünstler mit einer Schachtel bunter Steine und ohne Vorlage.

»Sie können uns hier rausholen, oder?«, fragte Abelard mit seiner Zigarette zwischen den Lippen.

»Ich weiß es nicht.«

»Das ist ermutigend.«

Sie schüttelte den Kopf. »Ich kann zeigen, dass die Gargoyles unschuldig sind, aber das würde Professor Denovo in die Hände spielen. Er wird Zeit haben, eine Antwort vorzubereiten, und das wird dem Fall der Kirche schaden.«

»Wird uns ein starker Fall etwas nützen, wenn wir im Gefängnis sitzen?«

»Miss Kevarian kann uns aus der Patsche helfen.«

»Wenn die Justiz sie lässt.«

»Ich weiß.« Sie presste die Worte zwischen zusammengebissenen Zähnen hervor. »Ich versuche zu denken.«

Sie stiegen die Treppe hinauf und gingen um die Statue der Justiz herum, Abelard zur Rechten und Tara zur Linken. Gemeinsam gingen sie weiter durch das Spalier der Schwarzanzüge und durch die offenen Tempeltüren in die Schatten.

Der Hauptflur war lang und gerade. Laternen hingen unbeleuchtet von eisernen Halterungen an polierten Marmorwänden. Alle paar Meter standen eherne Dreifüße, auf denen eiserne Kohlenbecken ruhten, deren Weihrauchfeuer zu Glut verebbten. Dünne Fäden duftenden Rauchs stiegen von den Aschehaufen auf. Die Halle endete in einer großen Holztür, die sich öffnete und den Blick auf einen weiten Raum mit einer riesigen Statue darin freigab. Tara wich nicht von ihrem Weg ab und wurde nicht langsamer, und bald betraten sie und Abelard das innere Heiligtum der Justiz.

Sie schloss die Augen und sah.

Die Justiz war eine Göttin, die nach dem Bild des Menschen geschaffen worden war. Kunst schlängelte sich durch ihr Heiligtum, ein großes silbernes Netz des Bewusstseins, das Tausende von Schwarzanzüge in Alt Coulumb verband, aber das Netz war nicht die Justiz. Sie schwoll ungesehen darin an, eine kolossale Verzerrung im Herzen der grobschlächtigen menschlichen Kunst. Tara sah sie in Umrissen, ein Gesicht, das gegen ein Seidentuch gepresst oder unter diesem gefangen war. Sie war riesig, sie war schön und sie hatte keine Augen.

Tara öffnete ihre eigenen Augen und betrachtete die Kammer, wie Abelard es tat. Eine Glaskuppel wölbte sich fünfzehn Meter über dem rohen Marmorboden. Am anderen Ende der Halle stand eine polierte Obsidian-Statue, deren Kopf fast das Glas berührte: die Justiz, gekleidet wie vor den Toren des Tempels, mit abgenommener Augenbinde. Ihre leeren Augenhöhlen waren Gruben aus glitzerndem zerbrochenem Stein.

In die schrägen Wände der Kammer waren Stufen eingemeißelt, und auf jeder Stufe standen Schwarzanzüge in Reih und Glied, die Köpfe zurückgeworfen, um die Statue ihrer verstümmelten Herrin anzublicken. Die Ungeheuerlichkeit der Szene drückte gegen Taras Haut, gegen ihre Seele. Hier war ein großes und schreckliches Werk vollbracht worden. Sie stellte sich vor, wie Professor Denovo auf die Statue kletterte, den Meißel in der Hand, um der Göttin die Augen aus dem Gesicht zu reißen. Ihr Magen drehte sich um, und sie versuchte, sich nicht zu übergeben.

Als die Wächter die Statue sahen, stemmten sie sich wutentbrannt gegen ihre Fesseln. Die Schwarzanzüge schlugen auf sie ein und zwangen sie in die Knie. Aev fiel als letzte.

Die Türen schwangen hinter Tara zu.

Die Statue sprach.

*

»Ich werde dich vernichten«, sagte Elayne Kevarian.

»Nicht in naher Zukunft, so viel ist klar«, antwortete Alexander und schlug die Beine übereinander. »Weißt du, dass man heutzutage in den Schulen nicht mehr rauchen darf? Ich musste damit aufhören. Ich wünschte, ich hätte jetzt eine Zigarette.«

»Du hast die ganze Zeit versucht, uns umzubringen.«

»Stimmt nicht.«

»Lügner.« Sein Griff um ihren Verstand blockierte den Fluss ihrer heftigsten Emotionen und verwehrte ihr die geistige Klarheit, die nötig war, um Kunst zu wirken. Sie konnte aber sprechen, wenn sie höflich blieb. Nach diesem ersten Kuss, der nur als Demonstration seiner Kontrolle gedacht gewesen war, hatte er nicht mehr versucht, sich ihr körperlich zu nähern. Das machte ihr die Situation nicht angenehmer. »Du wolltest mich aus dem Weg haben.«

»Wohl kaum.«

Er spähte zwischen den Vorhängen der Kutsche hinaus, und Elayne nutzte seine momentane Ablenkung, um die Grenzen seiner Kontrolle zu testen. Was sie fand, gefiel ihr nicht. Denovos Technik war im Laufe der Jahrzehnte subtiler geworden. Sie konnte ihre Körperhaltung anpassen, sogar im Gespräch gestikulieren, aber dramatische Bewegungen waren ihr verwehrt. Aufzustehen, ihn zu schlagen, sich aus der Kutsche zu werfen, all das fühlte sich sinnlos an, ermüdend. Warum kämpfen? Ihr Herzschlag beschleunigte sich.

»Elayne, wenn ich dich töten wollte, wärst du schon tot.«

Sie legte den Kopf schief, weder zustimmend noch ablehnend seiner Behauptung gegenüber.

»Ich habe nichts gegen dich oder deine Assistentin unternommen. Du hattest lediglich das Pech, in mein Experiment zu geraten.«

»Dein Experiment.« Sie fand heraus, dass sie immer noch Verachtung ausdrücken konnte. »Was ist sein Zweck, bitte schön?«

»Was denn wohl?«, fragte Denovo rhetorisch. »Unsterblichkeit und die Vorteile, die man ihr üblicherweise zuschreibt. Fühle das.« Er beugte sich vor und nahm ihre Wange in seine Hand. Seine Finger waren tödlich kalt, wie es sich für einen Kunstwirker seines Alters gehörte. Sie wusste, dass sich ihr Gesicht genauso anfühlte, zwei Statuen aus Eis, die sich berührten. Mit einem Kopfschütteln ließ er sie los und zog sich zurück. »Meinst du, das war es, was Gerhardt wollte, als er *Das Thaumas* veröffentlichte? Sich bis in die Ewigkeit zu erstrecken, bis das Leben nichts mehr ist als die Suche nach mehr Leben? Oder hat er von etwas Größerem geträumt?«

Elayne, die solche Fragen nie einer Betrachtung wert gefunden hatte, antwortete nicht.

Die Kutsche kam mit knarrenden Rädern zum Stehen. Denovo öffnete die Wagentür, und Elayne sah die Marmorsäulen und die blinde Statue des Tempels der Justiz. Er sprang auf den Bürgersteig und reichte ihr die Hand, die sie annahm.

»Sollen wir?«

*

Die Angeklagten stehen vor uns, sagte eine Stimme, die mehrere Oktaven zu tief und zu hoch zugleich war, um menschlich zu sein. Sie hallte sowohl von der Haut der augenlosen Statue als auch vom Fleisch der entrückten Schwarzanzüge wider und riss Tara fast zu Boden. Die Gargoyles, deren Gehör schärfer war als ihr eigenes, bebten, obwohl sie knieten.

Die Angeklagten stehen vor uns, angeklagt wegen Beihilfe zum Mord an einem Richter von Alt Coulumb.

Irrlicht ließ die Luft um den sich wehrenden Schiefer aufleuchten und tauchte ihn in ein kränkliches Grün.

Dieser ist des Mords angeklagt.

Über den Gefangenen tanzten leuchtende Staubkörnchen und ordneten sich zu einem Bild, dreidimensional und lebendig: Richter Cabots Garten auf dem Dach, in Neonfarben gehalten, rotierend im leeren Raum. Der Richter lag so, wie Tara ihn gefunden hatte, zerstückelt in einer Lache aus seinem eigenen Blut. David stieß einen erstickten Laut aus, der nach Schluchzen oder Würgen klang. Schiefer bäumte sich über Cabots Körper auf, Blut klebte an seinen steinernen Händen, Krallen und seiner Brust. Tara erkannte den Schmerz anhand seiner gefletschten Zähne, aber für jemanden, der mit jahrelangem Hass belastet war, würde der Ausdruck des Wasserspeiers wie bestialisches Triumphgebrüll aussehen.

Wie bekennen sich die Angeklagten?

Das war alles falsch. Es sollte eine Chance für die Angeklagten geben, Beweise zu präsentieren und die gegen sie vorgelegten Beweise zu prüfen, bevor sie sich äußerten. Dies war kein Prozess. Sie waren der Gnade einer arroganten, verkrüppelten Göttin ausgeliefert.

Die Fesseln um Aevs Mund lockerten sich. Sie stellte sich auf die Füße. Das Geräusch ihres Gewichts, das auf dem Steinboden auftraf, hallte durch den Raum. Sie sah zu den Löchern hinauf, wo die Augen der Statue hätten sein sollen, und spie Kies und Staub vor ihre Füße. Die Fesseln zogen sich wieder um sie zusammen, aber sie kniete nicht nieder.

Die Gargoyles würden für den Mord an Cabot hingerichtet werden oder schlimmer. Tara erinnerte sich an die Worte von Miss Kevarian, als sie von Edgemont weggeflogen waren: »Wir sind dem Mob immer einen Schritt voraus.« Die Justiz behauptete zwar, sie sei blind, aber sie konnte durch ihre Schwarzanzüge sehen. Sie war der Mob, dem eine einzige Stimme verliehen wurde.

Aber sie glaubte, sie sei fair. Tara könnte diesen Glauben nutzen, um die Gargoyles zu retten und Abelard und sich selbst.

Im Gegenzug müsste sie allerdings ihren Vorteil gegenüber Denovo aufgeben. Sie machte sich keine Illusionen über ihre Chancen, ihn zu besiegen, wenn sie auf gleicher Augenhöhe waren. Denovo war der stärkere und klügere Kunstwirker, auch ohne sein Labor.

Was war wichtiger? Ihren eigenen Sieg zu sichern oder diese Leute zu schützen, die von ihrer Stadt verraten und verstoßen worden waren? Deren eigene Landsleute sie für Ungeheuer hielten?

Da die Angeklagten sich geweigert haben, eine Erklärung abzugeben, werden sie unter Arrest gestellt.

»Nein.«

Es war ein einziges Wort, aber Tara legte ihre ganze Kraft hinein. Die Justiz verstummte. Ein weitläufiges Bewusstsein richtete seine Aufmerksamkeit auf sie.

»Was zur Hölle machen Sie da?«, zischte Abelard.

»Ich denke mir nach und nach etwas aus«, antwortete sie in rauem Flüsterton. Sie trat vor und nahm ihre Gelassenheit, ihre Technik und ihre Stimmreserven zusammen. »Herrin«, sagte sie zur Justiz, »ich trete als Anwältin für die Angeklagten ein und plädiere auf nicht schuldig.«

*

Seine karminrote Robe umflatterte Kardinal Gustave beim Flug zum Tempel der Justiz wie die Flügel eines Geiers. Der Himmel übte Druck gegen ihn aus und versuchte ihn zurück auf die Erde zu zwingen. Er dachte an Lady Kevarians Beteuerungen und an den Dämon Denovo, der ermutigte, stichelte und überzeugte, wobei er die Zähne im höhnischen Abbild eines Lächelns fletschte.

Die Lichter eines vorbeifahrenden Zugs beleuchteten den Kardinal von unten. Ein müßiger Ausrufer schritt durch das Geschäftsviertel und sang lustlos in den leeren Straßen. Die Stadt hatte ihn im Stich gelassen.

Wie sie auch die Kirche im Stich gelassen hatte.

Er umrundete einen Wolkenkratzer und sah den glänzenden dorischen Tempel der Justiz. Unter der Glaskuppel seines inneren Heiligtums bewegten sich winzige Gestalten zu Füßen der blinden Göttin. Sogar aus dieser Höhe konnte Gustave Abelard unter ihnen erkennen und den Lehrling von Lady Kevarian.

Er ließ sich absinken und beobachtete.

*

Tara ging zwischen sich verbeugenden Gestalten nach vorn und Abelard folgte ihr. Als sie sich der Statue der Justiz näherte, versperrte ihr ein Schwarzanzug den Weg. Tara erkannte Cat und den Kristalldolch in ihrer Hand.

Die Justiz sprach erneut. *Was gedenken Sie zu beweisen, Frau Anwältin?*

»Herrin, der Angeklagte hat Alphonse Cabot nicht ermordet. Der Richter wurde von einem Dritten ermordet, der ihn daran hindern wollte, dem Gott zu dienen, der bis vor drei Tagen über diese Stadt und ihre Bewohner wachte. Richter Cabot war auch nicht das einzige Opfer eines Attentats in Alt Coulumb in dieser Woche. Es gab noch ein weiteres.

Kos den Ewigbrennenden.«

*

Cat sah aus ihrem Schwarzanzug heraus erstaunt zu, wie Tara sprach. Im Bewusstsein der Justiz tobte ein stiller Krieg darüber, ob das Recht der Kunstwirkerin, ihren Fall vorzutragen, anerkannt werden sollte. Einige Teile der Justiz waren fasziniert; andere meinten, dies sei weder Taras Stadt noch ihre Angelegenheit. Streckt sie nieder, sagten sie, und fahrt mit dem Prozess fort.

Tara deutete mit einer Hand auf Raz Pelhams Körper, der in der Nähe auf dem Boden lag.

»Vor drei Tagen wurde der Nation von Iskar eine Falle gestellt. Eine Söldnerarmada griff die iskarische Schatzflotte an. Iskar nutzte die Macht von Kos, um sich zu verteidigen, und Kos starb bei der Erfüllung seiner Verpflichtung ihnen gegenüber. Aber der Verteidigungsvertrag war klar und sorgfältig ausgearbeitet: Iskar hätte nicht genug Macht daraus ziehen können, um Kos zu töten, es sei denn, er war viel schwächer, als seine Kirche wusste.«

*

Wie haben Sie von diesen Angriffen erfahren?

»Ich habe eine Augenzeugenaussage«, sagte Tara. Jetzt gab es kein Zurück mehr. »Falls Raz Pelham vortreten würde?«

Raz rührte sich nicht. Seine Wunden waren längst verheilt, die Knochen zusammengefügt, Haut und Fleisch zusammengewachsen, aber er blieb reglos, zweifellos in der Hoffnung, das Überraschungsmoment zu bewahren. Ihn als Zeugen aufzurufen, war einer von Taras wenigen Trümpfen, aber wenn die Justiz ihrem Argument keinen Glauben schenkte, würden die Gargoyles nicht lange genug überleben, um von einem anderen Plan zu profitieren.

»Raz«, sagte sie leise. »Bitte steh auf.«

Ein Schwarzanzug näherte sich dem Körper des Captains, aber Raz stand von allein auf und wischte sich den Schmutz von der Vorderseite seines Hemds. Schatten flossen über das Gesicht der Justizstatue, als sie ihn mit ihrem gebrochenen Blick fixierte.

Identifizieren Sie sich.

»Captain Rasophilius Pelham«, sagte Raz, »von der *Kell's Bounty*.«

Ein Pirat.

»Ein Unternehmer und gelegentlicher Söldner. Ich wurde angeheuert, um die Schatzflotte der Iskari anzugreifen. Ich verbürge mich dafür, dass alles, was Tara gesagt hat, wahr ist.«

Wer hat Sie angeheuert?

»Diese Information kann ich Ihnen nicht geben.«

Das müssen Sie.

Er hob sein Kinn und fletschte die Zähne. »Bei allem Respekt« – obwohl sein Tonfall nicht viel davon erkennen ließ – »ich bin bereit, meinen Arbeitgeber zu identifizieren, aber nicht in der Lage, dies zu tun. Mein Arbeitgeber hat meine Erinnerungen an seine oder ihre« – er nickte Tara zu – »Identität zerstört, nachdem ich meinen Vertrag erfüllt hatte.«

Die Hälfte der Justiz widersprach mit einer Stimme, die von den Schwarzanzügen auf der rechten Seite der Halle ausging. *Tara Abernathy lenkt von der Frage ab, die vor uns liegt. Sind die Angeklagten des Mords schuldig?* Eine Sekunde später griffen andere Schwarzanzüge etwas auf und betonten es. *Was hat ein Angriff auf Iskar mit dem Tod eines Richters in Alt Coulumb zu tun?*

Taras Kehle war trocken, ihre Brust angespannt, ihre Muskeln schmerzten, aber sie wollte verdammt noch mal nicht schwach wirken. »Der Tod des Richters passt in eine größere Geschichte, in der die Angeklagten als Opfer erscheinen, nicht als Aggressoren.«

Kommen Sie zum Punkt. Kos starb, obwohl er es nicht hätte tun sollen. Die Kämpfe in Iskar waren ein Faktor für Kos' Untergang, aber das hätte nicht sein können, wenn er bei voller Kraft gewesen wäre. Wir akzeptieren dies als Stellungnahme.

Tara wartete, während sich die Blicke der Schwarzanzüge und der angeketteten Wasserspeier auf sie richteten. Sie hörte den Tabak an der Spitze von Abelards Zigarette brennen. Sie legte ihre Fingerspitzen aneinander und begann, auf und ab zu laufen.

»Kos war an diesem Abend nicht bei voller Stärke, weil er in den letzten Monaten im Geheimen mit Richter Cabot gearbeitet hatte, um einen Großteil seiner eigenen Macht ohne Wissen der Kirche zu übertragen. Der Beweis dafür befindet sich in den Akten des Dritten Kunstgerichtshofs.

Kos kontaktierte Richter Cabot, weil er durch die Gebete des Sohns des Richters erfahren hatte« – sie deutete auf David, der erbleichte, weil er herausgestellt wurde – »dass Seril die Grünäugige, Seril die Unvergängliche die Götterkriege überlebt hat. Gebrochen, so gut wie machtlos, aber am Leben – bewahrt durch den inbrünstigen Glauben dieser wenigen Wächter und anderer wie sie. Von David erfuhr Kos, dass einige seiner eigenen Priester Serils Überleben vor ihm verheimlicht hatten.«

*

Abelard konnte nicht mehr an sich halten. »Das kann nicht wahr sein.«

Tara hatte seine Unterbrechung vorausgesehen und wandte sich mit einer Erwiderung an ihn. »Sie sagten, die Priester von Kos misstrauten Seril und ihren Wächtern. Ist es so schwer vorstellbar, dass einige ihren Tod begrüßten? So sehr begrüßten, dass Kos nicht erfuhr, dass ein Teil von ihr überlebt hatte?«

Die Welt schwankte von einer Seite zur anderen. Er merkte, dass er den Kopf schüttelte. »Wie könnten sie so etwas tun, selbst wenn sie es wollten? Menschen können Götter nicht täuschen.«

Er sagte es, ohne nachzudenken, und hätte ihr leicht zufriedenes Lächeln vorhersehen müssen. »Götter sind nicht allmächtig. Die Kunst kann ihre Kräfte jedoch eingrenzen. Die weißen Kieswege des Heiligen Bezirks zeichnen einen bindenden Kreis, der stark genug ist, um zu verhindern, dass eine geschwächte Seril Kontakt mit Kos aufnimmt. Genau das funktionierte auch, bis David Cabot Seril fand und die Nachricht von ihrem Überleben zurück in die Stadt brachte.«

»Es ist wahr«, sagte David zu den zuschauenden Schwarzanzügen und zu Abelard. »Ich habe gebetet, als ich nach Alt Coulumb zurückkehrte. Lord Kos besuchte nachts meine Träume und sah meine Seele. Ich führte ihn zu den Wächtern, und er begann, auch ihre Träume zu besuchen.«

Abelards Brust krampfte sich um den Rauch in seiner Lunge zusammen. Er sog die Luft durch seine Zigarette ein. Was war unwahrscheinlicher: dass Tara log oder dass sie die Wahrheit sagte? Es gab Verräter innerhalb der Kirche. Kos zu binden, ihn auch nur teilweise zu blenden, war eine Anmaßung, die alles überstieg. Aber jemand hatte einst auch die Justiz geblendet.

Tara nickte. »Wie lange ist das her, David?«

»Vier Monate. Etwas mehr.«

»Und nachdem Kos erfahren hatte, dass Seril noch lebt, suchte er Ihren Vater auf, nicht wahr?«

»Ja.«

»Warum?«

David runzelte die Stirn. »Seril war schwach. Lord Kos wollte ihr helfen, indem er ihr etwas von seiner eigenen Macht gab, aber er konnte es nicht selbst tun, weil die Kirche es erfahren hätte. Er arbeitete mit meinem Vater zusammen, um etwas zu arrangieren. Ich kenne die Details nicht.«

»Hätte die Kirche von Kos nicht bemerkt, dass ihr Gott hinter ihrem Rücken ein Komplott schmiedet?«

»Sie arbeiteten spät in der Nacht, wenn es niemandem auffallen würde.«

»Mit spät in der Nacht meinen Sie …«

»Nach Mitternacht und vor Sonnenaufgang.«

»Abelard.« Er wich einen Schritt zurück, als Tara sich wieder ihm zuwandte. »Sie haben mir erzählt, dass Sie während Ihrer Wache, zwischen ein und vier Uhr morgens, Probleme hatten, mit Kos Kontakt aufzunehmen. Wann haben diese Probleme begonnen?«

»Vor vier Monaten«, antwortete er, als er seine Stimme wiederfand.

»Vor vier Monaten«, wiederholte sie. »Vor vier Monaten begannen auch die Schwarzanzüge, einen Energieabfall zu spüren, ebenfalls zwischen ein und vier Uhr morgens. Ist das nicht der Fall?«

Die Stille in der Kammer lastete auf Abelard. Es fiel ihm schwer, zu atmen und ihre Frage zu beantworten. »Das hat Kardinal Gustave zu Lady Kevarian gesagt und sie zu mir.«

»Die Justiz wird durch die überschüssige Wärme von Alt Coulumbs Generatoren betrieben, richtig?«

»Ja.«

»Also könnte alles, was die Generatoren abkühlen ließ, den Ausfall verursacht haben.«

»Das ist richtig.«

»Und wenn Kos den Großteil seiner Macht nach außerhalb des Tempels umlenkte, um sich um Dinge zu kümmern, von denen er nicht wollte, dass Sie oder einer seiner Priester davon wissen – das würde die Generatoren abkühlen lassen, nicht wahr?«

Glut flackerte kurz an der Spitze seiner Zigarette, in seinem Mund, in seiner Kehle, in seinem Magen. Seine Kleidung fühlte sich zu eng an. Sein *Körper* fühlte sich zu eng an. »Ja. Das ist möglich.«

Sie brach den Blickkontakt mit ihm ab und wandte sich der Statue zu. Schwarze Locken schwangen um ihre Schultern. »Vor vier Monaten erfuhr Kos, dass Seril nicht tot war. Vor vier Monaten kaufte Richter Cabot zwei Konzerne und übertrug sie heimlich an Kos, der sie zu einem einzigen Auffangbereich für seinen Seelenstoff zusammenfasste. In den frühen Morgenstunden, als niemand außer Abelard zugegen war, übertrug Kos einen großen Teil seiner Macht auf diesen Konzern. Er beabsichtigte, die Kontrolle über den Konzern an Seril abzutreten und seiner früheren Geliebten einen Bruchteil ihres früheren Glanzes zurückzugeben. Während er arbeitete, brannte das Feuer in den Generatoren von Alt Coulumb weniger heftig, und die Justiz wurde schwach.

Sie können Spuren von all dem im Dritten Kunstgerichtshof finden. Cabot hat die meisten Akten, die mit Kos zu tun haben, versiegelt, aber alles ist noch da – bis auf Serils Namen auf dem letzten Übertragungsvertrag. Dieser Name wurde aus den versiegelten Akten von jemandem gelöscht, der Schrift von einem Stück Papier abbrennen konnte, ohne die umliegende Seite zu beschädigen. Diese Person löschte jedoch nicht das Datum der Übergabe. Sie war für gestern Morgen angesetzt.

Kunst ist aber mehr als nur Worte in einem Buch. Ein Plan garantiert keine Übertragung: Ein Teil des Konzerns musste von einer Partei zur anderen übergehen. Ein Schlüssel. Gestern wurde Schiefer ausgesandt, um diesen Teil von Richter Cabot in Empfang zu nehmen und ihn zu seinem Schwarm und seiner Göttin zu bringen.«

Sie schwang herum und konfrontierte Cat, die Statue aus Ebenholz. »Sagen Sie mir. Was glauben Sie, ist gestern Morgen in Richter Cabots Garten geschehen?«

*

Cat wäre einen Schritt zurückgewichen, wenn ihre Füße nicht wie angewurzelt auf dem Boden gestanden hätten. Normalerweise fühlte sie weder Angst noch Reue, wenn sie den Anzug trug. Sie war ein Instrument der Herrin, der sie diente, und ein angenehmer Schleier der Unvermeidlichkeit dämpfte jede ihrer Handlungen. Aber Taras Augen …

Nein, nicht ihre Augen. Oder nicht nur ihre Augen. Taras Pupillen, scharf und kalt und schwarz wie der Weltraum, waren die beiden Spitzen einer Klinge, die ihr ganzes Selbst war. Eine Klinge, die den Schwarzanzug durchbohrte und Cat aufspießte, wo sie stand. Zum ersten Mal in Cats Erinnerung wollte sie mit jemandem sprechen, während sie den Anzug trug – nicht in ihrer offiziellen Funktion, sondern als Mensch.

Sie wollte sagen: »Es tut mir leid.«

Tara gab ihr nicht die Chance dazu.

»Beschreiben Sie den Zustand der Leiche von Al Cabot.«

Die Statue der Justiz antwortete in einem sanften Chor. *Cabots Körper war …*

»Nicht Sie.«

Götter sind es nicht gewohnt, unterbrochen zu werden. Wiederauferstandene göttliche Konstrukte haben insgesamt weniger Erfahrung und sind daher noch weniger daran gewöhnt.

Wie bitte?

»Sie enthalten viele Elemente, richtig, Herrin? Ihr Verstand arbeitet in viele Richtungen gleichzeitig. Ein Teil von Ihnen kann Untersuchungen durchführen, ein anderer Patrouillen leiten und ein dritter ein Urteil fällen.«

Cat schluckte und spürte die Justiz als Druck um ihre Kehle.

»Ich möchte mit dem Teil von Ihnen sprechen, der Cabots Penthouse besucht hat.«

Ich werde an seiner Stelle sprechen, sagte Cat, ohne es zu wollen.

Ihr Fleisch gefror. Das war ihre Stimme gewesen – die Justiz, die durch sie sprach anstatt mit ihr. Nie zuvor hatte sie sich so überschattet gefühlt, ein Passagier in ihrem eigenen Kopf.

»Wer hat Sie zur Wohnung von Richter Cabot gerufen?«

Vor einigen Monaten beantragte er Sicherheitszauber, die ein Bild zum Zeitpunkt seines Tods aufzeichnen würden.

»Warum hat er diese Schutzzauber installieren lassen?«

Er glaubte, dass ihn seine Geschäfte in Gefahr bringen könnten. Er war zu besorgt um seine Privatsphäre, um einen Leibwächter anzufordern, aber er war der Meinung, dass dieses System ihn vor einem gewaltsamen Tod schützen würde.

»Er machte sich keine Sorgen um Gift? Oder Tod durch Kunst?«

Cats Kopf neigte sich aus eigenem Antrieb. *Als Kunstwirkerin wissen Sie sicher, wie schwer es ist, jemanden zu vergiften, der sein Leben so tief in der Dunkelheit verbracht hat wie der Richter. Seine Schutzzauber würden die Bilder jeder Kunst, die gegen ihn eingesetzt wird, einfangen.*

Tara war so selbstsicher, dass die Fesseln, die ihre Arme an den Seiten festhielten, nur noch wie Zierde wirkten. »Erzählen Sie mir von der Leiche des Richters.«

Eine Flut von Bildern strömte durch Cats Verstand, zu schnell, als dass sie sie begreifen konnte, Ozeane aus Blut, unterbrochen von Inseln aus Fleisch und Untiefen aus gebrochenen Knochen. *Sein Körper wurde entlang der Wirbelsäule aufgeschnitten und seine Wirbel entfernt, dreizehn davon wurden kreisförmig um den Leichnam angeordnet. Seine Arme und Beine wurden gespreizt und seine Augen herausgerissen. Kunst hielt Cabots Seele an seine physische Form gebunden, bis sie durch einen Auslöser befreit wurde.* Aus den Augenwinkeln sah Cat, wie der junge menschliche Gefangene – der Mann, der angab, David Cabot zu sein – zitterte und schwitzte, als ob er in einem tiefen Fieber liege.

»Glauben Sie, dass einer dieser Wächter das getan haben könnte?«

Sie behaupten, ihre verrückte Göttin überlebte. Wer weiß, wozu sie fähig wären?

Knurren erhob sich von den versammelten Gargoyles, und Cat spürte, wie elf Paar wütende smaragdfarbene Augen auf sie gerichtet waren.

»Seril die Unvergängliche«, sagte Tara vorsichtig, »ist ein Echo ihres früheren Selbst. Aber auch wenn sie die Kraft dazu gehabt hätte, hätte sie nicht die Hilfe von Blut und Knochen gebraucht. Wie ich Ihren Schwarzanzügen sagte, Herrin, ähnelt die Technik, die bei Cabot angewandt wurde, der Kunst, die Ärzte anwenden, um einen Patienten zu konservieren, bis sich sein Körper erholt. Nur ein Amateur bräuchte einen so starken Fokus wie die Wirbelsäule des Patienten, um diesen Effekt zu erzielen.

Aber es gibt Amateure auf der Welt. Seltsamer als der Gebrauch der Wirbelsäule war der unberührte Zustand der Leiche. Die menschliche Kunst schöpft die Kraft aus der Welt um sich herum. Berührt man totes Fleisch damit, verwest es. Doch Cabots Körper war unverdorben. Die Kunst, die benutzt wurde, um seine Seele zu binden, stammte nicht von einem sterblichen Kunstwirker oder einer Kunstwirkerin.«

Sie beschuldigen einen Gott? Einen Priester?

»Ein Gott bräuchte das Rückgrat genauso wenig wie ich. Ein Priester, der mit angewandter Theologie Wunder vollbringt, bräuchte es auch nicht. Er würde seinem Gott sagen, was getan werden muss, und der Gott würde die schwierigen Dinge für ihn tun. Ohne einen Gott hat ein Theologe nicht die Kontrolle, eine Seele zu binden oder einen Namen aus einem Vertrag zu brennen, ohne den Rest des Buchs zu beschädigen. Aber es gibt Wege, göttliche Macht zu stehlen, sie abzuschöpfen und sie zu nutzen, um die eigene Kunstfertigkeit zu fördern. Heute hat Abelard einen Kreis gefunden, der zu diesem Zweck im Heiligtum von Kos gebaut wurde, in einem Bereich, zu dem nur der Klerus Zugang hat.« Sie sah über ihre Schulter hinweg zu Abelard, der zur Bestätigung nickte.

»Dieser Kreis funktioniert, indem er die Wärme aus den Abgasen der Generatoren ableitet, bevor die Justiz sie verbraucht. Wenn er benutzt wird, schwächt der Kreis die Schwarzanzüge, genauso wie sie geschwächt wurden, als Kos die Generatoren von Alt Coulumb abkühlen ließ. Wenn ich richtig liege, hatte die Justiz gestern mehrere Spannungsabfälle, von denen einer etwa eine Stunde vor Cabots Tod begann.«

Die Justiz antwortete nicht. Cat wollte zustimmen, aber sie war in sich selbst gefangen.

»Der Richter wurde … zerlegt …, bevor Schiefer« – Tara zeigte auf den schlanken Steinmann – »einen Fuß auf das Dach setzte. Getötet von einem Priester mit der Macht eines Gottes, aber dem Geschick eines Schülers – derselbe Priester, der Kos' Feuer benutzt hat, fein kontrolliert, um Serils Namen aus den Aufzeichnungen des Dritten Gerichtshofs der Handwerkskunst zu löschen. Er fürchtete, dass Seril, sollte sie Zugang zu Kos' Körper erlangen, das zerstören würde, was von ihm übrig geblieben war, und seinem Klerus das antun würde, was sein Klerus ihr angetan hatte.

Schiefer fand Richter Cabot in einer Blutlache liegend und brach unwissentlich die Kunst, die ihn am Leben hielt, wie der Mörder es erwartet hatte. Cabot starb und löste seine Sicherheitsvorkehrungen aus. Schiefer hatte die Gelegenheit, aber weder Motiv noch Methode. Unser Priester hatte alle drei.«

*

Abelard klammerte sich an Taras Arm. »Glauben Sie wirklich, dass ein Priester das getan hat?«

»Das tue ich.«

»Wir könnten nicht, ich meine, niemand hätte …« Beide Sätze verkümmerten in seiner Lunge zu Asche. »Wer?«

»Ich weiß es nicht«, antwortete sie. »Aber ich habe einen Verdacht.«

Ein Verdacht, dröhnte die Justiz, *ist nicht ausreichend.*

Die wartenden Schwarzanzüge beugten sich vor, Raubvögeln gleich, bereit, sich auf die Angeklagten zu stürzen. Die Justiz schaute zu, gnadenlos.

Die Zeit verrann wie eine abgelaufene Uhr und wurde von einer tiefen, vertrauten Stimme unterbrochen. »Ich habe Beweise zu Miss Abernathys Unterstützung vorzulegen.«

Viele Köpfe drehten sich im Tempel der Justiz, aber keiner so schnell wie der von Tara. Der Boden unter ihren Füßen bebte und Wut beschleunigte ihr schlagendes Herz.

Durch die Türen der großen Halle, die Daumen in die Gürtelschlaufen gesteckt, die schwarzen Augen glühend und das Kinn hoch erhoben, schritt Alexander Denovo. Elayne Kevarian folgte ihm.

19

»Professor«, sagte Tara kalt, als er näher kam. »Warum sind Sie hier?«

»Tara«, grüßte er sie. Sein Lächeln war breit und weiß wie eine tiefe Wunde. »Ich möchte, dass Sie sich in Zukunft daran erinnern: dass ich aus der Nacht hinausgeritten kam, um Ihren Arsch zu retten.«

»Ich komme gut klar.«

»Wenn es nicht so geklungen hätte, als ob die Justiz im Begriff wäre, Sie in ihre tiefsten, dunkelsten Kerker zu sperren, wäre ich nicht helfend eingeschritten.«

Miss Kevarian sagte nichts. Vielleicht unterstützte sie Professor Denovo, obwohl es abwegig war, das zu glauben. Oder – war ihr Schritt hölzerner als sonst, ihre Miene steifer? Tara blinzelte und betrachtete die Welt mit den Augen einer Kunstwirkerin, aber die Halle war zu voll mit verschlungenen Geweben, um die Spinnwebfäden zu erkennen, die Miss Kevarians Geist mit dem des Professors verbinden würden, wenn er sie sich ihm unterworfen hätte. Tara dachte krampfhaft zurück. War ihre Chefin im Gleichschritt mit Denovo gegangen, als sie die Kammer betraten?

»Und?«, fragte der Professor. »Kein ›Danke, Professor‹? Sie haben Glück, dass ich ein großzügiger Mann bin.« Er wandte sich an die Göttin, die er geblendet hatte. »Ich kann die Wahrheit von Taras Behauptungen beweisen. Ein hoher Beamter der Kirche von Kos beauftragte mich vor vier Monaten, einen Spannungsabfall zu untersuchen. Bei meinen Nachforschungen erfuhr ich von dem Wunsch des Gottes, unseren steinernen Gefährten zu helfen.« Der nächstgelegene Gargoyle stürzte sich auf Denovos Beine; ein gleißender Blitz brach aus dem Boden hervor, und als Tara die Flecken vor ihren Augen weggeblinzelt hatte, lag der Wächter in Fötusstellung, umklammerte seinen schwelenden Unterleib und war von Steinsplittern umgeben. Denovo hatte weder den Blick von der Justiz abgewandt noch zugelassen, dass der Angriff den Fluss seiner Rede unterbrach. Tara spürte seine Stimme mehr, als dass sie sie hörte, vertraut wie eine schlechte Angewohnheit und genauso unwiderstehlich.

»Eine Kluft zwischen Gott und Klerus ist in den besten Zeiten gefährlich, und, Herrin, dies sind nicht die besten Zeiten. Da ich wusste, dass meine Dienste als Spezialist für göttliche Rekonstruktion möglicherweise benötigt werden, bemühte ich mich um eine Position als Berater von Kos' Gläubigern, da ich eine persönliche Neigung habe, ihre Seite in solchen Angelegenheiten zu vertreten. Ich habe erst heute Nachmittag von Richter Cabots Tod erfahren und war verständlicherweise entsetzt.«

Denovo hob einen Finger. »Bis jetzt besteht meine Aussage nur aus meinem Wort gegen die Kirche, aber ich kann beweisen, dass Schiefer«, er deutete mit der flachen Hand in seine Richtung, »Richter Cabot nicht getötet hat. Tatsächlich hat er seine Mission fast unbemerkt beendet.«

»Er hat keinen Teil des Konzerns«, wandte Tara ein. »Das hätte ich gesehen.«

»Hätten Sie das wirklich, wenn er von einem paranoiden Gott und einem durch jahrzehntelangen Dienst klug gewordenen Richter getarnt worden wäre?« Denovo zog eine Augenbraue hoch. »Ich habe sehr viel Erfahrung mit solchen Dingen. Ich kann sehen. Genauso wie Lady Kevarian.«

»Es stimmt«, sagte Taras Chefin mit fester, scharfer Stimme. »Ich kann ihn in ihm sehen.« Kein Zeichen von Stress, aber sie stimmte so bereitwillig zu. Hatten sie und der Professor zur gleichen Zeit eingeatmet? Die Haare in Taras Nacken stellten sich auf. Gegen einen von beiden war sie unterlegen. Gegen beide wäre sie wie ein Kind, das gegen eine Lawine antritt.

»Kunstkonstruktionen«, sagte Denovo, »können einer Person nicht ohne ihr Einverständnis abgenommen werden. Ein untrainiertes Individuum kann gefoltert oder ausgetrickst werden, damit es sie übergibt, aber Richter Cabot verbrachte zu lange in den Schatten, um getäuscht oder durch Folter beeinflusst zu werden. Schmerz war für ihn nur eine weitere Empfindung.« Er drehte sich auf dem Absatz um, machte drei gemessene Schritte und kam vor Schiefer zum Stehen, der vor Eisen nur so starrte. »Schiefer weiß nicht, was er trägt. Der Richter hatte nur genug Zeit, seine Last weiterzugeben, aber nicht für Erklärungen. Erlauben Sie mir, dem Gericht diesen Beweis vorzulegen.«

Schiefer war vor Schreck stocksteif. Er schüttelte den Kopf, konnte aber durch seinen Eisenknebel nicht protestieren.

»Er ist«, bemerkte der Professor, »abgelenkt und ängstlich, also unkooperativ. Aber wenn er sich nicht selbst zu helfen weiß, werde ich die Last auf mich nehmen müssen, ihm zu helfen.«

Denovo streckte eine Hand mit gespreizten Fingern aus und schloss die Augen.

Alle Lichter in der großen Halle flackerten und wurden dunkler. Denovo zitterte vor Anspannung. Ein silberner Nebel stieg von dem glatten Stein von Schiefers Körper hoch und hing wie ein Heiligenschein um ihn herum. Der Gargoyle begann zu schreien.

Tara schloss ebenfalls die Augen. Der Professor war eine Spinne aus Dornen und Draht, mit unzähligen Gliedern und Stacheln. Er schlug seine Krallen in den Wirrwarr von Schiefers Seele und begann zu wühlen.

Er durchbohrte Knoten der Empathie, der Liebe und des Mitgefühls und ergriff etwas darunter, einen Kern des Nichtvorhandenseins in Schiefers Herz, ein fest gewickeltes Knäuel aus unsichtbaren Fäden. Als sie die Augen öffnete, sah Tara den Nebel, der rötlichgolden gefärbt war. Denovos Gesicht war eine schweißglänzende Maske, seine Lippen zurückgezogen, die weißen Zähne freigelegt. Er hatte keinen Gefallen an seiner Arbeit. Wie auch immer Kos und der tote Richter den Schlüssel zu ihrem Konzern geschützt hatten, Denovo hatte Mühe, ihn überhaupt zu sehen, geschweige denn herauszuholen.

Er stand verletzlich vor ihr. Ihre Finger krümmten sich, bereit, ihr Messer herbeizurufen. Sie könnte ihn niederstrecken und von Schwarzanzügen getötet werden. Diese würden daraufhin ihren Fall als Lügengebilde abtun und die Gargoyles für schuldig befinden. Die Kirche würde niemals von ihren Entdeckungen profitieren. Abelard würde seinen Gott verlieren. Aber sie würde ihre Rache bekommen.

War das genug?

Sie zwang ihre Finger, sich zu entspannen.

Außerdem waren die Schwarzanzüge schnell. Sie würde ihn nicht rechtzeitig töten können.

Nachdem der Nebel sich von Schiefers Körper losgerissen hatte, stieg er auf und verschmolz zu einer rotierenden Kugel aus ineinandergreifenden Ringen aus Feuer und rubinorangefarbenem Licht. Die kalte Halle fühlte sich plötzlich warm an, ihre Unermesslichkeit beengend.

Denovo lächelte in kaltem Triumph. Er sah so aus, erinnerte sie sich, wie an dem Tag, an dem er sie aus den Verborgenen Schulen geworfen hatte. In seinen Augen spiegelte sich diese feurige Kugel, die alles Grauen der Welt darstellte. Er streckte die Hand aus, um sie zu ergreifen.

Mit einer stummen Entschuldigung an Abelard ballte Tara ihre Hand zur Faust und sammelte ihre Kunst, um zuzuschlagen. Sie löste ihre Fesseln mit einem Zauber und einem geflüsterten Wort. Das Eisen glitt von ihr ab und erleichtert hob sie ihr Messer.

Dann zerbarst das Oberlicht und es regnete Glasscherben und Feuer.

*

Tobende Flammen versengten den rohen Marmorboden und eine Säule aus zusammenhängendem Feuer verschlang Alexander Denovo. Schreiend rollten sich die gefesselten Gargoyles von der Explosion weg, ihre Eisenfesseln rasselten auf dem Stein. Tara warf ihren Arm hoch und verhärtete die Luft über ihr zu einer

Kuppel, um herabfallende Scherben zu blockieren. Miss Kevarian duckte sich nicht, rief ihre Macht nicht herbei, zeigte kein Zeichen von Schock. Damit war die Frage für Tara geklärt: Denovo musste sie irgendwie erwischt haben.

Bastard.

Eine Feuerwelle ließ die Schwarzanzüge und die Gefangenen auseinanderlaufen. Raz fiel schreiend zu Boden und wälzte sich, um die Flammen zu löschen, die seine Jacke erfasst hatten.

Die Kugel aus rubinorangefarbenem Licht drehte sich in der Luft, unbeeindruckt von dem Chaos.

Eine in eine Robe gehüllte Gestalt sank durch das zerbrochene Oberlicht herab.

Ein tiefes Bassdröhnen erschütterte die Halle, und die Feuersäule um Denovo riss wie Morgennebel auseinander und gab den Blick auf ihn frei. Er war versengt, schimmerte aber von schützender Kunst. Seine rechte Hand hob sich zu der Glyphe über seinem Herzen und ein Messer aus Blitzen erschien in seiner Hand. Er riss es im mystischen und tödlichen Bogen von Kethek Loes nach oben, der Klinge wohnten Schatten und schneller Tod inne.

Bevor er die Bewegung beenden konnte, schlug die Flamme erneut zu, chirurgisch präzise. Denovos Schild dämpfte die Hitze des Schlags, aber der Aufprall schleuderte ihn quer durch die Halle wie einen Zweig in einem Tornado. Sieben Meter weiter hinten krachte er zu Boden und schlitterte darüber.

Die Gestalt schwebte über dem Marmor und den Trümmern, umhüllt von Feuer. Ihr Gewand war leuchtend karminrot, die Kapuze zurückgezogen. Das Gesicht, das sich so offenbarte, verzerrt in der Qual des gerechten Zorns, gehörte Kardinal Gustave.

*

Abelard ging unter seinem Gewand in Deckung, als das Oberlicht einbrach. Die geballten Steinkörper der Wächter schirmten ihn vor dem Feuer ab. Die Hitze versengte sein Gesicht, verbrühte seine Nasenlöcher. Seine Kleidung brannte. Wenigstens blieb seine Zigarette unbeschädigt, und er schützte sie mit hastigen Handbewegungen, während er über Glasscherben rollte, um den schwelenden eines Umhangs zu löschen.

Er erholte sich, sah sich um und machte eine Bestandsaufnahme. Denovo stand, unverletzt, aber reglos, mit vor dem Gesicht gekreuzten Unterarmen, von einem Flammenspeer an die Wand gedrückt. Die aufgestellten Schwarzanzüge bewegten sich nicht; die Wächter zerrten vergeblich an ihren Ketten, um aufzustehen und zu kämpfen. Captain Pelham schlug um sich, konnte aber die Flammen, die sein Fleisch und seine Kleidung verzehrten, nicht löschen. Tara stand neben Denovo, wachsam und bereit, einen Angriff abzuwehren. Abelards Blick hob sich zu der Gestalt in der Luft.

»Vater!«, rief er, aber seine Stimme ging unter.

Professor Denovos Stimme hingegen übertönte alle anderen Geräusche. »Kardinal«, sagte er durchtrieben und fest, ohne ein Anzeichen von Anspannung zu zeigen. »Ein Vergnügen, wie immer. Haben Sie sich für eine abendliche Unterhaltung zu uns gesellt? Vielleicht einen kleinen theologischen Diskurs?«

Wut erfüllte Gustaves Gesicht und Gestalt. »Sie haben diese Versammlung mit Ihren Lügen vergiftet.«

»Was für Lügen? Sie müssen Tara gehört haben, als Sie dort oben lauerten: Richter Cabot wurde von einem Kleriker von Kos getötet, mit der gestohlenen Macht des Gottes. Ich frage mich, ob Sie uns helfen können, eine Liste von Verdächtigen zu erstellen. Wir suchen jemanden, der fliegen kann und das Feuer eines toten Gottes anruft. Etwa von Ihrer Größe und Statur, würde ich sagen.«

»Verräter!«, schrie Gustave. Eine zweite Flammenreihe traf Denovo mit der Wucht eines göttlichen Urteils. Rauch stieg von der Jacke des Professors auf. Seine Abwehrkräfte bebten, aber sie hielten stand. »Ich nenne Sie Verräter, Alexander Denovo. Sie haben mir diese gotteslästerliche Macht gegeben, um mich vor einer größeren Blasphemie zu schützen. Ich werde Ihre eigene Gabe nutzen, um Sie zu vernichten.«

»Sie machen Ihre Lage nicht besser, mein Lord Kardinal«, erwiderte Denovo. »Was erhoffen Sie sich, wenn Sie einen Mann in der Gegenwart der Justiz höchstpersönlich angreifen?«

Gustaves Lippen verzogen sich zu einem Grinsen. »Die Justiz kann sich nicht bewegen, während ich den Angriff forciere. Jeder meiner Schläge gegen Sie zehrt an ihr. Mein Gott wird gerächt werden.«

Abelard roch Rauch. Brannte sein Gewand noch? Als er einen Blick über seine Schulter warf, sprang er auf und sah Miss Kevarian zwei Meter hinter sich, scheinbar unbeirrt, obwohl ihre Haut und ihr Anzug von herabfallendem Glas zerschnitten waren und ihre schwarze Jacke in Flammen stand. Sie zeigte kein Anzeichen von Schmerz.

Ihre Lippen bewegten sich. Er konnte ihre Worte nicht hören. Abelard sah von ihr zum Kardinal und wieder zurück. Aufflackernde Farben umgaben den Mann, als sei er ein Heiliger in Glasmalerei, der von hinten von einer untergehenden Sonne beleuchtet wurde.

Abelard hüllte Miss Kevarian in seinen Mantel und drückte sie sanft zu Boden. Sie lag widerstandslos inmitten der Trümmer, während er die Flammen unter schweren Stoffschichten erstickte. Sie blinzelte und schien ihn zu erkennen. Er legte den Handrücken auf ihre Stirn, die kalt und feucht war wie eine Steinwand nach einer langen Nacht – fiebrig im Vergleich zum Eis einer früheren Berührung.

»Lady Kevarian«, rief er über das Kampfgetöse hinweg. »Sind Sie in Ordnung?«

Ihr Körper war steif, fast leblos, aber ihr Mund bewegte sich. Die gleiche Bewegung, immer und immer wieder. Ein einziges Wort.

»Lady?« Er beugte sich vor. »Ich kann Sie nicht hören.« Er legte sein Ohr an ihre Lippen und verstand.

»Dolch«, wiederholte sie ein ums andere Mal.

Er drehte sich um, nicht zu Professor Denovo, nicht zu Kardinal Gustave, nicht zu den Wächtern und auch nicht zu Tara, sondern zu Cat, eingewickelt, gefangen in ihrem schwarzen Anzug. Sie hatte das Kristallmesser, das Abelard im Heizraum des Heiligtums entdeckt hatte.

Der Blutstropfen in seiner durchsichtigen Klinge glühte mit jedem Feuerstoß, der von Kardinal Gustave ausging, heller.

Abelard hatte sich dazu gezwungen, den Gedanken an einen Priester als Verräter zu akzeptieren, aber der Kardinal? Es musste einen Grund geben, eine Erklärung.

Abelard warf einen besorgten Blick auf Miss Kevarian. In ihren Augen glitzerte ein schauriger Befehl.

Einen Schlag gegen Gustave zu führen, kam einer Ketzerei gleich. Konnte es ketzerisch sein, einen Mörder zu stoppen?

Sie müssen vielleicht zwischen der Stadt, die Sie zu bewohnen glauben, und Alt Coulumb, wie es in Wahrheit existiert, wählen.

Mit einer aus Angst geborenen Dringlichkeit ließ er Miss Kevarian zurück und sprintete zu Cat. Hinter ihm loderte die Glut an der Jacke der Kunstwirkerin wieder auf.

*

Tara hörte Raz Pelham schreien, und mit einer Handbewegung löschte sie das Feuer, das ihn verzehrte. Er sackte zusammen, bewusstlos, aber weitgehend unversehrt. Als ihr Geist die Flammen löschte, spürte sie in ihnen unmenschliche Kraft, die mit bösartigem menschlichen Willen eins geworden war.

Dieses Feuer wurde nicht aus sterblichen Kräften geboren. Subtiles göttliches Wirken verlieh Gustaves Wut Form und Kraft: Millionen Stränge aus Spinnenseide, die wie gestrichene Geigensaiten vibrierten und durch ihre Reibung unersättliche Flammen erzeugten.

Sie haben mir diese Macht gegeben, hatte Kardinal Gustave gesagt. Ja, natürlich. Wen sonst hätte Gustave gebeten, den Kunstkreis zu errichten, wenn nicht den Mann, dem er vertraute, um die Justiz zu wahren? Welcher andere Kunstwirkende hätte so etwas getan, unter Verletzung aller Berufsethik?

»Helfen Sie mir, Tara!« Schweiß bedeckte Denovos blasse Haut und benetzte die Locken seines Barts. Seine Arme zitterten, während er Gustaves Angriff mit der von Schülern, Lehrern und fernen Göttern gestohlenen Kraft abwehrte. Tara sah ihn mit geschlossenen Augen, er leuchtete wie eine neonfarbene Gebetsmühle. Sie hätte der Wut des Kardinals nicht länger als ein paar Sekunden standhalten können. Trotz aller Macht, die Denovo besaß, gelang es ihm nur mit Mühe. »Er hat Richter Cabot ermordet.«

Ja, dachte Tara. *Mit den Werkzeugen, die du ihm gegeben hast.* Das wäre eine elegante Rache und sie müsste nur zusehen.

»Ich morde nicht.« Gustaves Stimme war tief und gefährlich, wie das Zischen von Schnee auf einem Bergpass als Vorzeichen einer Lawine. »Ich bin ein Agent des Zorns meines Herrn.«

Gustave anzusehen, war, als würde man in das Herz der Sonne starren. In einem Moment besaß er alle Farben, im nächsten keine mehr und verblasste in Taras Sicht zu einem bläulichen Grau.

Sie könnte sich zurücklehnen und den Kampf beobachten, aber Gustave hatte den Mord an dem Richter noch nicht zugegeben. Die Justiz war anwesend, obwohl sie nicht eingreifen konnte. Sein Geständnis würde die Gargoyles retten, falls einer von ihnen überlebte. »Kardinal«, rief sie, »haben Sie Richter Cabot getötet?«

»Ich habe ihn getötet. Ich würde alle töten, die es wagen, sich gegen Lord Kos zu verschwören.«

Ja. Sorg dafür, dass er weiterredet. Je mehr er sagt, desto sicherer sind die Gargoyles. »Er hat keine Komplotte geschmiedet. Er hat Ihrem Gott gedient!«

»Götter werden verrückt, genau wie Menschen. Mein Herr war krank im Herzen. Nach seiner Genesung hätte er meine Taten als wahren Glauben erkannt. Ich habe seine Schändung verhindert.«

»So wie Sie es jetzt tun? Seine Macht auf diese Weise an sich zu reißen – Sie haben seinem Leichnam mehr geschadet, als Seril es auf ihre gierigste Weise hätte tun können.«

»Tara!«, rief Denovo. »Helfen Sie mir. Wir können ihn gemeinsam besiegen.«

Sie ignorierte ihn. »Hören Sie auf, Kardinal. Verletzen Sie Kos nicht noch mehr, als Sie es bereits getan haben. Er wollte Frieden zwischen der Stadt und den Wächtern.«

»Sie sind Ungeziefer!« Das Wort hallte wie krachender Donner, aber unter dem Zorn eines Gottes hörte sie die schwache und zornige Wut eines sehr alten Mannes. »Fliegende Ratten, die in den vergessenen Höhen unserer Stadt lauern. Soll ich zulassen, dass sie meinen Herrn mit ihren Klauen besudeln?«

»Sie haben den Mord an Cabot seit Monaten geplant, seit Sie erfahren haben, was Kos von ihm verlangt hat. Das Installieren des Kunstkreises, das Erlernen der Seelenbindungstechnik. Haben Sie jemals Ihren Gott um eine Erklärung gebeten, in all dieser Zeit?«

Tränen glitzerten in hellen, nassen Linien auf Gustaves Gesicht. »Warum sollte mein Herr einer Meute von Monstern so viel geben?«

»Er hätte es Ihnen gesagt. Sie hätten ihm vertrauen sollen.«

»Er hätte mich bemitleidet, weil ich es nicht verstehe! Mein Herr, mein Meister, mein Freund hätte mich bemitleidet, weil ich unfähig bin, *die hier* zu lieben.« Er spie diese Worte auf die Wächter hinab.

»Wenn Sie wirklich so denken«, rief Tara zurück, »dann haben Sie ihn vielleicht gar nicht geliebt!«

Ihr Herz erstarrte, als dieser Satz ihre Lippen verließ, und sie erkannte, dass sie genau das Falsche gesagt hatte. Gustaves Grausamkeit wandte sich gegen sie. Sie stemmte ihre Beine gegen den Boden und hob ihre Arme. Feuer schlug von oben auf sie ein und sie wäre beinahe gestürzt.

Beinahe.

*

Cat war verloren. Das kosmische Hochgefühl der Vereinigung mit der Justiz war verebbt und zog sie mit sich in Tiefen, in denen sich die Welt in entgegengesetzte Richtungen drehte und keine Luft ihre Lungen erreichte, wenn sie atmete. Das Lied der Justiz verdrehte sich in sich selbst, und sie war eine Note, die auf seiner Unermesslichkeit umhergeworfen wurde wie Treibgut auf einer Flutwelle. Sie lag unter der Oberfläche, eine Ertrunkene. Und durch das sich bewegende schwarze Wasser sah sie den verzerrten Abelard herankommen, der von einer rosigen Flamme angestrahlt wurde.

»Cat!«

Seine Stimme erreichte Ohren, die ihr nicht gehörten, und obwohl sie versuchte zu antworten, verschloss eine Mauer aus Stein ihren Mund. Ihr Körper war nicht ihr eigener, verpachtet, und der Pächter abwesend.

Sein Gesicht wurde von den sich windenden Schatten des Feuergefechts erfasst.

»Cat! Der Kardinal ist verrückt geworden!«

Sie hatte es gehört, aber die Erinnerung war so etwas Zerbrechliches, flüchtig und unzuverlässig wie der Atem. Wie hypnotisiert starrte sie weiter ins Leere.

»Der Dolch in deiner Hand.« Sein Mund war breit, eine klaffende Grube, doch seine Augen waren noch größer. »Er zieht daraus Kraft, aus Kos.«

Was erwartete er von ihr? Der Wille eines Schwarzanzugs gehörte der Justiz und die Justiz war stumm.

Was, wie sie gedankenverloren feststellte, ungewöhnlich war.

Ihre Aufmerksamkeit wanderte nach unten, und sie sah den Dolch, der in den Fingern lag, die einst ihr gehört hatten. Abelard wickelte seinen Arm in sein Gewand und schlug gegen die Kristallklinge, aber sie rührte sich nicht. Er fiel rücklings, einen scharfen roten Schnitt auf seinem Unterarm, wo der Dolch durch sein grobes Gewand gefahren war.

»Willst du zulassen, dass der Kardinal Tara tötet? Die Wächter? Glaubst du, er wird sie mit dem, was sie gesehen haben, was sie wissen, am Leben lassen?« Er packte sie an den Schultern, aber sie spürte den Druck seiner Hände nicht. »Hilf uns, Cat.«

*

Feuer knisterte und verzehrte Taras Welt, endlos, hungrig, gefühllos. Sie hatte noch nie gegen einen Gott gekämpft. Wenn Kos der Ewigbrennende sich gegen sie erhoben hätte, wäre sie im Nu umgekommen. Erfüllt von göttlicher Macht, fehlte Kardinal Gustave immer noch die göttliche Beherrschung der Energien, die er beschwor. Und doch knickte Tara unter der Wildheit seiner Flammen ein.

»Tara!« Denovos Stimme war nicht mehr sanft und gefasst. Sie hörte Angst darin mitschwingen. »Wir können ihn zurückwerfen, wenn wir zusammenarbeiten.« Sein Geist schlitterte gegen die Türen ihrer Wahrnehmung, kühl, eine Zuflucht vor der Hitze – eine Einladung, die Verbindung zu seinem Labor wiederaufzunehmen, sich ihm noch einmal hinzugeben. »Bitte. Lassen Sie mich rein.«

Ohne seine Hilfe würde sie sterben. Mit seiner Hilfe würde sie wahrscheinlich auch sterben.

Aber warum brauchte Denovo sie? Er hatte in den Götterkriegen gekämpft. Er würde sich hüten, sich mit Göttern Schlag um Schlag zu messen. Man wich ihrer Macht aus, wandte sie gegen sich selbst, brachte seine göttlichen Gegner dazu, sich zu verausgaben. Kardinal Gustave müsste durch solche Taktiken verwundbar sein, aber Denovo schien verzweifelt ihre Hilfe zu brauchen und ihre Kapitulation.

War das wirklich Angst, die sie in seiner Stimme hörte, oder die Aufregung eines Hochstaplers, der glaubte, sein Ziel erreicht zu haben?

Tara hielt dem Angriff des Kardinals stand. Als die Kraft des toten Kos gegen sie drückte, *verschob* sie sich.

Verstand, Seele, Geist wirbelten außer Reichweite. Das Feuer suchte sie, fand sie nicht und schlug um sich, verzweifelt auf der Suche nach etwas, das es zerstören konnte.

Als würde sie einen Vogel aus ihrer Hand loslassen, bot sie ihm die verführerischen Ranken von Denovos Geist an.

Blind, hungrig und wütend nahm das Feuer an.

*

Elayne Kevarian folgte dem Leuchtsignal von Alexander Denovos Schmerz durch dichten Nebel zurück in ihren Körper. Als sie die Augen öffnete, fand sie sich auf dem rohen Marmorboden der Großen Halle der Justiz liegend wieder, unter dem Blick einer blinden Statue und umgeben von tausend Schwarzanzügen. Sie war verwundet – tiefe Wunden von herabgefallenem Glas, unzählige Schrammen und Prellungen. Und sie stand in Flammen.

Perfekt.

Sie atmete ein und wurde kalt. Die Flammen an ihrem Anzug flackerten, flammten auf, erloschen. Miss Kevarian spürte, wie sie erstarben, und ihre Kraft floss in ihre Haut wie warmes Sonnenlicht an einem Sommermorgen.

Ein Lächeln mit der Schärfe eines Schwerts umspielte ihre Lippen.

*

Die Gesichtszüge des Kardinals verzerrten sich verwirrt, als das Feuer, das er gegen Tara schleuderte, stattdessen Denovo traf. Die Verteidigung des Kunstwirkers wurde von diesem doppelten Angriff nicht durchbrochen. Wenn überhaupt, schien Denovo weniger unter Druck zu stehen als zuvor. Seine Schultern strafften sich, seine Arme wurden ruhiger und die Spannungsrisse in seinem Schild verschwanden. Obwohl Gustave von Gottes leuchtender Flamme fast geblendet war, sah er, wie Denovo den Kopf schüttelte.

»Tara«, sagte Denovo, »Sie hätten sich mir anschließen sollen. Es wäre für uns beide angenehmer gewesen.«

Denovo verlagerte seine Verteidigung auf den linken Arm und streckte die rechte Hand aus. Seine Finger krümmten sich, als wollten sie Gustave an der Kehle packen. Die Klaue wurde fester, und obwohl Gustave nur die grundlegendsten Tricks von Denovos heidnischer Kunst kannte, war er sich der brechenden Kraft in dieser Geste bewusst. Er zuckte unwillkürlich vor Angst zusammen.

Aber er spürte nichts.

*

Tara sah den Sieg auf Denovos Gesicht, als er seine Hand schloss. Diese Geste war ein Auslöser, der einen Vertrag mit einem Hauch von Albtraum heraufbeschwor, eine Ratte in den Wänden der Realität – die Schattenkreatur in Gustaves Kunstkreis. Denovo musste den Schatten bei der Erschaffung des Kreises eingepflanzt haben, als Absicherung gegen den Verrat des Kardinals. Er befahl ihm nun, den Dolch zu zerstören, durch den Gustave seine Macht bezog. Aber Abelard hatte die Schattenkreatur schon vor Stunden freigelassen und Cat hatte den Dolch.

Denovo schloss seine Hand und erwartete, dass die Flamme erlöschen und der alte Mann fallen würde. Stattdessen verdoppelte Gustave seinen Angriff, und Denovo fiel auf die Knie, verraten von seiner eigenen vereitelten Erwartung des Erfolgs. Die Adern auf seiner Stirn schwollen an, als er darum kämpfte, die Kontrolle wiederzuerlangen. Tara hätte triumphierend gejubelt, aber ein Dutzend neuer Flammenlanzen stürzten sich aus allen Richtungen auf sie, während der Kardinal schrie: »Ketzer! Gotteslästerer!«

*

»Hilf uns.«

Es war das Flehen eines Ertrinkenden.

Cat wusste, wie sich das anhörte. Sie hatte ihr ganzes Leben damit verbracht zu ertrinken.

Abelard brauchte sie.

Die Welt war eine Last auf ihren Schultern, also ließ sie sich von ihr zu Boden drücken. Kniend drehte sie ihr Handgelenk, als wäre es das Handgelenk einer Marionette. Ihr Arm war schwer. Sie zielte mit der Spitze des Kristalldolchs auf den Steinboden.

Ihr Arm fiel herab, und sie lehnte sich darauf, wobei sie jeden Rest ihrer Kontrolle über den Schwarzanzug ausübte. Die Spitze des Dolchs schlug auf Stein.

Die Kristallklinge hielt. Verzweifelt sackte sie zusammen.

Er zerbrach.

*

Es gibt genauso viele verschiedene Arten von Stille wie von Dunkelheit. Manche sind so zerbrechlich, dass ein einziger Atemzug sie zunichtemacht, aber andere sind nicht so schwach. Die stärkste Stille betäubt.

Die Flammen von Kos erstarben und Kardinal Gustave stürzte schreiend. Er landete mit einem Geräusch wie ein Bündel zerbrochener Zweige und lag keuchend auf dem Boden, die rote Robe wogte um ihn herum.

Ein leises Geräusch entfleuchte Abelard, als würde eine Maus in seiner Kehle erwürgt. Es war weder Klage noch Protest. Es war zu konfus, um etwas davon zu sein.

Die Nerven der Gliedmaßen, des Magens und des Herzens bewegten ihn vorwärts, obwohl sein Gehirn vom Anblick des verdrehten Körpers des Kardinals wie gebannt blieb. Der Boden bebte, als er sich der Lache aus rotem Stoff und Blut näherte, in der der alte Mann lag.

Hinter ihm bewegte sich die Welt weiter. Er hörte laute Stimmen – Taras, des Professors –, Geräusche, die nicht mehr Bedeutung hatten als das Glas, das wie frisches Frühlingseis unter seinen Stiefeln zerbrach. Selbst der schwere, beißende Geschmack des Rauchs in seinem Mund fühlte sich weit entfernt an. Der golddurchwirkte Saum des Kardinalsgewands umgab Gustave wie ein mystischer Kreis. Abelard überquerte ihn und fiel auf die Knie.

Der Kardinal atmete noch. Das machte alles fast noch schlimmer. Die dünnen, ausgedörrten Lippen zogen sich zurück und enthüllten Reihen von hellen Zähnen, die in einem Zahnfleisch steckten, das scharlachroter war als sein Gewand. Die Luft rasselte im Rachen des alten Manns, schnell und flach. Seine Augen standen offen. Sie suchten automatisch Abelards Blick und die Maus in Abelards Kehle schrie wieder auf.

Vor fünfzehn Jahren war Abelard in den Tempel von Kos gekommen, begierig zu lernen. Von allen Priestern und Priesterinnen, die ihn lehrten, den Herrn zu preisen, war dieser Mann nicht der freundlichste, aber der bewundernswerteste gewesen.

Das Feuer, so lehrte die Kirche, war das Leben, der sich ständig verändernde Tanz der Energie auf einer Bühne der verfallenden Materie. Jeder Priester und jede Priesterin, jeder Bürger hatte vor allem eine Pflicht gegenüber seinem Herrn: die Herrlichkeit dieser Verwandlung zu erkennen.

Abelard sah in die sterbenden Augen des Kardinals und erkannte in ihnen kein anderes Feuer als das, das verzehrt.

Er inhalierte. Die Spitze seiner Zigarette flackerte orange.

Sterbend lächelte Kardinal Gustave.

*

Taras Sinne waren betäubt vor Freude über ihr Überleben, aber es blieb keine Zeit, sich zu freuen. Alexander Denovo taumelte auf sie zu, auf die gefesselten Gargoyles, auf die orangefarbene Kugel, die über Schiefers zusammengesackter Gestalt schwebte.

»Ich weiß, was Sie tun«, sagte sie und versperrte ihm den Weg. Ihre Beine drohten unter ihr zusammenzubrechen, aber sie hielt sich mit größter Willenskraft aufrecht.

»Das wissen Sie allerdings.« Rauchschwaden stiegen aus den braunen Locken seiner Haare auf und Brandspuren bedeckten seine Kleidung.

»Sie haben den Kunstkreis geschaffen. Sie haben Gustave Macht gegeben.«

»Er bat mich um eine Waffe gegen Ketzer.«

»Und Sie gaben ihm eine.«

»Ich habe ihm eine verkauft, zu einem stolzen Preis.« Denovo zuckte mit den Schultern. »Sie hätten dasselbe getan. Wenn Sie es nicht getan hätten, sollten Sie vielleicht Ihren Beruf neu überdenken. Die Kunst strebt nicht nach Wohltätigkeit.«

»Wenn Sie ihm nur eine Waffe gegeben haben, warum hat er dann versucht, Sie zu töten?«

»Weil ich ihn gerade entlarven wollte. Ganz ehrlich, Tara, was soll das Ganze?«

»Kardinal Gustave hat nicht angegriffen, weil er Angst um sich selbst hatte. Er griff an, weil Sie im Begriff waren, sich etwas anzueignen, was Sie nicht haben sollten.«

Denovo gluckste. »Gustave war verrückt. Ein Mörder. So viel hat er gestanden.«

»Er hat gestanden, Richter Cabot getötet zu haben. Er dachte, Sie seien eines größeren Verbrechens schuldig.«

Er versuchte, um sie herumzugehen, aber sie stellte sich wieder vor ihn.

»Vor vier Monaten bat Gustave Sie, ihm zu helfen herauszufinden, warum die Justiz ihre Macht verlor. Sie verfolgten die Träume, die Kos in den Wald schickte, zu Serils Kindern. Sie entdeckten, dass Kos mit Cabot zusammenarbeitete und zu welchem Zweck.«

Denovo zuckte mit den Schultern, ganz der müde Gelehrte.

»Haben Sie oder der Kardinal vorgeschlagen, den Richter zu töten?«

»Ich muss mir das nicht anhören.«

»Für jemanden mit Ihren Fähigkeiten war es leicht, den Kardinal zu überzeugen. Cabot war ein Ketzer, der mit Rebellen und Verrätern verkehrte. Er verdiente den Tod. Sie haben Gustave die Mittel gegeben. Sie haben ihm beigebracht, wie er Cabots Seele binden kann. Sie erklärten ihm sogar, welche Verträge er im Dritten Kunstgerichtshof unlesbar machen sollte und wie er es unbemerkt tun konnte.«

»Mutmaßungen und Dummheiten.«

»Cabot ahnte, dass Sie ihm auf der Spur waren. Deshalb installierte er Sicherheitszauber, die Kunst aufspüren können. Das hier ist nicht der Westen. Die Gemeinschaft der Kunstwirkenden hier ist klein und abgeschottet. Der Richter hatte dort keine Feinde. Zur Hölle, die Schlösser an seinem Wohnhaus würden nicht mal einen Neuling draußen halten.«

Denovo kam einen Schritt näher. Tara trat einen Schritt zurück.

»Sie haben Alt Coulumb vor einigen Monaten verlassen, heimlich, wie Sie gekommen waren, aber Sie hatten die Absicht zurückzukehren. Sie wussten aus den Gerichtsakten, wann Cabot den Konzern an Seril übergeben würde. Sie hatten Monate Zeit, Ihren Angriff zu planen.«

»Da haben wir's«, sagte er mit tiefer, gefährlicher Stimme. »Beschuldigen Sie mich?«

»Sie organisierten den Angriff auf die Schatzflotte der Iskari. Sie waren der Kunstwirker, der den Verteidigungsvertrag mit den Iskari aushandelte, und Sie wussten, dass dies die beste Waffe für Ihre Zwecke war. Ihre Söldner griffen an, und die Iskari griffen auf Kos' Kraft zurück, um sich zu verteidigen, nicht wissend, dass Kos bereits von seinen geheimen Geschäften ausgelaugt war. Kos konnte der Belastung nicht standhalten und starb. Durch Ihre Hand.«

Keine Röte der Empörung trat in Alexander Denovos Gesicht. »Warum brauchte ich in dieser Fantasie, die sie haben, Gustave, um Cabot zu töten?«

»Sie wollten diesen Konzern«, antwortete sie und neigte den Kopf in Richtung der rotierenden Kugel. »Kos hatte mehr Macht als all Ihre Lakaien zusammen. Sie könnten sich jahrelang an seinem Leichnam laben. Aber Sie konnten Cabot den Konzern nicht mit Gewalt entreißen, und wenn er starb, ohne ihn weiterzugeben, würde er sich auflösen und weder Ihnen noch sonst jemandem nützen.

Sie konnten Cabot jedoch dazu zwingen, den Konzern an jemand Schwächeren weiterzugeben. Sie brachten Gustave einen Weg bei, den Richter zu töten, ohne entdeckt zu werden. Dabei blieb das Opfer auch lange genug am Leben, um den Konzern an jemand anders zu übergeben. Sie erwarteten, dass Cabot ihn seinem Butler geben würde, aber der Butler fand ihn nicht als Erster. Das war Schiefer und er entkam. Sie müssen wütend gewesen sein, als Sie erfuhren, dass schlechtes Timing Ihren Plan zunichtegemacht hatte. Aber die Situation konnte noch gerettet werden. Schiefer, so dachten Sie, wusste nicht, was er bei sich trug. Cabot hatte zu dem Zeitpunkt, als Schiefer ihn fand, keine Zunge, keine Kehle und war kaum zurechnungsfähig; er hätte einem Wächter, der nichts von der Kunst verstand, die Situation nicht erklären können. Auch Schiefers Leute würden nach Cabots Ermordung nicht aus Alt Coulumb fliehen: Sie hatten zu viel auf ihre Abmachung mit Kos gesetzt, um sich so leicht schachmatt setzen zu lassen. Die Schwarzanzüge würden Schiefer und seinen Schwarm schließlich finden, und Sie würden die Justiz austricksen, damit Sie den Konzern für sich beanspruchen könnten, wie Sie es vor ein paar Minuten fast getan hätten.«

»Welche Beweise haben Sie?«, fragte Denovo spöttelnd. »Wenn Sie keine Beweise haben, nennen Sie wenigstens Zeugen wie ein zivilisierter Mensch. Sagen wir, diese Söldner, von denen Sie *behaupten,* ich hätte sie angeheuert.«

»Sie haben ihnen ihre Erinnerungen genommen, nachdem der Job erledigt war.«

»Unmöglich.«

»Nicht für den größten kunstwirkenden Mentalisten in der Geschichte der Verborgenen Schulen. Sie haben gestern Abend versucht, Captain Pelhams Geist auszulöschen. Sie gingen übereilt und offensichtlich vor; Sie müssen entsetzt gewesen sein, als Sie erkannten, dass Miss Kevarian ihn angeheuert hatte, um uns nach Alt Coulumb zu begleiten. Sie mussten ihn vernichten, bevor ihm etwas herausrutschte, was Sie belasten würde.«

»Ich war die ganze Woche im Skeld-Archipel. Ich bin erst heute Morgen eingetroffen, mit der Fähre. Es sei denn, Sie glauben, ich könnte solch heikle Arbeit von der anderen Seite der Welt aus erledigen.«

»Sie waren gestern Abend in Alt Coulumb, nicht in Skeld.«

»Ein Fährmann und hundertzwanzig Passagiere werden meine Geschichte bestätigen. Jeder von ihnen hat mich heute Morgen ankommen sehen.«

»Wo waren Sie vor der Fähre?«

»In meinem Hotel in Skeld. Wirklich, Tara, ich verstehe nicht, worauf Sie hinauswollen.«

»Sie waren gestern Abend nicht in Skeld. Sie waren in Alt Coulumb. Heute Morgen sind Sie hinausgeflogen und haben dann einen Kreis geschlagen, zurück in unsere Richtung.«

»Die Stadt ist eine Flugverbotszone.«

»Das könnte man umgehen.«

»Ein göttliches Verbot umgehen? Vielleicht können Sie mir sagen, wie man ein solches Wunder bewerkstelligt.«

»Ganz einfach. Sie brauchen nur etwas, das so gebaut ist, dass es stärker ist als Götter.« Tara trat einen weiteren Schritt zurück. Sie hatte keine Angst, aber wenn sie recht hatte – und sie *hatte* Recht –, wollte sie Abstand halten zwischen sich und dem Professor.

Sie war neu in Alt Coulumb, aber in den letzten zwei Tagen hatte sie auf seinen Dächern gestanden und in seinen Kellern gehockt, hatte seine Kranken besucht und war in seinen Meeren geschwommen. Sie war in den Gedanken seines Gottes gewandelt und hatte die Wege seiner Wunden nachgezeichnet. In zwei Tagen hatte sie den Himmel der Stadt nicht ein einziges Mal wolkenfrei gesehen, doch nie war ihr die Luft feucht vorgekommen oder hatten die Wolken gedroht, in einen Sturm auszubrechen. Alt Coulumb war im Herbst normalerweise klar, hatte Cat gesagt, wegen der Passatwinde.

Das Wetter war schwer zu kontrollieren, unterlag der Verschiebung der Erde in ihrer Umlaufbahn und den Launen des Monds. Kunstwirkende pflegten Regen und Wolken nur im Extremfall zu beeinflussen. Aber vor mehr als hundert Jahren hatten die Erbauer der ersten Himmelsstädte gelernt, dass schwebende Gebäude schwer zu verteidigen und leicht zu verbergen waren.

Auf der Haut unter Taras Schlüsselbeinspalte war ein winziger blauer Kreis, die erste Glyphe, die sie jemals erhalten hatte: die Glyphe der Akzeptanz, die sie als Schülerin der Verborgenen Schulen kennzeichnete, berechtigt, dort in Zeiten der Not Zuflucht zu suchen. Dieses Privileg war ihr bei ihrem Abschluss nicht entzogen worden. Auch eine verlorene Tochter könnte eines Tages nach Hause zurückkehren.

Tara drückte auf die Tätowierung und sie leuchtete. Eine winzige Lücke erschien in der Wolkendecke jenseits des zerbrochenen Dachfensters und weitete sich schnell wie die Pupille einer Katze in der Dunkelheit. Ein elektrischer Schauer durchlief sie.

Sternenlicht fiel durch die Lücke in den Wolken. Weit oben, gefangen zwischen Erde und Himmel, hingen die kristallenen Türme und gotischen Bögen und Doppelwendeltreppen der Verborgenen Schulen. Gänge aus silbernem Band zogen sich von Gebäude zu Gebäude und Gelehrte schritten auf den Balkonen umher. Auf einem mit Zinnen versehen Schlafsaal glühte ein Irrlicht, um das sich zweifellos Studenten scharten, die tranken, Geschichten erzählten und sich vielleicht liebten.

Keine schimmernde Treppe aus Sternenlicht schob sich von der Halle der Ältesten herab, keine Regenbogenbrücke, um sie nach Hause zu tragen. Die Kunst des Eindringens der Schule und das Verbot von Kos kämpften wie Maschinen gegeneinander, festgefahren in absoluter Gewissheit. Die Schulen selbst waren mächtiger als das Verbot, aber die Kunst des Eindringens war entwickelt worden, um eifrige junge Gelehrte aufzunehmen, nicht um Kunstwirkerinnen aus dem Herzen des Territoriums eines Gottes zu holen.

Zum Glück wollte Tara Alt Coulumb nicht verlassen. Die Teilung der Wolken reichte für ihre Zwecke aus. Sie atmete Schatten und Sternenfeuer ein. Die Nacht klebte an ihrer Haut und strömte in ihren Geist.

»Sie haben die Schulen hierhergebracht«, sagte sie, »und ihre Tarnung zur Verdunkelung der Sterne und des Monds benutzt. So sollten die Wächter und Kunstwirkerinnen geschwächt werden, die sich Ihnen widersetzten. Es war die ausgeweitete Flugverbotszone der Schulen, nicht die von Alt Coulumb, die gestern den Flug von Miss Kevarian unterbrochen und uns beide fast getötet hat.

Die Schulen verschafften Ihnen ein ausgezeichnetes Alibi. Es mag unmöglich sein, den Verstand eines Menschen aus hundert Kilometer Entfernung auszulöschen, aber dreihundert Meter Höhe sind kein Hindernis für einen Meister wie Sie. Die Verborgenen Schulen messen von einem Ende zum anderen mehr als das, und Sie haben Ihre Befehle problemlos durch den Verstand meiner Klassenkameraden und den meinen gewoben.«

Denovos strenger Ausdruck wich einem kindlichen Lächeln. »Tara.« Er steckte die Hände in seine Taschen. »Sie erstaunen mich.«

»Sie haben Kos den Ewigbrennenden getötet, Professor.«

»Was, glauben Sie, mit diesem Getue zu erreichen? Wenn Sie einen Kampf wollen, besiegen Sie mich und bringen Sie es hinter sich.«

»Die Justiz schaut zu«, sagte sie.

»Die Justiz ist blind. Ich habe sie selbst geblendet, zwanzig Jahre, bevor Sie geboren wurden.« Er zog eine Hand aus der Tasche und untersuchte seine stumpfen Fingerspitzen. »Wenn Sie hoffen, dass diese Automaten über mich herfallen wie ein Schwarm Saatkrähen über einen schlechten Geschichtenerzähler« – er deutete auf die reglosen Schwarzanzüge – »dann haben Sie das erste Gesetz der Schöpfung vergessen. Erschaffe niemals etwas, das dir schaden kann. Sie bleiben, wo sie sind, bis ich mein Geschäft erledigt habe.«

Zum ersten Mal, seit Kardinal Gustave durch das Oberlicht geplatzt war, sah Tara die Schwarzanzüge bewusst an. Sie zuckten nicht in ihren unbeweglichen Reihen. »Sie haben furchtbare Dinge getan.«

»Nicht so furchtbare wie Sie oder Ihre Chefin.« Er schüttelte den Kopf, sprach immer noch im Plauderton. »Sie haben unsere Seite vor langer Zeit verlassen, so wie viele Kunstwirkende. Sie haben sich mit einer angenehmen Illusion abgefunden, mit der oberflächlichen Lüge, wir könnten in Frieden mit den Göttern leben. Sie haben den Traum aufgegeben.«

»Sie sind einer der mächtigsten Kunstwirker der Welt. Was wollen Sie noch?«

»Nun, zunächst einmal, ich bin noch kein Gott.«

Tara blinzelte. »Wie bitte?«

»Sie sagten, ich wolle Kos' Macht. Clever, aber falsch. Macht habe ich. Ich will Göttlichkeit. Unsterblichkeit und Macht, frei von Krankheit und Verfall.«

»Unmöglich.«

»Wohl kaum. Es ist eine logische Erweiterung der ersten Prinzipien der Kunst. Auf die Idee kam ich, als ich noch zur Schule ging. Götter beziehen ihre Kraft aus gläubigen Massen. Könnten Kunstwirkende nicht das Gleiche tun? Es dauerte Jahre, bis ich die Verzweigungen dieser Einsicht ausarbeitete. Vor vier Jahrzehnten machte ich meine ersten vorsichtigen Schritte mit Elayne und gewann ihr Vertrauen, um ihre Macht für mich anzuzapfen. Sie bemerkte es und besiegte mich, aber ich arbeitete meine Theorie weiter aus, indem ich die Schwarzanzüge schuf, Gläubige, die durch ein krankes Bedürfnis an ihren Gott gebunden sind anstatt durch gegenseitige Liebe.«

Er lächelte nostalgisch. »Ich baute mein Labor und verzehrte die Kraft meiner lieben Schüler und Kollegen. Ich wurde der mächtigste Kunstwirker auf diesem Kontinent. Und was dann? Zu einem Skelett verrotten? Dem Tod von einem verwesenden Körper zum nächsten entfliehen? Oder die Waffen gegen einen Gott erheben, ihn erschlagen und zu ihm werden? Ich kann durch den Konzern in Kos' Körper klettern und seinen Platz im Zentrum des unangreifbaren Glaubens von Alt Coulumb einnehmen. Ich werde diese Stadt zu einer Stadt machen, wie sie noch nie gesehen wurde, eine feurige Flut, die über den Erdball fegt.

Ich konnte es kaum glauben, als die Gelegenheit in meine Hände fiel.«

»Eine Schande, dass sie Ihnen entgleitet.« Taras Messer blitzte in ihrer Hand auf, eine wie ein Reißzahn gebogene Spirale aus Mondlicht.

Denovos Grinsen verblasste nicht. Er begann, den Kopf zu schütteln, aber dann *bewegte* er sich, schnell wie eine sich abspulende Feder. Die Distanz zwischen ihnen löste sich auf. Dunkle Energie umkreiste seine Faust.

Die Farben der Welt kehrten sich um und Tara flog nicht, sondern fiel, ihre schützenden Schatten waren gebrochen und kämpften vergeblich darum, sich neu zu formieren. In ihrer Bluse klaffte ein faustgroßes Loch, das vor einem Moment noch nicht existiert hatte, und sie blutete.

Der Boden schlug gegen ihre Schultern – oder war es umgekehrt? – und eine braune Welle rollte aus den Winkeln ihrer Sicht heran und verschlang sie.

*

Denovo rieb seine Handflächen aneinander, wie ein Bäcker seine Handflächen bemehlte, und begutachtete die zerstörte Halle. Ein Rudel Gargoyles lag angekettet auf dem Boden. Tara, seine gefährlich ausdauernde Schülerin, lag fünf Meter entfernt, bewusstlos. Blut sickerte aus der Wunde, die er in ihrem Bauch hinterlassen hatte. Elayne lag in der Nähe mit gespreizten Beinen auf dem Boden, zuckend, aber unfähig, sich zu bewegen. Sie kämpfte gegen seine Kontrolle über ihre motorischen Neuronen an, aber es war ihr nur gelungen, einen erbärmlich groben Kreis auf dem Boden zu beschreiben. Der magere Priester kniete neben seinem toten Meister.

Der Konzern schwebte über dem trägen Körper des Steinmanns, der seine Mission so gut wie erfüllt hatte. Der erfolgreich gewesen wäre, wenn er gewusst hätte, was er in sich trug.

Denovo richtete die Manschetten seines Tweed-Sakkos, bürstete ein paar Glasscherben und Staubflecken vom Revers und ging auf die Kugel aus Kunst zu, die der Schlüssel zu seiner Göttlichkeit war.

Auf dem Weg dorthin salutierte er keck vor der Statue der Justiz. »Schade, dass du das nicht sehen kannst, altes Mädchen. Es ist wunderschön.« Eine gefesselte Steinfrau warf sich ihm in den Weg; er trat sie mit einem ausladenden Schwung der Kunst zur Seite und stellte sich unter die Kugel. Sie glühte drei Meter über ihm, außerhalb seiner Reichweite.

Seine Mundwinkel verzogen sich zu einem Grinsen, das seine Augen nicht erreichte. Er atmete ein und konstruierte in seinem Kopf ein Gerüst aus Flaschenzügen und Rädern, um sich hochzuheben. Er atmete aus und rief seine Schüler und Kollegen in den Verborgenen Schulen an, das lästige Verbot von Kos davon zu überzeugen, dass es nicht als Flug galt, sich ein paar Meter über die Erdoberfläche zu erheben.

Bei seinem zweiten Atemzug hob er sich ein paar Zentimeter, beim Ausatmen fast einen Meter. Sein Lächeln wurde breiter. Er streckte die Hand aus, um die sich drehende Kugel zu ergreifen, und fühlte zum ersten Mal in seinem Leben pure Dankbarkeit gegenüber dem Universum.

Dann traf ihn ein knochiger, siebzig Kilo schwerer Technikernovize mit hoher Geschwindigkeit im Kreuz.

*

Die dunklen Wasser um Cat teilten sich, als der Kardinal fiel, schlossen sich aber wieder, als die Liebe zur Justiz ihren Geist erfüllte und mit ihr die Liebe zu Denovo, dem Schöpfer der Justiz, der über der Erde schwebte und nach einer Perle aus orangefarbenem Licht griff. Cat liebte diesen Mann, obwohl er der Justiz seinen Hohn ins Gesicht schleuderte. Obwohl er einen Gott getötet hatte. Sie liebte ihn und wusste nicht, warum. Sie hasste ihn aus sehr guten Gründen.

Sie hatte gesehen, wie Abelard sich von der Leiche des Kardinals abwandte und Taras Konfrontation mit Denovo beobachtete. Abelard blieb in der Hocke, scheinbar in Trauer, und wartete auf den richtigen Moment. Als Denovo zu seiner unirdischen Beute emporstieg, rannte der Priester los.

Er stieß sich von der Erde ab und traf den Kunstwirker von hinten. Beide stürzten gemeinsam und kämpften verbissen. Abelard versuchte einen Würgegriff, als sie auf dem Boden aufschlugen, und schlang die Beine fest um den Rumpf des kleineren Mannes, aber Denovo war breit und kompakt gebaut wie ein Ringer und wand sich aus der Umklammerung seines Gegners heraus.

Cat kämpfte darum, die Fesseln der Liebe zu durchbrechen. Chemische Leidenschaften kämpften in ihrer Brust. Eine Sucht wie jede andere. Noch einmal drückte sie Raz Pelhams Reißzähne an ihr Handgelenk.

Denovo durchbrach Abelards Griff. Blitze zuckten um seine Klauenhand und er drückte sie auf die Brust des jungen Priesters.

Einen Augenblick lang war Denovo eine tiefschwarze Gestalt mit schlohweißem Haar, die vor einem Publikum aus Alabasterstatuen stand. Als Licht und Zeit sich wieder normalisierten, lag Abelard still auf dem rohen Marmor, der Stummel seiner Zigarette qualmte dort, wo er aus seinen Lippen ragte. Denovo stand auf.

Abelards Brust bewegte sich nicht. Durch den Schwarzanzug konnte Cat mehr der roten und violetten Bereiche erfassen als die meisten Menschen, und sie sah, wie er kalt wurde.

Cat vergaß die Liebe, vergaß die Pflicht, vergaß alles durch den Schock über diesen Anblick: Abelard, reglos wie im Schlaf. Eine gespannte Klaviersaite riss in ihrer Brust. Dieser Schmerz gehörte ihr, und diese Trauer. Sie war sie selbst, Catherine Elle unter dem schwarzen Anzug.

Sie erinnerte sich an zwei Dinge. Erstens gehörte ihr Körper ihr. Zweitens waren die am Boden angeketteten Steinmänner unschuldig an dem Verbrechen, für das sie angeklagt worden waren. Sie sollten freigelassen werden.

*

Tara lag in einem See aus Silber, die Augen halb geschlossen, halb geöffnet in der Dämmerung zwischen Schlaf und Wachsein. Sie fühlte Arme um sich, kühl und tröstend. Sie starrte in endlose tiefgrüne Augen, die auch ihre eigenen waren. Sie erinnerte sich an Schmerz. Sie erinnerte sich an Serils Stimme. »Erlaube mir …«

Was erlauben?

Erlaube mir hineinzukommen.

Bei der Rückkehr in ihren Körper hatte sie sich gefühlt, als sei ihre Seele zu groß, um in ihre Haut zu passen.

Seril gehörten die Augen, die sie im Tempel der Justiz öffnete, und Seril war das Herz, das in ihrer Brust schlug.

Sie betastete ihren Bauch und fand dort Blut, aber keinen Schmerz. Ein Netz aus Mondlicht schloss ihre Wunde. Sie war nicht allein in ihrem Geist. Seril überlagerte sie, silbern und uralt und schön.

Sie hörte, wie elf Fesseln aufsprangen und ein Chor von rachsüchtigem Gebrüll aus steinernen Kehlen erklang. Flammen knisterten, Blitze zuckten und namenlose Kräfte erklangen wie tiefe Messingzimbeln.

Sie stand auf. Die Sterne und der Mond schienen durch ein Loch in den Wolken. Sie spürte jedes Korn im Stein unter ihren Füßen.

Ihre Wächter waren frei und tanzten.

Ihr Tanz verlief nicht gut. Drei fielen ausgestreckt mit gebrochenen Flügeln zu Boden, das silberne Fleisch zersplittert. Einer von ihnen war tot, zwei lagen im Sterben. Aev, Hohepriesterin, große Dame, wirbelte durch die Luft und schlug mit beiden Klauen gegen die durchsichtige Kuppel, die Denovo abschirmte. Drei andere stürmten mit ihr. Ein Paar lag und krümmte sich vor Schmerzen, gefangen in Netzen aus feinen roten Fäden, die Körper und Seele verbrannten. Zwei weitere kämpften darum, eine dritte zurückzuhalten, deren Augen glasig waren und die sich wie eine Marionette bewegte. Auch David schlug auf Denovos Schild ein, aber der Professor reservierte seine hohe und rachsüchtige Kunst nur für die Wächter.

Sie sah jeden Schlag, jeden Gegenschlag, jeden Konter, schneller, als das menschliche Auge folgen konnte. Denovo bewegte sich wie ein Orchesterdirigent hinter dem elektrischen Nebel seines Schilds.

Sie stürmte auf die Schlacht zu, ohne zu gehen; ihre Füße schwebten ein paar Zentimeter über dem Boden. Das Mondlicht verlieh den Armen der Wächter Kraft, ihren Flügeln Geschwindigkeit und ihren Klauen die Macht, zu durchbohren, zu zerfetzen und zu zerreißen. Blitze trafen die Wächter Jain und Rael, und sie brachen zusammen, aber Ihr Licht brachte sie vom Abgrund des Todes zurück; Gar mit den Eberhauern fiel in eine Grube von unendlicher Tiefe, aber ihre Liebe wurde zu einer langen dünnen Silberschnur, die ihn zurückzog. Das Mondlicht schloss sich um Ashes Geist und befreite sie von Denovos Kontrolle.

Denovo richtete seine Aufmerksamkeit auf Tara. Obwohl sein Gesicht in einem Ausdruck intensiver Anstrengung erstarrt war, wich sein Lächeln nicht.

»Wissen Sie«, sagte er durch das Gebrüll und Getöse hindurch, »ich hätte es beinahe verpasst, in den Götterkriegen zu kämpfen. Ich war einer der Jüngsten, die an der Schlacht teilnahmen.«

Er spann Kunst in Richtung der orangefarbenen Kugel über ihm, aber sie gebot ihr mit Mondlicht Einhalt. Schattendornen trafen Aev, aber sie stumpfte ihre scharfen Spitzen ab. Denovos Kunst schoss wie ein Flammenstrahl auf Tara zu und sie lenkte ihn ab.

Ihre Gedanken kamen jetzt langsam und mühsam.

»Du bist nicht die erste Göttin, gegen die ich kämpfe«, sagte er, ruhig und kalt. »Du kannst deine Gläubigen nicht im Stich lassen. Ich greife an, was du liebst, und du beschützt es. Wenn du an der Grenze deiner Kraft angelangt bist, drücke ich zu. Nur … ein … bisschen.«

Seine Augen verengten sich, und die Stacheln um Aevs Körper wurden schärfer, das Loch, in das Gar fiel, wurde tiefer, dunkler, hungriger, und der Flammenspeer, der auf Taras Herz gerichtet war, wurde schneller und sicherer.

Mit einem Geräusch, das wie eine läutende Glocke klang, löste sich das Licht der Welt von seinem Sitz in Taras Schädel und hing offen vor ihr, eine schöne Frau aus Frostlicht und Stein, die durch selbst gemachte Schnüre an diejenigen gebunden war, die sie nicht preisgeben konnte.

Taras Wunde öffnete sich wieder und Blut sickerte durch Risse in dem verätzten Fleisch. Ihr Geist war hohl, wieder ihr eigener, und die Welt nicht die von Seril, sondern ihre. Die Namen der Wächter vergaß sie, aber sie sah Cat in Fötusstellung zusammengerollt inmitten abgeworfener Eisenfesseln, gefangen in einem Netz aus rotem Draht. Sie hatte die Wächter befreit. Gut so.

Miss Kevarian lag auf dem Boden und neben ihr Abelard. Reglos.

»Das ist das Problem mit Banden«, sagte Denovo. »Sie binden in beide Richtungen.«

Denovo wollte mit einem Flammenseil die Kugel zu sich ziehen.

Tara schrie, bildete ihr eigenes Seil aus Sternenfeuer und fesselte die Kugel mit dem Lasso. Denovo war eine Supernova aus Kunst. Er zog und sie zog und Seril zog und die Gargoyles verdoppelten ihren Angriff, und trotzdem näherte sich die Kugel seiner ausgestreckten Hand. Er grinste.

Tara blinzelte und die Dunkelheit dauerte an.

*

Tara lehnte sich in einem Ledersessel unter einem glitzernden Kronleuchter zurück. Miss Kevarian stand ihr gegenüber, gekleidet in das Schwarz einer Geschäftsfrau und hatte die volle Kontrolle über sich.

Alexander Denovo saß in einem anderen Stuhl zu Taras Linken. Sein Mund stand vor Schreck offen.

»Was zur Hölle?«

»Wir sind zwischen den Instanzen«, erklärte Miss Kevarian.

»Wie hast du mich hierhergebracht?«

»Bande binden in beide Richtungen«, stellte sie fest. »Ich dachte, ich gebe dir die Gelegenheit, dich zu ergeben.«

Denovo lachte ihr ins Gesicht. »Kapitulation? Die Vergöttlichung ist zum Greifen nahe.«

»Bereitet dir die Ungleichheit keine Sorgen?«

»Ich kann die Momente aushalten, die ich benötige, um die Kraft von Kos in mich aufzunehmen.« Er manifestierte eine Pfeife aus Seelenstoff und begann, sie zu rauchen. »Dann wird die Gegenseite fallen.«

»Ich kann nicht für deine Sicherheit garantieren, wenn du dich nicht sofort ergibst.«

»Wenn ich ein Gott bin, Elayne, werde ich dich brechen, an Leib und Seele.«

Ihre Augen und ihre Stimme waren aus Diamanten. »Ich fasse das als ein Nein auf.«

»Chefin …« Aber der Moment glitt davon und Tara fiel zwischen Himmel und Erde.

*

Alexander Denovo wirbelte in seiner Schutzkuppel herum und sah durch elektrische Verzerrungen hindurch, wie Elayne Kevarian aufstand. Er befahl ihr, sich zu setzen, sich zu ergeben, zu sterben, aber seine Befehle glitten am Eis ihres Verstands ab. Der Körper des jungen Priesters lag bäuchlings zu ihren Füßen. Ein geschwungenes Muster, feucht, rot und verschlungen, schimmerte auf dem Boden um sie herum.

Es verschlug ihm den Atem.

Elayne Kevarian hatte unter seiner Kontrolle auf dem Bauch gelegen, zuckend, erbärmlich, an Ort und Stelle kreisend, blutige Finger, die nach blassem Stein griffen. Sie hatte den Kreis vollendet. Sie hatte ihn mit ihrem eigenen Blut gezeichnet, ihn mit Siegeln bearbeitet, die in ihrer Kalligrafie grob, aber in ihrer Struktur elegant waren.

Sie stand in einem Auferstehungskreis vor einem toten Priester, dessen Lippen noch eine glimmende Zigarette umschlossen. Aber dieser Kreis war nicht für einen Menschen gezeichnet. Er war für einen Gott gezeichnet.

Denovo nahm all seine Kunst zusammen und gab die Gargoyles und ihre Göttin und Tara frei, alles bis auf seinen Griff nach der feurigen Kugel. Er schleuderte Verderben und Blitze gegen Elayne, zerriss die Erde unter ihren Füßen und schleuderte sie in die äußeren Höllen – oder versuchte es. Schatten sickerten aus ihr heraus und verschlangen Sternenlicht, Fackellicht und seine Kunst gleichermaßen. Der Blutkreis loderte in den unzähligen Farben des reinen weißen Lichts.

Im Schatten, innerhalb des Kreises, flackerte die Glut einer Zigarettenspitze.

*

Abelard fiel. Es war ein vertrautes Gefühl.

Er fiel weiter, schneller, und diesmal verweilte das Feuer nicht nur am Rand seines Sichtfelds und an den Grenzen seines Geists. Es brach in einer Flut über ihn herein. Es verkohlte seine Seele und verbrannte seinen Körper zu Asche. Es tanzte auf ihm den Tanz, der zerstörte und erneuerte. Dieses Feuer war der Herzschlag der Welt. Das Feuer war Liebe. Das Feuer war Leben.

Das Feuer war sein Gott.

Ein schwaches Überbleibsel seines logischen Verstands erinnerte sich, dass er aus irgendeinem Grund, obwohl er seit dem Tod seines Herrn ständig geraucht hatte, in den letzten drei Tagen nicht ein einziges Mal ein Feuerzeug oder ein Streichholz benutzt hatte. Immer reichte er die Flamme von einer Zigarette zur nächsten.

Er überließ sich Gott. Jeden Hauch von Rauch, der in seiner Lunge verweilte, jede Spur von Feuer, das ihn in den Stunden seiner Not beruhigte, gab er aus freien Stücken her.

Er war so groß wie eine Stadt, so groß wie die Welt, so groß wie das Universum, kleiner als das kleinste Atom. Er war Asche und er brannte ewig in einer Million Sonnen.

Glänzend und neu wie ein Phönix erhob sich Kos der Ewigbrennende aus der Glut an der Spitze von Abelards Zigarette.

*

Es gibt einen Raum jenseits oder unterhalb der Welt, wo sich alles Nichtsein, das alles Sein erschafft, sammelt und zusammenkommt. Dort tanzt und kämpft der Schatten mit dem Licht. Leben und Geist spielen ihr ewiges Spiel von Flucht und Verfolgung.

Das Aussehen dieses Orts kann der menschliche Verstand nicht erfassen, also stelle man ihn sich wie eine Bar vor: poliertes Holz, Messingarmaturen, schummriges Licht, Bier.

Eine Frau saß dort allein, schön und verloren und voller Wut. Diese Wut war so alt, dass sie zu einem dumpfen Schmerz geworden war, der jedes neugeborene Gefühl betäubte. Sie umklammerte einen halb leeren Bierkrug.

Ein Mann betrat die Bar durch eine Tür, die es vorher nicht gegeben hatte. Er stand da und wartete tausend Jahre, aber sie würdigte ihn keines Blickes.

Er wirkte noch verlorener als sie, aber seine Wunden schienen nicht so alt zu sein. Er öffnete den Mund, um zu sprechen, hatte aber keine Worte in der Sprache, die sie benutzte. Er streckte seine Hand nach ihr aus. Legte seine Hand auf ihre Schulter.

Ein weiteres Jahrtausend lang reagierte sie nicht auf seine Berührung.

Sie starrte in den Bodensatz ihres Glases. Ihr Arm schwebte langsam nach oben, gegen das Gewicht der Geschichte.

Sie schloss ihre Hand um seine.

*

Tara hörte Denovo schreien, ein hässlicher Laut voller Verlangen und vereiteltem Ehrgeiz. Schatten krochen aus Miss Kevarians Kreis und verdunkelten die Welt. Die Luft wurde warm.

Das Feuer brach die Realität.

Aus einem Reflex schloss sie die Augen und wurde von ihrer zweiten Sicht fast geblendet, als sich die Netze der Götterflamme mit unvorstellbarer Geschwindigkeit durch Alt Coulumb ausbreiteten. Die zahllosen Fäden, die den Betrieb von Kos' Stadt aufrechterhielten, hatten sich gelockert; jetzt spannten sie sich ruckartig an. Auf der anderen Seite der Stadt brach Feuer auf den Altären von Kos' Heiligtum aus. Ein Leuchtfeuer aus heiligem Licht erstrahlte auf dem Turm des Heiligtums; ein Schrei erklang von der Menge unten, wortlos und jubelnd, als die Schatten von ihren Gesichtern verschwanden. Ihre Kerzenflammen hüpften vor Freude.

Hier in der Halle der Justiz blühte der Konzern auf und legte sich wie die Falten eines Brautschleiers über den silbernen Schatten, der Seril die Grünäugige war. Denovos Abwehrkräfte schrumpften und brachen.

Es war möglich, hatte Tara zu Abelard gesagt, dass ein Gott sich vor den Verpflichtungen im Glauben seiner Jünger versteckte, indem er alles außer seinem Bewusstsein sterben ließ. Es tat mehr weh als der Tod und nur die stärksten Gottheiten konnten den Schmerz lange ertragen. Aber es war möglich. Wenn sie mächtig waren und ihr Bedürfnis groß – wenn dies zum Beispiel der einzige Weg war, ihre lang verschollene Liebe zu retten und ein schweres Verbrechen zu rächen – und wenn sie wussten, dass der tödliche Entzug ihrer Macht bald vorübergehen und ihr Körper unversehrt und reif für die Rehabilitierung sein würde –, dann konnten sie es vielleicht schaffen.

Kos war wieder wach, stark und wütend.

Seril verschwand. Tara hörte ein lautes Knirschen von Stein und sah auf. Die Statue der Justiz öffnete die Gruben ihrer Augen und sie leuchteten grün.

Denovo kauerte sich in einer Kampfstellung zusammen, das Messer im Anschlag, die Nasenlöcher blähten sich. Die Wächter taumelten aus der Schlagreichweite, aber David war nicht so schnell, und Denovos Messer schlitzte, scharf wie ein Gedanke.

Tara war schneller. Sie erreichte David mit einem Schritt, stieß ihn aus dem Weg und fing Denovos Messer mit ihrem eigenen ab. Die beiden Klingen trafen sich in Lichtbögen. Denovos brach.

Die Schwarzanzüge bewegten sich.

Fünfzig stürzten auf Denovo zu, aber Cat war vor ihnen dort und packte seinen Hals, während ihre Kollegen seine Glieder und seinen Körper mit eisernen Armen umschlossen. Die Kunst führte auch einen Schlag gegen ihn: die Kunst von Elayne Kevarian.

Seine Augen wurden weiß und er fiel schlaff um.

Tara wich zurück.

Das Atmen fiel ihr schwer.

Sie drehte sich von dem bewusstlosen Professor zu ihrer Chefin um. Miss Kevarian war mit Schnitten und Prellungen übersät, die Finger blutig und die Kleidung verkohlt.

Zu ihren Füßen saß Technikernovize Abelard und rieb sich die Stirn. Eine erloschene Zigarette baumelte an seinen Lippen.

EPILOG

Der Sonnenuntergang warf Schatten von Alt Coulumb auf die sanften Wellen der zurückweichenden Flut. Entlang der Docks knarrten Taue, und Stiefel trampelten über nasse Planken; Frauen fluchten und Männer stemmten sich gegen das Gewicht ihrer Lasten, während sich die Handelsflotte darauf vorbereitete, sich der Tiefe zu stellen. Ausgucke kletterten an Fallen und Segeln hoch, um sich in der Takelage einzunisten, und Harpuniere bemannten ihre Posten wachsam mit stachligen und vergifteten Speeren in der Hand. Seeschlangen warteten jenseits des Küstenschelfs, und jeder Seemann hatte mindestens einmal Totenwache für einen Freund gehalten, der schreiend in die Tiefe gezogen worden war.

Raz Pelham trat aus seiner Kabine auf das Deck der *Kell's Bounty.* Die abklingende Sonne brannte auf seiner gebräunten Haut. Er hatte sich noch nie so bereit gefühlt, in See zu stechen. Zweimal hatte er diese Stadt auf Geheiß der Kunstwirkenden besucht, zweimal war er an den Rand des Todes und darüber hinaus gebracht worden. Diesmal waren die Dinge besser ausgegangen als vor vierzig Jahren. Dennoch sehnte er sich nach dem Wasser. Das Land belog die Füße und die Seele. Du stehst, flüsterte es, auf festem Boden. Du baust auf Gewissheit und dein Fundament wird niemals bröckeln.

Miss Kevarian hatte ihm bei ihrem ersten Besuch in Alt Coulumb vor vier Jahrzehnten erzählt, dass die Welt unter ihrer festen Hülle ein Ozean aus geschmolzenem Gestein und Metall sei. Captain Pelham bevorzugte das Meer, das irreführte, aber selten log. Die Welt floss, die Welt veränderte sich und unter ihrer Oberfläche lauerten Schrecken mit vielen Mäulern.

Laut der Kirche und der Ausrufergilde hatte die Stadt in den drei Wochen seit Denovos Verhaftung ihr gewohntes Gleichgewicht zurückgewonnen. Das Kardinalskollegium erklärte die Auferstehung von Kos zu einem Wunder, das das Verständnis übersteigt, und Gustave zu einem Märtyrer für seinen Herrn. Diese Rhetorik überzeugte die Leute von Alt Coulumb nicht, die spürten, dass eine Katastrophe nur knapp an ihnen vorbeigegangen war, und sie bewegten sich in ihrem Kielwasser wie Matrosen nach einem bitteren Sturm. Sie verrichteten die Arbeit, die die Welt von ihnen verlangte – sie verhandelten hart, luden und löschten die Fracht, bezahlten ihre Schulden und tranken ihren Wein –, aber unter der Routine und den Ritualen spürte Raz wachsende Besorgnis.

Es hatte sich mehr verändert, als sie sich vorstellen konnten. Teile der Wahrheit würden in den kommenden Monaten an die Oberfläche drängen. Schon jetzt schien mit Feuer vermischtes Mondlicht in ihren Träumen. Wellen bewegten sich über und durch Alt Coulumb, durchwühlten sein Herz und rissen neue Kanäle in seinen Boden.

Der Bootsmann rief nach ihm aus dem Laderaum. Die *Bounty* war vollständig beladen und bereit, mit der Abendflut nach Iskar aufzubrechen. An Bord war eine Ladung aus Luxusgütern, Textilien und Büchern. Harpuniere standen bereit, der Windweber saß im Schneidersitz am Bug, und vernarbte und tätowierte Decksarbeiter gingen ihren unterschiedlichen Tätigkeiten nach.

Raz entblößte seine Reißzähne, als die Sonne hinter dem Horizont versank.

Sein Lächeln verblasste, als er jemanden vom Ufer aus seinen Namen rufen hörte. Zögernd näherte er sich dem Steg.

Auf dem Dock stand Catherine Elle, bekleidet mit einer lockeren Hose, einem blauen Hemd und einer abgewetzten Lederjacke. Ihre Haut sah röter aus, als er sie von ihrem letzten Treffen vor Wochen in Erinnerung hatte.

»Captain!«, rief sie, als er nichts sagte. »Ich wollte vorbeikommen, bevor du abreist.« Zwei Hafenarbeiter gingen zwischen ihnen hindurch und schoben einen mit Weizenballen beladenen Karren. »Um mich zu entschuldigen.«

»Wofür?«

»Dafür, dass ich dich geschlagen habe, als du mir den Rücken zugekehrt hast.«

»Geschlagen?« Er schüttelte den Kopf. »Du hast mir das Genick gebrochen.«

»Du hast dich wieder erholt.« Sie biss sich auf die Lippen, als wollte sie den Rest des Satzes zurückhalten, bevor er ihr über die Lippen kam. »Und ich wollte mich für das entschuldigen, was im Krankenhaus passiert ist.«

»Das war nicht deine Schuld.«

»Nicht ganz.« Sie trat von einem Bein aufs andere und fuhr sich mit einer Hand durch die Haare. »Ich glaube, nicht einmal Tara wusste, dass ihr Vorschlag mich so weit gehen lassen würde. Ich glaube, ich habe noch einen langen Weg vor mir.«

Sie sprach die nächsten Worte nicht aus, also tat er es. »Aber du gehst ihn.«

»Ich gehe ihn.«

»Ich nehme deine Entschuldigung an.«

Ein kurzes, strahlendes Lächeln huschte über ihr Gesicht, aber sie unterdrückte es. »Kommst du noch mal hierher?«

»Irgendwann nächsten Monat, denke ich.«

»Vielleicht sehen wir uns ja wieder.«

»Vielleicht.« Sechs Meter weiter am Dock sprintete ein Schiffssteward fluchend durch die Menge hinter einem flüchtenden Gauner her, der eine dicke Geldbörse an seine Brust gedrückt hielt. »Hast du Zeit? Ich könnte dir die *Bounty* zeigen.«

»Nein, danke«, antwortete sie. »Ich muss arbeiten.«

»Man sieht sich.«

Sie nickte. »Man sieht sich.« Sie wandte sich von ihm ab und ging zurück in die wogende Menge. Zwei Schritte, drei, er sah zu, wie ihr Rücken sich immer weiter entfernte, bevor ein tiefgrauer Funke an ihrem Hals aufleuchtete und nach oben, nach außen, über ihre Kleidung floss. Sie wurde zu einer Statue aus Quecksilber. Breite Flügel entfalteten sich aus ihrem Rücken und breiteten sich aus. Mit einem Schwung war sie verschwunden.

Er sah ihr nach.

Es war Zeit aufzubrechen.

*

Tara fand Miss Kevarian an diesem Abend um acht Uhr beim Packen. Ihre schwarze Reisetasche stand offen auf ihrem Bürotisch, und während Tara zusah, legte sie fünf gefaltete Anzüge, sechs Hemden, eine schwarze Robe, zehn dicke Wälzer über theoretische Kunst, ein Schreibpult, drei Fläschchen mit Tinte (ein silbernes, ein rotes, ein schwarzes), zwei billige Romane, sieben Stifte (drei für Vertragsabschlüsse, einen für Kündigungen, zwei weitere für professionelle Arbeiten und einen, der ausschließlich für den persönlichen Austausch verwendet wurde), eine silberne Schale, eine gusseiserne Glocke, eine Schachtel mit Knochenkreide und fünf Blutkerzen hinein.

»Nur das Nötigste, Chefin?«

»Nur das Nötigste, Miss Abernathy«, erwiderte sie, ohne sich umzudrehen. »Aber man darf sich nie unvorbereitet erwischen lassen.«

»Sie brechen schon auf.« Tara sah sich im Zimmer um. Das Bett war gemacht, die Ecken des Lakens auf Kante gefaltet und die Bezüge abgezogen, genau wie ihr eigenes, als sie drei Wochen zuvor in Alt Coulumb angekommen waren. Nicht ein Staubkorn haftete an den Polstern, auch nicht an der glatten Oberfläche des Schreibtischs ihrer Chefin.

»Zum Archipel. Ein Befall von Seegeistern hat« – sie suchte nach den passenden Worten – »einen Fischereikonzern dezimiert. Sie benötigen unsere Dienste.«

Tara bemerkte, dass sie den Plural verwendete. »Sie haben also von Kelethras, Albrecht und Ao gehört? Ich soll nicht in die Äußere Finsternis geworfen werden?«

»Die Bestätigung Ihrer Weiterbeschäftigung kam vor zwei Tagen. Sie erschien mir nicht erwähnenswert. Sie wissen so gut wie ich, dass Ihre Leistungen vorbildlich waren. Obwohl die Einzelheiten des Kirchenfalls nicht öffentlich sind, geben Gerüchte nicht viel auf das Mandantengeheimnis. Die großen Firmen kennen Ihren Namen und die Qualität Ihrer Arbeit. Ihre Eskapaden an den Verborgenen Schulen werden nicht vergessen werden, aber Ihr Erfolg hier ebenfalls nicht. Die Geschäftsführung wäre dumm, Sie gehen zu lassen, und sie mag zwar risikoscheu sein, aber sie ist nicht dumm.«

Tara kämpfte gegen den Drang zu lächeln an und fuhr mit ihrer Hand über die makellose Oberfläche von Miss Kevarians Schreibtisch. »Aber Seeschlangen. Das scheint einfach zu sein, nach allem, was wir in den letzten Wochen durchgemacht haben.«

»Täuschen Sie sich nicht.« Miss Kevarian schloss ihre Reisetasche mit einem Schnappen wie das Versiegeln eines Sargs. »Wir haben gerade erst mit unserer Arbeit begonnen. Die Wiedervereinigung von Justiz und Seril bleibt instabil. Serils Kinder sind in Alt Coulumb immer noch unerwünscht, und die Rückkehr der Göttin ist ein Geheimnis, und das aus gutem Grund. Viele verübeln ihr, dass sie die Stadt im Stich gelassen hat, um in den Götterkriegen zu kämpfen, genau wie die Todesfälle, die ihre Wächter verursacht haben. Ganz zu schweigen von dem dubiosen Status von Kos' Verträgen nach seiner Wiederauferstehung. Wir werden bald wieder hierher zurückkehren.«

»Darüber wollte ich mit Ihnen reden.« Taras Hand wanderte zu ihrem Bauch. Unter ihrem Hemd war die von Denovo verursachte Wunde in dicke Verbände gehüllt und heilte noch.

»Worüber?«

»Über Kos«, sagte Tara. Drei Wochen später stand das Nachbild der Wiedergeburt des Gotts immer noch in blaurot vor ihren Augen. »Und eine oder zwei damit zusammenhängende Angelegenheiten.«

»Was gibt es da noch zu erklären?«

Sie wollte auf den Punkt kommen, aber Miss Kevarians geduldige Miene raubte ihr den Mut. Sie hatte sich auf diesen Moment vorbereitet, aber er fühlte sich schlimmer an, als sie erwartet hatte. »Wann haben Sie zum ersten Mal erfahren, dass er sich in Abelards Zigarette versteckt?«

»Als ich den Jungen in Gustaves Büro traf. Ich habe schon früher versteckte Götter gesehen und die Zeichen erkannt. Ich erhaschte einen flüchtigen Blick, bevor Kos merkte, dass er beobachtet wurde, und sich tiefer versteckte, als ich folgen konnte. Er war in Wahrheit fast tot, komatös, wenn man es mit einem Menschen vergleicht. Ich dachte mir, dass er seinen Klerikern misstrauen musste, wenn er sich vor ihnen versteckte, also hielt ich Abelard von anderen Priestern fern und in Ihrer oder meiner Gesellschaft.«

»Sie sagten, er hätte sich beinahe sofort versteckt, als Sie ihn sahen. Es muss so schnell gegangen sein. Woher wussten Sie, dass Sie sich nicht geirrt hatten?«

»Das ist einfach.« Sie lehnte sich zurück gegen ihren Schreibtisch. »Ich tötete Abelard.«

»Wie bitte?«

»Ich entzog ihm langsam sein Leben. Während ich es aus ihm herauszog, strömte mehr aus einer anderen Quelle ein: ein Feuer jenseits dieser Welt. Ich hatte beinahe erwartet, dass Abelard die Wahrheit erkennen würde, aber er war sich der Anwesenheit von Kos nicht bewusst, selbst als sich die Götterasche in seiner Lunge ansammelte. Er begann, wie ein Gott oder ein Kunstwirkender zu sehen, als er den Heizraum des Heiligtums untersuchte; er setzte die Sicht nutzbringend ein, aber er erkannte die Quelle nicht. Er dachte sich auch nichts dabei, als seine sogenannte Zigarettenflamme das Schattenmonster beinahe tötete. Ingenieure – sie verbringen so viel Zeit damit, physikalische Probleme zu lösen und physikalische Regeln zu befolgen, dass sie vergessen, dass nicht physikalische Phänomene ebenso strengen Regeln gehorchen.«

Tara stellte sich vor, wie Miss Kevarian beiläufig Abelards Leben auslöschte, um eine Theorie zu testen. »Sie haben ihn getötet, als Sie ihn zu den Botschaftern brachten. Sie sagten, er sollte in ihren Büros stehen und wie ein guter kleiner Kleriker aussehen.«

»Ich brauchte eine Gelegenheit, um das Experiment zu machen und um den Kunden von Denovo zu demonstrieren, dass Kos noch lebt. Sie haben Alexander stillschweigend ihre Unterstützung entzogen. Ohne das wäre er noch mächtiger gewesen, als wir ihm gegenübertraten.«

Die Sterne vor dem Fenster kämpften gegen das Licht von Miss Kevarians Schreibtischlampe an. »Sehr professionell, Chefin.«

»Es war eine intellektuelle Herausforderung: Wie können wir unsere Gegner herauslocken, ohne uns in die Karten sehen zu lassen?« Zufriedenheit zeigte sich in ihrem Lächeln, in dem nach unten gerichteten Blick und der straffen Linie ihrer Schultern.

Sie hielt nicht lange an.

»Das habe ich mir gedacht. Und deshalb wollte ich mit Ihnen reden.«

Miss Kevarian wartete. Als Tara nicht fortfuhr, sagte sie: »Ja?«

»Sie wussten, dass Kos noch am Leben war, aber Sie haben dieses Wissen vor mir, vor Abelard, vor allen geheim gehalten. Sie haben die ganze Zeit vermutet, dass Denovo hinter Kos' Tod steckt und vielleicht sogar hinter dem von Cabot; warum sonst hätten Sie zugestimmt, sich mit ihm in dem dunklen Raum im Xiltanda zu treffen, wo Sie im Prinzip wehrlos waren? Sie haben erwartet, dass er Ihren Geist kontrolliert, denn nur wenn er Sie in seiner Gewalt hatte, würde er sich sicher genug fühlen, um alle Karten auf den Tisch zu legen und die letzte Phase seines Plans zu beginnen. Und Sie haben Abelard zu mir geschickt, weil Sie wussten, dass ich mit seinen und meinen Informationen die Wahrheit herausfinden, Denovo konfrontieren und ihn so lange ablenken würde, bis Sie freikommen. Sie haben meine Ermittlungen gelenkt, damit ich alle Beweise für Denovos Beteiligung finde. Ich würde Sie fragen, warum Sie mir Ihren Verdacht nicht mitgeteilt haben, aber ich weiß es schon: Sie dachten, ich würde ihn konfrontieren, bevor Sie darauf vorbereitet waren. Sie haben uns alle wie Spielfiguren herumgeschoben.«

Die straffen Schultern und der geschwungene Hals versteiften sich. »Sie sind gut, Tara. Ohne Sie hätte ich die Rolle der Gargoyles bei den Ereignissen nicht aufdecken können, geschweige denn die Existenz von Seril. Ihre Arbeit war von unschätzbarem Wert.«

»Danke«, sagte sie. »Ich habe die Arbeit auch genossen. Alles davon. Ich war mindestens so manipulativ wie Sie. In mancher Hinsicht sogar noch mehr: Ich habe Schiefers Gesicht gestohlen, ich habe Cats Verstand verzerrt, während Sie kaum Kunst angewendet haben. Aber am Ende bin ich mir nicht sicher, ob eine von uns besser ist als Denovo. Er hat andere Menschen benutzt, weil er ein Gott werden wollte. Wir taten dasselbe, weil wir gewinnen wollten, bezahlt werden wollten, ihn untergehen sehen wollten. Wir lassen eine zerstörte Stadt und zwei wiederauferstandene Götter zurück. Alt Coulumb kennt das Ausmaß der Veränderungen noch nicht, die wir angerichtet haben. Und bald werden wir weg sein, denn wir haben unsere Arbeit getan.«

Miss Kevarian antwortete nicht.

»Meine Familie verließ den Osten während der Götterkriege in Richtung Edgemont.« Tara zwang ihre Stimme, nicht zu zittern. »Sie hatten gute Gründe, aber sie sind geflohen, und ich glaube … ich glaube, irgendwie wurde ihr Weglaufen zu meinem Weglaufen. Ich bin von Edgemont weggelaufen, um irgendwo anders hinzukommen, weg von allem, was ich kannte. Ich denke, ausnahmsweise sollte ich nicht weglaufen. Ich weiß, dass Sie ein Risiko eingegangen sind, um mir zu helfen, um mir eine Chance in der Firma zu geben. Ich bin Ihnen dankbarer, als ich ausdrücken kann. Ich arbeite gern mit Ihnen und verdanke Ihnen mein Leben. Aber ich will nicht fortgehen. Ich will hierbleiben und beenden, was wir angefangen haben.«

Schreckliche Stille folgte. Miss Kevarian stand als Silhouette im Mondlicht, allein. Tara wollte sich entschuldigen, sagen, dass sie es nicht böse gemeint hatte, sich fügen. Aber sie tat es nicht.

»Was«, fragte Miss Kevarian nach einer Weile, »gedenken Sie in Alt Coulumb zu tun, wenn Sie bleiben?«

»Die Kirche von Kos braucht eine Kunstwirkerin, jemanden, der die Stadt gut genug kennt, um ihnen zu helfen, mit den Nachbeben der Auferstehung von Kos und der Rückkehr von Seril umzugehen. Ich kann diese Person sein. Sie brauchen mich. Und ich muss aufhören, vor allem wegzulaufen, was ich getan habe. Ich kann dem Mob nicht ewig einen Schritt voraus sein.«

»Hierzubleiben könnte eine andere Form der Flucht sein.«

»Ich weiß. Aber ich denke, das hier ist anders.«

Flackerndes Laternenlicht warf Miss Kevarians Schatten lang auf den Teppich. Tara konzentrierte sich auf den samtenen Himmel und wartete. Miss Kevarian hob den Kopf.

»Ich verstehe.«

»Wirklich?«

»Es ist eine alberne Idee und sie zeigt einen gewissen Grad an Unreife Ihrerseits als Kunstwirkerin. Aber es ist Ihre Idee. Und Sie sind jung. Sie haben noch viel Zeit, um zu reifen.« Sie wechselten einen langen Blick, und Tara sah Miss Kevarian so, wie sie Jahrzehnte zuvor gewesen sein musste, erfüllt und jung und fünfundzwanzig und einen langen, dunklen Pfad entlang in Richtung Macht starrend. »Tun Sie es. Diese Leute brauchen jemanden, der sie davon abhält, sich gegenseitig umzubringen.«

»Danke.« Das Wort klang hohl und der Raum schien seltsam leer.

»Ich werde wieder in Alt Coulumb vorbeischauen, wenn ich in ein paar Monaten mit dem Archipel fertig bin«, sagte sie schließlich. »Um zu sehen, ob Sie bereit sind, die Arbeit wiederaufzunehmen. Sie sind ein großes Talent, Miss Abernathy. Ich werde Sie nicht so leicht gehen lassen.«

»Danke, Chefin.«

*

Kleriker akzeptieren Veränderungen in der Regel nicht gut. Der Kampf darum, wer das Amt des Technikerkardinals in der Kirche von Kos dem Ewigbrennenden übernehmen würde, war heftig, wobei drei verschiedene Reformfraktionen gegen zwei Gruppierungen theologisch Konservativer antraten. Einige der Priester priesen Serils Rückkehr und wollten Sie in die Liturgie übernehmen. Andere waren der Meinung, dass die Gargoyles und ihre Göttin am besten in Ruhe gelassen werden sollten. Seril selbst ließ sich nicht dazu herab, den Klerus ihres Geliebten anzusprechen, was die Debatte nur anheizte.

Glücklicherweise erkannten die verschiedenen Prälaten bald, dass derjenige von ihnen, der die Position des Technikerkardinals einnahm, für die Zusammenarbeit mit Elayne Kevarian und Tara Abernathy verantwortlich sein würde, und die sich zusammenbrauende sektiererische Gewalt kühlte auf ein Köcheln von Hinterzimmerabsprachen und Intrigen ab. Die rivalisierenden Fraktionen hielten lange Messer unter ihren Roben bereit und warteten darauf, dass die Kunstwirkerinnen fortgingen. In der Zwischenzeit blieb das alte Büro von Kardinal Gustave verwaist.

Mit der Vakanz kam die Unsicherheit. Niemand außer Schwester Miriel bemerkte, dass der Technikernovize Abelard diese Ungewissheit ausnutzte, um ein paar Stundenzettel zu korrigieren und seine Anwesenheit bei Gott auf den vernünftigeren Zeitraum zwischen zehn Uhr abends und ein Uhr morgens zu legen.

Dies war die einzige Belohnung, die er beanspruchte. In den vorangegangenen Wochen hatten Mitglieder jeder Fraktion ihn aufgesucht, um ihm im Gegenzug für seine Unterstützung eine Beförderung, höhere Würden oder Heiligkeit zu versprechen. Abelard hatte Lord Kos in seinem Herzen getragen (oder in seiner Zigarette – der Unterschied schien keine Rolle zu spielen). Das Geflüster über seine Wunder tönte durch die Hallen des Heiligtums wie das Echo von flachen Felswänden, aber Abelard beachtete es nicht. Er kannte die Wahrheit. Die Prälaten hatten Alt Coulumb nicht gerettet. Auch nicht Kardinal Gustave. Er übrigens auch nicht.

Alles, was Abelard wollte, war zu denken und zu beten. Der Rest der Welt konnte warten.

Er kniete vor dem Altar des Trutzigen, mit dem Rücken zum Fenster, vor dem sich Alt Coulumbs Straßen ausbreiteten, seine Hochbahnen, seine Türme und seine Paläste und die große

Wölbung seines Firmaments. Alles glänzte wie Diamanten auf schwarzem Filz. Vor ihm brannte die wiederentfachte Flamme auf ihrem Thron. Das Leben schlug auf der Trommel seines Herzens.

»Ehre sei deiner Flamme, du nie verlöschende, stets in Wandlung begriffene Majestät«, skandierte Abelard, der vor dem glitzernden Altar aus Messing und Chrom kniete. Er atmete aus und wartete.

In dem Raum zwischen den Gedanken hörte er eine Stimme.

Hallo, alter Freund, sagte Gott.

*

Tief unter dem Tempel der Justiz gab es eine Zelle von recht großzügigen Ausmaßen, aber karg. Auf drei Seiten war sie von Felsen und auf der vierten von einem kalten Eisengitter begrenzt. Weder Sonnenlicht drang dorthin noch Sternenlicht oder das Licht des Mondes. Eine Wasseruhr auf dem einzigen Schreibtisch des Raums zeigte die Zeit an, aber sie verlor Minuten zur vollen Stunde, und dieser Effekt hatte sich in den letzten drei Wochen noch verstärkt. Der einzige Insasse der Zelle dachte, es sei zehn Minuten vor Mittag und nicht viertel nach eins am Morgen.

Alexander Denovo hatte gerade das, was er für das Mittagessen hielt, beendet.

Eine schwere Eisentür schwang auf. Absätze klapperten auf Stein. Er sah hoch und versuchte den Schritt zu erkennen. Es gelang ihm, kurz bevor Elayne Kevarian ins Blickfeld trat. Sie sah aus, wie jemand aussieht, der schon seit einiger Zeit in aller Zufriedenheit beschäftigt gewesen war. Er sah aus wie jemand, der müßig und glücklich gewesen war.

»Hallo, Alexander«, sagte sie.

»Elayne.« Sein Nicken war eine Parodie auf Manieren. »Ich würde dich bitten, dich zu setzen, aber meine Kerkermeister haben es versäumt, mir einen Stuhl für Besuch zur Verfügung zu stellen.«

»Findest du dein neues Quartier angenehm?«

»Für den Moment ist es nach meinem Geschmack. Ich hatte Zeit zu lesen, zu denken und zu planen.«

»Was zu planen? Du bist hier, bis die Schwarzanzüge entscheiden, was mit dir geschehen soll. Du bist bisher nur deshalb unantastbar geblieben, weil sie noch keine geeignete Strafe für Gottesmord formuliert haben.«

»Mir passiert schon nichts«, sagte er mit Gewissheit. »Die Justiz, ob sie nun von deiner zahmen Gargoyle-Göttin besessen ist oder nicht, kann mir nichts anhaben. Alt Coulumb wird mich auch nicht an die Verborgenen Schulen ausliefern oder an die Barmherzigkeit von Iskar oder Camlaan oder sogar des Gleb. Solange die Justiz mir nichts anhaben kann, kann sie auch meine Freilassung nicht gutheißen, und meine Verbrechen gegen Kos und Seril sind keine Verbrechen in den Ländern der Todlosen Könige. Also bleibe ich hier. Behütet in Eisen unter der Erde.«

»Du klingst verdächtig zufrieden mit dieser Tatsache.«

Er zuckte mit den Schultern. »Ich habe viele Freunde. Sie werden mich wieder auf die Welt loslassen. Zur Hölle, du würdest es selbst tun, wenn ich dich darum bäte.«

Sogar in dieser Zelle war er in der Lage gewesen, etwas Kunst an sich zu ziehen, indem er die Seelen von Ratten und Tausendfüßlern und tief in der Erde wühlenden Insekten verschlang und sich von den wenigen Pfahlwurzeln ernährte, die sich tief unter der Stadt erstreckten. Er legte diese Kunst in seine Stimme, aber Elayne schlug sie mit einem Zwinkern ihrer Augen beiseite.

»Wohl kaum.«

»Es war einen Versuch wert.«

»Du bist ein Mistkerl, Alexander.«

»Ein brillanter Mistkerl. Ich werde nicht ewig hierbleiben. Ich habe in den letzten Monaten sehr viel gelernt. Wie man eine Gottheit im Geheimen tötet und sich ihrer Macht bemächtigt.« Er zählte diese Dinge auf, als wären sie Posten auf einer Rechnung. »Es ist verblüffend einfach. Ich werde eines Tages die Göttlichkeit erreichen. Ich werde dich finden, Elayne, und ich werde so schöne Dinge mit dir tun. Deine Seele zu einer Brezel verdrehen und deine Würde mit Angelhaken aufspießen. Es wird so sein, wie es einmal war. Du und ich.«

Sein Ton war wehmütig und boshaft und sollte genau das Schaudern hervorrufen, das es in ihrem Magen auslöste. Sie beruhigte sich, bevor es ihre Schultern erreichte.

Er stand auf und lief in seiner Zelle herum. »Es gibt nichts, was du tun kannst. Dieses kalte Eisengitter? Geflochten mit göttlicher Kunst. Du könntest es mit Kräften zertrümmern, die die ... Kinder ..., die diese Stadt bevölkern, sich nicht vorstellen können, und ich würde lächelnd hier sitzen. Ich sitze gemütlich wie ein Küken in seinem Ei, Baby, bis es Zeit für mich ist, diese kleine Welt aufzubrechen und dich zu jagen. Und Tara natürlich. Süßes, störrisches Mädchen. So stolz.« Er nahm einen leichten, träumerischen Tonfall an.

Ihre Augen schlossen sich und seine taten es ebenfalls. Er sah sie als eine von blauem Eis umrissene Python, die den Gang ausfüllte. Ihre Zunge huschte hervor, um das Eisengitter auszuloten, fand keine Lücke in seinem Schutz und zog sich zurück.

Beide öffneten gleichzeitig ihre Augen. Ein unerklärliches Frösteln stellte Denovos Nackenhaare auf. Ohne dass er einen Grund dafür erkennen konnte, lächelte Elayne.

»Du hast recht«, sagte sie mit einem flüchtigen Nicken. »Es gibt keine Möglichkeit, dass ich dir durch diesen Käfig hindurch etwas anhaben kann.«

Er nickte, das laszive Funkeln in seinen Augen wich Unsicherheit.

»Du hast alles bis ins Kleinste geplant, Alexander. Du hast den Mord an Kos und deinen eigenen Aufstieg geplant, Cabots Ermordung und Pelhams Angriff auf Iskar. Du hast vorausgesehen, dass die Kirche mich bitten würde, sie zu vertreten. Du wusstest, wie du wieder die Kontrolle über mich erlangen konntest, und ich nehme an, du hattest eine alternative Strategie geplant, falls du damit scheiterst. Ich bezweifle weder, dass du einen Fluchtplan hast, noch, dass du, wenn du diesen Weg weiterverfolgst, eines Tages

Erfolg haben wirst und Miss Abernathy und mich dazu bringen wirst, zu kriechen und zu schreien, und uns zwingen wirst, all die anderen Untaten zu begehen, von denen du in deinem einsamen, verzweifelten und wütenden Leben geträumt hast. Aber du hast einen entscheidenden Fehler gemacht.«

»Oh?« Er verschränkte die Arme vor der Brust.

»Du hast einen gefesselten Schatten benutzt, um Kardinal Gustaves Dolch zu bewachen, falls er sich gegen dich wenden sollte.«

»Ja, und dein gottesfürchtiger Novize hat ihn freigelassen. Ich bin erstaunt, dass er lebend davongekommen ist.« Er nickte. »Eine Fehleinschätzung, das gebe ich zu, aber kaum entscheidend.«

»Oh, du missverstehst mich.« Elayne schüttelte den Kopf. »Dein Einsatz des Schattens war kein Fehler. Er war ein effizienter Wächter, den ich während meiner Durchsuchung des Heiligtums nicht sehen konnte, weil sein Gehorsam dir gegenüber nicht durch direkte Kunst, sondern durch die Bedingungen, unter denen du ihn beschworen hast, sichergestellt wurde. Du hast recht, wenn du dich wunderst, dass Abelard überlebt hat. Deine Falle hätte ihn und einige seiner Priester beinahe das Leben gekostet, als er ihn unwissentlich freiließ. Ich habe sie gerettet. Ich habe deinen Schatten gefressen, und zwar direkt vor Abelards Augen. Du hättest ihn sehen sollen, mit heruntergeklapptem Kiefer und aufgerissenen Augen.« Sie lachte ein wenig und er lachte mit ihr. »Ich habe diese Dunkelheit in mich aufgenommen, aber ich habe sie nicht zerstört. Ich habe sie mir zu eigen gemacht.«

Er hörte auf zu lachen. Dann hörte er ganz auf zu lächeln.

»Deinen einzigen großen Fehler hast du in der Kutsche zwischen Xiltanda und dem Tempel der Justiz begangen. Du hast mich geküsst.«

Er dachte zurück an das merkwürdige Gefühl, als sie sich geküsst hatten: ein Kribbeln von Macht und etwas anderem, wie ein Wurm, der in seinen Mund schlüpfte. Er erinnerte sich an seine Überraschung über ihren Einfallsreichtum. Er hatte ihre Kunst unterbunden. Sie hätte nicht in der Lage sein sollen, ihm etwas anzutun.

Sie hob ihre Hand, die Finger zu einer Klaue gekrümmt. Er spürte eine plötzliche Enge in seiner Brust. Etwas Vielbeiniges und Scharfes bewegte sich in seiner Speiseröhre.

»Ich habe den Schatten im Tempel der Justiz nicht gegen dich eingesetzt«, sagte sie, »weil es poetischer war, Kos zu benutzen. Außerdem fühle ich mich als Taras Mentorin verpflichtet, ein weniger blutrünstiges Beispiel zu geben. Nenn mich sentimental, wenn es sein muss.«

»Elayne«, sagte er, flach und schnell atmend, »sie werden es wissen. Töte mich hier und sie werden es wissen.«

»Du hast es selbst gesagt. Keine Kunst von mir kann dieses Eisengitter durchdringen. Ich habe dir kein Essen, kein Wasser, kein Gift gegeben. Gefangene sterben ständig an Herzinfarkten.«

»Elayne.«

Ihr Ton blieb kalt. »Du hast einen der wenigen Götter dieser Welt ermordet, der nie einen einzigen Kunstwirkenden verletzt hat. Du hast eine Göttin verstümmelt und ihre Lehren pervertiert. Du hast einen Priester in eine Waffe verwandelt und ihm beigebracht, wie man tötet, damit seine Opfer im Schmerz verharren. Du hast unzählige Menschen gebrochen und sie deinem Willen unterworfen, und du hast es am meisten genossen, Frauen zu brechen.«

»Du Miststück!« Er sprang von seinem Stuhl mit ausgestreckten Händen auf sie zu, sein Verstand von Wut zerfressen. »Du verdammte …«

Sie schloss ihre Hand.

Die Welt blieb stehen, ohne sich zu verlangsamen.

Er stürzte. Blut sickerte aus seinem Mund und sammelte sich um ihn herum auf dem Steinboden.

»Auf Nimmerwiedersehen, Alexander«, sagte sie, bevor sie ging.

ÜBER DEN AUTOR

Zu den Werken des mit dem Hugo-, Nebula- und Locus-Award ausgezeichneten Max Gladstone gehören u. a. *Empress of Forever*, die *Kunstwirker-Chronik* sowie der internationale Bestseller *This is How You Lose the Time War*. Er studierte chinesische Literatur in Yale und lebte und lehrte zwei Jahre lang in der ländlichen Provinz Anhui. Er ist kampfsportbegeistert und kann mit Klingen ebenso gut umgehen wie mit dem Bogen seiner Fiedel. Bevor er hauptberuflich schrieb, arbeitete er u. a. als Forscher für das Berkman Center for Internet and Policy Law, als Reiseleiter der Schweizer Botschaft, als Vermittler für ein chinesisches Automagazin, als Übersetzer, als Dozent für Philosophie, als Analyst für die Technologiebranche und als Redakteur. Er hat einst in Angkor Wat ein Fahrrad zu Schrott gefahren, in der Carnegie Hall gesungen und ist in der Mongolei vom Pferd gefallen.

EIN ROMAN ÜBER DIE
STADTMAUER
... DAS GAB ES GARANTIERT NOCH NIE!
SECHZEHN WEGE, EINE BEFESTIGTE STADT ZU VERTEIDIGEN
„Eine herausragende Stimme der Fantasy“ – SFX
K. J. PARKER
WORLD FANTASY AWARD-PREISTRÄGER
K. J. Parker – SECHZEHN WEGE,
EINE BEFESTIGTE STADT ZU VERTEIDIGEN
ISBN 978-3-8332-4105-5
„Voller Erfindungsreichtum und Originalität ... Ein großer Spaß!“
– SFX
K.J. Parker aka Tom Holt ist eine der ganz großen Stimmen der humorvollen Fantasy
PANINI BOOKS
www.paninibooks.de

DER GRÖSSTE APOKALYPSE-THRILLER DES JAHRES

CHUCK WENDIG
WANDERERS Band 1 –
Die Schlafwandler
ISBN 978-3-8332-4102-4

„Ein Meisterwerk ... Es erinnert mich an Stephen Kings „The Stand" – aber ich muss sagen, diese Geschichte ist sogar noch besser."
– James Rollins

PANINI BOOKS
www.paninibooks.de